镜花缘 上

（清）李汝珍◎著

全本无删减　名师批注　无障碍阅读　有声伴读　原创手绘

北方妇女儿童出版社

图书在版编目（CIP）数据

镜花缘 / (清) 李汝珍著. -- 长春 : 北方妇女儿童出版社, 2021.1

（悦享丛书）

ISBN 978-7-5585-4961-8

Ⅰ. ①镜… Ⅱ. ①李… Ⅲ. ①章回小说—中国—清代 Ⅳ. ①I242.4

中国版本图书馆CIP数据核字(2020)第262159号

镜花缘
JINGHUAYUAN

出 版 人 师晓晖
责任编辑 张晓峰 吴 桐
装帧设计 旧雨出版
开　　本 787mm × 1092mm 1/16
印　　张 36.5
字　　数 700千字
版　　次 2021年1月第1版
印　　次 2023年1月第1次印刷
印　　刷 北京市兴怀印刷厂
出　　版 北方妇女儿童出版社
发　　行 北方妇女儿童出版社
地　　址 长春市福祉大路5788号
电　　话 总编办：0431-81629600

定　　价 92.80元

前言

Preface

德国诗人歌德说过：“读一本好书，就等于和一位高尚的人对话。”阅读中外文学名著，简直就是在和一位文学大师对话。他们创作的名著，纵贯古今，横跨中外，大浪淘沙，沙里淘金，成为全人类共同的宝贵财富。

名著是历史的回音壁，是自然的旅行册。它可以拉近古今的距离：我们阅读名著可以探访在时间长河中和我们擦肩而过的人，看看他们怎样面对生活。它可以缩短地域间的距离：我们阅读名著便可足不出户而卧游千山万水，体察各地的风土人情。

名著是全人类智慧的结晶，那里面充满了智者的箴言。谁读了《论语》《老子》，不觉得是大师们站在人类思想的巅峰上，为我们播撒智慧的种子？我们阅读他们的书，就是站在巨人的肩膀上俯瞰世界。

名著是人类感情的储藏室，是传承文明的火炬手。它们展示着人类审视、确认、表现自身情感的过程，表现出一种摆脱生活的琐杂而趋向美与高尚的努力，其深厚的底蕴总是能够在我们的生活中唤起这种寓于诗意的情怀，因而具有永恒的魅力。

名著是真、善、美的化身，是人类生活中难得的一片净土。大师们在炼狱中心灵首先得到了净化，他们的作品无处不放射着高尚的光辉。在紧张而浮躁的社会中，我们的心灵有时会由于四处奔波而疲惫，由于过于好斗而阴暗，这时阅读名著绝对能使我们变得宁静而高尚，在阅读的过程中抚慰心灵的创痕，涤荡心灵的浮尘。

本套丛书有《红楼梦》《水浒传》等中国传统名著，还有《钢铁是怎样炼成的》《格林童话》等国外经典名著。可以带领学生领略中外人文差异，徜徉思想之海，探索文字奥秘。编者在编制本套丛书时，本着学生的认知层面和生活经验，对原著进行了全方位的解读。每一章节前加上了“名师导读”，帮助他们获取本章的大致内容，增强总结能力；同时，在每一章的大量文段中选取了优美的词句，有名师解读，帮助他们理解作者的情感变化、写作手法等，提升他们的写作技巧；在章节后有“名师点拨”，总结中心思想，剖析艺术手法，加深他们的阅读印象；还有“阅读积累”，拓展了他们的知识层面。

相信广大学子们读完这套为他们精心打造的丛书后一定能开阔眼界，增加智慧，健全人格，铸就人生的新境界！

编　者

学问速递

作者素描

李汝珍，清代小说家。字松石，京兆大兴（今属北京）人。少颖异，受教于凌廷堪，官河南县丞，专司治水，每以“笔砚空相随”度日，有政绩。后随兄至江苏海州任所，以诸生终老海州。汝珍才华横溢，一生厌恶八股文，“不屑章句帖括之学”，好杂学旁收，诸凡壬遁、星卜、像纬、篆隶、奕道之类无一不通，尤精音韵和医学。汝珍生性伉爽，肝胆照人，每于花间月下，对酒徵歌，兴致所至，则一饮百觥，然仕途不达，沉沦一生，晚年将平生感慨注成《镜花缘》。

内容精讲

《镜花缘》原拟写二百回，只写出一百回。叙唐敖等游历海外的见闻和唐闺臣等一百个才女的故事。可分为前半部五十回和后半部五十回。前五十回写唐武则天当政之后，令百花寒冬开放，众花神不敢违命，但开放后即遭天谴，被贬谪人间为一百个女子。花神之首百花仙托生于唐敖家为女，名唐小山。唐敖赴京应试获罪，从此看破红尘，著意于寻仙访道，一行几人游历了四十余国，搭救了一些被贬的花神所托生的女子，后入小蓬莱求仙不返。唐小山出海寻父不遇，在小蓬莱泣红亭内得天书而归，改名唐闺臣。后五十回写武则天开女试，这一百个女子一个个前来应考，于是得以在人间重聚，并尽皆及第，尔后拜谒宗师，宴饮歌赋，说文论艺，唐闺臣也重入仙山。作品的主要内容是歌颂和赞美女子的才华，表现了尊重妇女的思想。书中所写一百个才女个个聪明能干，才学丰富，十分令人喜爱，并引起对女子的重视，写她们本为花神，无疑是有意提高她们的来历和身份。后半部写她们在宴会上表演琴、棋、书、画、医、卜、星相、音韵、算法等才艺，虽有作者著意显示自己的学识之嫌，显得堆砌，小说意味不浓，但也合于为女子写赞的总体旨意，只是艺术性不足而已。就其思想内容和取材来说，在中国古代小说中具有突破意义。从艺术上来看，其神话结构、丰富的想象、涉猎知识面的广阔、文笔的清新，也使其不失为一部具有较高价值的作品。今人游国恩等主编的《中国文学史》称其为“继《红楼梦》后比较优秀的一部小说。”

《镜花缘》是继《红楼梦》后一部较优秀的小说，全书百回，根据《山海经》及魏晋唐宋元明以来的笔记杂说，驰骋想象，借助海外异国奇闻，盛赞女子俊才睿智，抨击各种丑恶现实，以宣泄心中积久之怨愤。因所写人物缺乏个性，谈经数典，连篇累牍，艺术成就不高，但在道光、咸丰年间，庸俗低质小说充斥文坛之际，《镜花缘》则不失为一部较优秀的小说。另有《李氏音鉴》《受子谱》等著述。《李氏音鉴》论字母、读音、声调、平仄等，力主实用，为学者所称道。

经典书评

这部小说内容十分丰富、知识面广。其主旨在颂扬女性的才能，充分肯定女子的社会地位，批判男尊女卑，女子无才便是德的封建观念。作者理想中的“女儿国”，男儿反穿衣裙，作为妇人，以治内事；女子反穿靴帽，作为男人以治外事。从皇帝到辅臣都是女子；女子的才能智慧，都不比男子差。

作者想象中的“君子国”是个“好让不争”的“礼乐之邦”。这里人民互谦互让，无论贫富尊贱，举止言谈，都彬彬有礼。“耕者让其畔，行者让路”。作者以此来否定专横跋扈、贪赃枉法的封建官场和尔虞我诈、苞苴盛行的社会风气。

作者以辛辣而幽默的文笔，嘲讽了那些金玉其外，败絮其中的冒牌儒生，嘲笑了这些假斯文的酸腐气。借助漫画手法丑化和讽刺那些品质恶劣和行为不端的人。

《镜花缘》继承了《山海经》中的《海外西经》《大荒西经》的一些材料，经过作者精心再创造，写出了一部结构独特，思想新颖的长篇小说。这部小说想象丰富；夸张、隐喻、反衬等手法交互运用，自然而巧妙，语言生动流畅，幽默多趣，不愧为《红楼梦》之后最杰出的作品。缺点是众才女的个性不够鲜明，特别是后半部，偏重于知识的炫耀，文学性不足，所以鲁迅说：“惟于小说又复论学说艺，数典谈经，连篇累牍而不能自已，则博识多通又害之。”

角色卡片

唐敖

秀才，字以亭。祖籍岭南循州海丰郡河源梁。继妻林氏，生一女名小山，一子名小峰。科考中了探花。由于曾和徐敬业、骆宾王等人结交，被诬为匪类，降为秀才。敖遂有弃绝红尘之意。正值妻弟林之洋再次到海外经商，于是唐敖和林之洋、多九公结伴同行，借游览以抒郁结。一路上游历了君子国、女儿国、黑齿国、白民国、两面国、无肠国等地，见识了许多奇风异俗，奇人异事，草木虫鱼，鸟兽灵怪。后服了“仙草”，入圣超凡，进入小蓬莱山上，就此隐居，位列仙班。唐敖的经历，是全书中一条重要的结构线索，作者通过他展示了海外各国的景况，而且通过他寻找到飘零海外的十二花仙，使之回归福地，与群芳同得返本归真。

林之洋

善良而多风趣的小商人形象。虽为商人，却从不唯利是图、见利忘义，他待人诚恳、朴实，很重情义。妹夫唐敖被革去功名，心中沉郁，想出海畅游以解愁闷，他爽快地答应了唐的要求，还拒收舟船饭食之费，建议用此钱买些货物到海外销售。一路之上，他尽著唐敖的性子游玩。唐搭救了些由花神转世的女子，他全力支持，毫无怨言。歧舌国枝兰音的病只有远走外乡方可痊愈，兰音父亲将其托付给唐敖，为安慰这父女二人，林之洋也连忙替妹夫应承下来。林之洋被女儿国国王扣留做“妃子”，缠足穿耳，板打倒吊，受尽磨难，在此孤立无援的时候，他得到了王储阴若花的帮助。唐敖获释后，林不忘其恩情，救出了被后母陷害的若花姑娘。行至小蓬莱山，唐敖入山不返，林不听大家劝阻，足足寻找了一个月，直到看见妹夫写在石碑上的一首表示不再还俗的七言绝句，才肯承认唐确已成仙，只得含泪返回。侄女小山得知真情，坚决要去海外寻父，他又带小山出海。他怕侄女思亲成病，对其格外体贴，想尽办法为小山消愁解闷。小山中了才女后，他又第二次陪侄女到海外寻亲。林之洋非常直率，当多九公治好歧舌国王子与王妃的病，国王送来了赏谢银子，他劝推辞的九公：与其学那半推半就的俗套，不如从实收了。他在卖货时，总是钉是钉，铆是铆，容不得半点含糊，且深谙物以稀为贵的道理，商人作风表现得淋漓尽致。虽然这样，人们并不讨厌他，却因他的滑稽幽默，感到此人十分可爱。当他听说翼民国的人是卵生时，就想买些人蛋回去卖给戏班做旦角，好从中发财，原来他是将戏剧中“旦”认做了“蛋”字，读后叫人忍俊不禁。

多九公

年轻时曾参加过科举考试，虽才学满腹，却未考中秀才，他就丢下书本，作了海船生意，因折了本钱，便以替人管船拿舵为生。他八十多岁，身体却非常健康，走起路来健步如飞。由于久惯漂洋，他见多识广，奇花异草，飞禽走兽，无一不知，还会治很多疾病。在歧舌国他将王子、王妃的病治好，但他不贪钱财，一再推辞不受国王送来的谢赏银子。在黑齿国，他以貌取人，未把黑女红红、亭亭放在眼中，他傲慢谈学，结果受了学问更加渊博的两个黑女的羞辱，以至于后来怕再挨考问，当场丢丑，一见到学馆就心惊肉跳，不敢承认自己是读书人。但多九公不计前嫌，当才女们进京赶考时，他又能悉心照料红红和亭亭。他在唐敖劝说下，把家传糊口用的药方，刊刻出来，以解人病痛。小山海外寻父，他在林之洋的邀请下，不顾年迈体弱，再次出海。多九公是一个忠厚、朴实、心地善良的劳动者形象。

目录

Contents

镜花缘

第一回 女魁星北斗垂景象 老王母西池赐芳筵

名师导读

小说开篇就创造出了一个璀璨无比的神仙世界，这里有群仙闪耀，大殿广宇；有仙歌妙舞，琼浆玉液，一派其乐融融的天庭景象，为全书披上了一层浓郁的浪漫色彩。

昔曹大家《女诫》云：“女有四行，一曰妇德，二曰妇言，三曰妇容，四曰妇功。”此四者，女人之大节而不可无者也。今开卷为何以班昭《女诫》作引？盖此书所载虽闺阁琐事，儿女闲情，然如大家所谓四行者，历历有人，不惟金玉其质，亦且冰雪为心。非素日恪遵《女诫》，敬守良箴，何能至此。岂可因事涉杳渺，人有妍媸，一并使之泯灭？故于灯前月夕，长夏余冬，濡毫戏墨，汇为一编；其贤者彰之，不肖者鄙之；女有为女，妇有为妇；常有为常，变有为变。所叙虽近琐细，而曲终之奏，要归于正，淫词秽语，概所不录。其中奇奇幻幻，悉由群芳被谪，以发其端，试观首卷，便知梗概。

详细说明

《女诫》叙述了传统礼教。作者在小说的开头引用这本书中的内容，在暗示事件展开中女性之登场。“所叙虽近琐细，而曲终之奏，要归于正，淫词秽语，概所不录”暗示着叙述内容的光明正大。“其中奇奇幻幻，悉由群芳被谪，以发其端，试观首卷，便知梗概”暗示着奇奇幻幻的内容。

且说天下名山，除王母所住昆仑之外，海岛中有三座名山：一名蓬莱，二名方丈，三名瀛洲。都是道路窎远，其高异常。当日《史记》曾言这三座山都是神仙聚集之处。后来《拾遗记》同《博物志》极言其中珍宝之盛，景致之佳。最可爱的，四时有不谢之花，八节有长青之草。他如仙果、瑞木、嘉谷，祥禾之类，更难枚举。

内中单讲蓬莱山有个薄命岩，岩上有个红颜洞，洞内有位仙姑，总司天下名花，乃群芳之主，名百花仙子，在此修行多年。这日正值三月初三日王母圣诞，正要前去祝寿，有素日相契的百草仙子来约同赴“蟠桃胜会”。百花仙子即命女童捧了“百花酿”，又约了百果、百谷二位仙子。四位仙姑，各驾云头，向西方昆仑而来。

语言描写

百花仙子睹魁星呈异相，以为“此时下界别有垂兆，故此星以变相出现，”又道：“小仙向闻魁星专司下界人文……今以变相出现，又复紫气毫光，彻于天地。如此景象，下界人文，定卜其盛。”百花仙子解释道，魁星既现女像，为坤兆无疑。

行至中途，四面祥云缭绕，紫雾缤纷，原来都是各洞神仙，也去赴会。忽见北斗宫中现出万丈红光，耀人眼目，内有一位星君，跳舞而出。装束打扮，虽似魁星，而花容月貌，却是一位美女。左手执笔，右手执斗；四面红光围护，驾著彩云，也向昆仑去了。百谷仙子道“这位星君如此模样，想来必是魁星夫人，原来魁星竟有浑家，却也罕见！”百花仙子道：“魁星既为神道，岂无匹偶？且神道变幻不测，亦难详其底细。或者此时下界别有垂兆，故此星以变相出现，亦未可知。”百果仙子笑道：“据小仙看来，今日是西王母圣诞，所以魁星特命娘子祝寿；将来到了东王公圣诞，才是魁星亲自拜寿哩。但这夫人四面红光护体，紫雾盘旋，不知是何垂兆？”百花仙子道：“小仙向闻魁星专司下界人文。近来每见斗宫红光四射，华彩腾霄。今以变相出现，又复紫气毫光，彻于天地。如此景象，下界人文，定卜其盛。奈吾辈道行浅薄，不知其兆应在何时何处。”

语言描写

蔬菴评云：“如晓行山阴道中，远近诸峰，或隐或见，都入烟云妙境。”实以画法喻写法，将碑文隐喻的含义（伏笔）作了交代。

百草仙子道：“小仙闻海外小蓬莱有一玉碑，上具人文，近日常发光芒，与魁星遥遥相映，大约兆应玉碑之内。”百花仙子道：“玉碑所载是何人文？我们可能一见？”百草仙子道“此碑内寓仙机，现有仙吏把守，须俟数百年后，得遇有缘，方得出现。此时机缘尚早，我们何能骤见。”百花仙子道：“不知小仙与这玉碑可能有缘？可惜我们虽成正果，究系女身，将来即使得睹玉碑人文之盛，其中所载，设或俱是儒生无一闺秀，我辈岂不减色？”百草仙子道：“现在魁星既现女像，其为坤兆无疑。况闻玉碑所放文光，每交午后，或逢双日，尤其焕彩，较平时迥不相同。以阴阳而论，午后属阴，双亦属阴，文光主才，纯阴主女。据这景象，岂但一二闺秀，只怕尽是巾帼奇才哩！”百花仙子道：“仙姑所见固是，小仙看来，既使所载竟是巾帼，设或无缘，不能一见，岂非‘镜花水月’，终虚所望么？”百草仙子道：“这派景象，我们今日既得预睹，岂是无缘。大约日后总有一位姐姐恭逢其盛。此时渺

渲染手法

小说着意描写和表彰的，正是德才兼备的女性人物，这里借“女魁星北斗垂景象”和诸仙子的议论、预测，对全书的主旨做了一番渲染。

渺茫茫，谈也无用，我们且去赴会，何必只管猜这哑谜。”

只见魁星后面又来了四位仙长，形容相貌，与众不同：第一位绿面獠牙，绿发盖顶，头戴束发金箍，身披葱绿道袍；第二位，红面獠牙，红发盖顶，头戴束发金箍，身披朱红道袍；第三位，黑面獠牙，黑发盖顶，头戴束发金箍，身披元色道袍；第四位，黄面獠牙，黄发盖顶，头戴束发金箍，身披杏黄道袍。各人都捧奇珍异宝，也向昆仑进发。百花仙子道：“这四位仙长，向日虽在‘蟠桃会’中见过，不知都住那座名山？是何洞主？”百果仙子道：“那位嘴上无须，脖儿长长，脸儿黑黑，行动迂缓倒像一个假道学，仔细看去，宛似龟形，莫非乌龟大仙么？”百花仙子道：“仙姑休得取笑。这四位仙长，乃麟、凤、龟、龙四灵之主：那穿绿袍的，总司天下毛族，乃百兽之主，名百兽大仙；那穿红袍的，总司天下禽族，乃百鸟之主，名百鸟大仙，那穿黑袍的，总司天下介族，乃百介之主，名百介大仙；那穿黄袍的，总司天下鳞族，乃百鳞之主，名百鳞大仙。今日各携宝物，大约也因祝寿而来。”说话间，四灵大仙过去。

只见福禄寿财喜五位星君，同著木公、老君、彭祖、张仙、月老、刘海蟾、和合二仙，也远远而来。后面还有红孩儿、金童儿、青女儿、玉女儿，都脚驾风火轮，并各洞许多仙翁仙姑。前前后后，到了昆仑。四位仙姑也都跟著，齐上瑶池行礼，各献祝寿之物。侍从一一收了。留众仙筵宴。王母坐在中间：旁有元女、织女、麻姑、嫦娥及众女仙，左右相陪；其余各仙，俱列瑶台两旁，遥遥侍坐。王母各赐仙桃一枚，众仙拜谢，按班归坐。说不尽天庖盛馔，王府仙醪。又闻仙乐和鸣，云停风静。

不多时，歌舞已罢。嫦娥向众仙道：“今日金母圣诞，难得天气清和，各洞仙长，诸位星君，莫不齐来祝寿。今年之会，可谓极盛！适才众仙女歌舞，虽然绝妙，但每逢桃筵，都曾见过。小仙偶然想起，素闻鸾凤能歌，百兽能舞，既有如此妙事，何不趁此良辰，请百鸟、百兽二位大仙，分付手下众仙童来此歌舞一番？诸位大仙以为何如？”众仙刚要答言，那百鸟、百兽二仙都躬身道：“蒙仙姑分付，小仙自当应命。但

词苑撷英

与众不同：表示与其他人不一样。

语言描写

通过百果仙子与百花仙子的对话，我们了解了百兽大仙、百鸟大仙、百介大仙与百鳞大仙，这四位是麟、凤、龟、龙四灵之主。

情景描写

众仙担心“歌难悦耳，舞难娱目”，又怕“众童儿鲁莽性成，倘或失仪，王母见罪”。而王母却笑道：“偶尔游戏，这有何妨。”在这里，王母娘娘展现出来的是一个风趣、大度、慈祥的形象。

歌难悦耳，舞难娱目。兼恐众童儿鲁莽性成，倘或失仪，王母见罪，小仙如何禁当得起！”王母笑道：“偶尔游戏，这有何妨。”百鸟仙同百兽仙听了，随即分付侍从传命。登时只见许多仙童，围著丹凤、青鸾两个童儿，脚踏祥云，到了瑶池，拜过王母，见了百鸟大仙，领了法旨，将身一转，变出丹凤、青鸾两个本相：一个是彩毫炫耀，一个是翠翼鲜明。那些随来的童儿，也都变出各色禽鸟。随后麒麟童儿带著许多仙童，也如飞而至，一个个参拜王母，见了百兽大仙，领了法旨，都变出本相，无非虎豹犀像，獐狍麋鹿之类。那边是众鸟围著鸾凤，歌喉宛转；这边是麒麟带著众兽，舞态盘旋。在琼阶玉砌之间，各献所长。连那瑶草琪花，也分外披拂有致。王母此时不觉大悦，随命侍从把“百花酿”各赐众仙一杯。

情景描写

王母娘娘圣诞的蟠桃会上，嫦娥建议“群芳之主”百花仙子令百花一齐开放，以成千秋未有一场胜会。百花仙子以百花“开放各有一定时序”为由加以拒绝，并说群花齐放，唯奉上帝之命。

嫦娥举杯向百花仙子道：“仙姑既将仙酿祝寿，此时鸾凤和鸣，百兽率舞，仙姑何不趁此也发个号令，使百花一齐开放，同来称祝？既可助他歌舞声容，又可添些酒兴，岂不更觉有趣？”众仙听了，齐声说“妙”，都催百花仙子即刻施行以成千秋未有一场胜会。百花仙子连忙说道：“小仙所司各花，开放各有一定时序，非比歌舞，随时皆可发令。月姊今出此言，这是苦我所难了！况上帝于花，号令极严，稽查最密。凡下月应开之花，于上月先呈图册，其应否增减须瓣、改换颜色之处，惧候钦裁。上命披香玉女细心详察，务使巧夺人工，别开生面。所以同一梅花，有绿萼、朱砂之异；同一莲花，有重台、并蒂之奇。牡丹、芍药，佳号极繁；秋菊、春兰，芳名更夥。一枝一朵，悉遵定数而开。或后或先，俱待临期而放。又命催花使者，往来保护，以期含苞吐萼之时，如式呈妍。果无舛错，注明金篆云签，来岁即移雕拦之内，绣闼之前，令得净土栽培，清泉灌溉，邀诗人之题品，供上客之流连。花日增荣，以为奖励。设有违误，纠察灵官奏请分别示罚。其最重的，徙植津亭驿馆，不特任人攀折，兼使沾泥和土，见蹂于马足车轮。其次重的，蜂争蝶闹，旋见凋残；雨打霜摧，登时零落。其最轻的，亦谪署深山穷谷，青眼稀逢，红颜谁顾；听其萎谢，一任沉埋。有此种种考察，是以小仙奉令惟谨，不敢参差，亦不敢延缓。今要开百花于片刻，聚四季于一时，月姊此言，真是戏论了。”嫦娥听这一片话，甚觉有理，再难勉强；当不起风姨与月府素日亲密，与花氏向来不和，在旁便说出一段话来。未知如何，且看下回分解。

名师点拨

小说第一回就把读者带入群芳争艳竞美、仙女美人云集的圣洁世界，红颜薄命本是父系制度下女性的悲剧，当女性们怨其薄命时，不仅意味着男性对她们的奴役和压制，同时也说明了女性曾经有过不薄命的欢乐时代，从一定意义上讲，正是因为快乐生活的丧失，悲惨时代的到来，才让妇人们悲怨哀号，也让一部分男性为女性的地位转变而鸣不平。

阅读积累

嫦 娥

嫦娥，上古时期三皇五帝之一帝喾（天帝帝俊）的女儿、后羿（大羿）之妻，其美貌非凡，本称姮娥，因西汉时为避汉文帝刘恒的忌讳而改称嫦娥，又作常娥。据说嫦娥与后羿开创了一夫一妻制的先河，后人为了纪念他们，演绎出了嫦娥奔月的故事，民间多有其传说以及诗词歌赋流传。在神话传说中，嫦娥因偷食后羿自西王母处所求得的不死药而奔月成仙，居住在月亮上面的广寒宫之中。在东汉之前，无任何资料显示嫦娥与后羿是夫妻关系，直到高诱注解《淮南子》才指出嫦娥是后羿之妻。后来道教在其神话中，将嫦娥与月神太阴星君合并为一人，道教以月为阴之精，尊称为月宫黄华素曜元精圣后太阴元君，或称月宫太阴皇君孝道明王，作女神像。

第二回 发正言花仙顺时令 定罚约月姊助风狂

名师导读

为了说明是否应该令百花齐放，嫦娥与百花仙子展开了激烈的争论。这场唇枪舌剑不仅预示了故事的发展，还鲜明地展现出百花仙子的性格。她辩思敏捷，智慧不凡，她拒绝执行这道号令，并直斥为“无道之令”，凸显出她的恪忠职守，刻画出她不向权贵献媚取宠的凛然节操，与贬谪后的唐闺臣形象保持前后一致。

在本回有一段文字是关于百草、百果两位仙子对百兽群舞的批评，这看似闲笔，实际上却是一幅漫画版的官场现形记，映衬出百花仙子的气节。

话说风姨闻百花仙子之言在旁便说道：“据仙姑说得其难其慎，断不可逆天而行。但梅乃一岁之魁，临春而放，莫不皆然。何独岭上有十月先开之异？仙姑所谓号令极严、不敢参差者安在？世间道术之士，以花为戏，布种发苗，开花顷刻。仙姑所谓稽查最密、临期而放者又安在？他如园叟花佣，将牡丹、碧桃之类，浇肥炙炭，岁朝时候，亦复芬芳逞艳，名曰‘唐花’。此又何人发号播令？总之，事权在手，任我施为。今月姊既有所恳，无须推托，待老身再助几阵和风成此胜会。况在金母筵前，即玉帝闻知，亦未便加罪。设有过失，老身情愿与你分任，何如？”

百花仙子见风姨伶牙俐齿，以话相难，不觉吃惊，含笑道：“姨姨请听小仙告白，那岭上梅开，乃地有南北暖寒之异，小春偶放，得气稍先，好事者即见于吟咏，岂为定论。至花开顷刻，乃道人幻术，过眼即空。若‘唐花’不过矫揉造作，更何足道。此事非可任我施为。即如姨姨职司风纪，四季

用词准确

仅以“伶牙俐齿”“以话相难”两词就把风姨飞扬跋扈的形象刻画得栩栩如生。

不同，岂能于阳和之候，肆肃杀之威；解愠之时，发刁萧之令？再如月轮晦明圆缺，晷刻难差。月姊能使皓魄常圆，夜夜对此青天碧海么？今既承尊命，小仙即命桃花仙子、杏花仙子，各执上等本花，来此歌舞一番，何如？”

嫦娥听了，不觉冷笑道：“桃杏二花，此时遍地旨是，何劳费心！小仙所以相恳者，并非希冀娱目，意在趁此嘉辰，博金母尽日之欢，庶不虚此胜会。不意仙姑意存爱惜，恐劳手下诸位仙子，我又何必勉强。但仙不过举口之劳，偏执意作难，一味花言巧语，这样拿腔做势，未免太过分了！”百花仙子见话不是头，不觉发话道：“群花齐放，固虽甚易。但小仙向来承乏其事，系奉上帝之命。若无帝旨，即使下界人王有令，也不敢应命，何况其余！且小仙素本胆小，兼少作为，既不能求不死之灵丹，又不能造广寒之胜境。种种懦弱，概不如人。道行如此之浅，岂敢妄为！此事只好得罪，有违尊命了。”嫦娥见他话中明明讥刺“窃药”一事，不觉又羞又气，因冷笑道：“你不肯开花也罢了，为何语中却带讥讽？”织女劝道：“二位向以楸枰朝夕过从，何等情厚，今忽如此，岂不有伤和气？况事涉游戏，何必纷争？”玄女道：“二位角口，王母虽然宽宏，不肯出言责备，但以瑶池清静之地，视同儿戏，任意喧哗，未免有失敬上之道。倘值日诸神奏闻上帝，他年‘桃会’，恐不能再屈二位大驾了。”

嫦娥道：“适才百花仙姑说，惟有上帝敕旨，才能群花齐放；纵让下界帝王有令，也不能应命。此去千百年后，倘下界有位高兴帝王，使出回天手段，出此一令，那时竟是百花齐开，却如何受罚？今趁王母并诸位仙长做个证见，倒要预先说明。”麻姑戏说道：“据小仙愚见，将来如有此事，即罚百花仙子在广寒殿打扫落花三年，月姊以为何如？”百花仙子道：“那人王乃四海九州之主，代天宣化，岂肯颠倒阴阳，强人所难。要便是嫦娥仙子临凡，做了女皇帝，出这无道之令；别个再不肯的。那时我果糊涂，竟任百花齐放，情愿堕落红尘，受孽海无边之苦，永无翻悔！”话言未毕，那边女魁星早已执笔过来，把百花仙子顶上点了一笔，驾著红光，离了瑶池，竟奔小蓬莱保护玉碑去了。

这里嫦娥闻百花仙子之言，正要发挥。织女劝道：“刚才魁星夫人因不肯开花，已将百花仙姑责了一管，愤然而去，

语言描写

早在她还是百花仙子的时候，就曾尖锐地用反语讽刺嫦娥：“小仙素本胆小，兼少作为，既不能求不死之灵丹，又不能造广寒之胜境。”待到百花真的一时齐放，她又不肯向嫦娥低头服软：“小仙修行多年，并非他的侍从，安能去作洒扫之事！”而是自愿堕入红尘。唐小山在泣红亭石碑上的判词便是“只因一局之误，致遭七情之磨”，也是针对她的好胜心发表的议论。

月姊也可略消气恼。二位如再喧哗，不独耽误娇音妙舞，怕金母要下逐客之令了。”王母暗暗点头道：“善哉！善哉！这妮子道行浅薄，只顾为著游戏小事，角口生嫌，岂料后来许多因果，莫不从此而萌。适才彩毫点额，已露玄机。无奈这妮子犹在梦中，毫无知觉。这也是群花定数，莫可如何！”登时歌停舞罢，王母都赏赐果品琼浆，叩领而去。众仙宴毕，也就拜谢四散。

百花仙子与百草、百果、百谷，四位仙姑，共坐云軿，一同回洞。百谷仙子在路说道：“今日是庆寿良辰，争奈这嫦娥恃强倚宠，卖弄新鲜题目，平白惹这场闲气，我至今还觉不平！幸亏百花姐姐有情有理，说得她满面羞惭，无言可答。”百草仙子道：“那歌舞是件有趣的事，怎么要那不伦不类的百兽乱闹起来？瑶池乃幽静之所，今被兽蹄鸟迹，糟蹋不堪，明日那些执事仙官，著人打扫，还不知怎样埋怨嫦娥哩！”百果仙子道：“幸而龟不能歌，蛟不能舞。若能歌舞，嫦娥少不得又请百介、百鳞二仙发号施令。那时弄得满瑶池尽是虾兵蟹将，臭气熏天，那才是个笑话哩！——当时我在座上，见百草妹妹嬉笑不止，不知为甚。想是看得乐了？”百草仙子道：“我看那些鸟儿，如凤管鸾笙，莺啼燕语，虽不成腔调还不讨厌。至于百兽，到底算些甚么东西，那笨牛、癞像，摇来摆去，已觉不雅；又弄个毛猴子，夹在里头，东奔西跳，偏是他忙；最令人喷饭的，那小耗子又要舞，又怕猫，躲躲藏藏，贼头贼脑，任他装出斯文样子，终失不了偷油的身分；还有那小兔子，站在旁边，正自躲懒，忽然看见凤凰手下那只癞鹰，惟恐鹰来捉他，登时使出无穷身段，扭扭踢踢，向著癞鹰笑容可掬，百般跳舞。我因小兔子他也会哄骗，所以不觉好笑。看了他们这种样子，无怪百花姐姐宁与我辈草木并腐，不屑与鸟兽同群了。”百花仙子听他三位问答，却也化怒成欢。谈笑间，因至蓬莱，各自归洞。每逢闲暇，无非敲枰相聚。日复一日，年复一年，也不知人间岁月几何。

> **词苑撷英**
> 恃强依宠：仗恃自己的手段高强和受到主人的宠爱。

> **语言描写**
> “幸而龟不能歌，蛟不能舞。若能歌舞，嫦娥少不得又请百介、百鳞二仙发号施令。那时弄得满瑶池尽是虾兵蟹将，臭气熏天，那才是个笑话哩！”这不是笑话，也不是神话，而是为最高封建专制者画下的一幅宫廷漫画。那些仙童变出本相，无非虎豹癞像、獐猫麋鹿之类。

一日，百花仙子因时值残冬，群劳暂息，既少稽查之役，又无号令之烦，消闲静摄，颐养天和。一时忽然静中思动，因命牡丹、兰花众仙子看守洞府。去访百草仙子，不意适值外出。又访百果、百谷二仙，亦皆不遇。忽见阴云四合，飘下几点雪花。正要回，偶然想起麻姑久未会面，于是来到麻姑洞府。彼此见面各道久阔。麻姑道："今日这般寒冷，满天雪片飘扬，仙姑忽来下顾，真是意想不到。如果消闲，趁此六出纷霏之际，我们虽不必学人间暖阁围炉那些俗态，何妨清吟联句，遣此长宵？现在家酿初熟，先请共饮数杯，好助诗兴。"百花仙子道："佳酿延龄，乃不易得的，一定尊命拜领。至于联句，乃冷淡生涯，有何趣味！不如以黑白双丸，赌个胜负，倒还有些意思——莫要偷棋摸著，施出狡狯伎俩，我就不敢请教了。"

未知如何，下回分解。

名师点拨

本回写风姨与花神的宿怨。《镜花缘》中风姨站在嫦娥一边故意刁难百花仙子。首次发难是在第二回帮助嫦娥欲劝说百花仙子违时改花期以助兴。第二次则是在唐闺臣等一班才女高中科举后心生不平而与嫦娥化身下凡，想挫杀一下众才女的锐气，结果铩羽而归。

阅读积累

兰　花

兰花别名兰草，为我国传统的十大名花之一。有香祖、王者香、第一香、国香、花中君子、空谷佳人等美称，兰花又是我国古老而有特色的观赏花卉之一，在我国已有两千多年的栽培历史了。早在二千四百多年前，孔子自卫返鲁，隐谷之中，见蕙独茂，曾说：兰当为王者香草。于是"王者香"便成了兰花的别名了。爱国诗人屈原更是兰花的爱好者，从《楚辞》的诗句中可以看出，他不仅种兰，而且佩兰、咏兰，以兰蕙自比。但在宋以前，没有一本记载兰花的书流传下来。我国最早的兰谱是南宋赵时庚的《金漳兰谱》，其后有南宋王贵学的《王氏兰谱》，还有《养兰说》等。在唐代，兰花栽培已很普遍。至明代，民间兰花的品种已经很多。著名药物学家李时珍在《本草纲目》一书中，较完整详细地叙述了兰草的品类，并出现了不少新品种。此外，明代还有高濂著的《兰谱》，到了清代，艺兰者辈出，对兰花的栽培积累了丰富的经验，有了不少关于兰花的专著，如朱克柔的《第一香笔记》，屠芸庄的《兰蕙镜》等。

第三回　徐英公传檄起义兵　骆主簿修书寄良友

名师导读

纵观全书，小说情节的发展有一正一副、一明一暗两条线索。本回交待的徐敬业、骆宾王等人及其后代讨伐武则天的勤王活动是一条背景线索，贯穿小说始终。

武则天在本回出现，点明了小说人物活动的时代背景是唐代，作者将武则天的出世设置为心月狐临凡，不但使小说笼罩着一层宿命论的色彩，也暗含着对武则天的褒贬之情，可谓春秋笔法。

语言描写

“我喜你者，因你棋不甚高，臭的有趣，同你对著，可以无须用心，即可取胜，所谓‘杀屎棋以作乐’，颇可借此消遣。”此段语言，展现一幅下棋的情景，活灵活现。

话说麻姑闻百花仙子之言，不觉笑道：“你既要骗我酒吃，又斗我围旗，偏有这些尖嘴薄舌的话说！我看你只怕未必延龄，反要促寿哩。若讲著棋，我虽喜同你著，却又嫌你……”百花仙子道：“这却为何？”麻姑道：“我喜你者，因你棋不甚高，臭的有趣，同你对著，可以无须用心，即可取胜，所谓‘杀屎棋以作乐’，颇可借此消遣。无如你棋品平常，每每下到半盘，看势头不好，不是一掳，就想推故要走。古人云：‘未角智，先练品。’谁知你是未角智，先练掳，又练走。所以我又嫌你。我们今日预先讲定，或三盘五盘，必须见个胜负，不准半途而废。如果有事，请办过再来，免得临时闹诡。”百花仙子笑道：“小仙今拜南极仙翁为师，若论高手，大约除了敝老师就要轮到小仙，岂可与从前一例看待——就下十盘我也不惧！且命贵仙女暖酒安枰，我两人好一饮一著，分个高下。”麻姑道：“仙姑休得夸强，到了终局，你才知利害，那才后悔不该同我时局哩！”百花仙子道：“仙姑今日如果得胜，小仙闻得下界高手甚多，我去凡间访求明师，就便将弈秋请来，看你可怕？”麻姑道：“那弈秋老先生，连孟夫子都佩服的，我如何不怕！但仙姑‘下凡访师’这句话，未免动了红尘之念，将来只怕下界有人聘你去做棋中高手哩。”一面说笑，随命仙女摆设酒肴，安排棋局，登时各逞心思，对著起来。百花仙子只顾在此著棋，那知下界帝王忽有御旨命他百花齐放。

语言描写

作者李汝珍也借麻姑之口，直言百花仙子“未免动了红尘之念”，而这种红尘之念显然是不容于此处替政治立规的天命的。

原来这位帝王并非须眉男子，系由太后而登大宝。乃唐中宗之母，姓武，名曌，自号则天。按天星心月狐临凡。当日太祖、大宗本是隋朝臣子，后来篡了炀帝江山。虽是天命，但杀戮过重，且涉于淫私，伤残手足；所以炀帝并各路烟尘趁他这个亏处，都在阴曹控告唐家父子种种暴戾荼毒之苦。冥官具奏。幸亏众神条陈：与其令杨氏出世报仇，又结来生不了之案，莫若令一天魔下界，扰乱唐室，任其自兴自灭，以彰报施。适有心月狐思凡获谴，即请敕令投胎为唐家天子，错乱阴阳，消此罪案。心月狐得了此信，欢喜非常，日盼下凡吉期。

简要说明

和解的结局似乎已经在此预示，所以小说的悲剧格局最终变为悲喜格局。在法制不完善的时代，自己执行法律为舆论所许可，甚至于获得赞扬。可是法律越来越严密，私自执法报仇已经是违法了。冤枉相报，如果循环不息，何时了结？

这日来到广寒，与太阴告辞。嫦娥触动前事，因悄悄说道：“星君此去下界为帝，享受玉食万方皆不足道。倘能于一日之中，使四季名花莫不齐放，普天之下尽是万紫千红，那才称得锦绣乾坤，花团世界。不独名传千古，也显得星君通天手段。”心月狐笑道：“这有何难？我既为帝，莫讲百花教他齐放，他不敢不尊，就是那从不开花的铁树，也要开朵花儿给我看看哩。此时说来无凭，日后便见明白。”说罢作别——后来下凡，脱生为则天皇帝，即唐中宗之母。

当时中宗在位，一切谨守彝训，天下虽然太平，无如做人仁慈，不合武太后之意。未及一载，废为庐陵王，贬在房州。武后自立为帝，改国号周，年号光宅，自中宗嗣圣元年甲申即位，赖唐家一点疵荫，天下倒也无事。无奈武后一味尊崇武氏弟兄，荼毒唐家子孙。那时恼了一位豪杰，是英国公徐勣之孙徐敬业，在外聚集英雄，同骆宾王做了一道檄文，布告天下，以讨武后。武后即发强兵三十万，命李孝逸率领众将征剿。徐敬业手下虽有兵十万，究竟寡不敌众，兼之不听魏思温之言，误从薛仲璋之计，以致大败亏输。后来被周兵追到至急之际，手下只剩千余人。

彼时徐敬业、骆宾王各有一子，跟在军前，都不满十岁。徐敬业见事机万无挽回，即同骆宾王商议，选了四名精壮偏将，保护两位公子，暗暗奔逃。并将所讨武氏檄文，割下袍襟，咬破手指，每人各书一张，交付两位公子，丁宁嘱付，教他日后务保主上复位，以承父志——所以徐敬业之子取名徐承志，骆宾王之子取名骆承志——当时骆宾王又割一幅袍襟，匆匆写了一封血书，送给儿子道：“此信日后送到陇右节度使史伯伯处。此人名叫史逸，向日同我结拜至交。为人忠心赤胆，素谙天文，刻下虽有勤王之意，因兵微将寡，未敢妄动。将来首先起兵剿灭武氏，必是此人。我儿前去得能替我出得半臂之劳，我亦含笑九泉。切须勉力为之！”徐敬业也写两封血书，递给儿子道：“此信吾儿一送淮南节度使文伯伯处，一送河东节度使章伯伯处。文伯伯名隐，章伯伯名更。为人都是血心仗义。本欲起兵剿除内乱，迎主还朝，因兵马甚少，尚未举事。吾儿只要逃得性命，或在淮南，或在河东，投了此信，得能安身，将来自有出头之日……”叮咛未毕，后面追兵甚近，父子四人只得洒泪而别。

语言描写

忠于李唐王朝的徐敬业、骆宾王等人起兵“勤王”，结果被武则天镇压。他们的儿子徐承志、骆承志带着父亲的血书逃亡，继续“勤王”，志在推翻武则天，恢复李唐王朝。

后来徐敬业被偏将王那相刺死，即持敬业首级投降，余党俱被擒捕，其兄徐敬功带领家眷，逃在外洋。骆宾王竟无下落，其父骆龙带领孙女，亦逃海外。余如唐之奇、杜求仁、魏思温、薛仲璋诸人，悉皆奔逃。

武后剿灭徐敬业，惟恐城池不固，日与武氏弟兄计议，大兴土木，于长城外，另起东西南北四座高关，把个长安团团围在居中，真是水泄不通。这四座关就命武氏弟兄把守，武四思镇守北关：北方属水，兼之关下河道西通酉阳之水取名西水关。武五思镇守西关：西方属金，主肃杀之像，兼因地近巴蜀取名巴刀关。武六思镇守东关：东方属木，又因关下河道向产紫贝，——本名木贝关他因“木”字犯了武氏祖讳，却把“木”字少写一笔——名叫才贝关。武七思镇守南关：南方属火，因造此关之后，关内屡遭回禄，恐火太旺，取名无火关。弟兄四个，都得异人传授，颇有妖术。关前各设“迷魂阵”一座，极其利害。因此四方闻风而惧。当时虽有几家忠良欲为勤王之计，因有此关阻隔，未敢冒昧兴师，暂且臣服于周，相时而动。

词苑撷英

水泄不通：像是连水也流不出去。形容拥挤或包围的非常严密。

武后恃有高关，又仗武氏弟兄骁勇，自谓稳如泰山，十分得意。一日，正值残冬，同太平公主在暖阁饮酒，推窗赏雪，并与宫娥上官婉儿唱和吟诗。武后因雪越下越大，不觉喜道："古人云：'雪兆丰年。'朕才登极，就得如此佳兆，明岁自然五谷丰登，天下太平了。"公主同上官婉儿率领众宫娥都山呼叩贺。

未知如何，下回分解。

名师点拨

本回故事，表明了对江山易代的看法，对封建专制者的认识，对血性仗义者的希望。开篇就说："其中奇奇幻幻、悉由群花被谪以发其端"，所托的三位节度使，又分别为"史逸""文以""章更"。作者心中若无寄托，他能这样写？

阅读积累

长　安

长安是西安的古称，是历史上第一座被称为"京"的都城，也是历史上第一座真正意义上的城市。周文王时就定都于此，筑设丰京，武王即位后再建镐京，合称丰镐，西安简称"镐"即源于此。汉高祖五年（前202年）置长安县，在渭河南岸、阿房宫北侧、秦兴乐宫的基础上兴建长乐宫，高祖七年（前200年）营建未央宫，同年国都由栎阳迁移至此，因地处长安乡，故名长安城，取意"长治久安"。

第四回 吟雪诗暖阁赌酒 挥醉笔上苑催花

名师导读

武则天在残冬之日，一边饮酒一边赏雪，忽然兴起，遂令百花逆时而放。在一抹绿色也难得一见的寒冬时节，这道敕令无异于酒醉丧失理智之言，武则天的骄横可见一斑。实际上，酒醒后的武则天也为自己的鲁莽举动懊悔不已，这恰恰由她自己否定了那道敕令的合理性。而随后武则天烤炙牡丹的荒唐举措再次印证了百花齐放的号令是“无道之令”，武则天也就不可避免地被贴上“无道之主”的标签。

话说武后赏雪心欢，趁著酒兴，又同上官婉儿赌酒吟诗。上官婉儿每做“雪兆丰年”诗一首，武后即饮一杯。起初是一首诗一杯酒，后来从两首诗一杯酒慢慢加到十首诗一杯酒。上官婉儿刚把诗机做的略略活了，诗兴还未一分，武后酒已十分。正饮得高兴，只觉阵阵清香扑鼻，武后朝外一望，原来庭前有几株腊梅开了。不觉赞道：“这样寒天，腊梅忽然大放，岂非知朕饮酒，特来助兴？如此殷勤，自应懋赏！”分付挂红、赏金牌。宫娥答应，登时俱挂红绫、金牌。武后醉跟朦胧，又分付宫女道：“此地蜡梅既来伺候，想来园中各花素知朕有爱花之癖，自然也都大放。即刻备辇，朕同公主往群芳圃、上林苑赏花去。”众宫娥只得答应，传旨备辇。

词苑撷英

殷勤：热情而周到。

公主道：“腊梅本系冬花，此时得了雪气滋润，所以大放。至别的花卉，开放各有其时，此刻离春令虽近，天气甚寒，焉能都开呢？”武后道：“各花都是一样草木，腊梅既不畏寒，与朕陶情，别的花卉，自然也都讨朕欢喜。古人云：‘圣天子百灵相助。’我以妇人而登大宝‘自古能有几人？将来真可上得《无双谱》的。此时朕又岂止百灵相助，这些花卉小事，安有不遂朕心所欲？即便朕要挽回造化，命他百花齐放，他又焉能违拗！你们且随朕去，只怕园内各花早已伺候开了。”公主再三谏阻，武后哪里肯听，随即乘辇，命公主、上官婉儿同去赏花。

到了群芳圃，下得辇来，四处一望，各样花木，除腊梅、水仙、天竺、迎春之外，尽是一派枯枝，莫讲赏花，要求赏个青叶也是难的。看了一遍，不觉面红过耳，真是众目之下，羞愧难当，几乎把酒都羞醒了。正要到上林苑去，只见有个小太监走来奏道：“奴婢才到上苑看过，那边也同这边一样。据奴婢看来，大约众位花仙还不晓得万岁要来赏花，所以未来伺候。刚才奴婢已向各花宣过圣意，倘万岁亲自再下一道御旨，明日自然都来开花了。”武后听罢，心中忽然动了一动，倒像触起从前一件事来。再四寻思，却又无从捉摸。不觉把头点了两点道：“也罢！今日已晚，权且施恩，限他明日开罢。”分付预备金笺笔砚。提起笔来，想了一想，在那笺纸上，醉笔草草写了四句：

明朝游上苑，火速报春知。

花须连夜发，莫待晓风催。

写罢，分付太监拿去用了御宝，即发上林苑张挂。并命御膳房，明早预备赏花酒宴。公主同上官婉儿听了，都不觉暗笑。武后酒醉难支，即带众人乘辇回宫。太监理旨，把金笺用了御宝，张挂上林苑内。

那上林苑腊梅仙子同水仙仙子见了这道御旨，忙到洞中送信。谁知这日百花仙子正同麻姑著棋，因天晚落雪，尚未回洞。当时牡丹仙子得了此信，不知洞主下落，即同兰花仙子冒雪分头到百草、百果各位仙姑洞中寻访，毫无踪迹。天已夜晚，雪仍不止，只得回洞。牡丹仙子道：“此旨限期又迫，偏偏洞主又无下落，这却怎好？”桃花仙子道：“据小仙愚见，为今之计，惟有各司本花，前去承旨。况我们这座蓬莱，周围七万里，上面仙姑洞府，不计其数，焉能个个遍访。设或逾限，违了圣旨，岂同儿戏！此时即找著洞主，禀知此事，除承旨之外，安能另有别见。且洞主向来谨慎从不越分妄为，岂有违旨之理！”杨花仙子在旁听了，不觉暗暗点头。

牡丹仙子道：“话虽如此，洞主究系众人领袖，岂可不

情景描写

武则天的上苑催花实在是“无道之令”，而她自恃“圣天子百灵相助”“即使朕要挽回造化，命他百花齐放，他又焉能违拗！”这也是封建专制者的共同心态。于是，明知是时序颠倒，明知是于理不顺，甚至明知是违背天条，也要这么做，众花仙子只好“且顾眼前”，等不得寻到洞主，纷纷前来承旨。

语言描写

这话就是常人听了也会受用得很，更别说是处在微醺中的则天皇后了。自命不凡的则天皇后，身边有很多吹捧、抬高她的小太监，小扇子一扇再扇，恭维话一说再说，她逐渐就不知道自己几斤几两了。

候号令，擅自前去。不知兰、桂二位仙姑，可另有高见？”兰花仙子道：“小仙同桂花仙姑所司之花，原有‘四季’之名，四时莫不可放。此刻就去承旨，也无不合。但细细忖度，自应找寻洞主，禀知为是。况‘罚不责众’，如果立意都不承旨，谅那世主亦难遽将群芳尽废。且众姊妹虽以花卉为名，并非独供玩赏，其中隶于药品济世的亦复不少，若都废了，何以疗疾？以此看来，更可放心。况时值隆冬，概令群花齐放，未免时序颠倒。虽皇上圣谕，究竟于理不顺，即使违误，谅难加罪。所谓‘言不顺则事不成’，若‘名正言顺’，事在必行，我们一经闻命，自应即去承目，又何须禀知洞主。现在行止在于两可，所以不能不候洞主之命。小仙拙见如此。”桂花、梅花、菊花、莲花四位仙子听了，莫不点头，都道：“仙姑所见极是。”

语言描写

应当说，兰花仙子的分析是透彻的，也是完全站得住脚的。可叹的是，百花在与武皇后的这场心理较量中，终究还是败下阵来，不是败在理上，而是败在心理上。而这一败，如同一针强心剂，最终将原先还是内心虚弱的武皇后送到了完完全全的张狂者的位置上。

只见杨花、芦花、藤花、蓼花、萱花、蒺花、苹花、菱花八值仙子，彼此交头接耳，商议多时，一齐说道：“诸位仙姑去不去，小仙也不敢勉强。但我等虽忝列群芳，质极贱微，道行本浅，位分又卑，即乏香艳之姿，兼无济世之用，何能当此违旨重谴？一经被谪，区区微末，岂能保全？再四斟酌，不能不筹‘且顾眼前’之计。此时业经交丑，那旨内说‘莫待晓风催’。转瞬就要发晓，我们惟有各司本花，先去承旨。日后即使洞主责备，亦当垂鉴下情。且吾辈倘竟违旨，俱获重罪，洞主身为领袖，又安能置身事外？今即循分承旨，彼此均无过失，洞主犒赏不暇，岂有责备之理！”因向桃花仙子道：“适才仙姑曾言，惟恐逾限获罪，何不趁此结伴同行？”不由分说，即拉了桃花仙子，竟自一同而去。九位仙子刚去，只见上林苑土地并值日功曹也来相催。登时众仙子莫不纷纷前往。

词苑撷英

区区：（数量）少；（人或事物）不重要。

那时天已渐晓，雪已住了，牡丹仙子向兰花仙子叹道：“众心不齐，又将奈何！小仙惟有再去寻访。至于行止，只好悉听诸位。”说著去了。兰花仙子等之许久，总无音信。功曹、土地、络绎来催。转眼间，红日已升，众花仙十去八九。洞中只剩桂花、梅花、菊花、莲花、海棠、芍药、水仙、腊梅、玉兰、杜鹃、兰花，共十一位仙子。大家商议多时，并无良策，只得勉强一同去了。牡丹仙子又在四处访问，直到辰时，仍无影响。回到洞中，只剩两个女童看守洞门。呆了半晌，无计可施，惟恐违旨，只得也向上林苑而来。

武后自从上林苑回宫，睡到黎明，宿酒已消。猛然想起昨日写诏之事，连忙起来，心内著实懊悔酒后举动，过于孟浪，倘群花竟不开放，将来传扬出去，这场羞愧，如何遮掩？正在寻思，早有上林苑、群芳圃司花太监来报，各处群花大放。武后这一喜非同小可！登时把公主宣来，用过早膳，齐到上林苑。只见满园青翠萦目，红紫迎人，真是锦绣乾坤，花花世界。天时甚觉和暖，池沼都已解冻，陡然变成初春光景。正是：

心理描写

以人物心理，表现其自我主体意识。

池鱼戏叶仍含冻，谷鸟啼花乍报春。

武后细细看去，只见众花惟牡丹尚未开放。即查群芳圃，亦是如此。不觉大怒道："朕自进宫以来，所有上林苑、群芳圃各花，每于早晚，俱令宫人加意浇灌，百般培养，自号'督花天王'。因素喜牡丹，尤加爱护：冬日则围布幔以避严霜，夏日则遮凉篷以避烈日。三十余年，习以为常。朕待此花，可谓深仁厚泽。不意今日群芳大放，彼独无花。负恩昧良，莫此为甚！"分付太监："即将各处牡丹，逐根掘起，多架柴炭，立时烧毁。"公主劝道："此时众花既放，牡丹为花中之王，岂敢不遵御旨。但恐其花过大，开放不易。尚望主上再宽半日限期。倘仍无花，再治其罪，彼草木有知，谅亦无怨。"武后道："你既替他恳求，姑且施恩，再限两个时辰。如再无花，就怨不得朕了。"因问太监道："此处牡丹若干株？"太监奏道"上林苑共约二千余株，与群芳圃数目相仿。"武后道："此时已交辰初，就以辰时为限。尔等即烧炭火千盆，先把千株枝梗炙枯，不可伤根，炙后如放叶开花，即将炭火撤去。俟到巳时无花，再将所余千余株，也用炭火炙枯。一交午时，如再不开，立将各处牡丹，一总掘起，用刀斧捶为齑粉。那时朕再降旨，令天下尽绝其种。所有群芳圃牡丹，亦照此处一例办理。"太监答应，登时炭火齐备。

词苑撷英

习以为常：指某种事情经常去做，或某种现象经常看到，也就觉得很平常了。

未知如何，下回分解。

名师点拨

武则天的号令发出后，不仅在人间引发骚动，更在百花仙界掀起了风波听闻此令，百花内部顿时形成了主张从令和反对从令两大阵营，读者务必留心这些花卉的选择，她们今日的言行举止与其日后在泣红亭内玉碑上的排名先后是紧密相关的。恰恰是最后应诏的十二种花，位列原天榜之首，而始作俑者如杨花、桃花等，不啻于贬谪事件的帮凶，所以愧居末位。

阅读积累

上林苑

上林苑是古代园林建筑，汉武帝刘彻于建元三年（公元前 138 年）在秦代的一个旧苑址上扩建而成的宫苑，规模宏伟，宫室众多，有多种功能和游乐内容，今已无存。上林苑地跨长安区、鄠邑区、咸阳、周至县、蓝田县五区县境，纵横 340 里，有渭、泾、沣、涝、潏、滈、浐、灞八水出入其中。上林苑既有优美的自然景物，又有华美的宫室组群分布其中，是包罗多种多样生活内容的园林总体，可以说是我国最早的植物园动物园，更是秦汉时期建筑宫苑的典型。

第五回　俏宫娥戏夸金盏草　武太后怒贬牡丹花

名师导读

作者精雕细琢地描绘了武后怒贬牡丹花的情形，见此情形，上官婉儿与公主有一段对话，在这风趣幽默的笑谈中，作者对专横粗野的女皇的揶揄之意毕现无遗。

话说太监把炭火预备，上林苑牡丹二千株，转眼间已用炭火炙了一半。群芳圃也是如此。上官婉儿向公主轻轻笑道："此时只觉四处焦香扑鼻，倒也别有风味。向来公主最喜赏花，可曾闻过这样异香么？"公主也轻轻笑道："据我看来今日不独赏花，还炮制药料哩。"上官婉儿道："请教公主，是何药料？"公主笑道："好好牡丹，不去浇灌，却用火炙，岂非六味丸用的炙丹皮么！"上官婉儿笑道："少刻再把所余二千株也都炙枯，将来倒可开个丹皮药材店哩。向来俗传有'击鼓催花'之说。今主上催花，与众不同，纯用火攻，可谓'霸王风月'。"

语言描写

太平盛世的金字招牌掩饰不住封建专制者的专横残暴，焦香扑鼻中散发着浓浓的血腥味。从号令百花齐放到贬谪枯枝牡丹，作者借武则天的故事把封建专制者的心理和行为画得入木三分。这是一篇难得的政治寓言，有很强的涵盖性和穿透力。

公主道："闻得向来你将各花有'十二师'、'十二友'、'十二婢'之称，不知何意。此时主上正在指拨宫人炮制牡丹，趁此无事，何不将师、友、婢的寓意谈谈呢？"上官婉儿道："这是奴婢偶尔游戏，倘说的不是，公主莫要发笑，所谓师者，即如牡丹、兰花、梅花、菊花、桂花、莲花、芍药、海棠、水仙、腊梅、杜鹃、玉兰之类，或古香自异，或国色无双，此十二种，品列上等。当其开时，虽亦玩赏，然对此态浓意远，骨重香严，每觉肃然起敬，不啻事之如师，因而叫作'十二师'。他如珠兰、茉莉、瑞香、紫薇、山茶、碧桃、玫瑰、丁香、桃花、杏花、石榴、月季之类，或风流自赏，或

语言描写

表面是谈花之品性，实际是谈读书人之品性。当时的知识界确实如此，由于清统治者对汉族知识分子采取软硬兼施的两面手法，有的人就完全丧失了民族气节，投入了清朝统治者的怀抱，谄媚取宠，死心塌地当了“奴才”“走狗”。

清芬宜人，此十二种，品列中等。当其开时，凭栏拈韵，相顾把杯，不独蔼然可亲，真可把袂共话，亚似投契良朋，因此呼之为‘友。至如凤仙、蔷薇、梨花、李花、木香、芙蓉、蓝菊、栀子、绣球、罂粟、秋海棠、夜来香之类，或嫣红腻翠，或送媚含情，此十二种，品列下等。当其开时，不担心存爱憎，并且意涉亵狎，消闲娱目，宛如解事小环一般，故呼之为‘婢’。惟此三十六种，可师，可友，可婢。其余品类虽多，或产一隅之区，见者甚少；或乏香艳之致，别无可观。故奴婢悉皆不取。”

公主道：“你把三十六花，借师、友、婢之意，分为上、中、下三等，固因各花品类，与之区别。据我看来，其中似有爱憎之偏。即如芙蓉应列于友，反列于婢；月季应列于婢，反列于友，岂不教芙蓉抱屈么？”上官婉儿道：“芙蓉生成媚态娇姿，外虽好看，奈朝开暮落，其性无常。如此之类，岂可与友？至月季之色虽稍逊芙蓉，但四时常开，其性最长，如何不是好友？”

知识延伸

武则天：名武曌（zhào），并州文水（今山西文水）人。中国历史上唯一的正统女皇帝（690至705年在位），也是即位年龄最大（67岁）、寿命最长的皇帝之一（82岁），与汉朝的吕后并称为“吕武”。天授元年（690年），武则天自立为帝，改国号为周，定都洛阳，称“神都”，建立武周。

正在谈论，已交巳初。只见宫人纷纷来报，此处同群芳圃牡丹，俱已放叶含苞，顷刻就要开花了。武后道：“原来他也晓得朕的炮制利害！既如此，权且施恩，把火撤去。”宫人遵旨，撤去火盆。霎时各处牡丹大放。连那炭火炙枯的，也都照常开花——如今世上所传的枯枝牡丹，淮南卞仓最多。无论何时，将其枝梗摘下，放入火内，如干柴一般，登时就可烧著。这个异种，大约就是武则天留的“甘棠遗爱”。

当时武后见牡丹已放，怒气虽消，心中究竟不快，因下一道御旨道：“昨朕赏雪，偶尔高兴，欲赴上苑赏花，曾降敕旨，令百花于来晨黎明齐放，以供玩赏。牡丹乃花中之王，理应遵旨先放。今开在群花之后，明系玩误。本应尽绝其种。姑念素列药品，尚属有用之材，著贬去洛阳。所有大内牡丹四千株，俟朕宴过群臣，即命兵部派人解赴洛阳，著该处节度使章更，每岁委员采贡丹皮若干石，以备药料之用。”此旨下过，后来纷纷解往，日渐滋生，所以天下牡丹，至今惟有洛阳最盛。

武后又命司花太监，将上林苑、群芳圃所开各花，细细查点，共计若干种开单呈览。其中如有外域及各处所贡者，亦皆一一载明。太监领旨，登时查明共九十九种，把名目开列清单呈上。武后见各花开的如许之多，颇有喜色，把单子递给公主观看。因向上官婉儿笑道："你向有才女之名，最是博古通今，可曾见过灵芝、铁树均在残冬开花？那洛如、青囊、瑞圣、曼陀罗各花来历，可都晓得么？"上官婉儿奏道："臣婢向闻灵芝产自名山，乃神仙所服。因其每岁三花，又名'三秀'。虽前古圣明之世，亦属罕有。今不独芬芳大放，并有五色之异。至铁树开花，尤属罕见。相传每逢丁卯年，或可一放，今系甲申，更非其时。不意竟于寒冬，与灵芝一齐吐艳，实为国家嘉祥。洛如花，据古人传说，其种即不易得，其花尤为少见，惟国有文人，始能放花。青囊花，按史鉴本出契丹。其详虽不可考，然以'青囊'二字言之，据《晋书》，当日郭公曾得青囊之秘，像属文明。今同洛如一并开放，必主人文辅佐圣明之兆。他如瑞圣花，一经开放，必经九月之久，像主国祚永长。曼陀罗花，当日世尊说法，上天雨之，像主西方宁谧。以上各花，皆为希世之宝，今俱遵旨立时齐放，真是主上洪福齐天所致，可谓亘古未有盛事，亦是千秋一段佳话。"

知识延伸

灵芝：菌类植物，菌盖为肾脏形，赤褐色或暗紫色，有环纹，有光泽。药用对消化不良、慢性气管炎和神经衰弱等症有疗效。

公主道："今观洛如、青囊所放之花，不独鲜艳冠于群芳，而且枝多连理，花皆并蒂。以阴阳、奇偶而论，连理、并蒂为双，属阴；阴为女像。适才上官婉儿所奏洛如、青囊主文，以臣女所见，连理、并蒂主女。据这景象，将来必主圣上广得闺才之兆。盖圣上既奉天运承了大统，天下闺中，自应广育英才，以为辅弼，亦如古之八元、八恺，风云际会。所以草木有知，也都预为呈兆。臣等叨蒙圣上洪福，恭逢其盛，不胜欢欣颂祷！"于是率领众宫人山呼叩贺。

照应前文

上文的例证是武后和公主及上官婉儿关于花儿的论证内容之一部分，那些花儿象征女子，暗示武后将得到许多女性英才。这里照应此例证，使文章结构严密，中心突出。

武后听罢，不觉大悦道："此虽上天垂像，但朕何德何能，岂敢妄冀巾帼中有八元，八恺之盛。倘得一二良才，共理朝纲，得备顾问，心愿也就足了。"于是分付宫人，即与众花挂红。并降敕旨，封洛如花为"文运女史"，青囊花为"文化女史"。又命太监制金牌二面，一镌"文运女史"，一镌"文化女史"，登时制就，挂于洛如、青囊之上。谁知各花一经挂红，开的更觉鲜艳。那洛如、青囊挂了金牌，尤其茂盛，不独并蒂，并从花心又出一花。武后越看越爱，不觉喜笑颜开道：

语言描写

武则天希望巾帼之中也会出现栋梁之材，但并没有过度奢望，没有因为自己是君主就不可一世。武则天比较理智，有容人之量。

“此时洛如、青囊二花经朕封为女史，莫不蒂中结蒂，花中套花，真是双双吐艳，两两争妍。若以奇偶而论其为坤像无疑。公主所言闺才之兆，实非无因。但向来两花并放，谓之并蒂。至花心又出一花，却最罕见，历来亦无其名。若据形状，宛然子伏母怀，似宜呼为‘怀中抱子’。现在各花将及百种，至并蒂以及怀中抱子，只得洛如、青囊二种。今特降旨：‘众花中如再开有并蒂或怀中抱子者，即赐金牌一面，并赏御酒三杯。’”说罢，将旨写了，随即张挂。却也作怪，不多时，各花中竟有十余种开出并蒂；至怀中抱子，虽有数种，内中惟石榴最盛。武后即命宫人各赏金牌，并奠御酒。

公主道：“臣女向在上苑游玩，石榴甚少。今岁忽有数百株之多，不独五色备具，并有花心另挺枝叶，复又生出怀中抱子。奇奇幻幻，夺尽造物之巧。如此异种，不知从何而来？”武后道：“此处石榴，乃朕特命陇右节度使史逸从西域采办来的。据说此花颜色种类既多不同，并有夏秋常开者。此时不但开出异色，且多怀中抱子。世俗本有‘榴开见子’之说，今又开出怀中抱子，多子之像，无过于此。宜封为‘多子丽人’。朕见此花，偶然想起侄儿武八思，年已四旬，尚无子息昨朕派往东海郡镇防海口，何不将此送去，以为侄儿得子之兆？”于是分付太监，俟宴过群臣，即将石榴二百株，传谕兵部，解交武八王爷查收，此花后来送至东海郡，附近流传，莫不保护。所以沐田地方，至今仍有异种，并有一株而开五色者。每花一盆，非数十金不可得，真可甲于天下。

知识延伸

石榴：石榴科石榴属落叶灌木或小乔木。陇南及天水、庆阳等地有栽培，舟曲亦见。种子的肉质层可供鲜食或加工成清凉饮料。花、果可供观赏，果皮可入药，可医久泻、久痢、下血脱肛、崩漏带下等症。

武后正在分付，只见宫人奏道：“现在查点各处牡丹，除解洛阳四千株，仍余四百株。应栽何处，请旨定夺。”武后道：“所有大内牡丹，俟宴赏后，毋许留存一株。这样丧心负恩，岂可仍留于此！所余四百株，朕闻淮南节度使文隐昨在剑南剿灭倭寇，颇为出力，现在积劳成疾。闻彼处牡丹甚少，可将此花赐给文隐，令其玩花养病，以示朕轸念劳臣之意。”宫人领旨。武后又到群芳圃看了一通，分付摆宴与公主赏花饮酒。

语言描写

通过宫人的奏报可知，花仙中只有牡丹花没有迎合武则天。

未知如何，下回分解。

名师点拨

为了承接上回百花应诏的情状，作者又巧借才女上官婉儿之口对百花之品德风貌、性情意态进行了品评、赏鉴，评出了上、中、下三等，还有一些“既乏香艳之姿，兼无济世之用”不入流的品种。她以花喻人，也表达了作者对现实社会各色人等的评判尺度。

阅读积累

节度使

节度使是官名，唐初沿北周及隋朝旧制，重要地区置总管统兵，旋改称都督，唯朔方仍称总管，边州别置经略使，有屯田州置营田使。唐代开始设立的地方军政长官。因受职之时，朝廷赐以旌节，节是当时一种全权印信，受有此全权印信者，便可全权调度，故称节度使。

第六回 众宰承宣游上苑 百花获谴降红尘

名师导读

在前文武后赏雪时，作者就提及了上官婉儿的满腹经纶，本回又刻意突出了她的卓越诗才，艺压群臣。虽然小说与历史上实有其名的上官婉儿不能完全等同，但就其才华一点而言，却也未过离谱：作者着意渲染婉儿“但才情敏捷，而且语句清新，真是‘胸罗锦绣，口吐珠玑’”在构思上，作者浓墨重彩地描写婉儿也是别具匠心的。小说以武后女主临朝作为背景，又以众才女为主要描写对象，恰巧武则天身旁就有一位才华横溢的女子，正好可以由作者拈来平添一段闺阁风光，也可以给开女科考试做铺垫。总之，上官婉儿的书写起到了突出小说才女主题的作用。

情景描写

在这为九十九种花写诗的活动中，上官婉儿总是第一个交卷，可见才情非凡。

衬托手法

小说颂扬女性，特别突出一个“才”字；而武则天被描写成一位重视人才的执政者，许多女性的才情得以显扬，都由她来提供机会和条件。

话说武后分付摆宴，与公主赏花饮酒。次日下诏，命群臣齐赶上苑赏花，大排筵宴。并将九十九种花名，写牙签九十九根，放于筒内。每掣一签，俱照上面花名做诗一首。武后因前日赏雪，上官婉儿做了许多诗，毫不费力，知他学问非凡。意欲卖弄他的才情，所以也令上官婉儿与群臣一同做诗，先交卷者赐大缎二匹；交卷过迟者，罚酒三巨觥。所有题目，或五言、七言，或用何韵，皆临时掣签，以免众人之疑。谁知一连做了几首，总是上官婉儿第一交卷。这日共做了五十首诗，上官婉儿就得了五十分赏赐。次日又同群臣做了四十九首诗，上官婉儿只得了四十八分半的赏赐。因交卷之时，内有二位臣子，不前不后，恰恰同他一齐交卷，因此分了一半赏赐。总而言之，一连两日，并无一人在上官婉儿之先交卷。不但才情敏捷，而且语句清新，真是“胸罗锦绣，口吐珠玑”。诸臣看了，莫不吐舌，都道“天生奇才，自古无二！”

武后连日赏花，虽然欢喜，就只恨上苑地势太阔，众花开的过多，每每一眼望去，那派美景，竟不能全在目前，心里只觉美中不足。于是下一道旨意，饬令工部于上苑适中之地，立时起一高台，以便四面眺望。就取各花开放将及百种之意，名“百花台”。自从宴过群臣，日与公主在百花台赏花。

那百花仙子那日同麻姑著棋，因落雪无事，足足著到天明。及至五盘著完，已有辰时光景。只见女童来报：“外面众花齐放，甚觉可爱，请二位仙姑出去赏花。”二人出洞朝外一望，果然群花齐放，四处青红满目，艳丽非常，迥然别有天地。百花仙子看了，甚觉骇异，连忙推算，只吓的惊疑不止道：“昨日我们著棋时，仙姑无意中曾有‘终局后悔’之话，彼时小仙听了就觉生疑，不意今日果然生出一事。刚才我见众花开的甚奇，细细推算，谁知下界帝王昨日偶尔高兴，命我群花齐放。小仙只顾在此著棋，不知其详，未去奏明上帝，以致数百年前同嫦娥所定那个罚约，竟自输了。这却怎好？”

情景描写

正因为李汝珍酷爱围棋，并对奕谱棋势有较深的研究，因此写及才女们奕棋时得心应手，甚至众花仙被贬下凡也是因为百花仙子与麻姑下棋误事引起的。

麻姑不觉叹道：“这总怪我们道行浅薄，只能晓得已往，不能深知未来。当日所定罚约，那知数百年后，却有此事。昔日嫦娥因仙姑当众仙之面，语带讥刺，每每同我谈起，还有嗔怪之意。今既如此，他岂肯干休。仙姑要求无事，为今之计，惟有先将‘失于觉察，未及请旨’的话，具表自行检举，一面即向嫦娥请罪，或可挽回。若不如此，不但嫦娥不肯干休，兼恐稽查各神参奏。必须早做准备，以免后患。”百花仙子道：“具表自请处分，乃应分当行之事。若向嫦娥请罪，小仙实无此厚颜，况嫦娥自从与我角口，至今见面不交一言，我又何必恳他。”麻姑道：“仙姑既不赔罪，将来可肯替他打扫落花？”百花仙子道：“小仙修行多年，并非他的侍从，安能去作洒扫之事！当年我原有言在先，如爽前约，教我堕落红尘。今既犯了此誓，神明鉴察岂能逃过此厄。这是小仙命该如此，所以不因不由就有群花齐放一事，更有何言！只好静听天命。至于自行检举，也可不必了。”

说罢，不觉满面愁容，道声“失陪”，即至本洞。两个女童把连日奉诏之事禀过。只见嫦娥那边命女童来请仙姑去扫落花。百花仙子只羞的满面绯红，因说道：“你回去告知你家仙姑，我当日有言在先，如爽前约，情愿堕落红尘。今我既已失信，将来自然要受一番轮回之苦。只要你家仙姑留神，看我

词苑撷英

绯红：中国传统色彩名称，红色的一种，艳丽的鲜红、通红、深红色。

在那红尘中有无根基，可能不失本性？日后缘满，还是另须苦修，方能返本；还是刚弃红尘就能还原。到了那时，才知我的道行并非浅薄之辈哩。”女童答应去了。

到了下晚，只见百草、百果、百谷三位仙子，满面愁容，来至洞中。匆匆行礼，按次归坐。百草仙子道：“适闻有位尊神上了弹章，把仙姑参了一本。小仙同他二位侦听真实，特来探望。不知仙姑可曾得信？”百花仙子叹道：“小仙自知身获重罪，追悔莫及，惟有闭门思过，敬听天命。今承下顾，足感盛情。被参之事，小仙并无所闻，尚求明示。”百果仙子道：“仙姑被参，就因群花齐放一事。所上弹章，大略言下界帝王虽有御诏，但非为国计民生起见，且系酒后游戏，该仙子何以迫不及待，并不奏闻请旨，任听部下逞艳于非时之候，献媚于世主之前，致令时序颠倒，骇人听闻。况身为一洞之主，任情闲旷，不能约束所属，既已失察获愆，有乖职守，仍不自请处分；而属下目无洞主，亦不恪遵约束；均有不合。请旨一并谪入红尘，受其磨折，以为不能约束，不遵约束者戒。闻仙姑谪在岭南，年未及笄，遍历海外，走蛮烟瘴雨之乡，受骇浪惊涛之险，以应前誓，以赎前愆，即日就要下凡。我等敬治薄酒一杯奉饯，特来面请。”

埋下伏笔

点出百花仙子下凡的地点，指出她要受到的苦楚，为后文情节的发展埋下伏笔。

百花仙子道：“请教三位仙姑，如水仙、腊梅……几位仙子，可在被谪之列？”百谷仙子道：“闻得他们所司之花，虽系当令，原无不合；但不能力阻众人，亦属非是。因此，也都谪入红尘。连仙姑共计百人。限期虽迟早不等，大约不出三年，都要陆续下凡。”百花仙子道：“小仙身获重谴，今被参谪，固罪所应得；但拖累多人，于心何安！此后一别，不惟天南地北。后会无期；而风流云散，绿暗红稀，回前仙山，能毋惨目！”说罢，叹息不止。

百草仙子道：“仙姑不消烦恼。小仙探得将来被谪之人，或在十道，或在外域，虽散居四处，日后自能团聚一方，俟仙姑历过各国，尘缘期满，那时王母自然命我等前来相迎，仍至瑶池，以了这段公案。此是仙机，我等窃听而来，万万不可泄漏。”百花仙子道：“请教仙姑，是哪十道？是何外域？”百草仙子道：“如今唐朝地理，因山川形势，分天下为十道。凡县分隶于郡，郡归于道——道即后世之省，如关内、河南、河

语言描写

作者后来让唐敖等周游列国，“遍历海外，或在名山，或在异域，将各花力加培植，稗归福地，与群芳同得返本还原，不至沦落海外，”最后让他们参加科举考试，这实际是一个由散到聚的过程，有隐喻意义。

东、河北、山南、陇右、淮南、江南、剑南、岭南之类。至于外域，海外甚多，不能历举。若以众仙姑降生而论，如君子、黑齿、淑士、歧舌、智佳、女儿各国，大约亦有几人，谪在其内。”

说话间，玄女、织女、麻姑，也来探望。谈起此事，叹息之间，大家都埋怨百花仙子并不自请处分，又不与嫦娥陪罪，以致降落红尘。将来棋会少了一人，好不扫兴。麻姑道：“当日仙姑同嫦娥角口时，小仙曾见王母不住点头，似有嗟叹之意，彼时甚觉不解。及至今日，才晓得王母当日嗟叹，已料定有此一事。若论过去未来，我们虽亦略知一二，至数百年后之事，我们道行浅薄，何能深知？”玄女道：“此事固有定数。当日倘能谨言，不必纷争；今日再能容忍，略尽人事，想来也不至此。此时无可如何，只好归之于命了。”百花仙子道：“据仙姑所言，此事固由不能慎言而起，难道小仙此厄竟非天命造定么？”玄女道：“仙姑岂不闻‘小不忍则乱大谋’？又谚云：‘尽人事以听天命。’今仙姑既不能忍，又人事未尽，以致如此，何能言得天命？早间若听麻姑之言，具表自行检举，并与嫦娥赔罪，此时或仍被谪，所谓人事已尽，方能委之于命。即如下界俗语言：‘天下无场外举子。’盖未进场，如何言中？就如人事未尽，如何言得天命？世上无论何事，若人力未尽，从无坐在家中，就能平空落下随心所欲事来。强求固属不可，至应份当行之事，坐失其机，及至事后委之于命，常人之情，往往如此。不意仙姑也有此等习气，无怪要到凡间走一遭了。”织女道：“‘成事不说，既往不咎。’我们原是各治水酒饯行的，还说我们饯行正文罢。”于是众仙姑都当面定了日期，接二连三，各备酒宴，替百花仙子饯行。

词苑撷英

红尘：1. 闹市的飞尘，借指繁华的社会红尘百戏。2. 佛教中指人世间看破红尘。

词苑撷英

接二连三：一个接着一个，形容接连不断。

那牡丹仙子同众仙子，在上林苑伺候武后宴毕。陆续回洞，都在洞主面前请罪。百花仙子不但并不责备，一概归罪于己。众仙子见洞主如此宽宏，心中更觉不安，那杨花、芦花、藤花、蓼花，萱花、葵花、苹花、菱花八位仙子，更是追悔无及。过了几日，这九十九位仙子，也有素日许多相好仙姑，接接连连，分著饯行。

一日，红孩儿、金童儿同青女儿、玉女儿，在入梦岩游幻洞备了酒果，替百花仙姑并诸位仙子饯行。请百草、百果、百谷、玄女、织女、麻姑并四灵大仙，相陪饮酒。百花仙子因

巧设铺垫

这又是暗示岭南秀才唐敖的女儿唐小山遍历海外，受骇流惊涛之险的情节。而且红孩儿、金童儿等的对话又暗示着以后倘在下界有难，将有人帮助化险为夷，给百花仙子的灵芝及仙草日后也定会使用。这些暗示一一被后来的情节所证实，如唐小山出海寻父，历尽艰险，这时候仙姑多次帮助他，给他灵芝和仙草以救其命。

知识延伸

托生：迷信者指人或高等动物死后，灵魂转世再生。

渲染气氛

营造神仙世界的氛围，为下文唐敖的海外游历并最终仙去奠定了基础。

百草仙子说他将来下凡要遍历海外各国，恐有风波及妖魔盗贼之害，甚为忧惧。红孩儿道："仙姑只管放心！今日大家既来祖饯，都最休戚相关之人，将来设有危急，岂有袖手之理？此后倘在下界有难，如须某人即可解脱，不妨直呼其名，令其速降。我们一时心血来潮，自然即去相救。"金童儿道："何谓'心血来潮'？小仙自来从未'潮'过，也不知'心血'是什么味。毕竟怎样'潮'法？求大仙把这情节说明，日后好等他来潮。"红孩儿道："我见下界说部书上往往有此一说，其实我也不知怎样潮法。大仙要问来历，你只问那做书的就明白了。"玉女儿道："下界说部原有几种好的，但如'心血来潮'旧套满篇的也就不少。你若追他来历，连他也是套来的，何能知道怎样潮法。刚才红孩儿大仙说，百花仙姑如在下界有难，教他呼我众人之名前去相救，这话只怕错了，百花仙始既已托生，岂能记得前生之事？若能呼我众人之名，与仙家何异？既是仙家，岂不自知趋避，何须呼人解脱？此话令人不解。"红孩儿道："呸！呸！这话我说错了！将来百花诸位仙姑如在下界有难，今日我等在坐诸人，如系某位大仙或某位仙姑应份当去拯救的，本人即去相救；如须某人相帮，立即知会同往。彼此务须时时在意。事关百位仙姑，非同小可。倘有遗误，怠惰不前，教他也堕红尘！"只因红孩儿这句话又生出许多事来。

当时青女儿、玉女儿都与百花仙子把盏。酒过数巡，百兽、百鸟、百介、百鳞四仙向百花仙子道："仙姑此去，小仙等无以奉饯，特赠灵芝一枝。此芝产于天皇盛世，至今二百余万年，因得先天正气，受日月精华，故仙凡服食，莫不寿与天齐。些须微意，望仙姑哂存。"百花仙子刚要道谢，只见百草、百果、百谷、玄女、织女、麻姑六位仙子也接著说道："我等偶于海岛深山觅得回生仙草一枝，特来面呈，以为临别之赠。此草生于开辟之初，历年既深，故功有九转之妙，洵为希世奇珍。无论仙凡，一经服食，不惟起死回生，并能同天共老。区区微敬，略表离衷，亦望仙姑笑纳。"百花仙子忙向众仙道谢拜领，即托百草仙子代为收存，以备他年返本还原之用。青女儿道："这两种仙品，都是不死金丹，百草仙姑虽代收存，切莫偷吃才好。诚恐日后百花仙姑在下界须用，一时呼名，命你送去，那时，你虽'心血来潮'，若两手空空，无物可送，不独仙姑心血枉自来潮，犹恐百花仙姑在下界守候著急，他的心血也要来潮哩。”说罢，合座不觉大笑。

众仙祖饯未罢，早有几位仙姑限期已到，一个个各按年月，都朝下界投胎去了。那百花仙子降生岭南唐秀才之家，乃河源县地方。未知如何，且看下回分解。

名师点拨

风姨月姊恃强倚宠，咄咄逼人，王母装聋作哑，一言不发，百花仙子据理力争，被逼发下重誓，反被女魁星“责了一管”，算是立此存照，准备秋后算账。王母暗暗点头，却怪“这妮子道行浅薄”。最后终于获谴降谪红尘，去受孽海无边之苦。身在瑶池天上，有理无处可讲，这样的神仙做得实在太窝囊！

阅读积累

秀 才

秀才又称茂才。汉代对高才博学者之称呼，又两晋、南北朝时，为荐举官吏的科目之一。至唐代，始为科举考试中之一科，起初在各科中等第最高。其考试方法是，先由举子作方略策，然后有司按其水准，分上上、上中、上下、中上四等取士。由于此科标准严格，后渐废去。此外，在唐代，秀才也是应试举子之通称。明初曾令各地举荐秀才任以知府等官。以后成为对府、州、县学的生员之称呼。

第七回　小才女月下论文科　老书生梦中闻善果

名师导读

在本回中，小说的第一男主角唐敖登场了，这标志着《镜花缘》故事的大幕已徐徐开启，从本回至第四十回是故事的第一部分，重在叙述唐敖海外游历的过程。描绘了各种奇风异俗、奇闻异事，精彩纷呈，体现出浓郁的异域风情。

话说这位唐秀才，名敖，表字以亭。祖籍岭南循州海丰郡河源县。妻子久已去世，继娶林氏。兄弟名唐敏，也是本郡秀才。弟妇史氏，至亲四口，上无父母，喜得祖上留下良田数顷，尽可度日。唐敏自进学后，无志功名，专以课读为业。唐敖素日虽功名心胜，无如秉性好游，每每一年倒有半年出游在外，因此学业分心，以致屡次赴试，仍是一领青衫。

> **简要说明** 由此可见，唐敖家境尚可，至少衣食无忧，他对旅游很感兴趣，为此耽搁了学业。后来虽考中探花，但因徐敬业反周一案的牵连，被贬为秀才，心情抑郁，厌烦俗世，又激发了他的好游之心，于是弃家出游。

恰喜这年林氏生了一女。将产时，异香满室，既非冰麝，又非旃檀，似花香而非花香，三日之中，时刻变换，竟有百种香气，邻舍莫不传以为奇，因此都将此地唤作“百香衢”。未生之先，林氏梦登五彩峭壁，醒来即生此女，所以取名小山。隔了两年，又生一子，就从姐姐小山之意，取名小峰。小山生成美貌端庄，天资聪俊。到了四五岁，就喜读书，凡有书籍，一经过目，即能不忘。且喜家中书籍最富，又得父亲、叔叔指点，不上几年，文义早已精通。兼之胆量极大，识见过人，不但喜文，并且好武，时常舞枪耍棒，父母也禁他不住。

这年唐敖又去赴试。一日，正值皓月当空，小山同唐敏坐在檐下，玩月谈文。小山问道：“爹爹屡赴科场，叔叔也是秀才，为何不去应试？”唐敏道：“我素日功名心淡，且学业

> **词苑撷英** 素日：平日；平常。

未精，去也无用。与其奔驰辛苦，莫若在家课读，倒觉自在。况命中不能发达，也强求不来的。”小山道：“请问叔叔，当今既开科考文，自然男有男科，女有女科了。不知我们女科几年一考？求叔叔说明，侄女也好用功，早作准备。”唐敏不觉笑道：“侄女今日怎么忽然讲起女科？我只晓得医书有个‘女科’；若讲考试有甚女科，我却不知。如今虽是太后为帝，朝中并无女臣莫非侄女也想发科发甲去做官？真是你爹爹一样心肠，可谓‘父子天性’了。”小山道：“侄女并非要去做官。因想当今既是女皇帝，自然该有女秀才、女丞相，以做女君辅弼，庶男女不致混杂。所以请问一声，哪知竟是未有之事。若这样说来，女皇帝倒用男丞相，这也奇了。既如此，我又何必读书，跟著母亲，婶婶学习针黹，岂不是好？”过了两日，把书果真收过，去学针黹。学了几时，只觉毫无意味，不如吟诗作赋有趣，于是仍旧读书。小山本来颖悟，再加时刻用功，腹中甚觉渊博，每与叔叔唱和，唐敏竟敌他不住。因此外面颇有才女之名。

谁知唐敖前去赴试，虽然连捷中了探花，不意有位言官，上了一本，言“唐敖于宏道年间，曾在长安同徐敬业、骆宾王、魏思温、薛仲璋等，结拜异姓弟兄。后来徐、骆诸人谋为不轨，唐敖虽不在内，但昔日既与叛逆结盟，究非安分之辈。今名登黄榜，将来出仕，恐不免结党营私。请旨谪为庶人，以为结交匪类者戒。”本章上去，武后密访，唐敖并无劣迹，因此施恩，仍旧降为秀才。唐敖这番气恼，非同小可，终日思思想想，遂有弃绝红尘之意。

唐敏得了连捷喜音，恐哥哥需用，早已差人送了许多银两。唐敖有了路费更觉放心，即把仆从遣回，自己带著行囊，且到各处游玩，暂解愁烦。一路上逢山起早，遇水登舟，游来游去，业已半载，转瞬腊尽春初。

这日，不知不觉到了岭南，前面已是妻舅林之洋门首，相隔自己家内不过二三十里。路途虽近，但意懒心灰，羞见兄弟妻子之面，意欲另寻胜境畅游，又不如走哪一路才好。一时无聊，因命船户把船拢岸。上得岸来，走未数步，远远有一古庙，进前观看，上写“梦神观”三个大字。不觉叹道：“我唐敖年已半百，历来所做之事，如今想起，真如梦境一般。从前

情景描写

唐敖像当时绝大多数士人一样，本来也是希望走一条由科举而入仕的常规道路的。然而，就是这样一位才德兼备之人，“屡次赴试，仍是一领青衫”，后来终于高中探花，却又遭人弹劾而被黜落，以天朝之大，竟然没有可以一展才华的地方，功名之想、济世之志全都付诸流水，最终只能遨游海外，遁迹仙山，这岂不是一种人生的悲剧？

好梦歹梦，俱已做过，今看破红尘，意欲求仙访道，未卜此后何如，何不叩求神明指示？”于是走进神殿，暗暗祷告，拜了神像，就在神座旁席地而坐。

知识延伸

处士：古时称有才德而隐居不做官的人，后世泛指没做过官的读书人。

恍惚间，有个垂髫童子走来道：“我家主人奉请处士，有话面谈。”唐敖跟著来至后殿，有一老者迎出。随即上前行礼，分宾主坐下道：“请问老丈尊姓？不知见召有何台命？”老者道：“老夫姓孟，向在如是观居住。适切处士有求仙访道之意，所以奉屈一谈。请问处士，向来有何根基？如今所恃何术？毕竟如何修为，去求仙道？”唐敖道：“我虽无甚根基，至求仙一事，无非远离红尘，断绝七情六欲，一意静修，自然可入仙道了。”老者笑道：“此事谈何容易！处士所说清心寡欲，不过略延寿算，身无疾病而已。若讲仙道，那葛仙翁说的最好，他道：‘要求仙者，当以忠、孝、和、顺、仁、信为本。若德行不修，务求玄道，终归无益。要成地仙，当立三百善，要成天仙，当立一千三百善。’今处士既未立功，又未立言，而又无善可立；一无根基，忽要求仙，岂非‘缘木求鱼’，枉自费力么？”

唐敖道：“贱性腐愚，今承指数，嗣后自当众善奉行，以求正果。但小子初意，原想努力上进，恢复唐业，以解生灵涂炭，立功于朝。无如甫得登第，忽有意外之灾。境遇如此，莫可若何。老丈何以教我？”那老者道：“处士有志未遂，其为可惜。然‘塞翁失马，安知非福’。此后如弃浮幻，另结良缘，四海之大，岂无际遇？现闻百花获愆，俱降红尘，将来虽可团聚一方，内有名花十二，不幸飘零外洋。倘处士悯其凋零、不辞劳瘁，遍历海外，或在名山，或在异域，将各花力加培植，俾归福地，与群芳同得返本还原，不至沦落海外，冥冥之中，岂无功德？再能众善奉行，始终不懈，一经步入小蓬莱，自能名登宝箓，位列仙班。此中造化，处士本有宿缘，即此前进，自有不期然而然者。今承下问，故述梗概，亟须勉力行之！”

语言描写

可见这12名女子在唐敖的出海游历中占有极其重要的地位。这是作者用心良苦的安排，用来赞美女性人物。

唐敖听罢，正要朝下追问，那个老者忽然不见。连忙把眼揉了一揉，四处观看，谁知自己仍坐神座之旁。仔细一想，原来却是一梦。将身立起，再看神像，就是梦中所见老者。因又叩拜一番。

回到船上，随即开船。细想梦中光景，暗暗忖道："此番若到海外，其中必有奇缘。惟百花不知因何获愆？毕竟都降何处？为何却又飘流外洋？此事虚虚实实，令人费解。好在我生性好游，今功名无望，业已看破红尘，正想海外畅游，从求善果，恰喜又得此梦，可谓天从人愿。适才梦神所说名花十二，不知都唤何名，可惜未曾问得详细。将来到了海外，惟有处处留神，但遇好花，即加培植，倘逢仙缘，亦未可知。此时且去寻访妻舅。他常出外飘洋，倘能结伴同行，那更好。"于是把船拢到妻舅林之洋门首。只见里面挑发货物，匆匆忙忙，倒像远出样子。

原来林之洋乃河北德州平原郡人氏，寄居岭南，素日作些海船生意。父母久已去世。妻子吕氏。跟前一女名唤婉如，年方十三，生得品貌秀丽，聪慧异常。向日常坐海船跟著父母飘洋。如今林之洋又去贩货，把家务托丈母江氏照应。正要起身，忽见唐敖到他家来。彼此道了久阔，让至内室，同吕氏见礼。婉如也来拜见，唐敖还礼道："侄女向未读书，今两年未见，为何满面书卷秀气？大约近来也学小山不做针黹、一味读书了？"林之洋道："他心心念念原想读书。俺也知道读书是件好事，平时俺也替他买了许多书。奈俺近年多病穷忙，那有工夫教他！"唐敖道："舅兄可知近来女子读书，如果精通，比男子登科发甲还妙哩！"林之洋道："为甚有这好处？"唐敖道："这个好处，你道从何而起？却是宫娥上官婉儿起的根苗。此话已有十余年了。舅兄既不知道，待小弟慢慢讲来。"

未知如何，下回分解。

语言描写

经济发展了，商人的生活兴趣由社会引向家庭，他们对琴棋书画、品茗赏花、家具收藏的爱好都有极大的发展，家庭戏班的存在，家刻出版的流行，旅游风气的蔓延，无疑扩大了上层妇女受教育的机会，所谓"才女"即代表了当时女性读者到女性作家的层面群体。

词苑撷英

针黹：缝纫、刺绣等针线工作。

名师点拨

写唐敖之时，小说以重点笔墨描绘了其女唐小山出生时百香齐聚的奇特景象，给人印象深刻，引人遐思。本回还写到了唐敖所做的一个梦，这个梦具有强烈的征兆性，它不仅预示了唐敖的最终结局，也提示读者，唐敖是作为十二才女齐聚一堂的牵线人而存在的，可谓“草蛇灰线，伏脉千里”。

阅读积累

骆宾王

骆宾王是唐代诗人。婺州义乌(今属浙江)人。因曾任临海(今浙江天台)县丞，世称骆临海。最初在道王府供职，高宗上元、仪凤年间任武功、长安二县主簿，升侍御史，不久得罪入狱，贬临海丞。怏怏不得志，弃官而去。睿宗光宅元年(684年)，徐敬业在扬州起兵讨武后，署骆宾王为府属，作著名的《代徐敬业传檄天下文》。同年兵败亡命，不知所终。骆宾王与王勃、杨炯、卢照邻并称“初唐四杰”。他擅长七言歌行，五律亦有不少佳作。有清朝陈熙晋注《骆临海集》。

第八回 弃嚣尘结伴游寰海 觅胜迹穷踪越远山

名师导读

在本回，唐敖弃绝功名，索性纵情于山水漫游之中。唐敖之弟唐敏一向“无志功名，专以课读为业”，他认为与其为功名“奔驰辛苦，莫若在家课读，倒觉自在”，心甘情愿当起了教书匠。在那个唯科举是瞻的时代，他冷静地选择了一条于社会有用的营生道路。多九公少年入学不中，毅然决然“弃了书本，作些海船生意，后来稍折本钱，替人管船拿舵为生，儒巾久已不戴”。从唐敖弃儒从游、唐敏弃考从教到多九公的弃儒经商。作者不但否定了以科举为人生唯一目的的世风，也表现了对甘于恬淡的传统价值的赞赏。

话说唐敖向林之洋道：“舅兄，你道为何女子读书甚妙？只因太后有个宫娥，名唤上官婉儿，那年百花齐放，曾与群臣做诗，满朝臣子都作他不过，因此文名大振。太后十分宠爱，将他封为昭仪；因要鼓励人才，并将昭仪父母也封官职。后来又命各处大臣细心查访，如有能文才女，准其密奏，以备召见，量才加恩。外面因有这个风声，所以数年来无论大家小户，凡有幼女，莫不读书。目今召见旷典虽未举行，若认真用功，有了文名，何愁不有奇遇。侄女如此清品，听其耽搁，岂不可惜！”吕氏道：“将来全仗姑夫指教。如识得几字，那敢好了。但他虽未读书，却喜写字，每日拿著字帖临写，时刻不离。教他送给小山姐姐批改，他又不肯。究竟不知写的何如。”唐敖道：“侄女所临何帖？何不取来一看？”林婉如道：“侄女立意原想读书，无奈父亲最怕教书烦心，只买一本字帖，教俺学字。侄女既不认得，又不知从何下笔，只好依样画葫芦，细细临写。平时遇见小山姐姐怕他耻笑从未谈及。今写了三年，字体虽与帖上相仿，不知写的可是。求姑夫看看批

埋下伏笔

作者借唐敖之口，称赞上官婉儿，也对有才学的女子进行了表彰，为后文武则天开举考试埋下伏笔。

词苑撷英

依样画葫芦：照着真葫芦去画葫芦，比喻单纯模仿，没有创新。

改。”说罢取来。唐敖接过一看，原来是本汉隶。再将婉如所临，细细观看，只见笔笔藏锋，字字秀挺，不但与帖无异，内有几字，竟高出原帖之上。看罢，不觉叹道：“如此天资，若非宿慧，安能如此。此等人若令读书，何患不是奇才！”

林之洋道：“俺因他要读书，原想送给甥女作伴，求妹夫教他。偏这几年妹夫在家日子少，只好等你作了官，再把他送去。谁知去年妹夫刚中探花，忽又闹出结盟事来。俺闻前朝并无探花这个名号，是太后新近取的。据俺看来，太后特将妹夫中个探花，必因当年百花齐放一事，派你去探甚花消息哩。”唐敖道：“小弟记得那年百花齐放，太后曾将牡丹贬去洛阳，其余各花至今仍在上苑。所有名目，现有上宫昭仪之诗可凭，何须查探。舅兄此言，未免过于附会。但我们相别许久，今日见面，正要谈谈，不意府上如此匆忙，看这光景，莫非舅兄就要远出么？”林之洋道：“俺因连年多病，不曾出门。近来喜得身子强壮，贩些零星货物到外洋碰碰财运，强如在家坐吃山空。这是俺的旧营生，少不得又要吃些辛苦。”

词苑撷英

百花齐放：形容百花盛开，丰富多彩。比喻各种不同形式和风格的艺术自由发展，也形容艺术界的繁荣景象。

唐敖听罢，正中下怀，因趁势说道：“小弟因内地山水连年游玩殆遍，近来毫无消遣。而且自从都中回来，郁闷多病，正想到大洋看看海岛山水之胜，解解愁烦。舅兄恰有此行，真是天缘凑巧。万望携带携带！小弟带有路费数百金，途中断不有累。至于饭食舟资，悉听分付，无不遵命。”林之洋道：“妹夫同俺骨肉至亲，怎说船钱饭食来了！”因向妻子道：“大娘，你听妹夫这是甚话！”吕氏道：“俺们海船甚大，岂在姑爷一人。就是饭食，又值几何。但海外非内河可比，俺们常走，不以为意，若胆小的，初上海船，受了风浪，就有许多惊恐。你们读书人，茶水是不离口的，盥漱沐浴也日日不可缺的，上了海船，不独沐浴一切先要从简，就是每日茶水也只能略润喉咙，若想尽量，却是难的。姑爷平素自在惯了，何能受这辛苦！”林之洋道，“到了海面，总以风为主，往返三年两载，更难预定。妹夫还要忖度。若一时高兴，误了功名正事，

语言描写

他在游历了大小三十几国之后，来到蓬莱吃了仙草，顿时撒手尘凡，成仙入道。他走的是旧时中国失意文士弃儒逃仙的老路。

岂非俺们耽搁你么？”

唐敖道：“小弟素日常听令妹说，‘海水极咸，不能入口，所用甜水，俱是预装船内，因此都要撙节。’恰好小弟平素最不喜茶，沐浴一切更是可有可无。至洋面风浪甚险，小弟向在长江大湖也常行走，这又何足为奇。若讲往返难以预期，恐误正事，小弟只有赶考是正事，今已功名绝望，但愿迟迟回来，才趁心愿，怎么倒说你们耽搁呢？”林之洋道：“你既恁般立意，俺也不敢相拦。妹夫出门时，可将这话告知俺家妹子？”唐敖道：“此话我已说过。舅兄如不放心，小弟再寄一封家信，将我们起身日子也教令妹知道，岂不更好。”

林之洋见妹夫执意要去，情不可却，只得应允。唐敖一面修书央人寄去，一面开发船钱，把行李发来。取了一封银子以作丹资饭食之费，林之洋执意不收只好给了婉如为纸笔之用。林之洋道：“妹夫给他这么多银子，若买纸笔，写一世还写不清哩！俺想妹夫既到海外，为甚不买些货物碰碰机会？唐敖道：“小弟才拿了银子，正要去置货，恰被舅兄道著，可谓意见相同。”于是带了水手，走到市上，买了许多花盆并几担生铁回来。林之洋道：“妹丈带这花盆，已是冷货，难以出脱，这生铁，俺见海外到处都有，带这许多，有甚用处？”唐敖道：“花盆虽系冷货，安知海外无惜花之人。倘乏主顾，那海岛中奇花异草，谅也不少，就以此盆栽植数种，沿途玩赏，亦可陶情。至于生铁，如遇买主固好，设难出脱，舟中得此，亦压许多风浪，纵放数年，亦无朽坏。小弟熟思许久，惟此最妙，因而买来。好在所费无多，舅兄不必在意。”林之洋所了，明知此物难以退回，只得点头道：“妹夫这话也是。”不多时，收拾完毕，大家另坐小船，到了海口。众水手把货发完，都上三板渡上海船，趁著顺风，扬帆而去。

此时正是正月中旬，天气甚好，行了几日，到了大洋。唐敖四围眺望，眼界为之一宽，真是“观于海者难为水”，心中甚喜。走了多日，绕出门户山，不知不觉顺风飘来，也不知走

情景描写

唐敖执意要去，希望借此净化心灵，如通过实现梦中仙人的托付、追仙寻道等，重新评估自我人生价值，实现人生价值，就说明了这一点。

语言描写

唐代出海贩卖生铁也是有违禁令的，此情节暴露了李汝珍并不了解海上贸易，由此观之，李汝珍不太可能有出海的经验。

出若干路程。唐敖一心记挂梦神所说名花，每逢崇山峻岭，必要泊船，上去望望。林之洋因唐敖是读书君子，素本敬重，又知他秉性好游，但可停泊，必令妹夫上去。就是茶饭一切，吕氏也甚照应。唐敖得他夫妻如此相待，十分畅意。途中虽因游玩不无耽搁，喜得常遇顺风；兼之飘洋之人，以船为家，多走几时也不在意。倒是林之洋惟恐过于耽搁，有误妹夫考试；谁知唐敖立誓不谈功名，因此只好由他尽兴游了。游玩之暇，因婉如生的聪慧，教他念念诗赋。恰喜他与诗赋有缘，一读便会，毫不费事。沿途借著课读，倒解许多烦闷。

这日正行之际，迎面又有一座大岭。唐敖道："请教舅兄，此山较别处甚觉雄壮，不如何名？"林之洋道："这岭名叫东口山，是东荒第一大岭。闻得上面景致甚好。俺路过几次，从未上去。今日妹夫如高兴，少刻停船，俺也奉陪走走。"唐敖听见"东口"二字，甚觉耳熟，偶然想起道："此山既名东口，那君子国、大人国，自然都在邻近了？"林之洋道："这山东连君子，北连大人，果然邻近。妹夫怎么得知？"唐敖道："小弟闻得海外东口山有君子国，其人衣冠带剑，好让不争。又闻大人国在其北，只能乘云而不能走。不知此话可确？"林之洋道："当日俺到大人国，曾见他们国人都有云雾把脚托住，走路并不费力，那君子国无论甚人都是一派文气。这两国过去，就是黑齿国，浑身上下，无处不黑。其余如劳民、聂耳、无肠、犬封、无股、毛民、毗骞、无、深目等国，莫不奇形怪状，都在前面。将来到彼，妹夫去看看就晓得了。"

说话间，船已泊在山脚下。郎舅两个下船上了山坡。林之洋提著鸟枪火绳，唐敖身佩宝剑。曲曲弯弯，路过前面山头，四处一看，果是无穷美景，一望无际。唐敖忖道："如此崇山，岂无名花在内？不知机缘如何。"只见远远山峰上走出一个怪兽，其形如猪，身长六尺，高四尺，浑身青色，两只大耳，口中伸出四个长牙，如像牙一般，拖在外面。唐敖道："这兽如此长牙，却也罕见。舅兄可知其名么？"林之洋道："这个俺不知道。俺们船上有位舵工，刚才未邀他同来。他久惯飘洋，海外山水，全能透彻，那些异草奇花，野鸟怪兽，无有不知。将来如再游玩，俺把他邀来。"唐敖道："船上既有如此能人，将来游玩，倒是不可缺的。此人姓甚？也还识字么？"林之洋道："这人姓多，排行第九，因他年老，俺们都称多九公，他就以此为名。那些水手，因他无一不知，都同他取笑，替他起个反面绰号，叫作'多不识'。幼年也曾入学，因不得中，弃了书本，作些海船生意。后来消折本钱，替人管船拿舵为生，儒巾久已不戴，为人老成，满腹才学。今年八旬向外，精神最好，走路如飞。平素与俺性情相投，又是内亲，特地邀来相帮照应。"恰好多九公从山下走来，林之洋连忙点手相招。唐敖迎上拱手道："前与九公会面。尚未深谈。刚才舅兄说起，才知都是至亲，又是学中先辈。小弟向日疏忽失敬，尚求恕罪。"多九公连道："岂敢！"林之洋道："九公想因船上拘束也来舒畅舒畅？俺们正在盼望，来的恰好。"因指道："请问九公，那个怪兽，满嘴长牙，唤作甚名？"多九公道："此兽名叫'当康'。其鸣自叫。每逢盛世，始露其形。今忽出现，必主天下太平。"话未说完，此兽果然口呼"当康"，鸣了几声，跳舞而去。

知识延伸

绰号：又称外号、诨号。在中国的部分方言中绰号等同于花名。

唐敖正在眺望，只觉从空落一小石块，把头打了一下，不由吃惊道："此石从何而来？"林之洋道："妹夫你看，那边一群黑鸟，都在山坡啄取石块。刚才落石打你的，就是这鸟。"唐敖进前细看，只见其形似鸦，身黑如墨，嘴白如玉，两只红足，头上斑斑点点，有许多花文，都在那里啄石，来往飞腾。林之洋道："九公可知这鸟搬取石块有甚用处？"多九公道："当日炎帝有个少女，偶游东海，落水而死，其魂不散，变成此鸟。因怀生前落水之恨，每日衔石吐入海中，意欲把海填平，以消此恨。那知此鸟年深日久，竟有匹偶，日渐滋生，如今竟成一类了。"唐敖听了，不觉叹息不止。

细节描写

李汝珍笔下的奇花异草、野鸟怪兽，使探险者大开眼界，流连忘返，给读者以赏心悦目的感受。

未知如何，下回分解。

名师点拨

写唐敖初到大洋，“四围眺望，眼界为之一宽”，好似明白了自己的归处。海船一路经过君子国、大人国、黑齿国、女儿国、轩辕国等 20 多个海外奇异国度，林之洋上岸经商，唐敖则与见多识广的船老大多九公到处游览，见识了许多奇花异草、奇禽异兽、奇风异俗，还经历了许多奇异之事。

阅读积累

炎　帝

神话传说中姜姓部落的首领。号神农氏，原定居于西北高原，与黄帝同出少典氏，后分路沿渭水东下，再沿黄河东进，与黄帝战胜蚩尤，结成强大的炎黄部落联盟，后到达今天河南西南部和山东地区。他见当时人民众多，禽兽不足，食物匮乏，因此教人民农耕，制耒耜播五谷。后来又教人民“作陶”和“织衣”，促进了农业和手工业的发展，使母系氏族公社进入了繁荣阶段。

第九回 服肉芝延年益寿 食朱草入圣超凡

名师导读

本回写唐敖在海外游历的第一站东口山见到的神奇草木，既有“每食一粒，终年不饥”的“清肠稻”，又有“随刀而变”“可延年益寿”的“刀味核”，令人感叹作者的想象力之丰富。小说特别写到了唐敖于有幸之中服食了肉芝、朱草，暗示了他的仙缘，为其日后成仙做了铺垫。

话说唐敖闻多九公之言，不觉叹道：“小弟向来以为衔石填海，失之过痴，必是后人附会。今日目睹，才知当日妄议，可谓‘少所见多所怪’了。据小弟看来，此鸟秉性虽痴，但如此难为之事，并不畏难，其志可嘉。每见世人明明放著易为之事，他却畏难偷安，一味蹉跎，及至老大，一无所能，追悔无及。如果都像精卫这样立志，何思无成！请问九公，小弟闻得此鸟生在发鸠山，为何此处也有呢？”多九公笑道：“此鸟虽有衔石填海之异，无非是个禽鸟，近海之地，何处不可生，何必定在发鸠一山。况老夫只闻鸲鹆不逾济，至精卫不逾发鸠，这却未曾听过。”

词苑撷英

蹉跎：时间白白地去；虚度光阴欲自修而年已蹉跎。

林之洋道：“九公，你看前面一带树林，那些树木又高又大，不知甚树？俺们前去看看。如有鲜果，摘取几个，岂不是好？”登时都至崇林。迎面有株大树，长有五丈，大有五围；上面并无枝节，惟有无数稻须，如禾穗一般，每穗一个，约长丈余。唐敖道：“古有‘木禾’之说，今看此树形状，莫非木禾么？”多九公点头道：“可惜此时稻还未熟。若带几粒大米回去，因是罕见之物。”唐敖道：“往年所结之稻，大约都被野兽吃去，竟无一颗在地。”林之洋道：“这些野兽就算嘴馋好吃，也不能吃得颗粒无存。俺们且在草内搜寻，务要找出，

词海拾贝

禾穗：稻谷的穗子。

知识延伸

清肠稻：古代传说中的稻米名。语出晋·王嘉《拾遗记·前汉下》："宣帝地节元年，乐浪之东，有背明之国，来贡其方物。言其乡……有明清稻，食者延年也；清肠稻，食一粒历年不饥。"

情景描写

按袁珂先生"广义神话"说解读博物小说《镜花缘》对葛洪《抱朴子·仙药》肉芝信奉的敷衍，可见其似乎具有某些"神话思维"，对植物（肉芝）予以动物化灵异重塑，结合了道教服食信仰。

长长见识。"说罢，各处寻觅。不多时，拿著一颗大米道："俺找著了。"二人进前观看，只见那米有三寸宽，五寸长。唐敖道："这米若煮成饭，岂不有一尺长么？"多九公道："此米何足为奇！老夫向在海外，曾吃一个大米，足足饱了一年。"林之洋道："这等说，那米定有两丈长了？当日怎样煮他？这话俺不信。"多九公道："那米宽五寸，长一尺。煮出饭来，虽无两丈，吃过后满口清香，精神陡长，一年总不思食。此话不但林兄不信，就是当时老夫自己也觉疑惑。后来因闻当年宣帝时背阴国来献方物，内有'清肠稻'，每食一粒，终年不饥，才知当日所食大约就是清肠稻了。"林之洋道："怪不得今人射鹄，每每所发的箭离那鹄子还有一二尺远，他却大为可惜，只说'差得一米'，俺听了著实疑惑，以为世上哪有那样大米。今听九公这话，才知他说'差得一米'，却是煮熟的清肠稻！"唐敖笑道："'煮熟'二字，未免过刻。舅兄此话被好射歪箭的听见，只怕把嘴还要打歪哩！"

忽见远远有一小人，骑著一匹小马，约长七八寸，在那里走跳。多九公一眼瞥见，早已如飞奔去。林之洋只顾找米，未曾理会。唐敖一见，那敢怠慢，慌忙追赶，那个小人也朝前奔走。多九公腿脚虽便，究竟筋力不及，兼之山路崎岖，刚离小人不远，不防路上有一石块，一脚绊倒，及至起来，腿上转筋，寸步难移。唐敖得空，飞忙越过，赶有半里之遥，这才赶上，随即捉住，吃入腹内。多九公手扶林之洋，气喘嘘嘘走来，望著唐敖叹道："一饮一酌，莫非前定。'何况此等大事！这是唐兄仙缘凑巧，所以毫不费事，竟被得著了。"林之洋道："俺闻九公说有个小人小马被妹夫赶来，俺们远远见你放在嘴边，难道连人带马都吃了？俺甚不明，倒要请问，有甚仙缘？"唐敖道："这个小人小马，名叫'肉芝'。当日小弟原不晓得。今年从都中回来。无志功名，时常看看古人养气服食等法，内有一条言：'行山中如见小人乘著车马，长五七寸的，名叫"肉芝"，有人吃了，延年益寿、并可得道成仙。'此话虽不知真假，谅不致有害，因此把他捉住，有偏二兄吃了。"林之洋笑道："果真这样，妹夫竟是活神仙了。你今吃了肉芝，自然不饥，只顾游玩，俺倒饿了。刚才那个小人小马，妹夫吃时，可还剩条腿儿，给俺解解馋么？"

多九公道："林兄如饿，恰好此地有个充饥之物，"随向碧草丛中摘了几枝青草道："林兄把他吃了，不但不饥，并且头目还觉清爽。"林之洋接过，只见这草宛如韭菜，内有嫩茎，开著几朵青花。即放口内，不觉点头道："这草一股清香，倒也好吃。请问九公，他叫甚么名号？以后俺若游山饿时，好把他来充饥。"唐敖道："小弟闻得海外鹊山有草，青花如韭，名'祝余'，可以疗饥，大约就是此物了？"多九公连连点头，于是又朝前走。林之洋道："好奇怪！果真饱了！这草有这好处，俺要多找两担，放在船上，如遇缺粮，把他充饥，比当年妹夫所传辟谷方子，岂不省事？"多九公道："此草海外甚少，何能找得许多。况一经离土其叶即枯，若要充饥，必须嫩茎，枯即无用了。"

只见唐敖忽在路旁折了一枝青草，其叶如松，青翠异常。叶上生著一子，大如芥子。把子取下，手执青草道："舅兄才吃祝余，小弟只好以此奉陪了。"说罢吃入腹内。又把那个芥子，放在掌中，吹气一口，登时从那子中生出一枝青草也如松叶，约长一尺；再吹一口，又长一尺；一连吹气三口，共有三尺之长。放在口边。随又吃了。林之洋笑道："妹夫要这样嘴嚼，只怕这里青草都被你吃尽哩。这芥子忽变青草这是甚故？"多九公道："此是'蹑空草'，又名掌中芥。取子放在掌中，一吹长一尺，再吹又长一尺，至三尺止。人若吃了，能立空中，所以叫作'蹑空草'。"林之洋道："有这好处，俺也吃他几枝，久后回家，倘房上有贼，俺蹿空捉他，岂不省事？"于是各处寻了多时，并无踪影。多九公道："林兄不必找了。此草不吹不生，这空山内有谁吹气栽他？刚才唐兄所吃的，大约此子因鸟雀啄食，受了呼吸之气，因此落地而生，并非常见之物，你却从何寻找？老夫在海外多年，今日也是初次才见，若非唐兄吹他，老夫还不知就是蹑空草哩。"林之洋道："吃了这草，就能站在空中，俺想这话到底古怪。要求妹夫试试，果能平空站住，俺才信哩。"唐敖道；"此草才吃未久，如何就有效验——也罢，小弟权且试试。"随即将身一纵，就如飞舞一般，蹿将上去，离地约有五六丈。果然两脚登空，犹如脚踏实地，将身立住，动也不动。林之洋拍手笑道："妹夫如今竟是'平步青云'了。果真吃了这草就能蹿空，倒也好顽。妹夫何不再走几步？若走的灵便，将来行路，你就空中行走，两脚并不沾土，岂不省些鞋袜？"唐敖听了，果真就要空中行走，谁知方才举足，随即坠下。

林之洋道："恰好那边有颗枣树，上面有几个大枣，妹夫既会蹿高，为甚不去摘他几个？解解口渴，也是好的。"都至树下仔细一看，并非枣树。多九公道："此果名叫'刀味核'，其味全无定准，随刀而变，所以叫作'刀味核'。有人吃了，可成地仙。我们今日如得此核，即不能成仙，也可延年益寿。无如此核生在树梢，其高十数丈，唐兄纵会蹿高，相去甚远，何能到手？"林之洋道："妹夫只管蹿去，设或够著，也不可定。"唐敖道："小弟蹿空离地不过五六丈，此树高不可攀，何能摘他？这是'癞蛤蟆想吃天鹅肉'了。"

林之洋听了，那肯甘心，因低头忖了一忖，不觉喜道："俺才想个主意，妹夫蹿在空中，略停片时，随又朝上一蹿，就如登梯一般，慢慢蹿去，不怕这核不到手。"唐敖听了，仍是不肯。无奈林之洋再三催逼，唐敖只得将身一纵，蹿在空中。停了片刻，静气宁神，将身立定，复又用力朝上一蹿，只觉身如蝉翼，悠悠扬扬，飘飘荡荡，登时间不知不觉，倒像断线风筝一般，落了下来。林之洋顿足道："妹夫怎么不朝上蹿倒朝下坠？这是甚意？"唐敖道："小弟刚才明明朝上蹿去，谁知并不由我作主，何尝是我有意落下。"多九公笑道："你在空中要朝上蹿，两脚势必用力，又非脚踏实地，焉有不坠？若依林兄所说，慢慢一层一层蹿去，倘蹿千百遍，岂不蹿上天么？安有此理！"唐敖道："此时忽觉一阵清香，莫非此核还有香味么？"多九公道："这股香气，细细闻去，倒像别处随风刮来。我们何不顺著香味，各处看看？"于是三人分路找寻。

唐敖穿过树林，走过峭壁，各处探望。只见路旁石缝内生出一枝红草约长二尺，赤若涂朱，甚觉可爱。端详多时，猛然想起："服食方内言，'朱草'状如小桑，茎似珊瑚，汁流如血；以金玉投之，立刻如泥。投金名叫'金浆'，投玉名叫'玉浆'。人若服了，皆能入圣超凡。且喜多、林二人俱未同来，今我得遇仙草，可谓有缘。奈身边并无金器，这却怎好？"因想了一想："头巾上有个小小玉牌，何不试试？"想罢，取下玉牌，把朱草从根折断，齐放掌中，连揉带搓，果然玉已成泥，其色甚红。随即放入口内，只觉芳馨透脑。方才吃完，陡然精神百倍。不觉喜道："朱草才吃未久，就觉神清气爽，可见仙家之物，果非小可。此后如能断谷，其余别的工夫更好做了。今日吃了许多仙品，不知膂力可能加增？"只见路旁有一残碑，倒在地下，约有五七百斤。随即走进，弯下腰去，毫不费力，轻轻用手捧起，借著蹑空草之术，乘势将身一纵，蹿在空中，略停片刻，慢慢落下。走了两步，将碑放下道："此时服了朱草，只觉耳聪目明，谁知回想幼年所读经书，不但丝毫不忘，就是平时所做诗文，也都如在目前。不意朱草竟有如许妙处！"

只见多九公携著林之洋走来道："唐兄忽然满口通红，是何缘故？"唐敖道："不瞒九公说，小弟才得一枝朱草，却又有偏二位吃了。"林之洋道："妹夫吃他有甚好处？"多九公道："此草乃天地精华凝结而生，人若服了，有根基的，即可了道成仙。老夫向在海外，虽然留心，无如从未一见。今日又被唐兄遇著，真是天缘凑巧。将来优游世外，名列仙班，已可概见。哪知这阵香气，却成就了唐兄一段仙缘！"林之洋道："妹夫不久就要成仙，为甚忽然愁眉苦脸？难道舍不得家乡，

> **词苑撷英**
>
> 耳聪目明：指耳朵、眼睛反应灵敏，形容头脑清楚，眼光敏锐。

> **语言描写**
>
> 海外寻花，百仙聚集，这一情节的设置和演绎过程，也就是"续旧缘"的安排及其展开过程。

怕做神仙么？”唐敖道：“小弟吃了朱草，此时只觉腹痛，不知何故。”话言未了，只听腹中响了一阵，登时浊气下降，微微有声。林之洋用手掩鼻道：“好了！这草把妹夫浊气赶出，身上想必畅快？不知腹中可觉空疏？旧日所做诗文可还依旧在腹么？”

唐敖低头想了一想，口中只说“奇怪”。因向多九公道：“小弟起初吃了朱草，细想幼年所做诗文，明明全都记得。不意此刻腹痛之后，再想旧作，十分中不过记得一分，其余九分再也想不出。不解何意？”多九公道：“却也奇怪。”林之洋道：“这事有甚奇怪！据俺看来，妹夫想不出的那九分，就是刚才那股浊气，朱草嫌他有些气味，把他赶出。他已露出本相，钻入俺的鼻内，你却那里寻他？其余一分，并无气味，朱草容他在内，如今好好在你腹中，自然一想就有了。俺只记挂妹夫中探花那本卷子，不如朱草可肯留点情儿？妹夫平日所作窗稿，将来如要发刻，据俺主意，不须托人去选，就把今日想不出的那九分全都删去，只刻想得出的那一分，包你必是好的。若不论好歹，一概发刻，在你自己刻的是诗，那知朱草却大为不然。可惜这草甚少，若带些回去给人吃了，岂不省些刻工？朱草有这好处，九公为甚不吃两枝？难道你无窗稿要刻么？”多九公笑道：“老夫虽有窗稿要刻，但恐赶出浊气，只怕连一分还想不出哩。林兄为何不吃两枝，赶赶浊气？”林之洋道：“俺又不刻‘酒经’，又不刻‘食谱’，吃他作甚？”唐敖道：“此话怎讲？林之洋道：“俺这肚腹不过是酒囊饭袋，若要刻书，无非酒经食谱，何能比得二位。怪不得妹夫最好游山玩水，今日俺见这些奇禽怪兽，异草仙花，果然解闷！”

多九公道：“林兄刚说果然，巧巧竟有‘果然’来了。”只见山坡上有个异兽，形象如猿，浑身白毛，上有许多黑文，其体不过四尺，后面一条长尾，由身子盘至顶上，还长二尺有余。毛长而细，颊下许多黑髯，守著一个死兽在那里恸哭。林之洋道：“看这模样，竟像一个络腮胡子。不知为甚这样啼哭？难道他就叫作‘果然’么？”多九公道：“此兽就是‘果然’，又名‘然兽’。其性最义，最爱其类。猎户取皮作褥，货卖获利。往往捉住一个打死放在山坡，如有路过之然，一经看见，即守住啼哭，任人捉获，并不逃窜。此时在那里守著死然恸哭，想来又是猎户下的瘫子。少刻猎户看见，毫不费力，

讽刺手法

讥讽那些要“刻窗稿”的陋儒。所谓“文人招牌”“读书幌子”，显然都是在为这类人物画像。他们当中有的“腹中虽是空的，在他自己看来却是很充足的。

语言描写

这与《司文郎》情事显然相类，而且，李汝珍也如蒲松龄那样煞有介事地叙写，但蒲松龄之笔墨让人感到他是在辛辣嘲讽，而李汝珍此番笔墨则不禁令人捧腹；蒲松龄意在对试官之有眼无珠进行嘲骂，李汝珍则是对举业之文持以笑谑。

就捉住了。”

忽见山上起一阵大风，刮的树木刷刷乱响。三人见风来的古怪，慌忙躲入树林。风头过去，有只斑毛大虫，从空蹿了下来。未知如何，且看下回分解。

名师点拨

唐敖借精卫之用心专一发表了一通议论，又借朱草讥笑讽刺了世人以诗文为耀，却一无可读，面目可憎的现象。这几处虽是作者的随意点染，但讽世之心却昭然可见。本回末又以果然的“性最义，最爱其类”，反衬了世人的见利忘义，唯利是图。“兽面人心”的果然与“人面兽心”的世人形成鲜明反差，达到了绝佳的反讽效果。

阅读积累

风筝

风筝是我国一种民间工艺玩具。据古书记载：风筝的历史可推溯到两千多年前，那时是用薄木片做的叫“木鸢”。五代（公元十世纪）时又有人将竹哨系上，风入竹哨，声如筝鸣，因此称为“风筝”。它的形式多模拟禽鸟虫鱼，优美如画。有大雁、凤凰、蝴蝶等，纸上并画以色彩，姿态生动，色彩美丽，现已发展为欣赏品。

第十回 诛大虫佳人施药箭 搏奇鸟壮士奋空拳

名师导读

骆红蕖是唐敖在海外探访到的第一位才女。作者把她设置为一位艺高人胆大的打虎英雄而出现，所以她的出场令人过目难忘。骆红蕖的打虎，不单是像武松打虎那样为民除害，更内在的原因是为母报仇，以尽孝道。古语云：百善孝为先。孝道是古人所遵奉的最重要的道德原则。

话说三人躲入树林。风头过去，有只斑毛大虫，从高峰蹿至果然面前。果然一见，吓的虽然发抖，还是守著死然不肯远离。那大虫蹿下，如山崩地裂一般，吼了一声，张开血盆大口，把死然咬住。只见山坡旁隐隐约约，倒像蹿出一箭，直向大虫面上射去。大虫著箭，口中落下死然，大吼一声，将身纵起，离地数丈，随即落下，四脚朝天。眼中插著一箭，竟自不动。多九公喝彩道："真好神箭！果然'见血封喉'！"唐敖道："此话怎讲？"多九公道："此箭乃猎户放的药箭，系用毒草所制。凡猛兽著了此箭，任他凶勇，登时血脉凝结，气嗓紧闭，所以叫'见血封喉'。但虎皮甚厚，箭最难入，这人把箭从虎目射入，因此药性行的更快。若非本领高强，何能有此神箭！不意此处竟有如此能人！少刻出来，倒要会他一会。"

忽见山旁又走出一只小虎，行至山坡，把虎皮揭去，却是一个美貌少女。身穿白布箭衣，头上束著白布渔婆巾，臂上跨著一张雕弓。走至大虫跟前，腰中取出利刃，把大虫胸膛剖开，取出血淋淋斗大一颗心，提在手中。收了利刃，卷了虎皮，走下山来。林之洋道："原来是个女猎户。这样小年纪，竟有恁般胆量，俺且吓他一吓。"说罢，举起火绳，迎著女子放了一声空枪。那女子叫道："我非歹人，诸位暂

> **情景描写**
>
> 依照封建伦理纲常，女儿大抵只得文文弱弱，纤纤做细步，书也不便读，做诗等事更不是分内之事，每日只应做些针线活儿便罢了。而作者却塑造了一个勇猛胜男儿的巾帼，作者的意图在这里也有了进一步的剖白。

停贵手，婢子有话告禀。”登时下来万福道：“请教三位长者上姓？从何至此？”唐敖道：“他二人一位姓多，一位姓林者；老夫姓唐。都从中原来。”女子道：“岭南有位姓唐的，号叫以亭，可是长者一家？”唐敖道：“以亭就是贱字。不如何以得知？”女子听了，慌忙下拜道：“原来唐伯伯在此。侄女不知，望求恕罪。”唐敖还礼道：“请问小姐尊姓？为何如此称呼？府上还有何人？适才取了虎心有何用处？”女子道：“侄女天朝人氏，姓骆名红蕖。父亲曾任长安主簿，后降临海丞，因同敬业伯伯获罪，不知去向。官差缉捕家属，母亲无处存身，同祖父带了侄女，逃至海外，在此古庙中敷衍度日。此山向无人烟，尽可藏身。不意去年大虫赶逐野兽，将住房压倒，母亲肢体折伤，疼痛而死。侄女立誓杀尽此山之虎，替母报仇。适用药箭射伤大虫，取了虎心，正要回去祭母，不想得遇伯伯。侄女常闻祖父说伯伯与父亲向来结拜，所以才敢如此相称。”唐敖叹道：“原来你是宾王兄弟之女。幸逃海外，未遭毒手。不知老伯现在何处？身体可安？望侄女带去一见。”骆红蕖道：“祖父现在前面庙内。伯伯既要前去，侄女在前引路。”

说罢，四人走不多时，来至庙前，上写“莲花庵”三字。四面墙壁俱已朽坏，并无僧道，惟剩神殿一座，厢房两间，光景虽然颓败，喜得怪石纵横，碧树丛杂，把这古庙围在居中，倒也清雅。进了庙门，骆红蕖先去通知，三人随后进了大殿。只见有个须发皆白的老翁迎出，唐敖认得是骆龙，连忙抢进行礼；多、林二人也见了礼，一同让坐献茶。骆龙问了多、林二人名姓，略谈两句，固向唐敖叹道：“吾儿宾王不听贤侄之言，轻举妄动，以致合家离散，孙儿跟在军前，存亡未卜。老夫自从得了凶信，即带家口奔逃。偏偏媳妇身怀六甲，好容易逃至海外，生下红蕖孙女，就在此处敷衍度日。屈指算来，已一十四载。不意去岁大虫压倒房屋，媳妇受伤而亡。孙女恸恨，因此弃了书本，终日搬弓弄箭，操练武艺，要替母亲报仇。自制白布箭衣一件，誓要杀尽此山猛虎，方肯除去孝衣。果然有志竟成，上月被他打死一个，今日又去打虎，谁知恰好遇见贤侄。邂逅相逢，真是‘万里他乡遇故知’可谓三生有幸！惟是老夫年已八旬，时常多病。现在此处，除孙女外，还有乳母、老苍头二人。老夫为痴儿宾王所累，万不能复回故

简要说明

骆红蕖、颜紫绡等女中豪杰，便来源于唐代传奇中的聂隐娘、红线等侠女的形象。原本仅一千三百字的故事，由作者敷衍为若干章回了。

词苑撷英

敷衍：做事不负责或待人不恳切、只做表面上的应付，同时又有勉强维持之意。

土，自投罗网；况已老迈，时光有限。红蕖孙女，正在少年，困守在此，终非长策。老夫意欲拜恳贤侄，俯念当日结义之情，将红蕖作为己女，带回故乡，俟他年长，代为择配，完其终身。老夫了此心愿，虽死九泉，亦必衔感！”说著，落下泪来。

唐敖道：“老伯说那里话来！小侄与宾王兄弟情同骨肉，侄女红蕖就如自己女儿一般。今蒙慈命带回家乡，自应好好代她择配，何须相托。若论子侄之分，原当奉请老伯同回故乡，侍奉余年，稍尽孝心，庶不负当日结拜之情。奈近日武后纯以杀戮为事，唐家子孙，诛戮殆尽，何况其余。且老伯昔日出仕多年，非比他们妇女可以隐藏，倘走露风声，不独小侄受累，兼恐老伯受惊，因此不敢冒昧劝驾。小侄初意原想努力上进，约会几家忠良，共为勤王之计，以复唐业。无如功名未遂，鬓已如霜。既不能显亲扬名，又不能兴邦定业，碌碌人世，殊愧老大无成，所以浪游海外。今虽看破红尘，归期未卜，家中尚有兄弟妻子，此女带回故乡，断不有负慈命。老伯只管放心！”骆龙道：“蒙贤侄慷慨不弃，真令人感激涕零！但你们贸易不能耽搁，有误程途。老夫寓此枯庙，也不能屈留。”因向红蕖道：“孙女就此拜认义父，带著乳母，跟随前去，以了我的心愿。”

骆红蕖听了，不由大放悲声。一面哭著，走到唐敖面前，四双八拜，认了义父。又与多、林二人行礼。因向唐敖泣道：“侄女蒙义父天高地厚之情，自应随归故土。奈女儿有两桩心事，一者祖父年高，无人侍奉，何忍远离；二者此山尚有两虎，大仇未报，岂能舍之而去。义父如念苦情，即将岭南住址留下，他年倘遇皇恩大赦，那时再同祖父投奔岭南，庶免两下牵挂。此时若教抛撇祖父，一人独去，即使女儿心如铁石，亦不能忍心害理至此。”骆龙听了，复又再三解劝。无奈红蕖意在言外，总要侍奉祖父百年后方肯远离。任凭苦劝，执意不从。多九公道：“小姐既如此立志，看来一时也难挽回。据老夫愚见，与其此时同到海外，莫若日后回来，唐兄再将小姐带回家乡，岂不更便？”唐敖道：“小弟日后设或不归，却将如何？”林之洋道：“妹夫这是甚话！今日俺们一同去，将来自然一同来，怎么叫作‘设或不归’？俺倒不懂！”唐敖道：“这是小弟偶尔失言，舅兄为何如此认真。”因向骆龙道：“寄女具此孝心，将来自有好处，老伯倒不可强他所难。况他立志甚坚，劝也无益。”说罢，取过纸笔，开了地名。

骆红蕖道：“义父此去，可由巫咸国路过？当日薛仲璋伯伯被难，家眷也逃海外。数年前在此路过，女儿曾与薛蘅香姐姐拜为异姓姊妹，并在神前立誓，‘无论何人，倘有机缘得归故土，总要携带同行。’去岁有丝货客人带来一信，才知现在寄居巫咸。女儿有书一封，如系便路，求义父寄去。”多九公道：“巫咸乃必由之路，将来林兄亦要在彼卖货，带去甚便。”当时骆红蕖去写书信。唐敖即托林之洋上船取了两封银子，给骆龙以为贴补薪水之用。不多时，骆红蕖书信写完。唐敖把信接过，不觉叹道：“原来仲璋哥哥家眷也在海外！当日敬业兄弟若听思温哥哥之言，不从仲璋哥哥之计，唐业久已恢复，此时天下何至属周！彼此又何至离散！这是气数如此，莫可如何！”说罢叩辞。大家互相嘱付一番，洒泪而别。骆红蕖送至庙外，自去祭母、侍奉祖父。

唐敖三人因天色已晚，回归旧路。多九公道：“如此幼女。既能不避艰险，替母报仇，又肯尽孝，侍奉祖父余年，惟知大义，其余全置度外。可见世间忠孝节义之事，原不在年之大小。此女如此立志，大约本山大虫从此要除根了。”林之洋道：“刚才俺见大虫吃那‘果然’，因想起闻得人说，虎豹吃人，总是那人前生造定，该伤虎口；若不造定，就是当面遇见，他也不吃。请问九公，这话可是？”多九公摇头道：“虎豹岂敢吃人！至前生造定，更不足凭。当日老夫曾见有位老翁，说的最好。他说：‘虎豹从来不敢吃人，并且极其怕人，素日总以禽兽为粮，往往吃人者，必是此人近于禽兽，当其遇见之时，虎豹并不知他是人，只当也是禽兽，所以吃他。人与禽兽之别，全在顶上灵光。禽兽顶上无光，如果然之类，纵有微光，亦甚稀罕。人之天良不灭，顶上必有灵光，虎豹看见，即远远回避。倘天良丧尽，罪大恶极，消尽灵光，虎豹看见与禽兽无异，他才吃了。’至于灵光或多或少总在为人善恶分别。有善无恶，自然灵光数丈，不独虎豹看见逃窜，一切鬼怪莫不远避。即如那个‘果然’，一心要救死然回生，只管守住啼哭。看他那般行为，虽是兽面，心里却怀义气，所谓‘兽面人心’，顶上岂无灵光？纵让大虫觌面，也不伤他。大虫见了‘兽面人心’的既不敢伤，若见了‘人面兽心’的如何不啖？世人只知恨那虎豹伤人，那知有这缘故。”唐敖点头道：“九公此言，真可令人回心向善，警戒不小。”

语言描写

此番言论假托虎豹只吃恶人来告诫世人，虽含“善有善极，恶有恶极”的因果报应思想，但可领悟作者宣扬仁爱，惩恶扬善的良苦用心，真可谓一篇戒世箴言。

林之洋道：“俺有一个亲戚，做人甚好，时常吃斋念佛。一日，同朋友上山进香，竟被老虎吃了。难道这样行善，头上反无灵光么？”多九公道：“此等人岂无灵光。但恐此人素日外面虽然吃斋念佛，或者一时把持不定，一念之差，害人性命，或忤逆父母，忘了根本；或淫人妻女，坏人名节，其恶过重，就是平日有些小小灵光，陡然大恶包身，就如‘杯水车薪’一般，那里抵得住！所以登时把灵光消尽，虎才吃了。不知此人除了吃斋念佛，别的行为若何？”林之洋道：“这人诸般都好，就只忤逆父母，闻得还有甚么‘桑间月下’之事。除了这两样，总是吃斋行善，并无恶处。”多九公道：“‘万恶淫为首，百善孝为先。’此人既忤逆父母，又有‘桑间月下’损人名节之事，乃罪之魁，恶之首。就让吃斋念佛，又有何益。”林之洋道：“据九公这话，世人如作了孽，就是极力修为，也不中用了？”多九公道：“林兄这是甚话！善恶也有大

词苑撷英

杯水车薪：用一杯水去救一车着了火的柴草，比喻力量太小，解决不了问题。

小，以善抵恶，就如将功赎罪，其中轻重，大有区别，岂能一概而论。即如这人忤逆父母，淫人妻女，乃罪大恶极，不能宽宥的。你却将他吃斋念佛那些小善，就要抵他两桩大恶，岂非拿了杯水要救车薪之火么？况吃斋念佛不过外面向善，究竟不知其心如何。若外面造作行善虚名，心里却怀著凶恶，如此险诈，其罪尤重。总之，为人心地最是要紧。若谓吃斋念佛都是善人，恐未尽然。”

话说间，离船不远，忽见路旁林内飞出一只大鸟，其形如人，满口猪牙，浑身长毛，四肢五官，与人无异，惟肋下舒著两个肉翅，顶上两个人头，一头像男，一头像女。额上有文，细细看去，却是“不孝”二字。多九公道：“我们刚说不孝，就有‘不孝鸟’出来。”

林之洋听见“不孝”二字，忙举火绳，放了一枪。此鸟著伤坠地，仍要展翅飞腾。林之洋赶去，一连几拳，早已打倒。三人进前细看，不但额有“不孝”二字，并且口有“不慈”二字，臂有“不道”二字，右胁有“爱夫”二字，左胁有“怜妇”二字。唐敖叹道：“当日小弟虽闻古人有此传说，以为未必实有其事。今亲目所睹，果真不错。可见天地之大，何所不有。据小弟看来这是世间那些不孝之人，行为近于禽兽，死后不能复投人身，戾气凝结，因而变为此鸟。”多九公点头道：“唐兄高见，真是格物至论。当日老夫瞥见此鸟，虽是两个人头，却都是男像，并无‘爱夫’二字。因天下并无不孝妇女，所以都是男像。它这人头时常变幻，还有两个女头之时。闻得此鸟最通灵性，善能修真悟道，起初身上虽有文字，每每修到后来竟会一字全无；及至文字脱落，再加静修，不上几年，脱了皮毛，登时成仙去了。”唐敖道：“中此非‘放下屠刀，立刻成佛’么！可见上天原许众生回心向善的。”

只见船上众水手因在山泉取水，也来观看。问知详细，都鼓噪道：“他既不孝，我们就要得罪了！这样一身好翎毛，就是带些回去做个扫帚，也是好的。”说罢上前这个一把，那个一把，只见拔的翎毛满地飞舞。唐敖道：“他额上虽有‘不孝’二字，都是戾气所锺，与他何干？”众人道：“我们此时只算替他除戾气，把戾气除净，将来少不得要做好人。况他身

语言描写

借多九公之口，用类比的手法来告诫众人：为人心地要善良，神佛也是欺瞒不了的。

知识延伸

静修：安静的修行，又指打坐、静坐、沉思、冥想，还指心悟的。它是一种为了内在的安宁和超越所做的操练，因此这个词的翻译应该反映身心两方面，即身体的或外部的行为，和内在精神的目的与变化。

词苑撷英

戾气：是暴戾之气的意思。即一种残忍，凡事要做得狠，偏向走极端的一种心理或风气。

上翎毛著实富厚，可见他生前吝啬，是‘一毛不拔’的。如今我们将这‘一’字换个‘无’字，他是‘一毛不拔’，我们是‘无毛不拔’，把他拔的一干二净，看他如何！”

翎毛拔完，正要回船，忽见林内喷出许多胶水，腥臭异常。众人连忙跑开。林内飞出一只怪鸟，其形如鼠，身长五尺，一只红脚，两个大翅，飞到不孝鸟跟前，随即抱住，腾空而起。林之洋忙拿枪装药，对准此鸟。正要放时，谁知火绳沾水已熄，转眼间，那鸟去远。众水手道：“我们常在海外，这样怪鸟，倒也少见。向来九公最是知古知今，大约今日也要难住了。”多九公道：“此鸟海外犬封国最多，名叫‘飞涎鸟’，口中有涎如胶，如遇饥时，以涎洒在树上、别的鸟儿飞过，沾了此涎，就被粘进。今日大约还未得食，所以口内垂涎。此时得了不孝鸟，必是将他饱餐。可见这股戾气是犯万物所忌的，不但人要拔他的毛，禽兽还要吃他的肉哩！”说罢，一齐回船。唐敖把信收了。林之洋取出大米给婉如、吕氏看了无不称奇。登时扬帆。

不多几日，到了君子国，将船泊岸。林之洋上去卖货。唐敖因素闻君子国好让不争，想来必是礼乐之邦，所以约了多九公上岸，要去瞻仰。走了数里，离城不远，只见城门上写著“惟善为宝”四个大字。

未知如何，下回分解。

夹叙夹议

作者极为推崇的君子国，其道德观念和价值观念，只是天朝社会中积极因素的乌托邦化以及消极因素转化后的桃花源境。这里淳厚的民风民俗，是儒家“好让不争”观念的形态化，他们所遵循的道德规范，仍然是儒家的道德规范。

名师点拨

写了孝女骆红蕖之后，紧跟着又出现了不孝鸟：对于不孝鸟的来历，唐敖解释说：“这是世间那些不孝之人，行为近于禽兽，死后不能复投人身，戾气凝结，因而变为此鸟。”此话表面上是说鸟，暗里却是借题发挥，大力批判那些不孝之人。孝女与不孝鸟的两相对照，分明可见作者的道德取向。

出于对不孝鸟的极端憎恶，小说又紧锣密鼓地描写了飞涎鸟。不孝鸟不仅被水手们扒光了鸟毛，还成了飞涎鸟的美餐，后果惨然，再次体现出作者对不孝的深恶痛绝。

阅读积累

格 物

宋明理学认识方法论用语。语出《礼记·大学》："致知在格物。"北宋程颐说："格犹穷也，物犹理也，犹曰穷其理而已矣。"（《二程遗书》卷十八）南宋朱熹说："格，至也。物，犹事也。穷至事物之理，欲其极处无不到也。"（《大学章句》第一章）认为"天下之物，莫不有理"（《大学·格物补传》），格物便是即物穷理。并说"穷理二字，不若格物之为切，便就事物上穷格"（《朱子语类》卷十五）。天下万物小至一草一木，大到天理、人伦，都必须要格，认为"一物不穷，则缺了一物道理"（同上书，卷十八）。但格物要有秩序，要从大到小，"不穷天理，明人伦，讲圣言，通世故，乃兀然存心于一草一木一器用之间，此是何学问！"（《朱文公文集》卷三十九）格物重在即物上，必须向物求知，不能"只泛泛然竭其心思"（《朱子语类》卷十五）。同时，向物求知还得穷至其极，"知其粗不晓其精，皆不可谓之格"（同上书，卷十八）。并认为经过不断的格物累积，便能达到"豁然贯通"境界。朱熹强调格物要即物，同时也注意心思，认为万物有共理，格多了，便可"以之推他道理"（同上书，卷一百一十三）。朱熹格物说提出了一条向外求知的认识方法论，其中蕴藏着不少合理的因素，为一些后学者所继承和发展。

第十一回 观雅化闲游君子邦 慕仁风误入良臣府

名师导读

为了表达自己的政治社会理想，作者营造了一个乌托邦式的国度——君子国，君子国的最大特征就是“好让不争”“惟善为宝”。为了刻画礼乐之邦的世风民情，作者用了三个实例将其具体生动化：首先是隶卒买东西，他不但不杀价，反而要求加价；接着是小军、农人买物，同样是互相推让不已。

知识延伸

君子：西周、春秋时对统治者和贵族男子的通称。常与被统治的“小人”或“野人”对称。《书·无逸》：“君子所其无逸”。疏：“君子，止谓仕官长者。”后来君子与小人逐渐演化为“有德者”与“无德者”的称谓。

话说唐、多二人把匾看了，随即进城。只见人烟辏集，作买作卖，接连不断。衣冠言谈，都与天朝一样。唐敖见言语可通，因向一位老翁问其何以“好让不争”之故。谁知老翁听了，一毫不懂。又问国以“君子”为名是何缘故，老翁也回不知，一连问了几个，都是如此。多九公道：“据老夫看来，他这国名以及‘好让不争’四字，大约都是邻邦替他取的，所以他们都回不知。刚才我们一路看来，那些‘耕者让畔，行者让路’光景，已是不争之意。而且士庶人等，无论富贵贫贱，举止言谈，莫不恭而有礼，也不愧‘君子’二字。”唐敖道：“话虽如此，仍须慢慢观玩，方能得其详细。”

说话间，来到闹市。只见有一隶卒在那里买物，手中拿著货物道：“老兄如此高货，却讨恁般贱价，教小弟买去，如何能安心！务求将价加增，方好遵教。若再过谦，那是有意不肯赏光交易了。”唐敖听了，因暗暗说道：“九公，凡买物，只有卖者讨价，买者还价。今卖者虽讨过价，那买者并不还价，却要添价。此等言谈，倒也罕闻。据此看来那‘好让不争’四字，竟有几分意思了。”只听卖货人答道：“既承照顾，敢不仰体！但适才妄讨大价，已觉厚颜；不意老兄反说货高价贱，岂不更教小弟惭愧？况敝货并非‘言无二价’，其中颇有虚头。俗云：‘漫天要价，就地还钱。’今老兄不但不减，反要加增，如此克已，只好请到别家交易，小弟实难遵命。”唐敖道：“漫天要价，就地还钱’，原是买物之人向来俗谈；至‘并非言无二价，其中颇有虚头’，亦是买者之话。不意今皆出于卖者之口，倒也有趣。”只听隶卒又说道：“老兄以高货讨贱价，反说小弟克已，岂不失了‘忠恕之道’？凡事总要彼此无欺，方为公允。试问那个腹中无算盘，小弟又安能受人之愚哩。”谈之许久，卖货人执意不增。隶卒赌气，照数付价，拿了一半货物，刚要举步，卖货人那里肯依，只说“价多货少”，拦住不放。路旁走过两个老翁，作好作歹，从公评定，令隶卒照价拿了八折货物，这才交易而去。唐、多二人不觉暗暗点头。

走未数步，市中有个小军，也在那里买物。小军道：“刚才请教贵价若干，老兄执意吝教，命我酌量付给。及至尊命付价，老兄又怪过多。其实小弟所付业已刻减。若说过多，不独太偏，竟是‘违心之论’了。”卖货人道：“小弟不敢言价，听兄自讨者，因敝货既欠新鲜，而且平常，不如别家之美。若论价值，只照老兄所付减半，已属过分，何敢谬领大价。”唐敖道：“‘货色平常’，原是买者之话；‘付价刻减’，本系卖者之话，那知此处却句句相反，另是一种风气。”只听小军又道：“老兄说哪里话来！小弟于买卖虽系外行，至货之好丑，安有不知，以丑为好，亦愚不至此。第以高货只取半价，不但欺人过甚，亦失公平交易之道了。”卖货人道：“老兄如真心照顾，只照前价减半，最为公平。若说价少，小弟也不敢辩，惟有请向别处再把价钱谈谈，才知我家并非相欺哩。”小军说之至再，见他执意不卖，只得照前减半付价，将货略略选择，拿了就走。卖货人忙拦住道：“老兄为何只将下等货物选去？难道留下好的给小弟自用么？我看老兄如此讨巧，就是走遍天下，也难交易成功的。”小军发急道：“小弟因老兄定要减价，只得委曲认命，略将次等货物拿去，于心庶可稍安。不意老兄又要责备，且小弟所买之物，必须次等，方能合用，至于上等，虽承美意，其实倒不适用了。”卖货人道：“老兄既要低货方能合用，这也不妨。但低货自有低价，何能付大价而买丑货呢？”小军听了，也不答言，拿了货物，只管要走。那过路人看见，都说小军欺人不公。小军难违众论，只得将上等

语言描写

在欺诈盛行、贿赂成风的世界中，哪容得耕者让畔、行者让路、举止言谈莫不恭而有礼的君子？在一切都商品化了的病态社会里，更难出现“卖主极力要低价，买主极力付高价”的商业行为。这是作者运用非理性的创作心态，在小说中描述了一个乌托邦式的理想社会，连作者自己都清醒地认识到这是不可能实现的。

语言描写

买卖双方互相的所谓“埋怨”和“责怪”，体现了他们的高尚品格。

词苑撷英

讨巧：做事不费力而占便宜。

货物，下等货物，各携一半而去。

二人看罢，又朝前进，只见那边又有一个农人买物。原来物已买妥，将银付过，携了货物要去。那卖货的接过银子仔细一看，用戥秤了一秤，连忙上前道："老兄慢走。银子平水都错了。此地向来买卖都是大市中等银色，今老兄既将上等银子付我，自应将色扣去。刚才小弟秤了一秤，不但银水未扣，而且戥头过高。此等平色小事，老兄有余之家，原不在此；但小弟受之无因。请照例扣去。"农人道："些须银色小事，何必锱铢较量。既有多余，容小弟他日奉买宝货，再来扣除，也是一样。"说罢，又要走。卖货人拦住道："这如何使得！去岁有位老兄照顾小弟，也将多余银子存在我处，留言后来买货再算。谁知至今不见，各处寻他，无从归还。岂非欠了来生债么？今老兄又要如此。倘一去不来，到了来生，小弟变驴变马归还先前那位老兄，业已尽够一忙，那里还有工夫再还老兄，岂非下一世又要变驴变马归结老兄？据小弟愚见，与其日后买物再算，何不就在今日？况多余若干，日子久了，倒恐难记。"彼此推让许久，农人只得将货拿了两样，作抵此银而去。卖货人仍口口声声只说"银多货少，过于偏枯"。奈农人业已去远，无可奈何。忽见有个乞丐走过，卖货人自言自语道："这个花子只怕就是讨人便宜的后身，所以今生有这报应。"一面说著，却将多余平色，用戥秤出，尽付乞丐而去。唐敖道："如此看来，这几个交易光景，岂非'好让不争'一幅行乐图么？我们还打听甚么！且到前面再去畅游。如此美地，领略领略风景，广广识见，也是好的。"

只见路旁走过两个老者，都是鹤发童颜，满面春风，举止大雅。唐敖看罢，知非下等之人，忙侍立一旁。四人登时拱手见礼，问了名姓。原来这两个老者都姓吴，乃同胞弟兄。一名吴之和，一名吴之祥。唐敖道："不意二位老丈都是秦伯之后，失敬，失敬！"吴之和道："请教二位贵乡何处？来此有何贵干？"多九公将乡贯来意说了。吴之祥躬身道："原来贵邦天朝！小子向闻天朝乃圣人之国，二位大贤荣列胶庠，为天朝清贵，今得幸遇，尤其难得。第不知驾到，有失迎迓，尚求海涵！"唐、多二人连道："岂敢！"吴之和道："二位大贤由天朝至此，小子谊属地主，意欲略展杯茗之敬，少叙片时，不知可肯枉驾？如蒙赏光，寒舍就在咫尺，敢劳玉趾一行。"

语言描写

通过对存在于远方异域的另外一种世界和生活方式的设想来形成对现实的批判实际上也正是道教伦理对现实社会的一种特殊的干预和影响。《镜花缘》的作者通过对海外君子国商业道德的推崇，表达了对现实商业道德中不良风气的讥讽，也寄托了作者对理想化的商业道德的向往。

知识延伸

拱手：又称"拱""作揖"，古代见面时的礼节。双手合抱举前，意为愿做对方奴仆，供其驱使。今仍有一些人行此礼。后世因举手常伴以屈身，故又称为"打躬""作揖"。

二人听了，甚觉欣然，于是随著吴氏弟兄一路行来。

不多时，到了门前。只见两扇柴扉，周围篱墙，上面盘著许多青藤薜荔；门前一道池塘，塘内俱是菱莲。进了柴扉，让至一间敞厅，四人重复行礼让坐。厅中悬著国正赐的小额，写著“渭川别墅”。再向厅外一看，四面都是翠竹，把这敞厅团团围住，甚觉清雅。小童献茶。唐敖问起吴氏昆仲事业，原来都是闲散进士。多九公忖道：“他两个既非公卿大宦，为何国王却替他题额？看来此人也就不凡了。”唐敖道：“小弟才同敝友瞻仰贵处风景，果然名不虚传，真不愧‘君子’二字！”吴之和躬身道：“敝乡僻处海隅，略有知识，莫非天朝文章教化所致，得能不致陨越，已属草野之幸，何敢遽当‘君子’二字。至于天朝乃圣人之邦，自古圣圣相传，礼乐教化，久为八荒景仰，无须小子再为称颂。但贵处向有数事，愚弟兄草野固陋，似多未解。今日虽得二位大贤到此。意欲请示，不知可肯赐教？”唐敖道：“老丈所问，还是国家之事，还是我们世俗之事？”吴之和道：“如今天朝圣人在位，政治纯美，中外久被其泽，所谓‘巍巍荡荡，惟天为大，惟天朝则之’。国家之事，小子僻处海滨，毫无知识，不惟不敢言，亦无可言。今日所问，却是世俗之事。”唐敖道：“既如此，请道其详。倘有所知，无不尽言。”吴之和听罢，随即说出一番话来。

未知如何，下回分解。

名师点拨

在赞美君子国的同时，多九公又以海外诸国之人之事来作比较，鞭挞“天朝”中的一些腐败和丑恶现象。在君子国人人“好让不争”惟善为宝这是儒家思想中最理性的礼乐之邦的世风民情，通过具体的描写展现在读者面前，表达了作者的向往与理想。

阅读积累

圣　人

圣人是中国古代伦理术语，指才智超乎常人、德性非常高尚之人。不同学派对圣人之称谓说法不一。儒家称道德高尚、洞彻世理、拯济众民之人为圣人。如《孟子·离娄上》：“圣人，人伦之至也。”道家称超凡脱俗之人为圣人。《老子·四十七章》：“圣人不行知，不见而明，不为而成。”墨家则称实行兼爱交利、兴天下之公利、除天下之公害之人为圣人。

第十二回 双宰辅畅谈俗弊 两书生敬服良箴

名师导读

吴氏兄弟与唐敖等人畅谈天朝俗弊，一针见血，见解独到，说明他们绝非平庸之辈。有论者曾将吴氏兄弟对俗弊的看法加以分类总结，分列如下：其一，不宜迷信；如尚风水墓葬、以算命合婚、送子女舍身等；其二，不应奢华；生子请客太繁、宴客饮食太奢、娶嫁殡葬、罢家用度……都过于奢侈；其三，争讼与妇女问题；这里所涉及的问题其实就是作者对社会俗弊思考的总结，显示出作者的改革之心。

语言描写

《镜花缘》第十二回君子国的吴之和与吴之祥两兄弟口若悬河，滔滔不绝，以“小子向闻贵处世俗”“小子闻得贵处世俗”“吾闻贵处向有争讼之说”“吾闻尊处向有妇女缠足之说”等类似的句式开头批判了唐朝（即清朝）的殡葬之俗、铺张之习、争讼之事、缠足之行等陋俗，且以探寻口气开篇却不等回答径自下结论，可见其意在炫才而非真正就女性境遇或者其他社会问题出谋划策。

话说吴之和道：“小子向闻贵处世俗，于殡葬一事，作子孙的，并不计及死者以入土为安，往往因选风水，置父母之柩多年不能入土，甚至耽延两代三代之久，相习成风。以至庵观寺院，停柩如山；旷野荒郊，浮厝无数。并且当日有力时，因选风水蹉跎；及至后来无力，虽要求其将就殡葬，亦不可得；久而久之，竟无入土之期。此等情形，死者稍有所知，安能瞑目？况善风水之人，岂无父母？若有好地，何不留为自用？如果一得美地，即能发达，那通晓地理的，发达曾有几人？今以父母未曾入土之骸骨，稽迟岁月，求我将来毫无影响之富贵，为人子者，于心不安，亦且不忍。此皆不明‘人杰地灵’之义，所以如此。即如伏羲、文王、孔子之陵，皆生蓍草，卜筮极灵；他处虽有，质既不佳，卜亦无效。人杰地灵，即此可见。今人选择阴地，无非欲令子孙兴旺，怕其衰败。试以兴褒而论，如陈氏之昌，则有‘凤鸣’之卜；李氏之兴，则有‘同复’之筮。此由气数使然呢，阴地所致呢？卜筮既有先兆，可见阴地好丑，又有何用。总之，天下事非大善不能转祸为福，非大恶亦不能转福为祸。《易经》‘余庆余殃’之言，即是明证。今以阴地，意欲挽回造化，别有希冀，岂非‘缘木求鱼’？与其选择徒多浪费，何不遵著《易经》‘积善之家，必有余庆’之意，替父母多做好事，广积阴功，日后安享余庆之福？较之阴地渺渺茫茫，岂不胜如万万？据小子愚见，殡葬一事，无力之家，自应急办，不可蹉跎；至有力之家，亦惟择高阜之处，得免水患，即是美地。父母瞑目无恨，人子扪心亦安。此海外愚谈，不知可合尊意？”

唐、多二人正要回答，只见吴之祥道：“小子闻得贵处世俗，凡生子女，向有三朝、满月、百日、周岁之称。富贵家至期非张筵，即演戏，必猪羊鸡鸭类大为宰杀。吾闻‘上天有好生之德’。今上天既赐子女与人，而人不知仰体好生之意，反因子女宰杀许多生灵。是上天赐一生灵，反伤无数生灵，天又何必再以子女与人？凡父母一经得有子女，或西庙烧香，或东庵许愿，莫不望其无灾无病，福寿绵长。今以他的毫无紧要之事，杀无数生灵，花许多浪费，是先替他造孽，忏悔犹恐不及，何能望其福寿？往往贫寒家子女多享长年，富贵家子女每多夭折，揆其所以，虽未必尽由于此，亦不可不以为戒。为人父母的，倘以子女开筵花费之资，尽为周济贫寒及买物放生之用，自必不求福而福自至，不求寿而寿自长。并闻贵处世俗有将子女送入空门的，谓之‘舍身’。盖因俗传做了佛家弟子，定蒙神佛护佑，其有疾者从此自能脱体，寿短者亦可渐转长年。此是僧尼诱人上门之语。而愚夫愚妇无知，莫不奉为神明，相沿即久，故僧尼日见其盛。此教固无害于人，第为数过多，不独阴阳有失配合之正，亦生出无穷淫奔之事。据小子愚见，凡乡愚误将子女送入空门的，本地父老即将‘寿夭有命’以及‘无后为大’之义，向其父母恺切劝谕。久之舍身无人，其教自能渐息。此教既息，不惟阴阳得配合之正，并且乡愚亦可保全无穷贞妇。总之，天下少一僧或少一道，则世间即多一贞妇。此中固贤愚不等，一生未近女色者，自不乏人；然如好色之辈，一生一世，又岂止奸淫一妇女而已。鄙见是否，尚求指教。”

吴之和道：“吾闻贵处向有争讼之说。小子读古人书，虽于‘讼’字之义略知梗概，但敝地从无此事，不知究竟从何而起。细访贵乡兴讼之由，始知其端不一。或因口角不睦，不能容忍；或因财产较量，以致相争。偶因一时尚气，鸣之于官。讼端既起，彼此控告无休。其初莫不苦思恶想，掉弄笔头，不

知识延伸

积善之家，必有余庆：乐于做好事的人家，必定会得到许多幸福，喜庆有余。语出《元曲选外篇》无名氏《周易·坤·文言》：“积善之家，必有余庆；积不善之家，必有余殃”。《刘弘嫁婢》第四折：“遥受着洛京县令职名，圣人道：积善之家，必有余庆。”也简作积善余庆。

直抒胸臆

这样一来，既达到了道德上的向善，又实现了福至寿长的愿望，何乐而不为呢？若从超时空的角度视之，这个问题的提出与剖析，在当下仍然有其现实意义。当今遇上生子女、过百天、子女升学、子女结婚等喜事，亲友间送礼成风，彼此身不由己，积重难返，已到了不堪重负、不改不行的地步了。

独妄造虚言，并以毫无影响之事，硬行牵人，惟期耸听，不管丧尽天良。自讼之后，即使百般浪费，并不爱惜钱财；终日屈膝公堂，亦不顾及颜面。幸而官司了结，花却无穷浪费，焦头烂额，已属不堪；设或命运坎坷，从中别生枝节，拖延日久，虽要将就了事，欲罢不能。家道由此而衰，事业因此而废。此皆不能容忍，以致身不由己，即使醒悟，亦复何及。尤可怪的，又有一等唆讼之人，哄骗愚民，勾引兴讼，捕风捉影，设计铺谋，或诬控良善，或妄扳无雇。引人上路，却于暗中分肥；设有败露，他即远走高飞。小民无知，往往为其所愚，莫不被害。此固唆讼之人造孽无穷，亦由本人贪心自取。据小子看，争讼一事，任你百般强横，万种机巧，久而久之，究竟不利于己。所以《易经》说：'讼则终凶。'世人若明此义，共臻美俗，又何争讼之有！再闻贵处世俗，每每屠宰耕牛，小子以为必是祭祀之用。及细为探听，却是市井小人，为获利起见，因而饕餮口馋之辈，竞相购买，以为口食。全不想人非五谷不生，五谷非耕牛不长。牛为世人养命之源，不思所以酬报，反去把他饱餐，岂非恩将仇报？虽说此牛并非因我而杀，我一人所食无几，要知小民屠宰，希图获利，那良善君子，倘尽绝口不食，购买无人，听其腐烂，他又安肯再为屠宰？可见宰牛的固然有罪，而吃牛肉之人其罪更不可逃。若以罪之大小而论，那宰牛的原算罪魁，但此辈无非市井庸愚，只知惟利是趋，岂知善恶果报之道。况世间之牛，又焉知不是若辈后身？据小子愚见，'《春秋》责备贤者'，其罪似应全归买肉之人，倘仁人君子终身以此为戒，胜如吃斋百倍，冥冥中岂无善报？又闻贵处宴客，往往珍馐罗列，穷极奢华；桌椅既设，宾主就位之初，除果品、冷菜十余种外，酒过一二巡，则上小盘小碗，其名南唤'小吃'，北呼'热炒'，少者或四或八，多者十余种至二十余种不等，其间或上点心一二道；小吃上完，方及正肴，菜既奇丰，碗亦奇大，或八九种至十余种不等。主人虽如此盛设，其实小吃未完而客已饱，此后所上的，不过虚设，如同供献而已。更可怪者，其肴不辨味之好丑，惟以价贵的为尊。因燕窝价贵，一肴可抵十肴之费，故宴会必出此物为首。既不恶其形似粉条，亦不厌其味同嚼蜡。及至食毕，客人

夹叙夹议

作者反对杀生、食用肉食的饮食观念当与作者深受道教思想影响有关。

知识延伸

《春秋》责备贤者：意为《春秋》对"贤者"在道德上高标准严要求。旧时在对人提出批评时常用这句话，表示敬重对方之意。《新唐书·太宗本纪赞》："《春秋》之法，常责备于贤者。"清·纪昀《阅微草堂笔记·滦阳消夏录》："春秋责备贤者，未可以士大夫之义律儿女子。"

只算吃了一碗粉条子，又算喝了半碗鸡汤，而主人只觉客人满嘴吃的都是‘元丝锞’。岂不可笑？至主人待客，偶以盛馔一二品，略为多费，亦所不免，然惟美味则可。若主人花钱而客人嚼蜡，这等浪费，未免令人不解。敝地此物甚多，其价甚贱，贫者以此代粮，不知可以为菜。向来市中交易，每谷一升，可换燕窝一担。庶民因其淡而无味，不及米谷之香，吃者甚少；惟贫家每多屯积，以备荒年。不意贵处尊为众肴之首。可见口之于味，竟有不同嗜者。孟子云：‘鱼我所欲，熊掌亦我所欲。’鱼则取其味鲜，熊掌取其肥美。今贵处以燕窝为美，不知何所取义？若取其味淡，何如嚼蜡？如取其滋补，宴会非滋补之时，况荤腥满腹，些须燕窝，岂能补人？如谓希图好看，可以夸富，何不即以元宝放在菜中？其实燕窝纵贵，又安能以此夸富？这总怪世人眼界过浅，把他过于尊重，以致相沿竟为众肴之首，而并有主人亲上此菜者。此在贵处固为敬客之道，荐在敝地观之，竟是捧了一碗粉条子上来，岂不肉麻可笑？幸而贵处倭瓜甚贱，倘竟贵于诸菜，自必以他为首。到了宴会，主人恭恭敬敬捧一碗倭瓜上来，能不令人喷饭？若不论菜之好丑，亦不辨其有味无味，竟取价贵的为尊，久而久之，一经宴会，无可卖弄，势必煎炒真珠，烹调美玉，或煮黄金或煨白银，以为首菜了。当日天朝士大夫曾作《五簋论》一篇，戒世俗宴会不可过奢，菜以五样为度，故曰‘五簋’。其中所言，不丰不俭，酌乎其中，可为千古定论，后世最宜效法。敝处至今敬谨遵守。无如流传不广。倘惜福君子，将《五簋论》刊刻流传，并于乡党中不时劝诫，宴会不致奢华，居家饮食自亦节俭，一归纯朴，何患家室不能充足。此话虽近迂拙，不合时宜，后之君子，岂无采取？”

吴之祥道：“吾闻贵地有三姑六婆，一经招引入门，妇女无知，往往为其所害，或哄骗银钱，或拐带衣物。及至妇女察知其恶，惟恐声张家长得知，莫不忍气吞声，为之容隐。此皆事之小者。最可旧的，来往既熟，彼此亲密，若辈必于此中设法，生出奸情一事。以为两处起发银钱地步。怂恿之初，或以美酒迷乱其性，或以淫词摇荡其心，一俟言语可人，非夸某人豪富无比，即赞某人美貌无双。诸如哄骗上庙，引诱朝山，其法种种不一。总之，若辈一经用了手脚，随你三贞九烈，玉

知识延伸

鱼我所欲，熊掌亦我所欲：语出《孟子·告子上》。孟子用人们生活中熟知的具体事物打了一个比方：鱼是我想得到的，熊掌也是我想得到的，在两者不能同时得到的情况下，我宁愿舍弃鱼而要熊掌。

讽刺手法

李汝珍的这段描述真可谓是击中时弊。不仅如此，李汝珍还讨厌那些饮食讲究奢华、饮酒无度之人。

语言描写

随着《三言二拍》等诸多文学作品的传播，“三姑六婆”这一说法更加流行。这些主要从事中介、宗教、医术、商业的“三姑六婆”的职业形象大受贬低抑制，并广受社会谴责。这些“三姑六婆”出入官府、衙院、宅院，搬弄是非，传布迷信，挑动男女私情，秽乱社会风气，引起人们的反感。清代李汝珍在小说《镜花缘》中如此总结。

洁冰清，亦不能跳出圈外。甚至以男作女，暗中奸骗，百般淫秽，更不堪言。良家妇女因此失身的不知凡几。幸而其事不破，败坏门风，吃亏已属不小；设或败露，名节尽丧，丑声外杨，而家长如同聋聩，仍在梦中。此固由于妇女无知所致，但家长不能预为防范，预为开导，以致‘绿头巾’戴在顶上，亦由自取，归咎何人？小子闻《礼经》有云：‘内言不出于捆，外言不入于捆。’古人于妇女之言，尚且如此谨慎，况三姑六婆，里外搬弄是非，何能不生事端？至于出头露面，上庙朝山，其中暧昧不明，更不可问。倘明哲君子，洞察其奸，于家中妇女不时正言规劝，以三姑六婆视为寇仇，诸事预为防范，毋许入门，他又何所施其伎俩？再闻贵处向有‘后母’之称，此等人待前妻儿女莫不视为祸根，百般荼毒，或以苦役致使劳顿，或以疾病故令缠绵，或任听饥寒，或时常打骂。种种磨折，苦不堪言。其父纵能爱护，安有后眼？此种情形，实为儿女第一黑暗地狱。贫寒之家，其苦尤甚。至富贵家，虽有乳母亲族照管，不能过于磨折，一经生有儿女，希冀独吞家财，莫不铺谋设计，枕边谗言，或诬其女不听教训，或诬其儿忤逆晚娘，或诬好吃懒做，或诬胡作非为，甚至诬男近于偷盗，诬女事涉奸淫，种种陷害。此等弱女幼儿，从何分辨？一任拷打，无非哀号，因此磨折而死或忧忿而亡。历来命丧后母者，岂能胜计！无如其父始而保护婴儿，亦知防范；继而谗言入耳，即身不由己，久之染了后母习气，不但不能保护，并且自己渐渐亦施毒手。是后母之外，又添‘后父’。里外夹攻，百般凌辱。以致‘枉死城’中，不知添了若干小鬼。此皆耳软心活，只重夫妇之情，罔顾父子之恩。请看大舜捐阶焚廪，闵子冬月芦衣，申生遭谤，伯奇负冤，千古之下，一经谈起，莫不心伤。处此境者，视此前车之鉴，仍不加意留神，岂不可悲！”

> **词苑撷英**
>
> 晚娘：同“后母”，指父亲后来再娶的妻子。

> **词苑撷英**
>
> 前车之鉴：比喻把前人或以前的失败作为借鉴。

吴之和道：“吾闻尊处向有妇女缠足之说。始缠之时，其女百般痛苦，抚足哀号，甚至皮腐肉败，鲜血淋漓。当此之际，夜不成寐，食不下咽，种种疾病，由此而生。小子以为此女或有不肖，其母不忍置之于死，故以此法治之。谁知系为美观而设，若不如此，即不为美！试问鼻大者削之使小，额高者削之使平，人必谓为残废之人，何以两足残缺，步履艰难，却又为美？即如西子、王嫱，皆绝世佳人，彼时又何尝将其两足削去一半？况细推其由，与造淫具何异？此圣人之所必诛，贤者之所不取，恨世之君子，尽绝其习，此风自可渐息。又闻贵处世俗，于风鉴卜筮外，有算命合婚之说。至境界不顺，希冀运转时来，偶一推算，此亦人情之常，即使推算不准，亦属无妨。婚姻一事，关系男女终身，理宜慎重，岂可草草。既要联姻，如果品行纯正，年貌相当，门第相对，即属绝好良姻，何必再去推算？左氏云：“卜以决疑，不疑何卜。若谓必须推算，方可联姻，当日河上公、陶宏景未立命格之先，又将如何？命书岂可做得定准？那推算之人，又安能保其一无错误？尤可笑的，俗传女命北以属羊为劣，南以属虎为凶。其说不知何意？至今相沿，殊不可解。人值未年而生，何至比之于羊？寅年而生又何至竟变为虎？且世间惧内之人，未必皆系属虎之妇，况鼠好偷窃，蛇最阴毒，那属鼠、属蛇的，岂皆偷窃、阴毒之辈？龙为四灵之一，自然莫贵于此，岂辰年所生，都是贵命？此皆愚民无知，造此谬论，往往读书人亦染此风，殊为可笑。总之，婚姻一事，若不论门第相对，不管年貌相当，惟以合婚为准，势必将就勉强从事，虽有极美良姻，亦必当面错过，以致日后儿女抱恨终身，追悔无及。为人父母的，倘能洞察合婚之谬，惟以品行、年貌、门第为重，至于富贵寿考，亦惟听之天命，即日后别有不虞，此心亦可对住儿女，儿女似亦无怨了。”

> **语言描写**
> 李汝珍借左氏之口，对算命合婚的驳斥，掷地有声。

吴之祥道：“小子向闻贵地世俗最尚奢华，即如嫁娶、殡葬、饮食、衣服以及居家用度，莫不失之过侈。此在富贵家不知惜福，妄自浪费，已属造孽。何况无力下民，只图目前适意，不顾日后饥寒。倘惜福君子于乡党中不时开导毋得奢华，各留余地，所谓：‘常将有日思无日，莫待无时思有时。’如此剀切劝谕，奢侈之风，自可渐息，一归俭朴，何思家无盖藏。即偶遇饥岁，亦可无虞。况世道俭朴，愚民稍可糊口，即不致流为奸匪；奸匪既少，盗风不禁自息；盗风既息，天下自更太平。可见‘俭朴’二字，所关也非细事。”

> **语言描写**
> 李汝珍借君子国人之口指控了天朝人士奢华虚伪的一面。

正说的高兴，有一老仆，慌慌张张进来道：“禀二位相爷，适才官吏来报，国主因各处国王约赴轩辕祝寿，有军国大事，面与二位相爷相商，少刻就到。”多九公听了，暗暗忖道：“我们家乡每每有人会客，因客坐久不走，又不好催他动身，只好暗向仆人丢个眼色。仆人会意，登时就来回话，不是‘某大老即刻来拜’，就是‘某大老立等说话’。如此一说，客人自然动身。谁知此处也有这个风气，并且还以相爷吓人——即或就是相爷，又待如何？未免可笑。”因同唐敖打躬告别。吴氏弟兄忙还礼道：“蒙二位大贤光降，不意国王就临敝宅，不能屈留大驾，殊觉抱谦。倘大贤尚有耽搁，愚弟兄俟送过国王，再至宝舟奉拜。”

唐、多二人匆匆告别，离了吴氏相府。只见外面洒道清尘，那些庶民都远远回避。二人看了，这才明白果是实情。于是回归旧路。多九公道：“老夫看那吴氏弟兄举止大雅，器宇轩昂，以为若非高人，必是隐士。及至见了国王那块匾额，老夫就觉疑惑，这二人不过是个进士，何能就得国王替他题额？那知却是两位宰辅！如此谦恭和蔼，可谓脱尽仕途习气。若令器小易盈、妄自尊大那些骄傲俗吏看见，真要愧死！”唐敖道：“听他那番议论，却也不愧‘君子’二字。”

语言描写

二人之言相互补充，相得益彰，共同树立起“谦恭和蔼”“脱尽仕途习气”的君子型高官形象。一人之下、万人之上的宰辅尚且如此“谦恭和蔼”，其他官吏就不言而喻了。同时作者也表达出对“器小易盈、妄自尊大那些骄傲俗吏”的极端厌恶。

不多时，回到船上。林之洋业已回来，大家谈起货物之事。原来此地连年商贩甚多，各色货物，无不充足，一切价钱，均不得利。正要开船，吴氏弟兄差家人拿著名帖，送了许多点心、果品，并赏众水手倭瓜十担、燕窝十担。名帖写著：“同学教弟吴之和、吴之祥顿首拜。”唐敖同多九公商量把礼收了，因吴氏弟兄位尊，回帖上写的是：“天朝后学教弟多某唐某顿首拜。”来人刚去，吴之和随即来拜。让至船上，见礼让坐。唐、多二人，再三道谢。吴之和道：“舍弟因国王现在敝宅，不能过来奉候。小弟适将二位光降之话奏明，国王闻系天朝大贤到此，特命前来奉拜。小弟理应恭候解缆，因要伺候国王，只得暂且失陪。倘宝舟尚缓开行，容日再来领教。”即匆匆去了。

知识延伸

燕窝：又称燕菜、燕根、燕蔬菜，是指雨燕目雨燕科的部分雨燕和金丝燕属的几种金丝燕分泌出来的唾液，再混合其他物质所筑成的巢穴。燕窝按筑巢的地方可分为“屋燕”及“洞燕”两种，洞燕因其受矿物质影响导致颜色不同，有白燕、黄燕、红燕之分，而屋燕只有象牙白一种颜色。

众水手把倭瓜、燕窝搬到后梢，到晚吃饭，煮了许多倭瓜燕窝汤。都欢喜道：“我们向日只听人说燕窝贵重，却未吃过。今日倭瓜叨了燕窝的光，口味自然另有不同。连日辛辛苦苦，开开胃口，也是好的。”彼此用箸，都把燕窝夹一整瓢，放在嘴里嚼了一嚼，不觉皱眉道：“好奇怪！为何这样好的东西，到了我们嘴里把味都走了！”内中有几个咂嘴道：“这明明是粉条子，怎么把他混充燕窝？我们被他骗了！”及至把饭吃完，倭瓜早已干干净净，还剩许多燕窝。林之洋闻知，暗暗欢喜，即托多九公照粉条子价钱给了几贯钱向众人买了，收在舱里道：“怪不得连日喜鹊只管朝俺叫，原来却有这股财气！”这日收口，正要停泊，忽听有人喊叫救命。

未知如何，下回分解。

名师点拨

值得注意的是，作者在让唐敖三人游历海外各国时，其并没有为了吸引读者而单纯的对海外各国的奇珍异事大加描绘，而是时时将读者关注的视角引到现实生活当中来，如第十二回“双宰辅畅谈俗弊两书生敬服良箴”中，虽然吴之和、吴之祥兄弟同唐敖的谈话发生在遥远的君子国，但每句话皆针对当时现实社会中存在的恶风陋习大加批判，痛快淋漓。

阅读积累

庶民

庶为众多、民为人，故亦称庶人或众民。西周时曾为对奴隶的称呼。国王常以庶人赏赐臣下。春秋战国以后，庶人的地位有了变化，一般是指对从事农业生产者的称谓。他们的地位在士之下，工商皂隶之上。如《国语·晋语四》：“公贡贡，大夫食邑，士食田，庶人食力，工商食官、皂隶食职。”又《左传》襄公九年载：“其卿让于善，其大夫不失守、其士竞于教，其庶人力于农穑，商工皂犹不知迁业。”秦汉以后则泛指没有官爵的平民。

第十三回　美人入海遭罗网　儒士登山失路途

名师导读

唐敖在本回又探访到了第二朵海外名花——廉锦枫。作者对廉锦枫的描写与骆红蕖有异曲同工之妙：两人都是孝女，且为了尽孝道，区区弱质女子不惜铤而走险，或捕杀老虎，或下海取参，都是可钦可佩的。相形之下，那对唯利是图、不与人为善的渔翁夫妇就令人可鄙了。

话说林之洋船只方才收口，忽听有人喊叫救命。唐敖连忙出舱，原来岸旁拢著一只极大渔船，因命水手将船拢靠渔船之旁。多九公、林之洋也都过来。只见渔船上站著一个少年女子，浑身水湿，生得齿白唇红，极其美貌。头上束著青绌包头，身上披著一件皮衣，内穿一件银红小袄，腰中系著丝绦，下面套著一条皮裤，胸前斜插一口宝剑，丝绦上挂著一个小小口袋，项上扣著一条草绳，拴在船桅上。旁边立著一个渔翁、渔婆。三人看了，不解何意。唐敖道："请教渔翁这个女子是你何人？为何把他扣在船上？你是何方人氏？此处是何地名？"渔翁道："此系君子国境内。小子乃青邸国人，专以打鱼为业。素知此处庶民，都是正人君子，所以不肯攻其不备，暗下毒手取鱼，历来产鱼其多，所以小子时常来此打鱼。此番局运不好，来了数日，竟未网著大鱼。今日正在烦恼，恰好网著这个女子。将来回去多卖几贯钱，也不枉辛苦一场。谁知这女子只管求我放他。不瞒三位客人说，我从数百里到此，吃了若干辛苦，花了许多盘费，若将落在网的仍旧放去，小子只好喝风了。"

> 词苑撷英
>
> 盘费：路费。

唐敖向女子道："你是何方人氏？为何这样打扮？还是失足落水，还是有意轻生？快把实情讲来，以便设法救你。"

女子听了，满眼垂泪道："婢子即本地君子国人氏，家住水仙村。现年十四岁，幼读诗书。双亲廉礼，曾任上大夫之职。三年前，邻邦被兵，遣使求救，国王因念邻国之谊，发兵救应，命我父参谋军机。不意至彼失算，误入重地，兵马折损；以致发遣远戍，死于异乡。家产因此耗散，仆婢亦皆流亡。母亲良氏，素有阴虚之症，服药即吐，惟以海参煮食，始能稍安。此物本国无人货卖，向来买自邻邦。自从父亲获罪，母病又发，点金无术，惟有焦愁。后闻比物产自大海，如熟水性，入海可取。婢子因思，人生同一血肉之躯，他人既能熟谙水性，将身入海，我亦人身，何以不能？因置大缸一口，内中贮水，日日伏在其中，习其水性，久而久之，竟能在水一日之久。得了此技，随即入海取参，母病始能脱体。今因母病又来取参，不意忽遭罗网。婢子一身如同篙草；上有寡母，无人侍奉。惟求大德拯救，倘得重见母面，来生当变犬马，以报大恩！"说著，不觉放声恸哭。唐敖听罢，甚觉诧异道：

"女子且慢伤悲。刚才你说幼读诗书，自然该会写字了？"女子听了，连连点头。唐敖因命水手把纸笔取来，送至女子面前道："小姐请把名姓写来赐我一看。"女子提笔在手，略想一想，匆匆写了几字。水手拿来，唐敖接过，原来是首七言绝句：

不是波臣暂水居，竟同涸鲋困行车。
愿开一面仁人网，可念儿鱼是孝鱼。

诗后写著："君子国水仙村虎口难女廉锦枫和泪拜题。"

唐敖看罢，忖道："刚才我因此女话语过于离奇，所以教他写几个字，试他可真读书，谁知他不假思索，举笔成文。可见取参奉母，并非虚言。真可算得才德兼全！"因向渔翁道："据这诗句看来，此女实是千金小姐。我今给你十贯酒资，你也发个善心，把这小姐放了，积些阴功。"林之洋道："你果放了，以后包你网不虚发，生意兴隆。"渔翁摇头道："我得这股财气，后半世全要指他过日，岂是十贯钱就能放的。奉劝客人何必管这闲事。"多九公不悦道："我们好意出钱给你，为何倒说不必管闲事？难道好好千金小姐，落在网里，就由你主张么？"林之洋道："俺对你说，鱼落网里由你做主，如今他是人，不是鱼，你莫眼瞎认差了！休教俺们莫管闲事，你也

知识延伸

海参：海参同人参、燕窝、鱼翅齐名，是世界八大珍品之一。海参不仅是珍贵的食品，也是名贵的药材。据《本草纲目拾遗》中记载：海参，味甘咸，补肾，益精髓，摄小便，壮阳疗痿，其性温补，足敌人参，故名海参。

咬文嚼字

"来生当变犬马"即来生做狗做马。狗和马地位低下，廉锦枫把自己比作狗和马，贴切形象地表现出自己对唐敖的谢意与敬意。

语言描写

小说通过人物之口，发出了尊重女人的呼唤。"显扬女子，颂其异能"是许多明清小说共同的思想倾向。

莫想分文！你不放这女子，俺偏要你放，俺就跟著你，看你把他怎样！”说罢，将身一纵，跳过船去。那个渔婆大哭大喊道：“青天白日，你的这些强盗敢来打劫！我将老命拼了罢！”登时就要跳过船来，众水手连忙拦住。唐敖道：“渔翁，你究竟须得几贯钱方肯放这小姐？”渔翁道：“多也不要。只须百金，也就够了。”唐敖进舱，即取一百银子，付给渔翁。渔翁把银收过，这才解去草绳。廉锦枫同林之洋走过大船，除去皮衣皮裤，就在船头向唐敖拜谢，问了三人名姓。渔船随即开去。

唐敖道：“请问小姐，贵府离此多远？”廉锦枫道：“婢子住在前面水仙村，此去不过数里。村内向来水仙花最盛，所以以此为名。”唐敖道：“离此既近，我们就送小姐回去。”廉锦枫道：“婢子刚才所取之参，都被渔翁拿去。我家虽然临海，彼处水浅，无处可取。婢子意欲就此下去，再取几条，带回奉母。不知恩人可肯稍等片时？”唐敖道：“小姐只管请便，就候片时何妨。”锦枫听罢，把皮衣皮裤穿好，随即将身一纵，蹿入水中。林之洋道：“妹夫不该放这女子下去！以样小年纪，入这大海，据俺看来，不是淹死，就被鱼吞，枉送性命。”多九公道：“他时常下海，熟谙水性，如鱼入水，焉能淹死。况且宝剑在身，谅那随常鱼鳖，也不足惧。林兄放心！少刻得参，自然上来。”三人闲谈，等了多时，竟无踪影。林之洋道：“妹夫，你看俺的话灵不灵！这女子总不上来，谅被大鱼吞了。俺们不能下去探信，这便怎处？”多九公道：“老夫闻得我们船上有个水手，下得海去，可以换得五口水。何不教他下去，看是怎样？”只见有个水手，答应一声，蹿下海去。”不多时，回报道：“那女子同一大蚌相争，业已杀了大蚌，顷刻就要上来。”说话间，廉锦枫身带血迹，蹿上船来，除去皮衣皮裤，手捧明珠一颗，向唐敖下

拜道："婢子蒙恩人救命，无以报答。适在海中取参，见一大蚌，特取其珠，以为'黄雀衔环'之报，望恩人笑纳。"唐敖还礼道："小姐得此至宝，何不敬献国王？或可沾沐殊恩，稍助萱堂甘旨。何必拘束以图报为念。况老夫非望报之人。请将宝珠收回，献之国王，自有好处。"廉锦枫道："国王向有严谕，臣民如将珠宝进献，除将本物烧毁，并问典刑。国门大书'惟善为宝'，就是此意。此珠婢子拿去无用，求恩人收了，愚心庶可稍安。"唐敖见他出于至诚，只得把珠收下，随命水手扬帆，望水仙村进发。大家进舱，锦枫拜了吕氏，并与婉如见礼，彼此一见如故，十分亲爱。

情景描写

廉锦枫为感谢唐敖救命之恩，两次潜入海中，探取宝物以谢唐之义举。

登时到了水仙村，将船停泊。锦枫别了婉如、吕氏，取了参袋、皮衣。唐敖因念廉锦枫寒苦，随身带了银子，携了多、林二人，一同渡到岸上。锦枫在前引路，不多时，到了廉家门首。锦枫敲门，里面走出一个老媪，把门开了，接过皮衣道："小姐为何回来恁晚？夫人比前略觉好些。可曾取得参来？"廉锦枫不及答话，把唐敖三人让至书房，随即进内，搀扶良氏夫人出来，拜谢唐敖救命之恩，并与多、林二人见礼。谈起世业，原来廉锦枫曾祖向居岭南，因避南北朝之乱，逃至海外，就在君子国成家立业。唐敖曾祖乃廉家女婿。细细叙起，唐敖同夫人是平辈表亲。良氏不觉喜道："难得恩人却是中表至亲！寒家在此虽住了三代，究系寄居，亲友甚少；兼之丈夫去世，并无弟兄，又无产业；跟前一子，尚在年幼；贱妾母家，久已凋零，一切更无倚靠。现在岭南尚有嫡亲支派。贱妾久有回乡之愿，奈迢迢数万里，寡妇孤儿，带著弱女，何能前往。今幸得遇恩人，又属亲谊，将来回府，倘蒙垂念孤寡，携带母子得归故乡，不致做了海外饿殍，生生世世，永感不忘！"唐敖道："表嫂既有回乡之意，他日小弟如回家乡，自然奉请同往。但我们各处卖货，归期迟早未定，贵体有恙，断不可时常牵挂。表侄现年几岁？何不请出一见？"良氏即将公子廉亮唤出，与唐敖三人行礼。

知识延伸

表亲：即中表之亲。指自己与祖父、父亲的姐妹的子女以及外祖父、外祖母、祖母、母亲的兄弟姐妹的子女的亲戚关系。

知识延伸

嫡亲：指血统关系最接近的亲属。

唐敖道："表侄生得眉目清秀，器宇轩昂，日后定成大器。今年贵庚多少？所读何书？"廉亮答道："小侄今年十三岁。因家寒无力延师，跟随姐姐念书。九经业已读完，现读《老》《庄》子书之类。"良氏道："贱妾这所住宅虽已倒

知识延伸

贵庚：问对方今年的年龄是多少，多用于问长辈的年龄和书面语。在我国古代的一些文人相互之间经常用，一是显示自己有学问，二是尊重对方的一种表现。

败，尚有空房三间。去岁有一秀士来此开馆，小儿跟随肄业，以房资作为脩金，彼此都便。无如此人，今岁另就他馆，以致小儿又复蹉跎。”唐敖道：“表兄去世，既未留下产业，表嫂何以度日？表侄如在外面读书，每岁脩金约须若干？”良氏道：“小儿外面附馆，每年不过一二十金。至于家中用度，亏得连年米粮甚贱，母女每日作些针黹货卖，衣食尚可敷衍。”唐敖听罢，从怀中取出两封银子递给廉亮，问夫人道：“此银留为表侄读书并贴补薪水之用。表侄乃极美之材，读书一事，万万不可耽搁。如果努力用功，将来到了故乡，自必科名联捷，家道复兴。表嫂有此佳儿，日后福分不小。”良氏拜谢，垂泪道：“恩人大德，今生谅难图报。贱妾之恙，虽得女儿取参略延残喘，奈病入膏肓，不啻风中之烛。将来无论或存或亡，恩人如回故土，所有儿女一切终身大事，尚望留意代为主张。”唐敖道：“既蒙表嫂见委，又属至亲，小弟自当在意，只管放心！”当时辞别回船。唐敖谈起廉锦枫如此至孝，颇有要将此女聘为儿媳之意。

简要说明

这也反映出“君子国”商贸活跃、物资丰沛的特点。除了以“君子国”描述理想社会以外，李汝珍也把对理想社会的想象寄寓在社会批判中，譬如写“两面国”和“无肠国”的两面之人和无肠之人，从而批判虚伪狡诈和贪婪刻薄的人。

走了几日，到了大人国。林之洋因此处与君子国地界毗连，风俗言谈以及土产，都与君子国相仿。君子国连年商贩既多，此地相去甚近，看来也难得价，所以不去卖货。因唐敖要去游玩，即约多九公一齐登岸。唐敖道：“当日小弟闻大人国只能乘云而不能走，每每想起，恨不能立刻见见，今果至其地，真是天从人愿。”多九公道：“到虽到了，离此二十余里，才有人烟。我们必须趱行。恐回来过晚，路上不便。且前面有一危岭，岔路甚多。他们国中就以此岭为城：岭外俱是稻田，岭内才有居民。”走了多时，离岭不远，田野中已有人烟。其人较别处略长二三尺不等。行动时，下面有云托足，随其转动，离地约有半尺；一经立住，云即不动。三人上了山坡，曲曲折折，绕过两个峰头，前面俱是岔路，走来走去只在山内盘旋，不能穿过岭去。

外貌描写

这里交代了大人国的居民的高度，高二三尺不等，那就整整高了三到四个头，可见大人国居民都是奇高的人。

未知如何，下回分解。

名师点拨

为了回报唐敖的救命之恩，廉锦枫回赠以宝珠，不仅表现出她的知恩图报之心，也再次诠释了“惟善为宝”的真谛，可视作君子国之余绪。

阅读积累

上大夫

1. 爵名。周朝置，为大夫爵中最高的一等。2. 官秩等级。新莽时改秩二千石称上大夫。3. 官名。北魏初置，孝文帝太和（477—499）中改制罢。4. 官名。西魏恭帝三年（556）置，北周沿置。天官等六府皆设，或为六府次官，如小司徒上大夫、小司寇上大夫，或为六府诸司长官，如御正上大夫、内史上大夫等，皆正六命。隋文帝开皇元年（581）罢。5. 官名。北齐置，为王、公国属官，品秩随国王地位而高下不等，自从八品至从九品。

第十四回 谈寿夭道经聂耳 论穷通路出无肠

名师导读

本回依次写了唐敖游历的四个国家：大人国、劳民国、聂耳国和无肠国。作者对这四个国家的描写笔墨轻重不一。详略有别，也许是有感于君子国的理念有些虚幻失真，作者随即否定了那个乌托邦，设计了一个非常“现实”的大人国。大人国的好人坏人由其脚下所生的各色云雾来加以辨别，这种自然力量的神奇性不得不再次让人惊叹于李汝珍的超强想象力，既天马行空，又立足本源。

知识延伸

庵：本义指不对外开放的房屋。特指女性修行者居住的寺庙。

词苑撷英

耽搁：1. 停留；2. 耽误，拖延。

话说三人走了多时，不能穿过岭去。多九公道：“看这光景，大约走错了。恰好那边有个茅庵，何不找个僧人问问路径？”登时齐至庵前。正要敲门，前面来了一个老叟，手中提著一把酒壶，一个猪首，走至庵前，推开庵门，意欲进去。唐敖拱手道：“请教老丈，此庵何名？里面可有僧人？”老叟听罢，道声“得罪”，连忙进内，把猪首、酒壶放下，即走出拱手道：“此庵供著观音大士。小子便是僧人。”林之洋不觉诧异道：“你这老兄既是和尚，为甚并不削发？你既打酒买肉，自然养著尼姑了？”老叟道：“里面虽有一个尼姑，却是小僧之妻。此庵并无别人，只得小僧夫妇自幼在此看守香火。至僧人之称，国中向无此说，因闻天朝自汉以后，住庙之人俱要削发，男谓之僧，女谓之尼，所以此地也遵天朝之例，凡入庙看守香火的，虽不吃斋削发，称谓却是一样。即如小子称为僧，小子之妻即称为尼。不知三位从何到此？”多九公告知来意。老叟躬身道：“原来三位却是天朝大贤！小僧不知，多多有罪。何不请进献茶？”唐敖道：“我们还要赶过岭去，不敢在此耽搁。”林之洋道：“你们和尚尼姑生出儿女叫作甚么？难道也同俺们一样么？”老叟笑道：“小僧夫妇不过在此看守香火，既不违条犯法，又不作盗为娼，一切行为，莫不与人一样，何以生出儿女称谓就不同呢？大贤若问僧人所生儿女唤作甚么，只问贵处那些看守文庙的所生儿女唤作甚么，我们儿女也就唤作甚么。”唐敖道：“适见贵邦之人都有云雾护足，可是自幼生的？”老叟道：“此云本由足生，非人力可能勉强。其色以五彩为贵，黄色次之，其余无所区别，惟黑色最卑。”多九公道：“此地离船往返甚远，我们即恳大师指路，趁早走罢。”老叟于是指引路径，三人曲曲弯弯穿过岭去。

到了市中，人烟辏集，一切光景，与君子国相仿，惟各人所登之云，五颜六色，其形不一。只见有个乞丐，脚登彩云走过。唐敖道：“请教九公，云之颜色，既以五彩为贵，黑色为卑，为何这个乞丐却登彩云？”林之洋道：“岭上那个秃驴，又吃荤，又喝酒，又有老婆，明明是个酒肉和尚，他的脚下也是彩云。难道这个花子同那和尚有其好处么？”多久公道：“当日老夫到此，也曾打听。原来云之颜色虽有高下，至于或登彩云，或登黑云，其色全由心生，总在行为善恶，不在富贵贫贱。如果胸襟光明正大，足下自现彩云；倘或满腔奸私暗昧，足下自生黑云。云由足生，色随心变，丝毫不能勉强。所以富贵之人，往往竟登黑云；贫贱之人反登彩云。话虽如此，究竟此间民风淳厚，脚登黑云的竟是百无一二。盖因国人皆以黑云为耻，遇见恶事，都是藏身退后；遇见善事，莫不踊跃争先，毫无小人习气，因而邻邦都以‘大人国’呼之。远方人不得其详，以为大人国即是长大之义，那知是这缘故。”唐敖道：“小弟正在疑惑，每每闻得人说，海外大人国身长数丈，为何却只如此？原来却是讹传。”多九公道：“那身长数丈的是长人国，并非大人国。将来唐兄至彼，才知‘大人’‘长人’迥然不同了。”

情景描写

这就是说，人的价值不是取决于他的身份的高低，而是取决于他的品质的好坏。这种以人的品质而不是以财富地位来衡量人的观点，是与封建社会的传统观念相抵触的，是一种新的价值观念。

忽见街上民人都向两旁一闪，让出一条大路。原来有位官员走过，头戴乌纱，身穿员领，上置红伞；前呼后拥，却也威严；就只脚下围著红绫，云之颜色看不明白。唐敖道：“此地官员大约因有云雾护足，行走甚便，所以不用车马。但脚下用绫遮盖，不知何故？”多九公道：“此等人，因脚下忽生一股恶云，其色似黑非黑，类如灰色，人都叫做‘晦气色’。

凡生此云的，必是暗中做了亏心之事，人虽被他瞒了，这

词苑撷英

掩耳盗铃：原为掩耳盗钟。把耳朵捂住偷铃铛，以为自己听不见别人也会听不见，比喻自己欺骗自己。

语言描写

道德约束的理想空间从对海外诸国的描写中不难看出，作者渴望构建的理想社会，首先建立在道德约束上，他认为道德约束比其他律法更重要，例如大人国脚踏祥云，云的颜色根据他们心里的善恶程度而定，这里的人不管权力高低，是否受人尊敬都由脚下云朵的颜色决定，作者借林之洋之口说出。

云却不留情，在他脚下生出这股晦气，教他人前现丑。他虽用绫遮盖，以掩众人耳目，那知却是'掩耳盗铃'。好在他们这云，色随心变，只要痛改前非，一心向善，云的颜色也就随心变换。若恶云久生足下，不但国王访其劣迹，重治其罪，就国人因他过而不改，甘于下流，也就不敢同他亲近。"

林之洋道："原来老天做事也不公！"唐敖道："为何不公？"林之洋道："老天只将这云生在大人国，别处都不生，难道不是不公？若天下人都有这块招牌，让那些瞒心昧己、不明道德的，两只脚下都生一股黑云，个个人前现丑，人人看著惊心，岂不痛快？"多九公道："世间那些不明道德的，脚下虽未现出黑云，他头上却是黑气冲天，比脚下黑云还更利害！"林之洋道："他头上黑气，为甚俺看不见？"多九公道："你虽看不见，老天却看的明白，分的清楚。善的给他善路走，恶的给他恶路走，自有一定道理。"林之洋道："若果这样，俺也不怪他老人家不公了。"大家又到各处走走，惟恐天晚，随即回船。

走了几时，到了劳民国，收口上岸。只见人来人往，面如黑墨，身子都是摇摆而行。三人看了，以为行路匆忙，身子自然乱动；再看那些并不行路的，无论坐立，身子也是摇摇摆摆，无片刻之停。庸敖道："这个劳'字，果然用的切当。无怪古人说他'躁扰不定'。看这形状，真是举动浮躁，坐傲立中安。"林之洋道:"俺看他们倒像都患羊角风。身子这样乱动，不知晚上怎样睡觉？幸亏俺生天朝，倘生这国，也教俺这样，不过两天，身子就摇散了。"唐敖道："他们终日忙忙碌碌，举止不宁，如此操劳，不知寿相如何？"多九公道："老夫向闻海外传说，劳民同智佳国有两句口号，叫作：'劳民永寿，智佳短年。'原来此处虽然忙碌，不过劳动筋骨，并不操心；兼之本地不产五谷，都以果木为食，煎炒烹调之物，从个入口，因此莫不长寿。但老夫向有头目眩晕之症，今见这些摇摆样子，只觉头晕眼花，只好失陪，先走一步。你们二位各处走走，随后来罢。"唐敖道："此处街市既小，又无可观，九公既怕头晕，莫若一同回去。"登时齐归旧路。只见那些国人提著许多双头鸟儿货卖。那鸟正在笼中，百般鸣噪，极莫好听。林之洋道："若把这鸟买去，到了岐舌国，有人见了，倘或要买，包管赚他几坛酒吃。"于是买了两个，又买许多雀食，回到船上。

走了数日，到了聂耳国。其人形体面貌与人无异，惟耳垂至腰，行路时两手捧耳而行。唐敖道：“小弟闻得相书言：‘两耳垂肩，必主大寿。’他这聂耳国一定都是长寿了？”多九公道：“老夫当日见他这个长耳，也曾打听。谁知此国自古以来，从无寿享古稀之人。”唐敖道：“这是何意？”多九公道：“据老夫看来，这是‘过犹不及’。大约两耳过长，反觉没用。当日汉武帝问东方朔道：“朕闻相书言，人中长至一寸，必主百岁之寿。今朕人中约长寸余，似可寿享百年之外，将来可能如此？”东方朔道：“当日彭祖寿享八百。若这样说来，他的人中自然比脸还长了。恐无此事。”林之洋道：“若以人中比寿，只怕彭祖到了末年，脸上只长人中，把鼻子、眼睛挤的都没有地方了。”多九公道：“其实聂耳国之耳还不甚长。当日老夫曾在海外见一附庸小国，其人两耳下垂至足，就像两片蛤蜊壳，恰恰将人夹在其中。到了睡时，可以一耳作褥，一耳作被。还有两耳极大的，生下儿女，都可睡在其内。若说大耳主寿，这个竟可长生不老了！”大家说笑。

外貌描写

作者对聂耳国人的外貌描写，突出其大耳朵，说其耳垂至腰，为下文唐敖与多九公的对话做铺垫。

那日到了无肠国，唐敖意欲上去。多九公道：“此地并无可观。兼之今日风顺，船行甚快，莫若赶到元股、深目等国，再去望望罢。”唐敖道：“如此，遵命。但小弟向闻无肠之人，食物皆直通过，此事可确？”多九公道：“老夫当日也因此说，费了许多工夫，方知其详。原来他们未曾吃物，先找大解之处；若吃过再去大解，就如饮酒太过一般，登时下面就要还席。问其所以，才知吃下物去，腹中并不停留，一面吃了，随即一直通过。所以他们但凡吃物，不肯大大方方，总是贼头贼脑，躲躲藏藏，背人而食。”唐敖道：“即不停留，自然不能充饥，吃他何用？”多九公道：“此话老夫也曾问过。谁知他们所吃之物，虽不停留，只要腹中略略一过，就如我们吃饭一般，也就饱了。你看他腹中虽是空的，在他自已光景却是充足的。这是苦于不自知，却也无足为怪。就只可笑那不曾吃物的，明明晓得腹中一无所有，他偏装作充足样子；此等人未免脸厚了。他们国中向来也无极贫之家，也无大富之家。虽有几个富家，都从饮食打算来的——那宗打算人所不能行的，因此富家也不甚多。”

语言描写

作者淋漓尽致描写了“所食之物直通过”的无肠国人后，意犹未尽，接着借犬封国继续加以敷衍。

唐敖道："若说饮食打算，无非'俭省'二字，为何人不能行？"多九公道："如果俭省归于正道，该用则用，该省则省，那倒好了。此地人食量最大，又易饥饿，每日饮食费用过重。那想发财人家，你道他们如何打算？说来倒也好笑，他因所吃之物，到了腹中随即通过，名虽是粪，仍入腹内并不停留，尚未腐臭，所以仍将此粪好好收存，以备仆婢下顿之用。日日如此，再将各事极力刻薄，如何不富！"林之洋道："他可自吃？"多九公道："这样好东西，又不花钱，他安肯不吃！"唐敖道："如此腌臜，他能忍耐受享，也不必管他。第以秽物仍令仆婢吃，未免太过。"多九公道："他以腐臭之物，如教仆婢尽量饱餐，倒也罢了；不但忍饥不能吃饱，并且三次、四次之粪，还令吃而再吃，必至闹到'出而哇之'，饭粪莫辨，这才'另起炉灶'。"林之洋道："他家主人，把下面大解的，还要收存；若见上面哇出的，更要爱惜，留为自用了。"

语言描写

斯威夫特骂的是马国的"耶胡"，李汝珍骂的是海外的异人，虽然假借对象不同，但都是在指桑骂槐，效果一样。他们对人类社会中丑恶现象的冷嘲热讽真是一针见血，痛快淋漓。

正自闲谈，忽觉一股酒肉之香。唐敖道："这股香味，令人闻之好不垂涎！茫茫大海，从何而来？"多九公道："此地乃犬封境内，所以有这酒肉之香。'犬封'按古书又名'狗头民'，生就人身狗头。过了此处，就是元股，乃产鱼之地了。"唐敖道："'犬封'二字，小弟素日虽知，为何却有如此美味，直达境外？这是何故？"

语言描写

通过唐敖的问话，引出下一章的故事情节。

未知如何，下回分解。

名师点拨

劳民国的人民终年操劳，却得长寿，多九公揭示了劳心不劳民的真理所在。聂耳国人的"两耳垂肩"形象地阐释了过犹不及的道理。至于对无肠国的描写，简直令人捧腹、喷饭。作者抓住无肠国的特点，在肠子上肆意发挥。无肠国国民吃东西不仅吃了就拉，还吃得贼头贼脑。藏着掖着，一副小家子气：更有甚者，那些"富家"把人的粪便"收存"起来，"以备仆婢下顿之用"，而且是让他们"吃而再吃"：作者对这些土财主刻薄贪吝的批判真是入木三分。

阅读积累

彭　祖

道教尊奉的神仙。彭祖原为我国古代神话传说中的仙人。传说彭祖姓钱名铿，为帝颛顼之玄孙陆终氏六子中之第三子。以长寿闻名，历经夏朝到殷末年时，约有800多岁，但无衰老之相。因他的封地是彭城，得名彭祖。传说彭祖常服用水桂、云母粉，麋角散；常闭气内息，危坐拭目，擅长房中术，故而长寿不衰。彭祖曾周游四方，晚年时到达蜀地（今四川）武阳，留家于彭亡山后，成仙而去。彭城究系何处，所说不一。《太平寰宇记》谓徐州彭城，此地因彭祖而得名，有彭祖墓。《华阳国志》则说彭祖逝于留家处，留有彭祖祠和彭祖墓。

第十五回 喜相逢师生谈故旧 巧遇合宾主结新亲

名师导读

本回以犬封国为始，以毛民国为终，中间加上唐敖海外遇故旧的情节。首先来看犬封国。据《山海经》记载，犬封国的国民是人面犬身，但作者在小说中却取其狗头人身之说，仿佛意欲骂个痛快淋漓：此犬封国全在吃喝上下工夫，弥漫着一股酒肉之气，国人引以为豪的饮食文化似乎也在此遭遇微词。作者之所以如此是为了提倡前文所叙及的俭朴之风，其笔锋所在再次指向了贪吝的富贵人家“狗头狗脑”“酒囊饭袋”也随之产生。

话说唐敖道：“为何此地却有如此美味直达境外？莫非这些‘狗头民’都善烹调么！”多九公道：“你看他虽是狗头狗脑，谁知他于‘吃喝’二字却甚讲究。每日伤害无数生灵，想著方儿，变著样儿，只在饮食用功。除吃喝之外，一无所能，因此海外把他又叫‘酒囊、饭袋’。”唐敖道：“我们何不上去看看？”多九公吐吞道：“闻得他们都是有眼无珠，不识好人。设或上去被他狂吠乱咬起来，那还了得！”唐敖道：“小弟闻犬封之旁，有个鬼国，其人可有形象？”多九公道：“《易》有‘伐鬼方’之说。若无形象，岂能空伐。”林之洋道：“他既有形，为甚把他叫鬼？”多九公道：“只因他终夜不眠，以夜作昼，阴阳颠倒，行为似鬼，故有‘鬼国’之称。”

语言描写

借多九公之口，痛骂这些无良之人。

这日路过元股国。那些国人，头戴斗笠，身披坎肩，下穿一条鱼皮裤，并无鞋袜。上身皮色与常人一样，惟腿脚以下黑如锅底。都在海边取鱼。唐敖道：“原来元股却这样荒凉！”正与多九公商量可以不去，因众水手都要买鱼，将船泊岸。林之洋道：“这里鱼虾又多又贱，他们买鱼，俺们为甚不去望

知识延伸

斗笠：指一种遮挡阳光和避雨的编结帽，是夹油纸或竹叶，棕丝等编织而成。

望？”唐敖道：如此甚好。”三人于是上去，沿著海边，看国人取鱼。

只见有一渔人，网起一个怪鱼，一个鱼头，十个鱼身。众人都不认识。唐敖道：“请教九公，这鱼莫非就是泚水所产‘茈鱼’么？闻说此鱼味如蘼芜，闻如兰花之香，不知可确？”多九公还未答言，林之洋听了，即到此鱼跟前，弯下腰去闻了一闻。不觉眉头一皱，口中呕了一声，吐出许多清水道：“妹夫这个顽笑利害！俺只当果真香如兰花，上前狠狠一闻，谁知比朱草赶的浊气还臭！”多九公笑道：“林兄怎么忽然哇出来了？你且慢哇，且去踢他一脚，不知其鸣可像犬吠？”言还未毕，那鱼忽然鸣了几声，果如犬吠一般。唐敖猛然想起道：“九公，此鱼想是‘何罗鱼’了？”林之洋道：“此鱼既不是茈鱼，妹夫为甚不早说，却教俺闻他臭气？”多九公道：“何罗鱼同茈鱼形状都是一首十身，其所分的，一是香如蘼芜，一是音如犬吠。这怪他鸣的迟了，并非唐兄有意骗你。”

只见那边又网起几个大鱼，才撂岸上，转眼间，一齐腾空而去。唐敖道：“小弟向闻飞鱼善能疗痔，可是此类？”多九公连连点头。林之洋道：“这鱼若不飞去，俺们带几条替人医痔疮也是好的。”多九公道：“当日黄帝时，仙人宁封吃了飞鱼，死了二百年复又重生。岂但医痔，还能成仙哩！”林之洋道：“吃了这鱼，成了神仙，虽是快活，就只当中死的二百年，糊里糊涂，令人难熬。”忽见海面远远冒出一个鱼背，金光闪闪，上面许多鳞甲，其背竖在那里，就如一座山峰。唐敖道：“海中竟有如此大鱼，无怪古人言，大鱼行海，一日逢鱼头，七日才逢鱼尾。”

只见有个白发渔翁走来拱手道：“唐兄请了！可认得老夫么？”唐敖看时，其人头戴竹篾斗笠，身披鱼皮坎肩，两腿黑如锅底，赤著一双黑脚，并无鞋袜，也是本处打扮。再把面貌仔细一看，只吓的惊疑不止。原来却是原任御史、业师尹元。看了这宗光景，忍不住一阵心酸，连忙深深打躬道：“老师何日到此？为何如此打扮？莫非门生做梦么？”尹元叹道：“此话提起甚长。今日难得海外幸遇。此间说话不便，寒舍离此不远，贤契如不弃嫌，就请过去略略一叙。”唐敖道：“门生多年未见老师，无日不思，今日得瞻慈颜，不胜欣慰，自应登堂叩谒。”当时尹元同多、林二人见礼，问了名姓。一齐来至尹

情景描写

据《山海经·北山经》载：“又北四百里，曰谯明之山，谯水出焉，西流注于河。其中多何罗之鱼，一首而十身，其音如吠犬，食之已痈。”“味臭”是作者自己的发挥，这样可以从感官上将两种鱼分得更清楚。

知识延伸

御史：中国古代官名。商周时为史官。秦代御史兼掌监察，开监察机关之端。御史大夫为最高监察官和副丞相，下设御史中丞、侍御史、监御史等。汉初沿秦制，但改御史中丞为御史中执法。三国两晋南北朝时，设御史中丞，其下因事而设若干御史。

元住处。只见两扇柴门，里面两间草屋，十分矮小，屋上茅草俱已朽坏，景象甚觉清寒。

四人进了草屋，重复行礼。因无桌椅，就在下面席地而坐。尹元道：“老夫自从嗣圣元年因主上被废，武后临朝，心中郁闷，曾三上封章，劝其谨守妇道，迎主还朝，武后俱留中不发。嗣因谗奸当道，朝政日非，老夫勤王无计，耻食周禄，随即挂冠而归。在家数载，足不出户。此贤契所深知的。不意前岁忽有新进谗臣，在武后面前提起当年英公敬业之事，言起事之由，俱系老夫代为主谋。老夫闻知，惟恐被害，逃中外洋。无奈囊橐萧瑟，衣食甚难。飘流到此，因见渔人谋食尚易，原想打鱼为生，无如土人向来不准外人来分其业。举亏小女结得好网，卖给渔人，可以稍获其利。后来邻舍怜我异乡寒苦，命老夫暗将腿足用漆涂黑，假冒土人，邻居认为亲谊，众人这才听我取鱼，因此尚可糊口。近来朝中光景如何？主上有无复位佳音？贤契今来外洋，有何贵干？”

唐敖叹道：“原来老师被人谗害，以致流落异乡，若非今日相遇，门生何由得知。近年以来，唐家宗室，被武后屠戮殆尽。主上虽无复位佳音，幸而远在房州，尚未波及。门生今春侥幸登第，因当年同徐、骆诸人结盟一事，被人参奏‘妄交匪类’，依旧降为诸生。门生有志未遂，殊惭碌碌红尘，兼得异梦，拟结来世良缘，是以浪游海外。不意老师境界竟至如此！令人回想当年光景，能无伤感！近日师母可安？世弟、世妹多年未见，谅已长成？求老师领去一见。”尹元叹道：“拙妻久已去世。儿名尹玉，现年十二，女名红萸，现年十三。贤契既要相见，好在多、林二兄都是令亲，并非外人。”因大声叫道：“红萸女儿同尹玉都过来见见世兄。”只听外面答应，姐弟二人，登时进来。大家连忙立起。尹元引著二人，都见了礼。唐敖看那尹玉生得文质彬彬，极其清秀；尹红萸眼含秋水，唇似涂朱，体态端庄，十分艳丽。身上衣服虽然褴褛，举止甚是大雅。二人见礼退出，大家仍旧归坐。唐敖道：“门生当年见世妹、世弟时，俱在年幼；今日都生得端庄福相，将来老师后福不小。”尹元道：“老夫年已花甲。如今已做海外渔人，还讲甚么后福！喜得他们还肯用心读书，因此稍觉自慰。”

唐敖道：“近年谗臣参奏当日与徐、骆同谋之人，武后每每察访，因事隔多年，并无实在劣迹，亦多置之不问。老师之

知识延伸

房州：隋开皇十八年（598）改罗州置，治竹山县（今湖北竹山县）。大业初省。唐武德元年（618）分迁州复置房州，仍治竹山县（今湖北竹山县）。贞观十年（636）徙治房陵县（今房县）。辖境相当于今湖北房县、竹山、竹溪、保康等县及神农架林区北部地。南宋治所迁徙不定。元还旧治，属襄阳路。明洪武十年（1377）改为房县。

形象描写

“镜花女子”是天上仙子受贬谪而转生的，作者不吝笔墨，描绘出她们俊俏秀丽的容貌与令人赞叹的风姿，有“品貌秀丽，聪慧异常”的林宛如，“眼含秋水，唇似涂朱，体态端庄，十分艳丽”的尹红萸，等等。

事，大约久已消灭。据门生愚见，老师年高，此间举目无亲，在此久居，终非良策，莫若急归故乡。不独世弟趁此青年可以应试，就是两位婚姻之事，故乡亲友也易于凑合。”尹元道：“老夫因年纪日渐衰迈，未尝不虑及此。奈现在衣食尚费张罗，何能计及数万里路费。况被害一事，据贤契之言，虽可消灭，究竟吉凶未卜，岂可冒昧钻入罗网。”唐敖道：“老师慎重固是。第久住在此，日与这些渔人为伍，所谓‘语言无味，面目可憎’，兼之世妹、世弟俱在年轻，以老师之家教，固不在乎‘择邻’，但海外之大，何处不可栖身，即如君子、大人等国，都是民风淳厚，礼义传家，何必定居此？”尹元叹道：“老夫岂愿处此恶劣之地。左思右想，舍此无可为生，莫可如今幸遇贤契，快慰非常。倘蒙垂念衰残，替我筹一善地，脱此火坑，得免饥寒，老夫又岂甘为渔人。无如贤契亦在客中，此时说来恐亦无用，惟望在意。他日归来，路过此地，尚望上来一看。倘老夫别有不测，贤契俯念师生之情，提携孤儿弱女，同归故乡，不致飘流海外，就是贤契莫大之德了。”

唐敖听罢，思忖多时，忽然想起廉家西席一事，因说道：“此时虽然有一安身之处，但系西宾，老师可肯俯就？”尹元道：“离此多远？是何地名？”唐敖把救廉锦枫之事告知，因又说道：“现在其母极要儿女读书，因无力延师，是以蹉跎。其家现有空房三间，去岁本有西宾在彼设帐，以房租作为脩金；今岁西宾另就他席，廉家尚未延师。莫若门生写一信去，老师就在他家处馆，再招几个蒙童，又有世妹作些针黹，大约足可糊口。惟恐别有缺乏，门生再备百金，老师带去，以备不虞。日后门生如果回来，自然要到水仙村，彼时再议同回故乡，也是一举两便。”尹元听了，不觉大悦道：“倘得如此，老夫以渔人忽升西宾之尊，不独免了风霜劳苦；兼且儿女亦可专心读书，将来回乡亦便；又得贤契慨赠，得免饥寒。如此成全，求之师生中实为罕有！第恨老夫业已衰迈，只好来世再为图报了。”唐敖道：“老师言重！门生如何禁当得起！刚才门生偶然想起廉锦枫入海行孝一事，自古少有。兼之品貌端正，举笔成文，可谓才、德、貌三全。门生本欲聘为儿妇，适因他们姐弟同世妹、世弟比较，不独年貌相当，而且门第相对，真是绝好两对良姻。门生意欲作伐，成此好事。就是老师在彼，彼此都有照应，门生也好放心。老师意下如何？”尹元道：

咬文嚼字

“衰残”即衰老的状态。尹元借人的身体机能衰老的特征来指代自己这位老年人，说自己年老无助，希望学生唐敖帮助自己，鲜明地体现出自己处境困顿。

词海拾贝

思忖：1. 思量；考虑。2. 空空道人听如此说，思忖半晌。

语言描写

唐敖为尹元解决了两家结亲后的生计问题，免去了他的后顾之忧，因此使得他“不觉大悦”，这门亲事自然也就订了下来。随之又与尹元商量欲娶骆红渠为儿媳一事。

“如此孝女佳儿，得能一为儿妇，一为东床，仍有何言！奈老夫现在境界如此，彼处焉肯俯就？只怕有负贤契这番美意。”唐敖道：“老师如携门生信去，此事断无不谐。就只事成后，世妹、世弟做了晚亲，门生未免叨长，这却于理不顺。”尹元道：“这有何妨。但只何以贤契信去此事就能必成？”唐敖就把良氏嘱托儿女婚姻之事告诉一遍。尹元不觉喜道：“当日既有此话，贤契如有信去，此事必有八九。第如此孝女，贤契不替令郎纳采，今反舍己从人，教老夫心中如何能安！”唐敖道：“门生犬子定婚尚可从缓。且此女之外，还有一个孝女，亦可与犬子联姻。将来尚望老师留意。”于是就把东口山遇见骆红蕖打虎认为义女之事，说了一遍。尹元道：“东口山既在君子国境内，将来到了廉家，略为消停，老夫必当至彼，以成这段良姻。况骆年伯当日与我同朝，最为相契，此事一说必成。贤契只管放心！”唐敖道：“倘蒙老师作伐，门生感激不浅！此时诸事既已酌定，门生就此回船，把书信写来，以便老师作速起身，恐廉家一时请了西宾，未免又有许多不便。”尹元连连点头。唐敖即同多、林二人告辞回船，把信写好。带了两封银子，又取几件衣服上来，送交尹元。师生洒泪而别。

词苑撷英

消停：停止；停歇。

尹元置了鞋袜，洗去腿上黑漆，换了衣服，带著儿女，由水路到了水仙村，投了书信。良氏见了尹家姐弟，十分心欢；尹元见了廉亮，也甚喜爱。于是互相纳聘，结为良姻，一同居住，俟回故乡再仪合卺。过了几日，尹元到了东口山，见了骆龙，把骆红蕖姻事替唐小峰说定。回到水仙村，就在廉家课读儿子女婿，并又招了几个蒙童，兼有女儿红萸作些针凿，一家三口，颇可度日。尹元因念骆宾王两代同僚之谊，见骆龙年老多病，时常前去探望。未几，骆龙去世。骆红蕖自唐敖去后，又杀二虎，大仇已报，即将唐敖留存银两，置了棺椁，把骆龙葬在庙旁。良氏闻骆红蕖是唐敖儿息，既系至亲，兼感唐敖周济之德，即恳尹元把骆红蕖并乳母、苍头接来，一同居住。隔了两年，因唐敖杳无音信，恐其另由别路回家，大家只得商酌同回家乡，投奔唐敖去了。

知识延伸

人鱼：儒艮的别称。哺乳动物。哺乳时用前肢拥抱幼仔，头部和胸部露出水面，宛如人在水中游泳，故称。

唐敖那日别了尹元，来到海边，离船不远，忽听许多婴儿啼哭。顺著声音望去，原来有个渔人网起许多怪鱼。恰好多林二人也在那里观看。唐敖进前，只见那鱼鸣如儿啼，腹下四只长足，上身宛似妇人，下身仍是鱼形。多九公道：“此是海外‘人鱼’。

唐兄来到海外，大约初次才见，何不买两个带回船去？”唐敖道：“小弟因此鱼鸣声甚惨，不觉可怜，何忍带上船去！莫若把他买了放生倒是好事。”因向渔人尽数买了，放入海内。这些人鱼蹿在水中，登时又都浮起，朝著岸上，将头点了几点，倒像叩谢一般，于是攸然而逝。三人上船，付了鱼钱，众水手也都买鱼登舟。

行了两日，过了毛民国，林之洋道：“好端端的人，为甚生这一身长毛？”多九公道：“向日老夫也因此事上去打听。原来他们当日也同常人一样，后来因他生性鄙吝，一毛不拔，死后冥官投其所好，所以给他一身长毛。那知久而久之，别处凡有鄙吝一毛不拔的，也托生此地，因此日见其多。”又走几时，这日到了一个大邦。多九公把罗盘望一望道：“原来前面却是毗骞国。”唐敖听了，不觉满心欢喜。

未知如何，下回分解。

语言描写

这就说明，“鄙吝”与“奢华”一样，都是要付出代价的，也都是作者所否定的。

名师点拨

唐敖遇见业师尹元的一段文字，不但牵出了海外才女尹红萸，也使作者重拾“勤王”这一线索。尹元因为起兵勤王而流落海外，生活窘困不堪，不得已乔装成黑脚黑腿的渔人，以图生存。这种心酸的境况，传递出对武则天迫害反周复唐人士的不满之情。

阅读积累

贤契

“贤”是有德行、有才学的意思，“契”指意气相合、相投。旧时老师对学生的客气称呼。也作长辈对子侄辈的爱称。例：老朽与各位贤契早已成为忘年之交了。

第十六回 紫衣女殷勤问字 白发翁傲慢谈文

名师导读

毗骞国人“皆寿享长年”，能见多识广，作者顺便虚构了“其国有前盘古所存旧案”的情节。至于作者刻意用古“卷”字来标志盘古卷册，则是有心卖弄点小学问。无臂国的独特之处在于其国民“素于名利心肠倒是雪淡”，这和现实社会也形成强烈反差。作者借多九公与唐敖之口对世人无法参透的由名利组成的“迷魂阵”进行了一番热烈的讨论，告诉人们只要像无臂国人学习把名利心肠略为收起，就可以打破人生的“迷魂阵”。

细节描写

《镜花缘》中不少细节展现了明清时期以茶待客、会友的礼仪与风俗习惯。“八方来客，一壶茶笑谈天下事，”已是中国数千年来的传统美德，无论是达官显贵之府还是普通百姓之家，茶都是日常生活的必需品。

话说唐敖闻多九公之言，不觉喜道：“小弟向闻海外有个毗骞国，其人皆寿享长年。并闻其国有前盘古所存旧案。我们何不上去瞻仰瞻仰？”多、林二人点头称善。于是收口登岸，步入城中。只见其人生得面长三尺，颈长三尺，身长三尺，颇觉异样。林之洋道：“他这颈项生得恁长，若到天朝，要教俺们家乡裁缝作领子，还没三尺长的好领样儿哩。”

登时访到前盘古存案处，见了掌管官吏，说明来意。那官吏闻是天朝上邦来的，怎敢怠慢，当即请进献茶，取钥匙开了铁橱。唐敖伸手取了一本，面上签子写著“第一弓”。林之洋道：“原来盘古旧案都是论弓的。”那官吏听了，不觉笑了一笑。唐敖忙遮饰道：“原来舅兄今日未戴眼镜，未将此字看明。这是‘卷’字并非‘弓’字。”用手展开，只见上面圈圈点点，尽是古篆，并无一字可识。多九公也翻了几本，皆是如此。三人只得道了搅扰，扫兴而回。林之洋道：“他书上尽是圈子，大约前盘古所做的事总不能跳出这个圈子，所以篇篇都是这样。这叫作惟有圈中人，才知圈中意’。俺们怎能猜这哑谜！”登时上船。

又走两日。这日唐敖正同婉如谈论诗赋，忽听船头放了一枪，只当遇见贼盗，吓的惊疑不止，连忙携了林之洋出舱，原来那些人鱼，自从放入海内，无论船只或走或住，他总紧紧相随。众水手看见，因用鸟枪打伤一个。唐敖道：“前因此鱼身形类人，鸣声甚惨，所以买来放生。今反伤他，前日那件好事，岂非白做么？”林之洋道：“他跟船后碍你甚事，这样恨他？”唐敖道：“或者此鱼稍通灵性，因念救命之恩，心中感激，恋恋不舍，也未可知。你们何苦伤他性命！”众水手正要放第二枪，因闻唐敖之言，甚觉近理，这才住手。

二人来至船后，与多九公闲谈。唐敖道：“前在东口，舅兄曾言过了君子、大人二国，就是黑齿，为何此时还不见到？”多九公道：“林兄只记得黑齿离君子国甚近，谁知那是旱路，并非水路。前面过了无，再过深目，才是黑齿交界哩。”唐敖道：“这个无，大约就是无继国。小弟闻彼国之人，从不生育，并无子嗣。可有其事？”多九公道：“老夫也闻此话。又因他们并无男女之分，甚觉不解。当日到彼，也曾上去看过，果然无男无女，光景都差不多。”唐敖道：“既无男女，何能生育？既不生育，这些国人一经死后，岂不人渐渐少了？自古至今，其人仍旧不绝，这是何故？”多九公道：“彼国虽不生育，那知死后其尸不朽，过了一百二十年，仍旧活转。古人所谓‘百年还化为人’，就最指此而言。所以彼国之人，活了又死，死了又活，从不见少。他们虽知死后还能重生，素于名利心肠倒是雪淡。他因人生在世终有一死，纵让争名夺利，富贵极顶，及至‘无常’一到，如同一梦，全化乌有。虽说死后还能复生，但经百余年之久，时迁世变，物改人非，今昔情形，又迥不同，一经活转，另是一番世界，少不得又要在那名利场中努力一番。及至略略有点意思，不知不觉，却又年已古稀，冥官又来相邀。细细想去，仍是一场春梦。因此他们国中凡有人死了叫作‘睡觉’，那活在世上的叫作‘做梦’。他把生死看的透彻，名利之心也就淡了。至于强求妄为，更是未有之事。”

语言描写

这里讲述无继国的人对待生命有着“方生方死”的豁达，死而复生于此倒更像是寓言般的存在，用来反衬出名利的虚无缥缈，这番论述对死而复生这个古老命题来讲是新的诠释。

林之洋道：“若是这样，俺们竟是痴人！他们死后还能活转，倒把名利看破；俺们死后并无一毫指望，为甚倒去极力巴结？若教无国看见，岂不被他耻笑么？”唐敖道：“舅兄既怕耻笑，何不将那名利之心略为冷淡呢？”林之洋道：“俺也晓得，为人在世，就如做梦，那名利二字，原是假的，平时听人谈论，也就冷淡。无奈到了争名夺利关头，心里不由就觉

词苑撷英

争名夺利：争夺名位和利益。

发迷，倒像自己永世不死，一味朝前奔命，将来到了昏迷时，怎能有人当头一棒，指破迷团？或者那位提俺一声，也就把俺惊醒。”多九公道：“尊驾如到昏迷时，老夫绝可提你一声，恐老兄听了，不但并不醒悟，反要责备老夫是个痴人哩。”唐敖道：“九公此话却也不错。世上名利场中，原是一座‘迷魂阵’，此人正在阵中吐气扬眉，洋洋得意，哪个还能把他拗得过！看来不到睡觉，他也不休。一经把眼闭了，这才晓得从前各事都是枉用心机，不过做了一场春梦。人若识透此义，那争名夺利之心固然一时不能打断，倘诸事略为看破，退后一步，忍耐三分，也就免了许多烦恼，少了无限风波。如此行去，不独算得处世良方，亦是一生快活不尽的秘诀。就让无国看见，也可对得住了。小弟向闻无国历来以土为食，不知何故？”多九公道：“彼处不产五谷，虽有果木，亦都不食，惟喜以土代粮。大约性之所近，向来吃惯，也不为怪。”林之洋道：“幸亏无肠国那些富家不知土可当饭，他若晓得，只怕连地皮都要刮尽哩。”

知识延伸

五谷：平常俗称的“五谷”所指的五种谷物。“五谷”，古代有多种不同说法，最主要的有两种：一种指稻、黍、稷、麦、菽；另一种指麻、黍、稷、麦、菽。两者的区别是：前者有稻无麻，后者有麻无稻。古代经济文化中心在黄河流域，稻的主要产地在南方，而北方种稻有限，所以“五谷”中最初无稻。

无国过去，到了深目国。其人面上无目，高高举著一手，手上生出一只大眼，如朝上看，手掌朝天；如朝下看，手掌朝地；任凭左右前后，极其灵便。林之洋道：“幸亏眼生手上，若嘴生手上，吃东西时，随你会抢也抢他不过。不知深目国眼睛可有近视？若将眼镜戴在手上，倒也好看。请问九公，他们把眼生在手上，是甚缘故？”多九公道：“据老夫看来，大约他因近来人心不测，非上古可比，正面看人，竟难捉摸，所以把眼生手上，取其四路八方都可察看，易于防范，就如‘眼观六路，耳听八方’，无非小心谨慎之意。”唐敖道：“古人书上虽有‘眼生手掌’之说，却未言其所以然之故。今听九公这番妙论，真可补得古书之不足。”

词苑撷英

眼观六路，耳听八方：比喻人机智灵活，遇事能多方观察分析。

这日到了黑齿国。其人不但通身如墨，连牙齿也是黑的，再映著一点朱唇，两道红眉，一身红衣，更觉其黑无比。唐敖因他黑的过甚，面貌想必丑陋，奈相离过远，看不明白，因约多九公要去走走。林之洋见他们要去游玩，自己携了许多脂粉，先卖货去了。唐、多二人随后也就登岸。唐敖道：“他们形状如此，不知其国风俗是何光景？”多九公道：“此地水路离君子国虽远，旱路却是紧邻，大约其国风俗还不过于草野。老夫屡过此地，因他生的面貌可憎，想来语言也就无味，因此从未上来。今蒙唐兄携带，却是初次瞻仰。大约我们不过借此上来舒舒筋骨，要想有甚可观可谈之处，只怕未必。唐兄只看其人，其余就可想见。”唐敖连连点头。

不知不觉进了城。作买作卖，倒也热闹。语言也还易懂。市中也有妇女行走，男女却不混杂，因市中有条大街，行路时，男人俱由右边行走，妇人都向左边行走，虽系一条街，其中大有分别。唐敖起初不知，误向左边走去，只听右边有人招呼道：“二位贵客，请向这边走来。”二人连忙走过。细细打听，才知那边是妇人所行之路。唐敖笑道：“我倒看不出，他们生的虽黑，于男女礼节倒分的明白。九公，你看，他们来来往往，男女并不交言，都是目不邪视，俯首而行。不意此地竟能如此，可见君子国风气感化也不为不远了。”多九公道：“前在君子国，那吴氏弟兄曾言他们国中世俗人文，莫非天朝文章教化所致；今黑齿国又是君子国教化所感。以木本水源而论，究竟我们天朝要算万邦根本了。”

谈论间，迎面到了十字路口，旁有一条小巷。二人信步进了小巷，走了几步，只见有一家门首贴著一张红纸，写著“女学塾”三个大字。唐敖因立住道：“九公你看，此地既有女学塾，自然男子也会读书了。不知他们女子所读何书？”只见门内走出一个龙钟老者，把唐、多二人看了一看，见衣服面貌不同，知是异乡来的，因拱手道：“二位贵客，想由邻邦至此，苦不嫌草野，何不请进献茶？”唐敖正要问问风俗，听了此话，忙拱手道：“初次识荆，就来打搅，未免造次。”于是拉了多九公，一同进去。三人重复行礼。里面有两个女学生，都有十四五岁，一个穿著红衫，一个穿著紫衫；面貌虽黑，但弯弯两道朱眉，盈盈一双秀目，再衬著万缕青丝，樱桃小口，底下露著三寸金莲，倒也不俗。都上来拜了一拜，仍就归位。唐、多二人还礼。老者让坐，女学生献茶。彼此请问姓氏。谁知这个老者两耳甚聋，大家费了无限气力，才把名姓来历略略说明。

原来此人姓卢，乃本地有名老秀才，为人忠厚，教读有方。他闻唐、多二人都是身在黉门，兼系天朝人，不觉躬身道：“小子素闻天朝为万国之首，乃圣人之邦，人品学问，莫

语言描写

中国居于天地中心，中央统辖四方，中华优于四夷，于是在心态上，李汝珍是一种俯视性质的观照，书中人物不论唐敖、林之洋、多九公，还是一路所遇之人，都把中国本土定位于“天朝上国”“圣人之邦”，“久为八荒景仰”。“自我中心”意识助长了处于“中心”主体的文化以尊临卑的优越感。

不出类超群。鄙人虽久怀钦仰，无如晤教无由。今得幸遇，足慰生平景慕。第草野无知，兼目重听，今以草舍冒昧屈驾，未免简亵，尚求海涵。”唐敖连道：“岂敢！……”因大声问道：“小弟向闻贵处乃文盛之邦，老丈想已高发多年，如今退归林下了？”老者道：“敝处向遵天朝之例，也以诗赋取士。小子幼而失学，兼之质性鲁钝，虽屡次观光，奈学问浅薄，至今年已八旬，仍是一领青衫。数年来无志功名，学业已废。年老衰残，肩不能担，手不能提，无以糊口，惟有课读几个女学生，以舌耕为业。至敝乡考试，历来虽无女科，向有旧例，每到十余年，国母即有观风盛典：凡有能文处女，俱准赴试，以文之优劣，定以等第，或赐才女匾额，或赐冠带荣身，或封其父母，或荣及翁姑，乃吾乡胜事。因此，凡生女之家，到了四五岁，无论贫富，莫不送塾读书，以备赴试。”因指紫衣女子道：“这是小女，那穿红衫的姓黎，是敝门生。现在国母已定明春观风，前者小女同敝门生赴学臣考试，幸而都取三等之未，明岁得与观风盛典，尚有几希之望，所以此时都在此赶紧用功。不瞒二位大贤说，这叫作‘临时抱佛脚’，也是我们读书人通病，何况他们孤陋寡闻的幼女哩。”因问两女子道：“今日难得二位大贤到此，你们平日所读书内如有甚么不明之处，何不请教？广广识见，岂不是好！”

多九公道：“不知二位才女可有见教？老夫于学问一道，虽未十分精通，至于眼前文义，粗枝大叶，也还略知一二。”紫衣女子听了，因欠身道：“婢子向闻天朝为人文渊薮，人才之广，自古皆然。大贤世居大邦，见多识广，而且荣列胶庠，自然才贯二酉，学富五车了。婢子僻处海隅，赋性既钝，兼少见闻，于先圣先贤经书之旨，每每未能窥寻其端。蕴疑既久，问字无由。今欲上质高贤，又恐语涉浅陋，未免‘以莛叩钟’，自觉唐突，何敢冒昧请教！”多九公忖道：“据这女子言谈倒也不俗，看来书是读过几年的。可惜是个幼年女流，不知可有一二可谈之处。如稍通文墨，今同外国黑女谈谈，倒也是段佳话。必须用话引他一引，只要略略懂得文墨，就可慢慢

词苑撷英

浅薄：缺乏学识或修养

语言描写

唐敖、林之洋、多九公三人到黑齿国游历，生于“天朝上邦”的老舵工多九公，自恃满腹经纶，在该国两个“孤陋寡闻的幼女”面前妄自尊大，大谈音韵、训诂之学，出尽了洋相。面对两个女学生如连珠炮似的诘难，多九公满脸是汗，走又走不得，坐又坐不得，只管发愣，无言可答。

词苑撷英

冒昧：不顾地位、能力、场合是否适宜（多用做谦词）；引申为鲁莽轻率；犹苟得，犹埋没。

谈了。”因说道：“才女请坐，休得过谦。老夫虽忝列胶庠，素日糊口四方，未能博览，惟幼年所读经书，尚能略知一二，其余荒疏日久，已同隔世。才女有何下问，请道其详。倘有所知，无不尽言。”唐敖道：“我们都是抛了书本，荒疏多年，诚恐下问，见识不到，尚望指教。”多九公听见“指教”二字，鼻中不觉哼了一声，口虽不言，心中忖道：“他们不过海外幼女，腹中学问可想而知，唐兄何必如此过谦，未免把他看的过高了。”

只见紫衣女子又立起道：“婢子闻得读书莫难于识字，识字莫难于辨音。若音不辨，则义不明。即如经书所载‘敦’字，其音不一。某书应读某音，敝处未得高明指教，往往读错，以致后学无所适从。大贤旁搜博览，自知其详了？”多九公道：“才女请坐。按这‘敦’字在灰韵应当读堆。《毛诗》所谓‘敦彼独宿’；元韵音惇，《易经》‘敦临吉’；又元韵音豚，《汉书》‘敦煌，郡名’；寒韵音团，《毛诗》‘敦彼行苇’；萧韵音雕，《毛诗》‘敦弓既坚’；轸韵者准，《周礼》‘内宰出其度量敦制’；阮韵音遁，《左传》‘谓之浑敦’；队韵音对，《仪礼》‘黍稷四敦’；愿韵音顿，《尔雅》‘太岁在子曰困敦’；号韵音导，《周礼》所谓‘每敦一几’。除此十音之外，不独经传未有他音，就是别的书上也就少了。幸而才女请教老夫，若问别人，只怕连一半还记不得哩。”紫衣女子道：“婢子向闻这个‘敦’字倒像还有吞音、俦音之类。今大贤言十音之外，并无别音，大约各处方音不同，所以有多寡之异了。”多九公听见还有几音。因刚才话已说满，不好细问，只得说道：“这些文字小事，每每一字数音甚多，老夫那里还去记他。况记几个冷字，也算不得学问。这都是小孩子的功课。若过于讲究，未免反觉其丑。可惜你们都是好好质地，未经明人指教，把工夫都错用。”紫衣女子听罢，又说出一段话来。

未知如何，下回分解。

知识延伸

《周礼》：儒家经典之一。周王室官制和战国时代各国制度的汇编。又名《周官》《周官经》。42卷。成书于战国。有《天官冢宰》《地官司徒》《春官宗伯》《夏官司马》《秋官司寇》《冬官司空》6篇。

名师点拨

本回一口气写了唐敖经历的四个国家：毗骞国、无臂国、深目国和黑齿国。作者对这些海外诸国的描写恰如蕻庵许祥龄所道：“将各国随笔点染，总觉谈笑风生，引人入胜。”黑齿国在此回的出现只是一个前奏，后文将着重介绍该国。

阅读积累

《尔雅》

《尔雅》是我国第一部训诂专书，也是一部最早的词典。作者不可考。大约创作于先秦，成书于汉代。全书共3卷，19篇，前3篇是释诂，释言，释训，大体上都是用今言解释古语，或用通语解释方言。其余16篇是：释亲，释宫，释器，释乐，释天，释地，释丘，释山，释水，释草，释木，释虫，释鱼，释鸟，释兽，释畜。

第十七回　因字声粗谈切韵　闻雁唳细问来宾

名师导读

黑齿国是作者表达妇女思想的重要篇章，作者突出描写了两位才女——紫衣女子卢紫萱和红衣女子黎红薇，即亭亭和红红。黑齿国十分注重女性教育，读书上男女平等，在国内兴办女塾，广开女学，女子都有接受教育的权利，女子虽不能登科入仕，但也可凭才学光耀门楣。惟其如此，黑齿国的女子也有机会成为饱学之士。

话说紫衣女子道："婢子闻得要读书必先识字，要识字必先知音。若不先将其音辩明，一概似是而非，其义何能分别？可见字音一道，乃读书人不可忽略的。大贤学问渊博，故视为无关紧要；我们后学，却是不可少的。婢子以此细事，大渎高贤，真是贻笑大方。即以声音而论，婢子素又闻得，要知音，必先明反切，要明反切，必先辨字母。若不辨字母，无以知切；不知切，无以知音；不知音，无以识字。以此而论，切音一道，又是读书人不可少的。但昔人有言，每每学士大夫论及反切，便瞪目无语，莫不视为绝学。若据此说，大约其义失传已久。所以自古以来，韵书虽多，并无初学善本。婢子素于此道潜研细讨，略知一二。第义甚精微，未能穷其秘奥。大贤天资颖悟，自能得其三昧，应如何习学可以精通之处，尚求指教。"多九公道："老夫幼年也曾留心于此，无如未得真传，不能十分精通。才女才说学士大夫论及反切尚且瞪目无语，何况我们不过略知皮毛，岂敢乱谈，贻笑大方！"紫衣女子听了，望著红衣女子轻轻笑道："若以本题而论，岂非'吴郡大老倚闻满盈'么？"红衣女子点头笑了一笑。唐敖听了，甚觉不解。

词苑撷英

贻笑大方：原指懂得大道的人，后泛指见识广博或有专长的人。指让内行人笑话。

反问手法

这句话运用了反问手法，是"问道于盲"之意。

多九公道："适因才女谈论切音，老夫偶然想起《毛诗》句子总是叶著音韵。如'爰居爰处'，为何次句却用'爰丧其马'，末句又是'于林之下'？'处'与'马''下'二字，岂非声音不同，另有假借么？"紫衣女子道："古人读'马'为'姥'，读'下'为'虎'，与'外'字声音本归一律，如何不同？即如'吉日庚午，既差我马'，岂非以'马'为'姥'？'率西水浒，至于岐下'，岂非以'下'为'虎'？韵书始于晋朝，秦、汉以前并无韵书。诸如'下'字读'虎'，'马'字读'姥'，古人口音，原是如此，并非另有假借。即如'风'字《毛诗》读作'分'字，'眼'字读作'迫'字，共十余处，总是如此。若说假借，不应处处都是假借，倒把本音置之不问，断无此理。即如《汉书》《晋书》所载童谣，每多叶韵之句。既称为童谣，自然都是街上小儿随口唱的歌儿。若说小儿唱歌也会假借，必无此事。其音本出天然，可想而知。但每诲读去，其音总与《毛诗》相同，却与近时不同。即偶有一二与近时相同，也只得《晋书》。因晋去古已远，非汉可比，故晋朝声音与今相近。音随世转即此可见。"多九公道："据才女所讲各音古今不同，老夫心中终觉疑惑，必须才女把古人找来，老夫同他谈谈，听他到底是个甚么声音，才能放心。若不如此，这番高论，只好将来遇见古人，才女再同他谈罢。"

词苑撷英

假借：六书之一。指借用已有的字来表示语言中某个同音的词。

举例说明

这与明末陈第、清初顾炎武等人的观点是一脉相承的。可见李氏"音随世转"的韵学思想是先进的。

紫衣女子道："大贤所说，爰居爰处，爰丧其马，于以求之，于林之下'这四句，音虽辨明，不知其义怎讲？"多九公道："《毛传》郑笺、孔疏之意，大约言军士自言：'我等从军，或有死的、病的，有亡其马的。于何居呢？于何处呢？于何丧其马呢？若我家人日后求我，到何处求呢？当在山林之下。'是这个意思。才女有何高见？"紫衣女子道："先儒虽如此解，据婢子愚见，上文言'从孙子仲，平陈与宋，不我以归，忧心有忡。'军士因不得归，所以心中忧郁。至于'爰居爰处……'四句，细绎经文，倒像承著上文不归之意，复又述他忧郁不宁，精神恍惚之状，意谓，偶于居处之地，忽然丧失其马；以为其马必定不见了，于是各处找求；谁知仍在树林之下。这总是军士忧郁不宁，精神恍惚，所以那马明明近在咫尺，却误为丧失不见，就如'心不在焉，视而不见'之意。如此解说，似与经义略觉相近。尚求指教。"多九公道："凡言诗，总要不以文害辞，不以辞害志，方能体贴诗人之意。即以此诗而论，前人注解，何等详明，何等亲切。今才女忽发此论，据老夫看来，不独妄作聪明，竟是'愚而好自用'了。"

紫衣女子道："大贤费备，婢子也不敢辩。适又想起《论语》有一段书，因前人注解，甚觉疑惑，意欲以管见请示；惟思大贤又要责备，所以不敢乱言，只好以待将来另质高明了。"唐敖道："适才敝友失言，休要介意。才女如有下问，何不明示？《论语》又是常见之书，或者大家可以参酌。"紫衣女子道："婢子要请教的，并无深切奥妙，乃'颜路请子之车，以为之椁'这句书，不知怎讲？"多九公笑道："古今各家注解，言颜渊死，颜路因家贫不能置椁，要求孔子把车卖了，以便买椁。都是这样说。才女有何见教？"紫衣女子道："先儒虽如此解，大贤可另有高见？"多九公道："据老夫之意，也不过如此，怎敢妄作聪明，乱发议论。"紫衣女子道："可惜婢子虽另有管见，恨未考据的确，原想质之高明，以释此疑，不意大贤也是如此，这就不必谈了。"

唐敖道："才女虽未考据精详，何不略将大概说说呢？"紫衣女子道："婢子向于此书前后大旨细细参详，颜路请车为椁，其中似有别的意思。若说因贫不能买椁，自应求夫子资助，为何指名定要求卖孔子之车？难道他就料定孔子家中，除车之外，就无他物可卖么？即如今人求人资助，自有求助之话，岂有指名要他实物资助之理！此世俗庸愚所不肯言，何况圣门贤者。及至夫子答他之话，言当日鲤死也是有棺无椁，我不肯徒行，以为之椁。若照上文注解，又是卖车买椁之意。何以当日鲤死之时，孔子注意要卖的在此一车；今日回死之际，颜路觊觎要卖的又在此一车？况椁非希世之宝，即使昂贵，亦不过价倍于棺。颜路既能置棺，岂难置椁？且下章又有门人厚葬之说，何不即以厚葬之资买椁，必定硬派孔子卖车，这是何意？若按'以为之椁'这个'为'字而论，倒像以车之木要制为椁之意，其中并无买卖字义，若将'为'字为'买'，似有未协。但当年死者必要大夫之车为椁，不知是何取义？婢子历考诸书，不得其说。既无其说，是为无稽之谈，只好存疑，以待能者。第千古疑团，不能质之高贤一旦顿释，亦是一件恨事。"

词苑撷英

以文害辞：指拘于文字而误解整个语句的意义。

知识延伸

颜路（前545—?）：颜氏，名无繇，字路，世称颜路，春秋鲁国（今属山东省）人。他是孔子爱徒颜回（颜渊）的父亲，父子俩曾先后在孔子门下求学。孔子早期的弟子之一。元文宗天历三年（1330），被封为杞国公，谥号"文裕"。另外，他的妻子也在同时追封为杞国夫人。

词苑撷英

觊觎：非分的希望或企图。

多九公道："若非卖车买椁，前人何必如此注解？才女所发议论，过于勉强，而且毫无考据，全是谬执一偏之见。据老夫看来，才女自己批评那句'无稽之谈'，却是自知之明；至于学问，似乎还欠工夫。日后倘能虚心用功，或者还有几分进益；若只管闹这偏锋，只怕越趋越下，岂能长进！况此等小聪明，也未有甚见长之处，实在学问，全不在此。即如那个'敦'字，就再记几音，也不见得就算通家；少记几音，也不见得不通。若认几个冷字，不论腹中好歹，就要假作高明，混充文人，只怕敝处丫环小厮比你们还高。"

正在谈论，忽听天边雁声嘹亮。唐敖道："此时才交初夏，鸿雁从何而来？可见各处时令自有不同。"只见红衣女子道："婢子因这雁声，偶然想起《礼记》'鸿雁来宾'，郑康成注解及《吕览》《淮南》诸注，各有意见。请教大贤，应从某说为是？"多九公见问，虽略略晓得，因记不清楚，难以回答。唐敖道："老夫记得郑康成注《礼记》，谓'季秋鸿雁来宾'者，言其客止未去，有似宾客，故曰'来宾'。而许慎注《淮南子》，谓先至为主，后至为宾。迨高诱注《吕氏春秋》，谓'鸿雁来'为一句，'宾爵入大水为蛤'为一句，盖以仲秋来的是其父母，其子翥翼稚弱，不能随从，故于九月方来；所谓'宾爵'者，就是老雀，常栖人堂宇，有似宾客，故谓之'宾爵'。鄙意'宾爵'二字，见之《占今注》，虽亦可连；但技《月令》，仲秋已有'鸿雁来'之句若，若将'宾'字截入下句，季秋又是'鸿雁来'，未免重复。如谓仲就来的是其父母'季季来的是其子孙，此又谁得而知？况《夏小正》于'雀入于海为蛤'之句上无'宾'字，以此更见高氏之误。据老夫愚见，似以郑注为当。才女以为何如？"两个女子一齐点头道："大贤高论极最。可见读书人见解自有不同，敢不佩服！"

多九公忖道："这女子明知郑注为是，他却故意要问，看你怎样回答。据这光景，他们那里是来请教。明是考我们的。若非唐兄，几乎出丑。他既如此可恶，我也搜寻几条，难他一难。"因说道："老夫因才女讲《论语》，偶然想起'未若贫而乐，富而好礼'之句。似近来人情而论，莫不乐富恶贫，而圣人言'贫而乐'，难道贫有甚么好处么？"红衣女子刚要回答，紫衣女子即接著道："按《论语》自遭秦火，到了汉时，或孔壁所得，或口授相传，遂有三本，一名《古论》，二名《齐论》，三名《鲁论》。今世所传，就是《鲁论》，向有今本、古本之别。以皇侃《古本论语义疏》而论，其'贫而乐'一句，'乐'字下有一'道'字，盖'未若贫而乐道'与下句'富而好礼'相对。即如'古者言之不出'，古本'出'字上有一'妄'字。又如'虽有粟吾得而食诸'，古本'得'字上有一'岂'字。似此之类，不能枚举。《史记·世家》亦多类此。此皆秦火后阙遗之误。请看古本，自知其详。"

多九公见他伶牙俐齿，一时要拿话驳他，竟无从下手。因见案上摆著一本书，取来一看，是本《论语》。随手翻了两篇，忽然翻到"颜渊、季路侍"一章，只见"衣轻裘"之旁写著"衣，读平声。"看罢，暗暗喜道："如今被我捉住错处了！"因向唐敖道："唐兄，老夫记得'愿车马衣轻裘'之'衣'倒像应读去声，今此处读作平声，不知何意？"紫衣女子道："'子华使于齐，……乘肥马，衣轻裘'之'衣'自应该作去声，盖言子华所骑的是肥马，所穿的是轻裘。至此处'衣'字，按本文明明分著'车''马''衣''裘'四样，如何读作去声？若将衣字讲作穿的意思，不但与'愿'字文气不连，而且有裘无衣，语气文义，极觉不足。若谈去声，难道子路裘可与友共，衣就不可与友共么？这总因'裘'字上有一'轻'字，所以如此；若无'轻'字，自然读作'愿车马衣裘与朋友共'了。或者'裘'字上既有'轻'字，'马'字上再有'肥'字，后人读时，自必以车与肥马为二，衣与轻裘为二，断不读作去声。况'衣'字所包甚广，'轻裘'二字可包藏其内；故'轻裘'二字倒可不用，'衣'字却不可少。今不用'衣'字，只用'轻裘'，那个'衣'字何能包藏'轻裘'之内？若读去声，岂非缺了一样么？"

多九公不觉皱眉道："我看才女也过于混闹了！你说那个

侧面描写

小说描写多九公与紫衣女子论学的狼狈，其实是从侧面表达对女子才华的赞扬。

知识延伸

愿车马衣轻裘：语出《论语·公长》：颜渊、季路侍。子曰："盍各言尔志？"子路曰："愿车马衣轻裘与朋友共，敝之而无憾。"

‘衣’字所包甚广，无非纱的绵的，总在其内。但子路于这轻裘贵重之服，尚且与朋友共，何况别的衣服？言外自有‘衣’字神情在内。今才女必要吹毛求疵，乱加批评，莫怪老夫直言，这宗行为，不但近于狂妄，而且随嘴乱说，竟是不知人事了！”因又忖道：“这两个女子既要赴试，自必时常用功，大约随常经书也难他不住。我闻外国向无《易经》，何不以此难他一难？或者将他难倒，也未可知。”

未知如何，下回分解。

名师点拨

卢紫萱在本回展示了其深厚的音韵学和经学功底，令唐敖和多九公这两位天朝大邦人士刮目相看，而随之，多九公在女学堂里大肆谈经。不仅成为作者炫耀经学的一个渠道，也是当时社会经学盛行的一个缩影。

阅读积累

颜　渊

颜渊是春秋末鲁人。名回，字子渊。孔子学生。少孔子三十岁。好学，“不迁怒，不贰过”。贫居陋巷，箪食瓢饮，而不改其乐。颜渊问仁，孔子答：“克己复礼为仁。一日克己复礼，天下归仁焉。”颜渊谓：“回虽不敏，请事斯语矣。”（《论语·颜渊》）孔子赞其德行和学问，引为唯一的同道：“用之则行，舍之则藏，惟我与尔有是夫！”（《论语·述而》）但又说：“回也非助我者也，于吾言无所不说。”（《论语·先进》）早卒。后被封建统治者尊为“复圣”。近年上海博物馆战国竹简中有《颜渊》一种，其内容正在整理研究。

第十八回 辟清谈幼女讲羲经 发至论书生尊孟子

名师导读

本回集中写红红和亭亭两位少女的才学。为了突出她俩在诗书礼乐方面的成就，作者刻意安排她们和多九公、唐敖讨论学问。其涉及面非常之广，从音韵文字、经书经义，直至学术流派，包罗万象。二才女侃侃而谈，咄咄逼人，使得见多识广、倚老卖老的多九公无法招架，智穷力竭，自惭形秽，其窘迫之状还让人以为他是受热出汗，作者插科打诨之妙笔令人莞尔一笑。

话说多九公思忖多时，得了主意，因向两女子道：“老夫闻《周易》一书，外邦见者甚少。贵处人文极盛，兼之二位才女博览广读，于此书自能得其精奥。第自秦、汉以来，注解各家，较之说《礼》，尤为歧途叠出。才女识见过人，此中善本，当以某家为最，想高明自有卓见定其优劣了？”紫衣女子道：“自汉、晋以来，至于隋季，讲《易》各家，据婢子所知的，除子夏《周易传》二卷，尚有九十三家。若论优劣，以上各家，莫非先儒注疏，婢子见闻既寡，何敢以井蛙之见，妄发议论。尚求指示。”

多九公忖道：“《周易》一书，素日耳之所闻，目之所见，至多不过五六十种；适听此女所说，竟有九十余种。但他并无一字评论，大约腹中并无此书，不过略略记得几种，他就大言不惭，以为吓人地步。我且考他一考，教他出出丑，就是唐兄看著，也觉欢喜。”因说道：“老夫向日所见，解《易》各家，约有百余种，不意此地竟有九十三种，也算难得了。至某人注疏若干卷，某人章句若干卷，才女也还记得么？”紫衣女子笑道：“各书精微，虽未十分精熟，至注家名姓、卷帙，还略略记得。”多九公吃惊道：“才女何不道其一二？其卷帙、名

知识延伸

善本：清张之洞《輶轩语·语学篇》对善本书下的定义是：“善本之义有三：一、足本（无缺卷，未经删削）；二、精本（精校和精注）；三、旧本（旧刻和旧抄本）。钱塘“八千卷楼”主丁氏《善本书室藏书志》规定四条：旧刻本；精本；旧抄本；旧校本。今泛指明清以前的刻本。

姓，可与天朝一样？”紫衣女子就把当时天下所传的《周易》九十三种，某人若干卷，由汉至隋，说了一遍。道：“大贤才言《周易》有一百余种，不知就是才说这几种，还是另有百余种？有大贤略述一二，以广闻见。”

侧面描写

从侧面突出紫衣女子之才。“显扬女子，颂其异能”是明末清初描写才子佳人的小说的一大特点，同时也是《红楼梦》等小说中的共同倾向，《镜花缘》的创作无疑受到了它们的影响。

多九公见紫衣女子所说书名倒像素日读熟一般，口中滔滔不绝。细细听去，内中竟有大半所言卷帙、姓名，丝毫不错。其余或知其名，未见其书；或知其书，不记其名；还有连姓名、卷帙一概不知的。登时惊的目瞪神呆，惟恐他们盘问，就要出丑。正在发慌，适听紫衣女子问他书名，连忙答道：“老夫向日见的，无非都是才女所说之类，奈年迈善忘，此时都已模模糊糊，记不清了。”紫衣女子道：“书中大旨，或大贤记不明白，婢子也不敢请教，苦人斯难。但卷帙、姓名，乃书坊中三尺之童所能道的，大贤何必吝教？”多九公道：“实是记不清楚，并非有意推辞。”紫衣女子道：“大贤若不说出几个书名，那原谅的不过说是吝教，那不原谅的就要疑心大贤竟是妄造狂言欺骗人了。”多九公听罢，只急的汗如雨下，无言可答。

词苑撷英

抛砖引玉：抛出砖去，引回玉来。这里比喻用自己不成熟的意见或作品引出别人更好的意见或好作品。

紫衣女子道：“刚才大贤曾言百余种之多，此刻只求大贤除婢子所言九十三种，再说七个，共凑一百之数。此事极其容易，难道还吝教么？”多九公只急的抓耳挠腮，不知怎样才好。紫衣女子道：“如此易事，谁知还是吝教！刚才婢子费了唇舌，说了许多书名，原是抛砖引玉，以为借此长长见识，不意竟是如此！但除我们听说之外，大贤若不加增，未免太觉空疏了！”红衣女子道：“倘大贤七个凑不出，就说五个；五个不能，就是两个也是好的。”紫衣女子接著道：“如两个不能，就是一个；一个不能，就是半个也可解嘲了。”红衣女子笑道：“请教姐姐，何为半个？难道是半卷书么？”紫衣女子道：“妹子惟恐大贤善忘，或记卷帙，忘其姓名；或记姓名，忘其卷帙；皆可谓之半个，并非半卷。我们不可闲谈，请大贤或说一个，或半个罢。”多九公被两个女子冷言冷语，只管催逼，急的满面青红，恨无地缝可钻。莫讲所有之书，俱被紫衣女子说过，即或尚未说过，此时心内一急，也就想不出了。

细节描写

黑齿国作为表达作者妇女教育思想的重要章节，一扫陈腐的女性偏见。

那个老者坐在下面，看了几篇书，见他们你一言、我一语，不知说些甚么。后来看见多九公面上红一阵、白一阵，头上只管出汗，只当怕热，因取一把扇子，道：“天朝时令交了初夏，大约凉爽不用凉扇。今到敝处，未免受热，所以只管出汗。请大贤扇扇，略为凉爽，慢慢再谈。莫要受热，生出别的病来。你们都是异乡人，身子务要保重。你看，这汗还是不止，这却怎好？”因用汗巾替九公揩道：“有年纪的人，身体是个虚的，那里受的惯热！唉！可怜！可怜！”多九公接过扇子道：“此处天气果然较别处甚热。”老者又献两杯茶道：“小子这茶虽不甚佳，但有灯心在内，既能解热，又可清心。大贤吃了，就是受热，也无妨了。今虽幸会，奈小子福薄重听，不能畅聆大教，真是恨事。大贤既肯屈尊同他们细谈，日后还可造就么？”多九公连连点头道：“令爱来岁一定高发的。”

只见紫衣女子又搓著说道：“大贤既执意不肯赐教，我们也不必苦苦相求。况记几个节名，若不晓得其中旨趣，不过是个卖书佣，何足为奇。但不知大贤所说百余种，其中讲解，当以某家为最？”多九公道：“当日仲尼既作《十翼》、《易》道大明。自商瞿受《易》于孔子，嗣后传授不绝。前汉有京房、费直各家，后汉有马融、郑元诸人。据老夫愚见：两汉解《易》各家，多溺于像占之学。到了魏时，王弼注释《周易》，抛了像占旧解，独出心裁，畅言义理，于是天下后世，凡言《易》者，莫不宗之，诸书皆废。以此看来，由汉至隋，当以王弼为最。”

紫衣女子听了，不觉笑道：“大贤这篇议论，似与各家注解及王弼之书尚未了然，不过摭拾前人牙慧，以为评论，岂是教诲后辈之道！汉儒所论像占，固不足尽《周易》之义；王弼扫弃旧闻，自标新解，惟重义理，孔子说‘《易》有圣人之道四焉’，岂止‘义理’二字？晋时韩康伯见王弼之书盛行，因缺《系辞》之注，于是本王弼之义，注《系辞》二卷，因而后人遂有王、韩之称。其书既欠精详，而又妄改古字，加以‘向’为‘乡’，以‘驱’为‘敺’之类，不能枚举。所以昔人云：‘若使马年传汉《易》，王、韩俗字久无存。’当日范宁说王弼的罪甚于桀、纣，岂是无因而发。今大贤说他注的为最，甚至此书一出，群书皆废，何至如此？可请痴人说梦！总之：学问从实地上用功，议论自然确有根据；若浮光掠影，中无成见，自然随波逐流，无所适从。大贤恰受此病。并且强不知以为知，一味大言欺人，未免把人看的过于不知文了！”

多九公听了，满脸是汗，走又走不得，坐又坐不得，只

知识延伸

《十翼》：解释《易经》的十篇，即《易传》。翼有辅助之意。人们以《易传》为辅助《易经》之作，故名为十翼，包括《彖》的上下、《像》的上下、《系辞》的上下，《文言》《序卦》《说卦》《杂卦》十篇。古代儒家学派认为，十翼是孔子所作。近人根据十翼的内容研究认为，十翼非成于一人之手，是战国至秦之际的著作。

知识延伸

《系辞》：1.指《系辞传》。《易经》思想的代表作，《十翼》约两篇。为《易经》的通论。系，指系属，用此说明《易经》的本义、原理、功用、起源及筮法等。2.指卦辞或爻辞。为古代卜筮的重要依据。

管发愣，无言可答。正想脱身，那个老者又献两杯茶道：“斗室屈尊，致令大贤受热，殊抱不安。但汗为人之津液，也须忍耐少出才好。大约大贤素日喜吃麻黄，所以如此。今出这场痛汗，虽痢疟之症，可以放心，以后如麻黄发汗之物，究以少吃为是。”二人欠身接过茶杯。多九公自言自语道：“他说我吃麻黄，那知我在这里吃黄连哩！”

只见紫衣女子又接著说道：“刚才进门就说经书之义尽知，我们听了甚觉钦慕，以为今日遇见读书人，可以长长见识，所以任凭批评，无不谨谨受命。谁知谈来谈去，却又不然。若以‘秀才’两字而论，可谓有名无实。适才自称‘忝列胶痒’，谈了半日，惟这‘忝’字还用的切题。”红衣女子道：“据我看来，大约此中亦有贤愚不等，或者这位先生同我们一样，也是常在三等、四等的亦未可知。”紫衣女子道：“大家幸会谈文，原是一件雅事，即使学问渊博，亦应处处虚心，庶不失谦谦君子之道。谁知腹中虽离渊博尚远，那目空一切，旁若无人光景，却处处摆在脸上。可谓‘螳臂当车，自不量力’！”两个女子，你一言，我一语，把多九公说的脸上青一阵，黄一阵。身如针刺，无计可施。唐敖在旁，甚觉无趣。

正在为难之际，只听外面喊道：“请问女学生可买脂粉么？”一面说著，手中提著包袱进来。唐敖一看，不是别人，却是林之洋。多九公趁势立起道：“林兄为何此时才来？惟恐船上众人候久，我们回去罢。”即同唐敖拜辞老者。老者仍要挽留献茶。林之洋因走的口渴，正想歇息，无奈二人执意要走。老者送出门处，自去课读。

三人匆匆出了小巷，来至大街。林之洋见他二人举动仓惶，面色如土，不觉诧异道：“俺看你们这等惊慌，必定古怪。毕竟为著甚事？”二人略略喘息，将神定了一定，把汗揩了，慢慢走著，多九公把前后各话，略略告诉一遍。唐敖道：“小弟从未见过世上竟有这等渊博才女！而且伶牙俐齿，能言善辩！”多九公道：“渊博倒也罢了，可恨他丝毫不肯放松，竟将老夫骂的要死。这个亏吃的不小！老夫活了八十多岁，今日这个闷气却是头一次！此时想起，惟有怨恨自己！”林之洋道：“九公，你恨甚么？”多九公道：“恨老夫从前少读十年书；又恨自己既知学问未深，不该冒昧同人谈文。”

唐敖道：“若非舅兄前去相救，竟有走不出门之苦。不知

词苑撷英

钦慕：仰慕；倾心爱慕。多指男女之间的情愫。

细节描写

读者不能不因两位女子的才智和幽默而钦佩他们，也不能不因多九公由对学问的虚伪态度而招致的愚蠢和难堪，感到又可气又可笑！

语言描写

唐敖和多九公、林之洋的对话充分表现出多九公的狼狈，从而衬托出红衣女子和紫衣女子学识丰富。

舅兄何以不约而同，也到他家？”林之洋道：“刚才你们要来游玩，俺也打算上来卖货，奈这地方从未做过交易，不知那样得利。后来俺因他们脸上比炭还黑，俺就带了脂粉上来。那知这些女人因搽脂粉反觉丑陋，都不肯买，倒是要买书的甚多。俺因女人不买脂粉，倒要买书，不知甚意。细细打听，才知这里向来分别贵贱，就在几本书上。”唐敖道：“这是何故？”林之洋道：“他们风俗，无论贫富，都以才学高的为贵，不读书的为贱。就是女人，也是这样，到了年纪略大，有了才名，才有人求亲；若无才学，就是生在大户人家，也无人同他配婚。因此，他们国中，不论男女，自幼都要读书。闻得明年国母又有甚么女试大典，这些女子得了这个信息，都想中个才女，更要买书。俺听这话，原知货物不能出脱，正要回船，因从女学馆经过，又想进去碰碰财气，那知凑巧遇见你们二位。俺进去话未说得一句，茶未喝得一口，就被你们拉出，原来二位却被两个黑女难住。”

唐敖道：“小弟约九公上来，原想看他国人生的怎样丑陋。谁知只顾谈文，他们面上好丑，我们还未看明，今倒被他们先把我们腹中丑处看去了！”多九公道：“起初如果只作门外汉，随他谈甚么，也不至出丑，无奈我们过于大意，一进门去，就充文人，以致露出马脚，补救无及，偏偏他的先生又是聋子，不然，拿这老秀才出出气，也可解嘲。”唐敖道：“据小弟看来，幸而老者是个聋子。他若不聋，只怕我们更要吃亏。你只看他小小学生尚且如此，何况先生！固然有‘青出于蓝而胜于蓝’的，究竟是他受业之师，况紫衣女子又是他女，学问岂能悬殊？若以寻常老秀才看待，又是‘以貌取人’了。世人只知‘纱帽底下好题诗’，那里晓得草野中每每埋没许多鸿儒！大约这位老翁就是榜样。”

多九公道：“刚才那女子以‘衣轻裘’之‘衣’读作平声，其言似觉近理。若果如此，那当日解作去声的，其书岂不该废么？”唐敖道：“九公此话未免罪过！小弟闻得这位解作去声的乃彼时大儒，祖居新安。其书阐发孔、孟大旨，殚尽心力，折衷旧解，有近旨远，文简义明，一经诵习，圣贤之道，莫不灿然在目。汉、晋以来，注解各家，莫此为善，实有功于圣门，有益于后学的，岂可妄加评论。即偶有一二注解错误，亦不能以蚊睫一毛，掩其日月之光。即如《孟子》‘诛一夫’

直抒胸臆

唐敖对黑齿国卢老秀才怀才不遇的感叹，其实不正是李汝珍对普天下所有落拓的失意士子的慨叹吗？李汝珍以镜花世界中才女高中的幻笔，反衬了现实社会中女子无由展才的悲剧命运，寄托了对科举社会中所有才华横溢却得不到现行体制认可的文人的悲慨。

知识延伸

《孟子》：被南宋朱熹列为“四书”（另外三本为《大学》《中庸》《论语》）。战国中期孟子及其弟子万章、公孙丑等著。

及‘视君如寇仇’之说，后人虽多评论，但以其书体要而论，昔人有云：‘总群圣之道者，莫大乎六经，绍六经之教者，莫尚乎孟子。’当日孔子既没，儒分为八；其他纵横捭阖，波谲云诡。惟孟子挺命世之才，距杨、墨，放淫辞：明王政之易行，以求时弊；阐性善之本量，以断群疑；致孔子之教，独尊千古。是有功圣门，莫如孟子，学者岂可訾议。况孟子‘闻诛一夫’之言，亦固当时之君，惟知战斗，不务修德，故以此语警戒，至‘寇仇’之言，亦是劝勉宣王，待臣宜加恩礼，都为要求时弊起见。时当战国，邪说横行，不知仁义为何物，若单讲道学，徒费唇舌；必须喻之利害，方能动听，故不觉言之过当。读者不以文害辞，不以辞害志，自得其义。总而言之，尊崇孔子之教，实出孟子之力；阐发孔、孟之学，却是新安之功。小弟愚见如此，九公以为何如？”多九公听了，不觉连连点头。

语言描写

在儒家众多的圣贤中，除了孔子外，李汝珍最推崇的就是孟子了。之所以推重他，是因为他的理论不是“单讲道学，徒费唇舌”，而是为救时弊起见妙。简捷地说，是因为他的理论是“通儒之学”而非俗儒之学。

未知如何，下回分解。

名师点拨

不言而喻，从红红和亭亭身上折射出的正是黑齿国温文儒雅的风采，同时也突出了全书的女性主题，联系着全书的才女结构，为武则天开设女科做了铺垫。

阅读积累

麻　黄

麻黄，又称草麻黄，为麻黄科多年生草本小灌木。麻黄中含有多种生物碱，具有极重要的药用价值。麻黄碱有兴奋中枢神经、诱发出汗、抗过敏等作用；麻黄挥发油有抑制流感病毒和解热镇静作用；麻黄定碱可降低血压；伪麻黄碱能利尿。在中医药中，麻黄全草入药，是一种极具价值的中药植物。

第十九回 受女辱潜逃黑齿邦 观民风联步小人国

名师导读

本回结束黑齿国的故事：作者为了尽情展现黑齿国的嗜学之风，不惜引入一段窃书“雅哦”的情节，使得黑齿国人爱书如命的特性无以复加。

话说多九公闻唐敖之言，不觉点头道：“唐兄此言，至公至当，可为千载定论。老夫适才所说，乃就事论事，未将全体看明，不无执著一偏。即如左思《三都赋》序，他说扬雄《甘泉赋》‘玉树青葱’，非本土所出，以为误用。谁知那个玉树，却是汉武帝以众宝做成，并非地土所产。诸如此类，若不看他全赋，止就此序而论，必定说他如此小事尚且考究未精，何况其余。那知他的好处甚多，全不在此。所以当时争著传写，洛阳为之纸贵。以此看来，若只就事论事，未免将他好处都埋没了。”

知识延伸

左思：字太冲，临淄（今山东临淄北）人。出身寒素，后因妹左芬入宫为妃，移居京都，曾以十年时间写成《三都赋》，一时洛阳为之纸贵。其诗今存十四首，表达自己建功立业的抱负，揭露和讽刺门阀统治的不合理，显示出蔑视士族权贵的英雄气概。风格高亢雄迈，语言精切，形象鲜明。作品主要见于《文选》和《玉台新咏》。

说话间，又到人烟辏集处。唐敖道：“刚才小弟因这国人过黑，未将他的面目十分留神，此时一路看来，只觉个个美貌无比。而且无论男妇，都是满脸书卷秀气，那种风流儒雅光景，倒像都从这个黑气中透出来的。细细看去，不但面上这股黑气万不可少，并且回想那些胭粉之流，反觉其丑。小弟看来看去，只觉自惭形秽。如今我们杂在众人中，被这书卷秀气四面一衬，只觉面目可憎，俗气逼人。与其教他们看著耻笑，莫若趁早走罢！”三人于是躲躲闪闪，联步而行。一面走著，看那国人都是端方大雅；再看自己，只觉无穷丑态。相形之下，走也不好，不走也不好；紧走也不好，慢走也不好，不紧不慢也不好；不知怎样才好！只好叠著精神，稳著步儿，探著腰见，挺著胸儿，直著颈儿，一步一趋，望前而行。好容易走出城外，喜得人烟稀少，这才把腰伸了一伸，颈项摇了两摇，嘘了一口气，略为松动松动。林之洋道："刚才被妹夫说破，细看他们，果都大大方方，见那样子，不怕你不好好行走。俺素日散诞惯了，今被二位拘住，少不得也装斯文混充儒雅。谁知只顾拿架子，腰也酸了，腿也直了，颈也痛了，脚也麻了，头也晕了，眼也花了，舌也燥了，口也干了，受也受不得了，支也支不住了。再要拿架子，俺就瘫了！快逃命罢！此时走的只觉发热。原来九公却带著扇子。借俺扇扇，俺今日也出汗了！"

多九公听了，这才想起老者那把扇子还在手中，随即站住，打开一开观看。只见一面写著曹大家七篇《女诫》，一面写著苏若兰《漩饥全玑》，都是蝇头小楷，绝精细字。两面俱落名款：一面写著"墨溪夫子大人命书"，下写"女弟子红红谨录"；一面写著"女亭亭谨录"。下面还有两方图章："红红"之下是"黎氏红薇"，"亭亭"之下是"卢氏紫萱"。唐敖道："据这图章，大约红红、亭亭是他乳名，红薇、紫萱方是学名。"多九公道："两个黑女既如此善书而又能文，馆中自然该是诗书满架，为何却自寥寥？不意腹中虽然渊博，案上倒是空疏，竟与别处不同。他们如果诗书满架，我们见了，自然另有准备，岂肯冒昧，自讨苦吃？"

林之洋接过扇子扇著道："这样说，日后回家，俺要多买几担书摆在桌上作陈设了。"唐敖道："奉劝舅兄：断断不要竖这文人招牌！请看我们今日背景，就是榜样。小弟足足够了！今日过了黑齿，将来所到各国，不知那几处文风最盛？倒要请教，好作准备，免得又去'太岁头上动土'。"林之洋道："俺们向日来往，只知卖货，那里管他文风、武风。据俺看来，将来路过的，如靖人、跂踵、长人、穿胸、厌火各国，大约同俺一样，都是文墨不通；就只可怕的前面有个白民国，倒像有些道理；还有两面、轩辕各国，出来人物，也就不凡。这几处才学好丑，想来九公必知，妹夫问他就知道了。"唐敖道："请教九公，……"说了一句，再回头一看，不觉诧异道："怎么九公不见？到何处去了？"林之洋道："俺们只顾说话，那知他又跑开。莫非九公恨那黑女，又去同他讲理么？俺们且等一等，少不得就要回来。"

二人闲谈，候了多时，只见多九公从城内走来道："唐

知识延伸

《女诫》：女训读物。东汉班昭撰。一卷。分为《卑弱》《夫妇》《敬慎》《妇行》《专心》《曲从》《和叔妹》七篇。本书阐述封建社会妇女应遵守的"三从四德"等道德标准，维护儒家的男尊女卑的伦理观，影响深远。为旧时训诫女子之读物。明神宗时命王相作注。后与成祖徐后《女训》、宋若莘《女论语》、王相母刘氏《女范捷录》合刻为《女四书》，称《闺阁四书集注》。

词苑撷英

渊博：学识深广：学问渊博。

知识延伸

轩辕：即黄帝。传说是有熊氏部落的首领。姓公孙，名轩辕。据说他以武力征服蚩尤，又在阪泉（今河北怀来）打败炎帝，被推为部落联盟首领。

兄，你道他们案上并无多书，却是为何？其中有个缘故。”唐敖笑道：“原来九公为这小事又去打听。如此高年，还是这等兴致，可见遇事留心，自然无所不知。我们慢慢走著，请九公把这缘故谈谈。”多九公举步道：“老夫才去问问风俗，原来此地读书人虽多，书籍甚少。历年天朝虽有人贩卖，无如刚到君子、大人境内，就彼二国买去。此地之书，大约都从彼二国以重价买的。至于古书，往往出了重价，亦不可得，惟访亲友家，如有此书，方能借来抄写。要求一书，真是种种费事。并且无论男妇，都是绝顶聪明，日读万言的不计其数，因此，那书更不够他读了。本地向无盗贼，从不偷窃，就是遗金在地，也无拾取之人。他们见了无义之财，叫作‘临财毋苟得’。就只有个毛病：若见了书籍，登时就把‘毋苟得’三字撇在九霄云外，不是借去不还，就是设法偷骗，那作贼的心肠也由不得自己了。所以此地把窃物之人则作‘偷儿’，把偷书之人却叫作‘窃儿’；借物不还的叫作‘拐儿’，借书不还的叫作‘骗儿’。因有这些名号，那藏书之家，见了这些窃儿、骗儿，莫不害怕，都将书籍深藏内室，非至亲好友，不能借观。家家如此。我们只知以他案上之书定他腹中学问，无怪要受累了。”

说话间，不觉来到船上。林之洋道：“俺们快逃罢！”分付水手，起锚扬帆。唐敖因那扇子写的甚好，来到后面，向多九公讨了。多九公道：“今日唐兄同那老者见面，曾说‘识荆’二字，是何出处？”唐敖道：“再过几十年，九公就看见了。小弟才想紫衣女子所说‘吴郡大老倚闾满盈’那句话，再也不解。九公久惯江湖，自然晓得这句乡谈了？”多九公道：“老大细细参详，也解不出。我们何不问问林兄？”唐敖随把林之洋找来，林之洋也回不知。唐敖道：“若说这句隐著骂话，以字义推求，又无深奥之处。据小弟愚见，其中必定含著机关。大家必须细细猜详，就如猜谜光景，务必把他猜出。若不猜出，被他骂了还不知哩！”

林之洋道：“这话当时为甚起的？二位先把来路说说。看来，这事惟有俺林之洋还能猜，你们猜不出的。”唐敖道：“何以见得？”林之洋道：“二位老兄才被他们考的胆战心惊，如今怕还怕不来，那里还敢乱猜！若猜的不是，被黑女听见，岂不又要吃苦出汗么？”多九公道：“林兄且慢取笑。我把来路说说，当时谈论切音，那紫衣女子因我们不知反切，向

词苑撷英

绝顶聪明：形容异常聪明。

知识延伸

识荆：书面语上的一个敬辞，指初次见面或结识。该词语出李白的《与韩荆州书》中的：“生不用封万户侯，但愿一识韩荆州。”

红衣女子轻轻笑道：‘若以本题而论，岂非“吴郡大老倚闾满盈”么？’那红衣女子听了，也笑一笑。这就是当时说话光景。”林之洋道：“这话既是谈记反切起的，据俺看来，他这本题两字自然就是甚么反切。你们只管向这反切书上找去，包你找得出。”多九公猛然醒悟道：“唐兄：我们被这女子骂了！按反切而论：‘吴郡’是个‘问’字，‘大老’是个‘道’字，‘倚闾’是个‘于’字，‘满盈’是个‘盲’字。他因请教反切，我们都回不知，所以他说：‘岂非“问道于盲”么！’”

语言描写

作品中的主人公唐敖和多九公游到了黑齿国，紫衣女子请教他们学习反切的方法，他们不懂，结果紫衣女子使用反切法跟红衣女子说话，嘲弄了他们。

林之洋道：“你们都是双目炯炯，为甚比作瞽目？大约彼时因他年轻，不将他们放在眼里，未免旁若无人，因此把你比作瞽目，却也凑巧。”多九公道：“为何凑巧？”林之洋道：“那‘旁若无人’者，就如两旁明明有人，他却如未看见。既未看见，岂非瞽目么？此话将来可作‘旁若无人’的批语。海外女子这等淘气，将来到了女儿国，他们成群打伙，聚在一处，更不知怎样利害。好在俺从来不会谈文；他要同俺论文，俺有绝好主意，只得南方话一句，一概给他‘弗得知’。任他说得天花乱坠，俺总是弗得知，他又其奈俺何！”多九公笑道：“倘女儿国执意要你谈文，你不同他谈文，把你留在国中，看你怎样？”林之洋道：“把俺留下，俺也给他一概弗得知。你们今日被那黑女难住，走也走不出，若非俺去相救，怎出他门？这样大情，二位怎样报俺？”唐敖道：“九公才说恐女儿国将舅兄留下，日后倘有此事，我们就去救你出来，也算‘以德报德’了。”多九公道：“据老夫看来，这不是‘以德报德’，倒是‘以怨报德’。”唐敖道：“此话怎讲？”多九公道：“林兄如被女儿国留下，他在那里，何等有趣，你却把他救出，岂非‘以怨报德’么？”林之洋道：“九公既说那里有趣，将来到了女儿国，俺去通知国王，就请九公住他国中。”多九公笑道：“老夫倒想住在那里，却教那个替你管舵呢？”唐敖道：“岂但管舵，小弟还要求教韵学哩。请问九公：小弟素于反切虽是门外汉，但‘大老’二字，按音韵呼去，为何不是‘岛’字？”多九公道：“古来韵书‘道’字本与‘岛’字同音；近来读‘道’为‘到’，以上声读作去声，即如是非之‘是’古人读作‘使’字，‘动’字读作‘董’字，此类甚多，不能枚举。大约古声重，读‘岛’；今声轻，

词苑撷英

天花乱坠：用来形容人说话巧妙动听，但虚妄、空洞、不着边际。

知识延伸

韵书：是把汉字按照字音分韵编排的一种书。这种书主要是为分辨、规定文字的正确读音而作，属于音韵学材料的范围。同时它有字义的解释和字体的记载，也能起辞书、字典的作用。

读‘到’。这是音随世传，轻重不同，所以如此。”林之洋道：“那个‘盲’字，俺们向来读与‘忙’字同音，今九公读作‘萌’字，也是轻重不同么？”多九公道：“‘盲’字本归八庚，其音同‘萌’；若读‘忙’字，是林兄自己读错了。”林之洋道：“若说读错，是俺先生教的，与俺何干！”多九公道：“你们先生如此疏忽，就该打他手心。”林之洋道：“先生犯了这样小错，就要打手心，那终日旷功误人子弟的，岂不都要打杀么？”

唐敖道：“今日受了此女耻笑，将来务要学会韵学，才能歇心。好在九公已得此中三昧，何不略将大概指教？小弟赋性虽愚，如果专心，大约还可领略。”多九公道：“老夫素于此道，不过略知皮毛，若要讲他所以然之故，不知从何讲起，总因当日未得真传，心中似是而非，狐疑莫定，所以如此。唐兄如果要学，老夫向闻歧舌国音韵最精，将来到彼，老夫奉陪上去，不过略为谈谈，就可会了。”唐敖道：“‘歧舌’二字，是何寓意？何以彼处晓得音韵？”多九公道：“彼国人自幼生来嘴巧舌能，不独精通音律，并且能学鸟语，所以林兄前在聂耳，买了双头鸟儿，要到彼处去卖。他们各种声音皆可随口而出，因此邻国俱以‘歧舌’呼之。日后唐兄听他口音就明白了。”

语言描写

歧舌国人精通音韵学，统治者视之为使本邦与邻邦并驾齐驱的镇国之宝，秘不传外，违令者会被治以重罪。唐敖来到歧舌国，对其音韵学十分向往，虽想学习他们的音韵学但没人教他，后来因为歧舌国的世子王妃治愈病患而得赠韵谱。

走了几日，到了靖人国。唐敖道：“请教九公，小弟闻得靖人，古人谓之诤人，身长八九寸，大约就是小人国。不知国内是何风景？”多九公道：“此地风俗硗薄，人最寡情，所说之话，处处与人相反。即如此物，明是甜的，他偏说苦的；明是咸的，他偏说淡的：教你无从捉摸。此是小人国历来风气如此，也不足怪。”二人于是登岸，到了城郭，城门甚矮，弯腰而进，里面街市极窄，竟难并行。走到城内，才见国人，都是身怪不满一尺；那些儿童，只得四寸之长。行路时，恐为大鸟所害，无论老少，都是三五成群，手执器械防身；满口说的都是相反的话，诡诈异常。唐敖道：“世间竟有如此小人，倒也少见。”游了片时，遇见林之洋卖货回来，一同回船。

走了几日，大家正在闲谈，路过一个桑林，一望无际，内有许多妇人，都生得妖艳异常。

未知如何，下回分解。

名师点拨

随着空间的推移，唐敖等人来到了小人国。小人国，与硕大无比的长人国形成对照。小人国另一层含义指向道德层面，诡诈异常的小人国与胸怀坦荡的君子国构成对立面。稍作回顾，我们可知，作者对海外诸国的描写或详或略，或正或反，或明或暗，大大丰富了作品的表现力。

阅读积累

反 切

反切是古人在“直音”“读若”之后创制的一种注音方法，又称“反”“切”“翻”“反语”等。反切的基本规则是用两个汉字相拼给一个字注音，切上字取声母，切下字取韵母和声调。

第二十回 丹桂岩山鸡舞镜 碧梧岭孔雀开屏

名师导读

本回写唐敖等人游历的两个国家：跂踵国和长人国。作者在跂踵国之前附带描写了吐丝的"蚕人"林之洋打趣说要带几个娇滴滴的"蚕人"回去做妾。多九公的一段话不亚于是对男性纳妾的当头棒喝，颇为警世。作者对跂踵国进行了再创造，突出其形状的荒诞性，俨然一个正方体。他们不仅形体可笑，而且走路时"以脚指行走，脚跟并不着地，一步三摇，斯斯文文"，十分滑稽可笑，给那些古板拘泥、不知变通的世人画了一幅速写。

话说那些妇人俱以丝绵缠身，栖在林内，也有吃桑时的，也有口中吐丝的。唐敖道："请教九公，这些妇人，是何种类？"多九公道："此处近于北海，名叫'呕丝之野'。古人言这妇人都是蚕类。此地既无城郭，这些妇人都以桑林为居，以桑为食，又能吐丝，倒像'鲛人泣珠'光景。据老夫愚见：就仿鲛人之意，把他叫作'蚕人'。鲛人泣珠，蚕人吐经，其义倒也相合。"林之洋道："这些女子都生的娇娇滴滴，俺们带几个回去作妾，又会吐丝，又能生子，岂不好么？"多九公道："你把他作妾，倘他性子发作，吐出丝来，把你身子缠住，你摆脱不开，还把性命送了哩！你去问问，那些男子，那个不是死在他们手里！"

这日到了跂踵国。有几个国人在海边取鱼。一个个身长八尺，身宽也是八尺，竟是一个方人。赤发蓬头，两只大脚，有一尺厚、二尺长，行动时以脚指行走，脚跟并不著地，一步三摇，斯斯文文，竟有"宁可湿衣，不可乱步"光景。唐敖因这方人过于拘板，无甚可观，不曾上去。

简要叙述

在打破生活常规的基础上打乱事件内在的逻辑性，从而造成情节上的荒诞。

知识延伸

跂踵：鸟名。似鸮而一足彘尾。古代像占者认为跂踵出现是国家疫祸大行的征兆。语出《山海经·中山经·复州之山》："有鸟焉，其状如鸮，而一足彘尾，其名曰跂踵，见则其国大疫。"

这日到了一个大邦，远远望见一座城池，就如峻岭一般，好不巍峨。原来却是长人国。林之洋自去卖货。唐敖同多九公上去，见了几个长人，吓的飞忙走回道："九公！吓杀小弟了！当日我见古人书中，言长人身长一二十丈，以为必无这事，那知今日见的，竟有七八丈高，半空中晃晃荡荡，他的脚面比我们肚腹还高，令人望著好不害怕！幸亏早早逃走，他若看见，将我们用手提起，放在面前望望，我们身子已在数丈之外了！"

多九公道："今日所见长人并不算长。若以极长的比较，他也只好算个脚面。老夫向在外洋同几位老翁闲谈，各说生平所见长人。内中有位老翁道：'当日我在海外，曾见一个长人，身长千余里，腰宽百余里；好饮天酒，每日一饮五百斗。当时看了，甚觉诧异。后来因见古书，才知名叫"无路"。'又一老翁道：'老朽向在丁零之北，见一长人，卧在地下，其高如山，顿脚成谷，横身塞川，其长万余里。'又一老翁道：'我曾见一极长之人，若将无路比较，那无路只好算他脚面。莫讲别的，单讲他身上这件长衫，当日做时，不但天下的布都被他买绝，连天下的裁缝也都雇完，做了数年才能做成。那时布的行情也长了，裁缝工价也贵了，人人发财。所以布店同裁缝铺至今还在那里祷告，但愿长人再做一件长衫，他们又好齐行了。彼时有一个裁缝，在那长衫底襟上偷了一块布，后来就将这布开了一个大布店，回此弃了本行，另做布行交易。你道这个长人身长若干？原来这人连头带脚，不长不短，恰恰十九万三千五百里！'众老翁都问道：'为何算的这样详细？'老翁道：'古人言由天至地有如此之高，此人恰恰头顶天、脚踹地，所以才知就是这个里数。他不独身子长的恁高，并且那张大嘴还爱说大话，倒是身口相应。'众老翁道：'闻得天上刚风最硬，每每飞鸟过高，都被吹的化为天丝。这位长人头既顶天，他的脸上岂不吹坏么？'老翁道：'这人极其脸厚，所以不怕风吹。'众老翁道：'怎晓他的脸厚？'老翁道：'他脸如果不厚，为何满嘴只管说大话，总不怕人耻笑呢？'旁边有位老翁道：'老兄以为这人头顶天、脚踹地就算极长了，那知老汉见过一个长人，较之刚才所说还长五百里。'众老翁道：'这人比天还大，不知怎能抬起头来？'老翁道：'他只顾大了，那知上面有天，因此只好低头混了一

语言描写

这段话借多九公之口，介绍极长之人，越说越长。读者大有读庄子《逍遥游》之感。

讽刺手法

借老翁之口讽刺世人只管满嘴说大话，总不怕人耻笑。

世。’又一老翁道：‘你们所说这些长人，何足为奇！当年我见一人，睡在地下就有十九万三千五百里之高，脊背在地，肚腹顶天，这才大哩！’众者翁道：‘此人肚腹业已顶天，毕竟怎样立起？倒要请教。’老翁道：‘他睡在那里，两眼望著天，真是目空一切，旁若无人。如此之大，莫讲不能立起，并且翻身还不能哩！’”

说著闲话，回到船上。林之洋卖了两样货物，并替唐敖卖了许多花盆，甚觉得利。郎舅两个，不免又是一番痛饮。林之洋笑道：“俺看天下事只要凑巧，素日俺同妹夫饮酒存的空坛。还有向年旧坛，俺因弃了可惜，随他撂在舱中，那知今日倒将这个出脱；前在小人国，也是无意卖了许多蚕茧。这两样都是并不值钱的，不想他们视如至宝，倒会获利；俺带的正经货物，倒不得价。人说买卖生意，全要机会，若不凑巧，随你会卖也不中用。”唐敖道：“他们买这蚕茧、酒坛，有何用处？”林之洋未曾回答，先发笑道：“若要说起，真是笑话！……”正要讲这缘故，因国人又来买货，足足忙了一日，到晚方才开船。

简要叙述

唐敖初次出海，林之洋劝其买些货物碰碰机会。唐敖走到市上，买了许多花盆和几担生铁，林之洋颇不以为然。

这日到了白民国交界。迎面有一危峰，一派清光，甚觉可爱。唐敖忖道：“如此峻岭，岂无名花？”于是请问多九公是何名山？多九公道：“此岭总名麟凤山，自东至西，约长千余里，乃西海第一大岭。内中果木极盛，鸟兽极繁。但岭东要求一禽也不可得，岭西要求一兽也不可得。”唐敖道：“这却为何？”多九公道：“此山茂林深处，向有一麟一凤。麟在东山，凤在西山。所以东面五百里有兽无禽，西面五百里有禽无兽，倒像各守疆界光景。因而东山名叫麒麟山，上面桂花甚多，又名丹桂岩；西山名叫凤凰山，上面梧桐甚多，又名碧梧岭。此事不知始于何时，相安已久。谁知东山旁有条小岭名叫狻猊岭，西山旁有条小岭名鹔鹴叫岭。狻猊岭上有一恶兽，其名就叫‘狻猊’，常带许多怪兽来至东山骚扰；鹔鹴岭上有个恶鸟，其名就叫‘鹔鹴’，常带许多怪鸟来至西山骚扰。”唐敖道：“东山有麟，麟为兽长，西山有凤，凤为禽长，难道狻猊也不畏麟，鹔鹴也不怕凤么？”多九公道：“当日老夫也甚疑惑。后来因见古书，才知鹔鹴乃西方神鸟，狻猊亦可算得毛群之长，无怪要来抗横了。大约略为骚扰。麟凤也不同他计较；若干犯过甚，也就不免争斗。数年前老夫从此路过，曾见

知识延伸

狻猊：传说中的一种猛兽，即狮子。也叫“狻麑”。《穆天子传》：“狻猊野马，走五百里。”《注》：“狻猊，狮子，亦食虎豹。”

凤凰与鹔鷞争斗，都是各发手下之鸟，或一个两个，彼此剥啄撕打，倒也爽目。盾来又遇麒麟同狻猊争斗，也是各发手下之兽，那撕打迸跳形状，真可山摇地动，看之令人心惊。毕竟邪不胜正，闹来闹去，往往狻猊、鹔鷞大败而归。”

知识延伸

鹔鷞：古书上说的一种鸟。也作鹔。

正在谈论，半空中倒像人喊马嘶，闹闹吵吵。连忙出舱仰观，只见无数大鸟，密密层层，飞向山中去了。唐敖道：“看这光景，莫非鹔鷞又来骚扰了我们何不前去望望？”多九公道：“如此甚好。”于是通知林之洋，把船拢在山脚下，三人带了器械，弃舟登岸，上了山坡。唐敖道：“今日之游，别的景致还在其次，第一凤凰不可不看：他既做了一山之主，自然另是一种气概。”多九公道：“唐兄要看凤凰，我们越过前面峰头，只检梧桐多处游去，倘缘分凑巧，不过略走几步，就可遇见。”大家穿过峻岭，寻找桐林，不知不觉，走了数里。林之洋道：“俺们今日见的都是小鸟，并无一只大鸟，不知甚故？难道果真都去伺候凤凰么？”唐敖道：“今日所见各鸟，毛色或紫或碧，五彩灿烂，兼之各种娇啼，不啻笙簧，已足悦耳娱目，如此美景，也算难得了。”

词苑撷英

鹤鸣于九皋，声闻于天：鹤在低处鸣叫，声音也能上彻于天空。比喻隐居贤者的名声，也会被上层统治者知晓。

忽听一阵鸟鸣之声，宛转嘹亮，甚觉爽耳，三人一闻此音，陡然神清气爽。唐敖道：“《诗》言‘鹤鸣于九皋，声闻于天’。今听此声，真可上彻霄汉。”大家顺著声音望去，只当必是鹤鹭之类。看了半晌，并无踪影，只觉其音渐渐相近，较之鹤鸣尤其洪亮。多九公道：“这又奇了！安有如此大声，不见形象之理？”唐敖道：“九公，你看，那边有颗大树，树旁围著许多飞蝇，上下盘旋，这个声音好像树中发出的。”说话间，离树不远，其声更觉震耳。三人朝著树上望了一望，何尝有个禽鸟。林之洋忽然把头抱住，乱跳起来，口内只说：“震死俺了！”二人都吃一吓，问其所以。林之洋道：“俺正看大树，只觉有个苍蝇，飞在耳边。俺用手将他按住，谁知他在耳边大喊一声，就如雷鸣一般，把俺震的头晕眼花。俺趁势把他捉在手内。”话未说完，那蝇大喊大叫，鸣的更觉震耳。林之洋把手乱摇道：“俺将你摇的发昏，看你可叫！”那蝇被摇，旋即住声。

唐、多二人随向那群飞蝇侧耳细听，那个大声果然竟是

“不啻若自其口出”。多九公笑道：“若非此鸟飞入林兄耳内，我们何能想到如此大声，却出这群小鸟之口。老夫目力不佳，不能辨其颜色。林兄把那小鸟取出，看看可是红嘴绿毛？如果状如鹦鹉，老夫就知其名了。”林之洋道：“这个小鸟，从未见过，俺要带回船去给众人见识见识。设或取出飞了，岂不可惜？”于是卷了一个纸桶，把纸桶对著手缝，轻轻将小鸟放了进去。唐敖起初见这小鸟，以为无非苍蝇、蜜蜂之类，今听多九公之话，轻轻过去一看，果然都是红嘴绿毛，状如鹦鹉。忙走回道：“他的形状，小弟才去细看，果真不错，请教何名？”多九公道：“此鸟名叫‘细鸟’。元封五年，勒毕国曾用玉笼以数百进贡，形如大蝇，状似鹦鹉，声闻数里。国人常以此鸟候日，又名‘候日虫’。那知如此小鸟，其声竟如洪钟，倒也罕见！”

林之洋道：“妹夫要看凤凰，走来走去，遍山并无一鸟。如今细鸟飞散，静悄悄连声也不闻。这里只有树木，没甚好顽，俺们另向别处去罢。”多九公道：“此刻忽然鸦雀无闻，却也奇怪。”只见有个牧童，身穿白衣，手拿器械，从路旁走来。唐敖上前拱手道：“请问小哥，此处是何地名？”牧童道：“此地叫做碧梧岭，岭旁就是丹桂岩，乃白民国所属。过了此岭，野兽最多，往往出来伤人，三位客人须要仔细！”说罢去了。多九公道：“此处既名碧梧岭，大约梧桐必多，或者凤凰在这岭上也未可知。我们且把对面山峰越过，看是如何。”

不多时，越过高峰，只见西边山头无数梧桐，桐林内立著一只凤凰，毛分五彩，赤若丹霞；身高六尺，尾长丈余；蛇颈鸡喙，一身花文。两旁密密层层，列著无数奇禽：或身高一丈，或身高八尺；青黄赤白黑，各种颜色，不能枚举。对面东边山头桂树林中也有一个大鸟：浑身碧绿，长颈鼠足，身高六尺，其形如雁。两旁围著许多怪鸟：也有三首六足的，也有四翼双尾的，奇形怪状，不一而足。多九公道：“东边这只绿鸟就是。大约今日又来骚扰，所以凤凰带著众鸟把去路拦住，看来又要争斗了。”

知识延伸

候日虫：中国古代传说中的一种鸟。《汉武洞冥记》中有说：“元封五年，勒毕国贡细鸟，以方尺之玉笼盛数百头，形如大蝇，状似鹦鹉，声闻数里之间，如黄鹄之音也。国人常以此鸟候时，亦名曰候日虫。”唐段成式《酉阳杂俎·羽篇》：“汉武时，毕勒国献细鸟，以方尺玉为笼，数百头状如蝇，声如鸿鹄。”

知识延伸

细鸟：语出《洞冥记》。为传说汉武帝元封五年（前106）勒毕国进贡的异鸟。状如鹦鹉，苍蝇大小，一尺见方的玉笼中容纳数百只。鸣声响亮似黄鹄，数里之外可闻。因其鸣声报时颇准，所以又被称为候日虫。

忽听鹈鹕连鸣两声，身旁飞出一鸟，其状如凤，尾长丈余，毛分五彩；蹿至丹桂岩，抖擞翎毛，舒翅展尾，上下飞舞，如同一片锦绣；恰好旁边有块云母石，就如一面大镜，照的那个影儿，五彩相映，分外鲜明。林之洋道：“这鸟倒像凤凰，就只身材短小，莫非母凤凰么？”多九公道：“此鸟名‘山鸡’，最爱其毛，每每照水顾影，眼花坠水而死。古人因他有凤之色，无凤之德，呼作‘哑凤’。大约鹈鹕以为此鸟具如许彩色，可以压倒凤凰手下众鸟，因此命他出来当场卖弄。”忽见西林飞出一只孔雀，走至碧梧岭，展开七尺长尾，舒张两翅，朝著丹桂岩盼睐起舞，不独金翠萦目，兼且那个长尾排著许多圆文，陡然或红或黄，变出无穷颜色，宛如锦屏一般。山鸡起初也还勉强飞舞，后来因见孔雀这条长尾变出五颜六色，华彩夺目。金碧辉煌，未免自惭形秽；鸣了两声，朝著云母石一头撞去，竟自身亡。唐敖道：“这只山鸡因毛色比不上孔雀，所以羞忿轻生。以禽鸟之微，尚有如此血性，何以世人明知己不如人，反腼颜无愧？殊不可解。”林之洋道：“世人都像山鸡这般烈性，那里死得许多！据俺看来：只好把脸一老，也就混过去了。”

情景描写

这孔雀也在《山海经》中有所记载。《山海经·海内经》说：“又有青兽如菟，名曰菌狗。有翠鸟，有孔鸟。”

孔雀得胜退回本林。东林又飞出一鸟，一身苍毛，尖嘴黄足，跳至山坡，口中卿卿咋咋，鸣出各种声音。此鸟鸣未数声，西林也飞出一只五彩鸟，尖嘴短尾，走到山冈，展翅摇翎，口中鸣的娇娇滴滴，悠扬宛转，甚觉可耳。唐敖道：“小弟闻得‘鸣鸟’毛分五彩，有百乐歌舞之风，大约就是此类了。那苍鸟不知何名？”多九公道：“此即‘反舌’，一名‘百舌’。《月令》‘仲夏反舌无声’，就是此鸟。”林之洋道：“如今正是仲夏，这个反舌与众不同，他不按月令，只管乱叫了。”忽听东林无数鸟鸣，从中蹿出一只怪鸟，其形如鹅。身高二丈，翼广丈余，九条长尾，十颈环簇，只得九头。蹿至山冈，鼓翼作势，霎时九头齐鸣。多九公道：“原来‘九头鸟’出来了。”

知识延伸

反舌：鸟名，又名百舌。《礼记·月令》：“反舌无声。”郑玄注：“反舌，百舌鸟。”

未知如何，下回分解。

名师点拨

对长人国的描写，作者稍微借鉴了古代神话传说，但更多的是杜撰。作者假托老翁们闲聊长人，借此讽刺了爱说大话、脸皮厚、低头混世、目空一切之人。几个老翁的插科打诨像一段多口相声，煞是有趣。写了奇形怪状之人，作者又颇费心思地描绘了丹桂岩、碧梧岭上的珍禽异鸟：有“形如大蝇”而声若洪钟的“细鸟”，有传说中的百鸟之王凤凰，有烈性的山鸡，有“百乐歌舞之风”的“鸣鸟”，有“反舌鸟”“九头鸟”：此处对禽鸟的叙述已渐次拉开鸟界大战的序幕，接下来的斗争将更加激烈。

阅读积累

孔雀

孔雀属包括2种，全长达2米以上，其中尾屏约1.5米，为鸡形目体型最大者。头顶翠绿，羽冠蓝绿而呈尖形；尾上覆羽特别长，形成尾屏，鲜艳美丽；真正的尾羽很短，呈黑褐色。雌鸟无尾屏，羽色暗褐而多杂斑。

栖息于森林的开阔地带。杂食性。一雄配数雌。蓝孔雀分布于印度和斯里兰卡；绿孔雀分布于东南亚，中国仅见于云南西部和南部，野生数量稀少，为中国国家一级保护动物。孔雀肉可食用，已人工养殖，白化品种称白孔雀，全身雪白。刚果孔雀1936年才被发现，体长70厘米，雄性体黑色，头顶具白色簇羽，雌性绿色和棕色。分布于非洲热带地区。

第二十一回 逢恶兽唐生被难 施神枪魏女解围

名师导读

上回讲了鸟界大战已展开了两个回合，即山鸡和孔雀比舞，反舌和鸣鸟比鸣。本回继续展开几个回合，鸺鸟与九头鸟比鸣，鹦勺与鸵鸟比武，跂踵与秃鹫对打。这场以凤凰为首的凤凰派和以狻猊为首的狻猊派的战争，是一场正义与邪恶的较量，是侵略与反侵略的战争，是君子与小人的交锋。鸟界大战无异于人类现实社会的生动写照。就全书结构而言，这场大战可看作是后文勤王军队打败武家军的一个象征性铺垫，前后呼应。

> **语言描写**
>
> 诸如此类奇禽怪鸟的描写，莫不言之有据，既可令读者赏心悦目，又能服学者考古论证之心，这正是最大的成功。

> **词苑撷英**
>
> 油嘴滑舌：形容说话油滑。

话说多九公指著九头鸟道："此鸟古人谓之'鸧鸹'，一身逆毛，甚是凶恶。不知凤凰手下那个出来招架？"登时西林飞出一只小鸟，白颈红嘴，一身青翠，走至山冈，望著九头鸟鸣了几声，宛如狗吠。九头鸟一闻此声，早已抱头鼠窜，腾空而去。此鸟退入西林，林之洋道："这鸟为甚不是禽鸣，倒学狗叫？俺看他油嘴滑舌，南腔北调，到底算个甚么！可笑这九头鸟枉自又高又大，听得一声狗叫，它就跑了，原来小鸟这等利害！"多九公道："此禽名叫'鸟'。又名'天狗'。这九头鸟本有十首，不知何时被犬咬去一个，其项至今流血。血滴人家，最为不祥。如闻其声，须令狗叫，他即逃走。因其畏犬，所以古人有'捩狗耳禳之'之法。"

只见鹈鹕林内蹿出一只驼鸟，身高八尺，状似橐驼，其色苍黑，翅广丈余，两只驼蹄，奔至山冈，吼叫连声，四林也飞出一鸟，赤眼红嘴，一身白毛，尾长丈二，身高四尺，尾上有勺，其大如斗，走至山冈，与驼鸟斗在一处。林之洋道："这尾上有勺的倒也异样。俺们捉几个送给无肠国，他必欢喜。"唐敖道："何以见得？"林之洋道："他们得了这鸟，既可当菜大嚼，再把尾子取下作为盛饭盛粪的勺子，岂不好么？”唐敖道：“怪不得古人言：‘驼鸟之卵，其大如瓮。’原来其形竟有如许之大！这尾上有勺的，他比驼鸟，一个身高八尺，一个身高四尺，大小悬殊，何能争斗？岂非自讨苦么？”多九公道：“此鸟名唤‘鹦勺’。他既敢与驼鸟相斗，自然也就非凡。”鹦勺斗未数合，竖起长尾，一连几勺，打的驼鸟前蹿后跳，声如牛吼。

东林又跳出一只秃鹫，身高八尺，长颈身青，头秃无毛，蹿至山冈。林之洋道：“忽然闹出和尚来了。”西边林内也飞出一鸟，浑身碧绿，一条猪尾，长有丈六，身高四尺，一只长足，跳跃而出，蹿至山冈，抡起猪尾，如皮鞭一般，对著秃鹫一连几尾，把个秃头打的鲜血淋漓，吼叫连声。林之洋道：“这个和尚今日老大吃亏，怪不得大人国的和尚不肯削发，他们秃头吃苦。”多九公道：“原来‘跂踵’，出来争斗。他这猪尾，随你勇鸟也敌他不过，看来鹈鹕又要大败了。”那边百舌敌不住鸣鸟，早已飞回东林；秀鹫被打不过，腾空而去；鸵鸟两翅受伤，逃回本林。只听鹈鹕大叫几声，带著无数怪鸟，奔至山冈；西林也有许多大鸟飞出，登时斗成一团。那鹦勺抡起大勺，跂踵舞起猪尾，一起一落，打的落花流水。

正在难解难分，忽听东边山上，犹如千军万马之声，尘土飞空，山摇地动，密密层层，不知一群甚么，狂奔而来。登时众马飞腾，凤凰、鹈鹕，也都逃窜。三人听了，忙躲桐林深处，细细偷看。原来是群野兽，从东奔来：为首其状如虎，一身青毛，钩爪锯牙，弭耳昂鼻，目光加电，声吼如雷；一条长尾，尾上茸毛，其大如斗；走到凤凰所栖林内，吼了两声，带著许多怪兽，浑身血迹，蹿了进去。随后一群怪兽赶来，也是血迹淋漓，走至鹈鹕所栖林内，也都蹿入。为首一兽，浑身青黄，其体似麇，其尾似牛，其足似马，头生一角。唐敖道：“请教九公：这个独角兽自然是麒麟，西边那头青兽可是狻猊？”多九公道：“西林正是狻猊，大约又来骚扰，所以麒麟带著众兽赶来。

只见狻猊喘息片时，将身立起，口中叫了两声。旁边蹿出一只野猪，扇著两耳，一步三摇，倒像奉令一般，走到跟前，将头伸出，送到狻猊口边；狻猊嗅了一嗅，吼了一声，把嘴一张，咬下猪头，随将野猪吃入腹中。林之洋道：“这个野猪，据俺看来，生的甚觉悭吝，那是真心请客，他的意思，不过虚让一让，那知狻猊并不推辞，竟自啖了。原来狻猊腹饥，大概吃饱就要争斗了。”正自指手画脚，谈论狻猊，不意手中那个细鸟，忽又鸣声震耳，连忙伸手乱摇，那肯住声。狻猊听了，把头扬起，顺著声音望了一望，只听大吼一声，带著许多野兽，一齐奔来。三人吓的四处奔逃。多九公喊道：“林兄！还不放枪救命，等待何时！”林之洋跑的气喘嘘嘘，弃了细鸟，迎著众兽放了一枪。虽然打倒两个，无奈众兽密密层层，毫无畏惧，仍旧奔来。多九公道：“我的林兄！难道放不得第二枪么！”林之洋战战兢兢，又放一枪；好像火上浇油，众兽更都如飞而至。林之洋不觉放声哭道：“只顾要看撕斗，那知狻猊腹饥，要吃俺肉！无国以上当饭，他是以人当饭！俺闻秀才穷酸，狻猊如怕酸物倒牙，九公同妹夫还可躲这灾难，就只苦杀俺了！顷刻就到跟前，只要大口一张，就吞到腹中！这狻猊肚肠不知可像无肠国？但愿吞了随即通过，俺还有命，若不通过，存在里面，就要闷杀了！”

唐敖正朝前奔，只觉身后鸣声震耳，回头一看，狻猊正离不远，竟向身后扑来。不由手慌脚乱，无计可施，说声“不好”，一时著急，将身一纵，就如飞舞一般，蹿在空中。众兽都向多、林二人扑去。二人惟有叫苦，左右乱跑，忽听山顶上呱剌剌如雷鸣一般，响了一声，一道黑烟，比箭还急，宜奔狻猊；狻猊将身纵起，方才避过；转眼间，又是一声响亮，狻猊躲避不及，登时打落山上。众兽撇了多、林二人，都来保护狻猊。只听呱剌剌、呱剌剌响亮连声，黑烟乱冒，尘土飞空，满山响声不绝，四周烟雾迷漫。那个响声，如雨点一般，滚将出来，把些怪兽打的尸横遍地，四处奔逃，霎时无踪。麒麟带著众兽，也都逃窜了。

知识延伸

麒麟：中国传统瑞兽，性情温和，传说能活两千年。古人认为，麒麟出没处，必有祥瑞。有时用来比喻才能杰出、德才兼备的人。语出《礼记·礼运第九》：“麟、凤、龟、龙，谓之四灵”，可见麒麟地位起码与龙同等，并不低于龙。

唐敖落下。林之洋跑来道：“妹夫当日吃了蹑空草，蹿的高高的，有处躲避；竟把俺们撇了！幸亏俺有枪神救命，若不遇著枪神，只怕俺同九公久已变成狻猊的浊气了。”唐敖道：“当日小弟在东口山，手捧石碑，还能蹿空，今日若将二位驼中肩上，大约也可蹿高；无奈你们相离过远，狻猊紧跟身后，那里还敢迟延。舅兄只顾要将细鸟带回船去，刚才被他这阵乱叫，以致众兽闻风而至，几乎性命不保。”多九公也走来道：“这阵连珠枪好不利害！若非打倒狻猊，众兽岂能散去。此时烟雾渐散，我们前去找那放枪之人，以便拜谢。”

只见山冈走下一个猎户，身穿青布箭衣，肩上担著鸟枪，生得眉清目秀，齿白唇红，年纪不过十四五岁。虽是猎户打扮，举止甚觉秀雅。三人忙上前下拜道：“多谢壮士救命之恩！请教尊姓？贵乡何处？”猎户还礼道：“小子姓魏，天朝人氏，因避难寄居于此。请教三位老丈尊姓？从何到此？”多、林二人把名姓说了。唐敖忖道：“当初魏思温、薛仲璋二位哥哥都以连珠枪出名，自从敬业兄弟兵败，闻得俱逃海外。此人莫非思温哥哥之子？待我问他一声。”因说道：“当日天朝有位姓魏的，官名思温，惯用连珠枪，天下驰名，壮士可是一家？”猎户道：“这是先父。老丈何以得知？”唐敖道：“谁知壮士却是思温哥哥之子！不意竟于此处相会！”于是将名姓说明，又把当日结盟及被参各话细说一遍。猎户忙下拜道：“原来却是唐叔叔到此，侄女不知，万望恕罪！”唐敖还礼道：“贤侄请起。为何自称侄女？这是何故？”

外貌描写

恰恰就是这么个“眉清目秀，齿白唇红，举止秀雅”的纤纤女子赶跑了凶残的野兽，在“大丈夫”面前，表现出了自己的勇敢无畏和强大。

猎户道："侄女名唤紫樱，哥哥名魏武。因敬业叔叔遇难，父亲无处存身，带领家眷，逃至此地。本山向有狻猊，常与麒麟争斗，伤损田苗，甚至出来伤人，附近居民，屡受其害。向来虽有猎户，奈此兽极其狡猾，目力甚远，一闻枪声，即蹿高逃避，非连珠枪不能捉获。因此聘请父亲，在此驱除野兽。历来打死狻猊不计其数。前岁父亲去世，虽将哥哥阻旧延请，奈身弱多病，不能辛苦；若将此业弃了，无以为生。幸侄女幼年学得此枪，只得男装，权承此业，以养寡母。连日固众兽争斗，惟恐伤人，正要擒拿狻猊，不想得遇叔叔。刚才狻猊紧在叔叔身后，我看著只管著急，不敢动手。亏得叔叔朝上一蹿，这才得空，放了一枪；若再稍迟一步，只怕叔叔性命难保。但是将身一纵，就能蹿高，若非神灵护佑，何能如此？真是吉人天相！当日父亲临危有遗书一封，命我兄妹日后投奔岭南托叔叔照应，此书现在家中，就请叔叔过去一看，以便献茶。"唐敖道："多年未见万氏嫂嫂之面，今在海外，自应前去拜见。不意思温哥哥今已去世，竟不能一见，好不令人心酸。"

语言描写

可以断定"连珠枪"是作者基于科学幻想创作出的机（关）枪、冲锋枪、自动枪等。

当时三人同魏紫樱越过山头，向魏家而来。唐敖忖道："我自到海外，凡遇各山异域，莫不上去浏览。原想遵著梦神之话，寻访名花，谁知至今一无所见，倒与这些女子有缘，每每歧路相逢，却也奇怪。"不多时，到了魏家，只见四处安设强弓弩箭。齐进客厅，魏紫樱进内通知万氏夫人同魏武出来，彼此见礼。唐敖看那魏武，虽然满面病容，生的倒也清秀，魏紫樱把父亲遗书呈出。唐敖拆开，上面写的无非叮嘱"俯念结义之情，诸事照应"的话。看罢，叹息一番，将书收过。万氏道："贱妾自从丈夫去世，原想携了遗书，带著儿女，投奔叔叔。因本地乡邻惧怕野兽，再三挽留；兼之家乡近来不知可还缉捕余党，惟恐被害，不敢前去。今幸叔叔到此。我家现在六亲无靠，故乡举目无亲，除叔叔外，别无可托之人。将来尚恳俯推丈夫结义之情，务望携带，倘能仍回故土，就是我丈夫在九泉之下，也感大德了。"唐敖道："缉捕之事，相隔十余年，久已淡了。日后小弟海外回来，自然奉请嫂嫂并侄儿侄女同回故乡；况今日侄女如此大德，岂敢相忘！嫂嫂只管放心！"于是又问问日用薪水。原来此处民人因魏家父子驱除野兽，感念其德，供应极厚，每年除衣食外，颇有盈余。唐敖听了，这才放心。随将身边带著散碎银子，送给魏紫樱为脂粉之用。又嘱魏武带至魏思温灵前，拈香下拜恸哭一场，辞别回船。

次日，到了白民国。林之洋发了许多绸缎海菜去卖。唐敖来邀九公上去游玩。多九公道：“此处人烟甚广，地方富厚，语言也与我们相同。无如老夫与他无缘，每到此地，不是有事，就是抱病。今日叨光同去走走，却也难得。”一齐登岸，走了数里，只见各处俱是白壤，远远有几座小岭，都是一色矾石，田中种著荞麦，遍地开著白花；虽有几个农人在那里耕田，因离的过远，面貌看不明白，惟见一色白衣。不多时，进了玉城，步过银桥，四处房舍店面接连不断，俱是粉壁高墙；人来人往，作买作卖，热闹非凡。那些国人，无老无少，个个面白如玉，唇似涂朱，再映著两道弯眉，一双俊目，莫不美貌异常。而且俱是白衣白帽，一概绫罗打扮极其素净；腕上都戴著金镯，手中拿著香珠；身上挂著玳瑁小刀、戳纱荷包、打子儿的扇套、双飞燕的汗巾，还有许多翡翠玛瑙玩器。所穿衣服，大约都用异香熏过，远远就觉芳馨扑鼻。唐敖此时如入山阴道上，目不暇给一面看著，一面赞不绝口道：“如此美貌，再配这些穿戴，真是风流盖世！海外各国人物，大约以此为最了。”再看两边店面，接接连连，都是酒肆、饭馆、香店、银局。绸缎绫罗，堆积如山；衣冠鞋袜，摆列无数。其余羊牛猪犬，鸡鸭鱼虾，诸般海菜，各种点心，不一而足。真是：吃的，喝的，穿的，戴的，无一不精，无一不备。满街满巷，那股酒肉之香，竟可上彻霄汉。

外貌描写

对白民国人的穿着打扮进行描写，突出白民国人外表的鲜艳亮丽。

只见林之洋同一水手从绸缎店出来。多九公迎著问道：“林兄货物可曾得利？”林之洋满面欢容道：“俺今日托二位福气，卖了许多货物，利息也好。少刻回去，多买酒肉奉请。如今还有几样腰巾、荷包零星货物，要到前面巷内找个大户人家卖去。俺们何不一同走走？”唐敖道：“如此甚好。”林之洋随命水手把所卖银钱先送上船，顺便买些酒肉带去，自己提了包袱，同唐、多二人进了前面巷子。林之洋道：“好了，前面那个高大门楼，想是大户人家。”走到门前，适值里面走出一个绝美后生。林之洋说知来意，那后生道：“既有宝货，何不请进，我家先生正要买哩。”三人刚要举步，只见门旁贴著一张白纸，上写“学塾”两个大字。唐敖一见，不觉吃了一吓道：“九公！原来此处却是学馆！”多九公看了，也吓一跳，又不好退回，只得走进。那后生见他们进来，先到里面通信去了。唐敖向多九公道：“此处国人生的清俊，其天姿聪慧，博览群书，可想而知。我们进去，须比黑齿国加倍留神才好。”林之洋道：“何必留神。据俺愚见，总是给他‘弗得知’。”

知识延伸

玳瑁：属爬行纲，海龟科的海洋动物。一般长约0.6米，大者可达1.6米。头顶有两对前额鳞，尾部侧扁，上颚前端钩曲呈鹰嘴状；前额鳞2对；背甲盾片呈覆瓦状排列；背面的角质板覆瓦状排列，表面光滑，具褐色和淡黄色相间的花纹。四肢呈鳍足状。前肢具2爪。尾短小，通常不露出甲外。

三人进内，来到厅堂。里面坐著一位先生，戴著玳瑁边的眼镜，约有四旬光景。还有四五个学生，都在二旬上下，一个个品貌绝美，衣帽鲜明，那先生也是一个美丈夫。里面诗书满架，笔墨如林。厅堂当中悬一玉匾，上写“学海文林”四个泥金大字。两旁挂一副粉笺对联，写的是：

研六经以训世，括万妙而为师。

唐敖同多九公见了这样规模，不但脚下轻轻举步，并且连鼻子气也不敢出。唐敖轻轻说道：“这才是大邦人物！一切气概，与众不同。相形之下，我们又觉有些俗气了。”走进厅堂，也不敢冒昧行礼，只好侍立一旁。先生坐在上面，手里拿著香珠，把三人看了一看，望著唐敖招手道：“来，来，来！那个书生走进来！”唐敖听见先生把他叫作“书生”，不知怎样被他看作形藏，这一惊吃的不小！

未知如何，下回分解。

名师点拨

唐敖在本回探访到了又一位才女——魏紫樱。对魏紫樱的描写，作者预设了伏笔，突出其身怀连珠枪的绝技。接下来，唐敖来到了“风流盖世”的白民国。为了突出白民国的气度不凡，作者用了许多溢美之词，几乎令唐敖等人相形见绌。事实果然如此吗？还需拭目以待。

阅读积累

翡　翠

翡翠也称翡翠玉、翠玉、缅甸玉，是玉的一种。翡翠的正确定义是以硬玉矿物为主的辉石类矿物组成的纤维状集合体。但是翡翠并不等于硬玉。翡翠是在地质作用下形成的达到玉级的石质多晶集合体，主要由硬玉或硬玉及钠质（钠铬辉石）和钠钙质辉石（绿辉石）组成，可含有角闪石、长石、铬铁矿、褐铁矿等。

第二十二回 遇白民儒士听奇文 观药兽武夫发妙论

名师导读

白民国自诩为“学海文林”，但其腹内之空洞无物真令人大跌眼镜。作者没有跳出来直接进行评判，而是用人物自身的言行来揭开谜底以增强讽刺效果。正当唐敖等人期待一睹大儒风采之时，酸腐的老学究竟将《孟子》的“幼吾幼，以及人之幼”堂而皇之地读成“切吾切，以反人之切”。简直令人瞠目结舌，作者对这位不学无术的八股先生极尽讽刺之能事。再次让人体味了“金玉其外，败絮其中”的内涵，联系到前文的黑齿国，二者一黑一白，一美一丑，一俗一雅，一抑一扬，构成绝妙对照。

语言描写

通过这组对话，把乡村老先生的酸腐样子刻画出来了。

话说唐敖忽听先生把他叫做书生，吓的连忙进前打躬道：“晚生不是书生，是商贾。”先生道：“我且问你，你是何方人氏？”唐敖躬身道：“晚生生长天朝，今因贩货到此。”先生笑道：“你头戴儒巾，生长天朝，为何还推不是书生？莫非怕我考你么？”唐敖听了，这才晓得他因儒巾看出，只得说道：“晚生幼年虽习儒业，因贸易多年，所有读的几句书久已忘了。”先生道：“话虽如此，大约诗赋必会作的？”唐敖听说做诗，更觉发慌道：“晚生自幼从未做诗，连诗也未读过。”先生道：“难为你生在天朝，连诗也不会作？断无此事。你何必瞒我？快些实说！”唐敖发急道：“晚生实实不知，怎敢欺瞒！”先生道：“你这儒巾明明是个读书幌子如何不会做诗？你既不懂文墨，为何假充我们儒家样子，却把自己本来面目失了？难道你要借此撞骗么？还是装出斯文样子要谋馆呢？我看你想馆把心都想昏了！也罢，我且出题考你一考，看你作的何如，如作的好，我就荐你一个美馆。”说罢，把《诗韵》取出。

唐敖见他取出《诗韵》，更急的要死，慌忙说道：“晚生倘稍通文墨，今得幸遇当代鸿儒，尚欲勉强涂鸦，以求指教，岂肯自暴自弃，不知抬举，至于如此！况且又有美馆之荐，晚生敢不勉力？实因不谙文字，所以有负尊意，尚求垂问同来之人，就知晚生并非有意推辞了。”先生因向多、林二人道：“这个儒生果真不知文墨么？”林之洋道：“他自幼读书，曾中探花，怎么不知！”唐敖暗暗顿足道：“舅兄要坑杀我了！”只听林之洋又接著说道：“俺对先生实说罢，他知是知的，自从得了功名，就把书籍撇在九霄云外，幼年读的‘《左传》右传’‘《公羊》母羊’，还有平日做的打油诗放屁诗，零零碎碎，一总都就了饭吃了。如今腹中只剩几段‘大唐律仪注单’，还有许多买办账。你要考他律例算盘，倒是熟的。俺求你老人家把这美馆赏俺晚生罢。”

知识延伸

鸿儒：指博学的人。“鸿”是一种体积硕大的鸟，故有“大”的意思；“儒”原为古代从巫、史、祝、卜中分化出来的，熟悉诗书礼乐而为贵族服务的一批知识分子，后来泛指学者，读书人。

先生道：“这个儒生既已废业，想是实情。你同那个老儿可会做诗？”多九公躬身道：“我们二人向来贸易，从未读书，何能做诗。”先生道：“原来你们三个都是俗人。”因指林之洋道：“你既同他们一样，为何还要求我荐馆？可惜你在自生得白净，腹中也少墨水，就是出来贸易，也该略认几字。我看你们虽可造就，无奈都是行路之人，不能在此耽搁；若肯略住两年，我倒可以指点指点。不是我夸口说，我的学问，只要你们在我跟前稍为领略，就够你们终身受用，日后回到家乡，时时习学，有了文名，不独近处朋友都来相访，只怕还有朋友‘自远方来’哩。”林之洋道：“据俺晚生看来，岂但‘自远方来’，而且心里还‘乐乎’哩。”

语言描写

这段解说倒符合做“贩货”生意的身份，但对经书并无恭敬之处，在这一点上超越了乾嘉学派崇古的文化史观。

先生听了，不觉吃惊，立起身来，把玳瑁眼镜取下，身上取出一块双飞燕的汗巾，将眼揩了一揩，望著林之洋上下看一看道：“你既晓得‘乐乎’故典，明明懂得文墨，为何故意骗我？”林之洋道：“这是俺晚生无意碰在典上，至于他的出处，俺实不知。”先生道：“你明是通家，还要推辞？”林之洋道：“俺如骗你，情愿发誓，教俺来生变个老秀才，从十岁进学，不离书本，一直活到九十岁，这才寿终。”先生道：“如此长寿，你敢愿意！”林之洋道：“你只晓得长寿，哪知从十岁进学，活到九十岁，这八十年岁考的苦处，也就是活地狱了。”先生仍旧坐下道：“你们既不晓得文理，又不会做诗，无甚可谈，立在这里，只觉俗不可耐。莫若请出，且到厅

直抒胸臆

在林之洋的眼中，参加科举考试而屡试不第的人简直如坠地狱一般。为了少受点儿罪，他宁可不长寿。

外，等我把学生功课完了，再来看货。况且我们谈文，你们也不懂。若久站在此，惟恐你们这股俗气四处传染，我虽‘上智不移’，但馆中诸生俱在年幼，一经染了，就要费我许多陶熔，方能脱俗哩。”三人只得诺诺连声，慢慢退出，立在厅外。唐敖心里还是扑扑乱跳，惟恐先生仍要谈文，意欲携了多九公先走一步。

忽听先生在内教学生念书。细细听时，只得两句，共八个字：上句三字，下句五字。学生跟著读道：“切吾切，以反人之切。”唐敖忖道：“难道他们讲究反切么？”林之洋道：“你们听听，只怕又是‘问道于盲’来了。”多九公听了，不觉毛骨竦然，连连摇手。那先生教了数遍，命学生退去，又教一个学生念书，也是两句：上句三字，下句四字。只听师徒高声读道：“永之兴，柳兴之兴。”也教数遍退去。三人听了，一毫不懂，于是闪在门旁，暗暗偷看。只见又有一个学生，捧书上去。先生把书用朱笔点了，也教了两遍，每句四字。只听学生念道：“羊者良也，交者孝也，予者身也。”唐敖轻轻说道：“九公，今日千好万好，幸未同他谈文！刚才细听他们所读之书，不但从未见过，并且语句都是古奥。内中若无深义，为何偌大后生，每人只读数句？无如我们资性鲁钝，不能领略。古人云：‘不经一事，不长一智。’我们若非黑齿前车之鉴，今日稍不留神，又要吃亏了。”

情景描写

通过写唐敖三人偷看白民国的先生教学生念书，为下文的故事情节做铺垫。

直抒胸臆

唐敖、多九公等人竟被不求甚解、大话连篇的白民国老儒生唬得如临大敌，诚惶诚恐，唯恐与其谈文学。这虽起因于之前与黑齿国才女论学的教训，但主要还是不了解这老儒生的学问深浅所致。等看到老儒生教授学生的文稿后，才了解到这位白民国老儒生的学问实在浅薄得很，觉得不该对他太恭敬。

忽见有个学生出来招手道：“先生要看货哩。”林之洋连忙答应，提著包袱进去。二人等候多时。原来先生业已把货买了，在那里议论平色。唐敖趁空暗暗踱进书馆，把众人之书，细看一遍；又把文稿翻了两篇，连忙退出。多九公道：“他们所读之书，唐兄都看见了，为何面上涨的这样通红？”唐敖刚要开言，恰好林之洋把货卖完，也退出来，三人一齐出门，走出巷子。

唐敖道：“今日这个亏吃的不小！我只当他学问渊博，所以一切恭敬，凡有问对，自称晚生。哪知却是这样不通！真是闻所未闻，见所未见！”多九公道：“他们读的‘切吾切，以反人之切’，却是何书？”唐敖道：“小弟才去偷看，谁知他把‘幼’字‘及’字读错，是《孟子》‘幼吾幼，以及人之幼’。你道奇也不奇？”多九公不觉笑道：“若据此言，那‘永之兴，柳兴之兴’，莫非就是‘求之与，抑与之与’么？”唐敖道：“如何不是？”多九公道：“那‘羊者良也，交者孝也；予者身也’是何书呢？”唐敖道：“这几句他只认了半边，却是《孟子》‘痒者养也，校者教也，序者射也’。并且书案上还有几本文稿，小弟略略翻了两篇，惟恐先生看见，也不敢看完，忙退出来。”

多九公道：“他那文稿写著甚么？唐兄记得么？”唐敖道：“内有一本破题所载甚多。小弟记得有个题目，是‘闻其声，不忍食其肉’二句。他破的是‘闻其声焉，所以不忍食其肉也。’”林之洋道：“这个学生作破题，俺不喜他别的，俺只喜他好记性。”多九公道：“何以见得？”林之洋道：“先生出的题目，他竟一字不忘，整个写出来，难道记性还不好么？”唐敖道：“还有一个题目，是‘百亩之田，勿夺其时；八口之家，可以无饥矣。’他破的是‘一顷之壤，能致力焉，则四双人丁，庶几有饭吃矣。’”林之洋道：“他以‘四双人丁’破那‘八口之家’，俺只喜他‘四双’二字把个‘八’字扣的紧紧，万不能移到七口、九口去。”唐敖道：“还有一个题目，是‘子华使于齐’至‘原思为之宰’。他的破承，此时记不明白。我只记得到了渡下，他有两句是：‘休言豪富贵公子，且表为官受禄人。’诸如此类，小弟也记不了许多。但此等不通之人，我在他眼前卑躬侍立，口口声声，自称‘晚生’，岂不愧死！”林之洋道：“‘晚生’二字，也无甚么卑微。若他是早晨生的，你是晚上生的，或他先生几年，你后生几年，都可算得晚生，这怕甚么！刚才那先生念的‘切吾切，以反人之切’，当时俺听了，倒替你们担心，惟恐他要讲究反切，又要吃苦。如今平安回来，就是好的，管他甚么‘早生、晚生’！据俺看来，今日任凭吃亏，并未劳神，又未出汗，若比黑齿，也算体面了。”

忽见有个异兽，宛似牛形，头上戴著帽子，身上穿著衣服，有一小童牵著，走了过去。唐敖道：“请教九公，小弟闻与日神农时白民曾进药兽，不知此兽可是？”多九公道：“此正药兽，最能治病。人若有疾，对兽细告病源，此兽即至野外衔一草归，病人捣汁饮之，或煎汤服之，莫不见效。设或病重，一服不能除根；次日再告病源，此兽又至野外，或仍衔前草，或添一二样，照前煎服，往往治好。此地至今相传。并闻

语言描写

通过林之洋与多九公的对话，讽刺了白民国人不学无术，再次让人体味了“金玉其外，败絮其中”的内涵。

对比手法

唐敖等人到了黑齿国，先是以黑齿国人的外貌为参考依据判断其“想必丑陋”，但当多九公被其国人精湛的学识击败后却反倒觉得他们“美貌无比”并进而得出“不但面上这股黑气万不可少，并且回想那些脂粉之流，反觉其丑”。而到了白民国，原本觉得其“美貌异常，风流盖世”，但当认清其假道学的丑陋面貌时又立刻觉得“我在他眼前卑躬侍立，岂不愧死”。

此兽比当日更广，渐渐滋生，别处也有了。”林之洋道：“原来他会行医，怪不得穿著衣帽。请问九公，这兽不知可晓脉理？可读医书？”多九公道：“他不会切脉，也未读过医书。大约略略晓得几样药味。”林之洋指著药兽道：“俺把你这厚脸的畜牲，医书也未读过，又不晓得脉理，竟敢出来看病！岂非以人命当要么？”多九公道：“你骂他，设或被他听见，准备给你药吃。”林之洋道：“俺又不病，为甚吃药？”多九公道：“你虽无病，吃了他的药，自然要生出病来。”说笑间，回到船上，大家痛饮一番。

走了几时，这日风帆顺利，舟行甚速。唐敖同林之洋立在舵楼，看多九公指拨众人推舵。忽见前面似烟非烟，似雾非雾，有万道青气，直冲霄汉，烟雾中隐隐现出一座城池。林之洋道：“这城倒也不小，不知是甚地名？”多九公把罗盘更香，望一望道：“据老夫看来，前面已到淑士国了。”唐敖道：“小弟只觉这青气中含著一股异味，九公可知真详么？”多九公道：“老夫虽路过此地，因未近观，不知是何气味。”林之洋道：“青属甚味，难道书上也未载著么？”唐敖道：“按五行五味而论，东方属木，其色青，其味酸。不知彼处可是如此。”林之洋望著迎面嗅了一嗅，把头点了两点，道：“妹夫这话，只怕有些意思。”说话间，相离甚近，惟见梅树丛杂，都有寸数丈高。那座城池隐隐跃跃，被亿万梅树围在居中。

> **知识延伸**
>
> 梅树：是落叶乔木，原产于中国，在二月和三月，梅树的叶子还没来得及长出来，但是已经抽出几朵五瓣花来。花朵的颜色大多是白色，也有红色和浅红色的。梅树产梅子，到了梅雨季节，果实成熟后就变成黄色，味儿很酸。

不多时，船已收口。林之洋素知此地不通商贩，并无交易，因恐唐敖在船烦闷，所以照会众本手在此拢岸，将船停泊，三人约会同去。多九公道：“林兄何不带些货物？设或碰著交易，也未可知。”林之洋道：“淑士国从来买卖甚少，俺带甚物去呢？”多九公道：“若据‘淑士’两字而论，此地似乎该有读书人。要带货物，惟有笔墨之类最好，并且携带也便。”林之洋点头，随即携了一个包袱。三人跳上三极，众水手用棹摆到岸边，一齐上岸。

穿入梅林，只觉一股酸气，直钻头脑，三人只得俺鼻而行。多九公道：“老夫闻得海外传说，淑士国四时有不断之齑，八节有长青之梅。齑菜多寡，虽不得而知，据这梅树看来，果真不错。”过了梅林，到处皆是菜园，那些农人，都是儒者打扮。走了多时，离关不远，只见城门石壁上镌著一副金

> **知识延伸**
>
> 儒者：尊崇儒学、通习儒家经书的人。汉代以后泛指一般读书人。儒者风范是我国古代许多文人学者非常推崇一种人格倾向。所谓儒，实际就是温文儒雅，谦恭礼让。古代的儒者就是传授六艺的人。（六艺：礼、乐、射、御、书、数）我们现代教师的工作内容也就相当于儒者。

字对联，字有斗大，远远望去，只觉金光灿烂。上面写的是：

欲高门第须为善，要好儿孙必读书。

多九公道："据对联看来，上句含著'淑'字意思，下句含著'士'字意思。这两句却是淑士国绝好招牌，怪不得就在城上施展起来。"唐敖道："此地国王，据古人传说乃颛顼之后。看这景象，甚觉儒雅，与白民国迥然不同。"来到关前，只见许多兵役上来。

未知如何，下回分解。

词苑撷英

迥然不同：形容差别很大，一点儿也不相同。

名师点拨

本回写到了牛形药兽的形象。作者以游戏之笔嘲讽了那些"不会切脉，也未读过医书"，把人命当儿戏的庸医，甚至把他们比附为畜牲。下笔之尖刻不加掩饰，以至于清代有人攻击李汝珍"肆口骂人"。李汝珍对庸医的深恶痛绝并非空穴来风，而是有感而发，据说李汝珍的朋友许乔林、许大晟一家都先后有人死于庸医之手，所以他才会对庸医有如此切肤之痛。

阅读积累

颛　顼

颛顼部落的首领称号，亦号高阳氏。颛顼部落为夷人中的一个分支，春秋时代的卫国传说是"颛顼之虚"，即今河南濮阳县西南地区。其后裔有祝融，春秋时代的郑国传说是"祝融之虚"，地处嵩山东麓的外方地区，其后裔发展到八姓之多。其中的芈（mǐ）姓、传说就是春秋时楚国国君的祖先。

第二十三回　说酸话酒保咬文　讲迂谈腐儒嚼字

名师导读

作者对淑士国的叙述采用了“未见其国，先嗅其味”的手法。唐敖等人远远望见一座城池，若隐若现，看不真切，却分明闻到了一股酸梅气味，及至进入淑士国，大家才发现这个国家的国民无论贫富贵贱皆作儒士打扮，连以买卖经营为本的生意人都是“头戴儒巾，身穿青衫”，一派斯文，商旅习气荡然无存。事实上，这一切不过是装腔作势，混淆人耳目而已。

外貌描写

国人皆是头戴儒巾，身穿儒衫，到处弥漫着令人欲呕的酸气，连酒楼的酒保也是“儒巾素服，面上戴着眼镜，手中拿着折扇，斯斯文文”，一开口则不离之乎者也，听了让人忍俊不禁。此处之人，无不幼读诗书，以博取青衫一领。

话说三人来至关前，许多兵役上来，问明来历，个个身上搜检一遍，才放进去，林之洋道：“关上这些囚徒竟把俺们当作贼人，细细盘查。可惜俺未得著蹑空草，若吃了蹑空草，俺就蹿进城去，看他怎样！”

三人来到大街，看那国人都是头戴儒巾，身穿青衫，也有穿著蓝衫的，那些做买卖的，也是儒家打扮，斯斯文文，并无商旅习气。所卖之物，除家常日用外，大约卖青梅、齑菜的居多，其余不过纸墨笔砚，眼镜牙杖，书坊酒肆而已。唐敖道：“此地庶民，无论贫富，都是儒者打扮，却也异样。好在此地语言易懂，我们何不去问问风俗？”走过闹市，只听那些居民人家，接连三，莫不书声朗朗。门首都竖著金字匾额：也有写著“贤良方正”的，也有写著“孝悌力田”的，也有“聪明正直”的，也有“德行耆儒”的，也有“通经孝廉”的，也有“好善不倦”的，其余两字匾额，如“休仁”“好义”“循礼”“笃信”之类，不一而足。上面都有姓名，年月。只见旁边一家门首贴著一张红纸，上写“经书文馆”四字。门上有副对联，写的是：

优游道德之场，休息篇章之囿。

正面悬著五爪盘龙金字匾额，是“教育人才”四个大字。里面书声震耳。

林之洋指著包袱道：“俺要进去发个利市，二位可肯一同走走？”唐敖道：“舅兄饶了我罢！我还留著几个‘晚生’慢慢用哩！前在白民国贱卖几个，至今还觉委屈。今到此地，看这光景，固非贱卖，但非其人，也觉委屈。”林之洋道：“当日妹夫如在红红、亭亭跟前称了晚生，心中可委屈？”唐敖道：“小弟若在两位才女跟前称了晚生，不但毫不委屈，并且心悦诚服。俗语说的‘学问无大小，能者为尊。’他的学问既高，一切尚要求教，如何不是晚生？岂在年纪？若老大无知，如白民之类，他在我眼前称晚生，我还不要哩，二位才女如此通品，舅兄却直称其名，未免唐突。”林之洋道：“当日你们受了黑女许多耻笑，还有‘问道于盲’的话，彼时他们虽系羞辱九公，与妹夫无涉，但不把你放在眼里，随嘴乱说，也甚狂妄；今日提起，你不恨他也罢了，为甚反要敬他？”唐敖道：“凡事无论大小，如能处处虚心，不论走到何处，断无受辱之虞。我们前在黑齿，若一切谦逊，他又从何耻笑？今不自己追悔，若再怨人，那更不是了。”

语言描写

唐敖是李汝珍心目中的真正才子，因此，唐敖的话，就不仅代表李汝诊承认了黑齿国女子有才，而且代表他表示了对才女的敬重。在《镜花缘》的后半部分，作者又用大量笔墨描写百名女子在各个方面的才华。

多九公道：“那几日老夫奉陪唐兄游玩，每每游到山水清秀或幽僻处，唐兄就有弃绝凡尘要去求仙之意。此虽一时有感而发，若据刚才这番言谈，莫作先贤忠恕之道，倘诸事如此，就是成佛作祖的根基。唐兄学问度量，老夫万万不及，将来诸事竟要叨教了。”林之洋道：“两个黑女才学高，妹夫肯称晚生，那君子国吴家弟兄跟前，妹夫也肯称晚生么？”唐敖道：“那吴氏弟兄学问虽不深知，据他所言，莫不尽情尽理，纯是圣贤仁义之道。此等人莫讲晚生，就是在他跟前负笈担簦拜他为师，也长许多见识。”

语言描写

通过多九公之言为下文唐敖脱离红尘埋下伏笔。

词苑撷英

负笈担簦：扛着有柄的笠，奔走求学。

林之洋道：“俺们只顾乱讲，莫被这些走路人听见。你们就在左近走走，俺去去就来。”说罢，向学馆去了。二人仍旧闲步，只见有两家门首竖著两块黑匾额，一写“改过自新”，一写“同心向善”，上面也有姓名、年月。唐敖道：“九公：你道此匾何如？”多九公道：“据这字面，此人必是做甚不法之事，所以替他竖这招牌。仔细看来，金字匾额不计其数，至于丑匾却只此两块。可见此地向善的多，违法的少。也不愧‘淑士’二字。”

二人信步又到闹市，观玩许久。只见林之洋提著空包袱，笑嘻嘻赶来。唐敖道：“原来舅兄把货物都卖了。”林之洋道：“俺虽卖了，就只赔了许多本钱。”多九公道：“这却为何？”林之洋道：“俺进了书馆，里面是些生意，看了货物，都要争买。谁知这些穷酸，一钱如命，总要贪图便宜，不肯十分出价。及至俺不卖要走，他又恋恋不舍，不放俺出来。扳谈多时，许多货物共总凑起来，不过增价一文。俺因那些穷酸又不添价，又不放走，他那恋恋不舍神情，令人看著可怜；俺本心慈面软，又想起君子国交易光景，俺要学他样子，只好吃些亏卖了。”多九公道：“林兄卖货既不得利，为何满面笑容？这笑必定有因。”林之洋道：“俺生平从不谈文，今日才谈一句，就被众人称赞，一路想来，著实快活，不觉好笑。刚才那些生童同俺讲价，因俺不戴儒巾，问俺向来可曾读书，俺想妹夫常说，凡事总要谦恭，但俺腹中本无一物，若再谦恭，他们更看不起了。因此俺就说道：‘俺是天朝人，幼年时节，经史子集，诸子百家，那样不曾读过！就是俺们本朝唐诗，也不知读过多少！’俺只顾说大话，他们因俺读过诗，就要教俺做诗，考俺的学问。俺听这话，倒吓一身冷汗。俺想俺林之洋又不是秀才，生平又未做甚歹事，为甚要受考的磨难？就是做甚歹事，也罪不至此。俺思忖多时，只得推辞俺要趱路，不能耽搁，再三支吾。偏偏这些刻薄鬼执意不肯，务要听听口气，才肯放走。俺被他们逼勒不过，忽然想起素日听得人说，搜索枯肠，就可做诗，俺因极力搜索。奈腹中只有盛饭的枯肠，并无盛诗的枯肠，所以搜他不出。后来俺见有两个小学生在那里对对子：先生出的是‘云中雁’，一个对‘水上鸥’，一个对‘水底鱼’。俺趁势说道：‘今日偏偏“诗思”不在家，不知甚时才来；好在“诗思”虽不在家，“对思”却在家。你们要听口气，俺对这个“云中雁”

罢。’他们都道：‘如此甚好。不知对个甚么？’俺道：‘鸟枪打。’他们听了，都发愣不懂，求俺下个注解。俺道：‘难为你们还是生童，连这意思也不懂？你们只知“云中雁”拿那“水上鸥”、“水底鱼”来对，请教这些字面与那“云中雁”有甚瓜葛？俺对的这个“鸟枪打”，却从云中雁生出的。’他们又问：‘这三字为何从“云中雁”生发的？倒要请教。’俺道：‘一抬头看见云中雁，随即就用鸟枪打，如何不从云中雁生出的？’他们听了，这才明白，都道：‘果然用意甚奇，无怪他说诸子百家都读过，据这意思，只怕还从《庄子》“见弹而求鸮炙”套出来的。’俺听这话，猛然想起九公常同妹夫谈论‘庄子、老子’，约略必是一部大书，俺就说道：‘不想俺的用意在这书上，竟被你们猜出。可见你们学问也是不凡的，幸亏俺用“庄子”；若用“老子、少子”，只怕也瞒不过了。’谁知他们听了，又都问道：‘向来只有《老子》，并未听见有甚“少子”。不知这部“少子”何时出的？内中载著甚么？’俺被他们这样一问，倒问住了。俺只当既有‘老子’，一定该有‘少子’；平时因听你们谈讲‘前汉书、后汉书，’又是甚么‘文子、武子’，所以俺谈‘老子’随口带出一部‘少子’，以为多说一书，更觉好听；那知刚把对子敷衍交卷，却又闹出岔头。后来他们再三追问，定要把这‘少子’说明，才肯放走。俺想来一想，登时得一脱身主意，因向他们道：‘这部“少子”乃圣朝太平之世出的，是俺天朝读书人做的，这人就是老子后裔。老子做的是《道德经》，讲的都是元虚奥妙；他这“少子”虽以游戏为事，却暗寓劝善之意，不外“风人之旨”，上面载著诸子百家，人物花鸟，书画琴棋，医卜星相，音韵算法，无一不备；还有各样灯谜，诸般酒令，以及双陆、马吊、射鹄、蹴球、斗草、投壶，各种百戏之类，件件都可解得睡魔，也可令人喷饭。这书俺们带著许多，如不嫌污目，俺就回去取来。’他们听了，个个欢喜，都要观看，将物价付俺，催俺上船取书，俺才逃了回来。”

唐敖笑道：“舅兄这个‘鸟枪打’幸而遇见这些生童，若教别人听见，只怕嘴要打肿哩！”林之洋道：“俺嘴虽未肿，谈了许多文，嘴里著实发渴。刚才俺同生童讨茶吃，他们那里虽然有茶，并无茶叶，内中只有树叶两片。倒了多时，只得浅浅半杯，俺喝了一口，至今还觉发渴。这却怎好？”多九公

知识延伸

《庄子》：又名《南华经》，是道家经文，是战国中期庄子及其后学所著，到了汉代以后，便尊之为《南华经》，且封庄子为南华真人。其书与《老子》《周易》合称“三玄”。《庄子》一书主要反映了庄子的批判哲学、艺术、美学、审美观等。其内容丰富，博大精深，涉及哲学、人生、政治、社会、艺术、宇宙生成论等诸多方面。

词苑撷英

后裔：已死去的人的子孙。后代子孙。

知识延伸

垂涎：指因想吃到而流下口水。比喻贪婪或十分羡慕。语出唐柳宗元《三戒·临江之麋》：“入门，群犬垂涎，扬尾皆来。

词苑撷英

生童：生员和童生。也泛指学童。

道：“老夫口里也觉发干，恰喜面前有个酒楼，我们何不前去沽饮三杯，就便问问风俗？”林之洋一闻此言，口中不觉垂涎道：“九公真是好人，说出话来莫不对人心路！”

三人进了酒楼，就在楼下捡个桌儿坐了。旁边走过一个酒保，也是儒巾素服，面上戴著眼镜，手中拿著折扇，斯斯文文，走来向著三人打躬陪笑道：“三位先生光顾者，莫非饮酒乎？抑用菜乎？敢请明以教我。”林之洋道：“你是酒保，你脸上戴著眼镜，已觉不配；你还满嘴通文，这是甚意？刚才俺同那些生童讲话，倒不见他有甚通文，谁知酒保倒通起文来，真是‘整瓶不摇半瓶摇’！你可晓得俺最猴急，耐不惯同你通文，有酒有菜，只管快快拿来！”酒保陪笑道：“请教先生，酒要一壶乎，两壶乎？菜要一碟乎，两碟乎？”林之洋把手朝桌上一拍道：“甚么‘乎’不‘乎’的！你只管取来就是了！你再‘之乎者也’的，俺先给你一拳！”吓的酒保连忙说道：“小子不敢！小子改过！”随即走去取了一壶酒，两碟下酒之物，一碟青梅，一碟齑菜，三个酒杯，每人面前恭恭敬敬斟了一杯，退了下去。

知识延伸

儒服：儒家传统上周朝到明朝的儒者服装深衣，戴章甫之冠。鲁国是儒家的发祥地，其国多儒士。全鲁国人都穿儒服。但孔子则对否认儒服的存在。

林之洋素日以酒为命，见了酒，心花都开，望著二人说声：“请了！”举起杯来，一饮而尽。那酒方才下咽，不觉紧皱双眉，口水直流，捧著下巴喊道：“酒保，错了！把醋拿来了！”只见旁边座儿有个驼背老者，身穿儒服，面戴眼镜，手中拿著剔牙杖，坐在那里，斯斯文文，自斟自饮。一面摇著身子，一面口中吟哦，所吟无非‘之乎者也’之类。正吟的高兴，忽听林之洋说酒保错拿醋来，慌忙住了吟哦，连连摇手道：“吾兄既已饮矣，岂可言乎，你若言者，累及我也。我甚怕哉，故而恳焉。兄耶，兄耶！切莫语之！”唐、多二人听见这几个虚字，不觉浑身发麻，暗暗笑个不了。

林之洋道：“又是一个通文的！俺埋怨酒保拿醋算酒，与你何干？为甚累你？倒要请教。”老者听罢，随将右手食指、中指，放在鼻孔上擦了两擦，道：“先生听者，今以酒醋论之，酒价贱之，醋价贵之。因何贱之？为甚贵之？真所分之，在其味之。酒味淡之，故而贱之；醋味厚之，所以贵之。

人皆买之，谁不知之？他今错之，必无心之。先生得之，乐何如之！第既饮之，不该言之。不独言之，而谓误之。他若闻之，岂无语之？苟如语之，价必增之。先生增之，乃自讨之；你自增之，谁来管之。但你饮之，即我饮之；饮既类之，增应同之。向你讨之，必我讨之；你既增之，我安免之？苟亦增之，岂非累之？既要累之，你替与之。你不与之，他安肯之？既不肯之，必寻我之。我纵辨之，他岂听之？他不听之，势必闹之。倘闹急之，我惟跑之；跑之，跑之，看你怎么了之！”唐、多二人听了，惟有发笑。

林之洋道：“你这几个‘之’字，尽是一派酸文，句句犯俺名字，把俺名字也弄酸了。随你讲去，俺也不懂。但俺口中一股酸气。如何是好！”桌上望了一望，只有两碟青梅、齑菜。看罢，口内更觉发酸。因大声叫道：“酒保！快把下酒多拿两样来！”酒保答应，又取四个碟子放在桌上：一碟盐豆，一碟青豆，一碟豆芽，一碟豆瓣。林之洋道：“这几样俺吃不惯，再添几样来。”酒保答应，又添四样：一碟豆腐干，一碟豆腐皮，一碟酱豆腐，一碟糟豆腐。林之洋道：“俺们并不吃素，为甚只管拿这素菜？还有甚么，快去取来！”酒保陪笑道：“此数肴也，以先生视之，固不堪入目矣，然以敝地论之，虽王公之尊，其所享者亦不过如斯数样耳。先生鄙之，无乃过乎？止此而已，岂有他哉！”

多九公道：“下酒菜业已够了，可有甚么好酒？”酒保道：“是酒也，非一类也，而有三等之分焉：上等者，其味浓；次等者，其味淡；下等者，又其淡也。先生问之，得无喜其淡者乎？”唐敖道：“我们量窄，吃不惯浓的，你把淡的换一壶来。”酒保登时把酒换了。三人尝了一尝，虽觉微酸，还可吃得。林之洋道：“怪不得有人评论酒味，都说酸为上，苦次之。原来这话出在淑士国的。”只见外面走进一个老者，儒巾淡服，举止大雅，也在楼下检个座儿坐了。

未知如何，下回分解。

知识延伸

青梅：是龙脑香科，青梅属乔木，树高约20米。小枝被星状绒毛。叶片革质，长圆形至长圆状披针形，先端渐尖或短尖，基部圆形或楔形，两面均突起，网脉明显，叶柄密被灰黄色短绒毛。圆锥花序顶生或腋生，花萼裂片镊合状排列，卵状披针形或长圆形，两面密被星状毛或鳞片状毛；花瓣白色，有时为淡黄色或淡红色，芳香，长圆形或线状匙形，花丝短，花药长圆形，子房球形，密被短绒毛，果实球形；5-6月花期，8-9月果期。

语言描写

借酒保之口褒扬此地的“俭朴”风气。

名师点拨

林之洋本来在诗文上无甚造诣，但他针对“云中雁”而作的对子“鸟枪打”却赢得了淑士国生童的一致赞许，其生童之学识水平可想而知。

阅读积累

《道德经》

《道德经》是春秋时期老子（李耳）的哲学作品，又称《道德真经》《老子》《五千言》《老子五千文》，是中国古代先秦诸子百家前的一部著作，是道家哲学思想的重要来源。道德经分上下两篇，原文上篇《德经》、下篇《道经》，不分章，后改为《道经》37章在前，第38章之后为《德经》，并分为81章。

第二十四回 俏宫娥戏夸金盏草 徐公子茶肆叙衷情

名师导读

本回续写淑士国，重点刻画了一个咬文嚼字的老者。这位老者“举止大雅”“器宇不俗”却一毛不拔、贪吝成性。更加令人印象深刻的是身着儒巾素服，满口“之乎者也”的驼背老者，前一回描写了他一连用了五十四个“之”字，其酸腐之气让人作呕。这些妙趣横生的文字将淑士国的穷酸空洞刻画得淋漓尽致。那里的人与境、言与行、名与实是如此不相协调，却又偏生习以为常，不以为耻，作者分明是美其名而讽其实，与白民国堪称绝配。

话说那个老者坐下道：“酒保，取半壶淡酒。一碟盐豆来。”唐敖见他器宇不俗，向前拱手道：“老丈请了。请教上姓？”老者还礼道：“小弟姓儒。还未请教尊姓？”当时多、林二人也过来，彼此见礼，各通名姓，把来意说了。老者道：“原来三位都是天朝老先生，失敬，失敬！”唐敖道：“老丈既来饮酒，与其独酌，何不屈尊过去，奉敬一杯，一同谈谈呢？”老者道：“虽承雅爱，但初次见面，如何就要叨扰！”多九公道：“也罢，我们‘移樽就教’罢。”随命酒保把酒菜取了过来。三人让老者上坐，老者因是地主，再三不肯，分宾主坐了。彼此敬了两杯，吃些下酒之物。

唐敖道：“请教老丈，贵处为何无论士农工商都是儒者打扮，并且官长也是如此？难道贵贱不分么？”老者道：“敝处向例，自王公以至庶民，衣冠服制，虽皆一样，但有布帛颜色之不同。其色以黄为尊，红紫次之，蓝又次之，青色为卑。至于农工商贾，亦穿儒服，因本国向有定例，凡庶民素未考试的，谓之‘游民’。此等人身充贱役，不列四民之中，即有一二或以农工为业，人皆耻笑，以为游民亦掌大业，莫不远而

语言描写

从这段对话可知，淑士国人如果不参加考试，则将成为“游民”，身充贱役，受人耻笑，因此他们都自幼读书，而且考试内容多种多样。

避之。因此本处人自幼莫不读书。虽不能身穿蓝衫，名列胶痒，只要博得一领青衫，戴个儒巾，得列名教之中，不在游民之内；从此读书上进固妙，如或不能，或农或工，亦可各安事业了。”

唐敖道：“据老丈之言，贵处庶民，莫不从考试出来。第举国之大。何能个个能文呢？”老者道：“考试之例，各有不同。或以通经，或以明史，或以词赋，或以诗文，或以策论，或以书启，或以乐律，或以音韵，或以刑法，或以历算，或以书画，或以医卜。只要精通其一，皆可取得一顶头巾、一领青衫。若要上进，却非能文不可；至于蓝衫，亦非能文不可得。所以敝处国王当日创业之始，曾于国门写一对联，下句是‘要好儿孙必读书’，就是勉人上进之意。”

知识延伸

策论：策论在古时指议论当前政治问题、向朝廷献策的文章。清末科举废八股文，用策论代替。特点是以论点作为写作的中心。策是策问，论是议论文。宋金科举制度。曾用以取士。

多九公道：“请教老丈，贵处各家门首所立金字匾额，想是其人贤声素著，国王赐图表彰，使人效法之意。内有一二黑匾，如‘改过自新’之类，是何寓意？”老者道：“这是其人虽在名教中，偶然失于检点，作了违法之事，并无大罪，事后国王命竖此匾，以为改过自新之意。此等人如再犯法，就要加等治罪。倘痛改前非，众善奉行，或乡邻代具公呈，或官长访知其事，都可奏明，将匾除去，此后或另有善行，贤声著于乡党，仍可启奏，另竖金字匾额。至竖过金字匾额之人，如有违法，不但将匾除去，亦是加等治罪，即‘《春秋》责备贤者’之义。这总是国王勉人向善，谆谆劝戒之意。幸而读书者甚多，书能变化气质，遵著圣贤之教，那为非作歹的究竟少了。”

词苑撷英

为非作歹：指做各种坏事。

四人闲谈，不知不觉，连饮数壶。老者也问问天朝光景，啧啧赞美。又说许多闲话。老者酒已够了，意欲先走一步；唐敖见天色不早，算还酒帐，一同起身。老者立起，从身上取下一块汗巾，铺在桌上，把碟内所剩盐豆之类，尽数包了，揣在怀中，道：“老先生钱已给过，这些残肴，与其白教酒保收去，莫若小弟顺便带回，明日倘来沽饮，就可再叨余惠了。”一面说著，又拿起一把酒壶，揭开壶盖，望了一望，里面还有两杯酒，因递给酒保道：“此酒寄在你处。明日饮时，倘少一杯，要罚十杯哩。”又把酱豆腐、糟豆腐，倒在一个碟内，也递给酒保道：“你也替我好好收了。”四人一同出位，走了两步，旁边残桌上放著一根秃牙杖，老者取过，闻了一闻，用手揩了一揩，放入袖中。

出了酒楼，到了市中。只见许多人围著一个美女在那里观看。那女子不过十三四岁，生得面如傅粉，极其俊秀，惟满眼泪痕，哭声甚惨。老者叹道："如此幼女，教他天天抛头露面，今已数日，竟无一人肯发慈心，却也可怜。"唐敖道："这女为何如此？"老者道："此女向充宫娥，父母久已去世。自从公主下嫁，就在驸马府伺候，前日不知为甚忤了驸马，发媒变卖，身价不拘多寡。奈敝处一钱如命，无人肯买。兼之驸马现掌兵权，杀人如同儿戏，庶民无不畏惧，谁敢'太岁头上动土'？此女因露面羞愧，每寻自尽，俱被官媒救护。此时生死不能自主，所以啼哭。二位老先生如发善心，只消十贯钱就可买去，救其一命，也是一件好事。"林之洋道："妹夫破费十贯钱买了，带回岭南，服侍甥女，岂不是好？"唐敖道："此女既充宫娥，其家必非下等之人，我们设法救他则可，岂敢买去以奴卑相待，不知其家还有何人，如有亲属，小弟情愿出钱。令其亲属领回，倒是一件美举。"老者道："前日驸马有令，不准亲属领回，如有不遵，就要治罪。因此亲属都不敢来。"唐敖听了，不觉搔首道："既无亲属来领，又无人救，这却怎好？为今之计，只好权且买去，暂救其命，再作道理。"于是托林之洋上船，取了十贯钱，交给老者，向官媒写契买了。老者交代别去。

三人领了女子，回归旧路。唐敖问其姓氏。女子道："婢子复姓司徒，乳名蕙儿，又名妩儿；现年十四岁。自幼选为宫娥，伺候王妃，前年公主下嫁，蒙王妃派入驸马府。父亲在日，曾任领兵副将，因同驸马出兵，死在外邦。"唐敖道："原来是千金小姐。令尊在日，小姐可曾受聘？"司徒妩儿道："婢子获罪，蒙恩主收买，乃系奴婢，今恩主以小姐相称，婢子如何禁当得起！"林之洋道："刚才俺妹夫说断不肯以奴仆相待，据俺主意，小姐从今拜俺妹夫为义父。彼此也好相称。"

说话间，来到岸边，水手放过三板，一齐渡上大船。林之洋命司徒妩儿拜了义父，进了内舱，与吕氏、婉如见礼；复又出来，拜了多、林二人。唐敖又问可曾受聘之事，妩儿滴泪道："女儿若非丈夫负心，今日何至如此！"唐敖道："你丈夫现在做何事业？为何负你？"妩儿道："他祖籍天朝。前年来此投军，驸马爱他骁勇，留在府中，作为亲随。但驸马为人刚暴，下人稍有不好，立即处死，就是国王也惧他三分；又性最多疑，惟恐此人是外邦奸细，时刻提防。去岁把女儿许给为妻，意欲以安其心，谁知他来此投军，果非本意。女儿既有所见，兼因驸马暴戾异常，将来必有大祸，惟恐玉石俱焚，因此不避羞耻，曾于黑夜俟驸马安寝，暗至他的门首，劝他急速回乡，另寻门路。不意他把这话告知驸马，公主立将女儿责处。此是今春的事。前日女儿因驸马就要出外阅兵，恐他跟去，徒然劳苦，于事无益，又去劝他及早改图，并偷结令旗一枝，以便私自出关。不意他将此话又去禀知。因此驸马大怒，将女儿毒打，并发官媒变卖。"

唐敖道："你丈夫既来投军，为何不是本意，况跟去阅兵，或者劳苦一场，挣得一官半职，也未可知，怎么你说与他无益？这话我却不懂，你丈夫姓甚名谁？现年若干？你们既已聘定，为何尚不完婚？"妩儿道："他姓徐，名承志；现年二旬以外。驸马虽将女儿许配，终怀猜疑，惟恐仍有异心，故将婚期暂缓。女儿因他由天朝数万里至北，若

语言描写

司徒儿以蒿草自比，彰显自己普通、身份并不尊贵，把生死看得很轻。这既体现了司徒儿的善解人意与忠贞不移，又体现了她对徐承志的爱的伟大，鲜明地刻画出司徒儿谦恭的心理和高尚的节操。

非避难，定有别因，意欲探其消息，奈内外相隔，不得其详。去岁冬间，他跟驸马进朝议事，女儿探知回来尚早，正好看其行藏，即至外厢，暗将房门撬开，搜出檄文一道，血书一封，这有晓得他是英国公忠良之后，避难到此。因此今年两次舍死劝他，及早改图。女儿原想救出丈夫，冀其勉承父志，立功于朝，以复祖业，庶忠良不至无后，英公亦瞑目九泉。倘得如愿，女儿一身如同蒿草，即使驸马闻知，亦必含笑就死，复有何恨！那知他无情无义，反将女儿陷害。若说他出于无心，今春女儿被责，几至九死一生，合府无人不晓，他岂不知？今又和盘托出，竟是安心要害女儿，却将自己切身之事全置度外，岂非别有肺肠么？”说罢，放声大哭。

唐敖听罢，又惊又喜道：“此人既是徐姓，又是英国公之后，兼有檄文、血书，必是敬业兄弟之子无疑。数年来，我在四处探信，那知盟侄却在此处。吾女如此贤德，不避祸患，劝他别图。他不听良言，已属非是；反将此话告诉驸马。此等行为，真令人不解，你休要悲恸，其中必有别情，等我前去会他一面，便见分晓。”妩儿止悲道：“义父呼他为侄，是何亲眷？”唐敖就把当日结拜各话，细细告知。随即约了多、林二人，寻至驸马府，赞了许多工夫，用了无限使费，才将徐承志找出。

细节描写

这部小说的社会背景虽为唐代，但书中大量引用了唐代以后的材料，关于社会生活的描写多取材于清代，故书中的茶文化描写所反映的也是清代的饮茶习俗。

徐承志把唐敖上下打量，细细望了一望道：“此非说话之处。”即携三人，走进一个茶馆，检了一间僻室，见左右无人，这才向唐敖下拜道：“伯伯何日到此？今在异乡相逢，真令侄儿梦想不到。”唐敖忙还礼道：“贤侄如何认得老夫？”徐承志道：“当日伯伯长安赴试，常同父亲相聚，那时侄儿不及十岁，曾在家中见过，此时虽隔十余年之久，伯伯面貌如旧。所以一望而知。”因向多、林二人见礼道：“二位尊姓？”唐敖道：“这都是老夫内亲。”因将二人姓名说了。茶博士送上茶来。徐承志道：“伯伯因何来到海外？近来武后可缉捕侄儿？”唐敖即将中后被参并缉捕淡了各话告诉一遍。因又问道：“贤侄为何返奔到此？”徐承志道：“侄儿自从父亲被难，原想持著遗书，投奔文伯伯处。奈各处缉捕甚严，只得撇了骆家兄弟，独自逃到海外。飘流数载，苦不堪言，甚至僮仆之役，亦曾做过。前岁投军到此，虽比僮仆略好，仍是度日如年。但侄儿在此，伯伯何以得知？”唐敖道：“贤侄今已二旬以外，不知可曾娶有妻室？”承志一闻此言，不觉滴下泪来。

未知如何，下回分解。

名师点拨

唐敖在酸气冲天的淑士国意外解救了一位女性——司徒妩儿，此女是唐敖探访到的第六朵海外名花。由司徒妩儿这条线索又自然引出了勤王将领之后——徐承志，再次切入小说的另一条主线。

阅读积累

驸马

驸马是中国古代帝王女婿的称谓。又称帝婿、主婿、国婿等。因驸马都尉得名。汉武帝时始置驸（副）马都尉，驸，即副。驸马都尉，掌副车之马。到三国时期，魏国的何晏，以帝婿的身份授官驸马都尉，以后又有晋代杜预娶晋宣帝之女安陆公主，王济娶司马昭（文帝）之女常山公主，都授驸马都尉。魏晋以后，帝婿照例都加驸马都尉称号，简称驸马，非实官。以后驸马即用以称帝婿。清代称额驸。

第二十五回 越危垣潜出淑士关 登曲岸闲游两面国

名师导读

本回前半部分写多九公运用计谋将徐承志偷运出国，以脱离驸马的掌控。后半部分写唐敖等人经历的两面国，两面国的国民正面“个个头戴浩然巾”，都“和颜悦色、满面谦恭光景”，但身后却“藏着一张恶脸，鼠眼鹰鼻，满面横肉”，不言而喻，这是取两面国人两面三刀之意，阳奉阴违，虚伪奸诈，嫌贫爱富，正如多九公所说：“诸如此类，也是世间难免之事。”作者以尖锐显豁之笔，曲尽人生世相，流露出强烈的批判机锋。

话说徐承志因唐敖问他婚姻之事，不觉垂泪道：“伯伯若问妻室，侄儿今生只好鳏居一世了。”唐敖道：“此话怎讲？”徐承志走到门外望了一望，仍旧归位道：“此处这个驸马，性最多疑。自从侄儿进府，见我膂力过人，虽极喜爱，恐是外国奸细，时刻提防，甚至住房夜间亦有兵役把守，亏得众同事暗暗通知，处处谨慎，始保无虞。后来驸马意欲作他膀臂，收为心腹，故将宫娥司徒妩儿许配为婚，以安侄儿之心。众同事都道，驸马如此优待，一切更要留神，将来设或婚配，宫娥面前，凡有言谈，亦须仔细。诚恐人心难测，一经疏忽，性命不保。谁知今春夜间，妩儿忽来外厢，再三劝我及早远走，此非久恋之乡，莫要耽搁自己之事，说罢去了。侄儿足足筹画一夜；次日告知众同事，众人都说：‘明系驸马教他探你口气，若不禀明，必有大祸。’侄儿因将此话禀知。后来闻得妩儿被责，因内外相隔，不知真假。不意数日前此女又来劝我急急改图。侄儿忖度一夜，次日又同众人商议，仍须禀知为是。不料禀过后，驸马竟将妩儿著实毒打，发媒变卖。这才晓得此女竟是一片血心待我。兼且春天为我被责；今不记

词苑撷英

膂力：指体力；力气。民间泛指腰力。

前仇，不避祸患，又来苦口相劝。所谓‘生我者父母，知我者妩儿’。如此贤德，侄儿既不知感，反去恩将仇报，仍有何颜活在人世！侄儿在此投军，原因一时穷乏，走投无路，暂图糊口。那知误入罗网。近来屡要逃归，面投血书，设计勤王，以承父志。无如此处关口盘查甚严，向例在官人役，毋许私自出关，如有不遵，枭首示众。侄儿在府将及三年，关上人役，无不熟识，用此更难私逃。连年如入笼中，行动不能自主。前者贤德妻子虽盗令旗一枝，彼时适值昏愦，亦呈驸马，后悔无及，此时妻子不知卖在何处！”不觉哽咽起来。唐敖道：“此事侄媳虽是一片血心，亲贤侄处此境界，不能不疑，无怪有此一番举动。幸喜侄媳无恙。”因将妩儿各话说知。徐承志这才止泪，拜谢救拔妻子之恩。

唐敖道：“关上如此严紧，贤侄不能出去，这却怎好？”徐承志道：“侄儿连年费尽心机，实无良策。此时难得伯伯到此，务望垂救！倘出此关，不啻恩同再造。将来如有出头之日，莫非伯伯所赐了。”多九公道：“老夫每见灵柩出关，从不搜检，此处虽严，谅无开棺之理。为今之计，何不假充灵柩，混出关去，岂不是好？”徐承志道：“此计虽善，倘关役生疑禀知，定要开棺，那时从何措手？此事非同儿戏，仍须另想善策。况驸马稽查最严，稍有不妥，必致败露。”唐敖道：“关上见了令旗，既肯放出，莫若贤侄仍将令旗盗出，倒觉省事。”徐承志道：“伯伯！谈何容易！他这令旗素藏内室，非紧急大事，不肯轻发。前者侄媳不知怎样费力才能盗出。此时既无内应，侄儿又难入内，令旗从何到手？”

林之洋道：“据俺主意，到了夜晚，妹夫把公子驼到背上，将身一纵，跳出关外，人不知，鬼不觉，又简便，又爽快，这才好哩。”多九公道：“唐兄只能蹿高，岂能负重？若背上驼人，只怕连他自己也难上高了。”林之洋道：“前在鳞凤山，俺闻妹夫说身上负重也能蹿高，难道九公忘了么？”唐敖道：“负重固然无碍，惟恐城墙过高，也难上去。”多九公道：“只要肩能驼人，其余都好商量。若虑墙高，好在内外墙根都是大树，如果过高，唐兄先蹿树上，随后再蹿墙上，分两次蹿去，岂不大妙？”唐敖道：“此事必须夜晚方能举行。莫若贤侄领我们到彼，先将道路看在眼内，以便晚上易于下手。“徐承志道：“不知伯伯何以学

词苑撷英

走投无路：绝路。比喻陷入绝境，没有出路。

知识延伸

令旗：在中国古代的军队中，普遍使用小旗作为传达命令时的标志，称为令旗。通常，旗杆头为铁制尖头，旗为绸布制，上写有一个“令”字。《清文献通考》的《兵十六》卷中记载，大将军、将军、督抚等高级军官，使用三角形令旗；驻防将军、都统、副都统用方形令旗。

语言描写

运用对话，把如何脱困的信息交代清楚，为下文情节的开展做铺垫。

得此技？”唐敖把蹑空草之话告知。当时算还茶钱，出了茶馆。

徐承志由僻径把三人暗暗领到城角下。唐敖看那城墙不过四五丈高，四顾寂然，夜间正好行事。林之洋道：“如今这里无人，墙又不高，妹夫就同公子操练操练，省得晚上费手。”唐敖道：“舅兄之言甚善。”于是驼了徐承志，将身一纵，并不费力，轻轻蹿在城上。四处一望，惟见梅树丛杂，城外并无一人。因说道：“贤侄寓处可有紧要之物？如无要物，我们就此出城，岂不更觉省事？”徐承志道：“小侄自从前岁被人撬开房门，惟恐血书遗失，因此紧藏在身，时刻不离，此时房中别无要物，就求伯伯速速走罢。”唐敖随向多、林二人招手，二人会意，即向城外走来。唐敖将身一纵，蹿下城去。徐承志随即跳下。走了多时，恰好多、林二人也都赶到，一齐登舟扬帆。徐承志再三叩谢。唐敖进内把徐承志前后各话说了，妧儿才知丈夫却是如此用意，于是转悲为喜。唐敖即将卖契烧毁。来到外舱，与徐承志商量回乡之事。多九公道：“此时公子只好暂往前进，俟有熟船，再回故乡，彼此才能放心。”徐承志点头。

走了几日，到了两面国。唐敖要去走走。徐承志恐驸马差人追赶，设或遇见，又费唇舌，因此不去。多九公道：“此国离海甚远，向来路过，老夫从未至彼，唐兄今既高兴，倒奉陪一走。但老夫自从东口山赶那肉芝，跌了一交，被石块垫了脚胫，虽已痊愈，无如上了年纪，气血衰败，每每劳碌，就觉疼痛，近来只顾奉陪畅游，连日竟觉步履不便。此刻上去，倘道路过远，竟不能奉陪哩。”唐敖道：“我们且去走走。九公如走得动，同去固妙；倘走不动，半路回来，未为不可。”于是约了林之洋，别了徐承志，一齐登岸。

走了数里，远远望去，并无一些影响。多九公道：“再走一二十里，原可支持，惟恐回来费力，又要疼痛，老夫只好失陪了。”林之洋道：“俺闻九公带有跌打妙药，逢人施送，此时自己有病，为甚倒不多服？”多九公道：“这怪彼时少吃两服药，留下病根，今已日久，服药恐亦无用。”林之洋道：“俺今日匆忙上来，未曾换衣，身穿这件布衫，又旧又破。刚才三人同行，还不理会。如今九公回去，俺同妹夫一路行走，他是儒巾绸衫，俺是旧帽破衣，倒像一穷一富。若教势利人

词苑撷英

脚胫：小腿。

词苑撷英

劳碌：指一种形态，指辛劳忙碌。即事情多而辛苦。

看见，还肯睬俺么？”多九公笑道：“他不睬你，你就对他说：‘俺也有件绸衫，今日匆忙，未曾穿来。’他必另眼相看了。”林之洋道：“他果另眼相看，俺更要摆架子说大话了。”多九公道：“你说甚么？”林之洋道：“俺说：‘俺不独有件绸衣，俺家中还开过当铺，还有亲戚做过大官。’这样一说，只怕他们还有酒饭款待哩。”说著，同唐敖去了。

多九公回船，腿脚甚痛，只得服药歇息，不知不觉，睡了一觉。及至睡醒，疼痛已止，足疾竟自平复，心中著实畅快。正在前舱同徐承志用谈，只见唐、林二人回来，因问道：“这两面国是何风景？为何唐兄忽穿林兄衣帽，林兄又穿唐兄衣帽？这是何意？”唐敖道：“我们别了九公，又走十余里，才有人烟。原要看看两面是何形状，谁知他们个个头戴浩然巾，都把脑后遮住，只露一张正面，却把那面藏了，因此并未看见两面。小弟上去问问风俗，彼此一经交谈，他们那种和颜悦色、满面谦恭光景，令人不觉可爱可亲，与别处迥不相同。”林之洋道：“他同妹夫说笑，俺也随口问他两句。他掉转头来，把俺上下一望，陡然变了样子。脸上冷冷的，笑容也收了，谦恭也免了。停了半晌，他才答俺半句。”多九公道：“说话只有一句，两句，怎么叫做半句？”林之洋道：“他的说话虽是一句，因他无情无绪，半吞半吐，及至到俺耳中，却只半句。俺因他们个个把俺冷淡，后来走开，俺同妹夫商量，俺们彼此换了衣服，看他可还冷淡。登时俺就穿起绸衫，妹夫穿了布衫，又去找他闲话。那知他们忽又同俺谦恭，却把妹夫冷淡起来。”多九公叹道：“原来所谓两面，却是如此！”

语言描写

礼俗社会中的个体普遍以“浩然巾”示人，然而他们“当面一盆火，背后一把刀”。据说浩然巾由孟浩然创制，戴者有一派文士的风度。显然，李汝珍旨在影射封建文人笑里藏奸的丑相。

唐敖道：“岂但如此！后来舅兄又同一人说话，小弟暗暗走到此人身后，悄悄把他浩然巾揭起。不意里面藏著一张恶脸，鼠眼鹰鼻，满面横肉。他见了小弟，把扫帚眉一皱，血盆口一张，伸出一条长舌，喷出一股毒气，霎时阴风惨惨，黑雾漫漫，小弟一见，不觉大叫一声：‘吓杀我了！’再向对面一望，谁知舅兄却跪在地下。”多九公道：“唐兄吓的喊叫也罢了，林兄忽然跪下，这却为何？”林之洋道：“俺同这人正在说笑，妹夫猛然揭起浩然巾，识破他的行藏，登时他就露出本相，把好好一张脸变成青面獠牙，伸出一条长舌，犹如一把钢刀，忽隐忽现。俺怕他暗处示人，心中一吓，不因不由腿就软了，望著他磕了几个头，这才逃回。九公！你道这事可怪？”

语言描写

详细叙述了他们对待富贵之人，用的是一张面孔；对待贫贱之人，用的是另一张面孔。这是作者最为憎恶的，因此不惜笔墨把他们揭露出来，以便同社会各界的两面派、阴阳人作对照，认清他们的鬼脸，警觉起来，不上他们的当。

多九公道："诸如此类，也是世间难免之事，何足为怪！老大痴长几岁，却经历不少。揆其所以，大约二位语不择人，失于检点，以致如此，幸而知觉尚早，未遭其害。此后择人而语，诸凡留神，可免此患了。"

当时唐、林二人换了衣服，四人闲谈。因落雨不能开船。到晚，雨虽住了，风仍不止。正要安歇，忽听邻船有妇女哭声，十分惨切。

未知如何，下回分解。

名师点拨

两面国人个个头戴浩然巾，他们对衣衫华美者满面谦恭、和颜悦色，对旧帽破衣者却冷淡如冰，一旦有人揭开他们浩然巾遮住的真面目，他们马上就露出了一副杀气腾腾的凶恶嘴脸。作者用他戏谑、游戏之笔，活画出以貌取人、势利有余的世俗图。

阅读积累

浩然巾

浩然巾指帽背有长披幅的风帽，相传为唐代诗人孟浩然风雪中所戴的头巾，故名。明清时期通常用于文人、逸士和道士，平民不准戴此巾。《醒世姻缘传》第四回："晁大舍一面笑，一面叫丫头拿道袍来穿……随把网巾摘下，坎了浩然巾，穿了狐白皮袄，出去接待。"《儒林外史》第二十四回："只见外面又走进一个人来，头戴浩然巾，身穿酱色绸直裰，脚下粉底皂靴，手执龙头拐杖，走了进来。"《镜花缘》第二十五回："他们个个头带浩然巾，都把脑后遮住，只露一张正脸。"清闵小艮《清规玄妙·外集》："凡全真所戴之巾有九式：一曰唐巾；二曰冲和；三曰浩然……雪夜用浩然。"

第二十六回　遇强梁义女怀德　遭大厄灵鱼报恩

名师导读

唐敖在本回又不经意间探寻到了第八朵海外名花——徐丽蓉。徐丽蓉虽是巾帼，却丝毫不让须眉，三番两次与贼寇交锋，并以其独门武器弹弓击退贼人，救了唐敖等人，真乃英姿飒爽也。随着航程的行进，唐敖一行到了穿胸国、厌火国，靠近了寿麻国。穿胸国以其国人心术不正、暗怀鬼胎而导致胸部溃烂，前后相通而得名。厌火国之国人惯向外来之人索要财物，若遭拒绝，则火喷对方，意在讽刺那些好逸恶劳而心有歹意之人。

话说唐敖听邻船妇女哭的甚觉惨切。即命水手打听，原来也是家乡货船，因在大洋遭风，船只打坏，所以啼哭。唐敖道："既是本国船只，同我们却是乡亲，所谓'兔死狐悲'。今既被难，好在我们带有匠人，明日不妨略为耽搁，替他修理，也是一件好事。"林之洋道："妹夫这话，甚合俺意。"随命水手过去，告知此意。那边甚是感激，止了哭声。因已晚了，命水手前来道谢。大家安歇。

天将发晓，忽听外面喊声不绝。唐敖同多、林二人忙到船头，只见岸上站著无数强盗，密密层层，约有百人，都执器械，头戴浩然巾，面上涂著黑烟，个个腰粗膀阔，口口声声，只叫："快拿买路钱来！"三人因见人众，吓的魄散魂飞！林之洋只得跪在船头道："告禀大王，俺是小本经纪，船上并无多货，那有银钱孝敬。只求大王饶命！"那为首强盗大怒道："同你好说也不中用！且把你性命结果了再讲！"手举利刃，朝船上奔来。忽见邻船飞出一弹，把他打的仰面跌翻。只所得刷、刷、刷……弓弦响处，那弹子如雨点一般打将出去，真是

情景描写

这个百人的强盗团伙出现在林之洋三人面前，受到的惊吓可想而知。

形象描写

这里对章丽蓉的外貌和动作进行了描写，写出了丽蓉的飒爽英姿，及对敌时“弹无虚发”的高超技艺。

“弹无虚发”，每发一弹，岸上即倒一人。唐敖看那邻船有个美女，头上束著蓝绸包头，身穿葱绿箭衣，下穿一条紫裤，立在船头，左手举著弹弓，右手拿著弹子，对准强人，只拣身长体壮的一个一个打将出去，一连打倒十余条大汉。剩下许多软弱残卒，发一声喊，一齐动手，把那跌倒的，三个抬著一个，两个拖著一个，四散奔逃。

唐敖同多、林二人走过邻船，拜谢女子拯救之恩，并问姓氏。女子还礼道：“婢子姓章，祖籍天朝。请问三位长者上姓？贵乡何处？”唐敖道：“他二人一姓多，一姓林。老夫姓唐名敖，也都是天朝人。”女子道：“如此说，莫非岭南唐伯伯么？”唐敖道：“老夫向住岭南。小姐为何这样相称？”女子道：“当日侄女父亲曾在长安同伯伯并骆、魏诸位伯伯结拜，难道伯伯就忘了？”唐敖道：“彼时结拜虽有数人，并无章姓，只怕小姐认差了。”女子道：“侄女原是徐姓，名唤丽蓉。父名敬功。因敬业叔叔被难，我父无处存身，即带家眷，改徐为章，逃至外洋，贩货为生。三年前父母相继去世。侄女带著乳母，原想同回故乡，因不知本国近来光景，不敢冒昧回去，仍旧贩货度日。不意前日在洋遭风，船只伤损。昨蒙伯伯命人道及盛意，正在感激，适逢贼人行动，侄女因感昨日之情，拔刀相助，不想得遇伯伯。”只见徐承志也跳过船来。原来徐承志听见外面喧嚷，久已起来，正想动手，因见邻船有个女子，连发数弹，打倒多人，看其光景，似可得胜，不便出来分功。俟贼人退去，这才露面，走到邻船。唐敖将他兄妹之事。备细告知，二人抱头恸哭。

词苑撷英

恸哭：指放声痛哭，号哭。

忽见岸上尘土飞空，远远有支人马奔来。多九公道：“不好了！此必贼寇约会多人前来报仇，这便怎好？”徐承志道：“我的兵器前在淑士国匆匆未曾带来，船上可有器械？”徐丽蓉道：“船上向有父亲所用长枪，不知可合哥哥之用？众水手都拿他不动，现在前舱，请哥哥自去一看。”徐承志急忙进舱，把枪取出，恰恰合手，著实欢喜。只见岸上人马已近。个个身穿青衫，头戴儒巾，知是驸马差来兵马，连忙提枪上岸。为首一员大将，手执令旗出马道：“吾乃淑士国领兵上将司空魁。今奉驸马将令，特请徐将军回国，立时重用；如有不遵，即取首级回话。”徐承志道：“我在淑士三年之久，并未见用，何以才出国门，就要重用？虽承驸马美意，但我原是暂时

语言描写

这段对话把淑士国的驸马虚伪阴险的形象生动地展现出来，从一个侧面反映戴着浩然巾的封建文人笑里藏奸的丑相。

避难，并非有志功名，即使国王让位，我亦不愿。请将军回去，就将此话上覆驸马。此时承志匆匆回乡，他日如来海外，再到驸马眼前谢罪。”司空魁大声说道：“徐承志既不遵令，大小三军速速擒拿！”令旗朝前一摆，众军发喊齐上。徐承志舞动长枪，略施英勇，把众兵杀的四散奔逃。司空魁腿上早著了一枪，几乎坠马，众军簇拥而去。

徐承志等他去远，刚要回船，前面尘头滚滚，喊声渐近，又来许多草寇。个个头戴浩然巾，手执器械，蜂拥而至，为首大盗，头上双插雉尾，手举一张雕弓，大声喊道：“何处来的幼女，擅敢伤我喽啰！”手举弹弓，对准徐承志道：“你这汉子同那女子想是一路，且吃我一弹！”只听弓弦一响，弹子如飞而至。徐承志忙用枪格落尘埃，挺身上前，大盗掣出利刃，斗在一处，众喽啰枪刀并举，喊声不绝。那大盗刀法甚精，徐承志只能杀个平手。正想设法取胜，忽见他弃刀跌翻，倒把徐承志吃了一吓。原来徐丽蓉恐有疏虞，放了一弹，正中大盗面上。随又连放数弹，打倒多人。众喽啰将主将抢回，纷纷四窜。

徐承志这才回船。丽蓉也到唐敖船上，与司徒妩儿姑嫂见面，并与吕氏及婉如见礼。林之洋命人过去修理船只。徐承志归心似箭，即同妹子商议，带著妩儿同回故乡。唐敖意欲承志就在船上婚配，一路起坐也便。承志因感妻子贤德，不肯草草，定要日后勤王得了功名，方肯合卺，唐敖见他立意甚坚，不好勉强。过了两日，船只修好。林之洋感念徐承志兄妹相救之德，因他夫妇俱是匆促逃出，并未带有行囊，嘱付吕氏做了衣帽被褥，并备路费送去。承志因船上货财甚多，只将衣帽被褥收下，路费璧回。当时换了衣帽，同妩儿、丽蓉别了众人，改为余姓，投奔文隐去了。

多九公收拾开船。走了几日，过了穿胸国。林之洋道：“俺闻人心生在正中。今穿胸国胸都穿通，他心生在甚么地方？”多九公道：“老夫闻他们胸前当日原是好好的；后来因他们行为不正，每每遇事把眉头一皱，心就歪在一边，或偏在一边。今日也歪，明日也偏，渐渐心离本位，胸无主宰。因此前心生一大疔，名叫‘歪心疔’，后心生一大疽，名叫‘偏心疽’，日渐溃烂。久而久之，前后相通，医药无效。亏得有一祝由科用符咒将‘中山狼’‘波斯狗’的心肺取来补那患处。过了几时，病虽医好，谁知这狼的心，狗的肺，也是歪在一

词苑撷英

归心似箭：想回家的心情像射出的箭一样快。形容回家心切。

语言描写

这段文字在联想、想象的基础上，含沙射影，旁敲侧击，把现实生活中心术不正之人写得腐败而丑恶，辛辣地讽刺，刻毒地辱骂，表达了作者对此类人的痛恨之情。

边、偏在一边的，任他医治，胸前竟难复旧，所以至今仍是一个大洞。”林之洋：“原来狼心狗肺都是又歪又偏的！”

行了几日，到了厌火国。唐敖约多、林二人登岸。走不多时，见了一群人，生得面如黑墨，形似猕猴，都向唐敖唧唧呱呱，不知说些甚么。唐敖望著，惟有发愣。一面说话，又都伸出手来，看其光景，倒像索讨物件一般。多九公道：“我们乃过路人，不过上来瞻仰贵邦风景，那有许多银钱带在船上。况贵邦干旱失收，将来国王自有赈济，我们何能周济许多！”那些人听了，仍是七言八语，不自散去。多九公又道：“我们本钱甚小，货物无多，安能以货济人。”林之洋在旁发躁道：“九公！俺们千山万水出来，原图赚钱的，并不是出来舍钱的。任他怎样，要想分文，俺是不能！”众人见不中用，也就走散。还有数人伸手站著。林之洋道：“九公！俺们走罢，那有工夫同这穷鬼瞎缠！”话才说完，只听众人发一声喊，个个口内喷出烈火，霎时烟雾迷漫，一派火光，直向对面扑来。林之洋胡须早已烧的一干二净。三人吓的忙向船上奔逃，幸亏这些人行路迟缓，刚到船上，众人也都赶到，一齐迎著船头，口中火光乱冒，烈焰飞腾，众水手被火烧的焦头烂额。正在惊慌，猛见海中蹿出许多妇人，都是赤身露体，浮在水面，露著半身，个个口内喷水，就如瀑布一般，滔滔不断，一派寒光，直向众人喷去。真是水能克火，霎时火光渐熄。林之洋趁便放了两枪，众人这才退去。再看那喷水妇人，原来就是当日在元股国放的人鱼。

那群人鱼见火已熄了，也就入水而散。林之洋忙命水手收拾开船。

多九公道：“春间只说唐兄放生积德，那知隔了数月，倒赖此鱼救了一船性命。古人云：‘与人方便，自己方便。’这话果真不错。”唐敖道：“可恨水手还用鸟枪打伤一个。”林之洋道：“这鱼当日跟在船后走了几日，后来俺们走远，他已不见，怎么今日忽又跑来？俺见世人每每受人恩惠，到了事后，就把恩情撇在脑后，谁知这鱼倒不忘恩。这等看来，世上那些忘恩的，连鱼鳖也不如了！请问九公，难道这鱼他就晓得俺们今日被难，赶来相救么？”多九公道：“此鱼如果未卜先知，前在元股国也不被人网著了。总而言之，凡鳞、介、鸟、兽为四灵所属，种类虽别，灵性则一。如马有垂缰之义，犬有湿草之仁，若谓无知无识，何能如此？即如黄雀形体不满三寸，尚知衔环之报，何况偌大人鱼。”林之洋道：“厌火离元股甚远，难道这鱼还是春天放的那鱼么？”多九公道：“新旧固不可知。老夫曾见一人，最好食犬，后来其命竟丧众犬之口。以此而论：此人因好食犬，所以为犬所伤；当日我们放鱼，今日自然为鱼所救。此鱼总是一类，何必考真新旧。以衔环、食犬二事看来，可见爱生恶死，不独是人之恒情，亦是物之恒情。人放他生，他既知感，人伤他生，岂不知恨？所以世人每因口腹无故杀生，不独违了上天好生之德，亦犯物之所忌。”

唐敖道：“他们满口唧唧呱呱，小弟一字也不懂，好不令人气闷。”多九公道：“他这口音，还不过于离奇，将来到了歧舌，那才难懂哩。”唐敖道：“小弟正因音韵学问，盼望歧舌，为何总不见到？”多九公道：“前面过了结胸、长臂、翼民、豕喙、伯虑、巫咸等国，就是歧舌疆界了。”林之洋道：“今日把俺一嘴胡须烧去，此时嘴边还痛，这便怎处？”多九公道：“可惜老夫有个妙方，连年在外，竟未配得。”唐敖道：“是何药品？何不告诉我们，也好传人济世。”多九公道：“此物到处皆有，名叫‘秋葵’，其叶宛如鸡爪，又名‘鸡爪葵’。此花盛开时，用麻油半瓶，每日将鲜花用筯夹入，俟花装满，封口收贮，遇有汤火烧伤，搽上立时败毒止痛。伤重者连搽数次，无不神效。凡遇此患，如急切无药，或用麻油调大黄末搽上也好。此时既无葵油，只好以此调治了。”

唐敖道：“天下奇方原多，总是日久失传。或因方内并无贵重之药，人皆忽略，埋没的也就不少。那知并不值钱之药，倒会治病。即如小弟幼时，忽从面上生一肉核，非疮非疣，不痛不痒，起初小如绿豆，渐渐大如黄豆，虽不疼痛，究竟可厌。后来遇人传一妙方，用乌梅肉去核烧存性，碾末，清水调敷，搽了数日，果然全消。又有一种肉核，俗名‘猴子’，生在面上，虽不痛痒，亦甚可嫌。若用铜钱套住，以祁艾灸三次，落后永不复发。可见用药不在价之贵贱，若以价值而定好丑，真是误尽苍生！”多九公道：“林兄已四旬以外，今日忽把胡须烧去，露出这副白脸，只得二旬光景，无怪海船朋友把他叫做‘雪见羞’。”唐敖道：“舅兄绰号虽叫‘雪见羞’，但面上无雪；谁知厌火国人，口中却会放火！”多九公道：“这怪老夫记性不好，只顾游玩，就把‘生火出其口’这话忘了。林兄现在嘴痛，莫把大黄又要忘了。”随即取出递给。林之洋用麻油敷在面上，过了两天，果然痊愈。

语言描写

世人对于价低易得但却有卓效的药物弃而不用，李汝珍深有感触。

这日大家正在舵楼眺望，只觉燥热异常，顷刻就如三伏一般，人人出汗，个个喘息不止。唐敖道：“此时业已交秋，为何忽然燥热？”多九公道：“此处近于寿麻疆界，所以觉热，古人云：‘寿麻之国，正立无影，疾呼无响，爰有大暑，不可以往。’亏得另有岔路可以越过，再走半日，就不热了。”唐敖道：“如此地，他们国人如何居住？”多九公道：“据海外传说，彼处白昼最热，每到日出，人伏水中；日暮热退，才敢出水。又有人说其人自幼如此，倒不觉热，最怕离了本国，就是夏天也要冻死。据老夫看来，伏水之说，恐未尽然；至离

情景描写

这寿麻之国分明是在赤道上，阳光直射，正立无影，酷热无风，大声呼唤也听不见。

本国就要冻死，此话倒还近理，即如花木有喜暖的，一经移植寒地，往往致死，就是此意。”唐敖道：“小弟闻得仙人与虚合体，日中无影；又老人之子，先天不足，亦或日中无影。寿麻之人无影，不知何故？”多九公道：“大约他们受形之始，所禀阳气不足，即如这样地，他能居住，其阳气不足，可想而知，自然立日无影了。”

忽听船上人声喧哗，原来有个水手受了暑热，忽然晕倒。众人发慌，特来讨药。多九公忙从箱中取了一撮药末道：“你将此药拿去，再取大蒜数瓣，也照此药轻重，不多不少，一齐捣烂，用井水一碗和匀，澄清去渣，灌入腹中，自然见效。”众人接了。恰好水舱带有井水，登时配好，灌了下去。不多时，苏醒过来，平复如旧。林之洋道：“九公：这是甚药，恁般灵验？”多九公道：“你道是何妙药？”

未知如何，下回分解。

名师点拨

为了和结胸国、厌火国形成鲜明反差，作者又紧接着写了人鱼报恩。这些人鱼恰是在十六回中提及的被唐敖所放生的人鱼。读至此，读者不得不佩服作者的绵密心思，原来小说写美人鱼并非猎奇，而是在结构上前后照应，设置妥帖。当然，人鱼形象的塑造始终蕴含着道德喻义，婉转讽刺了世上如“中山狼”般的忘恩负义之徒。

阅读积累

符咒

符咒，在道门（道家、道教）修炼中是一个重要的组成部分，符咒中的咒语起源于古代巫师祭神时的祝词。作一切法都有一定的咒语：祈祷时，咒语都是一些赞颂神灵和祈诉如愿之词；治病时，咒语是要求法术显灵百病俱消等词；修炼时，咒语多为安神、定意澄心及要求神灵帮助等语。咒语只有成为施法者精诚达意、发自肺腑的声音，才能保证一切法术的奏效。符咒之术几近失传。

第二十七回　观奇形路过翼民郡　谈异相道出豕喙乡

名师导读

豕喙国人“因为生前最好扯谎，所以给他一张猪嘴，罚他一世以糟糠为食”。结胸国人胸前都高起一块，“只因他们生性过懒，且又好吃，所谓好吃懒做。每日吃了就睡，睡了又吃，饮食不能消化，渐渐变成积痞，所以胸前高起一块，久而久之，竟成痼疾，以致代代如此”。翼民国人“个个身长五尺，头长也是五尺”，这是因为他们“最喜奉承”，爱戴高帽子。作者用轻快、诙谐的笔调对封建社会的种种丑态进行辛辣的嘲讽。

话说多九公道：“林兄，你道是何妙药？原来却是‘街心土’。凡夏月受暑昏迷，用大蒜数瓣，同街心土各等分捣烂，用井水一碗和匀，澄清去渣，服之立时即苏。此方老夫曾救多人。虽一文不值，却是济世仙丹。”

这日过了结胸国。林之洋道：“他们国人为甚胸前高起一快？”多九公道：“只因他们生性过懒，且又好吃，所谓‘好吃懒做’。每日吃了就睡，睡了又吃，饮食不能消化，渐渐变成积痞，所以胸前高起一快，久而久之，竟成痼疾，以致代代如此。”林之洋道：“这病九公可能治么？”多九公道：“他如请我医治，也不须服药，只消把他懒筋抽了，再把馋虫去了，包他是个好人。”

语言描写：以对话形式，讽刺结胸国人好吃懒做。

唐敖道：“此时忽又燥热异常，是何缘故？”多九公道：“我们只顾闲谈，那知今日风帆甚顺，此处已近炎火山，古人所谓：‘炎火之山，投物辄燃。’就是指此而言。”林之洋道：“《西游记》有个火焰山，这里又有炎火山，原来海外竟有两座火山。”多九公笑道：“林兄此言未免把天下看的过小了。若论火山，只就老夫所见而言，海外耆薄国之东有火山

语言描写：《西游记》的作者吴承恩和李汝珍一样，曾在海州生活过，两人在创作中都曾受到海州山川风物的启发。

国，山中虽落大雨，其火仍旧；火中常有白鼠走至山边觅食，猎人捕获，以毛做布，就是如今‘火浣布’。又自燃洲有树生于火山，其皮亦可织为‘火浣布’。西域且弥山，昼望山孔如烟，夜望如灯。崦嵫之北，其山有石，若以两石相打，登时只觉水润，润后旋即出火。又炎洲有火林山，火洲有火焰山，海中有沃焦山，遇水即燃。这都是老夫向日到过的。其余各书所载火山，不能枚举，从前曾否走过，事隔多年，也记不清了。”

知识延伸

崦嵫：即今天的齐寿山。古时常用来指日落的地方。

唐敖道：“据小弟看来，天下既有五湖四海许多水，自然该有沃焦、炎洲许多火，也是天地生物，不偏不倚，水火既济之意。但小弟被这暑热熏蒸，头上只觉昏晕，求九公把街心土见赐一服。”多九公道：“唐兄不过偶尔受些暑气，只消嗅些‘平安散’就好了。”即取出一个小瓶。唐敖接过，揭开瓶盖，将药末倒在手中，嗅了许多，打了几个喷嚏，登时神清气爽，道：“如此妙药，九公何不将药方赐我？日后传人，也是一件好事。”多九公道：“此方用西牛黄肆分，冰片陆分，麝香陆分，蟾酥壹钱，火硝叁钱，滑石肆钱，煅石膏贰两，大赤金箔肆拾张，共碾细末，越细越好，磁瓶收贮，不可透气。专治夏月受暑，头目昏晕，或不省人事，或患痧腹痛，吹入鼻中，立时起死回生。如骡马受热晕倒，也将此药吹入即苏，故又名人马平安散。古方用朱砂配合，老夫恐他污衣，改用白色。”把方写了。唐敖接过，再三致谢。

知识延伸

麝香：是麝科动物林麝、马麝或原麝雄体香囊中的干燥分泌物。也是一种药材，又名寸香、元寸、当门子、臭子、香脐子。麝鹿是生长在尼泊尔、西藏及我国西北高原的野生动物,雄性麝鹿从2 岁开始分泌麝香，自阴囊分泌的淡黄色、油膏状的分泌液存积于位于麝鹿脐部的香囊,并可由中央小孔排泄于体外。

炎火山过去，路过长臂国。有几个人在海边取鱼。唐敖道：“他这两臂伸出来竟有两丈，比他身子还长，倒也异样。”多九公叹道：“凡事总不可强求。即如这注钱财，应有我分，自然该去伸手，若非应得之物，混去伸手，久而久之，徒然把臂弄的多长，倒像废人一般，于事何济！”

又走几日，到了翼民国。将船泊岸。三人上去，走了数里，并未看见一人。林之洋惟恐过远，意欲回船。唐敖因闻此国人头长，有翼能飞不能远，并非胎生，乃是卵生，决意要去看看。林之洋拗不过，只得跟著前进。又走数里，才有人烟。只见其人身长五尺，头长也是五尺，一张鸟嘴，两个红眼，一头白发，背生双翼，浑身碧绿，倒像披著树叶一般。也有走的，也有飞的。那飞的不过离地二丈。来来往往，倒也好看。林之洋道：“他们个个身长五尺，头长也是五尺。他这头为甚生得恁长？”多九公道：“老夫闻说此处最喜奉承，北边俗语叫作‘爱戴高帽子’，今日也戴，明日也戴，满头尽是高帽子，所以渐渐把头弄长了。这是戴高帽子戴出来的。”

唐敖道：“怪不得古人说是卵生，果然像个四足鸟儿。”林之洋道：“若是卵生，这些女人自然都会生蛋了。俺们为甚不买些人蛋？日后到了家乡，卖与戏班，岂不发财么？”多九公道：“班中要他何用？”林之洋道：“俺看这些女人，也有年纪老的，也有年纪小的。若会生蛋：那年纪老的，生的自然是老蛋；年纪小的，生的自然是小蛋。俺们有了老蛋、小蛋，到了家乡，那些戏班为甚不要？只怕小蛋还更值钱哩！”多九公道：“林兄把‘旦’字认作白字了。他们小旦并非鸡蛋之‘蛋’，你如不信，把他肚腹剖开，里面并无蛋黄，只有一肚曲子。还有拿的好身段，推的好衫子，并且还有绝妙的小嫩嗓子。”林之洋道：“九公说他并无蛋黄，据俺看来，只怕还有元丝锞哩。再要搜寻，大约金镯子也是有的。就是那扛旗儿二等小旦，万不济，也有几块洋钱，也有一个包金镯子。就只令俺不懂的，刚才说的明明是个‘旦’字，为甚是‘白’字？若是‘白’字，下面多了一横，上面少了一撇，这是怎讲？”唐敖道：“舅兄何必只管谈论小旦。你看这些飞的，飘飘扬扬，比走甚快。我们到此，离船已远。才见几位老翁，竟有雇人驼著飞的。据小弟愚见：我们回船，何不也雇人驼去，岂不爽快？”林之洋正因走的腿酸，听见此话，

即雇三个驼夫，一齐伏在肩上，登时展翅飞起，转眼间到了船上，驼夫收翅落下。三人下来，开发脚钱。起锚扬帆。

这日到豕喙国，游了片时回船。唐敖道："此国人为何生一张猪嘴？而且语音不同，倒像五方杂处一般，是何缘故？"多九公道："当日我曾打听，不得其详。后在海外遇一奇人，细细谈起，方才明白。原来本地向无此国。只因三代以后，人心不古，撒谎的人过多，死后阿鼻地狱容留不下；若令其好好托生，恐将来此风更甚。因此冥官上了条陈，将历来所有谎精，择其罪孽轻的俱发到此处托生。因他生前最好扯谎，所以给一张猪嘴，罚他一世以糟糠为食。世上无论何处谎精，死后俱托生于此，因此各人语音不同。其嘴似猪，故邻国都以'豕喙'呼之。"

讽刺手法

对撒谎者的讽刺是耐人寻味的。这在当今也有其文化价值。

走了两日，路过伯虑国。唐敖又要上去游玩。多九公因配药不能同去，林之洋同唐敖去了。二人去后，多九公配了许多痢疟及金疮各药，以备沿途济人之用。方才配完，唐、林二人也就回来。唐敖道："怪不得九公不肯上去，原来此地另是一种风气。刚才小弟见他们那种磕睡光景，好无兴趣，并且行路时也是闭目缓步。如此疲倦，何不在家瞌睡？必定勉强出来，这是何意？"多九公道："海外有两句口号，说这伯虑国的风俗，难道林兄也不知么？"林之洋道："海外都说：'杞人忧天，伯虑愁眠。'九公所说口号，莫非就是这两句？怎叫'忧天、愁眠'。俺却不懂。"多九公道："当日杞人怕天落下把他压死，所以日夜忧天，此人所共知的。这伯虑国虽不忧天，一生最怕睡觉：他恐睡去不醒，送了性命，因此日夜愁眠，此地向无衾枕，虽有床帐，系为歇息而设，从无睡觉之说；终年昏昏迷迷，勉强支持。往往有人熬到数年，精神疲惫，支撑不住，一觉睡去，百般呼唤，竟不能醒。其家聚哭，以为命不可保，及至睡醒，业已数月。亲友闻他醒时，都来庆贺，以为死里逃生，举家莫不欢喜。此地惟恐睡觉，偏偏作怪，每每有人睡去竟会一睡不醒，因睡而死的不计其数，因此更把睡觉一事视为畏途。"

语言描写

作者通过对伯虑国等异国夸张的国民形象的描写，形象地讽刺了狡诈善变、心术不正、好吃懒做、骄奢淫逸的人，告诉世人"惟善是宝"，如果作恶便会和他们一样。

唐敖道："此处既有睡去不醒之人，无怪更要愁眠。但睡去不醒，未免过奇，不知何故？"多九公道："他们如果也像常人夜眠昼起，照常过日子，何至睡去不醒。因他终年不眠，熬的头晕眼花，四肢无力；兼之日夜焦愁，胸中郁闷，一经睡去，精神涣散，就如灯尽油干，要想气聚神全，如何能够！自然魄散魂销，命归泉路了。”唐敖道：“此地寿相如何？”多九公道：“他们自从略知人事，就是满腹忧愁，从无一日开心，也不知喜笑欢乐为何物。你只看他终日愁眉苦脸，年未弱冠，须发已白、不过混一天是一天，那里还讲寿数。”唐敖道：“可见过于忧愁，也非养生之道。今听九公之言，小弟从此把心事全都撇去，乐得宽心多活几年。”

语言描写：以对话的方式对不良、可怕的心性进行了揭露。

又走几时，到了巫咸国。把船收口。林之洋发了许多绸缎去卖。唐敖因肚腹不调，不能上去；多九公向来游玩，原是奉陪的，今见唐敖不去，乐得船上养静。唐敖闷坐无聊，来到后面舵楼，四面望一望道：“请教九公，那边青枝绿叶，大小不等，是何树木？”多九公道：“大树是桑，居民以此为柴；小树名叫木棉。此地不产丝货，向无绸缎，历来都取棉絮织而为衣，所以林兄特带绸缎来此货卖。”唐敖道：“小弟向日因古人传说：‘巫咸之人，采桑往来。’以为必是产丝之地，那知却是有桑无蚕。可惜如此好桑，竟为无用之物，舅兄此去，货物可能得利？”多九公道：“当初有人来此贩货，如财运亨通，竟可大获其利。因木棉失收，国人无以为衣，丝货一到，就如得了至宝一般，莫不争著购买。近来此树茂盛。来此贩货的不能十分得利。但木棉究竟制造费力，兼之此地不善织纺，如有丝贩到此，那富贵之家，或多或少，也都出价置买。就只利息不能预定，只要客贩稀少，也就获利了。”唐敖道：“偏偏小弟今日患痢，不能前去一看。”多九公道：“贵恙既是痢疾，何不早说？老大有药在此。”即取一包药末道：“药引都在上面，按引调服，不过五六服就可痊愈。”唐敖随即照引服了。

当时林之洋也就回来，谈起货物：“原来此地数年前外邦来了两个幼女，带了许多蚕子，在此养蚕织纺，连年日渐滋生；本处也有人学会织机，都以丝绵为衣，俺们丝货虽不获利，还不亏本。喜得前在白民国卖了一半，存的不多，再耽搁两日，就好出脱了。”安歇一宿，次日仍去卖货。

知识延伸：丝绵：是一种蚕丝制成的绵絮、被用材料，是用茧表面的乱丝加工而成。古人在衣服里面充以丝绵，作为御寒之衣，或者做成蚕丝被。

唐敖又把药末用了一服，竟自痊愈，著实欢喜。来至后面，再三拜谢道：“九公此药，不啻仙丹，是何妙品，如此神效？”多九公道：“当日老夫高祖母常患此病，我曾祖百般医治，总不见好，后来亏得割股煎药，才能脱体。过了几年，我高祖母年已六旬，又患此恙。因素日晓得我曾祖为人最孝，恐有割股等事，到了煎药时，总要亲自过目，方肯下咽。后来日重一口，我曾祖无计可施。回敝处有座大山，名叫小方丈，恐有仙人在内，于是赤足披发，一步一拜，来到山上，叩求神仙垂救，情愿减寿代母。如是三日三夜，水米不曾沾唇；到第四日，有个渔翁传了此方。一连进了五服，这才痊愈。又活四十年，到了一百岁，无疾而终。所以此方流传至今。”

唐敖道：“九公令曾祖既割股于前，又叩寿于后，如此孝心，自然该有神仙传此妙方。既这等神效，九公何不刊刻流传，使天下人皆免此患，共登寿域，岂不是件好事？”多九公道：“我家人丁向来指此为生，若刊刻流传，人得此方，谁还来买？老夫原知传方是件好事，但一经通行，家中缺了养赡，岂非自讨苦吃么？”唐敖摇头道：“那有此事！世间行善的自有天地神明鉴察。若把药方刊刻，做了偌大善事，反要吃苦，断无此理。若果如此，谁肯行善？当日于公治狱，大兴驷马之门；窦氏济人，高折五枝之桂；救蚁中状元之选；埋蛇享宰相之荣。诸如此类，莫非因作好事而获善报，所谓‘欲广福田，须凭心地，’九公素称达者，何以此等善事倒不修为？即如今曾祖以孝心感格。而得仙方之报；今九公传了此方，又安知不别有富贵之报？况令郎身入黉门，目前虽以舌耕为业，若九公刻了此方，焉知令郎不联捷直上？那时食了皇家俸禄，又何须几个药资为家口之计呢？”多九公点头道：“唐兄赐教极是。日后老夫回去，定将此方刊刻流传，并将祖上所有秘方也都发刻，以为济世之道。就以今日为始，我将各种秘方，先写几张，以便沿途施递，使海外人也得此方，岂不更好！”

知识延伸

福田：谓可生福德之田；凡敬侍佛、僧、父母、悲苦者，即可得福德、功德，犹如农人耕田，能有收获，故以田为喻，则佛、僧、父母、悲苦者，即称为福田。

语言描写

唐敖所说的“天下”已经突破了传统的“天下”（即中国）的框框，多九公径直用“海外人”的概念，显示出了中国人民的博大胸怀。不过，事情又有复杂的一面——科技的交流，应该是互惠互利的。

唐敖道：“‘人有善念，天必从之。’九公既发这个善心，日后自有好处。请教此方究竟是何妙药？”多九公道：“此方用苍术（米泔浸陈土炒焦）叁两，杏仁（去皮尖，去油）贰两，羌活（炒）贰两，川乌（去皮，面包煨透）壹两伍钱，生大黄（炒）壹两，熟大黄（炒）壹两，生甘草（炒）壹两伍钱，共为细末。每服肆分，小儿减半；孕妇忌服。赤痢，用灯心叁拾寸煎浓汤调服；白痢，生姜叁片，煎浓汤调服；赤白痢，灯心叁拾寸，生姜叁片，煎浓汤调服；水泻，米汤调服。病重的不过五六服即愈，但灯心、生姜，必须照方浓煎，才有药力。”把方写了。唐敖接过，看一看道：“小弟每见医家治痢，用大黄数钱之多，仍不中用；何以此方只消数厘，就能立见奇效，可见用药全要佐使配合得宜，自然与众不同。”说著闲话，忽然想起骆红蕖所托的事来。

未知如何，下回分解。

名师点拨

唐敖等人路过炎火山，感到“燥热异常”，林之洋由此感叹：“《西游记》有个火焰山，这里又有炎火山，原来海外竟有两座火山。”作者借林之洋之口有意提到《西游记》火焰山，不过并没有详细描写，只是由多九公对海外各处火焰山的情况作一简要介绍。这显然是作者根据历代典籍记载综合而成，并没有做多少发挥，不像《西游记》中那样浓墨重彩地去描写。

阅读积累

大黄

大黄是多种蓼科大黄属的多年生植物的合称，也是中药材的名称。在中国地区的文献里，“大黄”指的往往是马蹄大黄。在中国，大黄主要作药用，但在欧洲及中东，他们的大黄往往指另外几个作食用的大黄属品种，茎红色，气清香，味苦而微涩，嚼之粘牙，有砂粒感。秋末茎叶枯萎或次春发芽前采挖。除去细根，刮去外皮，切瓣或段，绳穿成串干燥或直接干燥。中药大黄具有攻积滞、清湿热、泻火、凉血、祛瘀、解毒等功效。

第二十八回　老书生仗义舞龙泉
小美女衔恩脱虎穴

名师导读

本回写唐敖等人解救姚芷馨、薛蘅香两位海外名花，两位才女遇难的理由听起来颇为荒谬，仅仅因为她们向当地人传授了养蚕纺丝的本领，就遭人忌恨。罹患生死之祸，小说不无用意地鞭挞了现实生活中为了一己之利，垄断经营的无良商贾、无道社会。

语言描写

这句大汉说出的话，让读者非常好奇——前文说的一老一小，到底是什么来头？

词苑撷英

战战兢兢：形容非常害怕而微微发抖的样子。也形容小心谨慎的样子。

话说唐敖忽然想起前在东口山闻得薛仲璋逃在此地，今痫疾已愈，意欲前去相访。因将骆红蕖托寄薛蘅香之信带在身边，约了多九公上岸。走了多时，前面一带树林，极其青翠。多九公道："此树就是前日所说木棉了。"唐敖听了，正在仰观，忽见树上藏著一人。恰好林之洋回来，唐敖暗暗告知，都把器械取出，以作准备。只见远远有个老嬷，同一幼女走过，那大汉见了，从树上跳下，手执利刃，把去路拦住。三人一见，各执器械迎了上去。只听那大汉喊道："你这女子，小小年纪，下此毒手，害得我们好苦！今日冤家狭路相逢，我且除了此害，替众报仇！"手举利刃，迈步上前，迎著女子，刚要用刀砍去，唐敖早已提防，说声不好，将身一纵，蹿至跟前，手执宝剑，把刀朝上一架。大汉震的几乎跌翻，那幼女早已吓的跌倒。原来唐敖自从服了仙草，两膀添了千斤之力。此时只想救那幼女，谁知用力过猛，大汉那把刀早已飞上天去。唐敖道："壮士住手，不可行凶。此女有何冒犯？"大汉把唐敖上下打量道："我看先生这样打扮，想是天朝来的。你们都是明礼之人，只问这个恶女向日所作所为，就知在下并非冒昧行凶了。"

登时多、林二人也都赶到。那个老嬷把女子搀起，战战兢兢，娇啼不止。

唐敖道："请问女子尊姓？家住何处？为何冒犯壮士？"女子垂泪道："婢子姓姚，名芷馨，现年十四岁，本籍天朝，寄居在此，业已数载。向随父母养蚕为业。父母去世，跟著舅母度日。今同乳母前来扫墓，不幸忽遇强粱。尚求恩人始终垂救，倘脱虎口，没世难忘！"大汉道："你这恶女只顾养那毒虫，那知数万人家都被你害的无以为生！"林之洋道："你这大汉毕竟为甚杀他？从实说来！你莫半吞半吐，俺不明白！"大汉道："我是巫咸国经纪。向来本处所产木棉，都由我手交易。自从此女同织机女子到了此地，养出无数屙丝的毒虫，又织出许多丝片在此货卖；我们生意虽觉冷淡，也还不妨。那知近来他们竟将这个恶术四处传人，以致本地妇女，也都学会养蚕织机，个个都以丝片为衣，不用木棉。此地凡种木棉之家，就如别处田产一般，莫不指此为生；此女只顾把那毒虫流传国内，以致向种木棉之家，大半废了祖业，无以为生。所以在下特来伤他，以除大害，今遇列位，虽是他绝处逢生，那要害此女的岂止亿万，日后何能逃脱！如要保全，惟有即离本国，另投生路。倘执迷不醒，我自另有别法！"将手一拱，寻了利刃，忿忿而去。

唐敖道："贵府还有何人，令尊在日作何事业？"女子道："父名姚禹，曾任河北都督，因同九王爷勤王未遂，家乡不能存身，带著家口，逃至此地，旋即去世；我母亦相继而亡。向同舅母宣氏同居。喜得薛蘅香表姐善于织纺；婢子素跟母亲，亦善养蚕，身边带有蚕子，因见此处桑树极盛，故以养蚕织纺为生。不期在此日久，邻舍妇女都跟著学会，因此四处轰传，以致忤了众人。今日若非恩人相救，几遭毒手。"说著拜了下去。唐敖还礼道："请问小姐：那薛蘅香侄女现住何处？他父母可都康健？"姚芷馨道："蘅香表姐之父乃婢子母舅，久已去世；如今只有舅母宣氏，带著表弟薛选并表姐蘅香，与婢子同居。恩人呼蘅香姐姐为侄女，是何亲故？"唐敖道："我姓唐名敖，祖籍岭南。向日同蘅香之父结拜至交，今日正来相访，那知却已去世。小姐既与蘅香侄女同居，就请引我一见。"姚芷馨道："原来如此。"于是同乳母引路进城。

语言描写

通过对话，介绍了两个女子。薛蘅香，善于纺织；姚芷馨以养蚕织纺为业，她与表姐薛蘅香在巫咸国推广养蚕缫丝，很有成就。才女不限于中华大地，外国也有不少令人惊叹的才女。

到了薛家，许多人围在门首喊成一片，口口声声只要织机女子出来送命。姚芷馨吓的不敢上前。唐敖同多、林二人挤到门首，只见树林那个大汉也在其内。唐敖因见人众，即大声说道："诸住且停喧嚷，听我一言奉告。这薛家不过在此暂居，今我三人特来接他们同回天朝。众人暂且各散，自有计较。"那大汉听了，晓得唐敖手头利害，只得带著众人，纷纷四散。乳母把门叫开，姚芷馨引著三人进去，见了宣氏夫人。薛蘅香吓的战战兢兢，带著兄弟薛选，出来见礼。姚芷馨把唐敖树林相救，并劝散众人之话，告诉宣氏一遍。宣氏泣拜，备述历年避难各话，并求唐敖设法筹一安身之地。

神态描写

生动形象地表现出薛蘅香的可怜之态。

多九公道："前在东口山，骆小姐曾有托寄薛小姐之信，唐兄何不取出？据老夫愚见：夫人莫若投奔彼处，彼此也好照应。"唐敖将信取出，薛蘅香接过看了道："原来红蕖姐姐候叔叔海外回来。如遇恩赦，即随太公同回家乡，因此来约侄女做伴，以候机缘。他既有信来约，此处又难久居，自应投奔东口为是。"林之洋道："昨日俺见海口有只熟船，不日就回天朝，夫人搭了这船，倒也甚便。"宣氏道："如此虽善，但缺路费，这却怎好？"唐敖道："这个不消嫂嫂过虑，小弟自有预备。"因托林之洋先去看船，薛蘅香即同姚芷馨收拾行李。唐敖见蘅香品貌甚佳，忽然想起魏家兄妹，意欲替他们作伐，即将此意并麟凤山相会的话说了，宣氏甚喜，欲恳唐敖赐一书信，以便顺路到彼，上去望望。唐敖应允。

词苑撷英

机缘：1.机会和缘分；时机；机遇。2.一种试验、冒险或掌握的时机。

不多时，林之洋把船看定，众水手搬发行李。唐敖命薛选引到薛仲璋坟墓，恸哭一场，把灵柩搬到船上，一齐登舟。宣氏与吕氏互相拜往。耽搁一日。次日，唐敖写了鳞凤、东口书信，并送许多路费，宣氏再三拜谢。姚芷馨、薛蘅香感激唐敖救命之德，恋恋不舍，洒泪而别。行了多时，到了麟凤山，访到魏家，投了书信，两家结为"秦晋之好"。万氏夫人因薛选家传绝好连珠枪，留下宣氏同居，就命薛选在山驱除野兽，后来络红蕖在水仙村起身，寄信与薛蘅香，众人这才同回故乡。

那日唐敖送过宣氏，也就开船。不多几日，到了歧舌国。林之洋素知国人最喜音乐，因命水手携了许多笙笛，并将劳民国所买双头鸟儿也带去货卖。唐、多二人也就上去。只见那些人满嘴唧唧呱呱，不知说些甚么。唐敖道："此处讲话，口中无数声音，九公可懂得么？"多九公道："海外各国语音惟歧舌难懂，所以古人说：'歧舌一名反舌，语不可知，惟其自晓。'当日老夫意欲习学，竟无指点之人，后来偶因贩货路过此处，住了半月，每日上来听他说话，就便求他指点，学来学去，竟被我学会。谁知学会歧舌之话，再学别处口音，一学就会，毫不费力。可见凡事最忌畏难，若把难的先去做了，其余自然容易。就是林兄，也亏老夫指点，他才会的。”唐敖道：“九公既言语可通，何不前去探听音韵来路呢？”多九公听了，想了一想，不觉点头道：“唐兄真好记性。此话当日老夫曾在黑齿国言过，若非此时说起，老夫也就忽略过了。今既到此，自然探听一番。海外有两句口号道得好：‘若临歧舌不知韵，如入宝山空手回。’可见韵学竟是此地出产。待老夫前去问问。”

正要举步，迎面走过一个老者，举止倒也文静。多九公因拱手学著本地声音说了几句，那人也拱手答了几句。谈了多时，那人忽然摇头吐吞，似有为难之状。唐敖趁他吐吞时，细细一看，原来舌尖分做两个，就如剪刀一般，说话时舌尖双动，所以声音不一。二人谈之许久，多九公忽向老者连连打躬，那老者又说了几句，把袖子一摔，佯长而去。

多九公愣了一愣，回过头来，望著唐敖，仍学歧舌口音，唧唧呱呱，说个不了。唐敖小觉发笑道：“九公何苦徒费唇舌！你这乡谈暂且留著，等小弟日后学会再说罢。”多九公听了，不觉呸了一回道：“老夫真好昏愦！这总是那老儿把我气昏了。刚才老夫同他说几句闲话，趁势谈起音韵，求他指教。他听了只管摇头说：“音韵一道，乃本国不传之秘。国王向有严示：如有希冀钱财妄传邻邦的，不论臣民，俱要治罪。所以不敢乱谈。’老夫因又恳道：‘老丈不过暗暗指教，有谁知道？我们如蒙不弃，赐之教诲，感激尚且不暇，岂有走露风声之理。千万放心！’他道：‘若要人不知，除非己莫为。此事关系甚重，断不敢遵命。’后来我又打躬，再三相恳。他道：‘当日邻邦有人送我一个大龟，说大龟腹中藏著至宝，如将音韵教会，那人情愿将宝取出，以做酬劳。当日我连大龟尚且不要，不肯传他；何况今日你不过作两个揖，就想指教？难道你身上的揖比龟肚里的宝还值钱？未免把身分看的过高了。’老夫因他以龟比我，未免气恼，只顾出神，那知倒同唐兄说起此地话来。”

语言描写

这位老者明用类比，暗骂多九公等人是乌龟。

唐敖不觉发愁道："送他珠宝尚且不肯。不意习学音韵竟如此之难，这却怎好？惟有拜求九公，设法想个门路，也不在小弟盼望一场。"多九公忖一忖道："今日已晚，我们且回。唐兄既不懂他言语，明日也不必上来，且等老夫破一天工夫，四处探听一番。倘遇年幼的，只要话中露其大概，略得皮毛，就可慢慢追寻了。"回到船上，林之洋货物虽已卖完，因那双头鸟儿有个官长要去孝敬世子，虽出若干价钱，林之洋仍不肯卖，意欲大大拿价，借此多得几倍利息，因此尚有耽搁。

次日，多、林二人分路上岸，唐敖在船守了一日。到了下午，多九公回来，不住摇头道："唐兄！这个音韵，据老夫看来，只好来生托生此地再学罢。今日老夫上去，或在通衢僻巷，或在酒肆茶坊。费尽唇舌，四处探问，要想他们露出一字，比登天还难。我想问问少年人或者有些指望，难知那些少年听见问他音韵，掩耳就走，比年老人更难说话。"

语言描写

实行了严厉的封锁政策。

唐敖道："他们如此害怕，九公可打听国王向来定的是何罪名？"多九公道："老夫也曾打听。原来国王因近日本处文风不及邻国，其能与邻邦并驾齐驱者，全仗音韵之学，就如周饶国能为机巧，以飞车为不传之秘，都是一意。他恐邻国再把音韵学会，更难出人头地，因此禁止国人，毋许私相传授。但韵学究属文艺之道，倘国人希图钱财，私授于人，又不好重治其罪，只好定了一个小小风流罪过。唐兄请猜一猜。"唐敖道："小弟何能猜出。请九公说说罢。"多九公道："他定的是如将音韵传与邻邦，无论臣民，其无妻室者，终身不准娶妻，其有妻室者，立时使之离异；此后如再冒犯，立即阉割。有此定例，所以那些少年，一闻请教韵学，那有妻室的，既怕离异；其未婚娶的，正在望妻如渴；听了此话，未免都犯所忌，莫不掩耳飞跑。"唐敖道："既如此，九公何不请教鳏居之人呢？"多九公道："那鳏居的虽无妻室，不怕离异，安知他将来不要续弦、不要置妾呢？况那鳏居的面上又无'鳏居'字样，老夫何能遇见年老的就去问他有老婆，无老婆呢？"唐敖听了，不觉好笑起来。

语言描写

李汝珍把音韵学写得如此神秘，与汉学家将音韵学视为学问根基是一致的。重视音韵之学，由声音通语言，由语言通文字，不因假借字形的隔阂而误解文意，正是清代汉学的一个重要特点。

未知如何，下回分解。

名师点拨

唐敖所历之歧舌国是全书费力铺写的一个篇章。为了突出歧舌国的特别，作者还刻意设置了一个悬念，“音韵一道，乃本国不传之秘”。国王向有严示：“如有希冀钱财妄传邻邦的，不论臣民，俱要治罪”。更可笑的是，治的还是“风流罪过”，读之令人解颐。作者独特的创造才华，也使人情不自禁地叹服。

阅读积累

木 棉

木棉又名红棉、英雄树、攀枝花、斑芝棉、斑芝树、攀枝，属木棉科，落叶大乔木，原产印度。木棉是一种在热带及亚热带地区生长的落叶大乔木，高 10 — 25 米。树干基部密生瘤刺，以防止动物的侵入。木棉外观多变化：春天时，一树橙红；夏天绿叶成荫；秋天枝叶萧瑟；冬天秃枝寒树，四季展现不同的景象。木棉花橘红色，3 ～ 4 月开花，先开花后长叶，树形具阳刚之美。木棉的花大而美，树姿巍峨，可植为园庭观赏树，行道树。

第二十九回　服妙药幼子回春　传奇方老翁济世

名师导读

本回侧重写多九公为歧舌国世子治病一事，并不吝笔墨将数种药方公之于众，一一呈现在小说中。这既巧妙地完成了“人有善念，天必从之”的道德诉求，又顺势展现了李汝珍在医学领域的研究成果。

话说唐敖听了多九公之言，又是好笑，又是气闷道：“看这光景，难道竟无一毫门路么？”多九公道：“今日我已筋疲力尽。如唐兄心犹不死，只好自去探问，老夫实无良策了。”

只见林之洋提著雀笼，笑嘻嘻回来。唐敖道：“舅兄今日为何这样欢喜？”林之洋道：“本地有位官长，连日向俺买这双头鸟儿，出的价钱，俺细细核算，比俺当日买价已有几十倍利息。俺今日原想要卖，因他小厮暗对俺说：‘我家主人买这鸟儿，要送世子的。你如不卖，他必添价。我今透个消息给你，俟交易后，分我几分彩头就是了。’俺得这个信息，那里肯卖，果然复又添价。刚才那小厮因天晚叫俺回来，明早再去，他家主人还要添价。俺素日闻得有人谈论，奴仆好的叫做‘义仆’；这个小厮，恁般用情待俺，果真是个义仆！俺一路想来，因此欢喜。”多九公道：“他是那官长的小厮，林兄认作己仆，不独赖忝知己，过于脸厚；就让你身后跟上许多豪奴，带著无数俊仆，这个架子也熏不动谁，也吓不倒人，令人反觉肉麻！”林之洋道：“俺怎敢认他作仆，混摆架子？俺只恨这万世为奴的，他们总是见钱眼红，从不记得主人衣食恩养，一见了钱，就把主人恩情，撇在九霄云外。如今把俺林之洋待得倒像主人一般，他既这样，俺也只好把他认作奴才了。”大家用饭安歇。次日起个黑早提著雀笼去了。

知识延伸

知己：了解、理解、赏识自己的人，如“知己知彼，百战不殆”；更常指懂你自己的挚友或密友，它是一生难求的朋友，友情的最高境界。正所谓：“士为知己者死”。

唐敖因韵学无望，心中烦闷，睡到巳时方起。正同多九公闲话，林之洋提著雀笼，愁眉不展，叹气而归。唐敖道：“舅兄为何这样？莫非那小厮有甚欺骗么？”林之洋道：“俺早间上去，那个官长果又添价。俺本意要卖，那小厮说他主人就要上朝，此时匆忙，莫若等他回来，还可慢慢增价。俺因这鸟他总是要买的，乐得多靠半日，再增几分利息，谁知这官长下朝，忽命小厮回俺不要了。俺暗暗打听，原来那个世子最喜骑射，今日出去打猎，那马失足从高处滚下，把世子跌伤，人事不知，现在只有呼吸之气，国王业已预备棺木。这位官长因得这信，那肯买这鸟儿，只说别处买了。后来随俺减价，他也不要，俺想这鸟惟在歧舌还有人出价，若到别处，有谁来买？只好饭后再会碰碰机会，看来要想昨日一半利息也不能了。”用过饭，又提著雀笼，叹气而去。

唐敖把婉如做的诗赋改了几首，闷坐无聊，同多九公上去闲步。来到闹市，只见许多人围著一道黄榜，在那里高声朗诵。二人近前看时，原来因世子坠马跌伤，命在旦夕，如有名医高士疗治得生，本国之人，赐银五百；邻邦之人，赠银一千。多九公看了，走到黄榜跟前，轻轻把榜揭了，看守兵役见多九公不是本处打扮，有几个飞忙去请通使，一面预备车马，将多九公送至迎宾馆。唐敖茫然不解，只好跟在后面。登时通使已到，三人见礼归坐。多九公道：“请教老兄尊姓？”通使道：“小子姓枝，名钟。二位尊姓？贵邦何处？来此有何贵干？”多九公道：“老夫姓多，乃天朝人氏，幼年忝列黉门。”因指唐敖道：“今同这位唐敝友贸易，路过贵处，特地上来瞻仰。因见国王张挂榜文，系为世子玉体跌伤之事。老夫于岐黄虽不深知，向来祖上传有济世良方，凡跌打损伤，立时起死回生。但药有外敷内服之不同，必须向看伤之轻重，方能斟酌用药。”通使随即告知国王。多九公托唐敖把药取来。

通使请二人来到王府，进了内室，只见世子睡在床上，两腿俱伤，头破血出，因跌的过重，昏迷不醒。多九公托通使取了半碗童便，对了半碗黄酒，把世子牙关撬开，慢慢灌入。又从怀中取出药瓶，将药末倒出，敷在头上破损处；随即取出一把纸扇，一面敷药，一面用力狠扇。众宫人看见，都鼓噪喊叫起来。通使道：“大贤暂停贵手！世子跌到如此光景，命在垂危，避风还恐避不来，如何反用扇扇？岂非雪上加霜么？”多

词苑撷英

愁眉不展：由于忧愁而双眉紧锁。形容心事重重的样子。展：舒展。

情景描写

歧舌国世子坠马跌伤，生命危在旦夕，靠多九公的几个秘方才得以治愈。多九公的医德也很高尚，一向竭尽全力救死扶伤而不图回报。至于田凤翙、潘丽春等人，也都深具济世情怀，常常主动献药方给病人。

词苑撷英

昏迷不醒：因大脑功能严重受损而长时间失去知觉。

九公道："老夫所敷之药，名叫'铁扇散'，必须用扇扇之，方能立时结疤，可免破伤后患。此方乃异人所传，老夫用之年久。敷药时虽用铁扇扇他，也无妨碍，所以叫作'铁扇散'。尊驾只管放心，老夫岂敢以人命为儿戏！"一面说话，仍是手不停扇。不多时，那些伤处果然俱已结疤，世子渐渐苏醒，口中呻吟不绝。

通使道："大贤妙药，真是起死仙丹！此时头面破伤，虽医治无碍，但两腿俱已骨断筋折，有何妙药，尚求速为疗治。"多九公道："贵处可有鲜蟹？"通使道："此地向无此物，不知有何用处？"多九公道："凡跌打筋骨损伤，无论轻重，先取童便半碗，以醇黄酒半碗煎热冲服，虽昏迷欲绝，亦能复苏。每日进二三服，伤轻的不过数日即愈。每见跌打损伤而至丧命者，皆出伤筋动骨，痛入肺腑，瘀血凝结，医治稍迟，往往无救。童便、黄酒、行瘀止痛，兼且固本，故有起死回生之妙。世人不知，良为可惜。但须早服，迟即难治。倘骨断筋折，损伤过重，服过童便、黄酒，即取生蟹捣烂，以好烧酒冲服，其渣敷在患处，日日服之，亦能接筋续骨。其童便、黄酒，每日仍不可缺。如无生蟹，或取干蟹烧灰，酒服亦可。此跌打损伤第一奇方。今贵处既无此物，幸老夫带有七厘散，也是一样。"即将药瓶取出，把药秤了七厘，用烧酒冲调，给世子服了，又取许多七厘散，也用烧酒和匀，敷在两腿损伤处。世子服药，略觉宁静，渐渐睡去。少时睡醒，又将黄酒、童便服了一碗。

多九公见世子已有转机，因向通使道："世子之病，业已无碍，请国王只管放心，大约不过数日，就可痊愈。如世子酒量能够多饮，可将黄酒、童便，时时冲服。老夫暂且告辞，明日再来用药。"通使道："刚才国王分付，意欲大贤在宾馆暂住几时，以便就近用药。现在酒饭俱已预备，就请二位过去。"大家起身，来至迎宾馆，用过酒饭，就在宾馆宿了。唐敖回船送信。次日，多九公又替世子敷了许多药，又吃了一服七厘散。好在世子酒量极大，就以黄酒、童便当茶，时时冲服。每日仍旧吃药、敷药。不多几日，渐渐平复，惟行路不便。多九公原要留下药料，令他再服几日，就可好了；因要借此访访韵学消息，所以略为耽搁。过了两日，世子虽已全好，韵学仍是杳然。唐敖日日跟著，也因韵学一事，那知各处探

知识延伸

黄酒：是世界上最古老的酒类之一，酵母曲种质量决定酒质。源于中国，且唯中国有之，与啤酒、葡萄酒并称世界三大古酒。约在三千多年前，商周时代，中国人独创酒曲复式发酵法，开始大量酿制黄酒。黄酒产地较广，品种很多。

语言描写

多九公的语言表现了他药方的神奇。世子两腿俱已骨断筋折，就凭一剂药便有转机而无碍，不过数日就可痊愈，真是神丹妙药。

听，依然无用，心内十分懊恼。

这日国王排宴，命诸臣替多九公饯行。饭罢，捧出谢仪一千两；外银百两，求赐原方，以为润笔之费。多九公向通使道："老夫前者虽揭黄榜，因舟中带有药料，可治世子之病，原图济世，并非希图钱财。至于药方，顷刻可写，不过举笔之劳，何须厚赠。所有原银，即恳代为奉还。老夫别无他求，惟求国王见赐韵书一部，或将韵学略为指示，心愿已足，断不敢领厚赐。"通使转奏。谁知国王情愿再添厚赠，不肯传给韵学。多九公又托通使转求，通使道："韵学乃敝邦不传之秘，国王若在欢喜时，尚恐不肯轻易传人；何况此时二位王妃都在重恙，国王心绪不宁，小子何敢再去转求。"多九公道："王妃所患何病？"通使道："据说一位身怀六甲，现在已有五六个月，不意昨日失于检点，偶持重物，以致胎动不安，此时微觉见红，并觉腹痛。那位王妃，因患乳痈，今已两日，虽未破头，极其红肿，也是痛苦呻吟不绝。因此园主甚为焦心。"

多九公道："胎动最忌下血不止，今不过微觉见红，尚有五分可治。至于乳痈最怕耽搁日久，虽未破头，若里面已溃，用药也难消散；此时好在才起两日，里面尚未成脓，也有五分可治。老夫虽有秘方，不知国王可肯传授韵学？倘不吝教，老夫自当效劳。"通使即对国王说了。国王一心要治王妃之病，只得勉强应允。通使回了多九公。多九公甚喜，因向唐敖道："前日林兄因他夫人胎动不安，曾向老夫要了一个安胎方子，就烦唐兄把这药方取来。倘能医好，我们也好得他韵学。"唐敖点头，将药方取来。多九公递给通使，只见上面写著：

保产无忧散

全当归壹钱伍分、川厚朴（姜汁炒）柒分、生黄芪捌分、川贝母（研）壹钱、兔丝子壹钱伍分、川羌活壹钱伍分、炙甘草伍分、川芎壹钱伍分、枳壳（麸炒）陆分、祁艾柒分、荆芥捌分、白芍（酒炒，春夏秋用，冬不用）壹钱伍分、生姜叁片

专治胎动不安，服之立见宁静。如劳力见红，尚未十分伤动者，即服数剂，亦可保胎。

通使道："此是安胎之方；不知乳痈可有妙药？"多九公道："治乳痈，用葱白一斤捣烂取汁，以好黄酒分二次冲服。外用麦芽壹两，煎汤频洗。加虾酱少许同煎尤妙，虽咸无妨；益

咬文嚼字

"举笔之劳"仿自"举手之劳"，二者都是偏正结构，有相同的语素。"举手之劳"就是一抬手就能实现的劳动。

知识延伸

厚朴：指干燥的厚朴树皮和根皮。厚朴含厚朴酚、四氢厚朴酚、异厚朴酚、日一按叶酚等挥发油及木兰碱、毒碱等生物碱以及皂试等。厚朴苦辛温，入脾胃、肺、大肠经。厚朴行气消胀，化湿平喘，是降气宽肠的主药。

咸能软坚，虾能通乳，乳通其肿自消。仍用旧梳时常轻轻梳之，自必痊愈。这二方虽极奇效，奈已耽搁两日，此时须急煎服，或可疗治。”通使连连点头，将方拿去。过了几日，王妃病皆脱体。

情景描写

这种以专利交换专利的描写，在小说史上堪称创举。总之，国无论大小，都各有短长，因此，各民族之间在经济、文化方面的交流，对于各个民族来说，都是好事。

国王虽然欢喜，因想起音韵一事，甚觉后悔，意欲多送银两，不传韵学。使往返说数遍，多九公那里肯依，情愿分文不要。国王无法，只得与诸臣计议，足足议了三日，这才写了几个字母，密密封固，命通使交给多九公，再三叮嘱，千万不可轻易传人。俟到贵邦再为拆看。字虽无多，精华俱在其内，慢慢揣摩，自能得真三昧。多九公把字母交唐敖收藏，随即提笔写方：

铁扇散

像皮（切薄片，用铁筛微火焙黄色，以干为度）肆钱、龙骨（用上白者）肆钱、古石灰（须数百年者方佳）肆两、桔白矾（将生矾入锅熬透，以体轻方妙）肆两、寸柏香（即松香之黑色者）肆两、松香肆两（与寸柏香一同熔化，倾水中，取出晾干）。

共研极细末，收磁罐中。遇刀石破伤，或食嗓割断，或腹破肠出，用药即敷伤口，以扇扇之，立时收口结疤。忌卧热处。如伤处发肿，煎黄连水以翎毛蘸涂之即消。

七厘散

麝香伍分、冰片伍分、朱砂伍钱、红花陆钱、乳香陆钱、没药陆钱、儿茶壹两，血竭肆两、共为细末，磁瓶收贮，黄蜡封口。随时皆可修制，五月五日午时更妙，总以虔心洁净为主。专治金石跌打损伤，骨断筋折。血流不止者，干敷伤处，血即止。不破皮者，用烧酒调敷，并用药七厘，烧酒冲服。亦治食嗓割断。无不神效。烧酒须用大麸作者。

多九公把药方写了，付给通使，通使再三称谢。

未知如何，下回分解。

名师点拨

定一在《小说丛话》中说："中国无科学小说，唯《镜花缘》一书足以当之二其中所载医方，皆发人之所未发，屡试屡效，浙人沈氏所刊《经验方》一书，多采之。以吾度之，著者欲以之传于后世，不作俗医为秘方之举，故列入小说。小说有医方，自《镜花缘》始。以小说之医方施人而足见效，尤为亘古所未有也。"

阅读积累

朱　砂

朱砂又称辰砂、丹砂、赤丹、汞沙，是硫化汞的天然矿石，大红色，有金刚光泽至金属光泽，属三方晶系。朱砂主要成分为硫化汞，但常夹杂雄黄、磷灰石、沥青质等。朱砂有镇静催眠作用，认识不甚一致；有解毒防腐作用；外用能抑制或杀灭皮肤细菌和寄生虫。朱砂为汞的化合物，汞与蛋白质中的巯基有特别的亲和力，高浓度时，可抑制多种酶和活动。进入体内的汞，主要分布在肝肾，而引起肝肾损害，并可透过血脑屏障，直接损害中枢神经系统。

第三十回　觅蝇头林郎货禽鸟　因恙体枝女作螟蛉

名师导读

本回集中写多九公救治歧舌国通使女儿之事，又自然引出了另一位海外名花——枝兰音。枝兰音的出现恰逢其时，在随后作者要刻意炫耀的音韵学中，枝兰音成为不可或缺的一个角色。

知识延伸

忍冬：又名金银花，为忍冬科忍冬属多年生半常绿木质藤本植物。其原产我国，各省均有分布，适应性强。忍冬也是传统的中药材料，具有一定的药用价值。同时，藤本忍冬是北方优良的立体绿化材料，适合背阴地攀援生长。

知识延伸

当归：中药名。出《神农本草经》。别名秦归。为伞形科植物当归的根。主产甘肃、云南、四川。甘、辛，温。入心、肝、脾经。补血，活血，调经，润肠。

话说多九公将药方写了。通使接过道："国王因敝邦水土恶劣，向来人民多患痈疽，意欲奉恳大贤赐一妙方，可肯赐教？"多九公道："金银藤乃疮毒要药，不知贵处可有？"通使道："敝地此物甚多，因过于寒凉，人皆不用。"多九公道："这是医家不能深究药性，岂可尽信。昔人言：'忍冬久服，长年益寿。'若果寒凉，岂能如此？况古本《本草》言'忍冬味甘性温'，近世《本草》虽有'微寒'之说，不过因其清热败毒，岂是泄火大凉之物。"登时又写了两个药方：

忍冬汤

金银藤（连枝带叶）伍两（如无鲜的，或用干金银藤肆两伍钱、干金银花伍钱代之）。生甘草壹两，将金银藤以木槌敲碎，用水两大碗，同甘草放砂锅内，煎至一大碗，加入无灰黄酒一大碗，再煎数沸，共成一大碗，去渣，分作三服，一日一夜吃尽。专治痈疽、发背、一切无名肿毒，不论发在头项腰脚等处，并皆治之。未溃即散，已溃败毒收口。病重者不过数剂即愈。忌钢铁器。

大归汤

全当归（要整的壹个，酒洗）捌钱贰分、金银花陆钱、净连翘伍钱、生黄芪叁钱、蒲公英叁钱、生甘草壹钱捌分（病在上部加川芎壹钱，中部加桔梗壹钱，下部加牛膝壹钱）

水对无灰黄酒各壹碗，煎至壹碗，去渣，温服。专治痈疽、发背、一切无名肿毒。初起者即消，已溃者收功。轻者五剂，重者十剂即愈。

多九公道：“此二方专治一切肿毒，初起者速服即消，已溃者亦能败毒收口。大约古人痈疽各方，无出其右了。”说罢拜辞，同唐敖乘了轿马回船。国王又命大臣前来相送。通使带领人夫，把银子送来。多九公仍要推辞，通使再三不肯。林之洋道：“国王既实意送来，想来九公也实意要收的。与其学那俗态，半推半就，耽搁工夫；据俺主意：不如从实收了，倒也爽快。”多九公只得道谢收下。

通使向三人打躬道：“小子有个小女，乳名兰音，现年十四岁。自从幼年患了肚腹膨胀之病，服药无数，至今总未脱体。连日病势甚重。小子欲求大贤一看，恐劳大驾，特命小女乘舆而来，现在外面。求大贤细细诊视，可有几希之望？倘能救其一命，真是恩同再造！”

多九公道：“既如此，何不请进？”通使分付仆人。不多时，有个老嬷，搀著兰音进舱，向众人拜了，一齐归坐。多九公看那女子，生得蛾眉杏目，十分清秀，惟面带青黄，腹胀如鼓，看了多时，摸不著是何病症，只管呆呆发愣。唐敖道：“敝友素日不谙女科。小弟虽不知医，恰好祖上传有秘方，专治小儿肚腹膨胀。令爱此病，还是近日染的，还是自幼染的？若是近日染的。恐有天癸不调等症，小弟素于此道不精，不敢冒昧用药；如系自幼染的，尚可代为医治。”通使道：“小女此病，系五六岁染的，今已七八年了。”唐敖道：“既是五六岁染的，此系幼年停食不化，日久变为虫积，以致膨胀。医家不知，往往误用克食消导之药，徒伤脾胃，与病无益。令爱历年所服何药？可曾服过杀虫之剂？”通使摇头道：“小女向来所服，总是神麹、山楂、枳实、大黄之类，并未吃过甚么杀虫之药。”唐敖道：“今日幸遇小弟，也是令爱病要脱体。我家祖传秘方，只用雷丸、使君子二味，不过五六剂，虫下即愈。”说罢，提笔开方。吕氏将女子请进内舱献茶。此女自幼跟著父亲学会三十六国番语，与婉如一见如故，言谈间十分相投。唐敖把药方递给通使道：“小弟这个药方，用雷丸伍钱同苍术贰钱煮熟，将苍术去了，只用雷丸去皮炒干，使君子去壳用肉伍钱炒干，共研细末，分作陆服，俟小儿吃饭时，用鸡蛋壹贰个打破去壳，用药末壹服放入碗内搅匀，照常加油盐葱蒜

外貌描写

眉与目总是联系在一起，古人很早就知道眉目相得益彰所带来的审美愉悦的重要性。光有明眸不够，还要秀眉来饰。

词苑撷英

神麹：即神曲，中药名。为辣蓼、青蒿、杏仁泥、赤小豆、鲜苍耳子加入面粉或麸皮后发酵而成的曲剂。全国各地均产。

等物煎炒，给小儿吃了。那虫只知鸡蛋之香，那知却有药料在内。每日贰服。不过数日，虫随大解下来，自然痊愈。总而言之，凡小儿面黄肌瘦，肚腹膨胀，大约总因停食日久不化，变为虫积。雷丸、使君子，最能杀虫，故能立见其效。”通使收了药方，十分欢喜，再三拜谢，即同兰音辞别而去。

多九公道：“老夫只顾治病，忙了几日，不知林兄双头鸟儿究竟如何？”林之洋道：“俺正要拜谢。亏得九公把世子医好，俺的鸟儿才能出脱。虽有几分利息，就只可恨那个‘义仆’不肯真心待俺，务要扣俺半价，方肯付银。扳谈多时，讲他不过，只得回来，银子还存他处。就请二位同俺一走，相帮说说，倘得少扣几分，俺自做东相请。”三人一齐上岸，到了大宦人家。林之洋把那小厮唤出，同他讨价。小厮拿出一封银子，仍是半价。唐敖道：“我们卖货，诸事劳动，自应重谢；但何至要分一半？未免太过了！”小厮回答几句，唐敖不懂。忽听多九公放开喉音，唧唧呱呱，大声喊叫。小嘶吓的只管打躬，随即进内，又取出一封银子。多九公打开，取出两锭，付给小厮；其余交给林之洋。齐归旧路。

唐敖道：“刚才小厮所说之话，一字不懂。不知小弟同他所说之话，他可晓得？后来九公同他喊叫甚么，他竟如此害怕？”多九公道：“我们天朝乃万邦之首，所有言谈，无人不知。那小厮因唐兄说‘何至要分一半’他道‘本处向例如此，一毫不能相让’。老夫因他‘一毫不让’之话，未免气恼，于是大声喊叫，说他私透消息，教我们增价，伙骗主人。他听这话，恐主人听见，急急将银取出。好在我们并不图他下次生意，哪个还贩双头鸟儿再来货卖！乐得且多几两银子，大家多醉几日，也是好的。”

来到船上，正要开船，谁知通使忽又带著女儿，也不命人通报，匆匆忙忙，满眼滴泪，走进舱来。唐敖见这光景，只当药用错了，吓的惊疑不止。通使满眼垂泪，向唐敖下拜道：“求大贤救我父女两命！”唐敖吓的忙还礼道：“二位请起！为何行此大礼？”通使同兰音起来归坐道：“小女因这孽病纠缠年久，昼夜不安，屡寻自尽，俱亏乳母相救。小子正在束手无策，忽蒙大贤赐给秘方，我父女以为从此病可脱体。不意雷丸、使君于此处历来不产，虽出千金，亦不可得，问之医家，也都不知。小子因此惊慌，特带小女赶来。幸喜大贤尚未开船，想

知识延伸

雷丸：中药名。出《神农本草经》。别名竹苓、雷实、竹铃芝。为多孔菌科植物雷丸的菌核。主产四川、贵州、云南、湖北、广西、浙江、陕西。苦，寒，有小毒。入胃、大肠经。杀虫。治绦虫病，钩虫病，蛔虫病，脑囊虫病。研粉服：每次3～6克，每天二、三次。

是他绝处逢生，惟求大贤，或将此药见赐两服，或另赐妙方。倘得身安，定以千金奉谢，决不食言。”

唐敖道：“小弟如有此药，早已奉送，不过数十文之事，何须千金之赠。奈身边并未带来。至另开药方之说，小弟素不知医，从何开起？况令爱之症，细推病源，实系虫积，非雷丸、使君子不能见功，即另有良方，也难见效。当日有人患一怪症，每逢说话，腹中也照样说话；彼时虽有医家识得此症名唤‘应声虫’，及至用药，仍无效验。后来遇一名医，付给《本草》一部，令病人将上面药名按次读去。病人每读一药，腹中也读一药；及至读到雷丸，腹中忽然无声；再读别药，仍旧有声。于是即用雷丸与病人连进数服，虫下而愈。可见杀虫无过于此。不意贵处竟无此药，这是令爱灾难未退，小弟安能另有别法！”通使听了，默默无言，只管发愣。兰音听见唐敖别无良方，不觉放声恸哭，十分惨切。众人听著，莫不点头叹息。通使在旁，满面愁容，只管搔首。婉如把兰音请入内舱，再三劝解，这才止悲。

停了多时，通使不便久坐，因命乳母告知兰音，一同回去。兰音听见要去，复又大放悲声，跪在唐敖面前，只求救命。唐敖命乳母搀起，再三安慰。劝他回去好好将养，将来自然痊愈。兰音那肯动身，啼哭不止。哭了多时，因久病身弱，忽然晕倒，人事不知，亏得乳母极力解救，这才苏醒。通使见女儿这般光景，明知凶多吉少，只急的连连顿足，泪落不止。左思右想，踌躇多时，因向仆人耳边说了几句，即到唐敖面前跪下道：“大贤在上。小子闻古人云，‘救人一命，胜造七级浮屠。’今我父女两命皆悬大贤之手，只要大贤肯发慈心，我父女就可超生了。”唐敖忙搀起道：“尊驾此言，小弟不解，尚求明示。倘可为力，岂肯袖手！”

通使立起道：“小子今年业已六旬，跟前只此一女，自患病以来，费尽心力，百般医治，从无微效。其母久已忧虑而亡。前有异人，曾言此女必须投奔外邦，如遇唐氏大仙，或可冀其长年。今遇大贤，虽传秘方，奈无此药；失此良缘，岂有病痊之日？所以他十分伤悲。小子因思小女既已命定投奔外邦方能长年，难得大贤恰又姓唐，兼之作人慷慨，一见如故；不

> 词苑撷英
> 凶多吉少：指估计事态的发展趋势不妙，凶害多，吉利少。

> 词苑撷英
> 慷慨：大方；不吝啬。

揣冒昧，意欲恳求大贤不弃微贱，将小女作为义女，带至天朝。倘得病痊，俟其年长，即求大德代为婚配，完其终身。小子生生世世，永感不忘！如大贤不肯带去，此地既少良医，又无妙药，多则一年，少则半载，无非命归泉路。小子素以此女视为掌珠，数年来因其抱病，代为操劳，须发已白，寝食俱发。若再睹其去世，何能为情？大约此女一死，小子也不能活了！”说罢，不觉大哭。兰音在旁，更是嚎啕不止，合船人无不怜悯。林之洋道：“妹夫素日最喜做好事，如今这样现成好事，你若不应承，俺替你应承了。”

未知如何，下回分解。

名师点拨

正因为以小说名于后世的李汝珍，从根本上说是一个乾嘉考据派学者。所以乾嘉考据学派的种种思想、观念，对李汝珍《镜花缘》小说的创作产生了深刻的影响。从最基本的来说，李汝珍的“小说”概念，实际上就是当时考据派学者所用的概念，即古来将不属于经史、子书、诗赋的“残丛小语”视为小说的做法，因此他只是略采章回小说的形式，将他自己关于经史韵学和卜筮医方、灯谜酒令、琴棋书画等知识，找一个事件作因由串联起来。而对于人物塑造、情节结构之类真正属于小说艺术的问题并不十分关心。

阅读积累

使君子

使君子又称舀求子、史君子、四君子，是使君子科、使君子属攀援状灌木，高2–8米；小枝被棕黄色短柔毛。叶对生或近对生，叶片膜质，卵形或椭圆形，先端短渐尖，基部钝圆，表面无毛，背面有时疏被棕色柔毛，幼时密生锈色柔毛。顶生穗状花序，组成伞房花序式；苞片卵形至线状披针形，被毛；具明显的锐棱角5条，成熟时外果皮脆薄，呈青黑色或栗色；白色，圆柱状纺锤形。花期初夏，果期秋末。种子为中药中最有效的驱蛔药之一，对小儿寄生蛔虫症疗效尤著。

第三十一回 谈字母妙语指迷团 看花灯戏言猜哑谜

名师导读

作者花了一整回的篇幅不厌其烦来介绍音韵学，这是李汝珍炫耀才学的一个突出表现。李汝珍博学多识，尤精于音韵学，著有《李氏音鉴》。李汝珍在音韵学方面的成就无法与乾嘉学者的“古音字”相提并论，但该书最显著的特点即是考虑到今音，颇具实用性。《李氏音鉴》在当时广为传播，影响甚广，为普及音韵学教育立下了汗马功劳，胡适就对李汝珍的音韵学给予了较高的评价。

话说林之洋向通使道：“老兄果真舍得令爱教俺妹夫带去，俺们就替你带去，把病治好，顺便带来还你。”兰音向通使垂泪道：“父亲说那里话来！母亲既已去世，父亲跟前别无儿女，女儿何能抛撇远去？今虽抱病，不能侍奉，但父女能得团聚，心是安的，岂可一旦分为两处！”通使道：“话虽如此，吾儿之病，若不投奔他邦，以身就药，何能脱体？现在病势已到九分，若再耽搁，一经不起，教为父的何以为情？少不得也是一死！此时父女远别，虽是下策，吾女倘能病好，便中寄我一信，为父自然心安。以此看来，远别一层，不但不是下策，竟可保全我们两命。况天朝为万邦之首，各国至彼朝觐的甚多，安知日后不可搭了邻邦船只来看我哩？你今远去，虽不能在家侍奉，从此我能多活几年，也就是你仰体尽孝之处。现在承继有人，宗祧一事，亦已无虞。你在船上，又有大贤令甥女作伴，我更放心。为父主意已定，吾儿依我，方为孝女，不必犹疑，就拜大贤为父。此去天朝，倘能病痊，将来自有好处。”即携兰音向唐敖叩拜，认为义父，并拜多、林及吕氏诸人。通使也与唐敖行札，再再谆托。唐敖还礼道：“尊驾以儿

词苑撷英

朝觐：在东方文明中，它指附属国向中央政权朝贡和拜谒，以表示对帝王的尊拜和臣服。

词苑撷英

宗祧：1. 宗、宗庙。祧，远祖之庙。2. 引申指家族世系；宗嗣；嗣续。3. 继承祖业，即王位。

女大事见委，小弟敢不尽心！诚恐效劳不周，有负所托，甚为惶恐！此去惟有将令爱之恙上紧疗治。第我等日后回乡，能否绕路再到贵处，不能预定。至令爱姻事，亦惟尽心酌办，以报知己，幸无挂怀！”

只见通使仆人取了银子送来。通使道：“这是白银一千，内有五百，乃小弟微敬，其余五百，为小女药饵及婚嫁之费。至于衣服首饰，小弟均已备办，不须大贤费心。”众仆人抬了八只皮箱上来。唐敖道：“令爱衣饰各物既已预备，自应令其带去；所赐之银，断不敢领。至姻嫁之费，亦何须如此之多，仍请尊驾带回，小弟才能应命。”通使道：“小子跟前别无儿女，留此无用。况家有薄田，足可度日。望大贤带去，小子才能心安。”多九公道：“通使大人多赠银两，无非爱女之意，唐兄莫若权且收下，将来俟小姐婚嫁，尽其所有，多办妆奁送去，岂不更妙？”唐敖连连点头，即命来人将银装入箱内，抬进后舱。父女洒泪而别。兰音从此呼吕氏为舅母，呼婉如为表姐；带著乳母，就与婉如一同居住。

众人收拾开船。多九公要到后面看舵，唐敖道：“九公那位高徒向来看舵甚好，何必自去？难道不看字母么？”多九公笑道：“我倒忘了。”唐敖取出字母，只见上面写著：

昌〇〇〇〇〇〇〇〇〇〇〇〇〇〇〇〇〇〇〇〇〇〇
茫〇〇〇〇〇〇〇〇〇〇〇〇〇〇〇〇〇〇〇〇〇〇
秧〇〇〇〇〇〇〇〇〇〇〇〇〇〇〇〇〇〇〇〇〇〇
梯秧〇〇〇〇〇〇〇〇〇〇〇〇〇〇〇〇〇〇〇〇〇
羌〇〇〇〇〇〇〇〇〇〇〇〇〇〇〇〇〇〇〇〇〇〇
商〇〇〇〇〇〇〇〇〇〇〇〇〇〇〇〇〇〇〇〇〇〇
枪〇〇〇〇〇〇〇〇〇〇〇〇〇〇〇〇〇〇〇〇〇〇
良〇〇〇〇〇〇〇〇〇〇〇〇〇〇〇〇〇〇〇〇〇〇
囊〇〇〇〇〇〇〇〇〇〇〇〇〇〇〇〇〇〇〇〇〇〇
杭〇〇〇〇〇〇〇〇〇〇〇〇〇〇〇〇〇〇〇〇〇〇
批秧〇〇〇〇〇〇〇〇〇〇〇〇〇〇〇〇〇〇〇〇〇
方〇〇〇〇〇〇〇〇〇〇〇〇〇〇〇〇〇〇〇〇〇〇
低秧〇〇〇〇〇〇〇〇〇〇〇〇〇〇〇〇〇〇〇〇〇
姜〇〇〇〇〇〇〇〇〇〇〇〇〇〇〇〇〇〇〇〇〇〇
妙秧〇〇〇〇〇〇〇〇〇〇〇〇〇〇〇〇〇〇〇〇〇

词苑撷英

权且：暂且；姑且。

知识延伸

乳母：又称乳娘、奶娘、奶妈、奶母、奶婆，是雇用来以母乳喂哺婴儿的妇女。在古代，奶粉或其他母乳代用品未发明或未普及时，婴儿的生母如不能或不愿意哺育其子女，往往会雇用乳母。尤其是上层社会、宫廷，不少女性都不会亲自喂哺子女，因此雇用乳母在上层社会十分普遍。

桑○○○○○○○○○○○○○○○○○○○○○
郎○○○○○○○○○○○○○○○○○○○○○
康○○○○○○○○○○○○○○○○○○○○○
仓○○○○○○○○○○○○○○○○○○○○○
昂○○○○○○○○○○○○○○○○○○○○○
娘○○○○○○○○○○○○○○○○○○○○○
滂○○○○○○○○○○○○○○○○○○○○○
香○○○○○○○○○○○○○○○○○○○○○
当○○○○○○○○○○○○○○○○○○○○○
将○○○○○○○○○○○○○○○○○○○○○
汤○○○○○○○○○○○○○○○○○○○○○
瓤○○○○○○○○○○○○○○○○○○○○○
兵秧○○○○○○○○○○○○○○○○○○○○
帮○○○○○○○○○○○○○○○○○○○○○
冈○○○○○○○○○○○○○○○○○○○○○
臧○○○○○○○○○○○○○○○○○○○○○

张张张珠珠张珠珠珠珠珠

张真中珠招斋知遮诂毡专

鸥婀鸦逶均莺帆窝洼歪汪

厢○○○○○○○○○○○○○○○○○○○○○

三人翻来复去，看了多时，丝毫不懂。林之洋道：“他这许多圈儿，含著甚么机关？大约他怕俺们学会，故意弄这迷团骗俺们的！”唐敖道：“他为一国之主，岂有骗人之理？据小弟看来，他这张、真、中、珠……十一字，内中必藏奥妙。他若有心骗人，何不写许多难字，为何单写这十一字？其中必有道理！”多九公道：“我们何不问问枝小姐？他生长本国，必是知音的。”林之洋把婉如、兰音唤出，细细询问。谁知兰音因自幼多病，虽读过见年书，并未学过音韵。三人听了，不觉兴致索然，只得暂且搁起。

语言描写

小说作者故弄玄虚，构思这一回的情节，安排所谓国王写的几个字母，实际是把它作为《李氏音鉴》一书内容提要的形象化表述。借小说扩大影响，宣传自己的声韵学观点。

过了几时，到了智佳国。林之洋上去卖货，唐敖同多九公上岸寻找雷丸、使君子，此处也无此药。后来访到邻国贩货人家，费了若干唇舌，送了许多药资，才买了一料，随即炮制。一连三日，兰音共吃了六服，打下许多虫来，登时腹消病

情景描写

小说超越了明清一般性的关于医者、涉医题材的叙述，唐敖成为敬业的涉外医者，诊断如神，卓有创意。

知识延伸

霍乱：是因摄入的食物或水受到霍乱弧菌污染而引起的一种急性腹泻性传染病。每年，估计有300万～500万霍乱病例，另有10万～12万人死亡。病发高峰期在夏季，能在数小时内造成腹泻脱水甚至死亡。

愈，饮食陡长，与好人一样。唐敖欢喜非常，因同多、林二人商议道："通使跟前别无儿女，此女病既脱体，又常思亲；好在此地离歧舌不远，莫若送他回去，使他骨肉团圆，岂不是件好事！"二人都以为然。兰音闻知甚喜。林之洋道："这里卖货还有耽搁。据俺主意，索性把他送去，俺们再到智佳卖货也好。"唐敖道："如此更妙。"随即开船。

走了几日，这日刚到歧舌交界，兰音忽然霍乱呕吐不止；吐到后来，竟至人事不知，满口谵语，十分沉重。林之洋道："这个甥女，据俺看来，只怕是个'离乡病'。"唐敖道："何谓'离乡病'？"林之洋道："一经患病，离了本乡，登时就安，就叫'离乡病'。这个怪症，虽是俺新诌的，但他父亲曾说此女必须投奔外邦，方能有命。果然到了智佳，病就好了；如今送他回来，才到他国交界，就患这个怪症。看这光景，他生成是个离乡命。俺们何苦送他回去，枉送性命？据俺主意，快离此地罢。"即命水手掉转船头，仍向智佳而来。刚出歧舌交界，兰音之病，果然痊愈。兰音闻知这个详细，只好把思亲之心，暂且收了。

唐敖在船无事，又同多、林二人观看字母，揣摹多时。唐敖道："古人云：'书读千遍，其义自见。'我们既不懂得，何不将这十一字读的烂熟？今日也读，明日也读，少不得嚼些滋味出来。"多九公道："唐兄所言甚是。况字句无多，我们又闲在这里，借此也可消遣。且读两日，看是如何。但这十一字，必须分句，方能顺口。据老夫愚见：首句派他四字，次句也是四字，末句三字，不知可好？"林之洋道："句子越短，越对俺心路，那怕两字一句，俺更欢喜。就请九公教俺几遍，俺好照著读去。"多九公道："首句是'张真中珠'，次句'招斋知遮'，三句'诂毡专'，这样明明白白。还要教么？你真变成小学生了。"二人读到夜晚，各去安歇。林之洋惟恐他们学会，自己不会，被人耻笑；把这十一字高声朗诵，如念咒一般，足足读了一夜。

次日，三人又聚一处，讲来讲去，仍是不懂。多九公道："枝小姐既不晓得音韵，我想婉如侄女他最心灵，或者教他几遍，她能领略，也未可知。"林之洋将婉如唤出，兰音也随出来，唐敖把这缘故说了，婉如也把"张真中珠"读了两遍，拿著那张字母同兰音看了多时。兰音猛然说道："寄父请看上面第六行'商'字，若照'张真中珠'一例读去，岂非'商申桩书'么？"唐、多二人听了，茫然不解。林之洋点头道："这句'商申桩书'，俺细听去，很有意味。甥女为甚道恁四字？莫非曾见韵书么？"兰音道："甥女何尝见过韵书。想是连日听舅舅时常读他，把耳听滑了，不因不由说出这四字。其实甥女也不知此句从何而来。"多九公道："请教小姐：若照'张夏中珠'，那个'香'字怎样读？"兰音正要回答。林之洋道："据俺看来：是'香欣胸虚'。"兰音道："舅舅说的是。"唐敖道："九公不必谈了。俗语说的：'熟能生巧。'舅兄昨日读了一夜，不但他已嚼出此中意味，并且连寄女也都听会，所以随问随答，毫不费事。我们别无良法，惟有再去狠读，自然也就会了。"多九公连连点头。

二人复又读了多时，唐敖不觉点头道："此时我也有点意思了。"林之洋道："妹夫果真领会？俺考你一考，若照'张真中珠'，'冈'字怎读？"唐敖道："自然是'冈根公孤'了。"林之洋道："'秧'字呢？"婉如接著道："'秧因雍淤'。"多九公听了，只管望著发愣。想了多时，忽然冷笑道："老夫晓得了，你们在歧舌国不知怎样骗了一部韵书，夜间暗暗读熟，此时却来作弄老夫。这如何使得了快些取出给我看看！"林之洋道："俺们何曾见过甚么韵书。如欺九公，教俺日后遇见黑女，也像你们那样受罪。"多九公道："既无韵书，为何你们说的，老夫都不懂呢？"唐敖道："其实并无韵书，焉敢欺瞒。此时纵让分辩，九公也不肯信；若教小弟讲他所以然之故，却又讲不出。九公惟有将这'张真中珠'再读半日，把舌尖练熟，得了此中意味，那时才知我们并非作弄

哩。”多九公没法，只得高声朗诵，又读起来。读了多时，忽听婉如问道：“请问姑夫：若照‘张真中珠’，不知‘方’字怎样读？”唐敖道：“若论‘方’字……”话未说完，多九公接著道：“自然是‘方分风夫’了。”唐敖拍手笑道：“如今九公可明白了。这‘方分风夫’四字，难道九公也从甚么韵书看出么？”多九公不觉点头道：“原来读熟却有这些好处。”大家彼此又问几句，都是对答如流。

词苑撷英

对答如流：回答问话像流水一样快。形容口才好，反应快。

林之洋道：“俺们只读得张、真、中、珠……十一字，怎么忽然生出许多文法？这是甚么缘故？”唐敖道：“据小弟看来，即如五声‘通、同、桶、痛、秃’之类，只要略明大义，其余即可类推。今日大家糊里糊涂把字母学会，已算奇了；寄女同侄女并不习学，竟能听会，可谓奇而又奇。而且习学之人还未学会，旁听之人倒先听会，若不亏寄女道破迷团，只怕我们还要乱猜哩。但张、真、中、珠……十一字之下还有许多小字，不知是何机关？”兰音道：“据女儿看来，下面那些小字，大约都是反切，即如‘张鸥’二字，口中急急呼出，耳中细细听去，是个‘周’字；又如‘珠汪’二字，急急呼出，是个‘庄’字。下面各字，以‘周、庄’二音而论，无非也是同母之字，想来自有用处。”唐敖道：“读熟上段，既学会字母，何必又加下段？岂非蛇足么？”多九公道：“老夫闻得近日有‘空谷传声’之说，大约下段就是为此而设。若不如此，内中缺了许多声音，何能传响呢？”

唐敖道：“我因寄女说‘珠汪’是个‘庄’字；忽然想起上面‘珠洼’二字，昔以‘珠汪’一例推去，岂非‘挝’字么？”兰音点头道：“寄父说的是。”林之洋道：“这样说来，‘珠翁’二字，是个‘中’字，原来俺也晓得反切了。妹夫，俺拍‘空谷传声’，内中有个故典，不知可是？”说罢，用手拍了十二拍；略停一停，又拍一拍；少停，又拍四拍。唐、多二人听了茫然不解。婉如道：“爹爹拍的大约是个‘放’字。”林之洋听了，喜的眉开眼笑，不住点头道：“将来再到黑齿，倘遇国母再考才女，俺将女儿送去，怕不夺个头名状元回来。”唐敖道：“请教侄女，何以见得是个‘放’字？”婉如道：“先拍十二拍，按这单字顺数是第十二行；又拍一拍，是第十二行第一字。”唐敖道：“既是十二行第一字，自然该是方字，为何却是‘放’字？”婉如道：“虽是

情景描写

唐敖受到枝兰音的点拨，对反切也熟悉起来后的喜悦，是不是让读者回味到小学时学会拼音后的喜悦之情？

‘方’字，内中含著‘方、房、仿、放、佛’，阴、阳、上、去、入五声，所以第三次又拍四拍，才归到去声‘放’字。”林之洋道：“你们慢讲，俺这故典，还未拍完哩。”于是又拍十一拍，次拍七拍，后拍四拍。唐敖道：“昔照侄女所说一例推去，是个‘屁’字。”多九公道：“请教林兄是何故典？”林之洋道：“这是当日吃了朱草浊气下降的故典。”多九公道：“两位侄女在此，不该说这顽话。而且音韵一道，亦莫非学问，今林兄以屁夹杂在学问里，岂不近于亵渎么？”林之洋道：“若说屁与学问夹杂就算亵渎，只怕还不止俺一人哩。”唐敖道：“怪不得古人讲韵学，说是天籁，果然不错。今日小弟学会反切，也不在歧舌辛苦一场。”林之洋道：“日后到了黑齿，再与黑女谈论，他也不敢再说‘问道于盲’了。”唐敖道：“前在巫咸，九公曾言要将祖传秘方刊刻济世，小弟彼时就说：‘人有善念，天必从之。’果然到了歧舌，就有世子王妃这些病症，不但我们叨光学会字母，九公还发一注大财。可见人若存了善念，不因不由就有许多好事凑来。”

这日到了智佳国，正是中秋佳节，众水手都要饮酒过节，把船早早停泊。唐敖因此处风景语言与君子国相仿，约了多、林二人要看此地过节是何光景。又因向闻此地素精筹算，要去访访来历，不多时，进了城，耳听炮竹声喧，市中摆列许多花灯，作买作卖，人声喧哗，极真热闹。林之洋道：“看这花灯，倒像俺们元宵节了。”多九公道：“却也奇怪！”于是找人访问。原来此处风俗，因正月甚冷，过年无趣，不如八月天高气爽，不冷不热，正好过年，因此把八月初一日改为元旦，中秋改为上元。此时正是元宵佳节，所以热闹。三人观看花灯，就便访问素精筹算之人。访来访去，虽有几人，不过略知大概，都不甚精。只有一个姓米的精于此技。及至访到米家，谁知此人已于上年中秋带著女儿米兰芬往天朝投奔亲戚去了。又到四处访问。

访了多时，忽见一家门首贴著一个纸条，上写“春社候教”。唐敖不觉欢喜道：“不意此地竟有灯谜，我们何不进去一看？或者机缘凑巧，遇见善晓筹算之人，也未可知。”多九公道：“如此甚好。”三人一齐举步，刚进大门，那二门上贴著“学馆”两个大字，唐、多二人不觉吃了一吓，意欲退转，奈舍不得灯谜。林之洋道：“你们只管大胆进去。他们如要谈文，俺的‘鸟枪打’，当日在淑士国也曾有人佩服的，怕他怎的！”二人只得跟著到了厅堂，壁上贴著各色纸条，上面写著

语言描写

唐敖等人游历黑齿国。那黑齿国的女孩子“到了四五岁，无论贫富，莫不送塾读书”，所以后来个个有知识，有学问。

词苑撷英

人声喧哗：形容人群声音吵吵嚷嚷，声音嘈杂。

咬文嚼字

小说第一次写到灯谜游戏，就是唐敖等人在智佳国，见一家门首贴着一个纸条，上写“春社候教”字样，原来是一家学馆举行灯谜游戏。读书不精的林之洋，在猜对了几个用戏曲俗文（如“腿儿相压”“脸儿相偎”之类）作谜面的灯谜后，兴致勃发，但在与经典有关的灯谜面前大出其丑，使唐敖等人狼狈不堪，只好迅速逃出学馆。

语言描写

《四书》谜语的猜谜法与八股文破题一样，都是针对题目中的重点字词加以生发。其次，很多明清文人的猜谜方式与八股文的破题技巧相同。

无数灯谜，两旁围著多人在那里观看，个个儒巾素服，斯文一脉，并且都是白发老翁，并无少年在内，这才略略放心。主人让坐。三人进前细看，只见内有一条，写著：‘万国咸宁’，打《孟子》六字，赠万寿香一束。”多九公道：“请教主人，‘万国咸宁’，可是‘天下之民举安’？”有位老者应道：“老丈猜的不错。”于是把纸条同赠物送来。多九公道：“偶尔游戏，如何就要叨赐？”老者道：“承老丈高兴赐教，些须微物，不过略助雅兴，敝处历来猜谜都是如此。秀才人情，休要见笑。”多九公连道：“岂敢！”把香收了。

唐敖道：“请教九公，前在途中所见眼生手掌之上，是何国名？”多九公道：“那是深目国。”唐敖听了，因高声问道：“请教主人，‘分明眼底人千里’，打个国名，可是‘深目’？”老者道：“老丈猜的正是。”也把赠物送来。旁边看的人齐声赞道：“以‘千里’刻划‘深’字，真是绝好心思！做的也好，猜的也好！”林之洋道：“请问九公，俺听有人把女儿叫作‘千金’，想来‘千金’就是女儿了？”多九公连连点头。林之洋道：“如果这样，他那壁上贴著一条‘千金之子’，打个国名，敢是‘女儿国’了？俺去问他一声。”谁知林之洋说话声音甚大，那个老者久已听见，连忙答道：“小哥猜的正是。”唐敖道：“这个‘儿’字做的倒也有趣。”林之洋道：“那‘永赐难老’打个国名……”老者笑道：“此间所贴级条，只有‘永锡难老’，并无‘永赐难老’。”林之洋忙改口道：“俺说错了。那‘永锡难老’，可是‘不死国’？上面画的那只螃蟹，可是‘无肠国’？”老者道：“不错。”也把赠物送来。林之洋道：“可惜俺满腹诗书，还有许多‘老子’‘少子’，奈俺记性不好，想他不出。”旁边有位老翁道：“请教小哥，这部‘少子’是何书名？”唐敖听了，不觉暗暗著急。林之洋道：“你问‘少子’么？就是‘张真中珠’。”老翁道：“请教小哥，何谓‘张真中珠’？”林之洋道：“俺对你说，这个‘张真中珠’，就是那个‘方分风夫’。”老翁道：“请问‘方分风夫’又是怎讲？”林之洋道：“‘方分风夫’，便是‘冈根分孤’。”老翁笑道：“尊兄忽然打起乡谈，这比灯谜还觉难猜。与其同兄闲谈，到不如猜谜了。”

语言描写

其实，林之洋并非打起乡谈，所言“张真中珠”或“方分风夫”实际上都是音韵之韵目，试想如果不是文人，哪能讲出如此专业的音韵学术语。

未知如何，下回分解。

名师点拨

虽然唐敖等人费尽九牛二虎之力才从歧舌国弄来了秘不外传的字母表，但对我们这些稍具拼音知识的今人而言，这张字母表理解起来相当容易该字母表中纵列的三十三个不同的字，实际上是李汝珍总结出来的三十三个声母，他们都与“ang”相拼（无法相拼的则用两个字代替，如“梯秧”实为“汤”音）。读者如有兴趣动手实践，则会发现这三十三个声母即为今天汉语拼音中的二十一个声母。而横行的若干字都是与“zh”相拼的，分别代表了不同的韵母。

阅读积累

灯　谜

灯谜是写在彩灯上面的谜语，谜语来源于中国民间口谜，后经文人加工成为谜，它在中国源远流长。春秋战国时期，出现了“隐语”或“廋辞”。秦汉时则成为一种书面创作。三国时代，猜谜盛行。在宋代出现了灯谜。人们将谜条系于五彩花灯上，供人猜测。明清时代，猜灯谜在中国民间十分流行。

第三十二回 访筹算畅游智佳国 观艳妆闲步女儿乡

名师导读

毋庸置疑，在海外诸国中，最精彩的片段莫过于对女儿国的描写。从本回至三十七回，作者连续精心刻画了女儿国。胡适认为“李汝珍所见的是几千年来忽略的妇女问题，而他是中国最早提出这个妇女问题的人，她的《镜花缘》是一部讨论妇女问题的小说。他对于这个问题的答案是，男女应该接受平等的待遇，平等的教育，平等的选举制度。”暂且不论胡适所言是否完全正确，至少在女儿国的描写中的确是集中反映了作者的社会理想，反映了当时所存在的妇女问题。

话说老者正同林之洋讲话，忽听那边有人问道：“请教主人，‘比肩民’打《孟子》五字，可是‘不能以自行’？”主人道：“是的。”唐敖道：“九公，你看，那两句《滕王阁序》打个药名，只怕小弟猜著了。”因问道：“请教主人，‘关山难越，谁悲失路之人’，可是‘生地’？”主人道：“正是。”林之洋道：“俺又猜著几个国名。请问老兄，‘腿儿相压’可是‘交胫国’？‘脸儿相偎’可是‘两面国’？‘孩提之童’可是‘小人国’？‘高邮人’可是‘元股国’？”主人应道：“是的。”于是把赐物都送来。唐敖暗暗问道：“请教舅兄，‘高邮人’怎么却是‘元股国’？”林之洋道：“高邮人绰号叫作‘黑尻’，妹夫细细摹拟黑尻形状，就知俺猜的不错了。”多九公诧异道：“怎么高邮人的‘黑尻’，他们外国也都晓得？却也奇怪。”

语言描写

展现出滑稽可笑的场景。

林之洋道：“有了若干赠物，俺更高兴要打了。请问主人：‘游方僧’打《孟子》四字，可是‘到处化缘’？”众人听了，哄堂大笑。唐敖羞的满面通红道：“这是敝友故意取笑。请问主人，可是‘所过者化’？”

主人道：“正是。”随将赠物送过。多九公暗暗埋怨道：“林兄书既不熟，何妨问问我们，为何这样性急？”言还未了，林之洋又说道：“请问主人，‘守岁’二字打《孟子》一句，可是‘要等新年’？”众人复又大笑。多九公忙说道：“敝友惯会斗趣，诸位休得见笑。请教主人，可是‘以待来年’？”主人应道：“正是。”多九公向唐敖递个眼色，一齐起身道：“多承主人厚赐。我们还要趱路，暂且失陪，只好‘以待来年’倘到贵邦，再来请教了。”主人送出门外。

三人来到闹市。多九公道：“老夫见他无数灯谜，正想多打几条，显显我们本领；林兄务必两次三番催我们出来，这是何苦！”林之洋道：“九公这是甚话！俺好好在那里猜谜，何曾催你出来？俺正怪你打断俺的高兴，九公倒赖起俺来。”唐敖道：“那部《孟子》乃人所共知的，舅兄既不记得，何妨问问我们。你只顾随口乱诌，他们听了，都忍不住笑，小弟同九公在旁，如何站得住？岂非舅兄催我们走么！”林之洋道：“俺只图多打几个，装些体面，那知反被耻笑。他们也不知俺名姓，由他笑去。今日中秋佳节，幸亏早早回来，若只顾猜谜，还误俺们饮酒赏月哩。”

唐敖道：“前在劳民国，九公曾说：‘劳民永寿，智佳短年。’既是短年，为何都是老翁呢？”多九公道：“唐兄只见他们须发皆白，那知那些老翁才只三四十岁，他们胡须总是未出土先就白了。”唐敖道：“这却为何？”多九公道：“此处最好天文、卜筮、勾股算法，诸样奇巧，百般技艺，无一不精。并且彼此争强赌胜，用尽心机，苦思恶想，愈出愈奇，必要出人头地，所以邻国俱以‘智佳’呼之。他们只顾终日构思，久而久之，心血耗尽，不到三十岁，鬓已如霜，到了四十岁，就如我们古稀之外；因此从无长寿之人。话虽如此，若同伯虑比较，此处又算高寿了。”林之洋道：“他们见俺生的少壮，把俺称作小哥，那知俺还是他老兄哩。”

唐敖道：“我们虽少猜几个灯谜，恰好天色尚早，还可尽兴畅游。”三人又到各处观看花灯，访问筹算。好在此地是金吾不禁，花灯彻夜不绝，足足游了一夜。及至回船，饮了几杯，天已发晓。林之洋道：“如今月还未赏，倒要赏日了。”

情景描写

“所过者化”，是对他们一路作为的总结，即行迹所到之处都受到了礼仪之邦的教化，而“以待来年”则预示着唐小山的寻亲之行。也就是说，作者对这一场面的描写一方面是对前面情节的总结，另一方面是对下一步行动的提示，并预言后来的情节进展。

知识延伸

卜筮：指用龟甲，蓍草等工具预测某些事项，不同的时代使用的方法有不同，历代也有创新，比如据传东方朔的《灵棋经》就是用特制的棋子和特殊的口诀来预测。是利用一些无生命的自然物呈现出来的形状来预卜吉凶。

水手收拾开船。枝兰音因病已好，即写一封家信，烦九公转托便船寄去；在船无事，惟有读书消遣，或同婉如作些诗赋，请唐敖指点。

行了几日，到了女儿国，船只泊岸。多九公来约唐敖上去游玩。唐敖因闻得太宗命唐三藏西天取经，路过女儿国，几乎被国王留住，不得出来，所以不敢登岸。多九公笑道："唐兄虑的固是。但这女儿国非那女儿国可比。若是唐三藏所过女儿国，不独唐兄不应上去，就是林兄明知货物得利，也不敢冒昧上去。此地女儿国却另有不同，历来本有男子，也是男女配合，与我们一样。其所异于人的，男子反穿衣裙，作为妇人，以治内事；女子反穿靴帽，作为男人，以治外事。男女虽亦配偶，内外之分，却与别处不同。"唐敖道："男为妇人，以治内事，面上可脂粉？两足可须缠裹？"林之洋道："闻得他们最喜缠足，无论大家小户，都以小脚为贵；若讲脂粉，更是不能缺的。幸亏俺生天朝，若生这里，也教俺裹脚，那才坑死人哩！"因从怀中取出一张货单道："妹夫，你看，上面货物就是这里卖的。"唐敖接过，只见上面所开脂粉、梳篦等类，尽是妇女所用之物。看罢，将单递还道："当日我们岭南起身，查点货物，小弟见这物件带的过多，甚觉不解，今日才知却是为此。单内既将货物开明，为何不将价钱写上？"林之洋道："海外卖货，怎肯预先开价，须看他缺了那样，俺就那样贵。临时见景生情，却是俺们飘洋讨巧处。"

唐敖道："此处虽有女儿国之名，并非纯是妇人，为何要买这些物件？"多九公道："此地向来风俗，自国王以至庶民，诸事俭朴；就只有个毛病，最喜打扮妇人。无论贫富，一经讲到妇人穿戴，莫不兴致勃勃，那怕手头拮据，也要设法购求。林兄素知此处风气，特带这些货物来卖。这个货单拿到大户人家，不过三两日就可批完，临期兑银发货。虽不能如长人国、小人国大获其利，看来也不止两三倍利息。"唐敖道："小弟当日见古人书上有'女治外事，男治内事'一说，以为必无其事；那知今日竟得亲到其地。这样异乡，定要上去领略领略风景。舅兄今日满面红光，必有非常喜事，大约货物定是十分得彩，我们又要畅饮喜酒了。"林之洋道："今日有两只喜鹊，只管朝俺乱噪；又有一对喜蛛，巧巧落俺脚上，只怕又

简要说明

既表明了李汝珍对《西游记》的偏爱，又表明了李汝珍有意与《西游记》立异的态度。确实，《西游记》集中写唐僧师徒的历险故事，《镜花缘》则另有追求，历险故事所占的比重很小。

反衬手法

将男女地位颠倒了，让男子亲身体验一下穿耳缠足等野蛮陋习给妇女带来的痛苦，以为受压迫的女性鸣不平。《镜花缘》中，女性完全成为小说的中心人物，男子则成为女性的点缀。

语言描写

通过唐敖与多九公的对话，交代了女儿国的风俗，也为林之洋卖货被国王看中埋下伏笔。

像燕窝那样财气，也不可知。”拿了货单，满面笑容去了。

唐敖同多九公登岸进城，细看那些人，无老无少，并无胡须；虽是男装，却是女音；兼之身段瘦小，袅袅婷婷。唐敖道：“九公，你看，他们原是好好妇人，却要装作男人，可谓矫揉造作了。”多九公笑道：“唐兄，你是这等说；只怕他们看见我们，也说我们放著好好妇人不做，却矫揉造作，充作男人哩。”唐敖点头道：“九公此话不错。俗话说的‘习惯成自然’。我们看她虽觉异样，无如她们自古如此；他们看见我们，自然也以我们为非。此地男子如此，不知妇人又是怎样？”

语言描写

由此可见，女性的柔顺不是女性的本质属性，建立在此基础上的父权制度的合法性可以质疑。在《镜花缘》中，李汝珍对两性的社会属性进行了解构。

多九公暗向旁边指道：“唐兄，你看那个中年老妪，拿著针线做鞋，岂非妇人么？”唐敖看时，那边有个小户人家，门内坐著一个中年妇人：一头青丝黑发，油搽的雪亮，真可滑倒苍蝇，头上梳一盘龙鬏儿，鬓旁许多珠翠，真是耀花人眼睛；耳坠八宝金环；身穿玫瑰紫的长衫，下穿葱绿裙儿；裙下露著小小金莲。穿一双大红绣鞋，刚刚只得三寸；伸著一双玉手，十指尖尖，在那里绣花；一双盈盈秀目，两道高高蛾眉，面上许多脂粉；再朝嘴上一看，原来一部胡须，是个络腮胡子！看罢，忍不住扑嗤笑了一声。那妇人停了针线，望著唐敖喊道：“你这妇人，敢是笑我么？”这个声音，老声老气，倒像破锣一般，把唐敖吓的拉著多九公朝前飞跑。那妇人还在那里大声说道：“你面上有须，明明是个妇人；你却穿衣戴帽，混充男人！你也不管男女混杂！你明虽偷看妇女，你其实要偷看男人。你这臊货！你去照照镜子，你把本来面目都忘了！你这蹄子，也不怕羞！你今日幸亏遇见老娘；你若遇见别人，把你当作男人偷看妇女，只怕打个半死哩！”

语言描写

这被唐敖称为“千古第一骂”的段子，除了表明女儿国“妇女”的纯女人身份，也把“四德”讽了个通透——所谓“妇德、妇言、妇容、妇功”（《周礼·天官·九嫔》）本就无理且无聊，加诸女子看似合情合理，用男身表现则显得自恋做作，令人作呕。

唐敖听了，见离妇人已远，因向九公道：“原来此处语音却还易懂。听他所言，果然竟把我们当作妇人，他才骂我‘蹄子’，大约自有男子以来，未有如此奇骂，这可算得‘千古第一骂’。我那舅兄上去，但愿他们把他当作男人才好。”多九公道：“此话怎讲？”唐敖道：“舅兄本来生的面如傅粉；前在厌火国，又将胡须烧去，更显少壮，他们要把他当作妇人，岂不耽心么？”多九公道：“此地国人向待邻邦最是和睦，何况我们又从天朝来的，更要格外尊敬。唐兄只管放心。”

知识延伸

榜文：公告。榜上的名文，或告示。

唐敖道："你看路旁挂著一道榜文，围著许多人在那里高声朗诵，我们何不前去看看？"走进听时，原来是为河道壅塞之事。唐敖意欲挤进观看。多九公道："此处河道与我们何干，唐兄看他怎么？莫非要替他挑河，想酬劳么？"唐敖道："九公休得取笑。小弟素于河道丝毫不谙。适因此榜，偶然想起桂海地方每每写字都写本处俗字，即如'奀'字就是我们所读'稳'字，'歪'字就是'终'字，诸如此类，取义也还有些意思，所以小弟要去看看，不知此处文字怎样。看在眼内，虽算不得学问，广广见识，也是好的。"分开众人进去，看毕，出来道："上面文理倒也通顺，书法也好；就只有个'袤'字，不知怎讲。"多九公道："老夫记得桂海等处都以此字读作'矮'字，想来必是高矮之义。"唐敖道："他那榜上讲的果是'堤岸高袤'之话，大约必是'矮'字无疑。今日又识一字，却是女儿国长的学问，也不虚此一行了。"

情景描写

唐敖看不惯女儿国中的男性，认为他们放着大好的男儿不做，学女人扭捏作态。

又朝前走，街上也有妇人在内，举止光景，同别处一样，裙下都露小小金莲，行动时腰肢颤颤巍巍；一时走到人烟丛杂处，也是躲躲闪闪，遮遮掩掩，那种娇羞样子，令人看著也觉生怜，也有怀抱小儿的，也有领著小儿同行的。内中许多中年妇人，也有胡须多的，也有胡须少的，还有没须的，及至细看，那中年须的，因为要充少妇，惟恐有须显老，所以拔的一毛不存。唐敖道："九公，你看，这些拔须妇人，面上须孔犹存，倒也好看。但这人中下巴，被他拔的一干二净，可谓寸草不留，未免失了本来面目，必须另起一个新奇名字才好。"多九公道："老夫记得《论语》有句'虎豹之鞟'。他这人中下巴，都拔的光光，莫若就叫'人鞟'罢。"唐敖笑道："'鞟'是'皮去毛者也'。这'人鞟'二字，倒也确切。"多九公道："老夫才见几个有须妇人，那部胡须都似银针一般，他却用药染黑，面上微微还有墨痕，这人中下巴，被他涂的失了本来面目。唐兄何不也起一个新奇名字呢？"唐敖道："小弟记得卫夫人讲究书法，曾有'墨猪'之说。他们既是用墨涂的，莫若就叫'墨猪'罢。"多九公笑道："唐兄这个名字不独别致，并且很得'墨'字'猪'字之神。"二人说笑，又到各处游了多时。

回到船上，林之洋尚未回来；用过晚饭，等到二鼓，仍无消息。吕氏甚觉著慌。唐敖同多九公提著灯笼，上岸找寻。走到城边，城门已闭，只得回船，次日又去寻访。仍无踪影。至第三日，又带见个水手，分头寻找，也是枉然。一连找了数日，竟似石沉大海。吕氏同婉如只哭的死去活来，唐、多二人仍是日日找寻，各处探信。谁知那日林之洋带著货单，走进城去，到了几个行店，恰好此地正在缺货。及至批货，因价钱过少，又将货单拿到大户人家。那大户批了货物，因指引道："我们这里有个国舅府，他家人众，须用货物必多，你到那里卖去，必定得利。"随即问明路径，来到国舅府，果然高大门第，景象非凡。

未知如何，下回分解。

名师点拨

《镜花缘》中的女儿国其实名不副实，他不仅有女人，还有男人，社会仍由两性构成，其繁衍方式也与天朝上邦殊无二致，需要男女配合，最为不同的是：在女儿国"男子反穿衣裙，作为妇人以治内事；女子反穿靴帽，作为男人，以治外事"男主内，女主外，两性在社会中所扮演的角色与正常社会恰恰相反，实为现实世界的倒映。尤其是在现实社会中存在的摧残女性、极端不合理的缠足现象。在女儿国也是相当普遍。

总之，《镜花缘》中的女儿国是一个"女权"高于"男权"，女子一统天下，可以真正让女子扬眉吐气的国度。

阅读积累

《四书五经》

四书是指《大学》《中庸》《论语》和《孟子》；五经是指《诗经》《尚书》《礼记》《周易》《春秋》，简称为"《诗》《书》《礼》《易》《春秋》"，其实本来应该有六经，还有一本《乐经》，合称"《诗》《书》《礼》《乐》《易》《春秋》"，但后来亡于秦末战火，只剩下五经。六艺的说法有两种。一种是中国古代儒家要求学生掌握的六种基本才能，包括礼、乐、射、御、书、数。礼即礼节，乐即音乐，射即射骑技术，御即驾驭马车的技术，书为书法，数为算数。还有一种说法将六艺解释为六经，即《易经》《尚书》《诗经》《礼记》《乐经》《春秋》。是儒家思想的核心载体，是中国传统文化的重要组成部分。

第三十三回　粉面郎缠足受困　长须女玩股垂情

名师导读

女儿国一节中林之洋身上的女性气质是表现得最为淋漓尽致的。在这一回中，林之洋因为外貌清秀被女儿国国王看上，被迫体验了一系列本该施加在女子身上的缠足、穿耳等行为。

话说林之洋来到国舅府，把货单求管门的呈进。里面传出话道："连年国王采选缤妃，正须此货。今将货单替你转呈，即随来差同去，以便听候批货。"不多时，走出一个内使，拿了货单，一同穿过几层金门，走了许多玉路；处处有人把守，好不威严，来到内殿门首，内使立住道："大嫂在此等候。我把货单呈进，看是如何，再来回你。"走了进去，不多时出来道："大嫂单内货物并未开价，这却怎好？"林之洋道："各物价钱，俺都记得，如要那几样，等候批完，俺再一总开价。"内使听了进去，又走出道："请问大嫂，胭脂每担若干银？香粉每担若干银？头油每担若干银？头绳每担若干银？"林之洋把价说了。内使走去，又出来道："请问大嫂，翠花每盒若干银？绒花每盒若干银？香珠每盒若干银？梳篦每盒若干银？"林之洋又把价说了。内使入去，又走出道："大嫂单内各物，我们国王大约多寡不等，都要买些。就只价钱问来问去，恐有讹错，必须面讲，才好交易。国王因大嫂是天朝妇人，天朝是我们上邦，所以命你进内。大嫂须要小心！"林之洋道："这个不消分付。"跟著内使走进内殿。见了国王，深深打了一躬，站在一旁。看那国王，虽有三旬以外，生的面白唇红，极其美貌。旁边围著许多宫娥。国王十指尖尖，拿著货单，又把各样价钱，轻启朱唇问了一遍。

知识延伸

胭脂：搽在面肤上，使之呈现立体感和红润、健康气息的化妆品。胭脂是由滑石粉、碳酸锌、碳酸钙、氧化锌、二氧化钛、云母、脂肪酸锌、色料、香料、黏合剂及防腐剂等原料组成。生产时根据具体情况可选取其中数种并适当调配，经混合后压制而成为一种粉饼，即为胭脂制品。

一面问话，一面只管细细上下打量；林之洋忖道："这个国王为甚只管将俺细看，莫非不曾见过天朝人么？"不多时，宫娥来请用膳。国王分付内使将货单存下，先去回覆国舅；又命宫娥款待天朝妇人酒饭。转身回宫。

迟了片时，有几个宫娥把林之洋带至一座楼上，摆了许多肴馔。刚把酒饭吃完，只听下面闹闹吵吵，有许多宫娥跑上楼来，都口呼"娘娘"，磕头叩喜。随后又有许多宫娥捧著凤冠霞帔，玉带蟒衫并裙裤簪环首饰之类，不由分说，七手八脚，把林之洋内外衣服脱的干干净净。这些宫娥都是力大无穷，就如鹰拿燕雀一般，那里由他作主。刚把衣履脱净，早有宫娥预备香汤，替他洗浴。换了袄裤，穿了衫裙；把那一双"大金莲"暂且穿了绫袜；头上梳了鬏儿，搽了许多头油，戴上凤钗；搽了一脸香粉，又把嘴唇染的通红；手上戴了戒指，腕上戴了金镯。

情景描写

由此可以看出，装成女人的男人，他们必须拔须穿裙、脚裹金莲、搽油搽粉，都是为了迎合女子的审美观，没有自由权，一切都要按照女子们的要求做。

把床帐安了，请林之洋上坐。此时林之洋倒像做梦一般，又像酒醉光景，只是发愣。细问宫娥，才知国王将他封为王妃，等选了吉日，就要进宫。

正在著慌，又有几个中年宫娥走来，都是身高体壮，满嘴胡须。内中一个白须宫娥，手拿针线，走到床前跪下道："禀娘娘，奉命穿耳。"早有四个宫娥上来，紧紧扶住。那白须宫娥上前，先把右耳用指将那穿针之处碾了几碾，登时一针穿过。林之洋大叫一声："疼杀俺了！"往后一仰，幸亏宫娥扶住。又把左耳用手碾了几碾，也是一针直过。林之洋只疼的喊叫连声。两耳穿过，用些铅粉涂上，揉了几揉，戴了一副八宝金环。白须宫娥把事办毕退回。接著有个黑须宫人，手拿一匹白绫，也向床前跪下道："禀娘娘，奉命缠足。"又上来两个宫娥，都跪在地下，扶住"金莲"，把绫袜脱去。那黑须宫娥取了一个矮凳，坐在下面，将白绫从中撕开，先把林之洋右足放在自己膝盖上，用些白矾洒在脚缝内，将五个脚指紧紧靠在一处，又将脚面用力曲作弯弓一般，即用白绫缠裹；才缠了两层，就有宫娥拿著针线上来密密缝口：一面狠缠，一面密缝。林之洋身旁既有四个宫娥紧紧靠定，又被两个宫娥把脚扶住，丝毫不能转动。及至缠完，只觉脚上如炭火烧的一般，阵阵疼痛。不觉一阵心酸，放声大哭道："坑死俺了！"两足缠过，众宫娥草草做了一双软底大红鞋替他穿上。林之洋哭了多时，

动作描写

让男人们设身处地地领略这无人性的变态审美哲学下的最终结局，让天下男儿明白旧有的伦理思想是对人性、人身、人格的荼毒，让他们因信奉"男尊女卑"思想而倍感羞辱，这种艺术手法就是反设法。

左思右想，无计可施，只得央及众人道："奉求诸位老兄替俺在国王面前方便一声，俺本有妇之夫，怎作王妃？俺的两只大脚，就如游学秀才，多年来曾岁考，业已放荡惯了，何能把他拘束？只求早早放俺出去，就是俺的妻子也要感激的。"众宫娥道："刚才国王业已分付，将足缠好，就请娘娘进宫。此时谁敢乱言！"

不多时，宫娥掌灯送上晚餐，真是肉山酒海，足足摆了一桌。林之洋哪里吃得下，都给众人吃了，一时忽要小解，因向宫娥道："此时俺要撒尿，烦老兄领俺下楼走走。"宫娥答应，早把净桶掇来。林之洋看了，无可奈何。意欲扎挣起来，无如两足缠的紧紧，那里走得动。只得扶著宫娥下床，坐上净桶；小解后，把手净了。宫娥掇了一盆热水道："请娘娘用水。"林之洋道："俺才洗手，为甚又要用水？"宫娥道："不是净手，是下面用水。"林之洋道："怎叫下面用水？俺倒不知。"宫娥道："娘娘才从何处小解，此时就从何处用水。既怕动手，待奴婢替洗罢。"登时上来两个胖大宫娥，一个替他解褪中衣，一个用大红细绫帕蘸水，在他下身揩磨。林之洋喊道："这个顽的不好！诸位莫乱动手！俺是男人，弄的俺下面发痒。不好，不好！越揩越痒！"

细节描写

有钱人、富贵人所穿的"中衣"，是一种贴身穿的长内裤，外面还有其他衣物。

那个宫娥听了，自言自语道："你说越揩越痒，俺还越痒越揩哩！"把水用过，坐在床上，只觉两足痛不可当，支撑不住，只得倒在床上和衣而卧。那中年宫娥上前禀道，"娘娘既觉身倦，就请盥漱安寝罢。"众宫娥也有执著烛台的，也有执著漱盂的，也有捧著面盆的，也有捧著梳妆的，也有托著油盒的，也有托著粉盒的，也有提著手巾的，也有提著绫帕的，乱乱纷纷，围在床前。

只得依著众人略略应酬。净面后，有个宫娥又来搽粉，林之洋执意不肯。白须宫娥道："这临睡搽粉规矩最有好处，因粉能白润皮肤，内多冰麝，王妃面上虽白，还欠香气，所以这粉也是不可少的。久久搽上，不但面如白玉，还从白色中透出一股肉香，真是越白越香，越香越白；令人越闻越爱，越爱越闻：最是讨人欢喜的。久后才知其中好处哩。"宫娥说之至再，那里肯听。众人道："娘娘如此任性，我们明日只好据实启奏，请保母过来，再作道理。"登时四面安歇。

语言描写

从《镜花缘》的叙述可知，古人认为夜晚在面、身上搽粉，可以让粉中的营养成分滋养皮肤，以使皮肤"白嫩细腻"，甚至，在天长日久的坚持之下，香气会浸入皮肤，积贮在皮肤中，于是人体就会散发香气。

到了夜间，林之洋被两足不时疼醒，即将白绫左撕右解，费尽无穷之力，才扯了下来，把十个脚指个个舒开。这一畅快，非同小可，就如秀才免了岁考一般，好不松动。心中一爽，竟自沉沉睡去。次日起来，盥漱已罢。那黑须宫娥正要上前缠足，只见两足已脱精光，连忙启奏。国王教保母过来重责二十，并命在彼严行约束。保母领命，带了四个手下，捧著竹板，来到楼上，跪下道："王妃不遵约束，奉令打肉。"林之洋看了，原来是个长须妇人，手捧一块竹板，约有三寸宽、八尺长。不觉吃了一吓道："怎么叫作'打肉'？"只见保母手下四个微须妇人，一个个膀阔腰粗，走上前来，不由分说，轻轻拖翻，褪下中衣。保母手举竹板，一起一落，竟向屁股、大腿，一路打去。林之洋喊叫连声，痛不可忍。刚打五板，业已肉绽皮开，血溅茵褥。保母将手停住，向缠足宫娥道："王妃下体甚嫩，才打五板，已是'血流漂杵'；若打到二十，恐他贵体受伤，一时难愈，有误吉期，拜烦姐姐先去替我转奏，看国王钧谕如何，再作道理。"缠足宫人答应去了。保母手执竹板，自言自语道："同是一样皮肤，他这下体为何生的这样又白又嫩？好不令人可爱！据我看来，这副尊臀，真可算得'貌比潘安，颜如宋玉'了！"因又说道，"'貌比潘安，颜如宋玉'，是说人的容貌之美，怎么我将下身比他？未免不伦。"

只见缠足宫人走来道："奉国王钧谕，问王妃此后可遵约束？如痛改前非，即免责放起。"林之洋怕打，只得说道："都改过了。"众人于是歇手。宫娥拿了绫帕，把下体血迹擦了。国王命人赐了一包棒疮药，又送了一盏定痛人参汤。

随即敷药，吃了人参汤，倒在床上歇息片时，果然立时止痛。缠足宫娥把足从新缠好，教他下床来往走动。宫娥搀著走了几步。棒疮虽好，两足甚痛，只想坐下歇息；无奈缠足宫娥惟恐误了限期，毫不放松，刚要坐下，就要启奏；只得勉强支持，走来走去，真如挣命一般。到了夜间，不时疼醒，每每整夜不能合眼。无论日夜，俱有宫娥轮流坐守，从无片刻离人，竟是丝毫不能放松。林之洋到了这个地位，只觉得湖海豪情，变作柔肠寸断了。

未知如何，下回分解。

情景描写

连须眉男子都忍受不了的酷刑却时时加在妇女身上，可想旧时有多少女子暗夜里抚足痛哭。裹足这种非人的折磨，对女子的身心造成伤害，限制她们的行动范围，从而使她们驯服，以利于男权的统治。

情景描写

作者把现实生活中妇女所受的种种轻视、玩弄、茶毒，放到想象中的国度里，反加在男子身上，也让他们尝一尝男尊女卑的滋味，确实为生活在社会底层的妇女们出了一口气。

名师点拨

作者用“反诸其身”的方法，通过林之洋被女儿国选作王妃之事，使男子也尝到了女子“缠足”，肉体遭受摧残的痛苦。作者就是用这种滑稽和夸张之笔给人们描绘了一出男子“缠足”的闹剧。

阅读积累

人　参

人参为多年生草本植物，喜阴凉，叶片无气孔和栅栏组织，无法保留水分，温度高于32度叶片会灼伤，郁闭度0.7–0.8。通常3年开花，5–6年结果，花期5–6月，果期6–9月。生长于北纬33度–48度之间的海拔数百米的以红松为主的针阔混交林或落叶阔叶林下，产于中国东北、朝鲜、韩国、日本、俄罗斯东部，人参的别称为黄参、地精、神草、百草之王，是闻名遐迩的“东北三宝”之一。

第三十四回 观丽人女主定吉期 访良友老翁得凶信

名师导读

本回对林之洋缠足的过程叙述得十分详尽，因为缠足最深刻地反映了中国古代妇女的低下地位和悲惨命运。于是，作者栩栩如生地向世人展示了缠足之法。作者让男性切实体会到了女性缠足的痛苦——通过这荒诞不经的描写，小说深刻揭露出封建制度的残酷对女性的摧残达到了令人发指、无以复加的程度。

话说林之洋两只“金莲”，被众宫人今日也缠，明日也缠，并用药水熏洗，未及半月，已将脚面弯曲折作两段，十指俱已腐烂，日日鲜血淋漓。一日，正在疼痛，那些宫娥又搀他行走。不觉气恼夹攻，暗暗忖道：“俺林之洋捺了火气，百般忍耐，原想妹夫、九公，前来救俺；今他二人音信不通，俺与其零碎受苦，不如一死，倒也干净！”手扶宫人，又走了几步，只觉疼的寸步难移。奔到床前，坐在上面，任凭众人解劝，口口声声只教保母去奏国王，情愿立刻处死，若要缠足，至死不能。一面说著，摔脱花鞋，将白绫用手乱扯。众宫娥齐来阻挡，乱乱纷纷，搅成一团。

情景描写

《镜花缘》的作者深感缠足恶习之根深蒂固，应是以男子为中心的中国封建士大夫阶层把女子当作“玩物”而酿成的。

保母见光景不好，即去启奏。登时奉命来至楼上道：“国王有令，王妃不遵约束，不肯缠足，即将其足倒挂梁上，不可违误！”林之洋此时已将生死付之度外，即向众宫娥道：“你们快些动手！越教俺早死，俺越感激！只求越快越好！”于是随著众人摆布。谁知刚把两足用绳缠紧，已是痛上加痛，及至将足吊起，身子悬空，只觉眼中金星乱冒，满头昏晕，登时疼的冷汗直流，两腿酸麻。只得咬牙忍痛，闭口合眼，只等早早气断身亡，就可免了零碎吃苦。挨了片时，不但不死，并且越吊越觉明白。两足就如刀割针刺一般，十分痛苦。咬定牙关，左忍右忍，那里忍得住！

不因不由杀猪一般喊叫起来，只求国王饶命。保母随即启奏，放了下来。从此只得耐心忍痛，随著众人，不敢违拗。众宫娥知他畏惧，到了缠足时，只图早见功效，好讨国王欢喜，更是不顾死活，用力狠缠。屡次要寻自尽，无奈众人日夜提防，真是求生不能，求死不得。

情景描写

林之洋的经历完全证实了西蒙波伏娃的观点："女人不是生下来就是女人，而是后来才变成女人。"

不知不觉，那足上腐烂的血肉都已变成脓水，业已流尽，只剩几根枯骨，两足甚觉瘦小；头上乌云，用各种头油，业已搽的光鉴；身上每日用香汤熏洗，也都打磨干净；那两道浓眉，也修的弯弯如新月一般；再加朱唇点上血脂，映著一张粉面，满头朱翠，却也窈窕。国王不时命人来看。这日保母启奏："足已缠好。"国王亲自上楼看了一遍，见他面似桃花，腰如弱柳，眼含秋水，眉似远山。越看越喜，不觉忖道："如此佳人，当日把他误作男装，若非孤家看出，岂非埋没人才。"因从身边取出一挂真珠手串，替他亲自戴上，众宫人搀著万福叩谢。国王拉起，携手并肩坐下，又将金莲细细观玩；头上身上，各处闻了一遍，抚摸半晌，不知怎样才好。

情景描写

两性互相爱慕是一回事，被当作性的玩物由异性把玩又是一回事，这是丧失人格尊严的标志。这种被异性玩弄的屈辱感觉比缠足还痛苦。

林之洋见国王过来看他，已是满面羞惭，后来同国王并肩坐下，只见国王刚把两足细细观玩，又将两手细细赏鉴；闻了头上，又闻身上；闻了身上，又闻脸上：弄的满面通红，坐立不安，羞愧要死。

心理描写

历史上的女性就是这样被加工成没有行动能力的静止"物"的。可见柔弱并不是女性的固有本性。

国王回宫，越想越喜。当时选定吉期，明日进宫。并命理刑衙门释放罪囚。林之洋一直想唐、多二人前来相救，那知盼来盼去，眼看著明日就要进宫，仍是毫无影响。一时想起妻子，心如刀割，那眼泪也不知流过多少。并且两只"金莲"，已被缠的骨软筋酥，倒像酒醉一般，毫无气力，每逢行动，总要宫娥搀扶。想起当年光景，再看看目前形状，真似两世人。万种凄凉，肝肠寸断。这日晚上，足足哭了一夜。到了次日吉期，众宫娥都绝早起来替他开脸；梳裹、搽胭抹粉，更比往日加倍殷勤。那双"金莲"虽觉微长，但缠的弯弯，下面衬了高底，穿著一双大红凤头鞋，却也不大不小；身上穿了螂衫，头上戴了凤冠，浑身玉佩叮珰，满面香气扑人，虽非国色天香，却是袅袅婷婷。用过早膳，各王妃俱来贺喜，来来往往，络绎不绝，到了下午，众宫娥忙忙乱乱，替他穿戴齐整，伺候进宫。不多时，有几个宫人手执珠灯，走来跪下道："吉时已到。请娘娘先升正殿，伺候国王散朝，以便行礼进宫。就请升舆。"林之洋听了，倒像头顶上打了一个霹雳，只觉耳中嘤的一声，早把魂灵吓的飞出去了。众宫娥不由分说，一齐搀扶下楼，上了凤舆，无数宫人簇拥，来到正殿，国王业已散朝，里面灯烛辉煌。众宫人搀扶林之洋，颤颤巍巍，如鲜花一枝，走到国王面前，只得弯著腰儿，拉著袖儿，深深万福叩拜。各王妃也上前叩贺。正要进宫，忽听外面闹闹吵吵，喊声不绝，国王吓的惊疑不止。

原来这个喊声却是唐敖用的机关。唐敖自从那日同多九公寻访林之洋下落，访来访去，绝无消息。这日两人分头去访。唐敖寻了半日，回船用饭，因吕氏母女啼哭，正在解劝。只见多九公满头是汗，跑进船上道："今日费尽气力，才把林兄下落打听出来。"吕氏慌忙问道："俺丈夫现在何处？究竟存亡若何？"多九公道："老夫问来问去，恰好遇见国舅府中内使，才知林兄因国王看货欢喜，留在宫内，封

为贵妃。因他脚大，奉命把足缠好，方择吉日成亲。今脚已裹好，国王择定明日进宫。”话未说完，吕氏早已哭的晕倒。

婉如一面哭著，把吕氏唤醒，吕氏向唐、多二人叩头，哭哭啼啼，只求“姑爷、九公，救俺丈夫之命”。唐敖命兰音、婉如把吕氏搀起。

多九公道：“老夫刚才恳那内使求国舅替我们转奏，情愿将船上货物尽数孝敬，赎林兄出来，虽承内使转求，无奈国舅因吉期已定，万难挽回，不肯转奏。老夫无计可施，只得回来。唐兄可有甚么妙计？”唐敖吓的思忖多时道：“此时吉期已到，恐难挽回。为今之计，惟有且写几张哀怜呈词，到各衙门递去，设遇忠正大臣，敢向国王直言谏诤，救得舅兄出来，也未可知。除此实无别法。”吕氏道：“姑爷这个主意想的不差！他们偌大之国，官儿无数，岂无忠臣？这个呈词递去，必能救得丈夫出来。就请姑爷多写几张，早早递去！”唐敖当时作了哀怜稿儿，托多九公酌定。二人分著写了几张，惟恐耽搁，连饭也不敢吃，随即进城，但遇衙门，就把呈词递进。谁知里面看过，仍旧发出道：“这不干我们衙门之事，你到别处递去。”

一连几十处，总是如此。二人饿著跑到日暮，只得回船。吕氏问知详细，只哭的死去活来。娘儿两个，足足哭了一夜。唐敖听著，心如剑刺，东方渐亮，急的瞪目痴坐，无计可施。

多九公走来道：“我们与其在船闷坐，何不上去探听？设或改了吉期，就好另想别法了。”唐敖道：“吉期就在今日，何能更改。即使改了，又有何法？”多九公道：“倘能另改吉期，我们船上货物银钱，也还不少，即到邻邦，船上尽其所有都馈送那国王，恳其代为转求；设或他看邻邦分上，情不可却，放林兄出来，也未可知。”吕氏在内听了，早又带泪出来道：“此计甚好，就求速速上去打听！”唐敖只得答应，同多九公进城。只听四处纷纷传说：今日国王收王妃进宫，释放罪囚，各官都叩贺去了。二人听了，更觉心冷如冰。多九公叹

知识延伸

谏诤：直言规劝，使人改正过错谏诤即见听。《汉书》“自此谏诤路绝，贤豪解体。”《东周列国志》曾子曰：“若夫慈爱、恭敬、安亲、扬名，则闻命矣。敢问子从父之令，可谓孝乎？”子曰：“是何言与？是何言与？昔者，天子有争臣七人，虽无道，不失其天下。诸侯有争臣五人，虽无道，不失其国。

道："你听这话，还探听甚么！只好回去劝劝他们。如今木已成舟，也是林兄命定如此了。"唐敖道："这两日我在船上想起舅兄之事，至亲相关，心中已如针刺；此刻回去，他们听见一无指望，更要恸上加恸，教人听著，何能安身。我们只好在此走走，暂且躲避躲避。"

多九公只得点头，又向前行。不知不觉，天已正午。多九公道："此时腹中甚饿，路旁有个茶坊，我们何不进去吃些点心，充充饥也好。"说罢，进去检副座儿坐了，倒了两碗茶，要了两样点心。只见有个起课的走来。唐敖一时无聊，因在课桶内抽了一签，递了过去。未知如何，下回分解。

名师点拨

其实，对于缠足的看法，作者早在第十二回中君子国吴之祥批评天朝流弊时就已涉及。吴之祥认为缠足是在戕害人的肢体基础上进行的所谓"审美"，无异于在"造淫具"，是"圣人所必诛"的罪恶。缠足的陋习在李汝珍死后还延续了一百多年，而李汝珍在当时即以艺术的形式大胆揭示出这种习以为常的事情下的不合理，其见识观可见一斑。

阅读积累

金　莲

女人所缠小脚的别称。因为最早缠足的窅娘，曾舞于六尺金莲之上，又因齐东昏侯萧宝卷曾凿金莲贴地，令潘妃行其上，而称女人缠裹后的小脚为金莲。《南史·齐东昏侯纪》："凿金为莲华以贴地，令潘妃行其上，曰：'此步步生莲华！'"《西厢记》："金莲蹴损牡丹芽，玉簪抓住荼蘼架。"

第三十五回　现红鸾林贵妃应课 揭黄榜唐义士治河

名师导读

本回在《镜花缘》中算是故事性较强的一回，情节跌宕起伏，一波三折。唐敖为救林之洋冒险揭下了皇榜，并授意女儿国国民在皇宫外请愿，以帮助女儿国治理水患而换取林之洋的自由身。然而，事情远出于唐敖等人意料，女儿国国王竟“只知好色，不以民命为重”。可见女儿国政治之昏庸腐朽。

知识延伸

起课：占卜方法的一种。古代方士六壬术，有四课式，用占日之干支为推算之本，后因称求卜为“起课”。其占法，或转动刻有干支等字样的两个木盘（上名天盘，下名地盘），或摇铜钱看正反面，或用手指掐算，然后根据课义附会人事，推断吉凶。

话说唐敖把签递给起课的看了，随即起了一课道：“此课‘红鸾’发现，该有婚姻之喜。可惜遇了‘空亡’，未免虚而不实，将来仍是各栖一枝，不能鸾凤和鸣。不知尊嫂所问何事？”唐敖道：“我问这段婚姻，可能不成？此人现在难中，可逃得出么？”起课的道：“刚才我已说过：婚姻虚而不实，断难成就。此人灾难已满，指日即有救星；就只要脱火坑，还须耽搁十日。”唐敖付了课资，起课的去了。多九公道：“林兄灾难既满，为何还须十日方离火坑？”唐敖道：“此话离离奇奇，令人不解。”吃过点心，付了茶资，信步走出。

远远有许多人簇拥著走来，二人迎上观看，原来是些人夫担著几十担礼物过去。多九公道：“后面那个押礼的，就是国舅内使，不知到何处送礼去？”唐敖道：“上面俱用锦袱盖著，自然是送国王的了。”多九公忙去打听，回来满面愁容道：“唐兄：你道国舅这礼送给那个的？原来却是送给林兄的。”唐敖道：“此话怎讲？”多九公道：“那送礼人说，国舅因今日王妃进宫，送这礼物，预备王妃赏赐宫人。岂非送给林兄么？”唐敖听了，只急的抓耳挠腮。再望望，太阳业已西坠，各处官员，都乘轿马叩贺回来；那些罪囚，一个个也都喜笑而归。不多时，国舅送礼人夫，也都挑著空担回去。

二人见天色已晚，无可奈何，只得垂头丧气，回归旧路。唐敖道："刚才那起课的说，指日就有救星。若过了今日他还救得出么？"多九公摇头道："今日如果进宫，生米做成熟饭，岂有挽回之理。"唐敖道："我刚才也是这样想。若据起课所言，似乎今日又有救星，究竟不知怎样挽回？再四思想，测度不出。大约那起课的不过信口胡谈，偏遇我们只想挽回，也不管事已八九，还要胡思乱想，可谓'痴人说梦'了。但舅兄如此好人，将来竟作异乡之鬼，这样结局，能不令人伤感！"多九公听了，也是叹息不止。

信步行来，又到张挂榜文处。唐敖道："我们初到此地，舅兄上去卖货，小弟同九公上来，曾见此榜。那知在此耽搁多日，遭此飞灾。这些时，不知舅兄怎样受罪，如何盼望！"一面说著，不觉滴下泪来。猛然心内一急，低头想了一想，走上前去，把榜揭了下来，多九公摸不著唐敖是何主见，当著众人，拦又拦不得，问又问不得，惟有望著发愣。那些看守人役，上前问道："你是何处妇人，擅揭此榜？那榜上的话，你可看明？"此时众百姓闻得有人揭榜，登时四方轰动，老老少少，无数百姓，都围著观看。唐敖看见人众，因朗声发话道："我姓唐，乃天朝人氏，从外洋至此。治河一道。我们天朝无人不晓。今路过贵邦，因见国王这榜，备言连年水患，人民被害，如邻邦君王治得河道，小民得免水患，情愿纳贡臣服；若邻邦臣民有能治得河道，财宝禄位，悉听择取：说的甚觉诚恳。因此不辞劳瘁，特来治河，与你们除患，……"话未说完，早有许多百姓，挨挨挤挤，都跪在地下，口口声声，只求天朝贵人大发慈心，早赐救援。唐敖道："你们诸位请起。我虽能治河，但财宝禄位，我们天朝那样不有？这些我都不要。只要你们依我一事，我就即日兴工。"众百姓都起来道："不知贵人所说何事？"唐敖道："小可有个妻舅，前因卖货进宫，现被国王立为王妃。闻得吉期定于今日。你们如要治河，大家即到朝前哭诉，放了此人，我即兴工。如国王不以民命为重，不肯放他，纵让财宝如山，我亦不愿，只好回乡去了。"说话间，那围著看的人，密密层层，就如人山人海一般。一闻此言，只听得发了一声喊，不约而同，齐向朝门而去。那些人役，也都去回本官。

多九公得空到唐敖耳边问道："唐兄果然晓得治河么？"

词苑撷英

痴人说梦：原指对傻子说梦话而傻子信以为真。比喻凭妄想说不可靠或根本办不到的话。"痴人说梦"现用来形容愚昧的人说荒诞的话。这和它原来的意思就不同了。

唐敖道："小弟并未做过外工朋友，哪知治河！"多九公道："你既不谙，为何把榜揭了？设或修治不妥，虚费他的帑项，岂不连我们也弄出未完么？"唐敖道："小弟此番揭榜虽觉孟浪，但因要救舅兄，不得已做了一个'火烧眉毛，且顾眼前'之计，实是无可奈何。此时众百姓前去，大约国王难违众情，必是暂缓吉期。明日小弟看过河道，只好设法酌量。倘舅兄五行有救，自然机缘凑巧，河道成功；如光景不佳，不能结局，即烦九公将船上货物馈送邻邦，求其拯救，只此便是良策。"多九公听著，只是皱眉摇头。登时有看榜人役，备了轿马，把唐敖送到迎宾馆。多九公只得充作仆人，跟在后面。早有管事人预备酒饭，多九公另有下席一桌。二人正在饥饿，且饱餐一顿。饭后，多九公上船送信，暂安吕氏之心。回到宾馆，仍同唐敖静候佳音。

那些百姓听了唐敖之言，一时聚了数万人，齐至朝门，七言八嘴，喊声震耳。国王正受嫔妃朝贺，忽闻此声，惊疑不止，只见宫人进来奏道："国舅有要事面奏。"国王即命众人暂避，把国舅传进。国舅行礼毕，就把"天朝妇人揭榜，能修河道，因主上把他亲戚立为王妃，意欲恳求释放，才能兴工。众百姓现在聚了数万人，齐集朝门，吁求主上俯念数十万生灵为重，释放此人，以便即日兴工，救拔生民，以免涂炭"等话，奏了一遍。国王道："我国向例：凡庶民人家，从无再醮之妇，何以孤家身为人君，反令王妃违此定例呢？"国舅道："刚才臣已剀切晓谕，'向来国中庶民，既婚后尚且不准改节，何况君上乃一国之主，岂有放回王妃之理？'说之至再。奈众百姓因吉期虽是今日，但王妃尚未进宫，与业已进宫不同，所以才敢吁恳施恩。"国王听了，无言可答。忖了多时道："既如此，卿就出去回覆众民，就寡人业已进宫，今日不能启奏，到了明日，木已成舟，众百姓也不能求我释放，我也有词可托了。"国舅再三恳求，无奈国王执意不肯，只得退出，回覆众人。众百姓听了，惟恐到了明日，就难挽回，登时鼓噪，乱乱轰轰，喊成一片。国王听见外面如此，心中著实害怕，明知自己理亏，意欲释放，又难割舍。想了多时，忽听外面人声渐渐闹进宫来，不觉发恨道："索性给他'一不做二不休'罢！"因命值殿尉官，率领军兵十万，立时征剿。尉官奉命，立刻点兵，只听四面枪炮声震的山摇地动。众百姓那里肯退，都说与其日后丧在鱼鳖之口，不如今日被国王杀了，倒也干净。哭哭啼啼，更觉喊声震天。国舅见百姓势头已急，惟恐人多激变，分付众兵无许动手伤人，随又再三劝众百姓道："尔等只管散去。老夫自然替你们转奏，务将揭榜人留下修治河道。明日府中候信，老夫自有道理。"百姓听了，这才慢慢散去。尉官把兵收了。

国王见众百姓已散，随即进宫，命林之洋并肩坐了。映著灯光，复又慢闪俊目，细细观看，只见林之洋体态轻盈，娇羞满面，愁锁蛾眉，十分美貌。看罢，心中大喜。忙把自鸣钟望了一望，因娇声说道："你同我已订'百年之好'，你如此喜事，你为何面带愁容？你今得了如此遭际，你也不枉托生女身一场。你今做了我国第一等妇人，你心中还有甚么不足处？你日后倘能生得儿女，你享福日子正长。你与其娇揉造作，装作男人；你倒不如还了女装，同我享受荣华。我们且饮两杯。"分付摆宴。又向宫人赐了许多珠宝金银之类。不多时，酒席齐备。

众宫娥斟了一杯喜酒，教他奉敬国王。林之洋此时心如死灰，一时想起妻女，就如万箭攒心；兼之一连数日，茶饭不吃，精神恍惚，四肢无力，把杯接在手中，只觉战战兢兢，浑身发抖，那个酒杯倒像千斤之重，那里递得过去。正在勉强，只觉四肢发酸，把手一松，当郎郎酒杯落在桌上。宫娥拾过，又斟一杯，林之洋接著，心中更觉发慌，登时又把酒洒了。众宫娥只得替他代敬国王。国王命人也与林之洋斟了一杯，放在唇边，只得勉强饮了，随后又是一杯，以为成双之意。

林之洋素日酒量虽大，无如近来腹中空虚，把酒饮过，只觉天旋地转，幸而还未醉倒。国王又饮数杯，命人把表取过看了一看，分付撤去筵席。霎时桃腮带笑，醉眼朦胧，嘻嘻笑道："天不早了，我同你睡罢。"众宫人上前把林之洋外面衣裙宽了，又把首饰除去。国王也宽了外面衣服，伸出一双玉手，十指尖尖，把林之洋手腕携住，上了牙床，放下鲛绡帐，竟自睡了。

神态描写

从神态来看，哪里有群男之首"国王"的半点气质。

这里国王业已成亲。唐敖还在迎宾馆，痴心妄想，另改吉期。等来等去，吃了晚饭，还无信息。正在盼望，恰好有几个老年百姓从朝中回来，把尉官点兵征剿各话说了。唐敖这才知其详细，只吓的惊慌失色。多九公道："刚才唐兄说国王必是暂缓吉期，哪知全出意料之外，并且大动干戈，用兵征剿。看这光景，国王只知好色，不以民命为重。过了今日，我们只好且充外工朋友，替他修理河道，弄点修金。若想林兄回来，只怕难了。"唐敖只急的抓耳挠腮。只见国舅那边差了内使，押送铺盖过来；又拨许多人役伺候。内使道："我家国舅命我多多致意贵人，今日天晚，不能过来；明日上朝见过国王，就来面商修治河道。贵人在此，诸多简慢，只好当面再来请罪。"说罢，同几个庶民都去了。

次日，守候国舅，一直等到夜深，也不见来。多九公又去打听，原来众百姓已将国舅府围的水泄不通，在那里候信。唐敖这一夜更不曾合眼。次日清晨起来，多九公道："唐兄，你看不知不觉又是一天了。据老夫看来，若像这样，只怕我们吃了喜蛋才能回去哩。"唐敖道："此话怎讲？"多九公道："林兄同国王成亲，今已两日。再过几日，倘恭喜怀了身孕，

知识延伸

喜蛋：婚嫁或者生小孩用的喜蛋，“鸡”字也同“吉”字同音，按照中国古代传统文化，我们把鸡蛋煮熟，用红色颜料将鸡蛋染成红色或者玫瑰红，在婚礼结束后，回礼给婚礼宾客的礼物中应该用两个红鸡蛋，叫作喜蛋。寓意新人红红火火添子添孙。

你是国王的妻妹婿，这样好亲戚，岂不要送喜蛋么？”唐敖急的无计可施，惟有专候国舅之信。

谁知国舅自从那日安顿众百姓，次日上朝，国王只推有病，总不见面。把个国舅急的走出走进，毫无主意。并闻府中已被众百姓团团围住，专等治河回音，更觉著急，又不敢回府。又恐唐敖走脱，因派许多兵役在城门把守。又差人时刻送酒送菜到迎宾馆去，又挑了几担鱼肉鸡鸭之类送到唐敖船上，无非遮人耳目，恐怕冷落之意。当日就在朝堂住了。

第二日，天将发晓，国王起来，大为不乐，将国舅宣来问道：“那揭榜妇人可在么？”国舅奏道：“此人现在宾馆，因国王没有示下，大约今日就要回去。”国王道：“他果能治河。我念生灵为重，原可施恩把王妃释放。不知他治的究竟如何。莫若守他河路治好，再放王妃回去。倘修治不善，不能完功，虚费银两，即将王妃留在此处，日后照数拿银来赎。国舅以为何如？”国舅听了，满心欢喜道：“王上如此办理，既不虚糜帑项，又安众民之心；倘河道成功，也除通国大患，真是一举两便。”国王道：“你就照此办去。”

国舅来至迎宾馆，见了唐敖，彼此叙了寒温。原来这位国舅姓坤，年纪不满五旬，声音面貌，宛如太监。二人茶罢。国舅道：“昨日众百姓齐集朝门，备言贵人因念敝邦水患，特来救援。老夫适值朝中有事，不能趋陪，多有得罪，尚望海涵！至令亲因在王府卖货，忽染重恙，现在仍来获痊，俟略将养，自然即送归舟。至立王妃之说，系小民讹传，断断不可轻信。但治河一事，不知贵人有何高见？”唐敖道：“贵邦河道受病之由，小子尚未目睹，不敢谬执臆见。若论大概情形，当年治河的，莫善于禹。吾闻禹疏九河，这个‘疏’字，却是治河主脑。疏通众水，使之各有所归，所谓‘来有来源，去有去路’。根源既清，中无壅滞，自然不至为患了。此小子愚昧之见，将来看过河道，尚望国舅大人指教。”国舅听了，连连点头。

语言描写

当数万名百姓齐集朝门，吁求国王释放林之洋，以便即日兴工治河时，国王明知自己理亏，却命值殿尉官率领军兵十万，立时征剿。

未知如何，下回分解。

名师点拨

此回详尽细密地介绍了中国古代劳动人民总结出来的水利科学理论。这种毫无保留地把自己的文化科技成果贡献给异国，帮助他们战胜灾害、发展生产、改善生活的义举，反映了中国的先民在对外交往中的仁义宗旨。

阅读积累

再醮

再醮即再次斟酒，古代行冠礼的一种仪式。《仪礼·士冠礼》："加皮弁如初仪，再醮摄酒，其他皆如初。"

古代男女婚嫁时，父母给他们酌酒的仪式，叫作"醮"。故男子再娶或女子再嫁都可以称为"再醮"。程祖庆《吴郡金石目·宋故通判赵公圹志》："初娶管氏，再醮钱氏。"后专指妇女再嫁。《明史·徐文华传》："中人之家不娶再醮之妇。"

第三十六回 佳人喜做东床婿 壮士愁为举案妻

名师导读

面目姣好的女儿国国王在作者笔下毫无疑问是一个暴虐君主的形象，他强抢“民女”林之洋做贵妃，不以百姓生灵为重。在本回中，其暴虐形象得到进一步深化。治理水患本为国家头等大事，困难之事，而在唐敖看来，女儿国的水患只是小事一桩，远不及天朝上国的天灾人祸。

话说国舅闻唐敖之言，不觉点头道：“贵人所言这个‘疏’字，顿开茅塞，足见高明。想来敝邦水患，从此可以永绝了。老夫还要回去覆命，暂且失陪，明日再来奉陪去看河道。”分付人役预备酒宴，小心伺候。乘舆回殿而去。多九公道：“林兄之事，若据前日用兵征剿光景，竟是毫无挽回；今日据国舅之言，又像林兄不久就要回来。莫非林兄前日竟未成亲？令人不解。”唐敖道：“大约此事全亏众百姓之力。国王恐人众作乱，所以暂缓吉期，也未可知。”

多九公道：“这且慢慢再去打听。第治河一事，关系非轻，倘有疏虞，不但林兄不能还乡，就是我们也不知如何结局。老夫颇不放心。明日看过河道，唐兄究竟是何主见？”唐敖道：“这个河道，其实看也罢，不看也罢。小弟久已立定一个主意。我想，河水泛滥为害，大约总是河路壅塞，未有去路，未清其源，所以如此。明日看过，我先给他处处挑挖极深，再把口面开宽，来源去路，也都替他各处疏通。大约河身挑挖深宽，自然受水就多，受水既多，再有去路，似可不致泛滥了。”多九公道：“治河既如此之易，难道他们国中就未想到么？”唐敖道：“昨日九公上船安慰他们，我唤了两个人役，细细访问。此地向来铜钱甚少，兼且禁用利器，以杜谋为

语言描写

李汝珍豁然开朗：治理国家不是也应该这样吗？大清王朝“闭关自守”，四面“壅塞”，也应该“挑挖极深”的“口面”以“疏通”。

不轨；国中所用，大约竹刀居多，惟富家间用银刀，亦甚希罕。所有挑河器具，一概不知。好在我们船上带有生铁，明日小弟把器具画出样儿，教他们制造。看来此事尚易成功。”多九公道：“原来此地铜铁甚少，禁用利器。怪不得此处药店所挂招牌，俱写‘咬片、咀片’；我想好好药品，自应切片，怎么倒用牙咬？腌臜姑且不论，岂非舍易求难么？老夫正疑此字用的不解，今听唐兄之言，无怪要用牙咬了，我们家乡药店虽用刀切，招牌亦写‘咬咀’字样，虽系遵著古人医书，谁知这故典却出在女儿国的。”

语言描写

这是一段饱含着深刻意蕴的笑料。《镜花缘》中层出不穷的幽默片断大都应作如是观。

次日，国舅陪唐敖出城看河。一连两日。看毕回来，唐敖道：“连日细看此河受病处，就是前日所说那个‘疏’字缺了。以彼处形势而论，两边堤岸，高如山陵，而河身既高且浅，形象如盘，受水无多，以至为患。这总是水大之时，惟恐冲决漫溢，且顾目前之急，不是筑堤，就是培岸。及至水小，并不预为设法挑挖疏通，到了水势略大，又复培壅。以致年复一年，河身日见其高。若以目前形状而论，就加以浴盆置于屋脊之上，一经漫溢，以高临下，四处皆为受水之区，平地即成泽国。若要安稳，必须将这浴盆埋在地中。盆低地高，既不畏其冲决，再加处处深挑，以盘形变成釜形，受水既多，自然可免漫溢之患了。”国舅道：“贵人所能河道受病情形，恰中其弊，足见天朝贵人留心时务，识见高明。至浴盆屋脊之说，尤其对症，真是指破迷团。惟求贵人大发恻隐，早赐拯拔，使敝邦‘屋脊’之祸水由地中行，永庆安澜，得免涂炭，不独苍生感戴，即敝邦国王，亦当铭感不忘，但挑挖深通，不知天朝向来用何器具？尚求指教。”

语言描写

而后唐敖命工匠用他们带的铜铁打造器具，将样儿画了，一一指点。

唐敖道：“敝处所用器具甚多，无如贵邦铜铁甚少，无从措办。‘工欲善其事，必先利其器。’今既一无所有，纵使大禹重生，亦当束手。幸而我们船中带有铜铁，制造尚易。第河道一时挑挖深通，使归故道，施工其难。盖堤岸日积月累，培壅过高，下面虽可深挑，而出土甚觉费事；倘能集得数十万人夫，一面深挑，一面去其堤岸，使两岸之土不致壅积，方能易于藏事。不知人夫一时可能齐集？”国舅道：“若讲人夫，贵人只管放心。此地河道，为患已久，居民被害已深，闻贵人修治河道，虽士商人等，亦必乐于从事，况又发给工钱饭食，那些小民，何乐不为？但还有一事：昨日所看此河东首刷淤之处，贵人曾言彼处当年办理不善，以致淤沙停积，水无去路，因而不时为患。其受病之由，尚求指教。”

唐敖道：“凡河人淤沙，如欲借其水势顺溜刷淤，那个河形必须如矢之直，其淤始能顺溜而下。昨看那边河道到了刷淤之处，河路不直，多有弯曲，其淤遇弯即停，何能顺溜而下？再者，刷淤之处，其河不但要直，并且还要由宽至窄，由高到低，其淤始得走而不滞。假如西边之淤要使之东去，其西这口面如宽二十丈，必须由西至东，渐渐收编，不过数丈。是宽处之淤，使由窄路而出，再能西高东低，自然势急水溜，到了出口时，就如万马奔腾一般，其淤自能一去无余。今那边刷淤之处，不但处处弯曲，而且由窄至宽，事机先已颠倒，其意以为越宽越畅；那知水由窄处流到宽处，业已散漫无力，何能刷淤？无怪越积越厚，水无去路了。”

语言描写

纵观文中治理河道的思路及过程，始终贯彻执行了一个“疏”字。

国舅连连点头道：“贵人高论，胜如读《河渠书》《沟洫志》。但开工吉期，定在何时？以便启奏国王，谕令该管各官早为预备。”唐敖道：“此时必须先造器具。明日国舅多派工匠过来。俟器具造齐，再择吉期开工。”国舅点头，即命随从速传工匠，明早伺候；并多派人役，听候差遣。说罢别去。唐敖将器具样儿画了，并托多九公照应把铁发来。次日，许多工人传到，唐敖把样儿取出，一一指点，登时开炉打造。众工人虽系男装，究竟是些妇女，心灵性巧，比不得那些蠢汉，任你说破舌尖，也是茫然；这些工人，只消略为指点，全都会意。不过两三日，都造齐备。择了开工吉期。

是日，国舅同至河边。唐敖命人逐段筑起土坝。先把第一段之水车到第二段坝内，即将第一段挖深通；就把第二段土坝推倒，将水放入第一段新挑深坑之内，再挑第三段；逐段都动起工来，总是尽力深挑。后来所挖之土，一时竟难上岸，仍命工人把筐垂入坑内，用辘轳搅上，每取土一筐，要费许多气力，好在众百姓年年被这水患闹怕，此番动工，举国之人，齐来用力，一面挑河，一面起堤，不上十日，早已完工。又把各处来源去路，也都挑挖疏通。这里唐敖指点监工，那众百姓见他早起晚归，日夜辛勤，人人感仰。早有几个老者出来攒凑银钱，仿照唐敖相貌，立了一个生祠；又竖一块金字匾额，上写“泽共水长”四个大字。

此事传入宫内，早有一位世子把这情节对林之洋说了。

原来林之洋那日同国王成亲，上了牙床，忽然想起："当日在黑齿国，妹夫同俺顽笑，说俺被女儿国留下。今日果然应了。这事竟有预兆。那时九公曾说：'设或女儿国将你留下，你却怎处？'俺随口答道：'他如留俺，俺给他一概弗得知。'这话也是无心说出，其中定有机关。今日国王既要同俺成亲，莫若俺就装作木雕泥塑，给他们弗得知，同他且住几时，看他怎样。"因存这个主见，心心念念，只想回家，一时想起妻子，身如针刺，泪似涌泉。又想自从到此，被国王缠足、穿耳、毒打、倒吊，种种辱没，九死一生。这国王恁般狠毒，明是冤家对头，躲还躲不来，怎敢亲近？如此一想，灯光之下，看那国王虽是少年美貌，只觉从那美貌之中，透出一股杀气；虽不见他杀人，那种温柔体态，倒像比刀还觉利害。越看越怕，惟恐日后命丧他手，更是心冷如冰，体软如绵。一连两夜，国王费尽心机，终成画饼。虽觉扫兴气恼，因河道一事，究竟牵挂，不敢把他奈何。后来同国舅议定治河一事，思来想去，留此无用，只得将他送归楼上，索性把缠足、抹粉一切工课也都蠲了，林之洋得了这道恩赦，虽未得归故乡，暂且脚下松动。就只不知将来可能放归，又不知前日众百姓为何喧嚷，细问宫娥，都是支吾。

语言描写

《西游记》中的女儿国居民全是女性，《西洋记》中的女儿国"照旧有国王，照旧有文官，照旧有武将，照旧有百姓"。这里有所不同，但明显借鉴了《西游记》的写法。

生字背囊

蠲（juān）：除去，免除；显示，昭明；古同"涓"，清洁；古代称一种多足虫。

这日正在思乡垂泪，有个年轻世子走来下拜道："儿臣闻得天朝有位唐贵人来此治河，俟河道治好，父王即送阿母回去。儿臣特地送信，望阿母放心。"林之洋把世子搀起细问，才知揭榜一事。因垂泪道："蒙小国王念俺被难，前来送信。俺林之洋倘骨肉团圆，惟有焚香报你大德。俺妹夫河道治完，还求送俺一信。更望在老国王跟前，替俺美言，早放俺回去，便是俺救命恩人了。"世子上前替林之洋揩泪道："阿母不须悲伤。儿臣再去探听，如有佳音，即来送信。"说罢去了。林之洋自从国王送回楼上，众宫娥知他日后仍回天朝，并非本国王妃，哪个肯来照管，往往少饭无茶，十分懈怠。幸亏世子日日前来照应，茶饭始得充足。

语言描写

这个年轻的世子就是阴若花，这里的语言非常符合女儿国世子的身份。

林之洋深为感激。不知不觉，将及半月，两足虽已如旧，但穿上男鞋，竟瘦了许多。这日世子匆匆走来道："告禀阿母，唐贵人已将工程办完。今日父王出去看河，十分欢喜，因唐贵人乃天朝贵客，特命合朝大臣，许多鼓乐，护送归舟，并送谢仪万两。闻得明日即送阿母回船。儿臣探听真实，特来送信。”林之洋欢喜道：“俺自老国王送回楼上，蒙小国王百般照应，明日回去，不知甚时相见，俺林之洋只好将来再报大情。”

世子见左右无人，忽然跪下垂泪道：“儿臣今有大难，要求阿母垂救！如念儿臣素日一点孝心，大发恻隐，儿臣就有命了。”林之洋忙搀起道：“小国王有甚大难？快告俺知。”世子道：“儿臣自从八岁蒙父王立储，至今六载。不幸前岁嫡母去世，西宫阿母专宠，意欲其子继立，屡次陷害儿臣，幸而命不该绝。近日父王听信谗言，痛恨儿臣，亦有要杀儿臣之意。此时若不远走，久后必遭毒手。况父王指日即往轩辕祝寿，内外臣仆，莫非两宫羽翼；儿臣年纪既幼，素日只知闭户读书，又无心腹，安能处处防备？一经疏虞，性命难保。阿母如肯垂怜，明日回船，将儿臣携带同去。倘脱虎穴，自当衔环结草以报大恩。”林之洋道：“俺们家乡风俗与女儿国不同，若到天朝，须换女装。小国王作男子惯了，怎能改得？就是梳头、裹脚，也不容易。”世子道：“儿臣情愿更改。只要逃得性命，就是跟著阿母，粗衣淡饭，我也情愿。”林之洋道：“俺带小国王同去，宫娥看见，这便怎处？莫若等俺回船，小国王暗地逃去，岂不是好？”世子听了，连连摇头。

未知如何，下回分解。

名师点拨

女儿国之所以会有水患，是因为“淤沙停积，水无去路”，而针对此种情况唯一的办法就是“疏”。但问题的关键是女儿国缺少疏导河道的工具，原来“此地向来铜铁甚少，兼且禁用利器，以杜谋为不轨”朝廷因害怕百姓造反就置百姓安危于不顾，小说对这种现象的揭露实际上直斥现实，因为作者所处的清王朝也因害怕民变而对武器制造严加限制。

阅读积累

衔环结草

衔环结草是指感恩报德，至死不忘。结草，春秋时晋大夫魏武子临死命其子魏颗将其妾殉葬，颗不听而嫁其妾。后颗与秦力士杜回战，见一老人结草使回仆地。夜梦老人对他说：“余，而所嫁妇人之父也。”衔环，《续齐谐记》载，杨宝年九岁时，在华阴山北，曾救一黄雀，后梦有黄衣使者对他说；自己是西王母的使者，并给他四白环，告诉他“令君子孙洁白，位登三事，当如此环矣。”

第三十七回　新贵妃反本为男　旧储子还原作女

名师导读

女儿国中的争宠夺权，尔虞我诈，种种政治斗争与现实社会高度一致。女儿国世子阴若花的出现，即揭示了海外之国中宫廷斗争的残酷性。为了保住性命，阴若花甘愿放弃王储之位，离开女儿国。于是，唐敖之前服食仙草的功能有了用武之地，他凭借蹿高的功夫解救了林之洋和阴若花。而阴若花之名也一语点醒梦中人，令唐敖恍然大悟，原来“阴”指“女”，“若花”即是“如花”，暗示“梦神所说十二名花”即十二名女子，阴若花的出现恰为唐敖的寻花之旅画上了圆满的句号。

话说世子摇头道：“儿臣无事不能出宫；即使出去，亦有护卫，何能一人上船。好在近日众宫娥不来伺候，明日阿母上轿，儿臣暗藏轿内，即可出去。务望阿母携带！”林之洋道：“只要小国王办的严密，俺自遵命。”到了次日，国王命人备轿送林之洋回船，并命众宫娥替林之洋改换男装，伺候上轿。世子在旁看见人众，惟有垂泪，十分著急，忙到轿前附耳道：“此时耳目众多，不能同去。儿臣之命，全仗阿母相救。若出十日之外，恐不能见阿母之面。儿臣住在牡丹楼，切须在意！”送了几步，哽咽而去。

林之洋回到船，原来国王昨日备了鼓乐，已将唐敖、多九公护送回来。此时林之洋见了唐、多二人，惟有再三拜谢；吕氏、婉如、兰音，也都相见，真是悲喜交集。林之洋道：“妹夫到海外原为游玩，那知是俺救命恩人。俺在那里受罪，本要寻死，因得梦兆，必有仙人相救，俺才忍耐。今仙人还不赏光，却亏妹夫救俺出来。”多九公道：“这是林兄吉人天相，所以凑巧得唐兄同来。当日路过黑齿，唐兄曾有‘以德报德’

词苑撷英

悲喜交集：悲伤和喜悦的心情交织在一起。

之话，今日果然应了。可见林兄这场灾难，久有预兆，我们何能晓得。”唐敖道：“舅兄为何步履甚慢？难道国王果真要你缠足么？”

林之洋见问，不觉又是好笑，又是愧恨道：“他把俺硬算妇人做他的老婆也罢了，偏偏还要穿耳、缠足。俺这两脚好像才出阁的新妇，又像新进馆的先生，这些时好不拘束。偏那宫人要早见功，又用猴骨熬汤，替俺薰洗。今虽放的照旧，奈被猴骨洗的倒像多吃两杯，只觉害酒软弱，至今还是无力。当日上去卖货，曾有一个喜蛛落在脚上，哪知却是这件喜事！”婉如道：“爹爹耳上还有一副金环，俺替你取下来。”林之洋道：“那穿耳宫娥也不顾死活，揪著耳朵就是一针，今日想起，俺还觉痛。这总怪厌火国囚徒把俺胡须烧去，嘴上光光的，国王只当俺年轻，才有这番灾难。闻得国王昨日送妹夫回船，还有谢仪一万两，可送来么？”

语言描写

让男子切实体会女子穿耳缠足之苦，虽说只是“小说家言”，但它形象地告诉读者这些被男子所欣赏的所谓的女性之美，其实是对妇女的精神和肉体的摧残。

唐敖道：“久已送来。舅兄何以得知？”

林之洋将世子屡次送信、诸事照应，并后来求救各话，备细说了。

知识延伸

以德报德：用恩惠报答恩惠。语出《论语·宪问》“或曰：‘以德报怨何如？’子曰：‘何以报德？以直报怨，以德报德。’”

唐敖道：“世子既有患难，我们自应设法救他；况待舅兄如此多情，尤当‘以德报德’。且世子若非情急，岂肯把现成国王弃了，反去改换女装，投奔他邦之理？我们必须把他救出，方可起身，九公以为如何？”多九公道：“‘以德报德’，自应如此。但如何设法，必须商酌万全，才好举行。林兄在宫多日，路径最熟，可有妙计？”唐敖道：“这位世子可像歧舌世子？如会骑射，就易设法了。”

林之洋道：“世子虽是男装，他是女人，未必晓得骑射。妹夫如真心救他，俺倒有计，除了妹夫，别人都不能。”唐敖道：“此等仗义之事，用著小弟，无不效劳。不知是何妙计？”林之洋道：“据俺主意，到了夜晚，妹夫将俺驼上，一同窜进王宫，将他救出，岂不是好？”唐敖道：“王宫甚大，世子住处，舅兄知道么？”林之洋道：“世子送俺时，他说住在牡丹楼。他们那里牡丹甚高，到了开时，都是登楼看牡丹。俺们到彼，只检牡丹多处找他，自然见面了。”唐敖道：“今晚且同舅兄窜进王宫，看是如何，再作计较。”多九公道：“林兄因感世子之情，唐兄只知惟义是趋，都是奋不顾身，竟将王宫内院视为儿戏。请教二位，彼处既是宫院，外面岂无兵役把守？里面岂无人夫巡逻？二位进去，设被捉获，不知又有什么良策？据老夫愚见，还需慢慢商量。如此大事，岂可造次！”唐敖道：“小弟同舅兄至彼，自然加意小心，相机而行，岂敢造次。九公只管放必。”

到了下午，用过晚饭，唐敖身上换了一件短衣；林之洋也把衣服换了。因向日所穿旧鞋甚觉宽大，即命水手上去另买一双合脚的。结束停当，天已昏黑。吕氏恐丈夫上去又惹是非，再三苦劝，林之洋那里肯听，即同唐敖别了多九公，蹿进城来。走了多时，到王宫墙下。四顾无人，唐敖驼了林之洋，将身一纵，蹿上墙头，四处眺望。只听里面梆铃之声，络绎不绝。随即越过几层高墙，梆铃之声，渐觉稀少。唐敖轻轻道：“舅兄，你看：此处鸦雀无闻，甚觉清静，大约已到内院了。”林之洋道：“迎面这些树木，想是牡丹楼，俺们下去看看。”唐敖随即蹿入院内。林之洋轻轻跳下，方才脚踹实地，不防树林跳出两只大犬，狂吠不止，将二人衣服咬住。那些更夫闻得犬吠，一齐提著灯笼，如飞而至。唐敖措手不及，连忙摔脱恶犬，将身一纵，蹿上高墙。

众人赶到林之洋跟前，捉灯照道：“原来是为女盗。”内中有个宫人道：“你们不可胡说！这是国王新立王妃，不知为何这样打扮？夤夜至此？必有缘故。国王正在夜宴，且去奏闻，请令定夺。”随即启奏，立刻带到艳阳亭。国王一见，登时把怜香惜玉之心，又从冷处热转过来道：“孤家已命人送　　你回去，此时你又自来，是何意见？”林之洋见问，无言可答，惟有发愣。国王笑道：“我知你意了，你舍不得此处富贵，又来希冀孤家宠幸。你既有此美意，我又何必固却。只要你从此将足缠小，自然施恩收入宫内。你须自己要好，莫像从前任性，将来自有好处。”分付宫人即送楼上，改换女装，仍派从前宫娥，照旧伺候，俟足缠好，随即奏闻，以便择吉入宫。众宫娥答应，将林之洋搀到楼上，香汤沐浴，换了衣履，仍旧梳头、缠足。林之洋忖道：“今日虽又被难，喜得妹夫未被捉获。他今蹿在墙上，必探俺的住处，前来相救。俺且用话把宫人惊吓惊吓，省得两足又要吃苦。”因说道：“俺今日情愿进宫，恨不能两足缠小，好同国王成亲；不劳诸位混来动手。你们待俺有情义，俺日后进宫也有情义；你们待俺利害，少不得俺有报仇日子！俺要得起时来，莫讲你们几个臭宫娥，

词苑撷英

造次：有匆忙、仓促、鲁莽、善辩、须臾、轻率、随便等不同的意思，要根据具体的语句来理解造次的解释。

知识延伸

夤夜：指寅时的黑夜，为凌晨3点至5点，古代称之为夤夜，据说是人心最脆弱的时候。

知识延伸

香汤：所谓“香汤”，就是调进各种芬芳药料的温热洗澡水。香汤沐浴的作用不仅在于洗净身体，涤尽垢腻，并且还在于借助洗涤身垢的影响，反过来对洁净内心起到一定的作用，使人的神气自然清朗，有利于养生。佛教、道教作法事之前，皆喜香汤沐浴。

就是各宫王妃，俺要他命，他也脱不过的。”众宫娥听了，因想起当日启奏打肉各事，惟恐记恨，一齐叩头，只求王妃高抬贵手，莫记前仇。林之洋道：“俺只论以后，不讲从前。你们莫怕，只管起来。你们教俺莫记前仇，只要依俺三件事。”众宫娥立起道：“任凭多少，奴婢无有不遵。不知那三件？只管分付。”林之洋道：“第一件，缠足、搽粉各事，俺自动手，不准你们费心。可依得？”众人道：“依得。”林之洋道：“第二件，世子如来同俺说话，不劳你们立在眼前。可依得？”众人道：“依得。请问第三件呢？”林之洋道：“这里楼房许多，你们另住一间，不要同俺一房。这件可依得？”众人听了，都默默无言。林之洋道：“想是怕俺一人在内，夜间逃走？也罢，俺在里间居住，你们都在外间。里间楼窗，每到夜晚，你们上锁，将钥匙领出。这样严紧，难道还不放心？俺要逃走，今日也不来了。”众宫娥听了，都一齐应道：“这件也依得。”于是忙忙乱乱，各去张罗床帐。林之洋假意用力把脚裹了，众人这才放心。天有二更，众宫娥把楼窗锁好，领了钥匙，各去睡了，不多时，酣声如雷。

词苑撷英

默默无言：不声不响，闭口无言。

将及三鼓，林之洋睡在床上，忽听楼窗有人弹指声，忙到窗前，轻轻问道：“外面是妹夫么？”唐敖道：“我自从摔脱恶犬，蹿在高墙，后来见众人把你送到楼上，我也就跟来。此时众人已睡，你作速开门，随我回去。”林之洋道：“楼窗上锁，不能开放；若惊醒他们，加意防备，更难脱身。据俺主意：妹夫且去，明日俺同小国王商量计策。你只看楼上挂有红灯，即来相救。速速去罢！”唐敖答应。只听嗖的一声去了。

次日世子闻知，前来探望。林之洋告知详细。世子不觉感激涕零道：“恰好明日乃儿臣诞辰，阿母可分付宫娥备宴与儿臣庆寿，将宴送至儿臣那边，自有道理。”林之洋点头，即白宫人预备送去。天将掌灯，世子命宫人邀楼上众宫娥前去吃酒。众人闻世子赏宴，个个欢喜，都要争去；林之洋随向众人去了。世子见宫娥全到，忙到楼上，开了楼窗，挂起红灯。忽从房上蹿进一人。世子知是唐敖，连忙倒身下拜。唐敖忙搀起道：“这位莫非就是世子么？”林之洋连连点头。唐敖道：“事不宜迟，我们走罢。”于是把林之洋驼在背上，怀中抱了世子，将身一纵，跳在墙上；一连越过几层高墙，才蹿到宫外。放下世子，林之洋也从肩上跳下。幸有微月上升，尚不甚

词苑撷英

世子：1. 天子、诸侯之嫡子。2. 清朝宗室封爵的第二等。位列亲王之下，郡王之上。

黑，三人一齐躐行，越过城池，来至船上，见了多九公，随即开船。世子换了女装，拜林之洋为父，吕氏为母；见了婉如、兰音，十分相契。多九公问起名姓，才知世子姓阴，名若花。唐敖听见“花”字，猛然想起当日梦中之事。

未知如何，下回分解。

名师点拨

在这十二女子中，有七人是唐敖以前的朋友或老师的女儿，都是因受武则天迫害而在海外避难的。这就和当年徐敬业起兵反周联系上了，形成一个叙事链：她们大多有兄弟，由唐敖给她们相互间做媒联姻，并在唐敖帮助下返回中土，不仅实现了百女同赴女试，而且后来随夫参加勤王战争，这就进一步把这个叙事链延续了下去，从中可见作者的叙事匠心。

阅读积累

牡丹

牡丹是芍药科、芍药属植物，为多年生落叶灌木。茎高达2米；分枝短而粗。叶通常为二回三出复叶，偶尔近枝顶的叶为3小叶；顶生小叶宽卵形，表面绿色，无毛，背面淡绿色，有时具白粉，侧生小叶狭卵形或长圆状卵形，叶柄长5–11厘米，和叶轴均无毛。花单生枝顶，苞片5，长椭圆形；萼片5，绿色，宽卵形，花瓣5或为重瓣，玫瑰色、红紫色、粉红色至白色，通常变异很大，倒卵形，顶端呈不规则的波状；花药长圆形，长4毫米；花盘革质，杯状，紫红色；心皮5，稀更多，密生柔毛。蓇葖长圆形，密生黄褐色硬毛。花期5月；果期6月。

第三十八回　步玉桥茂林观凤舞　穿金户宝殿听鸾歌

名师导读

轩辕国是《镜花缘》描写的“西海第一大邦”，也是唐敖等人海外游历的最后一国，作者着笔较多。本回一方面写轩辕国的风土人情，另一方面写海外诸国为轩辕国国王贺千秋之寿。小说将轩辕国绘制成了一个物阜民丰、“景象非凡”的海外大邦。这里凤凰交错飞腾，宛如鸡鸭般随处可见；市集上兜售凤卵，摆列无数，如鸡鸭蛋般平常。轩辕国国王乃圣人黄帝之后，德行可嘉，在海外威信不凡。

心理描写

唐敖在海外远游的过程中分别帮助骆红蕖、廉锦枫、尹红萸、司徒抚儿、徐丽蓉、姚芷馨、薛蘅香、枝兰音、阴若花等飘零海外的女子脱离苦难，使得她们能够回到“天朝”，最终“返本还原”，这本身就是一个“立善”的过程，唐敖渐渐有了“功德”，有了“根基”。

话说唐敖闻世子名叫若花，不觉忖道：“梦神所说十二名花，我到海外，处处留神，到今一无所见。惟所遇女子，莫不以花木为名。即如，婉儿又名蕙儿，红红又名红薇，亭亭又名紫萱；其余如廉锦枫、骆红蕖、魏紫樱、尹红萸、枝兰音、徐丽蓉、薛蘅香、姚芷馨之类，并无一人缺了花木。我正忖度莫决。今日忽然现出‘若花’二字，莫非从此渐入佳境？倒要留意了。”

次日林之洋同唐、多二人偶然说起：“那日同国王成亲，亏俺给他一概弗得知，任他花容月貌，俺只认作害命钢刀，若不捺了火性，那得有命回来。”唐敖道：“据这光景，舅兄竟是柳下惠坐怀不乱了。”林之洋道：“俺本以酒为命。自从在他楼上，恐酒误字，酒到跟前，如见毒药一般，随你甚等美酒，俺也不吃。就只进宫那日，俺要借著装醉，吃了两杯，除此并无一滴入口。若比古人，不知又叫什么？”多九公道：“当日禹疏仪狄，绝旨酒，今林兄把酒视如毒药，如此说来，尊驾又学大禹行为了。”林之洋道：“他们国中以金钱为贵。俺进宫第二日，国王命宫人赐俺珠宝，并命收掌金钱宫人每月送俺金钱一担，随俺用度。俺看那钱就如粪土一般，并不被他打动。若比古人，不知又叫什么？”唐敖道：“当日王衍一生从不言钱，他的妻子故意将钱放在房中，挡住走路，意欲逼他说出一个钱字。谁知王衍看见，因堵住走路，教他妻子把‘阿堵物’拿开，毕竟总不言钱。无非嫌他铜臭，所以绝口不谈。那知今人一经讲起银钱，心花都开，不但不嫌他臭，莫不以它为命；并且历来以命结交他的，也就不少。你只看那钱字身傍两个‘戈’字，若妄想亲近，自然要动干戈，闹出人命事来。今舅兄把他视如粪土，又是王衍一流人物了。”林之洋道：“俺在楼上被他穿耳、毒打、倒吊，这些磨难，不过一时，都能耐得。最教俺难熬的，好好两只大脚，缠的骨断筋折，只剩枯骨包著簿皮，日夜行走，十指连心，疼的要死。这般凌辱，俺能忍受逃得回来，只怕古人中要找这样忍耐的也就少了。”多九公道：“当日苏武出使匈奴，吃尽千辛万苦，数年之久，方能逃回，也算受尽苦楚了。”林之洋道：“俺讲的并非这个，要请问受人百般凌辱，能够忍耐的，不知古人中可有一个？”唐敖道：“若讲能够忍耐的，莫若本朝去世不久的娄师德了，他告诉兄弟，教他唾面自乾。人唾他面，他能听其自乾，可见凡事都可忍耐。以此而论：舅兄又是娄师德一流人物了。”多九公道：“林兄把这些都能看破，只怕还要成仙哩。”

唐敖笑道：“九公说的虽是，就只神仙从来见有缠足的，当日有个赤脚大仙，将来只好把舅兄叫作‘缠足大仙’了。”

三人说说笑笑，行了几时。这日，唐敖立在舵楼，远远望去，只见对面霞光万道，从中隐隐现出一座城池。多九公把罗盘看一看道：“唐兄，前面已到轩辕国。此是西海第一大邦，我们要畅游几日了。”当时到了轩辕，将船泊岸。林之洋脚已养好，自去卖货。唐、多二人上岸，远远望那城郭，就如峻岭一般，巍巍荡荡，景象非凡。唐敖道：“城郭离此还有若干路程？”多九公道：“前面有座玉桥，过了玉桥，穿过梧林，不过三四里，就可到了。”不多时，步过玉桥，迎面无数梧桐，一望无际，桐林之内，俱是凤凰来往飞腾。唐敖道：“怪不得古人言：‘轩辕之邱，鸾鸟自歌，凤鸟自舞，’果然不错。”只见那边有对凤凰，来来往往，一上一下，盘旋飞舞，就如锦绣一般。越看越爱，不觉赞好道：“前在麟凤山虽见凤凰，却

景物描写

轩辕国的国民都是“人面蛇身，一条蛇尾盘交头上。衣冠言谈与天朝无异，举止面貌亦甚秀雅”。“礼维义范”是轩辕国的治国纲领，其对海外各国皆以礼待之，有求必应，海外各国都非常敬佩轩辕国。

未看他飞舞；哪知此处却有如此大观！”多九公道：“唐兄既要领略此国风景，何不且到城中？此地凤凰如别处鸡鸭一般，到处皆是，若看凤舞，终日还看不完哩。”唐敖听罢，即出梧林，走了多时，田野中已有人烟，都是人面蛇身，一条蛇尾，盘交头上；衣冠言谈，与天朝无异；举止面貌，亦甚秀雅。走进城来，街市虽有十数丈之宽，那些作买作卖，来来往往，仍是挨挤不动，市中所卖凤卵，如别处鸡蛋一样，摆列无数。

忽听吆吆喝喝，街上人都向两旁闪开。只见一人手执一柄黄伞，写“君子国”三个大字，伞下罩著一位国王。生得方面大耳，品貌端严，身穿红袍，头戴金冠，腰中佩剑。许多随从。骑著一匹文虎过去。随后又有一伞，写著“女儿国”，伞下罩著一位国王。生得眉清目秀，面白唇红，头戴雉尾冠，身穿五彩袍，骑著一匹犀牛。也是许多跟随，簇拥过去。唐敖道：“此时君子、女儿两位国王忽然到此，不知何故？莫非都属轩辕所辖，前来朝贺么？”多九公道：“他们各霸一方，向来并无统属。此番到此，大约素日契好，前来拜望，亦未可知。”唐敖摇头道：“小弟记得：我们自从今正来到海外，所过之国，第一先到君子，其次大人、淑士……以至女儿，共计三十国。走了九月之久，才到此地。若君子国王来此，往返岂不要走年半之久？如此遥远，特来拜望，只怕未必。”多九公道：“我们因要卖货，不问道路遥远，只检商贩通处绕去，所行之地，并非直路，所以耽搁。他们直来直往，何须多日。当日我们在君子国同吴氏弟兄闲谈，他家仆人，曾有‘国王要到轩辕’之说；前在女儿国，若花侄女在宫，亦向林兄言过，国王要来轩辕。可见二位国王俱走在我们之后，却到在我们之先。直来直往，即此可为明证。但这两国毕竟为何到此，待老夫且去打听。”

不多时，回来道：“此番我们来的凑巧。此地国王，乃黄帝之后，向来为人圣德。凡有邻邦，无论远近，莫不和好。而且有求必应，最肯排难解纷，每遇两国争斗，他即代为解和，海外因此省了许多刀兵，活了若干民命。今年恰值一千岁整寿，臣民俱献梨园祝嘏，远近各国齐来庆贺。明日就是寿诞之期。今日各国都在千秋殿预祝，大排筵宴，殿外共有数十处梨园演戏。无论军民，只管进去瞻仰，竟是‘与民同乐，共跻寿域’之意。我们何不同去看看？”唐敖听罢，不胜之喜，随即举步道：“请教九公，此地国王何以竟有千秋之寿？”多九公道：“老夫记得古人言：‘轩辕之人，不寿者八百岁。’大约千岁还不算高寿哩。”唐敖道：“以此看来，轩辕之人，虽非大罗神仙，也可算得地仙了。当日轩辕黄帝骑龙上天，小臣不舍，有持龙须而堕的，有抱其弓而号的。那些小臣，既有随去之意，何必这等号呼？若凡心未退，纵能跟去，又有何益？倘主意拿定，心如死灰，何处不可去，又何必持其龙须以为依附？未免可笑！”多九公道：“难道今日唐兄之心已如死灰么？”唐敖道：“岂但今日！”多九公笑道：“唐兄又要发呆了！”

说笑间，迎面有座冲霄牌楼，霞光四射，金碧辉煌，上有四个金字，写的是“礼维义范”。穿过牌楼，又是一座金门。走过金门，才望见千秋殿。那殿约有十余丈高，极其宽大；四面部是亭台楼阁，将千秋殿环抱居中。各处音乐不断，接接连连，都是梨园演戏。唐敖一心要看国王，无心看戏，直向千秋殿走来。殿外立著一对青鸾，身高六尺，尾长一丈，其形如凤，浑身青翠，鸣的悠扬宛转，就如五音齐奏一般。唐敖道："怪不得古人以鸾鸣叫作'鸾歌'，真比歌儿唱的还妙。九公！你看那个身形略小的，想是雌鸾了？为何雄鸣他鸣，雄不鸣他也不鸣呢？"多九公道："那个小的虽是雌鸾，真实名'和'。《礼》云：'在舆则闻鸾和之音。'上古之时，鸾舆甫动，此鸟辄集车上，雄鸣于前，雌应于后。所以雄鸣雌也鸣了。"

原来殿上也是演戏。那看的人虽如人山人海，好在国王久已出示，毋许驱逐闲人，悉听庶民瞻仰。二人挤在人丛中，也步入殿内。只见主位坐著轩辕国王：头戴金冠，身穿黄袍，后面一条蛇尾，高高盘在金冠上。殿上许多国王，都是奇形怪状。唐敖略略看了一遍，内中除君子、大人、智佳、女儿各国约略晓得，其余俱是素昧平生。因暗暗问道："请教九公，小弟闻得轩辕之人有'尾交首上'之说，想来就是主席国王了。其余这些国王，除了我们到过的，内中许多奇形怪状，小弟看来看去，只觉眼花撩乱，辨不明白。那边有位国王，头上披著长发，两腿伸在殿上约有两丈长，其国何名？"多九公轻轻答道："这是长股国，又名有乔国。我们天朝以双木续足，叫作'高跷'，就是仿他作的。长股之旁有位国王，一个大头、三个身躯的，名叫三身国。三身对面有个身有双翼、人面鸟嘴的，名叫驩兜国。驩兜上首有位头大如斗、身长三尺的，名叫周饶国。就是能做飞车的周饶。迎面有位脚胫相交的，名叫交胫国。交胫旁边有位面中三目、一只长臂的，名叫奇肱国。奇肱下首坐著一位三首一身的，名叫三首国。"唐敖道："那边一位三身一首，这边一位三首一身，两位设或对看，只怕彼此都有羡慕之意哩。"

林之洋听见此处演戏，也来殿上，恰好三人遇在一处。唐敖道："这些国王，舅兄都熟识么？"林之洋看了，也有认得的，也有认不得的，诸如三苗、丈夫之类，都向多九公暗暗请教一番。唐敖道："内中有个'舅夫国'，九公可曾看见？"

多九公道："海外各国，老夫虽未全到，但这国名无有不知，从未见有'舅夫'之说。唐兄从何见来？"唐敖道："林兄是小弟妻舅，女儿国王又是小弟妻舅之夫，以此而论，那女儿国王岂非小弟'舅夫'么？"多九公笑道："若论亲眷，唐

环境描写

这一回中对于梨园的描写从美轮美奂的戏台建筑到热烈非凡的音乐氛围和观众的反响，展现了轩辕国百姓听戏的盛大场面。

知识延伸

高跷：也叫"高跷秧歌"，是一种广泛流传于全国各地的民间舞蹈，因舞蹈时多双脚踩踏木跷而得名。高跷历史久远，源于古代百戏中的一种技术表演，北魏时即有踩高跷的石刻画像。各地高跷所使用的木跷从30厘米至300厘米，高低不一。

兄还是女儿园王的妻妹婿哩。据老夫愚见，林兄须要躲避躲避；惟恐令夫见你在外丢丑，把脚放大，一时气恼，倘命保母过来，那定痛人参汤，老兄又要吃一杯了。”林之洋道：“你们二位也躲避躲避才好，俺闻黑齿国王背后狠怪你们哩。”

语言描写

作者不得不穿上一身迷彩服，不得不给作品涂上几层保护色，所以书名取为《镜花缘》，虽然是镜花水月，反映的却多是人间实情——透过作者的创作心态和创作手法，人们也不难体察乾嘉时期政治、经济、文化的矛盾状况。

唐敖道：“我们同他毫无干涉，为何要怪？”林之洋道：“他说自从你们到他国中谈了一回文，把他国中文风弄坏，至今染了你们习气，还是黑气冲天哩。”唐敖道：“如今淑士国王四处访拿猎户，智佳国王四处访拿和尚，闻得也因谈文弄的祸根。舅兄可晓得？”林之洋道：“俺不晓得。”多九公道：“据老夫看来，只怕‘鸟枪打’同那‘到处化缘’旧案发作了。”林之洋道：“两位国王如把俺捉去，俺在他眼前多称几个‘晚生’，自然把俺放了。”多九公道：“你看殿上厌火国王那张大嘴忽又冒出火光，林兄小心胡须要紧！此时才留几根儿，莫被烧去，教人看著眼馋，又要生出穿耳、裹脚那些花样了。”

未知如何，下回分解。

名师点拨

作者之所以以轩辕国为海外诸国作结，原因就在以黄帝之邦、圣德之国给海外诸国树立榜样，寄托对理想社会的追求，同时也通过大摆筵席，为眼花缭乱、精彩纷呈的海外诸国做个总结。

阅读积累

青　鸾

青鸾是传说中凤凰一类的神鸟。赤色多者为凤，青色多者为鸾，故称青鸾。《洽闻记》：“光武时有大鸟，高五尺，五色备举而多青。诏问百僚，咸以为凤。太史令蔡衡对曰：‘凡像凤者有五，多赤色者凤，多青色者鸾。此青者乃鸾非凤也。’”旧题（晋）王嘉《拾遗记》十《蓬莱山》：“有浮筠之簳，叶青茎紫，子大如珠，有青鸾集其上。”范传正《谢真人还旧山》诗：“白鹿行为卫，青鸾舞自闲。”青鸾与白鹿并列，均属神异。青鸾，与凤凰同类，亦象征祥瑞。

第三十九回 轩辕国诸王祝寿 蓬莱岛二老游山

名师导读

本回有蔬庵眉评曰："此回借祝寿，极力点染，盖作者特为总结海外各国，章法所谓交代也一一写来，无一痕迹，真是出神入化之笔，"又回末评道："群山万壑赴荆门，汉水岷江都朝大海一以如椽之笔，作擘窠之书，洋洋洒洒，自满人意，文章结穴观止矣。"唐敖在海外经历的诸国有二十七国在千秋殿上现身了，诸国王互相插科打诨，谈笑风生，幽默机警，趣味盎然。

话说林之洋同唐、多二人嘲笑，招架不住，渐觉词钝。因众国王在殿上闲谈，就势说道："九公且莫逗趣。你看那边智佳国王同轩辕国王说话，他把轩辕国王称作'太老太公'，这是甚么称呼？"多九公道："智佳之人向来寿相最短，大约不过四五十岁就算一世。今轩辕国王业已千岁；若论世谊，同他二十代祖宗就算相交。所以智佳国王无可相称，只好称作'太老太公'。

词苑撷英

逗趣：指打趣；逗乐。

好在今日众国王所说之话，都学轩辕口音，十分易懂，省得唐兄问来问去，老夫又作通使了。"

只听那边长臂国王向长股国王道："小弟同王兄凑起来，却是好好一个渔翁。"长股国王道："王兄此话怎讲？"长臂国王道："王兄腿长两丈，小弟臂长两丈。若到海中取鱼，王兄将我驼在肩上，你的腿长，可以不怕水漫，我的臂长，可以深处取鱼；岂非绝好渔翁么？"长股国王道："把你驼在肩上，虽可取鱼；但你一时撒起尿来，小弟却朝何处躲呢？"翼民国王道："聂耳王兄耳最长大，王兄尽可躲在其内。"结胸国王道："聂耳王兄耳虽长大，但他近来耳软，喜听谗言，每每误事。"穿胸国王道："据小弟愚见，莫若躲在两面王兄浩然巾内，倒还稳妥。”毛民国王道：“浩然巾内久已藏著一张坏脸。他的两面业已难防，岂可再添一面。若果如此，我们只好望影而逃了。”两面国王道：“那边现在有位三首王兄，他就是三面，为何王兄又不望影而逃呢？”大人国王道：“莫讲三首王兄只得三面，就是再添几面，又有何妨。他的喜怒哀乐，全摆脸上，令人一望而知，并且形象总是一样，从无参差；不比两面王兄对著人是一张脸，背著人又是一张脸，变幻无常，捉摸不定，不知藏著是何吉凶，令人不由不怕，只得望影而逃了。”淑士国王道：“小弟偶然想起天朝有部书，是夏朝人作的，晋朝人注的，可惜把书名忘了。上面注解曾言‘长股人常驮长臂人入海取鱼’，谁知长臂王兄今日巧巧也说此话，倒像故意弄这故典，以致诸位王兄从中生出许多妙论。”

语言描写

所谓“故意弄这故典”，所谓“家谱都在上面”，都是针对《山海经》说的。李汝珍反复提到“古人言”，并非泛泛而论，而是提醒读者注意他写《镜花缘》所依傍的博物体小说的传统。

长股国王道：“此书小弟从未看过，不知载著甚么？”黑齿国王道：“小弟当日曾见此书，上面奇奇怪怪，无所不有，大约诸位王兄同小弟家谱都在上面。”白民国王道：“若果如此，小弟现在正修家谱，将来倒要购求一部考考宗派。”歧舌国王道：“若提家谱，小弟每要修理，竟无从下笔，当初不知何人硬将我国派作歧舌，又有人唤作反舌，那‘歧舌’二字，业已可厌，至于‘反舌’，尤其荒唐。况天朝向来有鸟名叫反舌，将人比鸟，岂非不伦么？”无肾国王道：“小弟闻那反舌一交五月，他即无声；此时已交十月，王兄还照常开谈，其非反舌，可想而知。那是前人把你委屈了。”

巫咸国王道：“小弟闻得海外麟凤山有个反舌，他是不按时令只管乱叫，或者王兄是他支派，也未可知。”小人国王道：“王兄日后如修家谱，这条倒可采取的。”歧舌国王道：“小弟因这反舌二字不过说他比得不伦，怎么王兄竟将小弟同禽鸟论起支派？这更胡闹了！”君子国王道：“天朝书上虽有反舌鸟，但世间俗称却是百舌。即如当日蜀王望帝名子规，今杜鹃亦名子规。命名相同的甚多，亦有何碍。”歧舌国王道：“话虽如此，但这名字究竟不雅。小弟意欲奉求诸位替我改换一字。”长人国王道：“敝处国号向以‘长人’为名。据小弟愚见，王兄国号莫若也以‘长’字为名，就叫‘长舌’。我们联起宗来，岂不是好？”歧舌国王道：“小弟即使换个‘长’字，何能与兄就算同宗？王兄此话，未免过于矫强。难道如今世上联宗都是这样么？”智佳国王道：“近来世上联宗有两等，有应联而不联的；有不应联而联的。即如，两人论起支派，当初本是一家，此时叙起，原当联宗，无如现在一贫一富，或一贵一贱，那富贵人恐其玷辱，躲之尚恐不及，岂肯与之联宗？只好把那‘根本’二字暂置度外。又有一等，论起支派，本非一家，无须联宗。因一时同在富贵场中，彼此门第相等，要图亲热，所以联起宗来。谁知他不认本家，只顾外面混去联宗，把根本弄的糊里糊涂，久而久之，连他自己也辨不出是谁家子孙了。”长人国王道：“这是世俗常情，近来每多如此。弟虽不才，现在忝为一国之主，想来也无玷辱王兄之处。将来我们如果联宗，我算你家支派也可，你算我家子孙也可，这有何妨！”歧占国王摇头道：“王兄这句话，把我算了你家子孙，未免言重了！别的事情可以矫强算得，怎么把我算起人家子孙？况贵邦人莫不身长，故有‘长’字之名；敝处人舌又不长，为何唤作‘长舌’？”毗骞国王道：“王兄素精音律，他日小弟敬诣贵邦，王兄如将韵学赐教，小弟定赠美号，以为‘投桃之报’。王兄意下如何？”歧舌国王道：“此事虽可，但恐传了韵学，庶民闻知，只怕贱内还有离异之患哩。”

伯虑国王道：“诸位王兄都讲修理家谱，歧舌王兄又要更正国名，都是极美之事。小弟虽有此志，但终年抱病，兼之俗务纷纭，精神疲惫，近来竟如废人一般。小弟因想人生在世，无论贤愚，莫不秉著气血而生，为何敝处人向多短寿？即如小弟现在年未三旬，业已老迈。女儿王兄比我年长，却如此少壮，想来必有服食养生妙术，何不指教一二？”女儿国王道：“王兄本有养命金丹，今不反本求源，倒去求那服食养生之术，即使有益，何能抵得万分之一，岂非舍实求虚么？”厌火国王道：“王兄如将诸务略为看破，忧虑稍为减些，把心放宽，不必只管熬夜，该睡则睡，该起则起，也就是养生之术了。”劳民国王摇著身子道：“倒是敝处人每日跑来跑去，劳劳碌碌，不知忧愁为何物。到了夜间，把头才放枕上，却已沉沉睡去。无论何时，总是这样。谁知过来过去，无灾无病，倒会敷衍百岁光景。”轩辕国王道：“据这言谈，可见劳心劳力，竟是大相悬殊。”犬封国王道：“伯虑王兄尊躯既弱，问不弄些饮食调养？即如小弟一生无所好，就只最喜讲究享点口福。今日吃了这几样，明日又吃那几样，总是想著法儿，变著样儿，给他一味狠吃。并且把他就算一件工课，每日苦思恶

知识延伸

联宗：在封建宗法社会中，同姓而没有宗族关系的人，联成一族，叫“联宗”。张尔岐《蒿庵闲话》卷二：“近俗喜联宗，凡同姓者，势可藉，利可资，无不兄弟叔侄者矣。此风大盛于唐。其时重旧姓，每竞相依附。”

知识延伸

家谱：家族中记载本族世系和重要人物事迹的书。

语言描写

服食养生固然有一定道理，但是和自身的“养命金丹”相比，那就是“末”与“本”之比，舍自身的“养命金丹”而去求“服食养生”，那就是“舍本逐末”。

想，自然生出许多可口东西，况心机与其用在别的事上，何不用在自己身上，乐得嘴头快活，岂不有趣？”伯虑国王道：“此说虽善，无如小弟丝毫不谙，这却怎好？”犬封国王道：“这有何难！王兄如高兴，将来小弟即到贵邦奉陪王兄住几时，就近指拨贵疱，不过一年半载，再无不妙。但必须小弟在彼日日亲尝口味，时时指点，方能日见其妙。”豕喙国王道：“小弟素于烹调虽不甚精，也还略知一二。伯虑王兄如邀犬封王兄，小弟也可奉陪，或者可以稍参末议，亦未可知。”

正在谈论，谁知女儿国王忽见林之洋杂在众人中，如鹤立鸡群一般，更觉白俊可爱，呆呆望著，只管发愣。众国王见他出神，也都朝外细看。那深目国王手举一只大眼，对著林之洋更是目不转睛。聂耳国王只将两耳乱摇，劳民国王更将身子乱摆，无肠国王惟有望著垂涎，跂踵国王只管踮著脚尖儿仔细定睛。林之洋被众人看的站立不住，只得携了唐、多二人，走出殿外。多九公道：“看这光景，不独女儿国王难割旧爱，就是众国王也有许多眷恋之意哩。”说的林之洋满面通红，唐敖惟有发笑。

神态描写

贪恋美色、不理民情、滥用刑罚、惑于后宫，这般女儿国王简直就是亡国之君的翻版。甚至等到林之洋等离开女儿国一段时日到达轩辕国，已与女儿国王没有一点干系时，女儿国国王仍在人群中一眼就认出了林之洋，并且是在众国王谈论国事之时想入非非，真是贼心不死。

一连游了几日，林之洋货物十去八九。这日，天朝来了一只货船，尹元寄有书信。唐敖拆看，才知骆红蕖姻事业已说定，十分欢悦。登时开船。

行了几时，又过几个小国，如三苗，丈夫之类。唐敖仍同多九公各处游玩，林之洋货物将及卖完。这日，大家谈起海外各国，唐敖偶然想起前在智佳猜谜，林之洋曾以“永锡难老”打个“不死国”，因问多九公，才知就在邻近。并闻，国中有座员邱山，山上有棵不死树，食之可以长生；国中又有赤泉，其水甚红，饮之亦可不老。所以唐敖要去走走。无如此国僻处万山中，须过许多海岛，才至其地，乃人迹罕到之处多九公意欲不去。林之洋闻彼处有个赤泉，心里也想饮些泉水，希冀长生；兼之唐敖因古人有“赤泉驻年，神木养命；禀此遐龄，悠悠无竟”之话，那怕难走，执意要去。因此打起罗盘，竟朝不死国进发。喜得正是小阳春当令，还不甚冷。

知识延伸

罗盘：又名“罗经”“针盘”。将磁铁针安放在木方位盘上制成的指南仪。出现于11世纪初，以后有所改进。

这日，三人正在船后闲谈，多九公忽然嘱付众水手道：“那边有块乌云渐渐上来，少刻即有风暴，必须将篷落下一半，绳索结束牢固；惟恐不能收口，只好顺著风头飘了。”唐敖听罢，朝外一望，只见日朗风情，毫无起风形象。惟见有块乌云，微微上升，其长不及一丈。看罢，不觉笑道："若说这样晴明好大却有风暴，小弟就不信了。难道这块小小乌云就藏许多风暴！那有此事！"林之洋道："那明明是块风云，妹夫那里晓得。"言还未了，四面呼呼乱响，顷刻狂风大作，波浪滔天。那船顺风吹去，就是乌骓快马也赶他不上。越刮越大，真是翻江搅海，十分厉害。唐敖躲在舱中，这才佩服多九公眼力不错。这个风暴，再也不息。沿途虽有收口处，无奈风势甚狂，哪里由你做主。不但不能收口，并且船篷被风鼓住，随你用力，也难落下。

词苑撷英

翻江搅海：1. 形容水势浩大。多喻力量或声势非常壮大。2. 形容吵闹得很凶或事情搞得乱七八糟。

一连刮了三日，这才略略小些，用尽气力，才泊到一个山脚下。唐敖来到后梢，看众人收拾篷索。林之洋道："俺自幼年就在大洋来来往往，眼中见的风暴也多，从未见过无早无晚，一连三日，总不肯歇。如今弄的昏头昏脑，也不知来到甚么地方。这风若朝俺们来的旧路刮去，再走两日。只怕就可到家了。"

唐敖道："如此大风，却也少见，此时顺风飘来，又有若干路程？此处是何名？"多九公道："老夫记得此处叫作普渡湾。岸上有条峻岭，十分高大，自来从未上去。至于程途，若以此风约计，每日可行三五千里。今三日之久，已有一万余里。"林之洋道："春间俺同妹夫说水路日期难以预定，就是这个缘故。"唐敖因风头略小，立在舵楼，四处观望。只见船旁这座大岭，较之东口麟凤等山甚觉高阔，远远看著，清光满目，黛色参天。望了多时，早已垂涎要去游玩。林之洋因受了风寒，不能同去，即同多九公上岸。喜得那风被山遮住，并不甚大，随即上了山坡。多九公道："此处乃海外极南之地，我们若非风暴，何能至此！老夫幼年虽由此地路过，山中却未到过，惟闻人说，此地有个海岛，名叫小蓬莱。不知可是？我们且到前面，如有人烟，就好访问。"又走多时，迎面有一石碑，上镌"小蓬莱"三个大字。唐敖道："果然九公所说不错。"绕过峭壁，穿过崇林，再四处一看，水秀山清，无穷美景，越朝前进，山景越佳，宛如登了仙界一般。

景物描写

这与云台山（今连云港市名胜风景区）很相似，有满山丛叠的怪石，苍劲的古柏，灿烂的野花，青翠的竹林，越往山上走，景色越美，如同进入了仙境似的。可以说，书中的仙境"小蓬莱"就是以云台山为背景描绘出来的。

未知如何，下回分解。

名师点拨

由于轩辕国大聚会已成为海外游历的尾声。对唐敖随后经历的几个小国，如三苗、丈夫之类，作者只是一笔带过，并未详叙。但作者在此再次提及智佳国猜灯谜时，有一个“永世难忘”的谜底是“不死国”，却大有深意存焉，预示着唐敖看破红尘，即将遁世成仙。

阅读积累

蓬 莱

蓬莱指海中仙境或人间胜境；也指海岛等。《列子·汤问》：“渤海之东不知几亿万里，有大壑焉，实惟无底之谷，其中无底，名曰归墟。八纮九野之水，天汉之流，莫不注之，而无增无减焉。其中有五山焉：一曰岱屿、二曰员峤、三曰方壶、四曰瀛洲、五曰蓬莱。其山高下周旋三万里，其顶平处九千里。山之中间相去七万里，以为邻居焉。其上台观皆金玉，其上禽兽皆纯缟。珠玕之树皆丛生，华实皆有滋味，食之皆不老不死。所居之人皆仙圣之种，一日一夕飞相往来者，不可数焉。”《史记·封禅书》：“自威、宣、燕昭使人入海求蓬莱、方丈、瀛洲。此三神山者，其传在渤海中，去人不远；患且至，则船风引而去。盖尝有至者，诸仙人及不死之药皆在焉。其物禽兽尽白，而黄金银为宫阙。未至，望之如云；及到，三神山反居水下。临之，风辄引去，终莫能至云。”

第四十回　入仙山撒手弃凡尘　走瀚海牵肠归故土

名师导读

唐敖终究没去不死国求仙问道，而是到了普度湾的小蓬莱。小蓬莱是作者虚构的一个地方，此处“水秀山清，无穷美景”，仙鹤麋鹿任人抚摸，松实柏子清香满溢，“都是仙人所服之物”，一派仙境气象。作者选择小蓬莱是有寓意的，小说开头点出百花仙子所居仙山为蓬莱山，小蓬莱即暗示蓬莱山。于是，记录百花名册的玉碑在此出现，唐敖在这里悟道成仙，唐闺臣在这里返本归真。而小蓬莱恰位于普度湾，取佛家普度众生之意，一切仙凡尘缘在此了结。

话说二人游玩多时，唐敖道：“我们前在东口游玩，小弟以为天下之山，无出其右，那知此山处处都是仙境。即如这些仙鹤麋鹿之类，任人抚摩，并不惊走。若非有些仙气，安能如此？到处松实柏子，啖之满口清香，都是仙人所服之物。如此美地，岂无真仙？原来这个风暴，却为小弟而设。”多九公道：“此山景致虽佳，我们只顾前进，少刻天晚，山路崎岖，如何行走？今且回去。明日如风大不能开船，仍好上来。林兄现在有病，我们更该早回才是。”唐敖正游的高兴，虽然转身，仍是恋恋不舍，四处观望。多九公道：“唐兄，要像这样，走到何时，才能上船？设或黄昏，如何下得山去？”唐敖道：“不满九公说，小弟自从登了此山，不但利名之心都尽，只觉万事皆空。此时所以迟迟吾行者，竟有懒入红尘之意了。”多九公笑道：“老夫素日常听人说，读书人每每读到后来入了魔境，要变成‘书呆子’。尊驾读书虽未变成书呆子，今游来游去，竟要变成‘游呆子’。唐兄快些走罢，不要逗趣了。”唐敖听罢，仍是各处观望。忽见迎面走过一个白

词苑撷英

恋恋不舍：形容非常留恋，舍不得离开。

语言描写

此语可移赞《镜花缘》独特的叙事策略。化“书”作“游”，化静为动，由书呆子转化成游呆子，游于文献转化的奇观之中，游于百戏百技之间。

猿，手中拿著一枝灵芝，身长不满二尺，两只红眼，一身朱砂斑，极其好看。多九公道："唐兄，你看白猿手中那枝灵芝，必显仙草。我们何不把他捉住，将灵芝分吃，岂不是好？"唐敖点头。都向白猿赶来，登时赶到跟前，刚要用手去捉，那白猿连蹿带跳，却又跑远。一连数次，总未捉住。好在白猿所去之路，就是下山旧路。正在追赶，路旁有个石洞，白猿跑了进去。唐敖赶至跟前，恰好此洞甚浅，毫不费力，用手捉住，将灵芝夺过，给多九公吃了。多九公十分欢喜，把白猿接过，抱在怀中，急急下山。

到了船上，林之洋因身上不爽，业已睡了。婉如听见捉住白猿，向多九公讨来，用绳缚住，与兰音、若花一同蹿耍。唐敖吃了晚饭，将衣囊收拾安置。次日转过顺风，众人收拾开船，唐敖却早早上山去了。等候到晚。吕氏不见唐敖回来。

甚不放心，林之洋病在床上，听见此事，也甚著急，次日，托多九公同众水手分路去找。多九公因吃了灵芝，只觉腹泻，不能前去。众水手寻访一日，毫无消息。

林之洋病体略好，也支撑上去。一连找了几日，竟无踪影。这日多九公肚腹已好，因向林之洋道："我看唐兄此番来至海外，名虽游玩，其实并不为此，大约久有修行了道之意。前者林兄有病，老夫同他上山游了多时，他竟懒于下山。后来因我再三催逼，明知不能脱身，就借赶捉白猿同老夫回来。到了次口，并不约我，却一人独往。岂非看破红尘，顿开名缰利索么？况他久已服了肉芝，又食朱草，并非毫无根基之人。我们三人一路同游，这些肉芝、朱草，独他一人得去，岂是等闲？而且前在东口、轩辕等处，口中业已露意，兼之林兄前在女儿国又有异梦；那歧舌通使又闻异人有唐氏大仙之称，以此看来，此人必是成仙而去。今已数日，岂有回来之理？我劝林兄不必找了。你就再找两月，也是枉然。"林之洋听了，虽觉有理；但至亲相关，何能歇心？仍是日日寻找。众水手也小知催过几十遍，要想回去，无奈林之洋夫妻务要等唐敖回来，才肯开船。

这日众水手因等的心焦，大家约齐，来至船中，向林之洋道："这座大岭既无人烟，又多猛兽，我们每夜提著器械，轮流巡更，还不放心，何况唐相公一人独往？今已去了多日，即不遭猛兽之害，就是饿也饿死了，何能等到今日？我们再不

知识延伸

肉芝：传说中的植物。《太平广记》四一三引《岭南异物志》载："昔有人泊诸登岸，忽见芦苇间，有十余昆仑偃卧，手足皆动。惊报舟人。舟人有尝行海中者识之，菌也。往视之，首皆连地，割取食之，菌但无七窍。晋葛洪《抱朴子》云：'肉芝如人形，产于地。'亦此类也，何足怪哉。"昆仑，皮肤黑色的人。

开船，徒然耽搁。趁著顺风不走，一经遇了逆风，缺了水米，只顾等他一人，大家性命只怕都要送在此处了。”众人说之再再，林之洋只管挠首，毫无主意。

吕氏在内说道：“你们众人说的也是。但俺们同唐相公乃骨肉至亲，如今不得下落，怎好就走？倘唐相公回来不见船只，岂不送他性命？你们既要回去，俺们也不多耽时日，就以今日为始，再等半月，如无消息，任凭开船就是了。”众人无可奈何，只得静静等候，每日怨声不绝。林之洋只作不知，仍是日日上山。不知不觉，到了半月之期，众水手收拾开船。林之洋心犹不死，务要约了多九公再到山上看看，方肯开船。多九公只得同了上山，各处跑了多时，出了几身大汗，走的腿脚无力，这才回归旧路。行了数里，路过小蓬莱石碑跟前，只见上面有诗一首，写的龙蛇飞舞，墨迹淋漓，原来是首七言绝句：

逐浪随波几度秋，此身幸未付东流。
今朝才到源头处，岂肯操舟复出游！

诗后写著：“某年月日，因返小蓬莱旧馆，谢绝世人，特题二十八字。唐敖偶识。”

多九公道：“林兄可看见了？老夫久已说过，唐兄必是成仙而去，林兄总不相信。他的诗句且不必讲，你只看他‘谢绝世人’四字，其余可想而知。我们走罢，还去痴心寻找甚么！”回到船上，将诗句写出，给吕氏诸人看了。林之洋无可奈何，只得含著一把眼泪，听凭众人开船。兰音望著小蓬莱惟有恸哭，婉如、若花也泪落不止。登时扬帆往岭南而来。一路无话。

走有半年之久，于次岁六月到了岭南。多九公各自交代回去。林之洋同妻女带著兰音、若花回家，见了江氏，彼此见礼。众水手将行李发来。再细细查点唐敖包裹，所有衣履被褥都在行囊之内，惟笔砚不知去向。林之洋夫妇睹物伤情，好不悲感。江氏问知详细，也甚叹息，因说道：“姑娘那边这两年不时著人问信，并嘱如有回来之期，千万送个信去，以免悬望。”林之洋不觉顿足道：“这事教俺怎对妹子！他埋怨还是小事，倘悲恸成病，又送一条性命，这便怎处？”吕氏道：“此时莫若暂且隐瞒。俺们见了姑娘，就说姑爷已上长安，等赴试后，方能回来。如此支吾，且保眼下清静。俟过几时，再作商量。”林之洋道：“你身上有孕，不便前去。明日俺去见

以诗言志

唐敖出洋游览的动机起因于科考中第而受黜，心情郁闷之时，有着强烈的摆脱个人环境和人际关系的欲望，通过对异国他乡的风土人情的认知，自己的心灵受到触动，最后得到解脱，这实际上也是一种“打破常规”，符合“反叛性”的旅游文化特征。

词苑撷英

无可奈何：指没有一点办法，只好这样了。

语言描写

这里通过林之洋和妻子吕氏的对话交代了为何隐瞒了唐敖的去处，安排了隐藏唐敖包裹的情节，为下文白猿翻出包裹做了铺垫。

见妹子，只好权且扯谎。但妹夫包裹须要藏好，惟恐妹子回来看见，不大稳便。”

吕氏道：“刚才兰音甥女要去见他寄母，明日就便把他带去。”林之洋道：“论理自应把他送去，倘他口角不稳，露出话来，那便怎好？也罢，俺同九公商量，且把兰音、若花暂寄九公家内，同他甥女且去作伴，俺们慢慢再议长久之计。”

当时同多九公议定，把兰音，若花送了过去。二人摸不著头脑，又不敢违拗，只得暂且住下。喜得多九公把两个甥女也接来作伴，一名田凤翾，一名秦小春，幼年都跟多九公读书，生得品貌俊秀，诗书满腹，而且都是一手好针黹，兰音、若花就使跟著习学。好在四人年纪相仿，每逢闲暇，谈谈文墨，倒也消遣。林之洋谆托多九公一切照应。回到家中，嘱付丈母女儿千万不可露风。

情景描写

这里交代了另外两名女子，为后文情节埋下伏笔，其实她们就是下凡的两位花仙。

次日，雇了小船，带了水手，把女儿国所送银子发到船上，向唐家而来。

那唐敖妻子林氏自从得了唐敖降为秀才之信，日日盼望。后来得了家书，才知丈夫虽回岭南，因郁闷多病，羞归故乡，已同哥嫂上了海船，飘洋去了。林氏听了此信，恐丈夫受不惯海面辛苦，不时焦心，常与女儿小山埋怨哥嫂不了，就是唐敏夫妇，也是时常埋怨。不知不觉，过了一年。这日，唐小山因想念父亲，闷坐无聊，偶然题了一首思亲诗，是七言律诗一首：

借诗抒怀

为了寻觅父亲的踪迹不顾科考，两次出海。好胜和不服输也是唐小山性格的重要组成部分。

梦醒黄粱击唾壶，不归故里觅仙都。
九皋有路招云鹤，三匝无枝泣夜乌。
松菊荒凉秋月淡，蓬莱缥缈客星孤。
此身虽恨非男子，缩地能寻计可图。

小山写完，只见唐敏笑嘻嘻走来，把诗看了，不觉点头道：“满腔思亲之意，句句流露纸上，不意侄女诗学近来竟如此大进！末句意思虽佳，但茫茫大海，从何寻访？大约不久也就同你母舅回来了。”小山侍立一旁道：“今日叔父为何满面笑容？莫非得了父亲回来之信么？”唐敏道：“刚才我在学中见了一道恩诏，乃盛世矿典，自古罕有。欣逢其时，所以不觉欢喜。”小山说：“是何恩诏？莫非太后把天下秀才赏了官职，叔父从此可以作官么？”唐敏笑道：“若把天下秀才都去作官，那教书营生倒没人作了。你道此诏为何而发？原来太后因女后为帝，自古少有，今登极以来，十有余年，屡逢大有，天下太平；明年恰值七旬万寿；因此特降恩旨十二条。至于百官纪录，士子广额，另有恩旨十余条，不在此诏之内。此十二条专指妇女而言，真是自古未有旷典。”小山道：“叔父可曾把诏抄来？”唐敏道：“我因这诏有十二条之多，兼之学中众友都要争看，未曾抄来。喜得逐条我都记得。你且坐了，听我慢慢细讲。

第一条：太后因孝为人之根本，凡妇女素有孝行，或在家孝敬父母，或出嫁孝敬公姑，如贤声著于闺阃，令地方官查奏，赐与旌表牌匾。

第二条：太后因‘孝悌’二字皆属人之根本，但世人只知妇女以孝为主，而不言悌；并且自古以来，亦无旌奖。殊不知‘悌’之一字，妇人最关紧要，其家离合，往往关系于此，乃万不可缺的。苟能姒娣相睦，妯娌同心，互相敬爱，彼此箴规，即是克尽悌道，查明亦赐旌奖。

第三条：太后因‘贞节’二字自古所重，凡妇女素秉冰霜，或苦志守节。或被污不屈，节烈可嘉者，俱赐旌表。

第四条：太后因寿为五福之首，凡妇人年届古稀，家世清白者，赐与寿杖牌匾。

第五条：太后因大内宫娥，抛离父母，长处深宫，最为凄凉。今命查明，凡入宫五年者，概行释放，听其父母自行择配；嗣后采选释放，均以五年为期。其内外臣民人等，凡侍婢年二十以外尚未婚配者，令其父母领回，为之婚配；如无父母亲族，即令其主代为择配。

第六条：太后因贫寒老媪，肩不能担，手不能提；既无六亲之靠，又乏薪水之资，每逢饥寒，坐以待毙，情实堪伤。今命天下郡县设造养媪院。凡妇人四旬以外，衣食无出；或残病衰颓，贫无所归者，准其报名入院，官为养赡，以终其身。

第七条：太后因贫家幼女，或因衣食缺乏，贫不能育；或因疾病缠绵，医药无出；作弃之道旁，即送入尼庵，或卖为女优。种种苦况，甚为可怜。今命郡县设造‘育女堂’。凡幼女自襁褓以至十数岁者，无论疾病残废，如贫不能育，准其送堂，派令乳母看养；有愿领回抚养者，亦听其便。其堂内所育各女，俟年至二旬，每名酌给妆资，官为婚配。

第八条：太后因妇人一生衣食莫不倚于其夫，其有夫死而孀居者，既无丈夫衣食可恃，形只影单，饥寒谁恤。今命查勘，凡嫠妇苦志守节，家道贫寒者，无论有无子女，按月酌给薪水之资，以养其身。

第九条：太后因古礼‘女子二十而嫁’。负寒之家，往往二旬以外，尚未议婚；甚至父母因无力妆奁，贫图微利，或售为侍妾，或卖为优娼，最为可悯。今命查勘，如女年二十，其家实系贫寒，无力妆奁，不能婚配者，酌给妆奁之资，即行婚配。

第十条：太后因妇人所患各症，如经癸带下各疾，其症尚缓；至胎前产后以及难产各症，不独刻不容缓，并且两命攸关。故孙真人著《千金方》，特以妇人为首，盖即《易》基乾坤，《诗》首《关雎》之义，其事岂容忽略。无如贫寒之家，一经患此，既无延医之力，又乏买药之资，稍为耽延，逐至不救。妇人由此而死者，不知凡几。亟应广沛殊恩，命天下郡县延访名医，各按地界远近，设立女科；并发御医所进经验各方，配合药料，按症施舍。

第十一条：太后因《内则》有‘不涉不撅’之训，盖言妇人不因涉水则不褰裳，是妇女之体，最宜掩密，其尸骸尤不可暴露。倘贫寒之家，妇女殁后，无力置备棺木，令地方官查明，实系赤贫，给与棺木殡葬；如有暴露道途者，亦即装殓掩埋。

第十二条：太后因节孝妇女生前虽得旌表，但殁后遽使泯灭无闻，未免可惜。特沛殊恩，以光泉壤，命各郡县设立‘节孝祠’。凡妇女事关节孝，无论生前有无旌表，殁后地方官查明，准其入祠，春秋二季，官为祭祀。

你道这十二条恩诏可是旷古未有之事么？谁知此诏甫经颁发，太后因见苏蕙织锦回文《璇玑图》，甚为喜爱，时刻翻阅，竟于八百言中，得诗二百余首，欢喜非常，即亲自作了一篇序

知识延伸

孀居：妇女在其丈夫死亡后未再婚。孀居的时间称孀居期。我国过去的封建礼教大力宣扬贞节观念，丈夫死后终身不改嫁的女性不仅可以得到朝廷旌表，甚至还能免除本家的徭役，以致发生族人干涉寡妇改嫁，强使其守节等现象。中华人民共和国成立后，我国法律禁止干涉寡妇再婚的自由。

详细描写

给贞节女性以实惠与荣誉，作者的动机不能不说是善良的，然而客观效果却是诱使女性在面临片面贞节这把软刀子的杀戮时束手待毙，甚至飞蛾扑火。

文。恰好就从这个《璇玑图》上生出一段新闻，却是你们闺中千载难逢际遇。你道奇也不奇？”说罢，把序文取了出来。

未知如何，下回分解。

名师点拨

从第七回至本回，是全书的海外游历部分，也是精华所在。作者殚精竭力，将异域风情精彩呈现，旨在开阔读者眼界，同时也充分折射出现实之影，正如鲁迅在《中国小说史略》中所言：“于社会制度，亦有不平，每设事端，以寓理想。”

阅读积累

璇　玑

璇玑是道家医家功理功法类名词。1. 指星名，即斗宿中的天璇、天玑。《黄庭内景经》：“璇玑玉衡色阑干。”注：“璇玑星枢，玉衡斗柄。”2. 指中枢，同上书《治生章》注：“璇玑，中枢名。”中枢，主中之枢纽，气机之权衡。3. 指其运转。同上书：“璇玑悬珠环无端。”注：“璇玑运转，气脉流通，无复休竞。”道家以璇玑为气机循转的本源，璇玑不停，转动不已。《大成捷要》谓：“第四次……是璇玑停轮，日月合璧。”又璇玑，道家隐谐音作“玄机”。

第四十一回 观奇图喜遇佳文 述御旨欣逢盛曲

名师导读

为了突出《镜花缘》写才女的主题，作者不惜花费一整回的篇幅大笔书写了苏蕙的《璇玑图》。《璇玑图》诞生于前秦，自问世之初就引起轰动，世人争相传抄，却不求甚解。后世解读之人甚多，但即使伤透脑筋，也无法完全参悟其中奥妙。苏蕙仅用了几个月的时间就写出此文并将之织在锦缎上，可见其卓越才情。

语言描写

即使是曾声讨武后的"叛臣"后代也不得不承认这是惊天动地的善政。

话说唐敏把序文取出道："此序就是太后所做。你看太后原来如此爱才！"

小山接过，只见上面写著：

前秦苻坚时，秦州刺史扶民窦滔妻苏氏，陈留令武功苏道质第三女也。

名蕙，字若兰。智识精明，仪容秀丽；谦默自守，不求显扬。年十六，归于窦氏，滔甚爱之。然苏氏性近于急，颇伤嫉妒。

滔字连波，右将军于真之孙，朗之第二子也。风神秀伟，该通经史，允文允武，时论尚之。苻坚委以心膂之任，备历显职，皆有政闻。迁秦州刺史，以忤旨谪戍敦煌。会坚克晋襄阳，虑有危逼，藉滔才略，诏拜安南将军，留镇襄阳。初，滔有宠姬赵阳台，歌舞之妙，无出其右。滔置之别所。苏氏知之，求而获焉，苦加棰辱，滔深以为憾。阳台又专伺苏氏之短，谗毁交至，滔益忿恨。苏氏时年二十一。及滔将镇襄阳，邀苏同往，苏氏忿之，不与偕行。滔遂携阳台之任，绝苏音问。

苏氏悔恨自伤，因织锦为回文，五采相宣，莹心耀目。纵横八寸，题诗二百余首，计八百余言，纵横反覆，皆为文章。其文点画无阙。才情之妙，超古迈今。名《璇玑图》。然读者不能悉通。苏氏笑曰："徘徊宛转，自为语言，非我家人，莫之能解。"遂发苍头赍至襄阳。滔览之，感其妙绝，因送阳台之关中，而具车从盛礼迎苏氏归于汉南，恩好愈重。

苏氏所著文词五千余言，属隋季之乱，文字散落，而独锦字回文盛传于世。朕听政之暇，留心《坟典》，散帙之次，偶见斯图。因述若兰之多才，复美连波之悔过，遂制此记，聊以示将来也。大周天册金轮皇帝制。

小山看了道："请问叔父，太后见了《璇玑图》，因爱苏蕙才情之妙，古今罕有，才做此序。但何以生出一段新闻呢？"唐敏道："此序颁发未久，外面有个才女，名唤史幽探，却将《璇玑图》用五彩颜色标出，分而为六，合而为一，内中得诗不计其数，实得苏氏当日制图本心。此诗方才轰传，恰好又有一个才女，名唤哀萃芳，从史氏六图之外，复又分出一图，又得诗数百余首。传入宫内，上官昭仪呈了太后，因此发了一道御旨，却是自古未有一个旷典。我将此图都匆匆抄来。"说罢，取出。小山接过，只见上面写著：

苏氏蕙若兰织锦回文璇玑图

私淑女弟子史幽探谨绎

琴清流楚激弦商秦曲发声悲摧藏音和咏思惟空堂心忧增慕怀惨伤仁
芳廊东步阶西游王姿淑窕窈伯邵南周风兴自后妃荒经离所怀叹嗟智
兰休挑林阴翳桑怀归思广河女卫郑楚樊厉节中闱淫遐旷路伤中情怀
凋翔飞燕巢双鸠土迤逶路遐志咏歌长叹不能奋飞妄清帏房君无家德
茂流泉情水激扬眷颀其人硕兴齐商双发歌我兖衣想华饰容郎镜明圣
熙长君思悲好仇旧蕤葳粲翠荣曜流华观冶容为谁感英曜珠光纷葩虞
阳愁叹发容摧伤乡悲情我感伤情徵宫羽同声相追所多思感谁为荣唐
春方殊离仁君荣身苦惟艰生患多殷忧缠情将如何钦苍穹誓终笃志贞
墙禽心滨均深身加怀忧是婴藻文繁虎龙宁自感思岑形荧城荣明庭妙
面伯改汉物日我兼思何漫漫荣曜华雕旗孜孜伤情幽未犹倾苟难闱显
殊在者之品润乎愁苦艰是丁丽壮观饰容侧君在时岩在炎在不受乱华
意诚惑步育浸集悴我生何冤充颜曜绣衣梦想劳形峻慎盛戒义消作重
感故昵飘施愆殃少章时桑诗端无终始诗仁颜贞寒嵯深兴后姬源人荣
故遗亲飘生思愆精徽盛翳风比平始璇情贤丧物岁峨虑渐孽班祸谗章
新旧闻离天罪辜神恨昭感兴作苏心玑明别改知识深微至嬖女因奸臣
霜废远微地积何遐微业孟鹿丽氏诗图显行华终凋渊察大赵婕所佞贤
冰故离隔德怨因幽元倾宣鸣辞理兴义怨士容始松重远伐氏好恃凶惟
齐君殊乔贵其备旷悼思伤怀日往感年衰念是旧愆涯祸用飞辞恣害圣
洁子我木平根尝远叹永感悲思忧远劳情谁为独居经在昭燕辇极我配

志惟同谁均难苦离戚戚情哀慕岁殊叹时贱女怀叹网防青实汉骄忠英
清新衾阴匀寻辛凤知我者谁世异浮奇倾鄙贱何如罗萌青生成盈贞皇
纯贞志一专所当麟沙流颓逝异浮沉华英翳曜潜阳林西昭景薄榆桑伦
望微精感通明神龙驰若然倏逝惟时年殊白日西移光滋愚谗漫顽凶匹
谁云浮寄身轻飞昭亏不盈无倏必盛有衰无日不陂流蒙谦退休孝慈离
思辉光饬粲殊文德离忠体一违心意志殊愤激何施电疑危远家和雍飘
想群离散妾孤遗怀仪容仰俯荣华丽饰身将与谁为逝容节敦贞淑思浮
怀悲哀声殊乖分圣赀何情忧感惟哀志节上通神祇推持所贞记自恭江
所春伤应翔雁归皇辞成者作体下遗葑菲采者无差生从是敬孝为基湘
亲刚柔有女为贱人房幽处己悯微身长路悲旷感生民梁山殊塞隔河津

四围四角红书读法

自“仁”字起顺读，每首七言四句；逐字逐句逆读，俱成回文：

仁智怀德圣虞唐，贞妙显华重荣章，

臣贤惟圣配英皇，伦匹离飘浮江湘。

仁智至惨伤，贞志至虞唐，钦所至穹苍，钦所至荣章，贞妙至山梁，臣贤至路长，臣贤至流光，伦匹至幽房，伦匹至榆桑。伦匹由臣贤、由贞妙，至虞唐。余仿此。

湘江由皇英、由章荣，至智仁。余仿此。

以下三段读俱同前：津河至柔刚，亲所至兰芳，琴清至惨伤。

中间井栏式红书读法

自“钦”字起顺读，每首七言四句：

钦岑幽岩峻嵯峨，深渊重涯经网罗。

林阳潜曜翳英华，沉浮异逝颓流沙。

深渊至幽遐，林阳至兼加，沉浮至患多，麟凤至如何，神精至嵯峨，身苦至网罗，殷忧至英华。

自“沉”字起，逐句逆读，回文。余仿此：

沉浮异逝颓流沙，林阳潜曜翳英华。

深渊重涯经网罗，钦岑幽岩峻嵯峨。

自“沙”字起，逐字逆读，回文：

沙流颓逝异浮沉，华英翳曜潜阳林。

罗网经涯重渊深，峨嵯峻岩幽岑钦。

间一句，间二句顺读，或两边分读，上下分读，俱可。

自初行退一字成句：

岑幽岩峻嵯峨深，渊重涯经网罗林。

阳潜曜翳英华沉，浮异逝颓流沙麟。

渊重至遐神，阳潜至加身，浮异至多殷，凤离至何钦，精少至峨深，苦惟至罗林，忧缠至华沉。

黑书读法

自“嗟”字起，反复读，三言十二句：

嗟叹怀，所离经；遐旷路，伤中情；

家无君，房帏清；华饰容，朗镜明；

葩纷光，珠曜英；多思感，谁为荣？

荣为至叹嗟，经离至思多，多思至离经。

左右分读：

怀叹嗟，所离经；路旷遐，伤中情；

君无家，房帏清；容饰华，朗镜明；

光纷葩，珠曜英；感思多，谁为荣。

谁为至叹嗟，所离至思多，感思至离经。

半段回环读，三言六句：

嗟叹怀，伤中情；

家无君，朗镜明；

葩纷光，谁为荣？

荣为至叹嗟，经离至思多，多思至离经。

半段顺读：

怀叹嗟，伤中情；

君无家，朗镜明；

光纷葩，谁为荣？

谁为至叹嗟，所离至思多，感思至离经。

以下三段，读俱同前：游西至摧伤，凶顽至为基，神明争雁归。

左右间一句，罗文分读：

嗟叹怀，路旷遐；

家无君，容饰华；

葩纷光，感思多。

荣为争离经，经离至为荣，多思至叹嗟。

从中间一句，罗文分读：

怀叹嗟，路旷遐；

君无家，容饰华；

光纷葩，感思多。

所离至为荣，谁为至离经，感思至叹嗟。

中间借一字，四言六句：

怀所离经，伤路旷遐；

君房帏清，朗容饰华；

光珠曜英，谁感思多？

谁感至离经，所怀至为荣，感谁至叹嗟。

两分各借一字互用：

怀所离经，踏伤中情；

君房帏清，容朗镜明；

光珠曜英，感谁为荣？

谁感至叹嗟，所怀至思多，感谁至离经。

中间借二字，五言六句：

叹怀所离经，中伤路旷遐；

无君房帏清，镜朗容饰华；

纷光珠曜英，为谁感思多？

为谁至离经，离所至为荣，思感至叹嗟。

两分各借二字，互用分读：

叹怀所离经，旷路伤中情；

无君房帏清，饰容朗镜明；

纷先珠曜英，思感谁为荣？

为难至叹嗟，离所至思多，思感至离经。

以下三段，读俱同前，阶西至摧伤，漫顽至为基，通明至雁归。

蓝书读法

自中行各借一字，互用分读，四言十二句：

邵南周风，兴自后妃；

卫郑楚樊，厉节中闱；

咏歌长叹，不能奋飞；

齐商双发，歌我兖衣；

曜流华观，冶容为谁？

情徵宫羽，同声相追。

情徵至后妃，周南至情悲，官徵至淑姿。

取两边四字成句，四言六句：

兴自后妃，厉节中闱；

不能奋飞，歌我兖衣；

冶容为谁？同声相追。

同声至后妃，窈窕至情悲，感我至淑姿。

两边分读，四言十二句：

兴自后妃，窈窕淑姿；

历节中闱，河广思归；

不能奋飞，遐路逶迤；

歌我兖衣，硕人其颀；

冶容为谁？翠粲藏蕤；

同声相追，感我情悲。

同声至淑姿，窈窕至相追，感我至后妃。

两边各连一句，或两边遥间一句，俱可读。

以下三段，读俱同前：惟时至成辞，佞好至防萌，何辜至惟新。

两边分读，左右递退，六言六句：

周风兴自后妃，卫女河广思归；

长叹不能奋飞，齐兴硕人其颀；

华观冶容为谁？情伤感我情悲。

宫羽至淑姿，邵伯至相追，情伤至后妃。

以下三段，读俱同前：年殊至成辞，谗人至防萌，愆殃至惟新。

互用分读：

周风兴自后妃，楚樊厉节中闱；

长叹不能奋飞，双发歌我兖衣；

华观冶容为谁？宫羽同声相追。

宫羽至后妃，邵伯至情悲，情伤至淑姿。

虚中行左右分读，六言十二句：

周风兴自后妃，邵伯窈窕淑姿；

楚樊厉节中闱，卫女河广思归；

长叹不能奋飞，咏志遐路逶迤；

双发歌我兖衣，齐兴硕人其颀；

华观冶容为谁？曜荣翠粲葳蕤；

宫羽同声相追，情伤感我情悲。

情伤至后妃，邵伯至相追，宫羽至淑姿。左右连一句亦可读。

以下三段，读俱同前：年殊至成辞，谗人至防萌，愆殃至

知识延伸

河广：《诗经·卫风》篇名。《毛诗序》："《河广》，宋襄公母归于卫，思而不止，故作是诗也。"盖谓宋襄公母（卫戴公之妹，嫁宋桓公，生襄公后被弃归卫），归卫思宋而作。《郑笺》、《孔疏》皆认为是宋襄母思其子之作。后人多从《诗序》说。现代研究者否定《诗序》说，谓此诗为一位卫国之宋人思家而不得归之诗。诗二章，章四句，语言奇秀，篇首起势有力，短小而紧凑，风格粗犷。其中"谁谓河广，一苇杭之"等诗句已广泛流传为名句。

惟新。

紫书读法

自岁寒反覆读，五言四句：

寒岁识凋松，贞物知终始；

颜衰改华容，仁贤别行士。

士行至岁寒，松凋至贤仁，仁贤至凋松。

自寒字蛇行读：

寒岁识凋松，始终知物贞；

颜衰改华容，士行列贤仁。

仁贤至岁寒，松凋至行士，士行至凋松。

从外读入：

寒岁识凋松，仁贤别行士；

颜衰改华容，贞物知终始。

仁贤至华容，松凋至物贞，士行至丧颜。

从内读出：

贞物知终始，颜丧改华容；

仁贤别行士，寒岁识凋松。

颜丧至行士，始终至岁寒，容华至贤仁。

以下一段，读俱同前：诗风至微元。

自“龙”字起顺读，五言四句：

龙虎繁文藻，旗凋华曜荣；

容饰观壮丽，衣绣曜颜充。

从外读入：

藻文繁虎龙，充颜曜绣衣；

丽壮观饰容，荣曜华凋旗。

充颜至饰容。

从内读出：

荣曜华凋旗，丽壮观饰容；

充颜曜绣衣，藻文繁虎龙。

丽壮至绣衣。

以下一段，读俱同前：衰年至异世。

回环读：

龙虎繁文藻，荣曜华凋旗；

容饰观壮丽，充颜曜绣衣。

知识延伸

绣衣：刺绣的一个品种。我国绣衣历史悠久，殷商时代作为天子的公服，称“黼黻”；封建时代天子、大臣、贵族皆着绣衣，妇女中也很普遍。今天的中国绣衣充分发扬了传统刺绣技法的长处，不断创新，在国内外享有很高声誉。

词苑撷英

衰年：衰老之年。

衣绣至虎龙。

顺读：

藻文繁虎龙，荣曜华凋旗；

丽壮观饰容，充颜曜绣衣。

充颜至虎龙。

以下一段，读俱同前：衰年至奇颜。

黄书读法

自诗情起，五言四句：

诗情明显怨，怨义兴理辞；

辞丽作比端，端无终始诗。

诗始至情诗，辞丽至理辞，辞理至丽辞，端比至无端，怨显至义怨，端无至比端，怨义至显怨。

自"思感"起，四言四句：

思感自宁，孜孜伤情，

时在君侧，梦想劳形。

形劳至感思。

顺读：

宁自感思，孜孜伤情；

侧君在时，梦想劳形。

梦想至感思。

以下三段，读俱同前：愆旧至何如，婴是至何冤，怀伤至者谁。

从外读入：

宁自感思，梦想劳形；

侧君在时，孜孜伤情。

梦想至在时。

从内读出：

孜孜伤情，侧君在时；

梦想劳形，宁自感思。

侧君至劳形。

从下一句间逆读：

孜孜伤情，宁自感思，

梦想劳形，侧君在时。

侧君至伤情。

以下三段，读俱同前：念是至独居，怀忧至漫漫，悼思至

词苑撷英

孜孜：形容勤勉，不懈怠。

词苑撷英

劳形：使身体劳累。形，形体、身体。

感悲。

自诗情起，四言四句：

诗情明显，怨义兴理；

辞丽作比，端无终始。

始终至情诗，辞丽至兴理，理兴至丽辞，情明至始诗，丽作至理辞，无终至比端，义兴至显怨，显明至义怨，比作至无端。

词苑撷英

无端：1.无意，无心。2.不料，表示事出意外。3.等于说无奈，多用于感叹事与愿违的场合。4.等于说无知，无赖。

余如始终无端，显明情诗，回环读，仍是四言四句八首。

琴	清	流	楚	激	弦	商	秦	由	发	声	悲	摧	藏	音	和	咏	思	惟	空	堂	心	忧	增	慕	怀	惨	伤	仁
芳	廊						王							南							荒						嗟	智
兰		桃					怀							郑							淫					中		怀
凋			燕				土							歌							妄				君			德
茂				水			眷							商							想			容				圣
熙					好		旧							流							感		曜					虞
阳						伤	乡							徽							所	多						唐
春	方	殊	离	仁	君	荣	身	苦	惟	艰	生	患	多	殷	忧	缠	情	将	如	何	钦	苍	暂	穹	终	笃	志	贞
墙							加	怀						繁						思	岑							妙
面							愁		何					华					伤		幽							显
殊							兼			是				观				君			岩							华
意							悴				冤			曜			梦				峻							重
感							少					端		终		诗					嵯							荣
故							精						平	始	璇						峨							章
新	旧	闻	离	天	罪	辜	神	恨	昭	感	兴	作	苏	心	玑	明	别	改	知	识	深	微	至	嬖	女	因	奸	臣
霜							遐						氏	诗	图						渊							贤
冰							幽					辞		兴		怨					重							惟
齐							旷				怀			感			念				涯							圣
洁							远			感				远				为			经							配
志							离		戚					殊					怀		网							英
清							凤	知						浮						如	罗							皇
纯	贞	志	一	专	所	当	麟	沙	流	颓	逝	异	浮	沉	华	英	翳	曜	潜	阳	林	西	昭	景	薄	榆	桑	伦
望						神	龙							时							光	滋						匹
谁					轻		昭							盛							流		谦					离
思				粲			德							意							电			远				飘
想			散				怀							丽							逝				贞			浮
怀		哀					圣							哀							椎					自		江
所	春						皇							遗							生						基	湘
亲	刚	柔	有	女	为	贱	人	房	幽	处	己	悯	微	身	长	路	悲	旷	感	生	民	梁	山	殊	塞	隔	河	津

七七纵横线读法

自初行退一字，每首七言四句，俱逐句退成回文：

智怀德圣虞唐贞，妙显华重荣章臣。

贤惟圣配英皇伦，匹离飘浮江湘津。

词苑撷英

浮沉：在水中时而浮起，时而沉下，指随波逐流，也比喻盛衰，升降。

智怀至西林，至罗林，至玑心，至岑钦，至奸臣，至识深，至如林，至浮沉，至知麟，至恨神，至怀身，至繁殷，至始心，至苦身，至南音，至和音，至伤仁，至忧心，至唐贞。

以下十五段，读俱同前：所怀至芳琴，河隔至刚亲，清流至伤仁，妙显至梁民，生感至望纯，清志至商秦，曲发至唐贞，贤惟至长身，微悯至霜新，故感至藏音，和咏至章臣，匹离至房人，贱为至墙春，阳熙至堂心，忧增至皇伦。

自上横行退一字成句，逐句逐字逆读，俱成回文：

伤惨怀慕增忧心，堂空惟思咏和音。

藏摧悲声发曲秦，商弦激楚流清琴。

伤惨至乡身，至苦身，至始心，至何钦，至南音，至繁殷，至怀身，至恨神，至知麟，至浮沉，至如林，至识深，至玑心，至罗林，至奸臣，至章臣，至智仁，至唐贞，至忧心。

以下十五段读俱同前：

芳兰至听亲，刚柔至河津，湘江至智仁，堂空至阳春，墙面至贱人，房幽至匹伦，皇英至忧心，藏摧至故新，霜冰至微身，长路至贤臣，章荣至和音，商弦至清纯，望谁至生民，梁山至妙贞，唐虞至曲秦。

自两间行退一字成句，下以递退一句成章，又纵横返复读：

荒淫至生民，王怀至皇人，志笃至方春，桑榆至贞纯，方殊至志贞，贞志至桑伦，岑幽至长身，加兼至刚亲，何如至故新，阳潜至所亲，罗网至和音，凤离至清琴，苦惟至章臣，沙流至湘律，渊重至房人，遐幽至望纯，多患至清纯，浮异至墙春，峨嵯至曲秦，精少至阳春，忧缠至皇伦，华英至梁民，光流至刚亲，龙昭至霜新，当所至芳琴，荣君至所亲，乡旧至故新，所感至清琴，苍穹至湘津，西照至长身。

自中行退一字成句，以下迎退一句成章：

南郑至遗身，奸回至旧新，遗哀至南音，旧闻至奸臣，繁华至房人，识知至清纯，浮殊至曲秦，恨昭至皇伦，诗兴至刚亲，苏作至所亲，始终至清琴，玑明至湘津，时盛至望纯，辜罪至贱人，徵流至阳春，微至至梁民。

自角斜退一字成句，以下递退一句成章：

嗟中君容曜多钦，思伤君梦诗璇心。

氏辞怀感戚知麟，种轻粲散哀惑亲。

嗟中至贞纯，至浮沉，至遐神，至遗身，至阳林，至沙麟，至旧新，至凤麟，至加身，至基津，至桑伦，至生民，至渊深，至华沉，至廊琴，至方春，至王秦，至精神，至多殷，至奸臣，至罗林，至苦身，至南音，至基津，至图心，至妙贞，至皇伦，至恨神，至知麟，至怀身，至繁殷，至如林，至思钦，至平心，至识深，至曲秦，至堂心，至忧心，至皇伦，至微深，至徵殷，至唐贞，至多钦。

以下十五段同前：廊桃至基津，春哀至嗟仁，基自至廊琴，思伤至望纯，怀何至梁民，知戚至忧心，如怀至阳春，氏辞至霜新，图怨至长身，璇诗至和音，平端至故新，神轻至墙春，滋谦至房人，多曜至曲秦，伤好至清纯。

自中心诗兴起，各项字倒换互旋，八面分读：

诗兴感远殊浮沉，时盛意丽哀遗身。

始终曜观华繁殷，徽流商歌郑南音。

始终至遗身，玑明至旧新，苏作至奸臣。

四正左旋读：诗兴至旧闻，苏作至南音，始终至识深，玑明至浮沉。

四正右旋读：诗兴至奸臣，玑明至南音，始终至旧新，苏作至遗身。

四隅左旋读：璇诗至廊琴，平端至春亲，氏辞至基津，图怨至嗟仁。

四隅右旋读：璇诗至基津，图怨至春亲，氏辞至廊琴，平端至嗟仁。

双句左旋读：诗兴至春亲，氏辞至旧闻，苏作至廊琴，平端至南音。始终至嗟仁，璇诗至奸臣，玑明至基津，图怨至遗身。

双句右旋读：诗兴至基津，图怨至奸臣，玑明至嗟仁，璇诗至南音。始终至廊琴，平端至旧新，苏作至春亲，氏辞至遗身。

知识延伸

南郑：周畿内邑。周穆王都此。因在镐京南，故称。又因在新郑西，也叫西郑。

各行退一字，于八面各取一句，左旋颠倒回文：

南郑歌商流徽殷，廊桃燕水好伤身。

旧闻离天罪辜神，春哀散粲轻神麟。

廊桃至时沉，旧闻至滋林，春哀至微深，遗哀至多钦，基自至徽殷，奸臣至伤身，嗟中至辜神。

八面右旋读：南郑学滋林，嗟中至时沉，奸臣至神麟，基自至辜神，遗衷至伤身，春哀至徽殷，旧闻至多钦，廊桃至微深。

各行退一字，四正面各取一句，左旋读：

南郑歌商流徽殷，旧闻离天罪辜神。

遗哀丽意盛时沉，奸因女嬖至微深。

旧闻至徽殷，遗哀至辜神，奸因至时沉。

四正右旋读：南郑至辜神，奸因至徽殷，遗哀至微深，旧闻至时沉。

四隅左旋读：嗟中至滋林，廊桃至多钦，春哀至伤身，基自至神麟。

四隅右旋读：嗟中至伤身，基自至多钦，春哀至滋林，廊桃至神麟。

小山看罢，不觉叹道："苏氏以闺中弱质，意欲感悟其夫，一旦以精意聚于八百言中，上陈天道，下悉人情，中稽物理，旁引广譬，兴寄超远，此等奇巧，真为千古绝唱，今得太后制序，已可流传不朽，又得史氏、哀氏两个才女，寻其脉络，疏其神髓，绎出诗句，竟可盈千累万，使苏氏当日制图一片巧思，昭然在目，殆无余恨。这两个才女如此细心，不独为苏氏功臣，其才情之高，慧心之巧，亦可想见。侄女生逢其时，得睹如此奇文，可谓三生有幸。不知太后有何旷典？"

语言描写

通过唐小山之口对苏蕙对汉字文化的主要贡献进行赞誉。

唐敏道："太后自见此图，十分喜受。因思如今天下之大，人物之广，其深闺绣阁能文之女，固不能如苏蕙超今迈古之妙，但多才多艺如史幽探、哀萃芳之类，自复不少。设俱湮没无闻，岂不可惜？因存这个爱才念头，日与廷臣酌议，欲今天下才女俱赴廷试，以文之高下，定以等第，赐与才女匾额，准其父母冠带荣身。不独鼓励人才，为天下有才之女增许多光耀，亦是千秋佳话。因谕部臣议定条款，即于前次所颁覃恩十二条之外，续添考才女恩诏一条。闻得明年改元'圣历'，大约来春正月颁行天下。考期虽尚未定，此信甚确。侄女须赶紧用功，早作准备。据你学问，要竖才女匾额，只算探囊取物。去年你曾问我女科。谁知此话今日来真应了。"小山不觉喜道："天下竟有如此奇事！怪不得叔叔说是我们闺中千载难逢际遇，真是旷古少有。话虽如此，侄女何能有这福分，就竖才女匾呢。况学业未精，如何敢萌妄想？此后惟有勉力习学，尚求叔叔不时教诲，或者可以前去观光。如考期尚有时日，还有几希之望，倘明年就要考试，侄女只好把这妄想歇了。"唐敏诧异道："侄女此话怎讲？"

未知如何，下回分解。

词苑撷英

念头：心里的打算；大脑里出现的想法、情绪、记忆、画面等的瞬间。

语言描写

不论大家闺秀还是小家碧玉都用功读书，苦学诗文；她们都跃跃欲试，争竖才女匾额。这就是小说家所精心设计和铺陈的故事背景，明显地体现着作家的创作倾向：他要表现、要歌颂的，正是一大批有才情的女子；他希望女子用文、用武，也能找到自己的天地。

名师点拨

本回重点介绍《璇玑辞》，它又称璇玑图诗，杂体诗，十六国时前秦女诗人苏蕙作，《晋书·列女传》载窦滔因罪被戍流沙，其妻苏蕙织锦为《回文图诗》以赠。唐武则天《璇玑图序》说它“五色相宣，纵横八寸，题诗二百余首，计八百余言，纵横反复，皆成章句。”后有人为之寻绎，得诗更多。由璇玑图的解读中，极力夸赞女子的才华，也正是它引起了爱才的武则天的注意，中国历史上第一次用文采来表彰女性，引出了后面的众才女的故事情节。

阅读积累

物　理

文中所说的“物理”是生活的哲理，万物的常理。杜甫《曲江》之一：细推物理须行乐，何用浮名绊此身？李商隐《井泥》：因此感物理，恻怆平生怀。杜甫《赠郑十八贲》：高怀见物理，识者安肯哂？

第四十二回 开女试太后颁恩诏 笃亲情佳人盼好音

名师导读

在对黑齿国的叙述中我们得知，在李汝珍的教育观念中，女子和男子享有平等的受教育的权利，他还首次提及了女科考试。在本回，天朝上国的武则天也颁令开设女试，并且特别点出“况今日：灵秀不钟于男子”。

话说唐敏问小山道：“何以明年考试，就把想头歇了，这却为何？”小山道：“考期如迟，还可赶紧用功；若就要考试，侄女学问空疏，年纪过小。何能去呢？”唐敏道：“学问却是要紧；至于年纪，据我看来，倒是越小越好。将来恩诏发下，只怕年纪过大，还不准考哩。你只管用功。即或明年就要考试，你的笔下业已精通，也不妨的。”小山连连点头，每日在家读书。

到了次年，唐敏不时出去探信。这日，在学中得了恩诏，连忙抄来，递给小山道：“考才女之事，业已颁发恩诏，还有规例十二条，你细细一看就知道了。”

小山接过，只见上面写著：

大周金轮皇帝制曰：朕惟天地英华，原不择人而畀；帝王辅翼，何妨破格而求。丈夫而擅词章，固重圭璋之品；女子而娴文艺，亦增蘋藻之光。我国家储才为重，历圣相符。朕受命维新，求贤若渴。辟门吁俊，桃李已属春官；《内则》遴才，科第尚遗闺秀。郎君既膺鹗荐，女史未遂鹏飞。奚见选举之公，难语人才之盛。昔《帝典》将坠，伏生之女传经；《汉书》未成，世叔之妻续史。讲艺则纱橱、绫帐，博雅称名；吟诗则柳絮、椒花，清新独步。群推翘秀，古今历重名媛；慎选贤能，闺阁宜彰旷典。况今日灵秀不钟于男子，贞吉久属于坤

知识延伸

大周金轮皇帝制曰：这是恩诏的格式，是按照作者理解的清朝格式写的。清承明制，其诏书多以“奉天承运皇帝诏曰”开头，中间为主文，结尾则以“布告天下，咸使闻知”“布告中外，咸使闻知”为多。诏书以外，清代还有制辞（即制书）。其开头一般是“奉天承运皇帝制曰”云云。

元；阴教咸仰敷文，才藻益徵竞美。是用博谘群议，创立新科，于圣历三年，命礼部诸臣特开女试。所有科条，开列于后：

（一）考试先由州县考取，造册送郡；郡考中式，始与部试，部试中式，始与殿试。其应试各女童，先于圣历二年，在本籍呈递年貌、履历，及家世清白切结。以是年八月县考，郡考以十月为期，均在内衙出题考试。仍令女亲属一二人伴其出入。其承值各书役，悉今助避。

（二）县考取中，赐“文学秀女”匾额，准其郡考，郡考取中，赐“文学淑女”匾额，准其部试；部试取中，赐“文学才女”匾额，准其殿试。殿试名列一等，赏“女学士”之职；二等，赏“女博士”之职；三等，赏“女儒士”之职：俱赴“红文宴”，准其半支俸禄。其有情愿内廷供奉者，俟试俸一年，量材擢用。其三等以下，各赐大缎一匹；如年岁合例，准于下科再行殿试。

（三）殿试一等者，其父母翁姑及本夫如有官职在五品以上，各加品服一级；在五品以下，俱加四品服色；如无官职，赐五品服色荣身。二等者，赐六品服色。三等者，赐七品服色。余照一等之例，各为区别。女悉如之。

详细说明

女子确实有了参加科考的资格，但也仅止于此，女子并不能像男子那样，广泛地参与政治，其最终结果不过是得到“女学士”“女博士”“女儒士”之类的虚衔，可半支俸禄罢了。开女科的目的并不是为了让女子享受同样的选举和参政权，即便她们拔得头筹，所荣不过是父母翁姑。

（四）郡考、部试取中后见试官仪注，俱师生礼。其文册榜案，俱照当时所赐字样，如县考则填“文学秀女”，郡考则填“文学淑女”。

（五）试题自郡、县以至殿试，俱照士子之例，试以诗赋，以归体制。均于寅时进场，酉时出场，毋许给烛；违者试官听处。至试卷，除殿试，余俱弥封誊录，以杜私弊。

（六）籍贯无须拘定。设有寄居他乡，准其声明，一体赴试；或在寄籍县考，而归原籍郡考，亦听其便。

（七）郡县各考，或因患病未及赴试，准病痊时于该衙门呈明补考；如逾殿试之期，不准。

（八）值部试，如因路远乏人伴送，或因患病未能赴试者，如果文学出众，准原考各官据实保奏，另降谕旨。

（九）凡郡考取中，女及夫家，均免徭役。其赴部试者，俱按程途远近，赐以路费。

（十）命名不必另起文墨及嘉祥字样，虽乳名亦无不可；或有以风花雪月、以梦兆、以见闻命名者，俱仍其旧，庶不失闺阁本来面目。

（十一）年十六岁以外，不准入考。其年在十六岁以内，业经出室者，亦不准与试。他如体貌残废，及出身微贱者，俱不准入考。

（十二）诏下之日，亟拟科试以拔真才。第路有远近，势难骤集；兼之向无女科，遽令入试，学业恐未精纯。故于圣历三年三月部试，即于四月举行殿试大典，以示博选真才至意。

于戏！诗夸织锦，真为夺锦之人；格比簪花，许赴探花之宴。从此珊瑚在网，文博士本出宫中；玉尺量才，女相如岂遗苑外？丕焕新猷，聿昭盛事。

布告中外，咸使闻知。

小山看罢，不觉喜道："我怕考期过早，果然天从人愿！今年侄女十四岁，若到圣历三年，恰恰十六岁，有这两年功夫，尽可慢慢习学。"唐敏道："我才见这条例，也甚欢喜。不但为期尚缓，可以读书；并且一诗一赋，还不甚难。我家才女匾额，稳稳拿在手中了！"

小山自此虽同小峰日日读书，奈父亲总无音信，不免牵挂；林氏也因悬念丈夫，时刻令人回家问信。这日，正在盼望，恰好唐敏领林之洋进来。林氏见了，只当丈夫业已回家，不胜之喜，慌忙见礼让坐，小山、小峰也来拜见。林氏道："哥哥只顾将你妹夫带上海船，这两年，合家大小，何曾放心！……"小山不等说完，即接著说道："今舅舅既已回家，怎么父亲又不同来？"林之洋道："昨日俺们船只抵岸，正发行李，你父亲因革了探花，恐街邻耻笑，无颜回家，要到京里静心用功，等下科再中探花才肯回来。俺同你舅母再三劝阻，无奈执意不听。今把海外赚的银子，托俺送来，他向京里去了。"林氏同小山听罢，不觉目瞪口呆。唐敏道："哥哥向日虽功名心胜，近来性情为何一变至此？岂有相离咫尺，竟过门不入？况功名迟早，何能拿得定，设或下科不中，难道总不回家么？"林之洋道："这话令兄也说过，若榜上无名，大家莫想他回来。他这般立志，俺也劝不改的。"林氏道："这怪哥哥不该带到海外。今游来游去，索性连家也不顾了！"林之洋道："当日俺原不肯带去，任凭百般阻拦，他立意要去，教俺

详细说明

在唐朝有这些人不能参加科举考试：1. 囚犯、僧人、道士、商人、犯讳的人（如李贺的父亲名晋肃，"晋""进"同音，他就不能参加进士科举考试），这些人不能参加科举考试。2. "娼、优、隶、皂"这四类人的后代不能参加科举考试。娼，倚门卖笑的人，还有伎之类的。优，也就是所谓的优伶，唱歌卖艺的人。隶、皂则属于同一类人，也就是在政府里做工，但不是政府的正式职员，而是强制摊派义务劳动的人。

知识延伸

探花：科举考试制度，殿试一甲第三名称探花。唐代新进士曲江杏园初宴，称"探花宴"，以同榜俊秀少年进士二三人为探花使，遍游名园，探采名花。探花之名乃始于此。宋代亦称为"探花郎"。南宋以后，探花专指殿试一甲第三名。元、明、清三代皆承袭此制。探花与榜眼皆授翰林院编修。

怎能拦得住？”

小山道：“当日我父亲到海外，是舅舅带去的；今我父亲到西京，又是舅舅放会的，舅舅就推不得干净了。为今之计，别无良策，惟有求舅舅把我送到西京。即或父亲不肯回家，甥女见见父亲之面，也好放心。”林之洋被小山几句话吃了一吓道：“你恁小年纪，怎吃外面劳苦？当年你父亲出游在外，一去两三年，总是好好回来。俺闻人说，他这名字，就因好游取的，你只细想这个‘敖’字，可肯好好在家？今在西京读书，下科考过，自然还家，甥女为甚这样性急？岭南到彼几千路程，这样千山万水，问你令叔，你们女子如去得，俺就同令叔送你前去。”

唐敏听见林之洋教他同去，连忙说道，“据我主意，好在将来侄女也要上京赴试，莫若明年赴过郡考，早早进京，借赴试之便，就近省亲，岂非一举两便？况你父亲向来在外闲散惯的，在家多住几时，就要生灾害病，倒是在外无拘无束，身子倒觉强壮。他向来生性如此，也勉强不来。当日父母在堂，虽说好游，还不敢远离，及至父母去世，不是一去一年，就是一去两载。这些光景，你母亲也都深知。侄女只管放心，他虽做客在外，只怕比在家还好哩。”小山听了，滴了几点眼泪，只得勉强点头道：“叔父分付也是。”

林之洋将女儿国一万银子交代明白，并将廉家女子所送明珠也都交代。唐敏款待饭毕，又坐了半晌。因妹子、甥女口口声声只是埋怨，一时想起妹夫，真是坐立不安，随即推说有事，匆匆回家。把燕窝货卖，置了几顷庄田。过了几时，生了一子，著人给妹子送信。

林氏听了，甚觉欣慰，喜得林家有后。到了三朝，带了小山、小峰来家与哥嫂贺喜。谁知吕氏产后忽感风寒，兼之怀孕半年之外，秉气又弱，血分不足，病势甚重。幸亏县官正在遵奉御旨，各处延请名医，设立药局，吕氏趁此医治，吃了两服药，这才好些。林氏见嫂子有病，就在娘家住下。这日，小山同婉如在江氏房中闲话，只见海外带来那个白猿，忽从床下把唐敖枕头取了出来。

未知如何，下回分解。

词苑撷英

无拘无束：形容自由自在，没有牵挂。拘、束，限制、约束。

知识延伸

药局：官署名。北宋徽宗崇宁年间，于有市易务之处置，共七所，掌出卖熟药。元世祖至元十年（1273）置御药局，秩从五品，掌两都行箧药饵。大德九年（1305），又分立行御药局，掌行箧药物。明代有惠民药局，洪武三年（1370），置于各府、州、县，隶太医院。府有提领，州、县有官。后改为大使、使，掌给军民贫病医药。

名师点拨

联系小说开端所写“女魁星北斗垂景象”“百花获谴降红尘”的神话，这都生动说明了“今日灵秀”仍在女子的缘故。于是，百位才女齐聚一堂的盛会悄然揭开大幕。

阅读积累

《内则》

《内则》是《礼记》的一部分，约战国末或秦汉之际儒家学者所撰。疏云：“名曰内则者，以其记男女居室、事父母舅姑之法，以闺门之内轨仪可则，故曰内则。”记述古代贵族妇女孝奉父母公婆的礼节，及古代家庭内所施行 的诸种道德教育内容。提出上下子弟礼仪、男女分教、妇德仪态等项家庭礼仪。在中国古代家庭道德教育中有广泛影响，是封建家庭中女子的必读物。

第四十三回　因游戏仙猿露意 念劬劳孝女伤怀

名师导读

《镜花缘》描写了不少孝女，如骆红蕖、康锦枫、尹红萸、魏紫英等，但全书中至纯至孝的典型莫过于唐小山。为了突出唐小山的至孝，作者特意在时间安排上进行周密策划：如果唐小山要去海外寻父，势必来不及参加千载难逢的女科考试。在这种矛盾冲突中，在看似痛苦的两难选择中，唐小山毫不犹豫地选择了千里寻父，成全孝道。古代孝子寻父的情况屡见不鲜，但在《镜花缘》中却是少有的孝女寻父。

情景描写

在小说的主要正面人物中，除唐敖父女与颜紫绡外，值得注意的是这位曾在百花仙子洞中，后随群芳贬谪红尘的得道仙猿。这位白猿被贬在小蓬莱，在红尘之中依然“宁神养性，不食烟火”。

话说小山这日正同江氏闲谈，只见海外带来那个白猿，忽从江氏床下取出一个枕头在那里顽耍。小山见了，向江氏笑道：“婆婆，原来这个白猿却会淘气，才把婉如妹妹字贴拿著翻看，此时又将舅舅客枕取出乱掷。怪不得古人说是‘意马心猿’，果然竟无一刻安宁。但如此好枕，为何放在床下？”因向白猿手中取过，看了一看，却像自己家中之物，随即掀起床帏，朝下一看，只见地板上放著一个包裹。正要动手去拉，江氏忙拦住道：“那是我的旧被，上面腌臜，姑娘不可拿他！”小山见江氏举止惊慌，更觉疑惑，硬把包裹拉出，细细一看，却是父亲之物。正向江氏追问，适值林氏走来，听见此事，见了丈夫包裹，又见江氏惊慌样子，只吓的魂不附体，知道其中凶多吉少，不觉放声恸哭。小山糊里糊涂，见了这个样子，也跟著啼哭。

小山忍著眼泪，走到吕氏房中把林之洋请来，指著包裹，一面哭泣，一面追问父亲下落。林之洋暗暗顿足道：“他的包裹，起初原放在橱内，他们恐妹子回家看见，特藏在丈母床下。今被看破，这便怎处？”思忖多时，明知难以隐瞒，只得说道："妹夫又不生灾，又不害病，如今住在山中修行养性，为甚这样恸哭！你们略把哭声止止，也好听俺讲这根由。"林氏听了，强把悲声忍住，林之洋就把"遇见风暴，吹到小蓬莱，妹夫上去游玩，竟一去不归。俺们日日寻找，足足候了一月，等的米也完了，水也干了，一船性命难保，只得回来"前前后后，说了一遍。小山同林氏听了，更恸哭不止。江氏再三解劝，何能止悲。小山泣道："舅舅同我父亲骨肉至亲，当日寻找，既未见面，一经回家，就该将这情节告诉我们，也好前去寻访，怎么一味隐瞒？若非今日看见包裹，我们还在梦中。难道舅舅就听父亲永在海外么，此时甥女心如刀割！舅舅若不将我父亲好好还出，我这性命也只好送给舅舅了！"说罢，哭泣不已，林之洋无言可答。江氏只得把他母女劝到吕氏房中。吕氏因身体虚弱，还未下床，扎挣起来，同林之洋再三相劝；无奈小山口口声声只教舅舅还他父亲。林之洋道："甥女要你父亲，也等你舅母病好，俺们再到海外替你寻去；如今坐在家中，教俺怎样还你？"吕氏道："甥女向来最是明理，莫要啼哭，将来俺们少不得要去贩货，自然替你寻来。"林之洋把唐敖所题诗句向婉如讨来，递给小山道："这是你父亲在小蓬莱留的诗句，你看舅舅可曾骗你？"小山接过看了，即送林氏面前，细细读了一遍。林之洋道："他后两句，说是：'今朝才到源头处，岂肯操舟复出游！'看这话头，他明明看破红尘，贪图仙景，任俺寻找，总不出来。"

语言描写

林之洋的话非常有分寸，一方面说明唐敖不仅还活着，而且活得很不错，另一方面也为下文故事情节的开展做了铺垫。

小山道："母亲且免伤悲。据这诗句，且喜父亲现在小蓬莱。此时只好权且忍耐，俟舅母过了满月，女儿跟随舅舅同到海外去找父亲便了。"林氏道："你自幼未曾上过海船，并且从未远出，如何去得！看来只好你同兄弟在家跟著叔叔读书，我同他们前去，就是在外三年五载，也不误你们读书。将来倘能中个才女，不但你自己荣耀，就是做父母的也觉增光。你若跟著舅舅去到海外，这水面程途，最难刻期，设或误了考试，岂不可惜！"小山道："如今父亲远隔数万里之外，存亡未卜，女儿心里只知寻亲一事，那里还讲考试！若教母亲一人前去，女儿何能放心？还是母亲同兄弟在家，女儿去的为是。若不如此，就让母亲寻见父亲，也恐父亲未必肯来。"林氏道："这话怎讲？"小山道："母亲倘竟寻见父亲，父亲因看破红尘，执意不肯回来，母亲又将如何？若女儿寻见父亲，如不肯来，女儿可以哭诉，可以跪求，还可谎说母亲焦愁患病。女儿

语言描写

在他看来，阴若花"将来倘在天朝中了才女，一时传到女儿国，也教那些恶人晓得他的本领。他们原想害他，那知他在天朝倒轰轰烈烈，名登金榜，管教那些畜类羞也羞死了"。在天朝"名登金榜"，居然能达到这种海外效应，何等荣耀！

一因母病，二因父亲远隔外洋，所以不惮数万里特来寻亲。父亲听了这番说话，又见女儿悲恸跪求，或者怜我一点孝心，一时肯回，也未可知。况母亲非女儿可比，女儿此去，虽说抛头露面，不大稳便，究竟年纪还轻，就是这边寻寻，那边访访，行动也还容易；至于母亲，非我们幼女可比，何能抛头露面，各处寻访？”林氏听了，半晌无言。林之洋道：“甥女虽然年幼，也觉不好出头露面。据俺主意，你们都不用去，还是俺去替你寻访，倒还省事。”

词苑撷英

半晌：数量词。半天。

小山道：“此话虽是，但舅舅设或寻不回来，甥女岂能甘心？少不得仍要劳动舅舅同我前去。与其将来费事，莫若此番同去。只要到了小蓬莱寻著父亲，无论来与不来，甥女也就无怨了。”

细节描写

总之，李汝珍将女子教育的内容扩展到前所未有的广度，可以说，即使是当时对男子的教育内容，也远没有这样广泛。教育绝不再只是教给妇女一些“闺阁闲技”，还要教给她们借以进身的功名学问，价值重大和实用的专门性知识，还有体魄锻炼方面的知识。

林之洋见拗不过，只得说道：“甥女这等悬念，立意要去，俺们也难相阻。只好等你舅母满月，俺置些货物同去便了。”于是大家议定八月初一日起身。林氏要替女儿置办行装，随即带著女儿别了哥嫂，把丈夫包裹也带了回来。唐敏问知详细，手足关心，好不伤感。小山回来，每日令乳母把些桌椅高高下下罗列庭中，不时跳在上面盘旋行走。这日林氏看见，问道：“我儿，你这两日莫非入了魔境？为何只管跳上跳下，四处乱跑，这是何意？”小山道：“女儿闻得外面山路难行，今在家中，若不预先操练操练，将来到了小蓬莱如何上山呢？”林氏道：“原来如此，却也想的到。”不知不觉到了七月三十日。小山带著乳母拜别母亲，叔，婶。林氏千叮咛，万嘱咐，无非“寻著父亲，早早回来”的话，洒泪而别。

唐敏把小山送到林家，并将路费一千两交代明白。别了林之洋，仍去处馆。后来本郡太守因太后开了女科，慕唐敏才名，聘请课读女儿去了。

林之洋置了货物，因多九公老成可靠，仍要恳他同去照应。无奈多九公因在歧舌得了一千银子，颇可度日；兼之前在小蓬莱吃了灵芝，大泻之后，精神甚觉疲惫；如今在家，专以传方舍药济世消遣，那肯再到海外。禁不起林之洋再三恳求，情不可却，只得勉强应了。

词苑撷英

消遣：指用自己感到愉快的事来消磨时间。

当时商量兰音、若花作何安置。多九公道：“此时唐小姐既到海外，林兄何不就将兰音小姐送与令妹做伴？况此人乃唐兄义女，自应送去为是。至若花小姐，乃尊驾义女，仍带船上与侄女同居，日后回来，替他择一婚配，完其终身，也算以德报德了。”林之洋连连点头。当时将兰音、若花接到家中，田凤翾、秦小春也都过来，与小山诸人见礼。林之洋一一告知详细，小山这才明白。大家一经聚谈，倒像都有夙缘，莫不亲热。彼此序了年齿，都是姐妹相称。小山问起若花为何远出之故，若花把立储被害各话说了，那眼泪不因不由就落将下来。小山道：“姐姐以龙凤之质，储贰之尊，忽遭此患，固为时势所迫，亦是命中小有驳杂，何足为害？妹子细观姐姐举止，真是大度汪洋，器宇不凡，将来必有非常奇遇，断不可因目前小有不足，致生烦恼，有伤贵体。久后姐姐才知妹子眼力不错哩。”若花道：“承阿妹过奖，无非宽慰愚姐之意，敢不自己排解，仰副尊命！”林之洋又把要送兰音与妹子做伴之意说了。小山大喜道：“甥女正愁母亲在家寂寞，今得兰音妹妹过去，不但诸事可代甥女之劳，并可免了母亲许多牵挂。”于是谆托兰音在家照应：“日后寻亲回来，再为拜谢。”兰音道：“姐姐说那里话来！妹子当日若非寄父带来医治，久已性命不保。如此大德，岂敢相忘！今姐姐海外寻亲，妹子分应在家侍奉寄母，何须相托。此去千万保重！妹子在家静候好音。”

小山道：“妹子向闻凤翾、小春二位姐姐都是博学，可惜才得相逢。就要奉别，不能畅聆大教，真是恨事！”二人连道：“不敢！……”田凤翾道：“姐姐此去，明年六月可能回来？”小山道：“道路甚远，即使来往风顺，明秋亦难赶回，将来只好奉扰二位姐姐高中喜酒了。”秦小春道：“我们虽有观光之意，奈路途遥远，无人伴送。前已同母舅商议，原想到了彼时，如姐姐高兴赴试，我姐妹可以附骥一往。不意姐姐忽有海外之行，我家母舅又被林叔叔邀往船上照应，看来我们这个妄想也只好中止了。”

林之洋道：“去年俺同妹夫正月起身，今年六月才回，足足走了五百四十天。今同甥女前去，就算沿途顺风，各国不去耽搁，单绕那座门户山，也须绕他几个月，明年六月怎能赶回？前日俺得考才女这信，也想教俺婉如随著甥女同去考考，倘碰个才女，也替俺祖上增光。那知甥女务必要教俺同到海外，看来俺这封君也做不成，纱帽也戴不成。据俺想来，如今有这考试旷典，也是千载难逢的，甥女何不略停一年，把才女考过再去寻亲？倘中才女，替你父母挣顶纱帽，挣副冠带，岂不是好？”

咬文嚼字

在清朝文献中，表示“不自禁”语义的词语除了“不由”和“不由得”，还有“不因不由”或“不禁不由”等。

咬文嚼字

“畅聆大教”指畅快地聆听别人的教诲，这是一种谦虚的说法。

语言描写

以此反观唐敖，在唐敖心中，人类的天然情感已丧失殆尽，还要利用女儿对自己的亲情，将孝异化为功名欲望，如果不获功名就是不孝。

小山道："甥女如果赴试，这个才女也未必轮到身上。即使有望，一经中后，挣得纱帽回来，却教那个戴呢？若把父亲丢在脑后，只顾考试，就中才女，也免不了'不孝'二字。既是不孝，所谓衣冠禽兽，要那才女又有何用？"说著，不觉滴下泪来。

若花暗暗点头。兰音道："姐姐此话，实是正论，自应寻亲为是。但人家明日就要起身，乳母此地又生，却教那个把我送去？"林之洋道："此时俺又有事，只好托俺丈母送甥女回去。好在往返不过四五十里，他于夜间赶回，也不误事。"当时雇了一只熟船，托江氏带了乳母把兰音送交林氏，即于半夜赶回。到了次日，田凤翾、秦小春拜辞回去。

林之洋仍托丈母在家照应，同妻、女、小山、若花由小船来到海边，上了大船。

登时扬帆。走了三月之久，才绕出门户山。林之洋惟恐小山思亲成病，沿途凡遇名山，必令小山朝外看看，谁知小山看了，倒添愁烦，每每堕泪。林之洋甚觉不解。

词苑撷英

赞口不绝：不住口地称赞。

这日，同多九公闲谈道："当日俺妹夫来到海外，凡遇名山大川，一经他眼，处处都是美景，总是赞不绝口。今俺甥女来到海外，俺要借这山景替他开心，那知他见这些景致，倒添烦闷。这是甚意？难道海外景致与当日不同么？"多九公道："海外景致，虽然照旧，各人所处境界不同：当日唐兄一意游玩，毫无挂牵，只觉逍遥自在，但凡耳之所闻，目之所见，皆属乐境，甚至游玩之时，还恐不能尽兴，往往恋恋不舍；如今唐小姐一意寻亲，心中无限牵挂，只觉愁绪填胸，忧思满腹，所以耳闻目见，不是触动在外离思，就是感动父亲流落天涯之苦，纵有许多景致，到他眼中，也变作无限苦境了。昔人云：'无云之月，有目者所快睹也，而盗贼所忌；花鸟之玩，以娱人也，而感时惜别者因之堕泪惊心。'故或见境以生情，或缘情而起境，莫不由于心造，丝毫不能勉强。"林之洋点头道："原来有这讲究，等俺慢慢再去劝他。"

知识延伸

岭南：亦谓岭外、岭表。指五岭以南地区，故名。包括今广东、广西、海南三省区及越南北部地区。

这日，小山在船闷坐，林之洋道："前在岭南，俺见甥女带有书来；今若烦闷，为甚不去看书？婉如、若花都闲在那里，就是讲讲学问，也是好的。俺们此去，倘能常遇顺风，将来回家，赶上赴考，也难定的。俺们行路，必须把这路程不放心上。若像甥女今日也问，明日也问，日日盼望，只怕一年路程比十年还长哩！”

小山道：“舅舅议论虽是，无如书到面前，就觉瞌睡。好在连日静坐，倒觉清爽。舅舅只管放心：甥女虽然不时盼望，晓得路途遥远，却不敢著急，只要寻得父亲回来，那怕多走三年两载，亦有何妨。至于考试得中才女，固替父母增光；但未见父亲之面，何能计及于此？况明年六月即要报名入考，就让往返顺风，也赶不上了。”林之洋无计可施，惟有时常解劝而已。

未知如何，下回分解。

名师点拨

古代中国是一个讲究伦理纲常的社会，“孝”更是人们遵循的重要原则，也是家庭伦理关系的核心。李汝珍在书中不时赞颂地渲染孝女、表彰孝女，意在以传统的力量来挽救人心不古，挽救世风浇薄的现实社会。

阅读积累

冠带

冠带是指帽子和腰带。二者均为官吏所佩，故以代官吏。晋·夏侯湛《抵疑》：“是以得接冠带之末，充乎士大夫之列。”宋·林景熙《会严陵邵德芳同舍邀宿玄同斋道旧有作》诗：“其下有桥门，雍雍冠带聚。”汉·张衡《西京赋》：“冠带交错，方辕接轸。”

第四十四回　小孝女岭上访红蕖　老道姑舟中献瑞草

名师导读

唐小山外出寻父，一路有多九公作陪。在寻父途中，唐小山偶遇一老道姑，多九公这个凡夫俗子不入道姑之法眼，被道姑抢白了一顿。唐小山却对仙缘有所领悟，不仅服食了灵芝，而且有乃父之志，意欲自脱红尘，超度出世。

话说林之洋惟恐小山忧闷成疾，不时解劝，每逢闲暇，就便谈些海外风景，或讲些各国人物以及所出土产之类，意欲借此替他消遣。谈来谈去，恰好小山向在家中，如海外各书，都曾看过，因事涉虚渺，将信将疑，不意今听舅舅所言，竟有大半都是古人书中所有的，于是疑团顿释。沿途就借这些闲话，倒也解闷。无如林之洋虽在海外走过几次，诸事并不留心，究竟见闻不广，被小山盘根问底，今日也谈，明日也谈，腹中所有若干故典，久已告竣。幸喜多九公本系吕氏至亲，兼之年已八旬，向来吕氏、小山也都时常见面，到了无事时，林之洋无话可谈，就把多老翁邀来闲话。多九公本是久惯江湖，见多识广，每逢谈到海外风景，竟是滔滔不绝。一路上不独小山解去许多愁烦，就是婉如、若花也长许多见识。虽不寂寞，奈小山受不惯海面风浪，兼之水土不服，竟自大病，卧床不起。足足病了一月，这才好些。眠食虽然照旧，身体甚弱。不知不觉，已交新春。

简要说明　小山大病一个月，依旧去寻找自己的父亲，一位孝女的形象有了初步的轮廓。

这日到了东口山，将船泊岸。林之洋说起当日骆红蕖打虎一事："妹夫因他至孝，甚为喜爱，曾托业师尹大人作媒替外甥求婚。后来到了轩辕，接著尹大人书信，才晓这段婚姻业已定了。"小山道："前者甥女看见父亲行裹内有书一封，内中提著兄弟姻事，甥女正要请问舅舅，后来匆匆忙忙，也就

语言描写　骆红蕖有才能，有孝心。

忘了，适闻舅舅说起，才知有这缘故。今既到此，甥女自应上去探望，问他何日才回家乡，日后住在何处，彼此也好通个音信。况他既能打虎，若肯陪伴甥女同去寻亲，那更好了。”林之洋道：“甥女这话甚是。但你身子甚弱，上面山路又不好走，这便怎处？”小山道：“将来到了小蓬莱，甥女还要寻访父亲，若怕难走，岂有不去之理？好在甥女前在家中，已将腿脚练的灵便，如今正好借这山路操练操练，省得到了小蓬莱又要费事，此时身子虽弱，借此走走，倒可消遣消遣。”林之洋点头。随即带了器械。婉如、若花也要同去。林之洋托多九公在船照应，带了几个水手，一同登岸。小山姊妹三人一同携手慢慢上了山坡，略为歇息，又朝前进。走了多时，歇息数次。才到了莲花庵。

走进里面，并无一人。正在诧异，只见庵旁走过两个农人，林之洋上前访问骆太公下落。那两个农人道：“我们就是骆太公佃户，自从前年太公去世，骆小姐搬到水仙村居住，就把这些田地赏给我们种了。此山大虫，亏得骆小姐杀的一干二净，我们才能在此安业。今年正月，骆小姐忽把太公灵柩搬去，闻得要回天朝，不知何时才来。这位小姐在此除了大害，至今人人感仰。但愿他配个好女婿，也不枉众人感戴一场。”小山听了，闷闷不乐，只得同众人仍归旧路。

慢慢来到岸边，离船不远，只见多九公站在岸上同一年长老道姑在那里讲话。一齐进前，看那道姑身穿一件破衣，手中拿著一枝芝草，满面青气，好不怕人。林之洋道：“这个花子既来化缘，九公就该教水手随便拿些钱米与他，同他谈甚么！”

外貌描写

通过林之洋的眼来写百草仙子的外貌——仙子成了花子，讽刺有眼无珠的世人。

多九公道：“这个道姑疯疯颠颠，并非化缘。手中拿著灵芝，口里唱著歌儿，要求我们渡到前面，他将灵芝就算船钱。及至老夫问他渡到甚么地方，他说要到‘回头岸’去。老夫在海外多年，从未听见有个甚么‘回头岸’。这样颠颠倒倒，岂非是个疯子么？”只听那道姑口中又唱起歌儿。他唱的是：

我是蓬莱百草仙，与卿相聚不知年；
因怜谪贬来沧海，愿献灵芝续旧缘。

小山听了，忽觉心中动了一动，连忙上前合掌道：“仙姑既要渡过彼岸，我就渡你过去。不知那枝灵芝可肯见赐？”道姑道：“女菩萨如发慈心，渡我过去，这枝灵芝，岂敢不献？

况女菩萨面带病容，非此不能平复。”小山道：“既如此，就请登舟，我们也好趱路。”道姑听了，即同三人上船。多、林二人望著，不好拦挡，只得收拾扬帆。

多九公道：“他这灵芝，并非仙品，唐小姐须要留神，不可为妖人所骗。老夫前在小蓬莱吃了一枝，破腹多日，几乎丧命，近来身体疲惫，还是这个病根。”道姑道：“这是老翁与这灵芝无缘，其实灵芝何害于人。即如桑椹，人能久服，可以延年益寿；斑鸠食之，则昏迷不醒。又加人服薄荷则清热；猫食之则醉，灵芝原是仙品，如遇有缘，自能立登仙界；若误给猫狗吃了，安知不生他病？此是物类相感，各有不同，岂能一概而论！”多九公听了，晓得道姑语带讥刺，只气的火星乱冒。

词苑撷英

延年益寿：增加岁数，延长寿命。

小山把道姑让进舱内，同婉如、若花一齐归坐。刚要问话，那道姑把灵芝递给小山道：“且请女菩萨把这仙芝用过，涤荡涤荡凡心，倘悟些前因出来，我们更好谈了。”小山接过，一面道谢，一面把灵芝吃了，登时只觉神清气爽。再把道姑一看，只见满目仙风道骨，极其和蔼，脸上并无一毫青气。因向婉如耳边暗暗问道：

“这位仙姑脸上本有一股青气，此时忽然不见，另变做慈善模样，你可见么？”婉如暗暗答道：“他的脸上那股青气，妹子看著正在害怕，姐姐怎说不见？这也奇了！”

二人正在附耳议论，只见道姑道：“请问女菩萨，《毛诗》云：‘谁知鸟之雌雄？’此言人非其类，所以不能辨其雌雄。不知这些鸟儿，他们可能自辨？”小山道：“他是一类，如何不辨？自然一望而知。”道姑道：“既如此，何以人仙就不各有一类呢？《易》云：‘仁者见之谓之仁，智者见之谓之智。’女菩萨若明此义，其余就可想见了。”小山不觉忖道：“怎么我同婉如妹妹暗中之话，他竟有些知觉？好生奇怪！”因问道：“请教仙姑大号？”道姑道：“我是百花友人。”小山暗暗诧异道：“他这‘百花’二字，我一经入耳，倒像把我当头一棒，只觉心中生出无限牵挂。莫非‘百花’二字与我有甚宿缘？他说他是‘百花友人’，若以‘友人’二字而论，他非‘百花’，可想而知。俗语说的：‘真人不露相。’我且用话探他一探。”

词苑撷英

宿缘：佛教指前定的因缘（迷信）。

因问道：“仙姑此时从何处至此？”道姑道：“我从不忍

山烦恼洞轮回道上而来。”

小山暗暗点头道：“因其不能容忍，所以要生烦恼；既生烦恼，自然要堕轮回了。此话不知说的还是‘百花’，还是‘友人’？含含糊糊，令人不解。他这言谈，句句含著禅机，倒也有些意味。”因又问道：“仙姑此时何往？”道姑道：“我要到苦海边回头岸去。”小山忖道：“据这禅语，明是‘苦海无边’‘回头是岸’了。”

连忙问道：“那‘回头岸’上，可有名山？可有仙洞？”道姑道：“彼处有座仙岛，名唤返本岛；岛内有个仙洞，名唤还原洞。”小山不等说完，即又问道：“仙姑所访何人？”道姑道：“我所访的，并非别人，是那总司群芳的化身。”小山听了，心中若悟若迷，如醉如醒，不知怎样才好。呆了半晌，不觉下拜道：“弟子愚昧，今在苦海，求仙姑大发慈悲，倘能超度，脱离红尘，情愿作为弟子。”

这里小山只顾求那道姑。那知多九公因被道姑讥刺，著实气恼，因同林之洋暗在前舱窃听。今见小山如此光景，因向林之洋道：“令甥女不知利害，受了道姑蛊惑，忽要求他超度，若不急急把她赶去，只怕唐小姐还有性命之忧哩！……”林之洋不等说完，一脚跨进舱去，指著道姑道：“你这怪物，敢在俺的船上妖言惑众？还不快走！且吃俺一拳！”小山忙拦住道：“舅舅他是真仙，不可动手！”道姑冷笑道：“‘缠足大仙’何必动怒！我今到此，原因当日红孩大仙有言，意欲相效微劳，解脱灾患，庶不负同山之谊；谁知无缘，竟不能同在。幸而前途有人，谅无大害。”因向小山道：“此时暂且失陪，我们后会有期，大约回头岸上即可相见。”

说罢，下船去了。小山埋怨舅舅，不该把这道姑得罪。林之洋道：“俺不看甥女情面，早已给他一顿好打，如今还算待他好的。”小山道：“刚才仙姑忽把舅舅称作‘缠足大仙’，彼时我见舅舅听他相称，脸上忽然通红，不知何故？”林之洋道：“你看他疯疯颠颠，随嘴乱说，俺那有工夫同他搬驳，只好随他说去。”小山见林之洋支吾，不便细问。走了几时，不独百病消除，只觉精神大长。

这日船泊水仙村。小山因东口山农人所言骆红蕖之事不甚

词苑撷英

苦海无边，回头是岸：眼前痛苦的海洋没有边际，但是只要往回走，就可以上岸了。比喻罪恶虽然大，但是只要能悔改，就有出路。多用来劝人改邪归正。苦海，这里指困苦的环境。回头，回过头来，指改正错误。

明白，即托舅舅上去访问，原来廉锦枫已于正月同骆红蕖回家乡去了。林之洋得了此信，随即回来。离船不远，忽见海中蹿出许多水怪，跳在船上，一个个青面獠牙，跑进船去。适值众水手都在岸上。林之洋喊叫："快些上船放枪！"众人手忙脚乱，才上三板，还未渡到大船，那些水怪忽从舱内把小山扛出，一溜蹿入海内。

未知如何，下回分解。

名师点拨

老道姑实为百草仙子之化身，她来此处的目的就是以"返本岛""还原洞"这些暗含禅机的虚构地名来警醒唐小山，唤醒百花仙子已被尘缘迷惑的本心，令其幡然醒悟，返本还原。这也似乎是作者在努力呼唤世人务求内心安宁。

阅读积累

菩萨

菩萨是梵文菩提萨埵的略称。意译"觉有情""道众生""道心众生"。旧译"开士""始士""高士""大士"等。佛教用语。意谓修持大乘六度，求无上菩提觉悟，利益众生，于未来成就佛果的修行者。《法华玄赞》卷二："菩提觉义，是所求果；萨埵有情义，是自身也。求菩提之有情者，故名菩萨。"是大乘佛教徒道德修养的理想人格。佛教认为，菩萨应当修持大乘六度，称为"菩萨行"，并应当具备"慈，悲，喜，舍"四无量心的道德精神。与声闻，缘觉并称为"三乘"。

第四十五回　君子国海中逢水怪　丈夫邦岭下遇山精

名师导读

为了突出唐小山千里寻父的难度之大，小说特为其寻父之旅设置了重重障碍，使其寻父过程充满了艰难险阻。障碍的设置并非作者率性而为，而是紧扣当年唐敖游历海外诸国的各种因果宿缘，可见作者笔法之缜密。

话说那群水怪把小山拖下海去，林之洋这一吓非同小可，连忙上船，只见婉如、若花、乳母，都放声恸哭。吕氏向林之洋哭道："俺们正在闲话，不意来了许多妖怪，忽把甥女扛去，你可看见？"林之洋顿足道："俺在岸上怎么不见！如今已将甥女拖下海去，这便怎处？"登时多九公得了此信，即从船后走来道："幸喜天气和暖，为今之计，且教水手下去看是何怪，再作道理。"二人来至船头，就教当日探听廉锦枫那个水手下去。水手听了，因刚才看见那些水怪，心中害怕，不敢独往，又拉了一个会水的一同下去。不多时，上来回报道："此处并非大洋，里面并无动静。那些水怪，不知都藏何处，无处寻找。"说罢，都到后艄换衣去了。

语言描写：从这组对话中我们可以看到小山又遇上磨难了，众人束手无策，这激起读者的阅读兴趣。

林之洋不觉恸哭道："我的甥女！你死的好苦！你教俺怎么回去见你母亲！俺也只好跟你去了！"将身一纵，蹿入海中，多九公措手不及，吓的只管喊叫救人。那两个水手正在后面换衣，听见外面喊叫，慌忙穿了小衣，跳下海去。迟了半晌，才把林之洋救了上来，业已腹胀如鼓，口中无气。吕氏同婉如，若花哭成一片。多九公即命水手取了一口大锅，将林之洋轻轻放在锅上，控了片时，口中冒出许多海水，腹胀已消，苏醒过来，婉如同若花上前搀扶进舱，换了衣服。口口声声，只哭"甥女死的好苦"。多九公走来道："林兄才吃

词苑撷英

悲恸：悲伤，哀痛。

语言描写

林之洋被放那天下午即和唐敖踱进城去，大约比平日多花了些时间到达目的地，之后并未见林有什么行动不便处，也不再提及缠足的痛处，“缠足大仙”反而成了一种调笑的谈资。李汝珍的女儿国想通过全方位的换位呈现与现实世界的对立，形成一种滑稽效果，引人反思。

许多海水，脾胃未免受伤，休要悲恸。老夫适才想起一事，唐小姐似乎该有救星。”林之洋道：“俺在海里，不过喝了两口水，就人事不知，俺的甥女下海多时，怎么还能有救？”多九公道：“前在东口所遇那个道姑，虽是疯疯颠颠，但他曾言解脱甚么灾难，又言，‘幸而前途有人，尚无大害。’据他这话，岂非尚有可救么？况‘缠足大仙’四字，乃唐兄在船同你斗趣之话，除了唐兄，只有你知、我知。这个道姑才见林兄，就呼缠足大仙，此人若无来历，何能道此四字？”林之洋连连点头道：“九公说的是，俺就出去求神仙相救。”说罢，拿了拐杖，勉强举步，来到外面，分付水手岸上排了香案；随即登岸，净手拈香，跪在地下，暗暗祷告，只求神仙救命。跪了多时，天已日暮。多九公道：“林兄身上欠安，今日已晚，只好回船养息养息，明日再求罢。”林之洋道：“这样大月色，俺正好跪求，九公只管请便。俺林之洋既发这个愿心，若无人救，只得跪死方休，今生今世，叫俺起来也不能了。”不觉放声大哭。多九公在旁惟有连声叹气。

不知不觉，皓月当空，船上已交三鼓。忽见远远来了两个道人，手执拂尘，飘然而至。生的甚觉丑陋，月光之下看的明白：一个黄面獠牙，一个黑面獠牙，头上都戴束发金箍，身后跟著四个童儿。林之洋一见，连连叩头，口口声声只求：“神仙救俺甥女之命！”两个道人道：“居士请起，我们今既到此，自然要助一臂之力，何须相求。”因唤：“屠龙童儿！剖龟童儿！速到苦海，即将孽龙、恶蚌擒来，立等问话！”二童答应，蹿下海去。林之洋立起道：“俺的甥女现在海内，还求神仙慈悲相救。”两个道人道：“这个自然。”因向身旁两个童儿，暗暗分付几句，二童答应，也都蹿入海去。不多时，因报道：“已将百花化身护送归舟。”两个道人将手一摆，二童仍立两旁。

只见剖龟童儿手中牵著一个大蚌从海中上来。走到黑面道人跟前，交了法旨。

随后屠龙童儿也来岸上，向黄面道人道：“孽龙出言不

逊，不肯上来。弟子本要将甚屠戮，因未奉法旨，不敢擅专，特来请示。”黄面道人道：“这孽畜如此无礼，且等我去会他一会。”将身一纵，蹿入海中，两脚立在水面，如履平地一般。手执拂尘，朝下一指，登时海水两分，让出一路，竟向海中而去。迟了片晌，带著一条青龙来至岸上，道：“你这孽畜，既已罪犯天条，谪入苦海，自应静修，以赎前愆，今又做此违法之事，是何道理？”孽龙伏在地下道：“小龙自从被谪到此，从未妄为。昨因海岸忽然飘出一种异香，芬芳四射，彻于海底，偶然问及大蚌，才知唐大仙之女从此经过。小龙素昧平生，原无他意。大蚌忽造谣言，说唐大仙之女，乃百花化身，如与婚配，即可寿与天齐。小龙一时被惑，故将此女摄去。不意此女吃了海水，昏迷不醒。小龙即至海岛，似觅仙草以救其命。到了蓬莱，路遇百草仙姑，求他赐了回生草，急急赶回。那知才把仙草觅来，就被洞主擒获。现有仙草为证，只求超生！”

黑面道人道：“你这恶蚌，既修行多年，自应广种福田，以求善果，为何设此毒计，暗害于人？从实说来！”大蚌道：“前年唐大仙从此经过，曾救廉家孝女。那孝女因感救命之恩，竟将我子杀害，取珠献于唐大仙，以报其德。彼时我子虽丧廉孝女之手，究因唐大仙而起。昨日适听其女从此经过，异香彻入苦海，小蚌要报杀子之仇，才献此计。只求洞主详察。”黑面道人道：“当日你子性好饕餮，凡水族之类，莫不充其口腹。伤生既多，恶贯乃满。故借孝女之刀，以除水族之患。此理所必然，亦天命造定。岂可移恨于唐大仙，又迁害其女？如此昏愦奸险，岂可仍留人世，遗害苍生？剖龟童儿！立时与我剖开者！”

黄面道人道：“大仙且请息怒。这两个孽畜，如此行为，自应立时屠剖。但上苍有好生之德；兼且孽龙业已觅了仙草，百花服过，不独起死回生，并可超凡入圣。他既有这功劳，自应法外施仁，免其一死。这孽龙好色贪花，恶蚌移祸害人，都非良善之辈。据小仙之意，即将二畜禁锢无肠国东厕，日受粪气熏蒸，食其秽物，以为贪花害人者戒。大仙以为何如？”黑面道人点头道：“大仙所见极是。二畜罪恶甚重，必须禁锢在无肠国富室的东厕，始足蔽辜。”黄面道人道：“加等办理，固觉过刻，亦是二畜罪由自取。”因将回生草取了递给林之洋道：“居士即将此草给令甥女服了，自能起死回生。我们去了。”林之洋接过下拜道：“请神仙留下名姓，俺日后也好感念。”黄面道人指著黑面道人道：“他是百介山人，贫道乃百鳞山人。今因闲游，路过此地，不意解此烦恼，莫非前缘，

语言描写

李汝珍写无肠国的富家十分刻薄，将粪便秽物留给仆从食用。犯了罪的妖怪十分不愿禁锢在无肠国富室东厕，因为不独三次四次之粪臭不可当，而且那股铜臭尤不可耐。无肠国的居民更不能忍受富室的粪便铜臭，那是可想而知的了。

何谢之有！”正要举步，那孽龙、大蚌都一齐跪求道：“蒙恩主禁于无肠东厕，小畜业已难受；若再迁于富室东厕，我们如何禁当得起？不独三次四次之粪臭不可当，而且那股铜臭尤不可耐。惟求法外施仁，没齿难忘！”林之洋上前打躬道：“俺向大仙讲个人情，他们不愿东厕，把他罚在西席，可好？”孽龙、大蚌道：“西席虽然有些酸臭，毕竟比那铜臭好挨。我们愿在西席。”两个道人道：“且随我来，自有道理。”一齐去了。众水手在旁看著，人人吐舌，个个称奇。

多、林二人回船，将仙草给小山灌入，吐了几口海水，登时复旧如初，精神更觉清爽。大家都替他道喜。小山道：“只要寻得父亲回来，就是受些磨难，我也情愿。”林之洋把仙人之话说了。随即开船，向小蓬莱进发。

又走多时，如轩辕、三苗等国都已过去，这日，多、林二人在船后闲谈，多九公道：“林兄，你看：去岁起风，岂不就在此地？今年有意要到小蓬莱，偏又不遇风暴。若像去年，何等爽快！老夫素于此处甚生，恰好前面有个小国，只好到彼问问。”随即收口，上去打听。原来此间是丈夫国交界。及至细问小蓬莱路径，众国人听了，莫不害怕，都说：“离此千余里，地名田木岛，有一亥木山，近来忽生许多妖怪出来伤人，来往船只，每每被害。”二人慌忙回来，告诉众人，都不愿去；小山那里肯依。多、林二人说之至再，小山宁死也要前去。二人明知劝也无用，只得拼命朝前进发。

情景描写

这里写到“四时果品，无般不有”，充满神话色彩，除了直接描写外，还通过舵工的行动来写果品的诱人，为后文情节发展埋下伏笔。

这日正行之际，迎面有座大岭，细看路径，须由山角绕过，方能出口。走了多时，离岭不远，只见上面密密层层许多果树，如桃、李、橘、枣之类，四时果品，无般不有。那股果香，阵阵向面上扑来，令人好不垂涎。舵工被这果香钻入鼻孔，一心想啖，不因不由把船靠了山角。方才泊岸，船上众人早已一拥齐上，遇见鲜果，不论好歹，摘来就吃，口中莫不叫好。多、林二人也饱餐一顿。林之洋摘了许多桃、李、橘、枣之类，送上船来，吕氏正在垂涎，即同小山姐妹大家分吃。小山道：“舅舅为何将船泊在此处？前日打听路径，都说前面有妖怪，怎么今日就忘了？”林之洋道：“俺自闻了这股果香，心里迷迷惑惑，只顾想吃，那里还顾甚么妖怪！俺去催他们开船。”于是来至外面道：“俺们走罢！莫要遇著妖怪出来。”

众水手道："今日吃了这样鲜果，浑身绵软，就如酒醉一般。好不快活！那个还有气力开船！"说著，个个睡在树下。

多、林二人站在船头，只觉天旋地转，遍体酥麻，站立不住，正在发慌，山中忽然走出许多妇女，来到船上，把吕氏、小山、婉如、若花、乳母，搀扶上岸，又有两个，把多、林二人也搀了下船，还有几十个，把众水手也都搀起，走上山来，众人心里虽觉明白。就只口不能言，浑身发软。小山此时虽然照旧，因见众人这宗光景，明知寡不敌众，只好且装酒醉，跟著同来，看他怎样，再作道理。

情景描写

针对这一情景，许祥龄眉批道："橘李本名醉李，因传史多作橘，皆从之。果中有酒醴，用意甚微，匪非泛设。"这里，许祥龄解释了食用橘李为什么会昏乏。

不多时，来至石洞跟前。进了石洞，又走两层庭院，进了厅堂。正面坐著一个女妖，头戴凤冠，身穿蟒衫，极其美貌；面上有条指痕，从那指痕之中，更增许多妩媚。旁边坐著一个男妖，年纪不到二旬，生得齿白唇红，面如傅粉，虽是男妖，却是女装。多九公看了，身上虽觉瘫软，心里却还明白，暗暗忖道："这是男妖，怎是妇女打扮？此时林兄见这模样，回想当日女儿国风味，只怕又要吃惊了。"

只见下首还有两个男妖：一个面如黑枣，一个脸似黄橘，赤发蓬头，极其凶恶。

忽听女妖笑道："他们只知吃果，那知其中藏有酒母。果然毫不费事，就都跟来。此皆贤妹并二位爱卿赞画之力，将来自然慢慢一同受享。但这倮儿有三十余口之多，不知贤妹可能别出心裁，另有炮制？"少年男妖答道："这些倮儿刚才已吃酒母，皮肉未免带有酒味，若照向日烹调，恐不合口。据妹子愚见：莫若竟将这些倮儿酿为美酒，其名就叫'倮儿酒'。姐姐以为何如？"女妖喜道："如此极妙！"黑面男妖道："以倮为酒，固是美品，但清浊不分，亦恐酒味不佳。据臣看来：女倮之味必清，男倮之味必浊，将来酿时，必须预分两处，庶清浊不致紊乱。"黄面男妖道："今日倮儿如此之多，其中酒量大的谅亦不少，莫若先将好酒给他尽量而饮，教他吃的烂醉，日后酿出酒来，岂不更觉有力？"

词苑撷英

别出心裁：表示与众不同的新观念或办法。形容诗文、美术、建筑等的构思设想独具一格、与众不同。

词苑撷英

紊乱：杂乱；纷乱。

女妖道："两位爱卿所见极是。"因指林之洋向少年男妖笑道："这个倮儿与贤妹模样相仿，莫若把他留下，给贤妹做伴如何？"少年男妖笑道："这倮儿生的虽好，就只嘴上新留几根须儿，令人可厌。他如拔的光光如人鞾一般，我才笑纳哩。"因向黄面、黑面二妖道："二位可要留他做伴？"二妖道：

“弥君嫌他新留几根须儿，所以不喜；那知我二人因他须儿过少，也不慊意。他如满部胡须，抑或络腮，我倒喜的。”少年男妖道：“这却为何？”二妖道：“这叫作‘人弃我取’。”少年男妖笑道：“若据二公之言，难道世间胡子都是弃物么？你要晓得：‘十个胡子九个臊。’他要发起臊风，比那没须的还更有趣哩。”

说著，一齐大笑。

女妖分付手下，将众倮儿带至后面，多将好酒令其畅饮，以便蒸熟酿酒。众妖答应，把众人带到后面，七手八脚，各去取酒。小山随即跪下，望空垂泪，暗暗祷告道：“我唐小山因来海外寻亲，忽遇妖魔，性命只在顷刻。务望过往神灵，早赐拯拔！倘脱火坑，情愿身入空门，一世焚顶。”忽见有个道姑走来道：“女菩萨休要害怕，小道特来相救。”

情景描写

一位柔弱女子的一片孝心感人至深。

未知如何，下回分解。

名师点拨

在本回，我们又见到了久违的插科打诨之笔。作者不仅再次调侃了无肠国的贪吝爱财，还重拾了林之洋在女儿国被强纳为妃的往事，令人捧腹。黑面男妖说“女倮之味硌清，男倮之味必浊”，这与书中所强调的“灵秀不钟于男子”殊途同归。

阅读积累

酒　母

酒母是酿酒所用的酵母细胞增殖培养物。酒母质量的好坏，直接影响到酒精发酵的效果。在生产中要求酒母，细胞形态整齐、健壮、没有杂菌；含酒化酶、发酵能力强；繁殖速度快；耐酒精度和耐酸性能高；抵抗杂菌能力强；生产性能稳定、变异性小等。

第四十六回 施慈悲仙子降妖 发慷慨储君结伴

名师导读

本回续写唐小山在经历了各种磨难后，终于到达了小蓬莱，并切身感受到仙境福地的特殊魅力。为了尽孝，唐小山不惜孤身一人入山寻父，完全不顾饥渴之苦，不畏艰难之险。阴若花将陪唐小山进入深山腹地寻访唐敖。

话说道姑向小山道："女菩萨不消焦心，小道特来相救。"随即杂在众人之中。众小妖把酒取到，道姑道："他们不会饮酒。我的量大，拿来我吃。"众小妖道："刚才进来，未曾留神，原来却是六个女倮。"把酒送至道姑面前。道姑饮完，又教快去取酒。这些小妖来往取酒，就如穿梭一般。一面取酒，一面只说："好量！"道姑一面饮著，一面只教取酒。登时把洞内若干美酒，饮的一滴无存，还是催著取酒。众小妖无酒可取，只得禀知女妖。女妖那里肯信，即同三个男妖来至后面。道姑一见，把口一张，那酒就如涌泉一般，一道白光，滔滔不断，直向四妖喷去，登时洞里洞外，酒气扑鼻。这股酒香，非比泛常，乃百种鲜果配成，芬芳透脑，若教好饮的闻了，真可神迷心醉，望风垂涎，道姑一面喷酒，把手一张，只听呱刺刺雷声振耳，霹雳之中，现出一朵彩云；彩云之上，端端正正托著桃、李、橘、枣四样果品，直向四怪顶门打将下去。道姑大声喝道："四个孽畜！尔等胞衣巢穴，现俱在此，还不速现原形，等待何时！"四怪刚要逃走，不防云中四样果品落下，只打的满地乱滚，霎时变出本相。远远看去，个个小如弹丸，不知何物。道姑上前，拾在手内。众小妖都变本相，无非山精水怪，四散奔逃。

此时大家都已苏醒，俱向道姑叩谢。小山道："请问仙姑

语言描写

通过道姑的话，可以看出她救人的神奇。

场面描写

道姑降服四怪的场面，写得层次鲜明。道姑的动作、语言和神态显得生动具体。

尊姓大名？这四个是何妖怪？”道姑道：“我是百果山人。因与女菩萨有缘，特来相救。”手中取出四个物件道：“女菩萨请看，这就是四怪原形。”小山同众人进前观看，原来却是一个李核，一个桃核，一个枣核，一个橘核。多九公道：“世间此物甚多，何以竟能为怪？莫非都是异种么？”道姑道：“此核虽非异种，但俱生于周朝，至今千有余年。李核名叫‘槜李’，当初西施因其味美，素最喜食；桃核虽非仙品，当年弥子瑕曾以其半分之卫君；橘核，昔日晏子至楚，楚王曾有黄橘之赐；枣核名唤‘羊枣’，当日曾晰最喜。这四核虽是微末废物，因昔年或在美人口中受了口脂之香，或在贤人口内染了翰墨之味，或在姣童口边感了龙阳之精，或在良臣口里得了忠义之气，久而久之，精气凝结，兼之受了日精月华，所以成形为患。今遇贫道，也是他气数当绝。”多九公忖道：“怪不得男相女装，原来却是‘分桃主人’。”因问道：“请教仙姑，刚才那美妇人同那美男子，自然就是西施、弥子瑕形状了。但那两怪，一个面如黑枣，一个脸似黄橘，难道当年曾皙同晏子就是这个模样么？”道姑道：“西施、弥子瑕俱以美色蛊惑其君，非正人可比，故精灵都能窃肖其形？至曾皙、晏子，身为贤士，名传不朽，其人虽死犹生，这些精灵，安能窃肖其形？所谓邪不能侵正。故枣怪面似黑枣，橘怪面似黄橘。任他变幻，何能脱却本来面目！”小山道：“请问仙姑，此去小蓬莱，还有若干路程？”道姑道：“远在天边，近在眼前，女菩萨自去问心，休来问我。”收了四核，出洞去了。

多、林二人把人数查明，一齐上船前进。一路谈起仙姑相救之事。多九公道：“这是唐小姐至孝所感，故屡遇异人相救。若据前日大蚌所言，唐兄已成神仙无疑了。”林之洋道：“俺妹夫如成了神仙，俺甥女遇了灾难，自然该有仙人来救。俗语说的‘官官相护’，难道不准‘仙仙相护’？俺最疑惑的他们所说‘百花’二字，不知隐著甚么机关？莫非俺甥女是百花托生么？”小山笑道：“若谓百花，自然是百样花了。岂有百花俱托生一人？断无此理。即使竟是百花托生，甥女也不情愿。舅舅莫把这件好事替我揽在身上。”林之洋道：“若是百花托生，莫不红红绿绿，甥女为甚倒不情愿？”小山道：“舅舅要知，这些百花无非草木之类，有何根基？此时甥女如系天

知识延伸

西施：本名施夷光，春秋末期生于越国句无苎萝村（今浙江省诸暨市苎萝村），出身贫寒，自幼随母浣纱江边，故又称“浣纱女”。与王昭君、貂蝉、杨玉环并称为“中国古代四大美女”。

词苑撷英

远在天边，近在眼前：形容寻找的人或物就在面前。

上列宿托生，将来倘要修仙，有此根基或者可冀得一善果；若是草木托生，既无根基，何能再萌妄想？即使苦修，亦觉费事。当日有人言，狐狸修仙最苦，因其素无根基，必须修到人身，方能修仙，须费两层工夫。即如甥女，若是百花托生，如要修仙，必须修的有了根基，方能再讲修仙，岂不过于费事？”林之洋道：“若这样，俺倒盼你根基浅些，倒觉安静，省得胡思乱想，又生别的事来。”

若花道：“刚才那个少年男妖，为何搽胭抹粉，装作女人模样？”多九公道：“侄女，你不知么？他这模样，是从你们女儿国学的，并且还会缠的上好小足，穿的绝妙耳眼哩。”林之洋忍不住要笑。小山不解，再三追问。婉如把当日女儿国穿耳缠足之事说了，小山这才明白，道：“怪不得前在东口那个道姑把舅舅称作‘缠足大仙’，舅舅满面绯红，原来是这缘故。”

忽听众水手喊道：“刚走的好好的，前面又要绕路了！”多、林二人忙至船头，只见迎面又有一座大岭拦住去路。多九公道：“前年到此，被风暴刮的神魂颠倒，并未理会有甚山岛。今年走到这条路上，纯是大岭。要像这样乱绕，只怕再走一年还不到哩。”林之洋道：“俺们上去探探路径。”将船停泊，二人上了山坡。走了多时，迎面有一石碑，上面写的也是“小蓬莱”三个大字。多、林二人看了，这才晓得此山就是小蓬莱。多九公道：“怪不得那道姑说：‘远在天边，近在眼前。’谁知今已到了。”随即走回，告知小山。

小山欢喜非常，惟有暗暗念佛。因天色已晚，不能上山。次日，起个绝早，吕氏同婉如、若花也都起来。水手已备早饭，大家饱餐一顿，婉如、若花也要陪著同去，林之洋手拿器械，带了水手，一同登岸，上了山坡，上面有条山路，弯弯曲曲，虽觉难走，幸喜接连树木，可以攀藤附木而行。林之洋搀著小山，小山手挽婉如，婉如手拉若花，慢慢步上山来，到了平川之地，歇息片晌，又朝前行。转过“小蓬莱”石碑，只见唐敖当日所题诗句，仍是墨迹淋漓。小山一见，泪落不止。又向四处细细眺望，暗暗点头道：“看了此山景致，凡念皆空，宛如登了仙界。如此洞天福地，无怪父亲不肯回来。此处不独清秀幽僻，而且前面层岩错落，远峰重叠，一望无际，不知有几许路程。此时只好略观大概。少刻回船，再同舅舅商议。”

不知不觉天已下午。林之洋恐天晚难行，即同小山姐妹下

词苑撷英

善果：佛教语。好的果报。

知识延伸

修仙：内丹术术语。即修炼内丹。古代丹家认为，长期修养，烧炼内丹，丹成后继而守之。不断温养，可以轻身，可以飞升，可以成仙。《王仙正理·鼎器直论》：“修仙与炼金丹之理同，圣圣真真，无不借金丹之理以喻明夫仙道。”

山。及至到船，业已日暮。吃了晚饭，吕氏问问山上光景，小山道：“今日细看此山，道路甚远，非三五天可以走遍。甥女父亲既要修行，自然该在深山之内。若照今日这样寻访，除非父亲出来，方能一见；若不自己露面，就再找一年，也是无用。今甥女立定主意，明日舅舅在此看守船只，甥女一人深入山内，耽搁数日，细细搜寻，或者机缘凑巧，也未可知。”林之洋道：“甥女独去，俺怎放心？自然俺要同去。”

小山道：“话虽如此。奈船上都是水手，并无著己之亲；多老翁虽有亲谊，究竟过于年老，此处又非内地可比；若舅舅同去，虽可做伴，船上无主，甥女反添牵挂，何能在内过于耽搁？与其寻的半途而废，终非了局，莫若甥女自去，倒觉爽利。好在此山既少人烟，又无野兽，纯是一派仙景，舅舅只管放心。甥女此去，多则一月，少则半月。如能寻著固妙，即或寻不著，略将里面大概看看，亦即回来先送一信，使舅舅放心，然后再去细访。必须如此，两下方无牵挂。甥女主意已定，务望舅舅曲从。”若花道：“阿父如不放心，女儿向在东宫，也曾习过骑射，随常兵器，也曾练过。莫若女儿带了器械，与阿妹同去，也好照应。”婉如道：“若是这样，俺也同去。”小山道：“妹妹与乳母一样，行路甚慢，如何去得？至若花姐姐近日虽然缠足，他自幼男装走惯，尚不费力，倘能同去，倒可做伴。”

吕氏道：“甥女上去，上面既无房屋，又无茶饭，夜间何处栖身？日间所吃何物呢？”小山听了，不觉愣了一愣。沉思半晌道：“甥女今日细观此山，层岩峭壁，怪石攒峰，错错落落，接连不断，虽无屋宇，到处尽可藏身；就是那些松阴茂林之下，也可栖止；设遇现成有洞，那更好了。至所食之物，甥女细想：古人草根树皮，尚可充饥，何况此山果木甚多，柏子松实，处处皆有，岂有腹饥之患！”吕氏道：“那些东西，岂能当饭？此时俺倒想起一事。当日俺们制有救荒豆末，自从初次飘洋用过一次，喜得后来从未绝粮。今甥女上山，倒可用著了。”

林之洋道：“亏你提起，俺倒忘了。”从箱中取出一包豆面并一包麻子，递给小山道：“你明日未曾上山，先将豆面尽量吃饱，就可七日不饥。至第八日再吃一顿，就可四十几日不饥。如觉口干，可将麻子拌些水吃，就不渴了。这是俺们海船救命仙丹，须好好收了。”

小山接过道：“此豆怎样炮制，就有如此功效？如果灵验，若到荒年济世，岂不好么？”林之洋道：“这个原是备荒用的。你道这方俺怎得知？是你父亲传给俺的。据说当初晋惠帝水宁二年，黄门侍郎刘景先因年岁荒旱，曾具表奏道，‘臣遇太白山隐士传授“济饥辟谷仙方”。臣家大小七十余口，以此为粮，不食别物。若不如斯，臣一家甘受刑戮。’其方：用黑大豆五斗，淘净，蒸三遍，去皮；用火麻子三斗，浸一宿，亦蒸三遍，令口开，取仁，去皮；同大豆各捣为末，和捣做团如拳大。入甑内，从戌时蒸至子时止，寅时出甑，午时晒干，为末。干服之，以饱为度，不得再吃别物。第一顿七日不饥；第二顿四十九日不饥，第三顿三百日不饥，第四顿二千四百日不饥。不必再服，永不饥了，不问老少，但依法服食，不但辟谷，且令人强壮，容貌红白，永不憔悴。口渴，研麻子汤饮之，更润脏腑。若要重吃他物，用葵子三合为末，前汤冷服，解下药如金色，任吃他物，并无所损。前知随州郡守，教民用之有验，序其原委，勒石于汉阳兴国寺。还有一方：用黑豆五斗，淘净，蒸三遍，晒干，去皮为末；火麻子三升，浸去皮，晒研为末；糯米三升，做粥，入前二样和捣为团，如拳大。入甑内，蒸一宿，取晒为末；用小红枣五斗，煮去皮核，入前末和捣如拳大。再蒸一夜，晒干为末。服之以饱为度，最能辟谷。如渴，饮麻子水，能润脏腑；或饮脂麻水亦可，但不得食一切物。当日你父亲传俺此方，俺配一料带在船上。那知头一次飘洋，就遭风暴，偏遇连阴大雨，耽搁多日，缺了柴米，幸亏这物才救一船性命。这是你父亲积的阴德，俺同你舅母至今还是感念。”吕氏道：“谁知这样一个好人，偏偏教他功名蹭蹬！若早早做了官，他又何能到此访甚么仙、炼甚么性呢？”小山听了，触动思亲之心，更觉伤感。当时议定若花同去。次日，姐妹二人，绝早起来。

未知如何，下回分解。

名师点拨

李汝珍写景的能力很差，在整本小说中，很少有对景色较为具体的描绘，但这个小蓬莱，很多学者相信它是以云台山为背景而创造的。因为云台山在板浦之东，据当代学者勘探考察，现云台山上有两处“小蓬莱”的石刻，一处在花果山熙海亭之东，一处在今东磊延福观庙后。虽然这两处石刻是否出现于《镜花缘》成书之前尚不能确定，但是《镜花缘》中所描写的某些景观是以海州某些景物为蓝本，则是没有疑问的。

阅读积累

郡　守

郡守是古时候的一种官名。郡的行政长官，始置于战国。战国各国在边地设郡，派官防守，官名为“守”。秦统一后，实行郡、县两级地方行政区划制度，每郡置守，治理民政。本系武职，后渐成为地方行政长官。

第四十七回　水月村樵夫寄信　镜花岭孝女寻亲

名师导读

大部分读者在看到书名“镜花缘”后都会情不自禁地联想起“镜花水月”这个词。在本回中，唐小山明明是进入小蓬莱山寻父，但小蓬莱的岭却叫“镜花岭”，岭下有冢名“镜花冢”，冢旁有村曰“水月村”。在泣红亭中还悬有一块匾，上写“镜花水月”。

外貌描写

除此之外，由于帽子、发饰都佩戴于头顶，“顶”被泛化称量人体的发髻，如黑髻、尖头鬏髻、鬏鬏髻。

知识延伸

箭衣：古代骑射之服。因其衣之制，为便于射箭而创制，故名。语出明叶绍袁《启祯记闻录》载：“抚按有司申饬，衣帽有不能备营帽箭衣者，许令黑帽缀以红缨，常服改为箭袖。”

话说小山同若花清晨起来。梳洗已毕，将衣履结束，腰间都系了丝绦，挂一口防身宝剑；外面穿一件大红猩猩毡箭衣，头上戴一顶大红猩猩毡帽兜；外带一件棉衣，用包袱包了；又带一个椰瓢，同豆面都放包袱内。二人打扮不差上下，惟若花身穿杏黄箭衣。将豆面饱餐一顿。收拾完毕，各把包袱背在肩上，一齐告别。吕氏见这样子，不由心酸落泪道：“甥女一路小心！若花女儿务须好好照应！虽说此山并无虎豹，到了夜晚，究竟寻个掩密藏身之处，才觉放心。甥女如此孝心，上天自必垂怜，一切事情，自然逢凶化吉，但愿此去寻得父亲，早早回来！”

婉如也垂泪道：“姐姐千万保重，莫教人两眼望穿！俺不远送了。”小山答应，同若花上岸，林之洋仍旧搀扶送到平阳之处，又叮咛几句，洒泪而别。林之洋见他们去远，这才止泪回船。

姐妹两个，背著包袱，朝前走了数里。小山因山路弯曲，恐将来回转认不清楚，每逢行到转弯处，就在山石树木上用宝剑画一圆圈，或画“唐小山”三字，以便回来好照旧路而行。一面走著，歇息数次，越过见个峰头，幸喜山路平坦。

走了一日，看看日暮，二人商议找一宿处，看来看去，并无可以栖身之地，只得又向前进。正在探望，只见路旁许多松树，都大有数围。内有一株古松，枝叶虽青，因年代久了，其木已枯，外面虽有一层薄皮，里面却是空的。二人见了，不胜之喜，即将包袱取下，一齐将身探入。内中松叶堆积甚厚，坐下倒也绵软。姐妹两个，因一路走乏，身子困倦，把包袱放在树内，坐在上面；睡了一觉，早已天明，连忙探出身来，背上包袱，离了松林。走了半日，小山道："昨日吃了豆面，腹中果然不饥，此时喉中微觉发干。姐姐可觉口渴？妹妹意欲吃些泉水才好。"

若花道："如此甚妙。"各用椰瓢就在山泉取了一瓢凉水，拌些麻子，胡乱饮了几口；又取一瓢凉水，略把手面洗洗。仍望前走。到了日暮，恰喜那边峭壁下有一天然石洞，尽可存身，就在石洞住了。次日，又朝前进。一路上看不尽的怪竹奇树，观不了的异草仙花。沿途景致虽多，无如小山之意并不在此，若花也不过略略领略。

一连走了几日，各处寻踪觅迹，再朝前面望去，那些山冈仍是一望无际。小山道："姐姐，你看这个光景，大约非数十日不能走到。妹子前在舅舅面前，曾说无论寻著寻不著，总在一月半月回去送信。今再前进，设或遥远，一时骤难转回，岂不失信么？"若花道："今既到此，据我愚见，只好且朝前进。我们就是耽迟几日，阿父也断无埋怨之理，何必回去送信。"小山道："妹子之意，并非专为送信，意欲借此将姐姐送回，妹子才好独往。"若花道："愚姐正要同你前去，为何忽发此言。"小山道："连日细看此山，道路甚远，一经前进，归期竟难预定。因此要将姐姐送回，以便一人前进。即使回来过迟，舅舅不能守候，妹子得能寻见父亲，就同父亲在彼修炼，也是人生难得之事。倘不能寻见父亲，纵让舅舅终年守候，妹子何颜归家去见母亲？以此看来，惟有寻到此山尽头，非见父亲之面，不能回家。若姐姐同去，妹子何能只管前进呢？"若花道："愚姐若怕路远，也不来了。此时前进若无消息，不独阿妹不应回转，就是愚姐也无半途而废之理。况我本是虎口余生，诸事久已看破，设或耽搁过迟，阿父不能守候，我就在此同你静修，也未尝不可。阿妹倒不必虑及于我，即如我今日到此，还是图名呢？还是为利呢？无非念阿妹一团孝心，惟恐孤身无人照应，才肯挺身而来。若要误认我不过一时高兴上来走走，并未虑及后来之事，那就错了。"小山不觉滴泪道："姐姐如此用心，真令妹子感激涕零，此时也不敢以套言相谢，惟有永铭心版了。"说罢，又向前进。

若花道："今日忽觉饥饿，这是何意？"小山道："只顾走路，原来今已八日。那豆面第一顿只能管得七日不饥，今日如何不饿？恰好此处遍地松实柏子，我才吃了几个，只觉满口清香，姐姐何不也吃几个？如能充饥，我们就以此物为粮，岂不更觉有趣？"若花随即吃了许多。走了多时，也就不觉甚饿。于是日以松实柏子充饥。路上或讲讲古迹，谈谈诗赋。不知不觉又走了六七日。

这日正望前进，猛见迎面倒像一人走来。小山道："我们走了十余日，未见一人，怎么今日忽然走出人来？"若花道："莫非前面已有人家？"只见那人渐渐临近，再细细一看，原来是个白发樵夫。小山见是老年人，因站路旁问道："请问老翁，此山何名？前面可有人家？"樵夫也立住道："此山总名小蓬莱。前面这条长岭，名叫镜花岭，岭下有一荒冢；过了此冢，有个乡村，名叫水月村。此地已是水月村交界。前面村内，虽有居民，无非几个山人。你问他怎么？”小山道：“我问路境，不为别事。只因我们天朝大唐国有位姓唐的，前年曾入此山，如今可在前面乡村之内？敢求老翁指示，永感不忘！”樵夫道：“你问的莫非岭南唐以亭么？”小山喜道：“我问的正是此人。老翁何以得知？”樵夫道：“我们常在一处，如何不知。前日他有一信托我带到山下，交天朝便船寄至河源，今日恰好凑巧。”于是把书取出，放在斧柄上递去。小山接过，只见信面写著“吾女闺臣开拆”。虽是父亲亲笔，那信面所写名字，却又不同。只听樵夫道：“你看了家书，再到前面看看泣红亭景致，就知书中之意了。”说著，飘然而去。

小山把信拆开，同若花看了一遍，道：“父亲既说等我中过才女与我相聚，何不就在此时同我回去，岂不更便？并且命我改名‘闺臣’，方可应试，不知又是何意。”若花道：“据我看来，其中大有深意：按‘唐闺臣’三字而论，大约姑夫因太后久已改唐为周，其意以为将来阿妹赴试，虽在伪周中了才女，其实乃唐朝闺中之臣，以明并不忘本之意。信内嘱阿妹若不速回，误了考期，不替父亲争气，就算不孝。既有如此严命，阿妹竟难再朝前进哩。”小山道：“话虽如此，但我们迢迢数万里至此，岂有不见一面之理？况父亲既在此山，也未有寻不见的。且到前面，再作计较。”

一齐举步越过岭去，只见路旁有一坟墓。小山道：“此是仙境，为何却有坟墓？莫非就是樵夫所说荒冢么？”若花道：“阿妹，你看那边峭壁上镌著‘镜花冢’三个大字，原来此墓所葬却是‘镜花’，不知是何形象？可惜刚才未曾问问樵夫。”略为歇息，转过峭壁，走未一里，正面有一白玉牌楼，上镌“水月村”三个大字。穿过牌楼，四面观望，并无人烟。迎面有一长溪拦住去路。虽无桥梁，喜得溪边有株数人合抱不来的一颗大松，由这边山坡，歪歪斜斜一直铺到对面山坡，倒像推倒一般，天然一座松根桥梁。二人攀著松枝，渡了过去。面前一带松林，密密层层，约有半里之遥。穿过松林，再四处一看，真是水秀山清，无穷美景。远远望那山峰上面，俱是琼

词苑撷英

仙境：1. 神话中指仙人居住的地方。2.比喻景物美好的地方。

景物描写

作者描写唐敖出洋旅游所见到的景物：树大林密，花繁草丰，石奇水幽，仿佛处处蓬莱、处处瑶池，似梦似幻。

台玉洞、金殿瑶池，那派清幽景象，竟是别有洞天。正在观看，忽见对面祥云缭绕，紫雾缤纷，从那山清水秀之中，透出一座红亭。

未知如何，下回分解。

名师点拨

这一切都暗中点题，既说明了百花贬为百女的一段奇缘，又传达了作者的人生感受，包括佛家的色空观念和道家的虚无观。

阅读积累

牌　楼

牌楼又叫牌坊，大都作为古建筑群的附属建筑，通常座落在古建筑群的导入部分。少数牌楼为自成一体的纪念性建筑。从建筑材料上分，牌楼的种类有石牌楼、木牌楼、砖牌楼和琉璃牌楼。常见构造形式为：在两立柱之间施额枋，柱上按斗栱檐屋。檐屋为楼，有正楼、次楼、边楼，又有双层夹楼、单层夹楼和跨楼等的区分。

第四十八回 睹碑记默喻仙机 观图章微明妙旨

名师导读

唐小山谨遵父命，将名字改为了“唐闺臣”。并在泣红亭内发现了一块玉碑，上面镌刻着百位才女的姓名、名次及司职，这很容易使人联想到《红楼梦》中“太虚幻境”内所藏的暗示人物命运的判词图册。二者都是利用书中人物揭示自身命运，在写法上有异曲同工之妙。

话说唐小山同阴若花渡过小溪，因景致甚佳，正在观玩，忽见迎面清光之中，透出一座红亭，只觉金光万道，瑞气千条，灿烂辉煌，华彩夺目。随即举步上前。

只见那参天的奇松怪柏，冲霄的野竹枯藤，都在亭子四面盘转，几如翠盖一般；四壁厢异草奇花，也不知多少。亭子面前悬一金字大匾，上书“泣红亭”三个大字。旁边有一对联，写的是：

桃花流水杳然去，朗月清风到处游。

小山道：“刚才那樵夫教我望望泣红亭景致，哪知却在此地。内中有何美景，我们何不进去看看？”若花道：“原来阿妹认得蝌蚪文字，却也难得。”刚要举步，忽听亭内响了一声，现出万道红光。红光之内，蹿出一位魁星：左手执笔，右手执斗，生得花容月貌，美如天仙。驾著彩云，四面红光旋绕，霎时起在空中，直向斗宫去了。若花道：“我同阿妹素日最敬魁星，谁知此间竟遇女身出现。原来魁星却有两像。”小山道：“将来回到家乡，如遇庙宇供有魁星，妹子发个心愿，于男像之旁，另塑一尊女像，也不枉今日瞻仰一番。”二人随即对空叩拜。走进亭内，只见当中设一碧玉座，座旁安两条石柱，柱上也有一副对联：

情景描写

她们回国后，唐小山果然在魁星祠内塑了一尊女像，以了海外心愿（第56回）。魁星信仰的人文内涵是功名崇拜和功名前定，所以当唐小山谈起人各有其“福命”时，尚在蒙昧中的阴若花便对她说：“将来得能附骥，考个才女，心愿足矣。”

红颜莫道人间少，薄命谁言座上无？

正面也有一匾，写的是“镜花水月”。那碧玉座上竖一白玉碑，高不满八尺，宽可数丈，上镌百人名姓：

司曼陀罗花仙子第一名才女“蠹书虫”史幽探
司虞美人花仙子第二名才女“万斛愁”哀萃芳
司洛如花仙子第三名才女“五色笔”纪沉鱼
司青囊花仙子第四名才女“蝌蚪书”言锦心
司疗愁花仙子第五名才女“雕虫技”谢文锦
司灵芝花仙子第六名才女“指南车”师兰言
司玫瑰花仙子第七名才女“绮罗丛”陈淑媛
司珍珠花仙子第八名才女“锦绣林”白丽娟
司瑞圣花仙子第九名才女“升平颂”国瑞徵
司合欢花仙子第十名才女“普天乐”周庆覃
司百花仙子第十一名才女“梦中梦”唐闺臣
司牡丹花仙子第十二名才女“女中魁”阴若花
司木笔花仙子第十二名才女“风月主”印巧文
司洛阳花仙子第十三名才女“回文锦”卞宝云
司兰花仙子第十五名才女“血泪笺”田秀英
司菊花仙子第十六名才女“玉无瑕”林书香
司琼花仙子第十七名才女“龙凤质”宋良箴
司莲花仙子第十八名才女“蓝田玉”章兰英
司梅花仙子第十九名才女“百炼霜”阳墨香
司海棠花仙子第二十名才女“花御史”郦锦春
司桂花仙子第二十一名才女“水中月”田舜英
司杏花仙子第二十二名才女“小太史”卢紫萱
司芍药花仙子第二十三名才女“玉交枝”邺芳春
司茉莉花仙子第二十四名才女“珊瑚玦”邵红英
司芙蓉花仙子第二十五名才女“玉玲珑”祝题花
司笑靥花仙子第二十六名才女“个中人”孟紫芝
司紫薇花仙子第二十七名才女“一剪红”秦小春
司含笑花仙子第二十八名才女“蕙兰风”董青钿
司杜鹃花仙子第二十九名才女“小嫦娥”褚月芳
司玉兰花仙子第三十名才女“锦绣肝”司徒妩儿
司蜡梅花仙子第三十一名才女“神弹子”余丽蓉
司水仙花仙子第三十二名才女“凌波仙”廉锦枫

咬文嚼字

“哀萃芳”，似乎与《红楼梦》中的“万艳同悲”相似，细加玩味，却迥然有别。《红楼梦》是群芳之哭、之悲，写女性之悲剧；《镜花缘》乃作者“泣红、哀芳”，是作者为女性“哀泣”。

知识延伸

芍药：别名别离草、花中宰相，属五桠果目芍药科芍药属芍药组多年生草本，花期5-6月，花一般着生于茎的顶端或近顶端叶腋处，原种花白色，花瓣5-13枚。园艺品种花色丰富，有白、粉、红、紫、黄、绿、黑和复色等，果实呈纺锤形，种子呈圆形、长圆形或尖圆形。

司木莲花仙子第三十三名才女“小杨香”骆红蕖
司素馨花仙子第三十四名才女“赛钟繇”林婉如
司结香花仙子第三十五名才女“碧玉环”廖熙春
司铁树花仙子第三十六名才女“女学士”黎红薇
司碧桃花仙子第三十七名才女“鹦鹉舌”燕紫琼
司绣球花仙子第三十八名才女“天孙锦”蒋春辉
司木兰花仙子第三十九名才女“三面网”尹红萸
司秋海棠花仙子第四十名才女“小猎户”魏紫樱
司刺蘼花仙子第四十一名才女“女英雄”宰玉蟾
司玉簇花仙子第四十二名才女“梦中人”孟兰芝
司木棉花仙子第四十三名才女“织机女”薛蘅香
司凌霄花仙子第四十四名才女“女中侠”颜紫绡
司迎辇花仙子第四十五名才女“离乡草”枝兰音
司木香花仙子第四十六名才女“采桑女”姚芷馨
司凤仙花仙子第四十七名才女“芙蓉剑”易紫菱
司紫荆花仙子第四十八名才女“清风翼”田凤翾
司蔷薇花仙子第四十九名才女“广寒月”常红珠
司秋牡丹花仙子第五十名才女“鸾凤俦”叶琼芳
司锦带花仙子第五十一名才女“鸿文锦”卞彩云
司玉蕊花仙子第五十二名才女“夜光璧”吕尧蓂
司八仙花仙子第五十三名才女“清虚府”左融春
司子午花仙子第五十四名才女“意中人”孟芸芝
司青鸾花仙子第五十五名才女“睿文锦”卞绿云
司旌节花仙子第五十六名才女“君子风”董宝钿
司瑞香花仙子第五十七名才女“五彩虹”施艳春
司荼蘼花仙子第五十八名才女“鸳鸯带”窦耕烟
司月季花仙子第五十九名才女“朝霞锦”蒋丽辉
司夜来香花仙子第六十名才女“水晶珠”蔡兰芳
司罂粟花仙子第六十一名才女“书中人”孟华芝
司石竹花仙子第六十二名才女“绮文锦”卞锦云
司蓝菊花仙子第六十三名才女“连理枝”邹婉春
司丁香花仙子第六十四名才女“玉壶冰”钱玉英
司棣棠花仙子第六十五名才女“锦帆风”董花钿
司迎春花仙子第六十六名才女“双凤钗”柳瑞春

知识延伸

凌霄花：又名“茇华”“陵苕”“追罗”“紫葳”“上树蜈蚣”等。紫葳科落叶藤本花卉。凌霄茎节间生有气根，能借此吸附力攀援他物扶摇直上，故名凌霄。叶为单数羽状复叶，卵圆形或椭圆形。聚伞形花序，花顶生。夏秋间开花，花冠呈漏斗形钟状。颜色为橙红色，艳丽眩目。

知识延伸

连理枝：又称相思树，连理枝是指两棵树的枝干合生在一起。北京故宫御花园里钦安殿、浮碧亭的旁边都有这样合生的树。连理枝在自然界中是罕见的。比喻夫妻恩爱。

司千日红花仙子第六十七名才女“雄文锦”卞紫云
司翦春罗花仙子第六十八名才女“画中人”孟玉芝
司夹竹桃花仙子第六十九名才女“罗纹锦”蒋月辉
司荷包牡丹花仙子第七十名才女“连城璧”吕祥蓂
司西番莲花仙子第七十一名才女“比目鱼”陶秀春
司金丝桃花仙子第七十二名才女“峨眉月”掌骊珠
司翦秋纱花仙子第七十三名才女“鸳鸯锦”蒋星辉
司十姊妹花仙子第七十四名才女“花上露”戴琼英
司丽春花仙子第七十五名才女“如意风”董珠钿
司山丹花仙子第七十六名才女“尧文锦”卞香云
司玉簪花仙子第七十七名才女“月中人”孟瑶芝
司金雀花仙子第七十八名才女“瑶台月”掌乘珠
司栀子花仙子第七十九名才女“麒麟锦”蒋秋辉
司真珠兰花仙子第八十名才女“女菩提”缁瑶钗
司佛桑花仙子第八十一名才女“龙文锦”卞素云
司长春花仙子第八十二名才女“比翼鸟”姜丽楼
司山矾花仙子第八十三名才女“持筹女”米兰芬
司宝相花仙子第八十四名才女“鲙花石”宰银蟾
司木槿花仙子第八十五名才女“胭脂萼”潘丽春
司蜀葵花仙子第八十六名才女“镜中人”孟芳芝
司鸡冠花仙子第八十七名才女“同心结”钟绣田
司蝴蝶花仙子第八十八名才女“仁风扇”谭蕙芳
司秋葵花仙子第八十九名才女“眼中人”孟琼芝
司紫茉莉花仙子第九十名才女“铺地锦”蒋素辉
司梨花仙子第九十一名才女“荆山璧”吕瑞蓂
司藤花仙子第九十二名才女“太平风”董翠钿
司芦花仙子第九十三名才女“潇湘月”掌浦珠
司蓼花仙子第九十四名才女“鹤顶红”井尧春
司葵花仙子第九十五名才女“海底月”崔小莺
司杨花仙子第九十六名才女“铁笛仙”苏亚兰
司桃花仙子第九十七名才女“赛赵娥”张凤雏
司草花仙子第九十八名才女“小毒蜂”闵兰荪
司菱花仙子第九十九名才女“笔生花”花再芳
司百合花仙子第一百名才女“一卷书”毕全贞

小山把人名看过，不觉忖道：“父亲命我改名，哪知此碑

知识延伸

同心结：用锦带打成连环回文样式的结子，作为男女相爱的象征。见《玉台新咏》卷七、（南朝·梁）武帝萧衍《有所思》“腰间双绮带，梦为同心结”。新郎新娘拜过天地后，新郎在前，新娘随后，同牵同心结进入洞房。象征一对新人已经结为一体，同心协力，白头偕老。

一等第十一名就是'唐闺臣'，并且若花姐姐同婉如、兰音妹妹也在上面。我闻古人有'梦观天榜'之说，莫非此碑就是天榜？为何又有司花字样？以此看来，又非天榜了。"因向若花道："姐姐，你看此碑可是天榜么？"若花道："我看此碑都是篆文，一字不识，谁见甚么天榜？"小山道："妹子真心请问，怎么姐姐忽然斗起趣来？"若花道："愚姐怎么斗趣？"小山道："此碑所镌都是随常楷书，姐姐说是篆文，岂非斗趣么？"若花听了，把眼揉了一揉，又朝碑上细看道："上面各字，与外面匾对一样，都是蝌蚪古文，若有一字认得，算我有心欺你。果真不识，岂有戏言！"小山不觉诧异道："明明都是楷书，为何到了姐姐眼里，却变作古文？世间竟有如此奇事？怪不得姐姐说我认得蝌蚪文字，原来却是这个缘故。以此看来，可见凡事只要有缘。妹子同他有缘，所以一望而知；姐姐同他无缘，因此变成古篆。"

若花道："此碑我虽不识，幸喜阿妹都知，就请费心把这情节讲说一遍，愚姐也就如同目睹了。"小山道："上面所载，俱是我们姊妹日后之事，约计百人之多。此时姐姐既于碑上一无所见，可见仙机不可泄漏。妹子若要捏造虚言，权且支吾，未免欺了姐姐；若说出实情，又恐泄漏天机，致生灾患。好在碑上之事，将来总要出现，妹子意欲等待事后再细细面陈。姐姐以为何如？"若花道："阿妹所见极是。但我望著此碑，只觉红光四射，两眼被这红光耀的只觉发昏。字既不识，站在这里甚觉无味，莫若且到亭外走走。阿妹在此，把这情节细细记在心里，事后告诉我们，也是一段佳话。"小山道："姐姐言这碑上红光四射，与我所见，又是两样，妹子望去，只觉一股清气。今姐姐看是红光，可见姐姐将来必是受享洪福之人，与妹子迥不相同。"若花道："我现在离乡背井，孑然一身，将来得能附骥，考个才女，心愿足矣，那里还有甚么洪福轮到身上！若有洪福，也不投奔他邦了。"说著，滴下两点眼泪，把包袱取下放在石几上，走出去了。

小山又朝后看，人名之后，还有一段总论，写的是：

泣红亭主人曰："以史幽探、哀萃芳冠首者，盖主人自言穷探野史，尝有所见，惜湮没无闻，而哀群芳之不传，因笔志之。或纪其沉鱼落雁之妍，或言其锦心绣口之丽，故以纪沉鱼、言锦心为之次焉。继以谢文锦者，意谓后之观者，以斯为记事则可；若目为锦绣之文，则吾既未能文，而又何有于锦？矧寿夭不齐，辛酸满腹，往事纷纭，述之惟恐不逮，讵暇工于文哉！则惟谢之。而师仿兰言，案其迹敷陈表白而传述之，故谢文锦后，承之以师兰言、陈淑媛、白丽娟也，结以花再芳、毕全贞者，盖以群芳沦落，几至澌灭无闻，今赖斯而得不朽，非若花之重芳乎？所列百人，莫非琼林琪树，合璧骈珠，故以全贞毕焉。”

总论后有个篆字图章，写的是：

茫茫大荒，事涉荒唐。唐时遇唐，流布遐荒。

小山看罢，忖道：“这‘唐时遇唐，流布遐荒’八个字，细细揣夺，如今正当唐时，我又姓唐，又亲见此碑，岂非教我流传海内么？仙机虽是如此，奈此碑所列百人之多，不独头绪纷繁，就是人名也甚难记，这是苦我所难了！”思忖多时，因走路辛苦，要寻坐处歇息，恰好旁边有一石几，石几面前有条石凳，就在凳上坐了。把包袱取下，放在几上，歇息片晌。复又想道：“这个碑记，明明教我流传海内，偏偏笔砚又未带来，这却怎好？也罢，莫若把他读的烂熟，记在心里，也是一样。”于是望著玉碑从头读去。读了几句，甚觉拗口。正在为难，只见若花走了进来。

未知如何，下回分解。

名师点拨

本回的碑记总论云：“盖主人自言穷探野店，尝有所见，惜湮没无闻，而哀群芳之不传，因笔志之。”正如鲁迅所说：“作者命笔之由，即见于《泣红亭记》。盖于诸女，悲其消沉，爰托稗官，以传芳烈。”无须多言，一部《镜花缘》乃为悲悯百花消沉，以彰才女而作，其中既有作者对女子不幸的哀悼，又有对女子才能的极力称颂。

阅读积累

野史

野史是中国古代私家编撰而未被官方认定的史书。“野”与“正”相对。最早以野史为书名的，是唐昭宗时沙仲穆所著《大和野史》10卷。后又有佚名者著《野史甘露记》2卷。宋人林希增著《林氏野史》8卷。龙衮著《江南野史》20卷。其后，野史数量大增，但不一定用野史之名。宋明两代野史最多。

第四十九回 泣红亭书叶传佳话 流翠浦搴裳觉旧踪

名师导读

本回文字充满了奇幻色彩。在唐闺臣眼中平淡无奇的楷书，在阴若花眼中却变成了晦涩难懂的篆书，更令人不可思议的是，唐闺臣进山寻父以来，一路都以“唐小山”三字作为识路标记，却鬼使神差地全部变成了“唐闺臣”。

情景描写

这里阴若花教唐小山用剑削了竹签在蕉叶上记录，是有意与大书法家怀素进行对比。

词苑撷英

趱行：赶路；快行。

话说若花走进亭子，也在石凳坐下，道：“阿妹可曾记清？外面绝好景致，何不出去看看？”小山道：“姐姐来的正好，妹子有件难事正要请教。”因把图章念了一遍，道：“姐姐，你看这个图章，岂非教我流传么？上面字迹过多，强记既难，就是名姓也甚难记。又无笔砚，这却怎处？”若花道：“阿妹若要笔砚，刚才愚姐因看山景要想题诗，却有绝好笔砚在此。”即到外面取了几片蕉叶进来道：“阿妹何不就以此时权且抄去？俟到船上，再用纸笔誊清，岂不好么？”小山道：“蕉叶虽好，妹子从未写过，不知可能应手。”随到亭外，用剑削了几枝竹签进来，将蕉叶放在几上，手执竹签，写了数字，笔画分明，毫不费事。不觉大喜。

刚要抄写，因向若花道：“刚才未进此亭时，远远望著对面都是琼台玉洞，金殿瑶池，宛如天堂一般。如此仙境，想我父亲必在其内。此时既到了可以寻踪觅迹处，只应朝前追寻，岂可半途而废？况这碑记并非立时就可抄完，莫若且把父亲寻来，慢慢再抄，也不为迟。”若花道：“阿妹话虽有理，但恐寻而不遇，也是枉然。我们只好且到前面，再作道理。”各人背了包袱，步出亭外，走了多时，那些台殿渐渐相近。正在欢喜，忽听水声如雷。连忙趱行，越过山坡，迎面有一深潭，乃各处瀑布汇归之所，约宽数十丈，竟把去路挡住。小山看罢，只急的暗暗叫苦。即同若花登在高峰，细细眺望。谁知这道深潭，当中冒出这股水，竟把此山从中分为两处，并无一线可通。二人走来走去，无计可施。若花道：“今日那个樵夫，转眼间无踪无影，明是仙人前来点化。我想姑夫既托仙人寄信，那仙人又说常聚一处，岂是等闲！信中既催阿妹速去考试，允你日后见面，想来自有道理。为今之计，莫若抄了碑记，早早回去。不独可以赴试，就是姑母接了此信，见了阿妹，也好放心，也免许多倚闾之望。愚见如此，阿妹以为何如？”小山听了，虽觉有理，但思亲之心，一时何能撇下？正在犹疑，只见路旁石壁上有许多大字。上前观看，原来是首七言绝句：

义关至性岂能忘？踏遍天涯枉断肠；

聚首还须回首忆，蓬莱顶上是家乡。

诗后写著“某年月日岭南唐以亭即事偶题”。小山看到末二句，猛然宁神，倒像想起从前一事；及至细细寻思，却又似是而非。惟有呆呆点头，不知怎样才好。

若花道：“阿妹不必发呆了！你看诗后所载年月，恰恰就是今日！诗中寓意，我虽不知，若以‘即事’二字而论，岂非知你寻亲到此？那‘踏遍天涯枉断肠’之句，岂非说你寻遍天涯也是枉然？况且前日阿妹所谈去年题的思亲之诗，我还记得第六句是‘蓬莱缥缈客星孤’；今姑夫恰恰回你一句‘蓬莱顶上是家乡’。彼时阿妹不过因‘蓬莱’二字都是草名，对那松菊，觉的别致；那知今日竟成了诗谶。可见此事已有先兆。并且刚才从此走过，壁上并无所见；转眼间，就有诗句题在上面，若非仙家作为，何能如此？此时我们只好权遵慈命，暂回岭南，俟过几时，安知姑夫不来度脱你我都去成仙呢？”说罢，携了小山的手，仍向泣红亭走来。一路吃些松实柏子。又摘了许多蕉叶，削了几枝竹剑。来至亭内，放下包袱，略为歇息。若花道：“此碑共有若干字？”小山道：“共约二千。赶紧抄写，明日可完。”若花道：“既如此，阿妹只管请写，不必分心管我。好在此地到处皆是美景，即或耽搁十日，也游不厌的。”于是自去游玩。小山写了一日，到晚同若花就在亭内宿歇。次日正要抄写，只见碑记名姓之下，忽又现出许多事迹，自己名下写著：

“只因一局之误，致遭七情之磨。”若花名下写著：“虽屈花王之选，终期藩服之荣。”其余如兰音、婉如诸人，莫不

知识延伸

诗谶：谓所赋的诗无意中预示不良后事的征兆。宋洪迈《容斋随笔》卷一：“今人富贵中作不如意语，少壮时作衰病语，诗家往往以为谶。”《南史·侯景传》：“初，简文《寒夕诗》云：‘雪花无有蒂，冰镜不安台。’又《咏月》云：‘飞轮了无辙，明镜不安台。’后人以为诗谶。谓‘无蒂’者，是无帝。‘不安台’者，台城不安。‘轮无辙’者，以邵陵名纶，空有赴援名也。”

语言描写

如果从故事的表层意义来看，百花仙子只是由于与麻姑在棋局上赌胜，致使百花无人约束，触犯天条而被降黜凡间，但我们若是看看小说第90回中麻姑由此而发的议论，便会发现这“一棋之误”中其实深隐着作者对凡俗人生之谋虑纷争的普遍否决。

注有事迹。看罢，不觉忖道：“我又不会下棋，这一局之误，从何而来？”因将碑记现出事迹之话，告诉若花。若花道：“既有如此奇事，自应一总抄去为是。我还出去游玩，好让阿妹静写。”说罢，去了。小山写了多时，出来走动走动。若花正四处观玩，忽见小山出来，不觉忖道：“碑上仙机固不可泄漏；他所抄之字不知可是古篆？趁他在外，何不进去望望？”即到石儿跟前一看，蕉叶上也是蝌蚪文字。连忙退出。只见小山从瀑市面前走来。若花道：“原来阿妹去看瀑布，可谓‘忙里偷闲’了。”小山道：“妹子前去净手，并非去看瀑布。姐姐忽从亭内走出，莫非偷看碑记么？倘泄漏仙机，乃姐姐自己造孽，与妹子无涉。”若花道：“愚姐岂肯如此！因要领教尊书，进去望望；谁知阿妹竟写许多古篆，仍是一字不识。你弄这些花样，好不令人气闷。”

小山道：“这又奇了！妹子何尝会写篆字？倒要奉请再去看看。”一齐走进亭内。

若花又把二目揉了一揉道：“怎么我的眼睛今日忽然生出毛病，竟会看差了？”

小山笑道：“姐姐并非看差，只怕是眼贫了。”若花道：“莫要使巧骂人！准备孽龙从无肠东厕逃回，只怕还要托人求亲哩。‘乘龙’佳婿倒还不差，就只近来身上有些臭气，若非配个身有异香的，就是熏也熏死了。”于是看那蕉叶上面，明明白白都是古篆，并无一字可识。又把玉碑看了道：“你这抄的笔画，同那碑上都是一样；碑上字我既不识，又何能识此呢？”

小山不觉叹道：“妹子所写，原是楷书，谁知到了姐姐眼中，竟变成古篆！怪不得俗语说是：‘有缘千里来相会，无缘对面不相逢。’妹子可谓有缘，姐姐竟是无缘了。”若花道：“我虽无缘，今得亲至其地，亦算无缘中又有缘了。”

小山道：“姐姐虽善于词令，但你所说‘有缘’二字，究竟牵强，何能及得妹子来的自然。”若花道：“据我看来，有缘固妙，若以现在情形而论，倒不如无缘来的自在。”小山道：“此话怎讲？”若花道：“即如此时遍山美景，我能畅游；阿妹惟有拿著一枝毛锥在那里钻刺，不免为缘所累：所以倒不如无缘自在。”小山道：“姐姐要知，无缘的不过看看山景；那有缘的不但饱览仙机，而且能知未来，即如姐姐并婉如

知识延伸

古篆：书体论术语。古代汉字书体之一。1. 泛指古代篆书。清代桂馥《续三十五举》云：“宋人间用古篆作印，元人尤多变态。”2. 指上古文字。明代赵宧光《寒山帚谈》卷上《权舆一》论九体书云：“二曰古篆，三代之书，于金石款识。”“若雕戈之类，虽不尽出于圣人之手，想当文盛之时，赏鉴家有‘蚊脚’‘鹄头’，定为夏书是矣。”

诸位妹妹一生休咎，莫不在我胸中。可见又比观看山景胜强万万。”

若花道：“据你所言，我们来历，我们结果，你都晓得了。我要请问阿妹，你的来历，你的结果，你可晓得？”小山听了，登时汗流浃背。不觉愣了一愣道：“姐姐，你既不自知，你又何必问我？至于我知、我不知，我又何必告诉你？况你非我，你又安知我不自知？俗语说的‘工夫各自忙。’姐姐请去闲游，妹子又要写了。”若花道：“你知，固好；我不知，也未尝不妙。总而言之，大家‘无常’一到，不独我不知的化为飞灰，依然无用；就是你知的也不过同我一样，安能又有甚么长生妙术！”说著，出亭去了。小山听了，心里只觉七上八下，不知怎样才好，思忖多时，只得且抄碑记。写了半晌，天色已晚，又在亭中同若花歇了一宿。

次日抄完，放在包袱内。二人收拾完毕，背了包袱，步出泣红亭。小山朝著上面台殿跪下，拜了两拜，不觉一阵心酸，滴下泪来。拜罢起身，一同回归旧路，仍是泪落不止，不时回顾。不多时，穿过松林，渡过小溪，过了水月村，越过镜花岭，真是归心似箭。走了一日，到晚寻个石洞住了。一连走了两日。这日正朝前进，路旁有一瀑布，只闻水声如雷，峭壁上镌著“流翠浦”三个大字。瀑布流下之水，漫延四处，道路甚滑。二人只得携手，提著衣裙，缓缓而行。走了多时，过了流翠浦。前面弯弯曲曲，尽是羊肠小道，岔路甚多，甚难分辨。小山道：“前日来时，途中虽有几处瀑布，并无如许之大。今日莫非走差了？我们且找来时所画字迹，照著再走。”寻了半晌，虽将字迹寻著，及至细看，竟将“唐小山”三字改做“唐闺臣”。小山看了诧异道：“怎么竟有如此奇事！”若花道：“此非仙家作为，何能如此，看来又是姑夫弄的手段了。”大家于是放心前进。恰好走到前面，凡遇歧途难辨之外，路旁山石或树木上总有“唐闺臣”三字。二人也不辨是否，只管顺著字迹走去。

> **词苑撷英**
> 羊肠小道：形容曲折狭窄的小路。

这日走到一条大岭，高高下下，走了多时，早已嘘嘘气喘。朝上望了一望，惟见怪石纵横，峭壁重叠，其高无对。若花道：“当日上山，途中并无此岭，为何此时忽又冒出这条危峰？这几日走的两脚疼痛，平坦大道，业已勉强，何能行此崎岖险路？偏偏此岭又高，这却怎好！”小山道：“喜得上面树木甚多，只好妹子搀著姐姐缘木而上。”二人攀藤附葛，又朝上走。走不多时，若花只觉两足痛入肺腑，登时喘作一团，连忙靠著一棵大树，坐在山石上，抱著两足，泪落不止。

小山正在著急，忽听树叶刷刷乱响，霎时起了一阵旋风，只觉一股腥气，转眼间，半山中蹿下一只斑毛大虫。二人一见，只吓的魂不附体，战战兢兢，各从身上拔出宝剑，慌忙携手站起。那大虫连蹿带跳，朝下走来。看看相离不远，眼睛忽然放出红光，把尾竖起，摇了两摇，口内如山崩地裂一般，吼了一声，将身一纵，离地数丈，竟自迎头扑来。二人忙举宝剑，护住头顶。耳内只闻一阵风声，那大虫自从头上蹿了过去。二人把头摸了一摸，喜得头在颈上，慌忙扭转身躯看那大虫。原来身后有个山羊在那里吃草，却被大虫看见，扑了过去，就如鹰拿燕雀一般，抱住山羊，张开血盆大口，羊头吃在腹内；把口一张，两只羊角飞舞而出。顷刻把羊吃完，扭转身躯。面向二人，把前足朝下一按，口中吼了一声。

巧设铺垫

这里细致地刻画了大虫吃羊的过程。唐小山和阴若花目睹了此情此景后，惊魂未定，而大虫已经面向二人，还把前足朝下一按，要扑袭了，真是惊险万分，这为下文故事情节的开展做了铺垫。

未知如何，下回分解。

名师点拨

作者的奇思妙想真使人拍案叫绝。唐闺臣虽是有仙缘之人，但阴若花关于“无常”的一段议论文字反更给人醍醐灌顶之感。

阅读积累

楷书

楷书亦称“正书”“真书”“正楷”。汉字字体之一种。减省隶书之波磔而成。因其形体方正，笔画平直，可为楷模，故名。始于汉末，盛于魏晋南北朝，通行至今。随书写风格气质不同。又分多种字体，如颜（真卿）体、柳（公权）体、欧（阳询）体、赵（孟頫）体等。古时刻书多以楷体。

第五十回　遇难成祥马能伏虎　逢凶化吉妇可降夫

名师导读

唐闺臣的寻父之路充满艰辛，险象环生，刚脱离虎口，又落入强盗之手。

话说那虎望著小山、若花，按著前足，摇著大尾，发威作势，又要迎面扑来。

二人连说"不好……"正在惊慌，忽闻一阵鼓声如雷鸣一般，振的山摇地动。从那鼓声之中，由高峰蹿下一匹怪马：浑身白毛，背上一角，四个虎爪，一条黑尾。口中放出鼓声，飞奔而来。大虫一见，早已逃蹿去了。若花道："此兽虽然有角，无非骡马之类，生的并不凶恶，为何虎却怕他？阿妹可知其名么？"小山道："妹子闻得驳马一角在首，其鸣如鼓，喜食虎豹。此兽角虽在背，形状与驳马相仿，大约必是驳马之类。"只见此兽走到眼前，摇头摆尾，甚觉驯熟，就在面前卧下，口食青草。小山见他如此驯良，用手在他背上抚摩，因向若花道："妹子闻得良马最通灵性。此时我们断不能上山，何不将他骑上？或能驼过岭去，也未可知，况他背上有角，又可抱住，不致倾跌。必须把他颈顶缚住，就如丝缰一般，带在手里，才不致乱走。不知他可听人调度？我且试他一试。"随将身边丝绦解下，向驳马道："我唐闺臣因寻亲至此，蒙若花姐姐携伴同行，不意一时足痛不能上山，今幸得遇良马。吾闻良马比君子，若果能通灵性，即将我们驼过岭去，将来回归故土，当供良马牌位，日日焚香，以志大德。"一面说著，将丝绦缚在驳马顶上，包袱都挂角上，牵至一块石旁，把若花搀扶上去，一手抱角，一手牵著丝绦。小山登在石上，就在若花身

情景描写

驳马作为清代小说中的形象，并不罕见。这里作者通过写驳马"浑身白毛，背上一角，四个虎爪，一条黑尾"（外形）和驳马"由高峰蹿下……口中放出鼓声，飞奔而来"（动作），把驳马的奇特生动形象地刻画出来了。

知识延伸

丝绦：亦称"宫绦"，简称"绦子"。用丝线编织而成。绦头打八宝结，下垂一尺余绦子穗，颜色有红、黑、紫、蓝等。与褶子、长马甲等搭配，束腰用。

后，也骑在驳马背上。若花道："阿妹将我身背抱紧，我放辔头了。"手提丝绦抖了两抖，驳马放开四足，竟朝岭上走去。二人骑在马上，甚觉平稳，欢喜非常。不多时，越过高岭，来到岭下。那个大虫正在赶逐野兽，驳马一见，早已放出鼓声，要想奔去。若花忙提丝绦，带到一块石旁，把马勒住，都由石上慢慢下来，取了包袱，解下丝绦。驳马连蹿带跳，转眼间越过山峰，追赶大虫去了。

二人略略歇息，背了包袱，又走数里。小山恐若花足痛，早早寻个石洞歇了。

次日又朝前进，若花道："今日喜得道路平坦，缓步而行，尚不费力。但我自从吃这松实柏子，腹中每每觉饿，连日虽然吃些桑椹之类，也不济事。此地离船甚远，必须把豆面再吃一顿，方可行路；不然，腿上更觉无力了。"小山道："妹子自从吃了松实柏子，只觉精神陡长，所以日日以他为粮。那知姐姐却是如此。何不早说？"即将豆面取出。若花饱餐一顿，登时腿脚强健。又走两日。这日在路闲谈，小山道："我们自从上山，走了半月，才到镜花岭。如今从泣红亭回来，已走七日，看来已有一半路程。这二十余日，舅舅、舅母，不知怎样盼望！"若花道："婉如阿妹缺了伴侣，只怕还更想哩。"

情景描写

林之洋的语言充满了对唐小山、阴若花的关切之情。二人进山快一个月了，一出来就发现了，可见天天都在林中等。

忽听林内有人叫道："好了！好了！你们回来了！"二人不觉吃了一吓，忙按宝剑，将脚立住，遥见林之洋气喘嘘嘘跑来道："俺在那边树下远远看著两人，头戴帽兜，背著包袱，俺说必是你们回来，好极！好极！几乎盼杀俺了！"小山道："甥女别后，舅母身上可好？舅舅为何不在山下看守船只，却走出若干路程，吃这辛苦？"若花道："阿父山下何日起身？离船几日了？阿母、阿妹，身体可安？"林之洋道："你们两个想是把路走迷了？前面已到小蓬莱石碑，顷刻就要下山，怎说这话？俺因你们去了二十多日不见回来，心里记挂，每日上来望望，今日来了多时，正在盼望，那知你们巧巧回来。"二人听了，如梦方醒，更叹仙家作用之奇。

语言描写

这里直接通过林之洋自己的话，表露他对二人的关切之情。

即同林之洋下山上船，放下包袱，见过吕氏、婉如；乳母替他们除了帽兜，脱去箭衣。喘息定了，小山才把"遇见樵夫，接著父亲之信，嘱我回去赴试，俟中才女，方能相见"的话，告诉一遍。林之洋把信看了。欢喜道："妹夫说等甥女中过方能相聚。不过再隔一年，就可相见。”小山道：“话虽如此，安知父亲不是骗我？况海外又无便船，如何就能回乡？”林之洋听了，惟恐小山又要上去，连忙说道：“据俺看来，这话决不骗你，他若立意不肯回家，为甚寄信与你？甥女只管放心！好在这路俺常贩货来往，将来甥女考过，你父亲如不回家，俺们仍旧同来。如今早早回去，也免你母亲在家挂念。”小山听罢，正中下怀，暗暗欢喜，故意说道：“舅舅既允日后仍旧同来，甥女何必忙在一时？就遵舅舅之命，暂且回去，将来再计较。”林之洋点头道：“甥女这话才是，但你父亲信内嘱你改名‘闺臣’，自然有个道理，今后必须改了，才不负你父亲之意。”因向婉如道：“已后把他叫作闺臣姐姐，莫叫小山姐姐了。”随即张罗开船。唐闺臣把信收过。吕氏见闺臣肯回岭南，也甚喜道：“此番速速回去，不独你母亲放心，那考才女也是一桩大事。你若中了才女，你父母面上荣耀，不必说了，就是俺们在亲友面前，也觉光彩。倘能携带若花、婉如也能得中，那更好了。”

语言描写

总之，男女老少都以功名为荣耀。这是科举制度对中华民族心理的塑造的巨大成功。

大家一路闲谈。姊妹二个，都将诗赋日日用功。闺臣偷空，把泣红亭碑记另用纸笔抄了。因蕉叶残缺，即包好沉入海中。又将碑记给婉如观看，也是一字不识。因此更觉爱护，暗暗忖道：“此碑虽落我手，上面所载事迹，都是未来之事，不能知其详细，必须百余年后，将这百人一生事业，同这碑记细细合参，方能一一了然。不知将来可能得遇有缘？倘能遇一文士，把这事迹铺叙起来，做一部稗官野史，也是千秋佳话。”正要放入箱内，只见婉如所养那个白猿忽然走来，把碑记拿在手内，倒像观看光景。闺臣笑道：“我看你每每宁神养性，不食烟火，虽然有些道理，但这上面事迹，你何能晓得。却要拿著观看？如今我要将这碑记付给有缘的，你能替我办此大功么？大约再修几百年，等你得道，那就好了。”

心理描写

这里通过唐闺臣的心理活动，为后文白猿托记埋下伏笔。

一面说笑，将碑记夺过，收入箱内。因与白猿斗趣，偶然想起驳马，随即写了良马牌位，供在船上，早晚焚香。

一路顺风。光阴迅速，这日到了两面国，起了风暴，将船收口。林之洋道：

“俺在海外，那怕女儿国把俺百般磨折，俺也不惧，就只最怕两面国。他那浩然中内藏著一张坏脸，业已难防；他还老著面皮，只管讹人钱财。”闺臣道：“他们怎样讹人？”林之洋就把当日在此遇盗，亏得徐丽蓉兄妹相救的话说了一遍。

若花道：“前年既有此事，阿父倒不可大意。到了夜晚，大家都不可睡，并命众水手多带鸟枪来往巡更，阿父不时巡查，一切谨慎，也可放心了。”林之洋连连点头，即到外面告知众人。到了日暮，前后梆铃之声，络绎不绝；多、林二人不时出来巡查。

天将发晓，风暴已息，正收拾开船。忽有无数小舟蜂拥而至，把大船团团围住，只听枪炮声响成一片。船上众人被他这阵枪炮吓的鸟枪也不敢放。登时有许多强盗跳上大船。为首一个大盗，走进中舱，在上首坐了，旁列数人，都是手执大刀个个头戴浩然巾，一脸杀气。闺臣姊妹在内偷看，浑身发抖。众喽啰把多、林二人并众水手如鹰拿燕雀一般，带到大盗面前。二人朝上望了一望，那上面坐的，原来就是前年被徐蓉弹子打伤的那个大盗。只见他指著林之洋喊道：“这不是口中称‘俺’的囚徒么？快把他首级取来！”众喽啰一齐动手。林之洋吓的拚命喊道：“大王杀我，我也不怨；剐我，我也不怨，任凭把我怎样，我都不怨。就只说我称‘俺’，我甚委屈！我生平何曾称‘俺’？我又不知‘俺’是甚么。求大王把这‘俺’字说明，我也死的明白。”众喽啰道：“禀大王：他连‘俺’的来历还不知，大王莫认差了？刚才来时，夫人分付，倘误伤人命，回去都有不是。求大王详察。”

大盗道：“既如此，把他放了。你们再把船上妇女带来我看。”众喽啰答应，将吕氏、乳母、闺臣、若花、婉如带到面前。大盗看了道：“其中并无前年放弹恶女。他这船上共有若干货物？”众喽啰道：“刚才查过，并无多货，只有百十担白米，二十担粉条子，二十担青菜，还有几十只衣箱。”大盗笑道：“他这礼物虽觉微末，俗语说的：‘千里送鹅毛，礼轻人意重。’只好备个领谢帖儿，权且收了。你们再去细看，莫粑燕窝认作粉条子；若是燕窝，我又有好东西吃了。但他们那知我大王喜吃燕窝，就肯送来？那三个女子生的都觉出色，恰好夫人眼前正少丫环，既承他们美意远远送来，所谓‘却恐不恭，受之有愧’，也只好备个领谢帖儿。尔等即将他们带至山寨，送交夫人使用。一路须要小心，倘有走失，割头示众！”众喽啰答应。多、林二人再三跪求，那里肯听。不由分说，把闺臣、若花、婉如掳上小舟。所有米粮以及衣箱，也都搬的颗粒无存。一齐跳上小船。

只听一声胡哨，霎时扯起风帆，如飞而去。吕氏嚎啕恸哭；林之洋只急的跺脚捶胸，即同多九公坐了三板，前去探信。

闺臣姊妹三人，被众人掳上小舟，明知凶多吉少，一心只想蹿下海去；无奈众人团团围住，步步提防，竟无一隙之空。不多时进了山寨。随后大盗也到，把他三人引进内室。里面有个妇人迎出道：“相公为何去了许久？”大盗道：“我恐昨日那个黑女不中夫人之意，今日又去寻了三个丫环回来，所以耽搁。”因向闺臣三人道：“你们为何不给夫人磕头？”三人看时，只见那妇人年纪未满三旬，生的中等身材，满脸脂粉，浑身绫罗，打扮却极妖媚，三人看了，只得上前道了万福，站在一旁。大盗笑道：“这三个丫环同那黑女都是不懂规矩，不会行礼，连个以头抢地也不知道。夫人看他三个生得可好？也还中意么？”妇人听了，把他三人看了，不觉愣了一愣，脸上红了一红，因笑道：“今日山寨添人进口，为何不设筵席？难道喜酒也不吃么？”旁边走过两个老嬷道：“久已预备，就请夫人同大王前去用宴。”妇人道：“就住此处摆设最好。”老嬷答应。登时摆设齐备，夫妻两个对面坐了。

大盗道：“昨日那个黑女同这三个女子都是不知规矩，夫人何不命他都到筵前跟著老嬷习学，将来伺候夫人，岂不好么？”妇人点头，分付老嬷即去传唤。

老嬷答应，带了一个黑女进来。闺臣看时，那黑女满面泪痕，生的倒也清秀，年纪不过十五六岁。老嬷把黑女同闺臣姊妹带至筵前，分在两旁侍立。大盗一面看著，手里拿著酒杯，只喜的眉开眼笑，一连饮了数杯道：“夫人何不命这四个丫环轮流把盏，我们痛饮一番，何如？”妇人听了，鼻中哼了一声，只得点头道：“你们四个都与大王轮流敬酒。”四人虽然答应，都不肯动身。若花忖道：“这个女盗既教我们斟酒，何不趁此将大盗灌醉，然后再求女盗放我们回去，岂不是好？”随即上前执壶，替他夫妻满满斟了下来；因向闺臣、婉如暗暗递个眼色。

二人会意，也上前轮流把盏。那个黑女见他们都去斟酒，只得也去斟了一巡。

大盗看了，乐不可支，真是酒入欢肠，越饮越有精神。那里禁得四人手不停壶，只饮的前仰后合，身子乱幌，饮到后来，醉眼朦胧，呆呆望著四人只管发笑。

妇人看著，不觉冷笑道：“我看相公这个光景，莫非喜爱他们么？”大盗听了，满面欢容，不敢答言，仍是嘻嘻痴笑。妇人道：“我房中向有老嬷服侍，可以无须多婢。相公既然喜爱，莫若把他四个都带去作妾，岂不好么？”闺臣姊妹听了，暗暗只说：“不好！性命要送在此处了！”大盗把神宁了一宁道：“夫人此话果真么？”妇人道：“怎好骗你！我又不曾生育，你同他们成了喜事，将来多生几个儿女，也不枉连日操劳一场。”

若花听了，只管望著闺臣，闺臣把眼看著婉如，姊妹三个，登时面如傅土，身似筛糠。闺臣把他二人衣服拉了一把，退了两步，暗暗说道：“适听女盗所言，我们万无生理。但怎样死法，大家必须预先议定，省得临时惊慌。”若花道：“我们还是投井呢？还是寻找厨刀自刎呢？”闺臣道：“厨房有人，岂能自刎；莫若投井最好。”婉如道：“二位姐姐千万携带妹子同去。倘把俺丢下，就没命了！”

若花道：“阿妹真是视死如归。此时性命只在顷刻，你还斗趣！”婉如道：“俺怎斗趣？”若花道：“你说把你丢下就没命了，难道把你带到井里倒有命了？”

只听那妇人道：“此事不知可合你意？如果可行，我好替你选择吉期。”大盗听了，喜笑颜开，浑身发软，望著妇人深深打躬道：“拙夫意欲纳宠，真是眠思梦想，已非一日，惟恐夫人见怪，不敢启齿。适听夫人之言，竟合我心。……”

话未说完，只听碗盏一片声响，那妇人早把筵席掀翻，弄了大盗一身酒菜，房中所有器具，撂的满天飞舞。将身倒在地下，如杀猪一般，放声哭道：“你这狠心强贼！我只当你果真替我寻丫环，那知借此为名，却存这个歹意！你即有心置妾，要我何用？我又何必活在世上，讨人憎嫌！”说罢爬起，拿了一把剪刀，对准自己咽喉，咬定银牙，紧皱蛾眉，眼泪汪汪，气喘嘘嘘，浑身乱抖，两手发颤，直向颈顶狠狠刺来。大盗一见，吓的胆战心惊，忙把剪刀夺过，跪求道：“刚才只因多饮几杯，痰迷心窍，酒后失言，只求夫人饶恕，从此再不妄生邪念了。”妇人仍是啼哭，口口声声，只说丈夫负义，务要寻死。一面哭著，又用带子套在颈上，要寻自尽，又被大盗抢去；猛然一头要朝壁上撞去，也被大盗拦住。大盗心忙意乱，无计可施，只得磕头道：“我已立誓不放再存恶念，无如夫人执意不信。如今只好教他们打个样子，已后再犯，就照今日加倍责罚，也是情愿。”因命老嬷把四个行杖喽啰传进内室道：“我酒后失言，忤了夫人，以致夫人动怒，只要寻死。只得烦你们照军门规矩，将我重责二十。如夫人念我皮肉吃苦，回心转意，就算你们大功一次。我虽惧怕夫人，你们切莫传扬出去，设或被人听见强盗也会惧内，那才是个笑话哩。”将身爬在地下。四个喽啰无可奈何，只得举起竹枪，一递一换，轻轻打去。大盗假意喊叫，只求夫人饶恕。刚打到二十，妇人忽然手指大盗道：“你存这个歹意，我本与你不共戴天；今你既肯舍著皮肉，我又何必定要寻死？但刚才所打，都是虚应故事，如果要我回心转意，必须由我再打二十，才能消我之气。”大盗听了，惟有连连叩首。

未知如何，下回分解。

名师点拨

令人大惑不解的是，凶神恶煞般的盗匪却有惧内之症一面，对其夫人的厉声呵斥，大盗吓得醉意全无，不仅对其妻温存软语，还跪地求饶，最终仍免不了挨二十板子。读至此，真是大快朵颐，尤为女性一吐悲苦之气。

阅读积累

燕窝

燕窝是药名，出《本经逢原》。又名燕菜、燕根。为雨燕科动物金丝燕及几种同属燕类用唾液或唾液与绒羽等混合凝结所筑成的巢。产印度尼西亚、泰国、缅甸、日本等国。甘，平。入肺、胃、肾经。养阴润燥，益气补中。治虚损，痨瘵，咳嗽痰喘，咯血，吐血，久痢，久疟，噎膈反胃。内服：布包隔汤炖 4.5 ~ 9g；或入膏剂。天然燕窝含水分 10.4%，含氮物质 57.4%，微量脂肪，无氮提出物 22%，纤维 1.4%，灰分 8.7%。

镜花缘 下

（清）李汝珍 ◎ 著

全本无删减 | 名师批注 | 无障碍阅读 | 有声伴读 | 原创手绘

北方妇女儿童出版社

目录

Contents

镜花缘

第五十一回 走穷途孝女绝粮 得生路仙姑献稻

名师导读

李汝珍用儒家的“己所不欲，勿施于人”的忠恕之道来大肆抨击纳妾问题，虽然我们不能说李汝珍具有先进的民主眼光，但至少在本回中显露出其男女平等思想的萌芽。

话说大盗连连叩头道：“只求夫人消了气恼，不记前仇，听凭再打多少，我也情愿。”妇人向喽啰道：“他既自己情愿，你们代我著实重打，若再虚应故事，定要狗命！”四个喽啰听了，那敢怠慢，登时上来两个，把大盗紧紧按住；那两个举起大板，打的皮开肉破，喊叫连声。打到二十，喽啰把手住了。妇人道：“这个强盗无情无义，如何就可轻放？给我再打二十！”大盗恸哭道：“求夫人饶恕，愚夫吃不起了！”妇人道：“既如此，为何一心只想讨妾？假如我要讨个男妾，日日把你冷淡，你可欢喜？你们作男子的，在贫贱时原也讲些伦常之道；一经转到富贵场中，就生出许多炎凉样子，把本来面目都忘了，不独疏亲慢友，种种骄傲，并将糟糠之情，也置度外，这真是强盗行为，已该碎尸万段！你还只想置妾，哪里有个忠恕之道！我不打你别的，我只打你‘只知有己，不知有人’。把你打的骄傲全无，心里冒出一个‘忠恕’来，我才甘心！今日打过，嗣后我也不来管你。总而言之：你不讨妾则已，若要讨妾，必须替我先讨男妾，我才依哩。我这男妾，古人叫做‘面首’，面哩，取其貌美；首哩，取其发美。这个故典并非是我杜撰，自古就有了。”

动作描写

作者写大盗“连连叩头”大有深意。通过大盗的动作，展现男性对女性的道歉。

语言描写

李汝珍在这里称“纳妾”是强盗行为，这行为的礼法依据自然是强盗逻辑。男人要求妻子谨守贞操，自己却可以嫖娼纳妾，男女同样是人，何以施之双重标准？

大盗道：“这点小事，夫人何必讲究考据。况此中狠有风味，就是杜撰，亦有何妨。夫人要讨男妾，要置面首，无不遵命。就只这股骄傲，乃是我们绿林向来习气，久已立誓不能改的，还求见谅。”妇人道：“骄傲固是强盗习气，何妨把这恶习改了？”大盗道：“我们做强盗的，全要仗著骄傲欺人，若把这个习气改了，还算甚么强盗！这是至死不能改的。”妇人道：“我就把你打死，看你可改！”分付喽啰：“著实再打！”一连打了八十，大盗睡在地下，昏晕数次，口中只有呼吸之气，喘息多时，才苏醒过来。只见强打精神，垂泪说道：“求夫人快备后事，愚夫今要永别了。我死后别无遗言，惟嘱后世子孙，千万莫把绿林习气改了，那才算得孝子贤孙哩。”说罢，复又昏晕过去。

妇人见大盗命已垂危，不能再打，只得命人抬上床去，不觉后悔道：“我只为多打几板，自然把旧性改了，那知他至死不变。据此看来，原来世间强盗这股骄傲习气，竟是牢不可破。早知如此，我又何必同这禽兽较量？”因分付喽啰道：“这三个女子才来未久，大约船只还在山下，即速将他们带去，交他父母领回；那个黑女在此无用，也命他们一同领去。连日所劫衣箱，也都发还，省得他日后睹物又生别的邪念。急速去罢！倘有错误，取头见我！”喽啰诺诺连声，即将四人引至山下。恰好多、林二人正在探望，一见甚喜。随后衣箱也都发来。众喽啰暗暗藏过一只，大声说道：“今日大王因你四个女子反吃大苦，少刻必来报仇。你们回去，快快开船。若再迟延，性命难保！”多、林二人连连答应，把衣箱匆匆搬上，一齐上了三板，竟向大船而来。

林之洋问知详细，口中惟有念佛。多九公看那黑女，甚觉眼熟，因问道：“请问女子尊姓？为何到此？”黑女垂泪道：“婢子姓黎，乳名红红，黑齿国人氏。父亲曾任少尉之职，久已去世。昨同叔父海外贩货，不幸在此遇盗。叔父与他争斗，寡不敌众，被他害了，把婢子掳上山去。今幸放归。但孑然一身，举目无亲，尚求格外垂怜！”多九公听了，这才晓得就是前年谈文的黑女。到了大船，搬了衣箱，随即开船。红红与众人见礼。吕氏问知详细，不免叹息劝慰一番。闺臣从舱内取出一把纸扇道：“去岁我从父亲衣囊内见了此扇，因书法甚佳，带在身边，上面落的名款也是‘红红’二字，不知何故？”多九公把当日谈文之话说了，众人这才

知识延伸

面首：原指美貌男子面白发黑，后引申为指男妓，男宠。语出《宋书·前废帝纪》：“山阴公主淫恣过度，谓帝曰：‘妾与陛下，虽男女有殊，俱讬体先帝。陛下六宫万数，而妾唯驸马一人。事不均平，一何至此！’帝乃为主置面首左右三十人。”

词苑撷英

垂危：1.病重将死。2.（国家、民族）临近危亡。

明白。

闺臣道："我们萍水相逢，莫非有缘！姐姐如此高才，妹子此番回去，要去观光，一切正好叨教。惟恐初次见面，各存客气，妹子意欲高攀，结为异姓姊妹，不知姐姐可肯俯就？"红红道："婢子今在难中，况家世寒薄，得蒙不弃，另眼相看，已属非分；何敢冒昧仰攀，有玷高贵！"林之洋道："甚的攀不攀的！俺甥女的父亲也做过探花，黎小姐的父亲也做过少尉，算来都是千金小姐。不如依俺甥女，大家拜了姊妹，倒好相称。"若花、婉如听了，也要结拜。于是序了年齿：红红居长，若花层次，闺臣第三，婉如第四，各自行礼；并与吕氏、多、林二人也都见礼。

只听众水手道："船上米粮，都被劫的颗粒无存，如今饿的头晕眼花，那有气力还去拿篙弄舵！"多九公道："林兄快把豆面取来，今日又要仗他度命了。"

林之洋道："前日俺在小蓬莱还同甥女闲谈，自从得了引方，用过一次，后来总未用过。那知昨日还是满舱白米，今日倒要用他充饥。幸亏女大王将衣箱送还；若不送还，只怕还有甚么'在陈之厄'哩！"随即取了钥匙前去开箱。谁知别的衣箱都安然无恙，就是红红两只衣箱也好好在舱，就只豆面这只箱子不知去向。

多九公道："此必喽啰趁著忙乱之际，只当里面盛著值钱之物，隐藏过了。"林之洋这一吓非同小可，忙在各处寻找，那有踪影。只得来到外面同众人商议。又不敢回去买米，若要前进，又离淑士国甚远。商议多时，众水手情愿受饿，都不敢再向两面国去，只好前进。惟愿遇著客船，就好加价购买。一连断餐两日，并未遇著一船。正在惊慌，偏又转了迎面大风，真是雪上加霜。只得收口，把船停泊。众水手个个饿的两眼发黑，满船惟闻叹息之声。

闺臣同若花、红红、婉如饿的无可奈何，只得推窗闲望。忽见岸上走过一个道姑，手中提著一个花篮，满面焦黄，前来化缘。众水手道："船上已两日不见米的金面，我们还想上去化缘，你倒先来了。"那道姑听了，口中唱出几句歌儿。唱的是：

我是蓬莱百谷仙，与卿相聚不知年；
因怜谪贬来沧海，愿献"清肠"续旧缘。

以诗言志

更甚者，文末叙述余承志（即徐承志）、骆承志等人起兵反对武则天的统治，在突击武氏兄弟把守的酒色财气四关遇到困难时，百果仙子、红孩儿、金童儿等亦来相助，无一不是宿缘的体现。同时，小说塑造的唐闺臣比其他女子似乎更有宿缘，这在第四十八回体现得最为明显。

闺臣听了，忽然想起去年在东口山遇见那个道姑，口里唱的倒像也是这个歌儿，不知“清肠”又是何物，何不问他一声。因携若花三人来至船头道：“仙姑请了，何不请上献茶，歇息谈谈，岂不是好？”道姑道：“小道要去观光，那有工夫闲谈，只求布施一斋足矣。”闺臣忖道：“他这‘观光’二字，岂非说著我么？”

因说道：“请问仙姑，你们出家人为何也会观光？”道姑道：“女菩萨，你要晓得一经观光之后，也就算功行圆满，一天大事都完了。”闺臣不觉点头道：“原来这样。请问仙姑从何至此？”道姑道：“我从聚首山回首洞而来。”闺臣听了，猛然想起“聚首还须回首忆”之句，心中动了一动道：“仙姑此时何往？”道姑道：“我到飞升岛极乐洞去。”闺臣忖道：“难道‘观光’‘回首’之后，就有此等好处么？我再追进一句，看他怎说。”因问道：“请教仙姑，这‘极乐洞’虽在‘飞升岛’，若以地里而论，却在何地？”道姑道：“无非总在心地。”闺臣连连点头道：“原来如此，承仙姑指教了。但仙姑化斋，理应奉敬，奈船上已绝粮数日，尚求海涵！”

道姑道：“小道化缘，只论有缘无缘，却与别人不同。若逢无缘，即使彼处米谷如山，我也不化；如遇有缘，设或缺了米谷，我这篮内之稻，也可随缘乐助。”

语言描写

阴若花、红红和婉如对道姑的质疑，衬托出道姑花篮的神奇——“大可收尽天下百谷。”读者也恍然大悟，认为百谷仙子来了。

若花笑道：“你这小小花篮，所盛之稻，可想而知。我们船上有三十余人，你那篮内何能布施许多？”道姑道：“我这花篮，据女菩萨看去虽觉甚微，但能大能小，与众不同。”红红道：“请问仙姑，大可盛得若干？”道姑道：“大可收尽天下百谷。”婉如道：“请教小呢？”道姑道：“小亦敷衍你们船上三月之粮。”

闺臣道：“仙姑花篮即有如此之妙，不知合船人可与仙姑有缘？”道姑道：“船上共有三十余人，安能个个有缘。”闺臣道：“我们四人可与仙姑有缘？”道姑道：“今日相逢，岂是无缘；不但有缘，而且都有宿缘；因有宿缘，所以来结良缘；因结良缘，不免又续旧缘；因续旧缘，以致普结众缘，结了众缘，然后才了尘缘。”说罢，将花篮掷上船头道：“可惜此稻所存无多，每人只能结得半半之缘。”婉如把稻取出，命水手将花篮送交道姑。道姑接了花篮，向闺臣道："女菩萨千万保重！我们后会有期，暂且失陪。"说罢，去了。

婉如道："三位姐姐请看，道姑给的这个大米，竟有一尺长，无如只得八个。"

三人看了，正在诧异，适值多九公走来道："此物从何而来？"闺臣告知详细。

多九公道："此是'清肠稻'。当日老夫曾在海外吃过一个，足足一年不饥。现在我们船上共计三十二人，今将此稻每个分作四段，恰恰可够一顿，大约可以数十日不饥了。"若花道："怪不得那道姑说'只能结得半半之缘'，原来按人分派，每人只能吃得四分之一，恰恰一半之半了。"多、林二人即将清肠稻拿到后面，每个切作四段，分在几锅煮了。大家吃了一顿，个个精神陡长，都念道姑救命之德。

次日开船。闺臣偶然问起红红当日赴试，可曾得中之话。红红不觉叹道："若论愚姐学问，在本国虽不能列上等，也还不出中等；只因那些下等的都得前列，所以愚姐只好没分了。"若花道："这是何意？难道考官不识真才么？"红红道："如果不识真才，所谓'无心之过'，倒也无甚要紧；无如总是关节夤缘，非为故旧，即因钱财，所取真才，不及一半。因此灰心，才同叔父来到海外，意欲借此消遣，不想倒受这番磨难。贤妹前日曾有观光之话，莫非天朝向来本有女科么？"

闺臣道："天朝虽无女科，近来却有一个旷典。"于是就把太后颁诏各话，告诉一遍。红红道："有此胜事，却是闺阁难逢际遇。但天朝考官向来可有夤缘之弊？"

闺臣道："我们天朝乃万邦之首，所有考官，莫不清操廉洁。况国家不惜帑费，立此大典，原为拔取真才、为国求贤而设，若夤缘一个，即不免屈一真才，若果如此，后世子孙，岂能兴旺？所以历来从无夤缘之事。姐姐如此抱负，何不同去一试，我们既已结拜，将来自然同其甘苦。设或都能中试，岂非一段奇遇？"红红道："愚姐久已心灰，何必又做'冯妇'。'败兵之将，不敢言勇。'虽承贤妹美意，何敢生此妄想。倘蒙携带，倒可同至天朝瞻仰瞻仰圣朝人物之盛；至于考试，竟可不必了。"

未知如何，下回分解。

引用手法

这是很少见的新奇之笔。《镜花缘》似乎特别看重缘，这值得玩味。缘虽是个亦真亦幻的概念，但从哲学角度看，它含有必然性，是世界万物的决定因素，具有本体意义。

词苑撷英

消遣：指做一些自己感兴趣，无关紧要的事来打发时间。

名师点拨

黑齿国的红红是一名不折不扣的才女，唐敖早已领略过其风采。但即便有才，即便是生在一个重视读书的国家，红红也未能科举得中，究其根源乃在科场腐败，“关节夤缘，非为故旧，即因钱财，所取真才，不及一半”。科举中试不以才学而论，仅凭金钱和人情，导致大批人才被埋没，这何尝不是现实社会的缩影！

阅读积累

夤　缘

夤缘是指攀附上升。借指势利小人攀附权贵以求高升。唐元稹指责令狐楚有夤缘求进事。典出《旧唐书·令狐楚传》：“（令狐）楚再贬衡州刺史。时元稹初得幸，为学士，素恶楚与鏄胺固希宠，稹草楚衡州制，略云：‘楚早以文艺，得践班资，宪宗念才，擢居禁近。异端斯害，独见不明，密隳讨伐之谋，潜附奸邪之党。夤缘得地，进取多门，遂忝台阶，实妨贤路。’”

第五十二回　谈春秋胸罗锦绣　讲礼制口吐珠玑

名师导读

有人评价《镜花缘》是“论学说艺，数典谈经”的讲坛，在小说的某些章回确实如此。本回的几位才女尽情讨论《春秋》与《三礼》，虽然从作者的角度而言，是充分展示才女的学问，但长篇累版地卖弄才学，却令读者感到味同嚼蜡，失去了文学色彩，作为小说而言，可读性不强。

话说红红道：“如蒙贤妹携带，倒可借此瞻仰天朝人物之盛。至于考试，久已心灰，岂可再萌妄想。”若花道：“此事到了天朝，慢慢再议，看来也由不得姐姐不去。前日闻得亭亭姐姐一同赴试，不知可曾得中？”红红道：“他一家如洗，其父不过是个诸生，业已去世；既无钱财，又无势利，因此也在孙山之外。但他落第后，雄心不减，时刻痴心妄想，向日曾对我说：如果外邦开有女科，那怕千山万水，他也要去碰碰，若不中个才女，至死不服。如今天朝虽开女科，无如远隔重洋，何能前去？看来只好望洋而叹了。”闺臣道：“他家还有何人？近来可曾远出？”红红道：“他无弟兄，只有缁氏寡母在堂，现在课读几个女童，以舌耕度日，并未远出。”闺臣道：“他既有志赴试，将来路过黑齿，我们何不约他同行，岂不是件美事？”红红道：“贤妹约他固妙，但他恃著自己学问，目空一切，每每把人不放眼内。贤妹若去约他，他不晓得你学问深浅，惟恐玷辱，必不同往。据我愚见必须先去谈谈学问，使他心中敬服，然后再讲约他之话，自然一说就肯了。”闺臣道：“闻得亭亭姐姐学问渊博，妹子何敢班门弄斧，同他乱谈？倘被考倒，岂非自讨苦么？”若花道：“阿妹为何只长他人志气却灭自己威风？我倒是个‘初生犊儿不怕虎’。将

语言描写

借若花、红红、闺臣的言论，讲述女科的开设，使天下才女纷然响应，不仅外邦女子仰慕天朝盛事，不远万里前来赴试，就连与武周本是势不两立的唐室旧臣内眷也都忙于习学，希望考中女科得到武后亲赐的“文学淑女”匾额。

来到彼，我就同你前去，难道我们两个还敌不住他一个么？”闺臣道：“姐姐有如此豪兴，妹子只得勉力奉陪。但必须告知舅舅，才可约他。”就把此话告诉林之洋。林之洋道：“俺闻你父亲常说‘君子成人之美’。甥女既要成全他的功名，这等美事，你们做了，自有好处，何消同俺商量。那个黑女，当日九公同他谈文，曾吃他大亏，将来你同寄女到彼，俺倒著实耽心哩。”若花道：“他又不曾生出三头六臂，无非也是一个肉人，怕他怎的！”林之洋道：“他那伶牙俐齿，若谈起文来，比那三头六臂还觉利害，九公至今说起还是头疼，你说他是肉人，只怕还是一张铁嘴哩。若遇顺风，不过早晚就到。据俺主意，你们快把典故多记几个，省得临期被他难住，莫像九公倒像吃了麻黄只管出汗，那就被他看轻了。当日他们因谈反切，曾有‘问道于盲’的话；俺自从在歧舌国学会音韵，一心只想同人谈谈，偏不遇见知音。将来到彼，他如谈起此道，务必把俺举荐举荐。这两日大家吃了清肠稻，都不觉饿，索性到了黑齿再去买米，耽搁半日，趁著闲空，你们也好慢慢同他谈文。”

大家一路说著闲话，不知不觉，这日清晨到黑齿。把船收口。林之洋托多九公带了水手前去买米。闺臣意欲红红同去。红红道：“他的住处，林叔叔尽知，无须我去。我若同去约他，他纵勉强同来，究竟难免被他轻视。贤妹到彼，就以送还扇子为名，同他谈谈。他如同来则已，设或别有推脱，愚姐再去把这美意说了，才不被他看轻哩。”闺臣点头，带著扇子同了若花央林之洋领进城内。来到大街，闺臣同若花由左边街上走去，林之洋从右边走去。不多时，进了小巷，来到亭亭门首，只见上写“女学塾”三个大字。把门敲了两下，有个紫衣女子把门开了。林之洋一看，认得是前年谈文黑女。闺臣从袖内取出扇子道：“姐姐请了，前岁敝处有位多老翁曾在尊斋带了一把扇子回去，今托我们带来奉还，不知可是尊处之物？”亭亭接过看了道：“此扇正是先父之物。二位姐姐若不嫌茅舍洼曲，何不请进就茶？”闺臣同若花一齐说道：“正要登堂奉拜。”于是一同进内，林之洋就在旁边小房坐下。亭亭把二人让进书馆，行礼序坐；有两个垂髫女童也上来行礼。彼此问了名姓。闺臣道：“妹子素日久仰姐姐人才，去岁路过贵邦，就要登堂求教；愧知识短浅，诚恐贻笑大方，所以不敢冒昧进

知识延伸

三头六臂：原为佛经上指佛的法相。后比喻本领出众，神通广大。宋·释道原《景德传灯录·善昭禅师》：“三头六臂擎天地。”元·无名氏《马陵道》四：“总便有三头六臂天生别，到其间那里好藏遮。”

语言描写

从这段话中，可以看出红红是十分了解亭亭的，对亭亭的心理尤为清楚，抓住这一点，事情的成功率就高了。

咬文嚼字

海灌人称环境差为“洼曲”，颇能点出谦称“寒舍”的意味，若用“寒舍”则显得普通。“洼曲”还被海灌人引申为心里不舒服、受窝囊气。

谒。今得幸遇，真是名下无虚。”亭亭道：“妹子浪得虚名，何足挂齿！前岁多老翁到此，曾有一位唐大贤同来，可是姐姐一家？”闺臣道：“那是家父。”亭亭听了，不觉立起，又向闺臣拜一拜道：“原来唐大贤就是令尊。姐姐素本家学，自然也是名重一时了。前岁虽承令尊种种指教，第恨匆匆而去，妹子尚有未及请教之处，至今犹觉耿耿。可惜当今之世，除了令尊大贤，再无他人可谈了。”

闺臣道：“姐姐有何见教，何不道其大概呢？”亭亭道：“妹子因《春秋》一事，闻得前人议论，都说孔子每于日月、名称、爵号之类，暗寓褒贬，不知此话可确？意欲请教令尊，不意匆促而别，竟未一谈，这是妹子无福。”闺臣刚要开言，若花接著说道：“《春秋》褒贬之义。前人议论纷纭。据妹子细绎经旨，以管窥之见。择其要者而论，其义似乎有三，第一，明分义；其次，正名实；第三，著几微。其他书法不一而足，大约莫此为要了。”亭亭道：“请教姐姐：何谓明分义？”若花道：“如《春秋》书月而曰‘王正月’，所以书‘王’者，明正朔之所自出，即所以序君臣之义。至于书‘陈黄’‘卫縶’者，所以明兄弟之情；书‘晋申生’‘许止’者，所以明父子之恩。他如‘曹羁’‘郑忽’之书，盖明长幼之序；‘成风’‘仲子’之书，盖明嫡庶之别。诸如此类，岂非明分义么？”亭亭道：“请教正名实呢？”若花道：“如《传》称隐为‘摄’，而圣人书之曰‘公’；《传》称许止不尝药，而圣人书之曰‘弑’；卓之立未逾年，而圣人正其名曰‘君’；夷皋之弑既归狱于赵穿，而圣人书之曰‘盾’。凡此之类，岂非正名实么？”亭亭道：“请教著几微呢？”

若花道：“如‘公自京师，遂会诸侯伐秦’，盖明因会伐而如京师；‘天王狩于河阳、壬申、公朝于王所’，盖明因狩而后朝；‘公子结媵妇，遂及齐侯、宋公盟’，盖著公子结之专；‘公会齐侯、郑伯于中邱，翚帅师会齐人、郑人伐宋’，盖著公子翚之擅。似此之类，岂非著几微么？孟子云：‘孔子作《春秋》而乱臣贼子惧。’是时王纲解纽，篡夺相寻，孔子不得其位以行其权，于是因《鲁史》而作《春秋》，大约总不外乎诛乱臣、讨贼子，尊王贱霸之意。春秋之世，王室衰微，诸侯强盛，夫子所以始抑诸侯以尊王室；及至诸侯衰而楚强，夫子又抑楚而扶诸侯。所以扶诸侯者，就是尊王之意。盖圣人

知识延伸

《春秋》：中国现存最早的编年体史书。春秋末期，孔子根据鲁国的历史材料并参考周王室及各诸侯国史官的记载编成。内容为周王室及各诸侯国的政治、军事活动如朝聘、会盟、战争等，以及一些自然现象如日食、地震、水灾、旱灾、虫灾等。记事极简短，每条最多不过40余字，最少仅一字，有“微言大义”之称。其编写原则和方法，后人称之为“春秋笔法”。《春秋》本为史书，自西汉以来，被儒家奉为经典，列为“五经”之一，故又有《春秋经》之称。

能与世推移，世变无穷，圣人之教其变亦无穷，其随时救世之心如此。或谓《春秋》一书，每于日月、名称、爵号，暗寓褒贬，妹子固不敢定其是否。但谓称人为贬，而人未必皆贬，微者亦称人；称爵为褒，而爵未必纯褒，讥者亦称爵。失地之君称名，而卫侯奔楚则不称名；未逾年之君称子，而郑伯伐许则不称子。诸如此类，不能枚举。要知《春秋》乃圣人因《鲁史》修成的，若以日月为褒贬，假如某事当书月，那《鲁史》但书其时，某事当书日，《鲁史》但书其月，圣人安能奔走列国访其日与月呢？若谓以名号为褒贬，假令某人在所褒，那旧史但著其名；某人在所贬，旧史但著其号，圣人又安能奔走四方访其名与号呢？《春秋》有达例，有特笔。即如旧史所载之日月则从其日月，名称则从其名称，以及盟则书盟，会则书会之类，皆本旧史，无所加损，此为达例；其或史之所无，圣人笔之以示义；史之所有，圣人削之以示戒者，此即特笔。如‘元年春正月’，此史之旧文；加‘王’者，是圣人之特笔。晋侯召王，事见先儒之传，而圣人书之曰‘狩于河阳’，所以存天下之防；甯殖出其君，名在诸侯之策，而圣人书之曰‘卫侯出奔’，所以示人君之戒；不但曰仲子，而曰‘惠公仲子’；不但曰成风，而曰‘僖公成风’；不曰陈黄，而曰‘陈侯之弟黄’；不曰卫縶，而曰‘卫侯之兄縶’；阳虎陪臣，书之曰‘盗’；吴楚僭号，书之曰‘子’；他如纠不书‘齐’，而小白书‘齐’；突不书‘郑’，而忽书‘郑’；立晋而书‘卫人’，立王子朝而书‘尹氏’；凡此之类，皆圣人特笔。故云：‘其事则齐桓、晋文，其文则史，其义则某窃取之矣。’学者观《春秋》，必知孰为达例，孰为特笔，自能得其大义。总之《春秋》一书，圣人光明正大。不过直节其事，善的恶的，莫不了然自见。至于救世之心，却是此书大旨。妹子妄论，不知是否？尚求指示。”

亭亭道：“姐姐所论，深得《春秋》之旨，妹子惟有拜服。还有一事，意欲请示，不知二位姐姐可肯赐教？”闺臣道：“姐姐请道其详。”亭亭道：“吾闻古《礼》自遭秦火，今所存的惟《周礼》《仪礼》《礼记》，世人呼作‘三礼’。若以古《礼》而论，莫古于此。但汉、晋至今，历朝以来，莫不各撰礼制。还是各创新礼？还是都本旧典？至三礼诸家注疏，其中究以何人为善？何不赐教一二呢？”若花听罢，暗暗

知识延伸

三礼：是古代汉民族礼乐文化的理论形态，对礼法、礼义作了最权威的记载和解释，对历代礼制的影响最为深远。1. 祭祀天，地，宗庙之礼。2. 仪礼，周礼，礼记。三礼者，《周礼》《仪礼》《礼记》是也。

吐舌道："怎么这个黑女忽然弄出这样大题目！三礼各家，业已足够一谈，他又加上历朝礼制，真是茫茫大海，令人从何讲起。只怕今日要出丑了。"

正在思忖，只见闺臣答道："妹子闻得《宋书》《傅隆传》云：'《礼》者三千之本，人伦之至道，故用之家国，君臣以之尊亲；用之婚冠，少长以之仁爱，夫妻以之义顺；用之乡人，友朋以之三益，宾主以之敬让。其《乐》之五声，《易》之八像，《诗》之《风》《雅》，《书》之《典》《诰》，《春秋》之劝惩，《孝经》之尊亲，莫不由此而后立。唐、虞之时，祭天之属为天礼，祭地之属为地礼，祭宗庙之属为人礼。故舜命伯夷典三礼，所以弥纶天地，经纬阴阳，纲纪万物，雕琢六情，莫不以此节之。'但《魏书》有云：'三皇不同礼。'又云：'时易则礼变。'故殷因于夏有所损益，商辛无道，雅章湮灭。周公救乱，宏制斯文，以吉礼敬鬼神，以凶礼哀邦国，以宾礼亲宾客，以军礼诛不虔，以嘉礼合姻好；谓之'五礼'。及周昭王南征之后，礼失乐微，上行下效，故败检失身之人，必先废其礼。如昭公讳孟子之姓，庄公结割臂之盟，是婚姻之礼废了，那淫僻之乱莫不从此而生；齐侯悦妇以慢客，曹伯观胁以亵宾，是宾客之礼废了，那傲慢之情莫不从此而至；文公逆祀于五庙，昭公不戚于母丧，是丧祭之礼废了，那骨肉之恩莫不从此而薄；天子下堂，河阳召君，是朝聘之礼废了，那侵陵之渐莫不从此而起。孔子欲除时弊，故定礼正乐，以挽风化。及至战国，继周、孔之学，讲究礼法的惟孟子一人。嗣后秦始皇并吞六国，收其仪礼，尽归咸阳；惟采其尊君抑臣之仪，参以己意，以为时用，余礼尽废。汉高祖初平秦乱，未遑朝制，群臣饮酒争功，或拔剑击柱，高祖患之，叔孙通于是撰朝仪，胡广因之辑旧礼。汉末天下大乱，旧章殄灭。迨至三国，魏有王粲、卫觊共创朝仪；吴有丁孚，拾遗汉事；蜀有孟光，草建众典。晋初，荀觊以魏代前事撰为晋礼。宋何承天、傅亮同撰朝仪。齐何佟之、王俭，共定新礼。至梁武帝乃命群儒裁成大典，以复周公五礼之旧。陈武帝即位，礼制虽本前梁，仍命江德藻、沈洙等随时酌斟弃取，以便时宜。迨至前隋，高祖命辛彦之、牛宏等采梁旧仪，以为五礼。自西汉之初以至于今，历代损益不同，莫不参之旧典，并非古礼不存，不过取其应

语言描写

唐闺臣侃侃而谈，对《礼》《乐》《易》《诗》《书》《春秋》《孝经》等儒家经典追本溯源，表现出自己博学多才的形象。

夹叙夹议

作者借人物口吻，讨论遵礼与礼制变革的原则，言之甚详。作者师事礼学大师凌廷堪，在他的熏陶下，研究音韵学、《礼经》，尊经重礼，能有此番言论是很自然的事。作者借讨论《春秋》褒贬之义，抨击武则天篡位的不忠不义。

知识延伸

秘书监：官名，掌图书秘记等。东汉桓帝时置，南北朝时南朝的宋、齐沿其制。南朝梁、北朝北齐，隋、唐、宋皆置秘书省，其长官称监，掌判省事。

时之变。所以《宋书·礼志》有云：‘任己而不师古，秦氏以之致亡；师古而不适用，王莽所以身灭。’至注《礼》各家，汉有南郡太守马融、安南太守刘熙、大司农郑元、左中郎将蔡邕、侍中阮谌，魏有秘书监孙炎、卫将军王肃、太尉蒋济、侍中郑小同，蜀有丞相蒋琬，吴有齐王傅射慈，晋有太尉庚亮、太保卫瓘、侍中刘逵、司空贺循、给事中袁准、益寿令吴商、散骑常侍干宝、庐陵太守孔伦、征南将军杜预、散骑常侍葛洪、太常博士环济、谘议参军曹耽、散骑常侍虞喜、司空中郎卢谌、安北将军范汪、司空长史陈邵、开府仪同三司蔡谟，宋有光禄大夫傅隆、太尉参军任预、中散大夫徐爰、抚军司马费沉、中散大夫徐广、大中大夫裴松之、员外常侍庚蔚之、豫章郡丞雷肃之、谘议参军蔡超宗、御史中丞何承天，齐有太尉王俭、光禄大夫王逸、步兵校尉刘瓛、给事中楼幼瑜、散骑郎司马瓛、御史中丞荀万秋、东平太守田憎绍、征士沈麟士，梁有护军将军周舍、五经博士贺玚、散骑侍郎皇侃、通直郎裴子野、尚书左丞何佟之，陈有国子祭酒谢峤、尚书左丞沈洙、散骑常侍沈文阿、戎昭将军沈不害、散骑侍郎王元规，北魏有内典校书刘献之，北齐有国子博士李铉，北周有露门博士熊安生，隋有散骑常侍房晖远、礼部尚书辛彦之。他们所注之书，或所见不同，各有来取；或师资相传，共枝别干。内中也有注意典制，不讲义理的；也有注意义理，不讲典制的。据妹子看来，典制本从义理而生，义理也从典制而见，原是互相表里。他们各执一说，未免所见皆偏。近来盛行之书，只得三家。其一，大司农郑康成；其二，露门博士熊安生；其三，散骑侍郎皇侃。但熊氏每每违背本经，多引外义，犹往南而北行，马虽疾而越去越远；皇氏虽章句详正，惟稍涉冗繁，又既道郑氏，而又时乖郑义，此是水落不归本，狐死不首邱；这是二家之弊。惟郑注包举宏富，考证精详，数百年来，议《礼》者钻研不尽，自古注《礼》善本，大约莫此为最。妹子冒昧妄谈，尚求指教。”

亭亭听了，不觉连连点头道：“如此议论，才见读书人自有卓见，真是家学渊源，妹子甘拜下风。”亲自倒了两杯茶，奉了上来。

二人茶罢，闺臣暗暗忖道："他的学问，若以随常经书难他，恐不中用。好在他远居外邦，我们天朝历朝史鉴，或者未必留神；即使略略晓得，其中年岁亦甚纷杂。何不就将史鉴考他一考？"

未知如何，下回分解。

名师点拨

《镜花缘》中关于经学方面的叙述，主要集中在第十八回和第五十二回，作者于两回的内容中展示了清中叶经学中汉学的风貌和主张，书中反映出考据学在社会思想文化中的重大影响———乃至影响到小说的创作。反过来，也表现出小说创作对考据学的吸收。书中不仅反映了作者的汉学思想，同时又反映出作者在汉学盛行中的求变的新思想。

阅读积累

祭 酒

祭酒是官名。古时飨宴酹酒祭神必由尊者或老者一人举酒祭地，遂谓位尊者或年长者为祭酒。战国时齐国荀卿在稷下学宫以学士之长三次担任过祭酒。《史记·荀卿列传》记其事说："齐襄王时，而荀卿最为老师。齐尚脩列大夫之缺，而荀卿三为祭酒矣。"汉平帝时置六经祭酒，始正式成为官名。后置博士祭酒，为五经博士之首，晋初改为国子祭酒。隋唐以后国子学为国子监所属诸学之一，遂称国子监的长官为国子监祭酒，至清末废。

第五十三回 论前朝数语分南北 书旧史挥毫贯古今

名师导读

作者的诙谐之笔意在揶揄讽刺那些老态龙钟却依然热衷科考的老童生、老秀才。于是，才有了这个啼笑皆非的老妇人形象。但是，缁氏并非是作者一味批判的对象，在她身上体现出浓郁的喜剧色彩，她执意要参加科考，主要是为证明自己的才学。

知识延伸

史鉴：《史记》与《资治通鉴》为我国史书代表著作，故用二者为我国史籍的代称。

话说唐闺臣知亭亭学问非凡，若谈经书，未免徒费唇舌，因他远屡外邦，或于天朝史鉴未必留神，意欲以此同他谈谈，看他怎样，因说道："请教姐姐，贵邦历朝史鉴，自然也与敝处相仿。可惜尊处简策流传不广，我们竟难一见。姐姐博览广读，敝乡历朝史书，该都看过；即如盘古至今，年岁多少，前人议论不一，想高明自有卓见了？"亭亭道："妹子记得天朝开辟之初，自盘古氏以及天皇、地皇、人皇至伏羲氏，其中年岁，前人虽有二百余万年之说，但无可考，《春秋元命包》言：'自开辟至春秋获麟之岁，凡二百二十六万六千年'，而张揖《广雅》以三皇、疏仡之类，分为十纪，共二百七十六万岁，与《元命包》所载参差至五十万年之多。妹子历稽各书，竟难定其是否。至年岁可考，惟伏羲以后，按孔安国《尚节序》，以伏羲、神农、轩辕为三皇，班固《汉志》，以少昊、颛顼、帝喾、帝尧、帝舜为五帝，三皇共计一千八百八十年，五帝共计三百八十四年。其后夏、商至今，皆历历可考了。"若花道："近日史书，都以天干、地支纪年，此例始于何时？至今共有若干年了？"亭亭道："史书以干支纪年，始于帝尧。自帝尧甲辰即位，至今武太后甲申即位，共三千四十一年；若以伏羲至今而论，共五千一百五十三年了。"

知识延伸

伏羲：我国古代传说中的人物。传说他教民结网，从事渔猎畜牧。也叫庖牺。

闺臣忖道："我们天朝南北朝，往往人都忽略，大约他也未必透彻，何不将此考他一考？"因说道："请教姐姐，敝处向有六朝、五代、南北朝，不知贵处作何区别？"亭亭道："妹子记得，当日吴孙权及东晋、宋、齐、梁、陈俱在金陵建都，人皆呼为六朝；宋、齐、梁、陈、隋为时无几，人或称为五代。至南北朝之分，始于刘宋，终于隋初。宋、齐、梁、陈在金陵建都，所以有南朝之称；元魏、高齐、宇文周在中原建都，所以有北朝之称。那时天下半归南朝，半归北朝，彼此各据一方，不相统属。以南朝始末而论，宋得晋朝天下，共传五主，被齐所篡；齐传七主，被梁所篡；梁传四主，被陈所篡；陈传五主，被隋所篡。南朝共计一百六十八年。以北朝始末而论，魏在东晋时，虽已称王，幅员尚狭，及至晋末宋初，魏才奄有中原，谓之大魏，传了一百四十九年，到了第十三代皇帝，因臣子高欢起兵作乱，魏君弃了本国，逃至关西大都督宇文泰处，就在关西为帝，人都叫作西魏；传了三帝，计二十二年，被宇文泰之子宇文觉篡位，改为周朝。那高欢逐了魏君，又立魏国宗室为帝，人都叫作东魏；在位十七年，被高欢之子高洋篡位，改为北齐。那时北朝分而为二，一为北齐，一为周朝，北齐传了五主，计二十八年，被周所灭；周传五主，前后共二十六年，被臣子大司马杨坚篡位，改国号为隋。随即灭了陈国，天下才得一统。此是南北朝大概情形。妹子道听途说，不知是否？尚求指示。"

若花道："刚才阿姐言夏、商至今历历可考，其年号、名姓也还记得大概么。"

闺臣忖道："怎么若花姐姐忽然问他这个，未免苦人所难了。"只听亭亭道："妹子虽略略记得，但一时口说，恐有讹错，意欲写出呈教，二位姐姐以为何如？"

若花点头道："如此更妙。"亭亭正在磨墨濡毫，忽见红红、婉如从外面走来。

大家见礼让坐。亭亭问了婉如姓氏，又向红红道："姐姐才到海外，为何忽又回来？"红红见问，触动叔叔被害之苦，不觉泪流满面，就把途中遇盗，后来同闺臣相聚的话，哽哽咽咽，告诉一遍。亭亭听了，甚为嗟叹。众人把红红解劝一番，这才止泪，亭亭铺下笺纸，手不停毫，草草写去。四人谈了多时，亭亭写完，大家略略看了一遍，莫不赞其记性之好。闺臣

语言描写

李汝珍的正统观，还不是很明确。他似乎是说，谁占据国都，谁的政权便是正统的，幅员大小也是正统的一个要素。篡位是否合法？隋篡陈，也篡周，天下得以一统，这样隋当然是正统的，这是他的理论逻辑。

道："这是若花姐姐故意弄这难题目，那知姐姐不假思索，竟把前朝年号以及事迹，一挥而就。若非一部全史了然于心，何能如此。妹子惟有拜倒辕门了。"亭亭道："妹子不过仗著小聪明，记得几个年号，算得甚么！姐姐何必如此过奖！"

红红道："姐姐：你可晓得他们三位来意么？"亭亭道："这事无头无脑，妹子何能得知。"红红就把途中结拜，今日来约赴试的话说了。

语言描写

亭亭拒绝的理由是故事情节发展的重要环节。一个鲜活的女性形象——亭亭的寡母就要出场了。

亭亭这才明白，因忖一忖道："虽承诸位姐姐美意，妹子上有寡母，年已六旬，何能抛撇远去？我向日虽有此志，原想邻邦开有女科，或者再为冯妇之举；今天朝远隔天涯，若去赴试，岂不违了圣人'远游'之戒么？"闺臣道："姐姐并无弟兄，何不请伯母同去，岂不更觉放心？"亭亭叹道："妹子也曾想到同去，庶可放心；奈天朝举目无亲，兼且寒家素本淡泊，当日祖父出仕，虽置薄田数亩，此时要卖，不足千金，何能敷衍长途盘费及天朝衣食之用？而且一经卖了，日后回来，又将何以为生？只好把这妄想歇了。"闺臣道："只要伯母肯去，其余都好商量。至长途路费，此时同去，乃妹子母舅之船，无须破费一文。若虑到彼衣食，寒家虽然不甚充足，尚有良田数顷，兼且闲房尽可居住。况姐姐只得二人，所用无几，到了敝处，一切用度，俱在妹子身上，姐姐只管放心！此地田产也不消变卖，就托亲戚照应，将来倘归故乡，省得又须置买，如此办理，庶可两无牵挂。"

语言描写

读者从唐闺臣的语言中可以看出，她真心实意地照顾这个初次见面的姐妹，不愧是百花仙子的转世。

亭亭道："萍水相逢，就蒙姐姐如此慷慨，何以克当！容当禀请母命，定了行止，再会登舟奉谢。"红红道："姐姐：你说你与闺臣妹妹萍水相近，难道妹子又非萍水相逢么？现在我虽系孑然一身，若论本族，尚有可投之人，此时近在咫尺，无如闺臣妹妹一片热肠，纯是真诚，令人情不可却，竟难舍之而去。今姐姐承他美意，据妹子愚见，且去禀知师母，如果可行，好在姐姐别无牵挂，即可一同起身。"

不由分说，携了亭亭进内，把这情节告知缁氏。

原来缁氏自幼饱读诗书，当日也曾赴过女试，学问虽佳，无奈轮他不上。后来生了亭亭，夫妻两个，加意课读，一心指望女儿中个才女，好替父母争气，谁知仍旧无用。丈夫因此而亡。缁氏每每提起，还是一腔闷气。今听此言，不觉技痒，如何不喜！当时来到外面，众人与缁氏行礼。缁氏向闺臣拜谢道："小女深蒙厚爱，日后倘得寸进，莫非小姐成全。但老身年虽望六，志切观光，诚恐限于年岁，格于成例，不获叨逢其盛，尚望小姐俯念苦衷，设法斡旋，倘与盛典，老身得遂一生未了之愿，自当生生世世，永感不忘。"闺臣道："伯母有此高兴，侄女敢不仰体。将来报名时，年岁虽可隐瞒，奈伯母鬓多白发，面有皱纹，何能遮掩？"缁氏道："他们男子，往往嘴上有须，还能冒藉入考，何况我又无须，岂不省了拔须许多痕迹？若愁白发，我有上好乌须药；至面上皱纹，多擦两盒引见胰，再用几匣玉容粉，也能遮掩，这都是赶考的旧套。并且那些老童生，每每拄了拐杖还去小考，我又不用拐杖，岂不更觉藏拙？若非贪图赴试，这样迢迢远路，老身又何必前去？倘无门路可想，就是小女此行也只好中止了。"闺臣听了，为难半晌道；"将来伯母如赴县考，或赴郡考，还可弄些手脚敷衍进去，至于部试、殿试，法令森严，侄女何敢冒昧应承！"缁氏道："老身闻得郡考中式，可得'文学淑女'匾额。倘能如此，老身心愿已足，那里还去部试。"闺臣只得含糊答应："俟到彼时，自当替伯母谋干此事。"

语言描写

她与唐敖一样，不获功名死不瞑目。

缁氏听了，这才应允同到岭南。亭亭命两个女童各自收拾回去，将房屋田产及一切什物都托亲戚照应。天已日暮，林之洋把行李雇人挑了，一齐上船。吕氏出来，彼此拜见。船上众人自从吃了清肠稻，腹中并不觉饿；闺臣姊妹只顾谈文，更把此事忘了，亭亭却足足饿了一日。幸亏多九公把米买来，当时收拾晚饭，给他母女吃了。闲话间，姊妹五个，复又结拜：序起年齿，仍是红红居长，亭亭居次，其余照旧。从此红红、亭亭同缁氏一舱居住，闺臣仍同若花、婉如作伴。一路顺风前进。转眼已交季夏。

这日，林之洋同闺臣众姊妹闲谈，偶然谈到考期。若花道："请问阿父，此去岭南，再走几日就可到了？"林之洋笑道："'再走几日'？这句说的倒也容易！寄女真是好大口气！"红红道："若据叔叔之旨，难道还须两三月才能到么？"

林之洋道："两三月也还不够。"婉如听了，不觉鼻中哼了一声道："若是两三月不够，自然还须一年半载了？"林之洋道："一年也过多，半载倒是不能少的。俺们从小蓬莱回来，才走两月，你们倒想到了？俺细细核算，若遇顺风，朝前走去，原不过两三月程途，奈前面有座门户山横在海中，随你会走，也须百日方能绕过，连走带绕，总得半年。这是顺风方能这样，若遇顶风那就多了。俺们来来往往，总是这样。难道去年出来绕那门户山，你们就忘了？"闺臣道："彼时甥女思亲之心甚切，并未留神，今日提起，却隐隐记得。既如此，必须明春方到，我们考试岂不误了？"林之洋道："俺闻恩诏准你们补考，明年四月殿试，你们春天赶到，怕他怎么！"亭亭道："侄女刚才细看条例，今年八月县考，十月郡考，明年三月就要部试。若补县考、郡考，必须赶在部试之前；若过部试，何能有济？据叔叔所说，岂非全无指望么？"林之洋道："原来考试有这些花样，俺怎得知。如今只好无日无夜朝前赶去，倘改考期，那就好了！"闺臣听了，闷闷不乐，每日在船惟有唉声叹气。

吕氏恐甥女焦愁成病，埋怨丈夫不该说出实情。这日，夫妻两个前来再三安慰。吕氏道："此去虽然遥远，安知不遇极大顺风，一日可行数日路程。甥女莫要焦心，你如此孝心，上天自然保护，岂有寻亲之人，菩萨反不教你考试？"闺臣道："甥女去岁起身时，原将考试置之度外，若图考试，岂肯远出？但前日费尽唇舌，才把红红、亭亭两位姐姐劝来，他们千山万水，不辞劳顿，原为的考试，那知忽然遇此扫兴之事。甥女一经想起，就觉发闷。"林之洋道："海面路程，哪有定准，若遇大顺风，一日三千也走，五千也走。俺听你父亲说过：数年前有个才子，名叫王勃，因去省亲，由水路扬帆，道出钟陵，忽然得了一阵神风，一日一夜也不知走出若干路程；赶到彼处，适值重阳，都督大宴滕王阁，王勃做了一篇《滕王阁序》，登时海外轰传，谁人不知，安知俺们就不遇著神风？

知识延伸

重阳：节日名。古以九为阳数，日月都逢九，故农历九月初九日叫"重阳"，又叫"重九"。曹丕《九日与钟繇书》云："岁往月来，忽复九月九日。九为阳数，而日月并应，俗嘉其名，以为宜于长久，故以享宴高会。"可知重阳是个长寿的节日，故要"享宴高会"。

如果才女榜上有你姐妹之分，莫讲这点路程，就再加两倍也是不怕。”林之洋夫妻明知不能赶上考期，惟恐闺臣发愁，只好假意安慰。

这时顺风甚大，只听众水手道：“今日这风，只朝上刮，不朝下刮，却也少见。”林之洋走出问道：“为甚这样？”众水手道：“你看这船被风吹的就如驾云一般，比乌骓快马还急。虽然恁快，你再看水面却无波浪，岂非只朝上刮、不朝下刮么？这样神风，可惜前面这座门户山拦住去路，任他只朝上刮，至快也须明春方到岭南哩。”

又走几时，来到山脚下。林之洋闷坐无聊，走到舵楼。正在发闷，忽听多九公大笑道：“林兄来的恰好，老夫正要奉请，有话谈谈。请教：迎面是何山名？”

林之洋道：“俺当日初次飘洋，曾闻九公说，这大岭叫门户山，怎么今日倒来问俺？”多九公道：“老夫并非故意要问，只因目下有件奇事。当年老夫初到海外，路过此处，曾问老年人：‘此山既名“门户”，为何横在海中，并无门户可通，令人转弯磨角，绕至数月之久，方才得过？’那老年人道：‘当日大禹开山，曾将此山开出一条水路，舟楫可通，后来就将此山叫作门户山。谁知年深日久，山中这条道路，忽生淤沙，从中塞住，以致船只不通，虽有“门户”之名，竟无可通之路。此事相沿已久，不知何时淤断。’刚才我因船中几位小姐都要赶到岭南赴试，不觉寻思道：‘如今道路尚远，何能赶得上，除非此山把淤冲开，也像当年舟楫可通；从此抄近穿过岭去，不但他们都可考试，就是我凤翾、小春两个甥女也可附骥同去。’正在胡思乱想，忽闻涛声如雷，因向对面一看，那淤断处竟自有路可通！”林之洋也不等说完，喜的连忙立起，看那山当中，果然波涛滚滚，竟不像当日淤断光景。正在观看，船已进了山口，就加快马一般，蹿了进去。

未知如何，下回分解。

巧用反问

据《山海经》载，大荒中有几座山，《镜花缘》独取门户山，是因为其具有走出国门的象征意义。

名师点拨

唐闺臣是书中第一孝女，本回为了突出其孝心，还为“孝”蒙上了一层神话色彩，展现出天人感应的特殊力量。唐闺臣外出寻父，按正常时间计算，她无法赶上女试，但神灵开路，林之洋的海船得以直接穿过本来要花费大量时间绕行的门户山，终于赶上了报名。这是一个典型的孝能感天的事例，在古代小说中是永恒的主题，即“孝感”。

阅读积累

《滕王阁序》

《滕王阁序》是骈文篇名。唐王勃作。滕王阁在今江西新建县西章江门上，唐高祖之子滕王元婴都督洪州时修建。后阎氏为洪州牧，重加修整，大宴宾僚。王勃适省亲路过，得予其会，写下此文。文章描绘滕王阁和阁上所见壮丽景象，并即景抒发自己抱负和怀才不遇的愤懑心情。全文气势流畅，辞采华美，用典贴切，对仗工稳，是一篇声情并茂的佳作，其中“落霞与孤鹜齐飞，秋水共长天一色”两句尤为人们欣赏。

第五十四回　通智慧白猿窃书　显奇能红女传信

名师导读

李汝珍首先在泣红亭设置了一块玉碑，然后又牵出一白猿。白猿先后在四十回和四十三回出现过，在本回，众才女在准备赴考的各项事宜之时，白猿又冷不丁地出现了，这看似游走于情节之外，其实是作者有意安排的一条结构线索。它把唐敖出家、唐闺臣寻父的情节串联起来，此时，它又被赋予了特殊任务，那就是传递碑记，从这个意义上说，《镜花缘》之所以能流传于世，白猿必不可少，功不可没。

话说林之洋见船只蹿进山口，乐不可支，即至舱中把这话告知众人，莫不欢喜。次日出了山口。林之洋望著闺臣笑道："前日俺说王勃亏了神风，成就他做了一篇《滕王阁序》；那知如今甥女要去赶考，山神却替你开路，原来风神、山神都喜凑趣，将来甥女中了才女，俺要满满敬他一杯了。"众妹妹听了，个个发笑。闺臣道："此去道路尚远，能否赶上，也还未定。即或赶上，还恐甥女学问浅薄，未能入选。无论得中不得中，倘父亲竟不回家，将来还要舅舅带著甥女再走一遍哩。"林之洋道："俺在小蓬莱既已允你，倘你父亲竟不回来，做舅舅的怎好骗你？自然再走一遍。"吕氏道："据掩看来，你父亲业已成仙，就是不肯回来，你又何必千山万水去寻他。难道作神仙长年不老还不好么？"闺臣道："长年不老，如何不好！但父亲把我母亲兄弟抛撇在家，甥女心里既觉不安，兼之父亲孤身在外，无人侍奉，甥女却在家中养尊处优，一经想起，更是坐立不宁，因此务要寻著才了甥女心愿哩。"

一路行来，不知不觉到了七月下旬，船抵岭南。大家收拾行李，多九公别去，林之洋同众人回家。恰好林氏因女儿一年

引用手法

"风送滕王阁"是唐代传说。王勃到江西探望父亲，船到马当时，一阵风把船吹送到南昌，他适时地参加了帅府在滕王阁举行的宴会，写下有名的《滕王阁序》。参见《醒世恒言·马当神风送滕王阁》。

无信，甚不放心，带了小峰、兰音回到娘家，这日正同江氏盼望，忽闻女儿同哥嫂回来，大家见面，真是悲喜交集。闺臣上前行礼，不免滴了几行眼泪，将父亲之信递给林氏，又把怎样寻找各话说了。

林氏不见丈夫回来，虽然伤心，喜得见了丈夫亲笔家书，书中又有不久见面之后，也就略略放心。

当时闺臣引著母亲见了缁氏，并领红红、亭亭前来拜见，把来意告知。林氏道："难得二位侄女不弃，都肯与你携伴同来，若非有缘，何能如此。但既结拜，嗣后一同赴试，彼此都要相顾，总要始终和睦，莫因一言半语，就把素日情分冷淡，有始无终，那就不是了。"众人连连答应。闺臣见了兰音，再三拜谢。林氏道："我自从女儿起身，一时想起，不免牵挂，时常多病；幸亏寄女替我煎汤熬药，日夜服侍，就如你在跟前一样，渐渐把牵挂之心减了几分，身体也就渐渐好些。如今县里虽未定有考期，我们必须早些回去同你叔叔商议，及早报名，省得补考费事。"闺臣道："母亲此言甚是。"林之洋道："甥女如报名，可将若花、婉如携带携带，倘中个才女回来，俺也快活。怎样报名，怎样赴试，这些花样，俺都不谙，只好都托甥女了。"闺臣道："舅舅只管放心，此事都在甥女理料。但若花姐姐名姓、籍贯，可要更改？"林之洋道："改他作甚！若把女儿国本籍写明，俺更欢喜。"林氏道："这却为何？"林之洋道："若花寄女本是好好的候补藩王，因被那些恶妇奸臣谋害，他才弃了本国；俺要替他出气，因此要把他的本籍写明。"林氏道："写明本籍，何以就能替他出气？"林之洋道："写明本籍，将来倘在天朝中了才女，一时传到女儿国，也教那些恶人晓得他的本领。他们原想害他，那知他在天朝倒轰轰烈烈，名登金榜，管教那些畜类羞也羞死了。"

闺臣道："如此固妙。但恐一人，郡县不准，莫若红红、亭亭两位姐姐同兰音妹妹也用本籍，共有四人之多，谅郡县也不至批驳了。"婉如道："如果批驳，再去更换也不为迟。"林之洋道："俺们天朝开科，外邦都来赴试，还不好么？太后听了，还更喜哩。"当时多九公将甥女田凤翾、秦小春年貌开来，也托闺臣投递。

林氏带了儿女，别了哥嫂，同红红、缁氏母女坐了小船回家。唐小峰因见婉如所养白猿好顽，同婉如讨来，带回家内。史氏见侄女海外回来，问知详细，不胜之喜；并与缁氏诸人相见。

闺臣道："叔叔今日莫非学中会文么？"史氏道："你叔叔自从侄女起身后，本郡印太守有个女儿，名唤印巧文，意欲报名赴试，因学问浅薄，要请一位西宾。印太守向在学中打听你叔叔品学都好，请去课读。后来本处节度窦坡窦大人也将小姐窦耕烟拜从；本县祝忠得知，也将女儿祝题花跟著一同受业，并且本处还有几个乡宦女儿也来拜从看文。虽说女学生不消先生督率，但学生多了，今日这边走走，明日那边看看，竟无片刻之闲。今晨绝早出去，要下午方能回来。"闺臣道："他们既在此地做官，大约均非本处人了，此时各处正当县考，为何还不回籍赴试？"史氏道："他们都因离乡过远，若因县考赶回本籍，将来又须回来，未免种种不便，因此议定索性等冬初补考，一经郡考中式，即可就近去赴部试，倒是一举两便。并且他们因你叔叔今年五十大庆，都要过了九月祝寿后方肯回籍。”

闺臣道：“若果如此，我们倒可一聚了。”不多时，唐敏回来，见了侄女，看了家书，这才略觉放心。闺臣引著叔叔见了众人，告知来意。唐敏道：“我正愁侄女上京无人作伴，今得这些姊妹，我也放心。”

恰好这日良氏夫人带著廉亮、廉锦枫，骆红蕖也从海外来到唐家。林氏问起根由，良氏把前年唐敖拯救女儿，后来尹元替小峰作伐各话细细说了。林氏听了，无意中忽然得了一个如花似玉、文武全才的媳妇，欢喜非常。良氏把骆红蕖交代。因本族现有嫡派，意欲回到族中居住；无如唐闺臣与廉锦枫一见如故，彼此恋恋不舍，不肯分离。恰喜林氏早已买了邻舍一所房子，就同这边住宅开门通连一处，当时留下良氏母女，同缁氏母女都在新房居住。红红跟著缁氏，闺臣同红蕖，兰音住在楼上，小峰陪著廉亮在书房同居。分派已毕，大排筵宴，众姊妹陪缁氏、良氏坐了。闺臣道：“前在水仙村，闻伯母已于春天起身，为何此时才到？”良氏道：“一路顶风，业已难走，伯伯当中遇见一座甚么山，再也绕不过来。”廉锦枫道：“那山横在海中，名唤门户山，其实并无门户。我们因绕此山，足足耽搁半年，沿途风又不顺，若非近日得了顺风，只怕还得两月才能到哩。”林氏道：“表嫂既与尹家联姻，为何女婿并不同来？”良氏道：“尹家籍贯本是剑南，因红萸媳妇要去赴试，都回剑南去了。”

知识延伸

嫡派：1. 指家族相传的正支。2. 指学术、技艺等相传的正宗。

当时唐敏开了众人年貌，骆红蕖改为洛姓，连唐闺臣、枝兰音、林婉如、阴若花、黎红薇、卢紫萱、廉锦枫、田凤翾、秦小春，共计十人；因缁氏执意也要赴考，只好捏了一个假名：都在县里递了履历。

到晚，闺臣同兰音、红蕖都到良氏、缁氏并母亲房中道了安置。回到楼上，推窗乘凉，说起闲话。闺臣把位红亭碑记取出给兰音、红蕖看了，也是一字不识。

二人问知详细，不觉吐舌称异。忽见白猿走来，也将碑记拿著观看。兰音笑道：

“莫非白猿也识字么？”闺臣道：“这却不知。当日我在海外抄写，因白猿不时在旁观看，彼时我曾对他说过，将来如将碑记付一文人做为稗官野史，流传海内，算他一件大功。不知他可领略此意。”洛红蕖道：“怪不得他也拿著观看，原来如此。”因向白猿笑道：“你能建此大功么？”白猿听了，口中哼了一声，把头点了两点，手捧碑记，将身一纵，蹿出窗外去了。三人望著楼窗发愣。

情景描写

那白猿想让作《旧唐书》的刘昫和作《新唐书》的欧阳修、宋祁做成一部野史，遭到他们的推诿。

只听嗖的一声，忽从窗外蹿进一个红女，上穿红绸短衫，下穿红绸单裤，头上束著红绸渔婆巾，底下露著一双三寸红绣鞋，腰间系著一条大红丝绦，胸前斜插一口红鞘宝剑；生的满面绯红，十分美貌，年纪不过十四五岁。三人一见，吓的惊疑不止。闺臣道：“请问那个红女姓甚名谁？为何黉夜到此？”红女道：“咱姓颜。不知谁是小山姐姐？”闺臣道：“妹子姓唐，本名小山，今遵父命，改名闺臣。姐姐何以知我贱名？”女子听了，倒身下拜。闺臣连忙还礼。女子问了兰音、红蕖名姓，一同见礼归坐道：“咱妹子名紫绡，原籍关内。祖父在日，曾任本郡刺史，后因病故，父亲一贫如洗，无力回籍，就在本处舌耕度日。不意前岁父母相继去世；哥哥颜崖因赴武试，三载不归，家中现有祖母，年已八旬，前闻太后大开女科，咱虽有观光之意，奈祖母年高，不能同往。此间举目无亲，又无携伴之人。咱妹子也居百香衢，与府上相隔不过数家，素知姐姐才名；今闻寻亲回府，不揣冒昧，特来面求，倘蒙携带同往，俾能观光，如有寸进，永感不忘。”

知识延伸

刺史：官名。初置于武帝时。元封五年（公元前106年）武帝把全国分为十三个监察区域，叫十三州部。每州部设刺史一人，为监察性质，官阶低于郡守。

闺臣听了，忖道：“原来碑记所载剑侠，就是此人。”因说道：“妹子向闻父亲时常称颂本郡太守颜青天之德；那知忠良之后，却在咫尺。今得幸遇，甚慰下怀！姐姐既有观光美举，妹子得能附骥同行，诸事正要叨教，俟定行期，自当禀知叔父，到府奉请。但府上既离舍间数家之远，为何就能越垣至此？”颜紫绡道：“咱妹子幼年跟著父亲学会剑侠之术，莫讲相隔数家，就是相隔数里，也能顷刻而至。”

闺臣道：“刚才姐姐来时，途中可有所见？”颜紫绡道：“咱别无所见，惟见一仙猿捧著一部仙箓而去。”闺臣道：“姐姐何以知是仙箓？”颜紫绡道：“咱妹子望见那部书上，红光四射，霞彩冲霄，约略必是仙箓，因此不敢把他拦住。”

闺臣道："此书正是我妹子之物，不意被这白猿窃去。姐姐可能替取回么？"颜紫绡道："此书若被盗贼所窃，咱可效劳取回；这个白猿，上有灵光护顶，下有彩云护足，乃千年得道灵物，一转眼间，即行万里，咱妹子从何追赶？况白猿既已得道，岂肯妄自窃取，此去必定有因；或者此书不应姐姐所得，此时应当物归原处，所以他才窃去。但此书此猿，不知从何而来？"闺臣就把碑记及白猿来历，并去岁亏他取枕顽要才能亲至小蓬莱各话略略说了一遍。颜紫绡道："即如取枕露意，成全姐姐万里寻亲，得睹玉碑文物之盛，此猿作为，原非寻常可比，他已通灵性，若要窃取，必不肯冒然而去。向在姐姐跟前，可曾微露其意？"闺臣道："此猿虽未露意，妹子当日曾在他面前说过一句戏言。"就把前在船上同白猿所说之话备细告知。颜紫绡道："彼时姐姐所说，原出无心，那知此猿却甚有意。据咱看来，只怕竟要遵命建此奇功。此时携去，所投者无非儒生墨客，如非其人，他又岂肯妄投。姐姐只管放心，此去包管物得其主。"

闺臣道："倘能如此，仍有何言。此书究归何处，尚望姐姐留意。"颜紫绡道："好在此书红光上砌霄汉，若要探其落在何人之手，咱妹子自当存神。"

洛红蕖道："妹子闻得剑侠一经行动，宛如风云，来往甚速。姐姐可曾学得此技？"颜紫绡道："姐姐如有见委之处，若在数百里之内，咱可效劳。"红蕖道："刚才闺臣姐姐意欲寄信邀请林家婉如妹妹来此一同赴试，离此三十余里，姐姐可能一往？"颜紫绡道："其父莫非就是闺臣姐姐母舅么？前者咱因闺臣姐姐日久不归，曾到他家探听消息，今既有信，望付咱代劳一走。"闺臣随即写了信。颜紫绡接过，说声"失陪"，将身一纵，蹿出楼窗。

未知如何，下回分解。

知识延伸

得道：符合道义。《孟子·公孙丑下》："得道者多助，失道者寡助。"又道家指清静无为、顺应自然的最高境界。《庄子·让王》："古之得道者，穷亦乐，通亦乐。"《吕氏春秋·君守》："得道者必静，静者无知，知乃无知，可以言君道也。"又道教指由修炼而成仙或长生。

名师点拨

本回首次出现了侠女型人物——颜紫绡。唐代是一个游侠盛行的时代，小说因叙及唐朝女子，所以作者不可避免地要写到女侠。但是，比起唐代有名的红线、聂隐娘来，颜紫绡要逊色不少。她除了服饰与众不同及出场动静过大之外，似乎“侠”之风范不够突出。也许是作者急于表达概念，而无心深入刻画。

阅读积累

藩 王

藩镇之王，为皇帝宗室封王者的称号，一作蕃王。《汉书·哀帝纪》：“孝哀自为藩王，及充太子宫。”南朝陈专设藩王为一级，《称谓录·宗室古封爵名称·藩王》：“《陈书》：皇弟皇子府置长史等官，其嗣王、藩王则递减之。”《通典·职官·历代官制要略·封爵》：“陈有郡王、嗣王、藩王、……凡十二等。”

第五十五回 田氏女细谈妙剂 洛家娃默祷灵签

名师导读

作者津津乐道于他所精通的医学药理，尤其是“出痘”方面的学问，同时又巧妙地通过众才女因痘疹娘娘之故去白衣庵上香，引出了勤王将领及骆宾王的后人，以及另一位才女——宋良箴。

话说颜紫绡接了书信，将身一纵，霎时不见。枝兰音叹道：“世间竟有如此奇事！真是天朝人物，无所不有。将来上京赴试，路上有了此人，可以‘高枕无忧’了！”洛红蕖道：“碑上可载此人？”闺臣道：“妹子隐隐记得碑记有句‘幼谙剑侠之术，长通元妙之机’。不知可是此女。可惜碑记已失。早知如此，把各人事迹预记在心，或抄一个副本，岂不是好。此时只觉渺渺茫茫，记不清了。”

兰音道：“姐姐不过是句顽话，那知白猿果真将碑记携去。将来倘能物得其主，也不枉姐姐辛苦一场。”红蕖道：“我们看他不过是个猕猴，那知却是得道仙猿。那颜家姐姐黑暗中仓卒一遇，就能识得白猿，辨得碑记，可见他的眼力也就不凡。这句‘长通元妙之机’，只怕就是他哩。”三人又说些闲话。忽见颜紫绡从楼窗蹿进道：“姐姐之信，业已交明。今日已晚，容日再来请教，咱妹子去了。”将身一纵，仍从楼窗飞去。姊妹三人，惟有称奇叫绝。

情景描写

借三姊妹的对话，刻画白猿“长通元妙之机”。小说对白猿着墨不多，然而小说的流传全靠他的通灵。

次日绝早起来，一心盼望婉如诸人，等之许久，杳无踪迹。兰音道：“原来这个红女信未寄去，却来骗人！”不多时，天刚交午，只见林婉如、阴若花、田凤翾、秦小春姊妹四个，竟自携手而来。拜了林氏、史氏，见了闺臣、兰音、红红、亭亭，并与洛红蕖、廉锦枫见礼，各道渴慕之意；闺臣又引他们见了良氏、缁氏，同到内书房，姊妹十个，一同相聚，好不畅快。

洛红蕖提起昨晚托人寄信之话，若花听了，笑个不了。兰音道："姐姐为何发笑？"若花道："向来我与婉如阿妹一房同住。昨晚天交二鼓，闭了房门，收拾睡觉，婉如阿妹刚把鞋子脱了一只，忽然房门大开，蹿进一个人来。婉如阿妹一见，吓的连鞋也穿不及，赤著一脚，就朝床下钻去。幸亏我还不怕，问明来意，把信存下。那颜家阿姐去远，他才钻了出来。"众人听了，一齐大笑。婉如道："闺臣姐姐也太不晓事，那有三更半夜，却教人寄信！亏得妹子胆量还大，若是胆小的，只怕还要吓杀哩！"田凤翾道："姐姐虽未吓杀，那赤脚乱钻光景，也就吓的可观了。"锦枫道："闺臣姐姐托何人寄信，却将婉如姐姐吓的这样？"闺臣把昨晚情节说了，众人这才明白。洛红蕖道："昨天颜家姐姐蹿进楼窗，只觉一道红光，我也吃了一吓。及至细看，那知他衣履穿戴，无一不红，并且面上也是绯红，映著灯光，倒也好看。"秦小春道："这样红人，当日命名为何不起红字，却起紫字？今红红姐姐面紫，反以红字为名。据我愚见，这二位姐姐须将名字更换，方相称哩。"

田凤翾道："命名何必与貌相似。若果如此，难道亭亭姐姐面上必须有亭，若花姐姐面上必须出花么？"若花道："正是，我才细看红红、亭亭两位阿姐面上那股黑气，近来服了此地水土，竟渐渐退了。适听凤翾阿姐'出花'二字，我倒添了一件心事。"闺臣道："姐姐此话怎讲？"

若花道："愚姐向闻此处有个怪症，名叫'出花'，又名'出痘'。外国人一经到了天朝，每每都患此症。今红红、亭亭两位阿姐，因感此地水土，既将面色更改；久而久之，我们海外五人，岂能逃过出痘之患。所以忧虑。"红红、亭亭听了，也发愁道："姐姐所虑极是。这却怎好？只怕此命要送在此处了！"廉锦枫道："送命倒也干净。只怕出花之后，脸上留下许多花样，那才坑死人哩。"婉如笑道："留下花样，岂但坑死人，只怕日后配女婿还费事哩！"兰音道："怪不得婉如姐姐面上光光，竟同不毛之地，原来

却为易于配婚而设。难道赤脚乱钻，把脚放大了，倒容易配女婿么？”闺臣道：“你们只顾斗嘴顽笑，那知此事非同儿戏，若不早作准备，设或出痘，误了考期，那却怎好？向来九公见多识广，秘方最多，此事必须请教九公，或者他有妙药，也未可知。就请小春姐姐写一信去。”

田凤翾道：“何必写信。不瞒诸位姐姐说，我家向来就有稀痘奇方。即如妹子，自用此方，至今并未出痘，就是明验。”若花道：“原来府上就有奇方，如此更妙！不知所用何药？此方向来可曾刊刻流传？”田凤翾道：“此方何曾不刻。奈近来人心不古，都尚奢华，所传方子如系值钱贵重之药，世人看了，无论效与不效，莫不视如神明；倘所传方子并非值钱贵重之药，即使有效，他人看了，亦多忽略，置之不用。我家这方虽屡试屡验，无如并非贵品，所费不过数文，所以流传不广。此方得自异人，我家用了数代。凡小儿无论男女，三岁以内，用川练子九个；五岁以内，用十一个；十岁以内，用十五个。须择历书‘除日’，煎汤与小儿洗浴，洗过，略以汤内湿布揩之，听其自干。每年洗十次：或于五月、六月、七月，检十个除日煎洗更好；因彼时天暖，可免受凉之患。久久洗之，永不出痘；即出痘，亦不过数粒，随出随愈。如不相信，洗时可留一指不洗，出痘时其指必多。你们五位姐姐如用比方，或将川练子加倍，大约三十个也就够了。”众人听了，个个欢喜。兰音道：“一年只洗十次，是指小儿而言；我们年纪既大，恐十次药力不到。据我拙见：一年共有三十六个除日，莫若遇除就洗，谅无洗多之患。况妹子生成是个药材，幼年因患腹胀，何尝一日离药；今又接上煎洗，这才叫作‘里敷外表’哩。”

秦小春道：“妹子闻得世间小儿出花，皆痘疹娘娘掌管；男有痘儿哥哥，女有痘儿姐姐，全要仗他照应，方保平安。今你五位姐姐只知用药煎洗，若不叩祝痘疹娘娘，设或痘儿姐姐不来照应，将来弄出一脸花样，不独婉如姐姐那句择婿的话要紧，并且满脸高高下下，平时搽粉也觉许多不便；倘花样过深，还恐脂粉搽不到底，那才是个累哩。”红红道：“闺臣妹妹府上可供这位娘娘？”闺臣道：

“此是庙宇所供之神，家中那得有此。”若花道：“妇女上庙烧香，未免有违闺训，这却怎好？”闺臣道：“上庙烧香，固非妇女所宜，且喜痘疹娘娘每每都在尼庵。去岁妹子海

语言描写

精通医药的多九公是李汝珍在作品中用浓墨重彩刻画的主要人物，书中的很多方药和医学知识都是通过他来介绍的。

知识延伸

历书：依一定历法编制的记载年、月、日、星期、节气、纪念日等的专书。我国目前使用的历书，一般多采用公历和夏历（农历）对照的方法编排。

知识延伸

痘疹娘娘：古代汉、满等族民间信仰神祇。流行于全国各地。专司痘疹之神。旧时无法控制天花流行，出疹成为危及人的生命的严重威胁，故民间供奉痘疹娘娘以求保佑。有的则供奉在庙宇、庵堂。顺治年间，满人极端畏惧痘疹，宫中均设痘疹娘娘坛庙。

词苑撷英

一举两便：做一件事得到两方面的好处。

外寻亲，亦曾许过观音大士心愿，至今未了。莫若禀知母亲，明日我同五位姐姐央了婶婶一同前去，岂不一举两便。”红蕖道：“妹子意欲求签问问哥哥下落，明日如果要去，妹子也要奉陪。”闺臣当时禀过母亲，与婶婶说明。好在紧邻白衣庵就有痘疹娘娘。

到了次日，史氏带著唐闺臣、洛红蕖、阴若花、枝兰音、廉锦枫、黎红红、卢亭亭来到间壁尼庵，有个带发的老尼，名叫末空，将众人引至大殿，净手拈香，拜了观音。红蕖求了一签，问问哥哥下落，恰喜得了一枝“上上”吉签，这才略略放心。末空又引至痘疹娘娘殿内，一同参拜，焚化纸帛。闺臣道：“请问师傅，宝刹可供魁星？”末空道：“间壁喜神祠供有魁星。彼处也是尼僧。诸位小姐如要拈香，不过一墙之隔，小尼奉陪过去。”闺臣道：“彼处魁星可曾塑有女像？”

末空道：“这却从未见过。小姐如发慈心，另塑一尊，却也容易。诸位女菩萨适才拜佛，未免劳碌，且到里面献茶，歇息歇息，再到各处随喜。”史氏道：“师傅见教甚是。”

情景描写

生动表现出道婆内心的激动之情。

大家来至禅堂，一齐归坐。道婆献茶。末空一一请问姓氏。及至问到洛红蕖眼前，把眼揉了一揉，又望了一望，登时垂泪道：“小姐莫非宾王主人之后么？我家徒弟要访骆老爷下落，一连数载，杳无音信，那知天缘凑巧，今日竟得小姐到此！”洛红蕖见老尼之话不伦不类，惟恐被人识破行藏，忙遮饰道：“师傅休要认错！我虽姓洛，乃水旁之‘洛’，那知骆老爷下落。”末空道：“请问唐小姐，此地唐探花是你何人？”闺臣道：“是我家父。”末空道：“却又来！当日唐老爷未中探花之时，曾在长安与敬业大人、宾王大人结拜弟兄，我的丈夫曾经目睹。今二位小姐恰恰同至小庵，非宾王主人之后而何？小姐何必隐瞒，我岂为祸之人！况小徒就是骆公子之妻，今虽冒昧动问，岂是无因？”红蕖见话有因，慌忙问道：“令徒姓甚名谁？如今在么？”末空道：“此人之父，乃太宗第九子，人都呼为九王爷，因灭寇有功，曾封忠勇王爵。素与骆老爷相交最厚，故将郡主许与骆公子为妻。此女现在小庵，名唤李良箴；因恐太后访察，就从外祖之姓，改为姓宋。”红蕖道：“师傅此话错了。我同骆府虽非本家，向有亲谊，他家之事，也还略知一二。骆公子虽系九王府中郡马，郡主久已亡过；后来虽有欲续前姻之话，因王爷并未生有郡主，彼此旋即离散，至今十余年，何尝又与王府联姻？此话令人不解。”末空道：“原来小姐不知此中详细，待我慢慢讲来。

未知如何，下回分解。

名师点拨

“谈春秋胸罗锦绣，讲礼制口吐珠玑”“论前朝数语分南北，书旧史挥毫贯古今”“田氏女细谈妙剂，洛家娃默祷灵签”“古铜台五美抚瑶琴，白苿亭八女写春扇”“论韵谱冷言讥沈约，引毛诗佳句美在姜”，诸如此类的回目，都是表现众才女各自的专长，使她们的才艺得到充分显示。小说虚构的一个“女儿国”，集中体现了作者对女性所寄寓的希望。

阅读积累

郡　主

晋代公主封郡者称郡主。唐代以皇太子之女为郡主，秩视从一品，诸王之女亦有封郡主者。宋沿置，其地位在公主之下，县主之上。明代以亲王之女为郡主，清以亲王女和硕格格为郡主。

第五十六回　诣芳邻姑嫂巧遇　游瀚海主仆重逢

名师导读

因为机缘巧合，小说写至此回，已有十七位才女汇聚一堂并结为姐妹，众才女接连参加了县考和郡考，均得以过关。尤其是唐闺臣，两次考试都是名列前茅。

话说未空道："原来小姐不知此中详细，待小尼讲这根由，我本祁氏，丈夫名叫乔琴，无志功名，向在骆府课读公子，骆老爷因与王府联姻，同我丈夫说知，将我荐与九王爷课读大郡主。未及一载，大郡主去世。我要回来，娘娘再三挽留，只得仍旧住下。彼时九王爷因娘娘又怀身孕，曾与骆老爷指腹为婚，倘生郡主，情愿与骆公子再续前姻。不意方才定婚，骆老爷带了公子，即同徐老爷举兵遇难；我丈夫跟在军前，存亡未卜。到了次岁，娘娘才生二郡主。老身因这郡主是骆公子之妻，加意照管，用心课读，以冀将来丈夫同公子回来，仍好团聚。那知九王爷因皇上贬在房州，久不复位，心中不忿，同河北都督姚禹起了一枝雄兵前去接驾，不意时乖运舛，登时也就遇害。我同太监瞿权带著二郡主并小王爷宋素，暗地奔逃。不料逃至中途，被大兵冲散，太监同小王爷不知去向，老身吃尽辛苦，才能保得郡主逃至此庵。亏得庵主相待甚好，问明来历，就留我们在此带发修行。庵主去世，我就权当住持，在此业已七载。至今仍旧带发，即是明证。郡主今年一十五岁，每日惟以诗书佛经消遣，从不出户，因此人都不知。"

知识延伸

指腹为婚：旧俗，指在胎中即由双方父母订立婚约。亦作"指腹割衿"。指腹：即指腹为婚；割衿：割男女幼儿的衣襟以订婚约。语出《魏书·王宝兴传》："尚书卢遐妻，崔浩女也。初，宝兴母及遐妻俱孕，浩谓曰：'汝等将来所出，皆我之自出，可指腹为亲。'"

洛红蕖忖道："指腹为婚，向日母亲也曾言过，至乔琴夫妇两处课读，原有其事；今听老尼之言，丝毫不错，可见我嫂嫂果真在此庵内。"因说道："师傅既是祁氏师母，我又何敢再为隐瞒。刚才实因不识师母，故而支吾，尚求见谅！我嫂嫂现在何处？即求引去一见。”末空道：“待老身领他出来。”于是进内把宋良箴领出。众人看时，只见生得龙眉凤目，举止不凡。大家连忙见礼让坐。末空把这情节向宋良箴说了。洛红蕖见了嫂子，因想起哥哥，不觉垂泪道：“原来嫂嫂却在此处！若非今日进香，何由得知。不意府上也因接驾合家离散，真可谓‘六亲同运’，能不令人伤感！”宋良箴听了，泪落如雨，欲言不言，只得含羞带泪答道：“闻得太公、婆婆都逃海外，近来身上可安？姐姐何由至此？”红蕖不觉哽咽道：“祖父同母亲都已去世。妹子亏得唐伯伯之力，方能复返故乡……”

正要告诉逃到海外各话，史氏接著道：“此间说话不便，郡主既是至亲，自应请到家内再为细谈。”宋良箴道：“侄女出家多年，乃方外之人，岂可擅离此庵。尚求伯母原谅。”闺臣道：“话虽如此，好在彼此相离甚近，此时过去谈谈，就是晚上回来，也不费事。”宋良箴仍要推辞，众姊妹不由分说，一齐簇拥出了庵门，别了末空，来到唐府，同林氏、缁氏诸人见过。姑嫂彼此诉说历年苦况，嗟叹不已。到晚，林氏再三挽留，并劝他同去赴试，慢慢打听骆公子下落。宋良箴那里肯应。无如众姊妹早把行李命人搬来，良箴身不由己，只得勉强住下。闺臣也替他在县里递了履历。从此众姊妹都聚一处。但遇除日，若花就同红红诸人煎汤洗浴；就是良氏、缁氏也都跟著煎洗。闺臣因想起泣红亭之事，即托末空在魁星祠内塑了一尊女像，以了海外心愿。

这日县考，缁氏也随他们姊妹十一个同去赴试。喜得太后诏内有命女亲随一二人伴其出入之话，因此，凡有女眷伴考，都不稽查。点名时，暗用丫环顶替，缁氏混在其内，胡乱考了一回。到了发案，闺臣取了第一；若花、红红、亭亭也都高标，惟缁氏取在末名，心中好不懊恼；颜紫绡文字不佳，幸亏众姊妹替他润色，才能取中。各人都竖了匾额。

到了郡考，众人以为缁氏必不肯去，谁知他还是兴致勃勃道：“以天朝之大，岂无看文巨眼？此番再去，安知不遇知音？”又进去考了一场。及至放榜，竟中第一名郡元；若花第二，闺臣第三，红红第四，亭亭第五；其余亦皆前列，颜紫绡亏众人相帮，也得高中。大家忙乱去拜老师，缁氏只得装作染

词苑撷英

龙眉凤目：形容人英俊，气度不凡。

知识延伸

太后：帝王或诸侯的母亲都称太后。秦朝以后，则专指皇帝的母亲，也称皇太后。语出《汉书·外戚传序》：“汉兴，因秦之称号，帝母称皇太后，祖母称太皇太后，適称皇后，妾称夫人。”

病。各家都竖起“文学淑女”匾额，好不荣耀。缁氏这才心满意足，因向闺臣众人道：“此次郡考，我本不愿再去，惟恐又取倒数第一，岂不把它脸丢尽？奈连得梦兆，说我不去应考，日后才女榜上缺了一人；必须我去，方能凑足一百之数，所以勉强进去，那知倒侥幸取了第一。将来我还不知可能去应部试，其实要这第一何用！”闺臣道：“伯母若非限于年岁，倘会殿试，怕不夺个头名才女回来！明年把这第一留给亭亭姐姐，也是一样。”林氏道：“闻得郡考取中不足二十人，今我家倒有十二人之多，可见本郡文风都聚我家了。若论喜酒，须分十二天方能吃完。明日又吃喜酒，又是寿酒，更觉热闹。今日先从老元吃起了。”良氏道：“‘老元’二字怎讲？”史氏道：“缁氏嫂嫂本是老才女，今又中了郡元，岂非‘老元’么。”

大家说说笑笑，畅饮喜酒，次日乃唐敏五十大庆，家中演戏。本府、本县以及节度都与唐敏有宾东之谊，齐来拜寿；随后各家小姐印巧文、窦耕烟、祝题花也来叩祝，还有本地乡宦女儿苏亚兰、钟绣田、花再芳，因素日拜从唐敏受业，兼之郡考得中，都来拜谢，并来祝寿；颜紫绡也随众人同来。闺臣一一让至客座看戏，众姊妹都来相陪，彼此问了名姓，真是你怜我爱，十分投机。缁氏恐被众人看破，另在一席坐了。用过早面，闺臣将众人引至自己书房，只见诗书满架，笔砚精良，个个称赞不已。

印巧文道：“前者捧读诸位姐姐佳作，真令人口齿生香。家父阅卷时，因想起诏内有‘灵秀不钟于男子’之句，可见太后此言，并非无因。就只郡元这本卷子，令人可疑，若论倜傥清雅，以闺臣姐姐第一；论富丽堂皇，以若花姐姐第一，至郡元文字，虽不及二位姐姐英发。但结实老练，通场无出其右，似非出之幼女之手。彼时家父再三斟酌，言此人若非苦志用功，断无如此笔力，此等读书人，若不另眼相看，何以鼓励人才。所以把他取在第一。其实不及二位姐姐时派。”

祝题花道：“郡元前的县考，家父也喜他文字；因笔力过老，恐非幼女，兼恐倩代，因此取在末名。可惜此人方才得中，就染重病，至今未得一见，究竟不知年岁几何。诸位姐姐可曾会过？”众人都回不知。婉如道：“这位郡元，只怕亭亭姐姐向来同他熟识？”亭亭忙说道：“妹妹休得取笑。你们都是此地人还不认识，何况我是异乡人哩。”秦小春道：“原来姐姐同他也是素昧平生，这就是了。”

印巧文道：“家父前日评论红红、亭亭二位姐姐文字，都可首列，无如郡元之后，恰恰碰见闺臣、若花二位姐姐卷子，因此稍觉委屈。”红红道：“妹子僻处海隅，素少见闻，今得前列，已属非分，何敢当此‘委屈’二字。”

亭亭道：“妹子固才疏学浅，然亦不肯多让；今老师以闺臣、若花姐姐前列，我又不能不甘拜下风了。”祝题花道：“昨印伯伯与家父评论诸位姐姐文字，言天下人才固多，若以明年部试首卷而论，除闺臣、若花二位姐姐之外，再无第三人。如品论讹错，以后再不敢自居看文老眼。可见二位姐姐学问，非独本郡众人所不能及，即天下闺才，亦当‘返避三舍’哩。”窦耕烟道：“昨闻家父言，现在看文巨眼，应推印伯伯当代第一。诸位姐姐既被奖许，将来名振京师，已可概见；今日得能幸遇，诚非偶然。”若花道：“妹子海外庸愚，正愧知识短浅，适蒙过奖，更增汗颜。至闺臣阿妹，才名素著，自应高擢。妹子何如，昨虽滥邀前列，不过偶尔侥幸，岂可做得定准。”廉锦枫道：“部试首卷，老师既如此评论，来年殿元，自然也不出闺臣，若花二位姐姐之外了。”印巧文道：“殿试甲乙，家父却未评论。”兰音道：“据妹子看来，老师所以不言者，大约因恩诏条例言殿试毋许‘誊录’，又不‘弥封’，恐太后别有偏爱，因此不敢预定高下。”祝题花点头道：“姐姐所论不差。”

花再芳道：“殿试若不弥封，那殿元我倒有点想头。”钟绣田道：“何以见得？”花再芳道：“闻得当年我们还未出世时，太后曾命百花齐放，大宴群臣，吟诗做赋，甚为欢喜。明年阅卷，看见我‘花再芳’上字，倒像又要百花齐放光景，一时心喜，把我点作殿元，也不可知哩。”秦小春冷笑道：“这是姐姐过谦。若论文字，姐姐就可点得殿元，何在尊名。”花再芳道：“外面锣鼓声喧，这样好戏，我们却在此清谈，岂不辜负主人美意？如诸位姐姐不去，妹子要失陪了。”

闺臣忙道：“姐姐既喜看戏，妹子奉陪同去。”洛红蕖道：“此处客多，姐姐是主人，只好在此陪客；妹子替你代劳陪再芳姐姐去。”再芳道：“姐姐是客，怎好劳驾。”宋良箴道：“他虽是客，他是唐府人，也算半主，这有何妨！”红蕖听了，把良箴瞅了一眼，满面绯红，同再芳去了。窦耕烟道：“红蕖姐姐莫非就是世嫂么？”闺臣道：“正是。”

苏亚兰道：“巧文、题花二位世姐同耕烟姐阻学问鸿博。妹子常听老师言及；今得幸遇，真是名下无虚。现在各处纷纷应考，为何还在此耽搁？”

窦耕烟道：“昨同印、祝两位姐姐商议，今日过了老师寿诞，早晚就要回籍。他们二位都是家学渊源，此去定然连捷，妹子学问浅薄，才女之名，自知无分，大约明春京师之行，只好奉让诸位姐姐了。”闺臣道：“姐姐说那里话来！若姐姐不到京师，只怕那个殿元还无人哩！”

颜紫绡道：“咱妹子有句话说，今日难得大家幸遇，气味又都相投，咱们何不结个异性姊妹？日后到京，彼此也有照应。诸位姐姐以为何如？”众人都道：“如此甚好。”田凤翾道：“再芳姐姐一心想中殿元，看他光景，未必把我们看在眼里；况他现在看戏，可以不去惊动。莫若把红蕖姐姐悄悄找

语言描写

小说后半部中，百名才女连日宴饮，谈学论艺，尽显才艺的内容，和小说开端部分武则天严旨下百花齐放的盛景恰成对照。对于这一点，李汝珍是通过花再芳的命名和她的阐释告诉我们的。

知识延伸

殿元：科举时代，进士殿试第一名为殿元。即状元。语出元杨维桢《宫词》之五：“老娥元是南州女，私喜南人擢殿元。”

来，我们十七人一同结拜罢。”婉如道：“姐姐所言极是。”随命丫环把洛红蕖请来，告知此意，红蕖甚喜。当时铺了红毡，众姊妹一齐团拜。少时，林氏进来，邀去看戏。到晚宴毕各散。窦耕烟、印巧文、祝题花各回本籍赴考，颜紫绡也拜从唐敏看文，众姊妹都在唐府用功。

残冬过去，到了正月，闺臣同众人要去赴试，先在府县起了文书。惟恐缁氏要去，也把文书起了，后来亏得良氏、史氏再三劝阻，缁氏这才应允不去。唐敏恐苍头乳母沿途难以照管，同林氏商议，送了老尼未空并多九公许多银两，托他们同去照应。多九公正要照应甥女田凤翾、秦小春赴试，听见此话，正中下怀。未空也因徒弟宋良箴上京，甚不放心，今见林氏送银托他，如何不喜，即换了旧日衣服过来等候起身。当时选择吉期，因这年闰二月，就选了二月旬日子。是日，林氏安排酒宴送行。闺臣拜别母亲、叔、婶，命小峰好好在家侍奉，即同颜紫绡、林婉如、洛红蕖、廉锦枫、田凤翾、秦小春、宋良箴，黎红红、卢亭亭、枝兰音、阴若花共十二人，各带仆妇，齐往西京进发。众姊妹本拟去年腊月就要动身，因洛红蕖久已写信通知薛蘅香，意欲等他海外回来；又因婉如说徐丽蓉、司徒妩儿当日曾有要来岭南之话，惟恐他们赴试，以便携伴同行。那知等之许久，杳无音信，众人只得起身。

原来徐承志自从别了唐敖，带了徐丽蓉、司徒妩儿，改为余姓，竟奔淮南。一路甚感唐敖救出淑士之德，司徒妩儿也感赎身救拔之恩。余丽蓉道：“哥哥嫂嫂此番幸遇唐伯伯，我们方能骨肉团圆。此去淮南，不知机缘若何。那文伯伯，哥哥向日可曾见过？其家还有何人？文伯母是何姓氏？”余承志道：“文伯伯我虽见过一面，那时年纪尚小；至文伯母是何姓氏，我更不知。只好且到淮南再去打听。”

这日行至中途，船上几个舵工忽都患病。兄妹正在惊慌，恰喜迎面遇见一只熟船，当时请了一位舵工过来。那只船上还有一位老翁，要搭船同到淮南；余承志因船主人再再相托，情不可却，只得应承。及至过船细谈，原来却是丽蓉乳母之夫，名叫宣信。当年被大兵冲散，逃到淮南节度文老爷府内，在彼十余年；文老爷早知徐公子逃在海外，因久无音信，待命奶公到海外寻访。这奶公因见承志面目宛如敬业主人，所以借搭船之名，过来探听。那知不但主仆相遇，并且夫妇重逢。

未知如何，下回分解。

词苑撷英

正中下怀：正合自己的心意。

知识延伸

淮南：唐方镇名。辖境屡有变动，长期领有扬、楚、滁、和、寿、庐、舒等州，一度领有泗、濠、宿等州。相当今江苏、安徽两省江北、淮南地区的大部分。

名师点拨

悬殊最大的莫过于老妇人缁氏。在县考时，她排列末位，但出人意料的是，在郡考时，她却摘得桂冠，其文字被“看文巨艰”誉为“结实老练，通场无出其右”，呼应了前文所写“缁氏自幼饱读诗书”。可见，缁氏确实才学过人，功底深厚，但这等人才却困厄科场，作者无疑抨击了现实科考的腐败。

阅读积累

巨　眼

巨眼比喻有锐利鉴别能力的人。《宋史·谢深甫传》：“文士世不乏，求巨眼如深甫者实鲜。”张素《上红拂墓》：“巨眼当年识俊才，可儿不共此间埋。”

第五十七回　读血书伤情思旧友　闻凶信仗义访良朋

名师导读

本回通过余承志这一人物线索，引出了文氏五兄弟、章氏十兄弟一干勤王人等，为后文攻打武家军埋下伏笔。对于勤王事宜，善观天象的文菘却认为武后对应于上天之心月狐，而心月狐“忽又吐出一道奇光，紫薇垣被亿这光欺住，不能十分透露”，所以不宜举事。事实上，那道奇光是天人感应之兆，是因为武后曾颁布了十二条推恩政策，而这也暗示出作者对武后提高女权所施行的德政的一种肯定和赞赏。

知识延伸

倭寇：14世纪至16世纪（主要在明代中后期）在我国和朝鲜沿海地区侵扰抢掠的日本海商和抢掠集团。他们长期侵扰我国沿海各省的正常生产生活，经过明朝将领谭伦、戚继光、俞大猷等多年清剿，到明朝嘉靖末年，才逐渐得到平息。

话说余承志正因不知文府消息，无从访问；今见奶公，欢喜非常。当时乳母领宣信与丽蓉、司徒妩儿见礼，余承志问起文府亲丁几口，宣信道：“文老爷祖籍江南，寄居河北，并无弟兄。眼前五位公子，都是章氏夫人所生；还有二位小姐，是姨娘所生。姨娘久已去世，大公子名文芸，二公子名文蒒，三公子名文萁，四公子名文菘，五公子名文芣。现在年纪都在二十上下，个个勇猛非凡；大、四两位公子尤其足智多谋，人都呼为‘文氏五凤’。文老爷年纪虽不足五旬，时常多病，颇有老景；兼之屡次奉旨征剿倭寇，鞍马劳顿，更觉衰残。近来淮南临海一带海寇得以安静，全亏五位公子辅佐之力。文老爷久要退归林下，因主上贬在房州，尚未复位，所以不忍告归；大约主上一经还朝，也就引退了。”丽蓉道：“二位小姐现年几何？”

宣信道：“都在十五六岁。大小姐名书香，许与林侍郎公子林烈为妻；二小姐名墨香，许与阳御史公子阳衍为妻；现在府中，都未出室。”承志道：“五位公子可曾配婚？”宣信道：“虽都聘定，尚未婚娶。大公子自幼聘山南节度章老爷小姐章兰英为妻；二公子聘潮州郡守邵老爷小姐邵红英为妻；三公子聘工部尚书戴老爷小姐戴琼英为妻；四公子聘许州参军由老爷小姐由秀英为妻；五公子聘柳州司马钱老爷小姐钱玉英为妻。这位章氏夫人，就是河东节度章更老爷胞姐，为人慈祥，一生好善，相待两位小姐如同亲生；凡有穷人，莫不周济；诸如舍药、施棺、修桥、补路之类，真是遇善必行。淮南一带，人人感仰，都以‘活菩萨’称之。”承志道：“这五位公子，为何都不成亲？”宣信道：“文老爷本早要替众公子婚娶，因太后颁有考才女恩诏，这些小姐都要赴试，所以耽搁。文府两位小姐至今尚未出阁，也是这个缘故。”

承志道：“原来国中近日又有考才女一事。这恶妇并不迎主还朝，还闹这些新鲜题目，也忒高兴了！”宣信道：“小主母同小姐向来可曾读书？若都能文，将来到了文府，只怕两位文小姐都要携著赴考哩。”承志道：“我同这恶妇乃不共戴天之仇，岂可令妻妹在他跟前应试！”宣信道：“公子此话虽是，但恐那时章氏夫人高兴，特命同去，何能推脱？”

承志道：“那河东节度章老爷既是这边章氏夫人胞弟，他家几位公子，几位小姐，想来你也知道了？”宣信道：“章府同文府郎舅至亲，时常来往，他家若大若小，老奴那个不知。”承志道：“当日老爷在军前同我别时，曾给我两封血书，一送淮南文老爷，一送河东章老爷。将来到过文府，如路上无人盘查，还到河东见见章老爷，所以问问他家光景。你既晓得，何不谈谈？日后到彼，省得临时茫然。”宣信道：“他家人口甚多，今日若非问起，将来公子到彼，何能知其头绪。这位章老爷，祖籍江南，弟兄四位，共生四位小姐，十位公子。如今章老爷三位兄弟俱已去世。那十位公子年纪也在二旬上下，个个英勇；四、五两位公子学问更高，人称呼为‘章氏十虎’。大公子名章莶，自幼聘开封司马井老爷小姐井尧春为妻；二公子名章芝，聘会稽郡守左老爷小姐左融春为妻；三公子名章蘅，聘剑南都督廖老爷小姐廖熙春为妻；四公子名章蓉，聘武林参军郦老爷小姐郦芳春为妻；五公子名章艻，聘户部尚书酈老爷小姐酈锦春为妻；六公子名章莒，聘吏部郎中邹老爷小姐邹婉春为妻；七公子名章苕，聘常州司马施老爷小姐施艳春为妻；八公子名章芹，聘兵部员外柳老爷小姐柳瑞春为妻；九公子名章芬，聘太医院潘老爷小姐潘丽春为妻；十公子名章艾，聘洛阳司马陶老爷小姐陶秀春为妻。都等应过女试，

语言描写

这些青年男女的“终身大事”因才女考试主动让路，“勤王”大业也要如此。徐承志从淑士国带着堂妹徐丽蓉、未婚妻司徒妩儿回国后，联络骆承志、文隐、章更、史逸等“勤王”志士，准备发动“勤王”战争，可是“勤王”志士家的女儿个个都在盼望考试。

词苑撷英

茫然：1.完全不知道的样子。2.失意的样子。

才能完姻。”丽蓉道：“那四位小姐年纪也都相仿么？”宣信道：“四位小姐年纪都与文府小姐差不多。大小姐名兰芳，许与御史蔡老爷公子蔡崇为妻；二小姐名蕙芳，许与翰林谭老爷公子谭太为妻；三小姐名琼芳，许与学士叶老爷公子叶洋为妻；四小姐名月芳，许与中书褚老爷公子褚潮为妻；也因要应女试，都未出阁。章、文二位老爷因爵位甚尊，将来诸位小姐出去应考，若用本姓，恐太后疑何情托等弊，因此将诸位小姐应试履历，都用夫家之姓，如今在家，就以夫家之姓相称。若不说明，将来公子到彼，听他称呼，还觉诧异哩。”

承志道：“章府十媳，文府五媳，名字为何都像姐妹一般？”宣信道：“这是章氏夫人写信照会各家都以‘英’‘春’二字相排，以便日后看‘题名录’，彼此都可一望而知。”

主仆一路闲话。因沿途逆风，走了多时。这日到了淮南，另雇小船，来到节度衙门。奶公进去通报。承志见了文隐，投了血书。文隐看了，不觉睹物伤情，一时触动自己心事，更自凄怆不已，道：“令尊虽大事未成，且喜贤侄幸逃海外，未遭毒手，可见上天不绝忠良之后。今日得见贤侄，真可破涕为笑。”因又捻须叹道：“贤侄，你看我年未五旬，须发已白，老病衰残，竟似风中之烛。自与令尊别后。十余年来，如处荆棘，心事可想而知。境界如此，安得不老！古人云：君辱臣死。’令虽不至于辱，然亦去辱无几，五中能毋懑恨！贤侄要知我之所以苟延残喘不肯引退者，一因主上尚未复位，二因内乱至今未平。若要引退，不独生前不能分君之忧，有失臣节；即他日死后，亦何颜见先皇于地下？然既不能退，只好进了。无如彼党日渐猖獗，一经妄动，不啻飞蛾投火，以卵就石。况令尊之后，又有九王诸人前车之鉴，不惟徒劳无功，更与主上大事有碍。时势如此，真是退既不可，进又不能。蹉跎日久，良策毫无，‘不忠’二字，我文某万死何辞！而且年来多病，日见衰颓，每念主上，不觉五内如焚。看来我也不久人世，势难迎主还朝，亦惟勉我后人，善承此志，以了生平未了之愿，仍有何言？”说罢，嗟叹不已。将承志安慰一番，并命仆人把二位小姐接入内衙。司徒妩儿同余丽蓉都到上房，一一拜见；并与书香、墨香二位小姐见礼，彼此叙谈，十分契合。

余承志拜过章氏夫人，来到外厢，与五位公子一同相聚、闲话间，惟恨相见之晚。大公子文芸道：“当日令尊伯伯为国捐躯，虽大事未成，然忠心耿耿，自能名垂不朽。大丈夫做事原当如此，至于成败，只好听之天命，莫可如何。”五公子文苿道：“若恼我的主见，早已杀上西京！如今把主上不是禁在均州，就是监在房州，迁来迁去，成何道理！这总怪四哥看了天像，要候甚么‘度数’，又是甚么‘课上孤虚’，以致耽搁至今，真是养痈成患，将来他的羽翼越多，越难动手哩。”二公子文葹、三公子文萁也一齐说道：“武氏如把主上好好安顿，我们还忍耐几时，等等消息，倘有丝毫风吹草动，管他甚么天文课像，我们只好且同五弟并承志哥哥杀上长安，管教武氏寸草不留，他才知文家利害！”四公子文菘道：“两位哥哥同五弟何必性急！现在紫微垣业已透出微光，那心月狐光芒日见消散，看来武氏气数甚觉有限，大约再迟三五年，自必一举成功。此时若轻举妄动，所谓逆天行事，不独自己有损，且与主上亦更有害。当日九王爷之举，岂非前车之鉴么？”文东道：“兄弟记得前年四哥曾言武氏恶贯指日即满，为何此时又说还须三五年？这是何意？”文菘道：“当日我说武氏恶贯即满者，因心月狐光芒已退；谁知近来忽又时出一道奇光，紫微垣被他这光欺住，不能十分透露，因此才说还须三五年方能举事。这道奇光，我闻那些臆断之徒都道以为回光反照，那知却是感召天和所致。”

余承志道：“有何惊天动地善政却能如此？”文菘道：“我因这事揣夺许久，竟不知从何而至，后来见他有道恩诏，才知此光大约因这恩诏所感而来。”承志道；“何以见得？”文菘道：“他因七十万寿，所以发了一道恩诏，内中除向例蠲免、减等、广额、加级等项，另有覃恩十二条，专为妇女而设，诸如旌表孝悌、掩埋枯骨、释放宫娥，恩养嫠妇、设立药局、起造贞祠、以及养媪院、育女堂之类，皆前古未有之旷典。此诏一出，天下各官自然遵诏办理，登时活了若干民命，救了无数苦人，生肯沐恩，死者衔感，世间许多抑郁悲泣之声，忽然变了股和蔼之气，如此景象，安有不上召天和？奇光之现，大约因此。无奈他杀戮过重，造孽多端，虽有些须光芒，不过三五年即可消尽。此时正在锋头，万万不可轻动！五弟如不信，不出数日，自然有个效验。”

承志道：“请教是何效验？”文菘道：“小弟连日夜观天象，陇右地方，似有刀兵之像；但气像衰败，必主失利。据我揣夺：此必陇右史伯伯误听谣言，以为心月狐回光返照，意欲独力勤王，建此奇功；那知轻举妄动，却有杀身之祸！”

正在谈论，果见各处纷纷文报，都说陇右节度使史逸谋叛，太后特点精兵三十万，命大将武九思征剿。众人听了，这才佩服文菘眼力不差。

承志道：“史伯伯若果失利，可惜骆家兄弟少年英豪，投在彼处，不知如何。”

文芸道：“莫非宾王伯伯之子？兄长何以知其在彼？”承志道：“当日先父同骆家叔叔起兵时，小弟与骆家兄弟都在军前，后因兵马大伤，事机不能挽回，先父命弟投奔淮南，骆家兄弟投奔陇右。此时若史伯伯失利，岂非他亦在内。”文道：“我们离得过远，不能救他，这却怎处！”文芸道：“即使相近，又何能救？此时惟有暗暗访他下落，再作计较。”文萁

词苑撷英

惊天动地：使天地惊动。形容某个事件的声势或意义极大。

道，“宾王伯伯向同父亲结义至交，今骆家哥哥既然有难，我们自应前去救他，岂可袖手！”文蒒道：“为今之计，我与三弟且同承志哥哥偷上陇右，探探下落，如何？”文芸道：“你们且去禀知父亲，再定行止。”文萁道：“此事只好瞒著父亲，如何敢去禀知！”文芸道：“若不禀知，如此大事，我又焉敢隐瞒。”

文萩道：“昨日兄弟偶尔起了一课，父亲驿马星动，大约不日就有远差，两位哥哥莫若等父亲出外，再议良策，岂不是好？”文蒒道：“如此敢好，但恐四弟骗我。”文萁道：“四弟之课，向来从无舛错，我们且耐几日再看，如何？”文苿道：“若果如此，你们设或去时，切莫把我丢下。”

文萩道：“五弟驿马虽动，但恐不是陇右之行。”过了两日，文隐接了一道御旨，因剑南倭寇作乱，命带兵将前去征剿，所有节度印务，仍著长子文芸署理。文隐接了此旨，哪敢怠慢，星速束装，带了文萩、文并一干众将，即日起身往剑南去了。文蒒，文萁约了余承志，带了几名家将，在章氏夫人眼前扯了谎要到五台进香，其实要往陇右探骆承志下落。文芸再三相劝，那里阻得住；只得托了余承志诸事照应，并于暗中命人跟去探听。三人上路，望陇右进发。一路饥餐渴饮，早起迟眠，说不尽途中辛苦。

未知如何，下回分解。

名师点拨

余承志与文隐“读血书伤情思旧友”，将武则天称为“恶妇”，表达了对武则天“不迎主还朝”的愤怒及恢复唐室的决心等等。作者旨在告诉读者，在男性皇帝的社会里，武则天的所作所为才是合情合法的。文章末尾热情洋溢，足见他的欢欣，而这欢欣恰是作者男性中心思想无意识的流露，是对传统女性价值观的回归。

阅读积累

陇右

陇右是古地区名。又称陇西。泛指陇山以西地区。古代以西为右，故名。约当今甘肃省陇山、六盘山以西，黄河以东一带。唐陇右道，包括范围较广，故陇右亦兼指河西、安西、北庭广大地区。《资治通鉴》：天宝十二载（753年），“自安远门西尽唐境万二千里，闾阎相望，桑麻翳野，天下称富庶者无如陇右”。

第五十八回 史将军陇右失机 宰少女途中得胜

名师导读

上回由他人口中得知陇右节度使史逸勤王失利，本回在“不打不相识”中引出了史逸之子——史述，勤王团队进一步壮大。与此同时，又有四名才女宰银蟾、宰玉蟾、闵兰荪和毕全贞随之现出名目。尤其是宰玉蟾的出场，大有“一夫当关，万夫莫开”之势，恰道是，“谁说女子不如儿男”。

话说三人走了几日，行至中途，只听过往人传说，史逸业已被难。随即趱行。

这日来到小瀛洲山下，天色已晚，三人止步，意欲觅店歇宿。众家将道：“这座大山，周围数百里，向无人烟。里面强盗最多；豺狼虎豹，无所不有，每每出来伤人。因此山下并无人家，必须再走一二十里才有歇处。”文萁道：“此处既有强盗，倒要会他一会，且替客商除除害也是好事。”文葤道：“如此甚好。我们且去望望，这些强盗，从未见过，究竟是何模样？”承志听了，不觉发急道：“二位贤弟，你看天色业已黄昏，不但山路崎岖，难以上去；即使上去遇见强盗，你又何能见他模样？莫若日后陇右回来，起个绝早，再去看罢。此时骆家兄弟存亡未卜，二位既仗义而来，自应趱路，岂可在此耽搁？素日我在山南海北，见的强盗最多，你要问他面目以及名色，我都深知；且随我来，等我慢慢细讲。”于是携了二人，一齐举步。

文葤道：“请教兄长：世间强盗是何面目？共有几等名色？”

承志道：“若论面目，他们面上莫不涂抹黑烟，把本来面目久已失了，你却从何看起？惟有冷眼看他，或者略得真神。”文葤道：“请教怎样看法？”

词苑撷英

仗义：主持正义。

知识延伸

名色：1. 有名的美色。指著名的美女。2. 名目；名称。3. 名义。4. 佛教语。五蕴（受、想、行、识四蕴为名，色蕴为色）之总称。

承志道："你只看他一经有钱有势，他就百般骄傲；及至无钱无势，他就各种谄媚。满面虽然含笑，心中却怀不良；满嘴虽系甜言，胸中却藏歹意。诸如此类，虽未得其皮毛，也就略见一斑了。其中最易辨的，就只那双贼眼，因他见钱眼红，所以易辨。"

文葋道："请教名色呢？"承志道："若论名色，有杀人放火的强盗，有图财害命的强盗。"文萁道："只得这几种么？"承志听了，随口答道："岂止这几种！有不敬天地的强盗，有不尊君上的强盗，有藐视神明的强盗，有毁谤圣贤的强盗，有忘了祖先的强盗，有不孝父母的强盗，有欺兄灭嫂的强盗，有逆长犯上的强盗，有诬罔正人的强盗，有欺压良善的强盗，有凌辱孤寡的强盗，有挟制贫穷的强盗，有损人利己的强盗，有口是心非的强盗，有谣言惑众的强盗，有恶口咒人的强盗，有负义忘恩的强盗，有嫌贫爱富的强盗，有不安本分的强盗，有无事生非的强盗，有作践庙宇的强盗，有秽溺字纸的强盗，有轻弃五谷的强盗，有荼毒生灵的强盗，有暗箭伤人的强盗，有借刀杀人的强盗，有造言害人的强盗，有设计坑人的强盗，有淫人妻女的强盗，有诱人子弟的强盗，有离人骨肉的强盗，有间人弟兄的强盗，有破人婚姻的强盗，有引人嫖赌的强盗，有谋人财产的强盗，有夺人事业的强盗，有坏人名节的强盗，有陷人不义的强盗，有唆人兴讼的强盗，有唆人不和的强盗，有说人闺阃的强盗，有说人是非的强盗……诸如此类，一时何能说得许多。只顾闲谈，下知不觉离了小瀛洲已有二三十里。且喜前面已有人家，我们趁早投宿，以便明早趱路。"上前觅店安歇。

词苑撷英

闺阃：妇女卧室。

不一日，赶到陇右。细细打听，原来史逸被武九思大兵掩杀，及至退到大关，城池已陷，只得远逃。现在武九思在此镇守。三人即到各处探听骆承志下落，毫无影响。这日又在街上侦探，遇一老者，问起骆公子消息。那老者轻轻说道："你们问的莫菲宾王之子骆大郎么？"文葋见他不敢高声，即到跟前附耳道："我们问的正是此人，求老翁指教。"老者听了，

巧设铺垫

插叙史逸丢城远逃，为下面的情节做铺垫。

也在文蒒耳边轻轻说了几句。文蒒听罢，不觉喊道："既如此，你又何必轻轻细语？真真混闹！"那老者见他喊叫，慌忙跑开。文萁埋怨道："二哥只管慢慢盘问，为何大惊小怪把他吓走？刚才他说骆家哥哥现在何处？"文蒒道："你道他说甚么？他道：'你问骆公子么？'我说'正是。'他道：'你们问他怎么？'我说：'我要问他下落。'他道：'原来你要问他下落。我实对你说罢，我只晓得他是钦命要犯，至于下落，我却不知。'"余承志道："这个老儿说来说去，原来也同我们一样。"文蒒道："谁知我低声下气，恭恭敬敬，却去吃他一个冷闷。"文萁挠首道："杳无消息，这却怎处？此番辛苦，岂不用在空地！"

三人一连又找数日，也是枉然。只得商议，且回淮南。走了几日，出了陇右边界。这日又到小瀛洲山下。文蒒、文萁正想上山望望，忽见有员小将带著一伙强人围著一个女子在那里战斗，战了多时，那小将看著抵挡不住。

余承志道："远远望去，那个少年宛似骆家兄弟。可惜不能问话，这却怎好？"

文蒒道："我们何不助他一臂之力？"文萁道："既是骆家兄弟，承志哥哥且去同他答话，我们与这女子迎敌。"即同文蒒身边行取利刃，迎了上去，大声喊道："女子休得逞强！我二人来了！"登时斗在一处。

词苑撷英

一臂之力：是指一部分力量或不大的力量，表示自己无论多少也献上一份力量去帮助。

余承志叫道："那位可是骆家兄弟么？"骆承志听了，撇了女将，把余承志上下打量，虽多年未见，究竟面貌相似，因大声问道："尊驾莫非徐家哥哥？因何到此？"余承志慌忙上前，把面投血书，"今同文蒒、文萁来此探听贤弟消息"话，略略说了几句。因问道："贤弟到此几年？为何与这女子争斗？"

骆承志道："此话提起甚长。我们把这女子杀了，慢慢再讲。"各举利刃，一齐上前。

那女子虽然武艺高强，那里敌得四员小将，看看刀法散乱，力怯难支。忽听远远有员小将喊道："骆家哥哥并诸位壮士休要动手，莫把我的小姨子伤害！我史述来了！"骆承志连忙跳出圈子叫道："史家兄弟，此话怎讲？"史述道："兄长且请三位壮士暂停贵手，小弟慢慢讲这缘故。"众人听的明

情景描写

四员小将战宰玉蟾，可见宰玉蟾武艺高强。

白，只得住手退后。

女子叫道："原来是史述表兄！为何却在此处？"骆承志道："既是亲眷，此非说话之地，且请上山，慢慢再讲。"大家一齐上山。走了多时，进了山寨，女子往后寨去了。

骆承志指著史述向余承志道："此即史伯伯之子，名叫史述。当日兄弟自军前分手，逃到陇右，见了史伯伯，呈了血书，蒙史伯伯收留，改为洛姓，命跟教师习学诸般武艺，至今十有余年。史伯伯久欲起兵保主上复位，因常观天象，武后气数正旺，唐家国运未转，耽搁多年。这几年，武后气运日见消败，紫微垣已吐光芒。昨因武后回光反照，气运已衰，正好一举成功；不料起兵未久，竟致全军覆没。史伯伯不知逃奔何处。小弟同史家兄弟蒙史伯伯派在后队接应，因大势已去，只得带了本队一千人马逃至此山。山上向有数百强人，聚集多年；他见我们弟兄骁勇，情愿归降。我们正在'有家难奔，有国难投'，见他如此，因此暂在此山权且避难。不想今日得遇三位仁兄，真是三生有幸。不知史家兄弟与这女子是何亲眷。"

知识延伸

紫微垣：古代星宫名。三垣的中垣，包括北天极附近的天区，包含小熊、大熊、天龙、猎犬、牧夫、武仙、仙王、仙后、英仙、鹿豹等星座在内，大体相当于拱极星区域。

史述道："刚才兄长与这女子战斗，小弟即将他的车辆人口抢掳上山，意欲拷问为何来探行藏；谁知却是小弟舅母，又是小弟岳母。"洛承志道："此话怎讲？"史述道："小弟母舅姓宰名宗，与年曾任陇右都督，久已去世；寄居西蜀。舅母申氏，膝下两个表妹：一名宰银蟾，一名宰玉蟾。那银蟾即家君自幼代弟所聘者。刚才那员女将，就是玉蟾。因考才女一事，同了母亲，姐姐并两个姨表姐妹，一名闵兰荪，一名毕全贞，回籍赴试，从此路过。我玉蟾表妹素日最孝，他恐山上藏有虎豹惊吓老母，前来探路；那知我们只当他有意来探行藏，与他争斗。若非问明，几乎误事。这三位兄长尊姓大名？从何到此？"洛承志将三人名姓来意说了。史述这才明白，深赞三人义气。洛承志再三拜谢，随命下人大排筵宴。

心理描写

尹红英狩猎以奉养寡母，宰玉蟾恐山上藏有虎豹惊吓老母，自己探路在前，黑齿国的亭亭到哪儿都带上母亲。然而，书中最孝者恐怕还是唐小山。

宰氏姊妹即同母亲别了史述，带著兰荪、全贞应试去了。忽有小卒来报：武九思家眷不日从此经过。史述同洛承志听了，当时计议要去报仇。

未知如何，下回分解。

名师点拨

余承志有一段话，细说了世间强盗的面目及名色，可谓精辟之论，几乎囊括了社会上所有人心不古、图谋不轨的人事，余承志一律将其归之为“强盗”，读之于心有所触动。

阅读积累

瀛洲

瀛洲是传说中的仙山。《史记·秦始皇记》云：“齐人徐市等上书，言海中有三神山，名曰蓬莱、方丈、瀛洲。仙人居之。”《拾遗记》称瀛洲又名“魂洲”“环洲”。且具体描绘它的神异之状：“远望有五色云；有金峦之观，饰以众环，直上干云。中有青瑶几，覆以云纨之素，刻碧玉为倒龙之状，悬火精为日，刻黑玉为乌，以水精为月，青瑶为蟾兔。”《云笈七签》中，瀛洲列为十洲之一：“瀛洲在东大海中，地方四千里。大抵是对会稽郡，去西岸七十万里。上生神芝又有玉石。”传说中古人十分仰慕此山，李白《梦游天姥吟留别》诗云：“海客谈瀛洲，烟涛微茫信难求。”便叙这种心态。

第五十九回　洛公子山中避难　史英豪岭下招兵

名师导读

围绕宋素的被擒，大家心急如焚，手足无措。在这关键时刻，侠女颜紫绡挺身而出，“将身一纵，不知去向”，惹得宋良箴大呼“奇怪”。作者为颜紫绡涂上了浓墨重彩的一笔。说时迟，那时快，又有一位颇似颜紫绡装扮和行迹的女子以迅雷不及掩耳之势闪现在众人面前，场面顿时充满张力。

话说史述闻武九思家眷不日从此经过，即同洛承志商量，意欲把九思家口杀害，以报陷城之仇。余承志道：“史家哥哥固志在报仇；但他的家眷，岂无兵将护送？纵使杀害，他又岂肯干休？一经领兵到此，岂非泰山压卵？史伯伯兵马数万，尚且不能取胜，何况今日人马不满两千？据小弟愚见，且把报仇之事暂缀，莫若招集旧日部曲，以为日后勤王之计，最为上策。此处难得山田又多，又能容得人马，刚才小弟细细眺望，尽可藏身。况史伯伯在此多年，官声甚好，各兵受恩深重，看来也还易于招集。俟兵马充足，别处一有勤王之信，此处也即起兵相助。二位在此既不替天行道，又不打劫平民，自耕自种，与人无争，眼前既可保全，将来亦不失勤王功业。二位以为何如？”史述同洛承志听了，个个点头称善。

语言描写

余承志对目前的处境分析得头头是道，可见这是一位难得的人才，不愧是将门之后。

就命各兵在山前山后播种五谷，积草屯粮，并暗暗招集人马。

三人住了几日，屡要告归，因史、洛二人再三挽留，又住几时，才同回淮南。

见了文芸，把上项话说了。文芸正在三番两次差人打听，今见他们回来，这才放心。余承志见了妻子、妹妹，也把此事告知。丽蓉道：“此处两位姐姐不日要赴县考，意欲约我二人同去，妹子因哥哥前在船上有不可去之话，所以再三推辞。谁知伯母竟将我们履历业已开报，并嘱我们陪伴同去；妹子只得含糊答应，俟哥哥回来再去复命。哥哥你道如何？”余承志道：“伯母既如此高兴，自应同去为是。况此间之事，也须耽搁两年方有头绪，你们借此出去消遣消遣，也省我许多挂牵。”

语言描写

可见，在《镜花缘》呈现的世俗里，考取功名真的很重要。

丽蓉同司徒妩儿听了甚喜，即去见了林书香、阳墨香，告知此意。二人得有伴侣，欢喜非常。因将乳母之女崔小莺唤出与二人叩拜行礼。丽蓉连忙搀起还礼道：“我们时常见面，今日为何忽又行此大礼？”妩儿也还礼道：“莫非要求我们做媒么？”书香道：“姐姐休得取笑。此女虽是乳母所生，自幼与妹子耳鬓厮磨，朝夕相聚，就如自己姊妹一般；并且我同墨香妹妹在家读书，也是他伴读，时刻不离，真是情同骨肉。更喜他心灵性巧，书到跟前，一读便会；所有书法学问，竟在我们姊妹之上。今逢考试大典，乃自古未有奇遇，妹子意欲带他同去考考。他因二位姐姐晓得他的出身，求我们转恳，将来应试，全仗包涵，替他遮掩遮掩。”妩儿道：“这个何消嘱付，妹子向在淑士也曾充过宫娥，这有何妨。”

丽蓉道：“既如此，我们竟要叨长，将来个称崔姑娘，竟要呼作小莺妹妹了。”

崔小莺道：“得蒙二位小姐如此提携，自当永感不忘，此后惟以师礼事之；并且竟要大胆，如在人前，只好以‘姐姐老师’呼之了。”墨香笑道：“‘姐姐老师’向无此称，莫若竟呼姐姐，把老师二字放在心里，叫作‘心到神知’罢。”

过了几时，章府大小姐蔡兰芳、二小姐谭蕙芳、三小姐叶琼芳、四小姐褚月芳，都从河东节度衙门起身，来约文府二位小姐同回祖籍赴试，于是书香、墨香约会丽蓉、妩儿，带了崔小莺，一共九人同到江南。喜得郡县两考都得中式。回到淮南，略为耽搁，即向西京进发。恰好行了几日，适值唐闺臣、林婉如、洛红蕖、廉锦枫、田凤翾、秦小春、宋良箴、颜素绢、黎红红、卢亭亭、枝兰音、阴若花也上长安，二十一位才女竟于中途巧遇。婉如同丽蓉、妩儿彼此道了久阔，并谢丽蓉神弹相救之力。妩儿见了闺臣，再三道谢当日寄父救拔之恩，此时闻在小蓬莱修行，颇为喜慰。洛红蕖得了哥哥在小瀛洲避难下落，这才放心，把此事告知宋良箴。大家说说笑笑，一路颇不寂寞。

知识延伸

衙门：旧时称官署为衙门，即政权机构的办事场所。其实衙门是由“牙门”转化而来的。衙门的别称是六扇门。猛兽的利牙，古时常用来象征武力。“牙门”系古代军事用语，是军旅营门的别称。

这日天晚下店，只见许多兵丁围著一个木笼，装著一员小将，满面病容，绳蒙捆绑；后面有一武官押著，出了店门，簇拥而去。只听众兵纷纷言讲："这个小将，乃九王爷之子，本名李素，如今改作宋素，在逃多年，今日才被擒获。"

这话登时传到宋良箴耳内，吓的惊慌失色，泪落不止。只得背著众人，再三恳求闺臣、红蕖想个解救之法。二人踌躇多时，毫无计策，因将多九公找来，暗暗商议。九公摇头道："他是钦命要犯，有何解救！难道我们把他劫夺回来？天有此理！"正在议论，适值颜紫绡走来，问知此事，忖了一忖道："九公且去打听：他们今夜要投何处？此番捉获，还是本人犯了重罪，还是为著当年九王爷之事？如果本人并未犯罪，仍为当年之事，咱看良箴姐姐分上，倒可挺身前去，凭著全身本领，或可救他，也未可知。"良箴听了，不觉转悲为喜，再三道谢；即托九公前去打听。闺臣恐人多嘴杂，说话不便，即同良箴、红蕖、紫绡另在一房居住，暗托若花、兰音陪伴众人。

语言描写

通过多九公和颜紫绡的对话来交代故事情节。

不多时，多九公打听回来道："这员武官姓熊，不知何名，人都叫他'熊大郎'，乃本地督捕。今擒了宋素，因是钦命要犯，惟恐路上有失，连夜要解都督衙门，业已向东去了。"紫绡道："九公可曾打听宋公子何以被他擒获？"多九公道："闻得前面过去五十里有两个村庄，一名宋家村，一名燕家村。两村相离甚近。宋家村内有一富户，名叫宋斯，外号叫作'好善'。当日宋素逃到他家，宋斯因他少年英俊，就认为义子，收留在家，并将甥女燕紫琼许他为妻，尚未婚配。谁知宋素右眼是个重瞳。太后因他日久在逃，忽然想起重瞳是个凭据，特发密旨命天下大臣细心访拿。宋素向日常在教场习武，人都叫他'三眼彪'，现在身患重病，因此毫不费事，就被擒获。"良箴听了，这才明白。紫绡知宋素并未另犯重罪，才允定了晚上必去解救。当时多九公仍去外面照料。

到晚，四个姊妹同众人饭罢归房，良箴另外备了几样酒肴与颜紫绡壮威，敬了几杯，天已黄昏。良箴道："紫绡姐姐好去了。惟恐他们去远，何能赶上？"

知识延伸

甲马：1.披有铠甲的战马。2.铠甲与战马。代指战争。3.神符。

紫绡笑道："姐姐，不妨。他若去远，咱有甲马，若拴上四个，做起'神行法'，任他去远，咱也赶得上。"良箴道："这甲马不知别人拴上也能行么？"紫绡道："如何不能！只要把咒语一念，他就走了。"良箴道："若果如此，将来姐姐何不替我拴上两个，我也跟著顽顽呢？”紫绡道：“这个虽可，但路上必须把荤戒了，才能飞跑。若嘴馋，暗地吃了荤，直要奔一世才能住哩！”红蕖笑道：“嫂嫂何必听他疯话！他又何必要用甲马！前在岭南，闺臣姐姐托他寄信，不过半个时辰，往返已是四五十里，就拴百十甲马，也无那般迅速！”

闺臣道：“只顾闲谈，姐姐你听，外面已起更了。”紫绡忙起身道：“此时可行了。”于是换下衣履，系了丝绦，扎了鱼婆巾，胸前插了宝剑，仍是一色通红。三人正看他结束，只听说声“去了”，将身一纵，不知去向。良箴一见，口中只呼“奇怪”，连忙赶到门外仰头一望，只见月色横空，何尝有个人影。因转身进来道：“紫绡姐姐有此本领，大约我哥哥性命可以无忧了。”闺臣道：“他若无惊人手段，何敢冒昧挺身前去、此事大可放心。古来女剑侠如聂隐娘、红线之类，所行所为，莫不千奇百怪，何在救脱一人。他们只要所行在理，若教他在法乱为，只怕不能。你只看他务要打听宋公子有无犯罪，才肯解救，即此已可概见。当日姐姐执意不肯应试，若非众人一力蹿掇，姐姐那肯同来？谁知今日倒与公子得了一条生路。虽‘吉人天相’，亦是上天不绝忠良之后。”红蕖道：“嫂嫂刚才赶到外面，可见紫绡姐姐向那方飞去？”良箴道：“我出去一望，惟见一天星月，那有人形。如此奇技，真是平生罕见！但贤妹刚才为何又以嫂嫂相称？前日所说‘机事不密则害成’那句话，莫非忘了？只顾如此，设或有人盘根问底，一时答对讹错，露出马脚，岂不有误大事！”红蕖道：“这是妹子偶尔顺口称错，此后自当时刻留心。”

三人谈之许久，渐渐已转四更，正在盼望，只听嗖的一声，颜紫绡忽从外面飞进。随后又有一个女子也飞了进来，身穿紫绸短袄，下穿紫绸棉裤，头上束著紫绸渔婆巾，胸下露著三寸紫绣鞋，腰系一条紫色丝绦，胸前斜插一口紫绡宝剑；生得面似桃花，与颜紫绡打扮一模一样。三人一见，不解何意，吓的连忙立起。

良箴心中有事，慌忙问道：“紫绡姐姐可曾将我哥哥解救？此时现在何处？这位姐姐却是何人？为何与你同来？”颜紫绡道：“姐姐你道这人是谁？”

未知如何，下回分解。

词苑撷英

千奇百怪：形容事物奇异而多样。

词苑撷英

吉人天相：迷信的人认为好人会得到天的帮助。多用作对别人的患病或遇到困难、不幸的安慰话。

名师点拨

徐丽蓉、司徒妩儿、蔡兰芳等九位才女在向西京进发途中与唐闺臣等人相遇，原本两条相互并行的线索在此相交，融为一条主线。这条主线继续向前延伸，唐闺臣等二十一位才女又因途经燕家村而结识燕紫琼、张凤雏、姜丽楼等人，因途中救宋素而结识易紫菱，在燕家园中又遇薛蘅香、尹红萸、姚芷馨、魏紫樱四人，最终，唐闺臣等众才女住进“红文馆”，这条线索到此也就终结了。

阅读积累

重　瞳

重瞳又名“重明”。目有二瞳子。为一种异相。相术家认为重瞳者天赋优厚，多有大才。《春秋元命苞》：“舜重瞳子，是谓滋凉（《演孔图》作‘重明’），上应摄提，以像三光。”《史记·项羽本纪赞》：“吾闻之周生曰舜目重瞳子，又闻项羽亦重瞳子。”《琅琊代醉编·目瞳》：“舜重瞳，项羽重瞳。李煜为太子，目有重瞳，自谓必统一天下，不修战备，败降于宋。”

第六十回 熊大郎途中失要犯 燕小姐堂上宴嘉宾

名师导读

《镜花缘》中的三侠女在本回得以聚首，回看作者的叙述，可发现他对三位侠女的描写大同小异。三人之绝技都是来去无影，神龙见首不见尾；三人装束也完全一样，只有颜色的区别，或红色，或紫色，或桃红色，那一抹耀眼的红色既突出了女性特征，又使人联想起唐代的红线、红拂等侠女。

话说颜紫绡向宋良箴道：“这位姐姐，你道是谁？原来却是令亲。姐姐莫慌，咱们忙了多时，身子乏倦，且请坐了再讲。”大家序了坐。紫绡又接著说道：“刚才咱从此间出去，到了中途，忽然遇见这位姐姐。问起名姓，原来姓燕名紫琼，河东人氏，自幼跟著哥哥学得剑术；今因丈夫有难，特奉母命前去相救。他也问咱名姓，咱将来意说了。谁知他丈夫正是宋公子。因此同至前途，咱妹子迎头把熊大郎拦住，与他战斗；紫琼姐姐趁空即将公子劫去。咱斗了几合，撇了熊大郎，赶上紫琼姐姐，把公子送到燕家村交与太公、夫人。只因闻得彼处官兵现在搜捕余党，家家不宁，所以咱同紫琼姐姐赶来，特与诸位姐姐商议长久之计。”三人听了，这才明白。紫琼问了众人名姓，重复行礼，各道巧遇。

红蕖道：“公子向在宋府居住，今藏燕府，岂不甚妥，为何欲议长久之计？”

语言描写

这里洛红蕖的话，既交代了宋公子的现状，又引出了后文的故事情节。

紫绡道：“现在宋、燕两村纷纷访拿余党，那熊大郎今日失了公子，岂肯干休，势必仍到原处搜捕。一经访知公子是燕府之婿，岂有不去严查？况是钦命要犯，纵进内室，有谁敢拦？没有不妥，所关非轻，所以不能不预为筹画。为今之计，除远遁之外，别无良策。不知良箴姐姐可有安顿令兄之处？”

知识延伸

筹画：谋划；计划。《晋书·帝纪总论》：“筹画军国，嘉谋屡中。”

燕紫琼道："良箴姐姐历来藏身既无人知，可见所居定是僻乡，何不请公子且到尊府暂避几时，岂不放心？"良箴听了，不觉滴下泪来道："姐姐那知妹子苦处！自从先父遇难，妹子逃避他乡，虽得脱离虎口，已是九死一生。后来逃入尼庵，所处之地，不瞒嫂嫂说，方圆不及一丈，起走坐卧以及饮食一切俱在其内，终年惟睹星月之光，不见太阳之面。盖因庵近闹市，日间每多游人，故将其门牢牢反锁；惟俟夜静无人，始敢潜出庭院，及至自昼，又复锁在其内。日日如此。八年之久，几忘太阳是何形象。去年若非闺臣姐姐提携，无非终于斗室，囚死而已。今虽略有生机，但自顾不暇，何能另有安顿哥哥之处。"闺臣道："紫琼姐姐府上既难存身，莫若且到岭南，权在我家暂避几时，又有我家兄弟可以照应；俟风头过去，再回燕家村，亦是救急之法。"红蕖道："此说断断不可！昨日九公探得太后曾有特命天下大臣访拿之所，既命天下访拿，岭南岂有不搜捕之理？况今日被劫，明日广捕又行天下，势必更加严紧，姐姐府上岂能藏身。设有败露，不独公子在送性命，并恐种种牵连。若据愚见，莫若妹子修书一封，即去投奔小瀛洲与我哥哥相处，岂不是好？"

紫绡道："姐姐所见极是。他们郎舅至亲，同在一处，彼此亦有照应。事不宜迟，就请修书，以便紫绡姐姐趁早伴送郎君上山。"紫琼不觉含羞道："诸位姐姐计议虽善，但宋公子患病已深，现在人事不知；况离小瀛洲甚远，妹子一人何能办此大事？必须仍烦紫绡姐姐帮同照应，庶免疏虞。"紫绡道："此去小瀛洲尚有数百里，咱们往返虽如风云，此时天已发晓，安能顷刻即回。姐姐既要咱同去，闺臣姐姐这里只管收拾起身，明日咱在前途客店相会便了。"闺臣道："与其如此，莫若我们在此耽搁一日，等姐姐回来一同起身，也不为迟。"当时红蕖把信写了，交付燕紫琼。紫琼即携了紫绡，别了三人，腾空而去。

少时天明，闺臣假推有病，不能动身，在店住了一日。到晚仍同红蕖、良箴守候。天交三鼓，紫绡方才回来。良箴道："连日姐姐为我哥哥之事，屡次劳动，实觉不安。可送到小瀛洲么？"紫绡道："今早同紫琼姐姐到了他家，见了叶氏夫人，把上项话说了。夫人与太公再再商酌，虽放心不下，因事在危急，无可奈何，只得勉强应允，等到夜晚，咱同紫琼姐

知识延伸

小瀛洲：位于浙江杭州西湖中部，是一个湖心岛。不仅有环形的堤埂和堤内的放生池，池内又有小岛，环堤自东西有堤与小岛相接，自南北有桥与小岛相连，整体恰如一个"田"字，形成了湖中有岛，岛中有湖的奇景。

情景描写

特别强调唐闺臣假托有病和洛红蕖、宋良箴一起守候，突出了唐闺臣重情重义。

姐将公子送到小瀛洲山寨之内，把书放下，随即回来。”闺臣道：“那燕家姐姐呢？”紫绡道：“紫琼姐姐也要上京应试，得知诸位姐姐赴试之情，心中甚喜，意欲携伴同行。他家就在前面燕家村，咱们此去，必由村前路过，因此紫琼姐姐先赶回家预备酒饭，以便接待诸位，嘱妹子回来代达其意，姐姐意下如何？”闺臣道：“妹子巴不能多几个姊妹，路上才有照应。今紫琼姐姐既有此意，明日路过燕家村，自然前去约他。”

次日收拾起身，走了五十里，到了燕家村；早有燕家仆婢前来迎接。众姊妹进了燕府，见了紫琼，彼此见礼，并拜见叶氏夫人。原来紫琼父亲名燕义。曾任总兵之职，如今年近七旬，致仕在家。妻子叶氏。跟前一儿一女：女即紫琼，儿名燕勇，自幼习武，赴试未归。燕义家资巨富。虽致仕在家，因主上久不复位，时刻在念，所以家中养著许多教师，广交天下好汉，等待天下起了义兵，好助一臂之力，共力勤王，昨闻女儿要同闺臣结伴赴试，知道闺臣是探花唐敖之女，又有骆宾王之女同行，都是忠良之后，心中甚喜，即命家人备筵款待。

登时各村都知燕小姐就要起身，因而燕义甥女姜丽楼，表侄女张凤雏，都来面求要同去赴试。紫琼与唐闺臣商议，闺臣甚为乐从。燕义即通知各家。当时张凤雏、姜丽楼都过来与众人相见。燕紫琼向丫环摆了五桌酒席，唐闺臣、林婉如、洛红蕖、廉锦枫、田凤翾、秦小春、宋良箴、黎红红、卢亭亭、枝兰音、阴若花、颜紫绡、余丽蓉、司徒妩儿、林书香，阳墨香，崔小莺、蔡兰芳、谭蕙芳、叶琼芳、褚月芳、张凤雏、姜丽楼、燕紫琼。共二十四位小姐，各按年齿归坐，饮酒畅谈。原来紫琼谈风甚好，席上颇不寂寞。婉如道：“我们与紫琼姐姐今日虽是初会，听他言谈，莫不情投意合，真令人恨相见之晚；就是别位姐姐，一经会面，也都是一见如故，倒像素日见过一般。莫非前世我们都曾会过么？”小春道：“如何不曾会过！妹子闻得凡人死后投胎，都要归到转轮王殿上发放，大约我们前世曾在那里一会罢。”说的众人不觉好笑。

饭罢，掌灯。正在闲谈，忽见一个女子飞进堂中，身穿桃红袖短袄，下穿桃红棉裤，头上束著桃红渔婆巾，脚下穿著三寸桃红鞋。腰系一条桃红丝绦；手执宝剑；生得十分艳丽。众姊妹一见，吓的惊疑不止。只听那女子厉声问道：“昨日那

词苑撷英

勤王：为君王尽力做事。

个劫去宋素？姓甚名谁？请来一见！”紫绡闻言，即从身旁掣出宝剑，挺身上前道：“是咱颜紫绡！”紫琼也执剑上前道：“是俺燕紫琼！你是何人？问他怎么？”女子把二人上下看一看，道：“俺只当三头六臂，原来不过如此！但你二人既以宝剑随身，自然都是深通剑术之人。俺闻剑客行为莫不至公无私，倘心存偏袒，未有不遭恶报；至除暴安良，尤为切要。今宋素乃钦命要犯，特奉密旨擒拿，你们竟敢抗拒官兵，中途行劫！俺表兄熊训偶尔疏忽，致将要犯被窃，特托俺前来。快将宋素早早献出，免得大祸临身！俺姓易，名紫菱。父亲在日，曾任大唐都招讨之职，祖父当年亦曾执掌兵权；我家世受国恩，所以特来擒此叛逆！”

紫琼含笑道：“尊驾此话固非强词夺理。但你可知宋素是何等样人？俺们救他，岂是无因？”易紫菱道：“他何尝姓宋？乃叛迹九王之子，俺如何不知？”

紫琼笑道：“尊驾既知，更好说了。俺且请教，你说你家世受国恩，这个‘国恩’自然是大唐之恩了？”易紫菱道：“如何不是！”紫琼道：“府上既受大唐之恩，要知九王爷不独是大唐堂堂嫡派，并是大唐为国忠良，他因大唐天子被废，每念皇恩，欲图报效，所以特起义兵，迎主还朝，那知寡不敌众，为国捐躯，上天不绝忠良之后，故留一脉。不意尊府乃世受唐恩之人，不思所以图报，反欲荼毒唐家子孙，希冀献媚求荣。不独恩将仇报，遗臭万年；且剑侠之义何在？公道之心何存？今趁诸位姐姐在此，尊驾不妨把这缘故说明。如宋素果有大罪，俺们自当献出，决不食言。”易紫菱听了，立在堂中，如同木偶，半晌无言。

红蕖见这光景，连忙携了闺臣上前万福道：“姐姐有话，何不请坐慢慢再谈。”

易紫菱一面把剑入鞘，一面还礼道：“姐姐请坐。”于是大家一齐归坐，紫绡、紫琼也将宝剑入鞘归位。易紫菱问了众人名姓，闺臣把上京赴试，路过此处话说了。红蕖望著燕紫琼道：“我看紫菱姐姐举止大雅，器度非凡，真不愧名将之后，令人惟恨相见之晚。但他府上既世受国恩，断无恩将仇报之理。这是上天不绝良善之后，所以幸遇这位姐姐；若是遇了那些负义忘恩之人……”紫菱不等话完，即接著说道：“宋素究是唐家子孙。妹子此时若食周朝之俸，自然惟知忠君之事，替

词苑撷英

恩将仇报：用仇恨来回报所受的恩惠。指忘恩负义。

主分忧，何暇计及别的。好在俺非有职食禄之人，此来系为表兄所托；诸位姐姐既仗义相救，俺妹子岂敢另有他意。就此告别，他日再于京中相会。”正要拜辞，燕紫琼那里肯放，务要攀留少饮数杯，略尽主谊。闺臣、红蕖众妹妹也再再相留，紫菱情不可却，只得应允。燕义躲在后堂，探知这些情节，久已命人预备筵席。

登时重整杯盘，众姊妹又复叙坐。闺臣、红蕖、紫绡、紫琼与易紫菱，同坐一席。酒过数巡，红蕖道：“适才姐姐有‘他日京中相会’之话，莫非也有京师之行么？”紫菱道：“不瞒姐姐说，妹子幼年亦曾略知诗书；前应郡试，虽得侥幸，但恨尚无伴侣，所以未及登程；大约迟早亦拟就道。”闺臣道：“姐姐既无伴侣，如府上无事，何不与妹子同行，岂不甚便？”紫菱道：“妹子适才亦有此意，因初次见面，不敢唐突，既承厚爱，足慰下怀，俟回去禀知老母，自当附骥同行。诸位姐姐倘能在此少为耽搁，妹子回去略为收拾，不过两日即可赶回。”

燕紫琼道：“家母正要攀留众位在此盘桓数日，姐姐只管回去慢慢收拾，我们自当在此静候。”闺臣道：“虽承伯母盛意，但人口太多，过于搅扰，实觉不安，姐姐千万早些赶来，以便作速起身。”紫菱连连点头。紫绡道：“姐姐回去，作何回复你家表兄，也须预为筹划，省得临期又有纠缠。”紫菱道：“俺只说无从寻找，他又何能再为纠缠。”席散后，别了众人，将身一跃，登时去了。坐中如林书香、蔡兰芳、司徒妩儿之类，从未见过飞来飞去之人，今见紫菱这般举动，莫不出神叫奇，都道：“不意世间竟有如此奇人！”若花因又谈起去年紫绡寄情，婉如赤脚乱钻光景，引的众人不觉好笑。小春道：“我看婉如姐姐日后定要成仙。”兰音道：“何以见得？”小春道：“世上既有‘缠足大仙’，自然该有‘赤足小仙’，这是衣钵相传，亦非偶然。所以妹子知他必要成仙。”众人听了，虽觉好笑，却不知“缠足大仙”是谁。婉如道：“‘缠足大仙’四字，只有闺臣、若花两位姐姐心内明白，除此之外，再无第三人。何以传到小春姐姐耳内？令人不解。”田凤翾道：“你们海外各事，我家九公舅舅到了无事与我们闲谈，那样不说？并嘱我们日后如到海外，遇见仙果，切莫嘴馋，惟恐捉去要酿‘倮儿酒’，那才苦哩。”婉如听了，回想

词苑撷英

筹划：1.想办法；定计划。2.筹措。

侧面描写

通过众人的语言、神态来突出易紫菱武艺超群。

当日吃果身软以及男妖搽胭抹粉光景，倒也好笑。廉锦枫见他们说的藏头露尾，走到小春眼前，再三追问。小春只得把倮儿酒及缠足大仙一切情节略略说个大概，众人笑个绝倒。褚月芳道：“今日见了紫菱姐姐飞来飞去，业已奇极，谁知还有海外这些异事，真是闻所未闻！”

余丽蓉道：“刚才紫菱姐姐来时，何等威武；那知紫琼姐姐口齿灵便，只消几句话，把他说的哑口无言，把天大一件事化为瓦解冰消，可见口才是万不可少的。当日‘子产有辞，郑国辞之’，这话果真不错。”司徒妩儿道：“紫琼姐姐几句话，不独免了许多干戈，并与紫菱姐姐打成相识，倒结了伴侣。将来路上得了紫绡、紫琼、紫菱三位姐姐，妹子别无叨光之处，就只到了客店，可以安然睡觉，叫作‘高枕无忧’。婉如道：“若据姐姐之言，路上有了他们三位，连看家狗也不必带了。”颜紫绡道：“若把狗带去，设或有人赤脚钻在床下，他赶上一口，把脚还要咬赤哩。”说的众人胡卢大笑。小春道：“紫绡姐姐把‘赤脚’二字忽然改做‘脚赤’，这个故典用的生动，真是化臭腐成神奇。将来场中文字都像这宗做法，不独要扰高发喜酒，并且妹子从此要搁笔了。”婉如道：“场中若像这般用意，即使高发，也有些臭气。”紫绡笑道：“原来婉如姐姐脚是臭的！咱们快走罢！莫把紫琼姐姐厅房薰坏了！”大家笑著，一齐起身，来到叶氏夫人跟前，道了厚扰，各自安歇。

知识延伸

胡卢：笑声。语出《孔丛子·抗志》：“卫君乃胡卢大笑。”陆世廉《西台记》：“今日里相逢歧路，生和死总付一胡卢。”参见“卢胡”。

次日饭后，叶氏夫人命丫环引众位小姐到花园游玩。正是桃杏初开，柳芽吐翠，一派春光，甚觉可爱。大家随意散步，到各处畅游一遍。紫琼道：“妹子这个花圃，只得十数处庭院，不过借此闲步，其实毫无可观。内中却有一件好处，诸位姐姐如有喜吃茶的，倒可烹茗奉敬。”兰音道：“莫非此处另有甘泉？何不见赐一盏？”紫琼道：“岂但甘泉，并有见朱绝好茶树。若以鲜叶泡茶，妹子素不吃茶，固不能知其味，只觉其色似更好看。”墨香道：“姐姐何不领我们前去吃杯鲜茶，岂不有趣！”紫琼在前引路，不多时，来到一个庭院，当中一座亭子，四围都是茶树。那树高矮不等，大小不一，一色碧绿，清芬袭人。走到亭子跟前，上悬一额，写著“绿香亭”三个大字。

景物描写

这里的景象简直是春意盎然的画面，和前文中武则天冬天要百花盛开形成了对比。

未知如何，下回分解。

名师点拨

纵看全书，李汝珍所写的众位才女不仅学识过人、智慧不凡，而且大多具有尚武倾向，如骆红蕖、魏紫樱善猎，徐丽蓉善弹，孟紫芝、张凤雏善射，宰玉蟾善战等。即便是气度高雅的唐闺臣也是“不但喜文，并且好武，时常舞枪耍棒，父母也禁她不住”。

阅读积累

转轮王

转轮王古印度神话中的“圣王”。因手持轮宝而得名。此王即位，自天感得轮宝，转轮宝而降伏四方。又因飞行空中，故亦称“飞行皇帝”。佛教袭用其说。据《长阿含经·转轮圣王游行经》《俱舍论》卷一二等称，转轮王有金、银、铜、铁四王，各有相应的金属制轮宝。金轮王领四洲，银轮王领东、西、南三洲，铜轮王领东、南二洲，铁轮王领南阎浮提洲。都拥有七宝：轮宝、白像宝、绀马宝、明月珠宝、玉女宝、主藏臣宝、主兵臣宝，亦誉称“应世的明君圣主”。

第六十一回 小才女亭内品茶 老总兵园中留客

名师导读

本回写燕紫琼邀请众才女在“绿香亭”品茶，充满雅趣。作者写此却是“醉翁之意不在酒”，而是以品茶为话头，引出一段关于茶的行家佳话。作者从“茶”的古字古音讲起，讲到茶的益处与害处，茶的真假之辨，茶的同类族物，相当于上了一堂专门的“茶道”之课。以至于大家听得“茶性勃勃”，受益匪浅。

开门见山

燕紫琼的父亲极喜饮茶，在家中种了许多茶树，并在花园中建绿香亭，供品茶之用。在《镜花缘》第六十一回中，作者用了整整一回的篇幅来描写饮茶、谈茶、赞茶，这在明清小说中并不多见。

话说众小姐来到绿香亭，都在亭内坐下。蔡兰芳道：“这‘绿香’二字不独别致，而且极传此地之神，这定是紫琼姐姐大笔了。”燕紫琼指著姜丽楼、张凤雏道：“名字是丽楼姐姐起的，却是凤雏姐姐写的，并且如今连这花园也就叫做绿香园了。”崔小莺道：“原来是凤雏、丽楼二位姐姐手笔，妹子有句批语，叫做‘写做俱佳’。”丽楼道：“这是妹子乱道，尚求姐姐改正。”凤雏道：“妹子自知写的不好，亏得名字起的雅，把字的坏处也就遮掩了。”

登时那些丫坏仆妇都在亭外纷纷忙乱：也有汲水的，也有扇炉的，也有采茶的，也有洗杯的。不多时，将茶烹了上来。众人各取一杯，只见其色比嫩葱还绿，甚觉爱人；及至入口，真是清香沁脾，与平时所吃迥不相同。个个称赞不绝。婉如笑道：“姐姐既有如此好茶，为何昨日并不见赐，却要迟到今日？岂不令人恨相吃之晚么？”

小春道：“昨日我们初与紫琼姐姐会面，婉如姐姐曾言惟恨相见之晚，今日品了这茶，又言惟恨相吃之晚，婉如姐姐原来是世间一个恨人，处处不离恨字。”闺臣道：“适才这茶，不独茶叶清香，水亦极其甘美，那知紫琼姐姐素日却享这等清福。”紫琼道：“妹子平素从不吃茶，这些茶树都是家父自幼种的。家父一生一无所好，就只喜茶。因近时茶叶每每有假，故不惜重费，于各处购求佳种；如巴川峡山大树，亦必赞力盘驳而来。谁知茶树不喜移种，纵移千株，从无一活；所以古人结婚有‘下茶’之说，盖取其不可移植之义。当日并不留神，所来移一株，死一株，才知是这缘故。如今园中惟序十余株，还是家父从前于闽、浙、江南等处觅来上等茶子栽种活的，种类不一，故树有大小不等。家父著有《茶诫》两卷，言之最详，将来发刻，自然都要奉赠。”

红红道：“妹子记得六经无茶字，外国此物更少，故名目多有不知。令尊伯伯既有著作，姐姐自必深知，何不道其一二，使妹子得其大略呢？”紫琼道：“茶即古‘荼’字，就是《尔雅》‘荼苦檟’的‘荼’字。《诗经》此字虽多，并非茶类。至荼转茶音，颜师古谓汉时已有此音，后人因荼有两音，故缺一笔为茶，多一笔为荼，其实一字。据妹子愚见：直以‘古音读荼、今音读茶’最为简截。至于茶之名目：郭璞言早采为茶，晚采为茗；《茶经》有一茶、二檟、三蔎、四茗、五荈之称，今都叫做茶，与古不同。若以其性而论，除明目止渴之外，一无好处。《本草》言，常食去人脂，令人瘦。倘嗜茶太过，莫不百病丛生。家父所著《茶诫》，亦是劝人少饮为贵；并且常戒妹子云：‘多饮不如少饮，少饮不如不饮。况近来真茶渐少，假茶日多；即使真茶，苦贪饮无度，早晚不离，到了后来，未有不元气暗损，精血渐消；或成痰饮，或成痞胀，或成痿痹，或成疝瘕，馀如成洞泻，成呕逆，以及腹痛、黄瘦种种内伤，皆茶之为害，而人不知，虽病不悔。上古之人多寿，近世寿不长者，皆因茶酒之类日日克伐，潜伤暗损，以致寿亦随之消磨。’此千古不易之论，指破迷团不小。无如那些喜茶好酒之人，一闻此言，无不强词夺理，百般批评，并且哑然失笑。习俗移人，相沿已久，纵说破舌尖，谁肯轻信。即如家父《茶诫》云：‘除滞消壅，一时之快虽佳；伤精败血，终身之害斯大。获益则功归茶力，贻患则不为茶灾。’岂非福近易知，祸远难见么？总之，除烦去腻，世固不可无茶；若嗜好无忌，暗中损人不少。因而家父又比之为‘毒橄榄’。盖橄榄初食味颇苦涩，久之方回甘味；茶初食不觉其害，久后方受其殃，因此谓之‘毒橄榄’。”

语言描写

作者李汝珍借燕紫琼之口，从历史的角度考证了“茶”字之渊源，并且发挥其文字学上的专长，大胆提出“直以‘古音读荼、今音读茶’最为简截”，想以此解决聚讼已久的文字问题。

词苑撷英

强词夺理：指无理强辩，明明没理硬说有理。

亭亭道："此物既与人无益，为何令尊伯伯却又栽这许多？岂非明知故犯么？"紫琼道："家父向来以此为命，时不离口，所以种他。近日虽知其害，无如受病已深，业已成癖，稍有间断，其病更凶；自知悔之已晚，补救无及，因此特将其害著成一书，以戒后人。恰好此书去年方才脱稿，腹中忽然呕出一物，状如牛脾，有眼有口；以茶浇之，张口痛饮，饮至五碗，其腹乃满，若勉强再浇，茶即从口流出，恰与家父五碗之数相合。盖家父近年茶量更大，每次必吃五碗，若少饮一碗，心内即觉不宁；少停再饮，仍是一碗；因此身体日见其瘦，饭亦懒吃。去年偶因五碗之后，强进数碗，忽将此物吐出，此来身体方觉稍安。"若花道："这是吉人天相。兼之伯伯立言垂训，其功甚大，所以有此善报，将来定是寿享期颐。"紫琼道："家父若像去岁一饮五碗之时，几至朝不保夕；此时较前虽觉略健，奈受病已深，年未五旬，已觉衰老，但愿如姐姐所言，那就是妹子之福了。"

谭蕙芳道："适才姐姐言茶时多假，不知是何物做的？这假茶还是自古已有，还是起于近时呢？"紫琼道："世多假茶，自古已有。即如张华言'饮真茶令人少睡'。既云真茶，可见前朝也就有假了。况医书所载，不堪入药，假茶甚多，何能枚举。目下江、浙等处以柳叶作茶；好在柳叶无害于人，偶尔吃些，亦属无碍。无如人性狡猾，贪心无厌，近来吴门有数百家以泡过茶叶晒干，妄加药料，诸般制造，竟与新茶无二。渔利害人，实可痛恨。起初制造时，各处购觅泡过干茶；近日远处贩茶客人至彼买货，未有不带干茶以做交易。至所用药料，乃雌黄、花青、熟石膏、青鱼胆、柏枝汁之类，其用雌黄者，以其性淫，茶时亦性淫，二淫相合，则晚茶残片，一经制造，即可变为早春，用花青，取其色有

青艳；用柏枝汁，取其味带清香；用青鱼胆；漂去腥臭，取其味苦，雌黄性毒，经火甚于砒霜，故用石膏以解其毒，又能使茶起白霜而色美。人常饮之，阴受其毒，为患不浅。若脾胃虚弱之人，未有不患呕吐、作酸、胀满、腹痛等症。所以妹子向来遵奉父命，从不饮茶。素日惟饮菊花、桑叶、柏叶、槐角、金银花、沙苑、蒺藜之类，又或用炒焦的薏苡仁。时常变换，倒也相宜。我家大小皆是如此，日久吃惯，反以吃茶为苦，竟是习惯成自然了。"

叶琼芳道："真茶既有损于人，假茶又有害于人，自应饮些菊花之类为是。但何以柏叶、槐角也可当茶呢？"紫琼道："世人只知菊花、桑叶之类可以当茶，那知柏时、槐角之妙。按《本草》言：柏叶苦平无毒，作汤常服，轻身益气，杀虫补阴，须发不白，令人耐寒暑。盖柏性后凋而耐久，实坚凝之质，乃多寿之木，故可常服。道家以之点汤当茶，元旦以之浸酒辟邪，皆有取于此。麝食之而体香，毛女食之而体轻，可为明验。至槐角，按《本草》乃苦寒无毒之品，煮汤代茗，久服头不白，明目益气，补脑延年。盖槐为虚星之精，角禀纯阴之质，故扁鹊有明目乌发之方，葛洪有益气延年之剂。当日瘐肩吾常服槐角，年近八旬，须发皆黑，夜观细字，即其明效。可惜这两宗美品，世人不知，视为弃物，反用无益之苦茗，听其克伐，岂不可叹！"

小春道："妹子正在茶性勃勃，听得这番谈论，心中不觉冰冷；就是再有金茶、玉茶，也不吃了。明日也去找些柏叶、槐角，作为茶饮，又不损人，又能明目，岂不是好。"良箴道："这茶我们能吃多少，每日至多不过五七杯，何必戒他。"小春道："误尽苍生，就是姐姐这句话！你要晓得，今日是一个五七杯，明日就是两个五七杯，后日便是三个五七杯；日积月累，到了四五十岁，便是几百、几千、几万五七杯！"婉如道："姐姐与其劳神算过细帐，何不另到别处走走？"随即携了小春出了绿香亭，众人也都跟著。走了两层庭院，紫琼又引至一个杏花多处，进了厅房，就在厅上坐下，看花闲谈。

到晚正要摆设晚饭，只见众园丁担了许多行李进来。紫琼只当易紫菱来了，及问园丁，原来却是过往女眷。因本村客店

知识延伸

金银花：亦称忍冬。忍冬科忍冬属半常绿木质藤本。花、茎、叶可药用，清热、解毒、消炎。

语言描写

作者围绕饮茶而展开六十一回的内容，介绍丰富多彩的茶知识，宣传茶文化的内涵，又像一篇"中国茶与茶疗"的小杂文。

情景描写

通过燕紫琼目睹众人来借宿，表明燕员外乐善好施。

都被众小姐车辆人夫住满，无处存身，因闻燕员外向来最肯与人方便，每逢客店住满，凡来借居，莫不容留，所以来此借宿一宵。燕义因是女眷，不能推脱，只得命他们暂在园丁女眷房内权宿一夜。不多时，有几个妇女远远而来。园丁走过，把厅上门帘垂下，众姊妹都在窗内张望，原来却是四个女子，后面跟著两个老嬷。内有一个女子，红蕖甚觉眼熟，仔细一看，倒像薛蘅香模样。

未知如何，下回分解。

名师点拨

此节叙唐闺臣与众才女上京应试，至燕家村，燕府小姐紫琼亦是才女，欲与闺臣等人结伴赴试。紫琼之父曾任总兵，现致仕在家。因其喜茶，燕府花园中有几株绝好茶树，紫琼因邀众才女至园中绿香亭内品茶。此节紫琼与众才女品茶不过是个引子，作者主要是借其口探讨与茶相关的问题。

阅读积累

葛洪

葛洪是东晋道教理论家、医学家、炼丹术士。字稚川，自号抱朴子，丹阳句容（今属江苏）人。曾任咨议、参军等职，因镇压石冰起义，赐爵关内侯。因闻交趾出丹砂，携子侄到广州罗浮山炼丹，后死于此。著《抱朴子》，内篇谈“神仙方药、鬼怪变化、禳邪却祸之事”；外篇谈“人间得失、世事臧否”。其思想以神仙养生为内，以儒术应世为外，并对玄学不满。他对化学、医学、气功保健等均有建树。有《金匮药方》百卷，内记天花、恙虫病尤其详细。

第六十二回　绿香园四美巧相逢　红文馆群芳小聚会

名师导读

天朝女试开科在即，众才女一路兼程，从四面八方赶至京师，在武后指定的红文馆内已有四十五位小姐齐聚一堂，饮酒畅谈，好不欢快。

话说洛红蕖正在细看，只听廉锦枫道："红蕖姐姐：你看那个穿青的，岂非红萸姐姐么？"红蕖复又细看，果是尹红萸。随即应道："姐姐眼力不差。"紫琼忙问道："莫非二位姐姐都熟识么？"红蕖道："这四人我只认得两个，一名薛蘅香，一名尹红萸。"闺臣道："那蘅香姐姐自然是仲璋伯伯之女，红萸小姐莫非尹太老师千金么？"

红蕖道："正是。"紫琼道："既是二位姐姐亲眷，何不请来一会。"即命丫环去请。

不多时，四个女子过来，大家见礼让坐。薛蘅香与红蕖各道久阔，尹红萸见了红蕖、锦枫，欢喜非常；姚芷馨同婉如各道别后渴想。众人问起那个女子名姓，却是鳞凤山的魏紫樱。芷馨问了闺臣名姓，即同薛蘅香再三致谢"当日伯伯拯救之恩"。闺臣前在海外，曾闻魏紫樱男装打死狻猊之事，也向紫樱再三道谢。洛红蕖把在座众人名姓都向四人说了。问起根由，原来四人也是去赴部试，都在前途相遇的。于是大家约了一齐结伴同行。

紫琼随命摆设酒饭，众人序齿归坐。

酒过数巡，正在闲谈，忽见窗外飞进一个人来。薛蘅香吓的把箸丢在地下，身上只管发抖；姚芷馨推开椅子，躲在桌下。众人看那女子，却是易紫菱回来，把包裹放下，向众人万福，众人还礼让坐。紫琼把姚芷馨搀扶起来道："姐姐为何这般胆小？"芷馨道："只因前在巫咸带了乳母前去扫墓，忽遇

词苑撷英

久阔：长时间地分别。

知识延伸

序齿：按年龄大小定宴会的席次或饮酒的顺序。齿，年龄。

强人持刀行凶，几乎丧命，幸亏唐伯伯拔刀相助，才得脱身。至今留下一个病根，但遇惊吓，就觉胆落。适才躲避桌下，自知失仪露丑，实系情非得已，诸位姐姐莫要发笑。”蘅香道：“妹子刚才吓的失箸，也因那日受了惊恐留的病根。此时想起当日唐伯伯救命之恩，更令人感激无地。”

大家让紫菱一同坐了。丫环把包裹取过。闺臣笑道：“紫菱姐姐这才算得‘轻骑简从’哩。”紫菱道：“若要雇车装载行李，大约还须两三天方能到此，此时不能不从简便。诸位姐姐不知打算何日动身？”闺臣道：“此时别无甚事，姐姐既到，自然明早长行。”燕紫琼仍要攀留一日，众人执意不肯，定要明日起身。多九公不时来催。紫琼见挽留不住，只得命人收拾，明日一同长行。当时饭罢，张凤雏、姜丽楼都匆匆回去，约定明早在此会齐。众人各自安歇，紫琼见紫菱带的行囊过少，即命丫环送了两床被褥过去，紫菱道谢收了，次日大家早早起来；张凤雏、姜丽楼也都过来。共二十九位小姐，一同用了早饭，拜辞叶氏夫人，往北进发。

一路晓行夜住，这日到了长安。多九公预先进城找寻下处。恰好太后恐天下众才女到京住在客店不便，因当日抄没九王府一所，院落宽阔，房屋甚多，又命工部盖了许多群房，赐名“红文馆”，如愿住者，悉听其便。多九公闻之甚喜，即将众人文书呈验；用了些须使费，检了一所大院落，通知众人一齐进城，来到寓所。多九公引众小姐各处看了一遍，前后六层，两傍群房无数，另有一个总门出入，若把总门闭了，宛是一家宅院。

众人看了，无不欢喜。多九公道：“唐小姐看这房屋还够住么？”闺臣笑道：“莫讲我们，就再添几十人也还够住。好在又有内外，厅房又大，难得九公费心寻此好寓。”多九公道：“这是老夫格外用了些须使费才能如此。现在此处或三五间一所，或十余间一所，老夫细细访问，大约已有二三百处有人住了。我们这所大房，据管房人说，当初原预备礼部尚书、礼部侍郎卞、孟两府小姐住的，此时因两府小姐俱不赴试，才敢给我们居住。”红蕖道：“卞、孟两府有几位小姐，却要如此大房？”多九公道：“据说卞府有七位小姐，孟府有八位小姐；因他生的小姐过多，所以卞、孟两位夫人，人都称作‘瓦窑’。还有许多亲眷姊妹，连他两府。约有三四十位，因此才备这所大房。”婉如道：“既如此，为何又不赴试呢？”多九公道：“闻得有甚回避，不准应试。”

林书香道：“侄女有件事拜烦九公，我同兰芳表妹有几个弟妇也来赴试，不知可在此处作寓。今日已晚，明日将名姓开了，拜炳代为问问。”多九公道：“这事容易。明日请把姓名开来。”说著，即去照应众人搬发行李，安排厨灶，众位小姐或三个一房，或五个一房，接接连连，都将行囊床帐安置，早早安歇。次日，多九公拿著一本号簿进来，向林书香、蔡兰芳道：“老夫才同管房子的将号簿借来，凡有赴试在此住的，都在上面。令亲可曾到此，请二位小姐一看就知道了。”二人接过，看了一遍，不觉满面堆下笑来。闺臣道：“莫非诸位令弟夫人都在此作寓么？”二人连连点头，把号簿交给九公，再三道谢，多九公拿著去了。

当时谭蕙芳、叶琼芳、褚月芳、阳墨香、崔小莺都过来商量同去探望，即命苍头在前引路，七位小姐带了乳母丫环一齐出了总门。两面房舍虽接连不断，静悄悄门前却无一人，也无闲人来往；惟见几个提篮买物之人，亦皆俯首而行。书香细问苍头，才知太后因此处地方辽阔，院落甚多，恐有小人生事，特派两员大臣带了兵役在此弹压。头门以内，禁止闲人擅入，无论大小交易，均在头门以外，所有各家仆人，总归自己总门以内，毋许门首闲立，亦毋许无故闲步，如有不遵，枷号示众；夤夜犯者，即送刑部衙门加倍治罪。因此外面并无闲人来往。章、文两家苍头引著七位小姐各处探望一遍，随即回寓。不多时，文府大公子文芸之妻章兰英、二公子文蒒之妻邵红英、三公子文萁之妻戴琼英、四公子文菘之妻由秀英、五公子文苁之妻钱玉英，还有秀英表妹田舜英，六位小姐，俱来回拜。书香迎接进内，与众人一一拜见。正在让坐，忽闻章府大公子章荭之妻井尧春、二公子章芝之妻左融春、三公子章蘅之妻廖熙春、四公子章蓉之妻邺芳春、五公子章芗之妻郦锦春、六公子章莒之妻邹婉春、七公子章苕之妻施艳春、八公子章芹之妻柳瑞春、九公子章芬之妻潘丽春、十公子章艾之妻陶秀春，共十位小姐，都来回拜。兰芳连忙迎出，引著见了众人，彼此同了名姓，都请在厅房坐下。

闺臣见人才济济，十分欢悦，因与书香、兰芳商议："既是至亲，此间房屋甚多，何不请他们搬来同住，彼此都有照应，岂不是好？"书香即将此意向兰英、尧春诸人说了，个个欢喜，无不情愿，随即各命仆婢将行李搬来。闺臣托末空带著众丫环铺设床帐，安排桌椅。到晚就在厅房摆了十桌酒席，当时唐闺臣、林婉如、洛红蕖、廉锦枫、黎红红、卢亭亭、枝兰音、阴若花、田凤翾、秦小春、颜紫绡、宋良箴、余丽蓉、司徒妩儿、林书香，阳墨香、崔小莺、蔡兰芳、谭蕙芳、叶琼芳、褚月芳、燕紫琼、张凤雏、姜丽楼、易紫菱、薛蘅香、姚芷馨、尹红萸、魏紫樱、章兰英、邵红英、戴琼英、由秀英、田舜英、钱玉英、井尧春、左融春、廖熙春、邺芳春、郦锦春、邹婉春、施艳春、柳瑞春、潘丽春、陶秀春，共四十五位小姐，无分宾主，各按年齿归坐，饮酒畅谈。

酒过数巡，婉如道："今日众姐妹这般畅聚，妹子心里喜的不知怎样才好！若说'惟恨相见之晚'罢，小春姐姐又说俺

知识延伸

刑部：中国封建时代的朝廷司法机关，是朝廷政务执行机关——六部之一。掌管国家律令、刑狱审核和司法行政等事。周朝设有秋官司寇，汉朝设有三公曹，行司法职责。至隋始，改名刑部，以刑部尚书、侍郎为长官。此后历代沿用不变，至清末改为法部。

形象描写

作者又在塑造唐闺臣重情重义的形象。

是个‘恨人’；若说‘都有宿缘’罢，他又说‘曾在鬼门关上会过’。这话俺都不说，只好用那‘久仰大名，如雷贯耳’几句俗套了。”

词苑撷英

捣鬼：1.弄神弄鬼。借鬼神吓唬和愚弄人。也指求神拜佛。2.暗中捣乱；使用诡计。

小春道：“这话不但过俗，并且一派虚浮，全是捣鬼，若谓‘久仰大名’。我们若未会面，谁知谁的大名？素日不知，都说久仰，岂非捣鬼么？”闺臣道：“‘久仰大名’这句话，只有两个人可以用得。当日我家叔父曾言当今有两个才女，一名史幽探，一名哀萃芳，曾将苏蕙《璇玑图》绎出许多诗句，太后见了甚喜，因此才有女试恩诏。我们若见这二人，那才算得‘久仰大名’哩。”章兰英道：“这二人素日妹子也曾闻名；并且所绎之诗也都见过，果然甚好。”林书香道：“妹子昨看号簿上面并无其人，大约不在此处居住；不然，倒可会会。”井尧春道：“姐姐莫忙，到了部试少不得都要会面的。”

饭罢，都到庭中闲步，忽觉一股清香扑鼻，远远望去，原来有几丛木香蟠在墙角，开的甚觉茂盛，于是齐到跟前。正在观看，忽闻隔墙有妇女啼哭之声。闺臣道：“闻得此处围墙以内向无民房，都是我辈赴试的寓所，何得忽有哭声？定有缘故。”秦小春道：“有甚缘故？此必赴试女子自幼从未出外，此刻想家，所以啼哭。”闺臣道：“须托九公前去问问，或者是赴试女子偶然患病，抑或缺了盘费，均未可知。问个详细，倘能周济，也是一件好事。”秀英道：“姐姐不必打听，此事妹子尽知，这个啼哭的是赴试缁姓女子。前者妹子同表妹舜英进京，曾与此女中途相遇，因他学问甚优，兼之气味相投，所以结伴同行。到了京师，就在一处同住，隔墙这所房子，就是我们所住之处。前者到寓，此女检查本籍文书，谁知因他起身匆促，竟将文书未曾带来，此时离部试之期甚近，其家远在剑南，何能起文行查？眼看不能应试，因而啼哭。”红蕖道：“这是他忙中有失，也是命中造定，归咎何人。”田舜英道：“刚才秀英姐姐已将自己文书送给此女，教他顶名应试，不知为何却又啼哭？”林书香、阳墨香一闻此言，吓的惊疑不止。

语言描写

这组对话描写中，突出了唐闺臣心思细腻，富有同情心。

未知如何，下回分解。

名师点拨

在众姐妹跃跃欲试、兴奋异常之时，却有一位缁氏小姐黯然神伤，原来她因“起身匆促，竟将文书未曾带来”这一事由又牵出后文一段故事来。

阅读积累

苍头

苍头亦作“仓头”。汉以后私家所属奴的一种称谓。《汉书·鲍宣传》：“苍头庐儿，皆用致富”。颜师古注引孟康云：“汉名奴为苍头，非纯黑，以别良人也。”又《霍光传》：“使仓头奴上朝谒”。产生了深远的影响。

第六十三回 论科场众女谈果报 误考试十美具公呈

名师导读

面对缁瑶钗丢失文书一事，红文馆的其他姐妹都给予了高度关注。从她们各自的言行举止中，我们可窥见其不同的个性特征，如由秀英的急人所难、侠肝义胆，唐闺臣的沉着稳重、以善劝人，阴若花的足智多谋、灵活应变。可见，作者在极力突出这些女子才华的同时也非常重视她们的品质德行，务求使这些女子达到品学兼优的境界。

咬文嚼字

“巴”即“望”的意思。“望”的意思到了明清小说里就更多了。

话说林书香、阳墨香听得舜英之言，姑嫂至亲，分外关心，不觉惊疑不止。书香道：“秀英妹妹：这是怎讲！好容易吃了辛苦，巴到此地，却将文书平白给人！请问妹妹好端端为何不要赴试？”秀英道：“妹子一因近日多病，不能辛苦；二者，自知学业浅薄，将来部试，断难有望。与其徒自现丑，终归无用，莫若借此养病，亦可成全此人。况他学问甚优，必能高中，若不赴试，未免可惜。因此将文书命奶公暗地送去，嘱他只管顶名应试，将来得中，再作更名之计，稍迟片刻，奶公就回来了。姐姐切莫替我可惜，倘有可望，妹子又岂肯将现成功名反去给人。”墨香听了，惟有挠首，只说“怎好”。只见奶公进来向秀英道：“那边缁小姐命老奴多多致谢，这封公文虽承小姐美意，但自己命运业已如此，即使勉强进场，也是无用；此文断不敢领，仍命交还小姐，教小姐千万保重，但可支撑，自应仍去应试为是。缁小姐明日就要回籍，也不过来面谢，惟有静听二位小姐捷音便了，老奴又再再请他存下，他执意不肯，老奴只得带回。”将文书交给丫环，外面去了。

闺臣道：“秀英姐姐如此仗义，舍己从人，真是世间少有！并且惟恐他人无故那肯就受，却以近日多病不能应试为词，如此设想，曲尽人情，即此一端，已可想见不素为人。此女固辞不受，亦是正理。据妹子看来，此事固由匆迫所误，但如此大事，中途忽有此变，安知不是素日行止有亏，鬼神拨弄，以致如此？若行止无亏，榜上注定该有此人，莫讲赴试文书，即使考卷遗失，亦有何妨？妹子闻得古人言：'科场一道，既重文才，又要福命。至德行阴骘，尤关紧要；若阴骘有亏，纵让文命双全，亦属无用。'以此而论，可见阴骘德行，竟是下场的先锋；即如出兵，先锋得利，那主帅先有倚傍。自然马到成功了。"

知识延伸

阴骘：原指默默地使安定，后引申为默默行善的德行，亦作"阴德""阴功"。而谓暗中进行害人的事为"伤阴骘"。

舜英道："这位姐姐一路行来，却处处劝人向善；所行之事，也有许多好处。即如路上每逢打尖住宿，那店小二闻是上等过客，必杀鸡宰鸭，谆谆馈送，无论早晚，处处皆同，这位姐姐因无故杀生，颇觉不安，到处命人劝阻，从无一处不送。看其光景，竟是向来牢不可破之例，相沿已久，莫可如何。后来他因若辈送鸡送鸭，无非希图正价之外，稍沾余润，何不即迎其意，先付余润，免其鸡鸭，岂不大妙。因命仆人：'后凡看店，即将鸡鸭余润之资，约计若干，预先讨给，倘再馈送，即将原资讨回。'小二得此，不独一一遵命，并且一呼即应，分外殷勤，自此馈送鸡鸭之风，才能渐息。那些同路的看见这样，莫不如此。所以一路上活了无数生灵。其余善事，不一而足。姐姐若谓阴骘德行为进场先锋，为何此人这般行为，反不能应试呢？"闺臣道："此人若果处处行善，一无亏缺，上天自能护佑善人，不但必能应试，定主高发，自有意外机缘，或者将来仍有女试大典，此人应在下科方中，亦未可知，总须日后方见明白。"

语言描写

以田舜英之口提出积了阴德为何没有福报，以唐闺臣之口解释原因，作者在向大众宣扬积善行德的思想。

舜英道："凡试官看文，全凭考卷以定优劣。适才姐姐说：'即使考卷遗失，亦有何妨。'难道卷子遗失还能入选么？"闺臣道："妹子此话，并非无因。当年有弟兄二人进场，其父曾梦神人云：'尔长子本无科名之分，因某年某处猝被火灾，他拾得金珠一包，其物是一妇人为他丈夫设措赎罪之资，因被火拥挤遗失，亏尔长子细心密访，物归原主，其夫脱罪，夫妇始得团圆；因此今科得与尔次子同榜。'其父甚喜，即告二子。及至放榜，报弟得中；弟忽伏地恸哭，几不欲生。其父问其所以。弟云：'父亲梦兆，本系弟兄皆中，今我误害哥哥，以致不中，我虽独中，亦有何颜！'忽又报兄中第一。

语言描写

为了宣扬积善行德必有福报，作者借唐闺臣之口，讲述了一个离奇的应验的故事。

其弟仍哭道：‘此系报错，安有卷子遗失而能得中之理！’其父见其语言离奇，再三追问，料难隐瞒，只得细述根由。诸位姐姐！你道是何根由？原来当日弟兄进场，头场、二场已过，至第三场，忽然场中相遇。是时其兄患痢甚重，勉强敷衍完卷，正要交卷出场，又复腹痛，极其狼狈，因将卷子交付其弟，嘱他完卷一同投递，即奔东厕。弟恐兄卷被污，藏入怀中；忙将己卷誊清，交毕回寓。及至临睡解带，始知兄卷仍旧在怀，其时已交三鼓，知难挽回，悔恨无及，只得将卷收藏，以为日后清罪地步。今忽报中第一，所以他说‘报错’。及至亲去看榜，弟兄实系双双高中，旋即回寓，再觅其兄第三场之卷，依旧在此。父子三人莫不称奇。到了次日，细细打听，才知有个缘故。诸位姐姐！请猜一猜，其中究系何故？”

词苑撷英

入彀：1. 比喻受人笼络，由人控制。2. 比喻合乎一般程式或要求。3. 入神。

秦小春正听的入彀出神，忽见闺臣又教众人请猜，不觉发急道：“好姐姐！你快说罢！何必又教人猜！这段书委实好听，快快接下去，明日妹子好好画把春扇奉送。”闺臣道：“贤妹莫骗我说了，却把扇子不送。”小春道：“妹子赌个誓，如要骗你，教我日后遇见一只狗把脚咬出血来！”众人听了，猛然一想，不觉好笑。紫绡道：“这个‘血’字只怕从那‘赤’字化出来的。”婉如听了，鼻中不觉哼了一声。

闺臣接著道：“到了次日，父子三人细去打听，原来誊录房失火，把第三场卷子尽都烧了，只好启奏，且自放榜，所有第三场卷子，随后再补，谁知此人恰恰碰了这个机会，因此得中，岂非考卷遗失也都不妨么？这位姐姐不知是何名姓，我们把他记了，或者天缘凑巧，他家竟把文书巧巧差人送来，竟能赶上考期，也来可定。”

语言描写

卢亭亭则谈到“将来若花姊姊做了国王，我们同心协力，各失忠诚，或定礼制乐，或兴利易弊，或除暴安良，或举贤去佞，或敬慎刑名，或留心案牍，辅佐他做一国贤君，自己也落个女名臣的美号。日后史册留芳，岂非千秋佳话！……”这几乎是女子参政的宣言。

秀英道：“此女姓缁，名唤瑶钗，祖籍剑南，现年十六岁。”若花道：“既如此，妹子包管教他进场，倘有差错，都在妹子一力承当。”众人听了，都觉不解。兰音笑道：“我知姐姐尊意了，大约姐姐意欲仍做女儿国王，不愿赴试，所以要把文书给了此女，教他冒名顶替，你便脱身回去。妹子猜的可是？”若花笑道：“阿妹如果不弃，肯做女儿国的宰相，愚姐便做国王，这有何妨！”兰音笑道：“姐姐如果做了国王，妹子少不得要去做个宰相。”众小姐听了，更都不解，齐向兰音细细盘问。

若花趁大家谈论，将闺臣拉在一旁道：“阿妹可记得去年缁氏伯母要去赴考，我们商量要在县里捏报假名？彼时因缁氏伯母务要本姓，适值手内拿著一枝瑶钗，就以‘缁瑶钗，为名，那时恐岭南籍贯过多，把他填了剑南。谁知刚才秀英阿姐听说之人，恰与这个名姓、乡贯相对，年岁又一样。去岁所起赴试文书，恰好愚姐无意中却又带来。何不成全此人，岂不是件好事？”闺臣喜道：“如此现成美举，真是不费之惠，若非姐姐提起，妹子那里记得。此时对著众人莫将缁氏伯母这话露出，恐亭亭姐姐脸上不好看，只说前在家乡，无意拾得这个文书，送给此女便了。”当时若花把文书取来，对秀英说知。秀英道：“天下那有这等巧事！真令人不解！”亭亭心中早已明白，因说道：“我们队里现在并无这个名姓；而且又有印信为凭，可见不是捏造来的，姐姐不必犹疑，速速命人送去，包管此人欢喜。”秀英只得命奶公送去，并将路上拾取之话说了。不多时，缁瑶钗过来拜见众人，并向秀英再三道谢，追问当日拾取之由。若花用些言词遮掩过去，又道：“阿姐只管投递，如有差错，我们众人自当一力承当。天下岂有将人功名视为儿戏之理！难道自己不想上进么？”瑶钗听了，这才拜谢而去。

不几日，到了三月初三部试之期，闺臣同了诸位小姐并天下众淑女齐到礼部听点入考，密密层层，好不热闹。到晚散场，各自回寓。过了几日，礼部尚书卞滨、侍郎孟谟与同考各官蒋进等，把各卷等第俱已看定，选了放榜吉期。正要修本具奏，忽然接了一个公呈，系江南、淮甫，河北、河东等处有十个女童，为首的名叫史幽探，其次哀萃芳、纪沉鱼、言锦心、谢文锦、师兰言、陈淑媛、白丽娟、国瑞征、周庆覃，或因患病未赴郡考。或缘事故已过部试之期，今情急来京，特具公呈：“无论当日有无郡考，情愿羽之内面请四题，一补郡考，一补部试，如一日之内不能完卷，或文理乖谬，情愿治罪”云云。卞滨、孟谟接了此呈，不能定夺，只得据情入奏。旋奉谕旨道：“既据该女童等情愿一日之内连补二试，姑如所请，特赐四题，即于明日黎明，著该部会同同考各官面试优劣如何，据实速奏。”礼部随即传谕。到了第二日清晨，十个女童早已伺候；礼部将题目宣示，到晚交卷散出。次日，卞滨将各卷定了甲乙，即同孟谟修本具奏道：“所有补考十卷，以文理而论，与前所取各卷互有高下；但此卷未经誊录，似未便与前看分别等第。今将各卷恭呈御览，请旨定夺。”武后亲自著了一

知识延伸

印信：政府机关的各种印章、公私印章的总称。印信亦师资和融之称。印信又信凭符契，所以验真伪、别正邪也。即受学传法之凭据，如显教受戒以报发给戒牒也。

词苑撷英

谕旨：皇帝晓示臣下的旨意。

遍，果然都好，因传旨道："前日礼部所取各卷，例应复试后方准殿试，今既续补十卷，著将前榜暂停张挂，统俟复试后即以复试之榜作为正榜。至史幽探、哀萃芳……十名，或未赶赴郡考，或逾部试之期，自应停其殿试；第阅该部所呈各卷，文理尚优，况史幽探、哀萃芳二名，朕于《璇玑新图》久知其人，皆属能文之女，自应准其一体入试。前榜既经停止，其四等花再芳等亦著加恩一并入试。该部一面传谕，即一面速选试期请旨，以免稽延。"卞滨、孟谟接奉此旨，当即出示晓谕，一面选了试期。

未知如何，下回分解。

名师点拨

前文写到亭亭的母亲缁氏在郡考中取得头名之后就急流勇退，她的故事看似戛然而止。此回写到缁瑶钗所用之文书即是缁氏所留，仿佛缁氏向殿试迈进的行程仍在继续，只不过具有符号作用的缁瑶钗成了她的替身，也应验了缁氏的梦兆。

阅读积累

礼部

李部官署名。北周即有此名，掌内外九族之差，玉帛衣服之令，沙门道士之法。隋初为六部之一，后世因之。下属机构有礼部、祠部、主客、膳部四曹。掌礼仪、祭享、贡举等事项。长官为礼部尚书，侍郎副之。唐初曾一度改称司礼及春官。南宋时曾将鸿胪寺、光禄寺并归礼部，太常寺、国子监也隶属礼部。清末废，改设典礼院。

第六十四回 赌石砚舅甥斗趣 猜灯谜姊妹陶情

名师导读

正所谓“花开两朵，各表一枝”。京师的红文馆内已有四十五位才女准备就绪，安心等待部试之日。而这边却有卞家及孟家的十五位姐妹因父亲被钦定为部试考官而要避嫌，即将错过百年难遇的女试机会，心中无限懊丧。但作者锦心绣口，他通过一个猜谜语的小游戏将这些女子的冰雪聪明自然地展现出来，为后文才女们的猜谜逗趣起到了抛砖引玉的作用。

话说卞滨、孟谟接了御旨，当即出示晓谕，一面选了十三日为部试之期，修本具奏。

原来这卞滨表字渭仙，乃淮南道广陵人氏。自幼饱读诗书，由进士历官至礼部尚书，世代书香，家资巨富，本地人都你他“卞万顷”。盖卞滨自他祖父遗下家业，到他手里，单以各处田地而论，已有一万余顷，其余可想而知，真是富可敌国。若要讲起这卞家发财根由，倒可使那奢华之家及早回头，却教那勤俭之人添些兴致。

那卞滨曾祖名叫卞华，是个饱学秀士；妻子奢氏。夫妻两口，秉性最好奢华。祖上留下家业虽有数十万之富，如何禁得卞华毫不打算，一味浪费，不上几十年，早已一贫如洗。那时卞华年已半百，因见家道萧条，回想当日挥金如土、一味浪用时节，那里想到一旦如此，悔之无及。况从前是何等样锦衣美食，而今粗衣淡饭，尚且还费打算。于是忧闷成疾。不两年，夫妻双双去世。存下一子，名唤卞俭，这是卞华临危替他起的名字，以为警戒之意。这卞俭娶妻勤氏。夫妻两口，自从父母去世，将几间旧房变卖作为殡葬之用，城内无处安身，就在城外茔旁起了两间草屋，以为栖身之所。卞俭是个读书人，诸事

知识延伸

广陵：战国楚邑。秦置县，治今江苏扬州市。汉武帝时以江都国改置“广陵国”，治广陵县（今扬州市），汉光武帝时以广陵国改置“广陵郡”，治广陵县。隋、唐时期为扬州治。自大运河开凿后，成为贯通苏南、苏北门户，盐商云集，名闻全国。

不谙。这衣食两字要全靠勤氏一人针线，竟难度日；只好且学朱买臣样子，每日带著书，砍些柴添补度日，真是饥一顿饱一顿，混过日子。

一日，正值腊月三九时分，天气甚寒。卞俭因衣服单薄，甚觉怕冷，到晚先就睡了。

一觉睡醒，天有五更光景，却见勤氏仍在灯下赶做针线。卞俭道："如此天寒夜深，你还不睡，只管赶他怎么？"勤氏道："我因连日天气甚冷，你身上又无挡寒棉衣，意欲赶些针线可以多卖几文钱，省得你爬山越岭又去砍柴。况天寒地冻，那旷野寒冷尤其利害，莫要冻出病来，倒是大事！"卞俭因坐起道："此话虽是，但你素非强壮，岂不怕身子熬伤？断断不要如此！明日还是我去砍柴，你做针线，各人交各人工课。若教我终日在家静坐，未免劳逸不均，心中也是不安的。"夫妻彼此劝慰，说话间，天已发晓，卞俭道："今日著实寒冷，莫非要下雪么？"因起来开门一望，只见朔风凛凛，冷气飕飕，却已琼瑶密布，飘下一天雪来。卞俭道："如此大雪，这却怎好！"勤氏道："昨日剩些柴米尚够一餐，今日权且敷衍，等待雪住，再把针线去卖。"

到了次日，雪仍不住。卞俭只得冒雪把针线拿到城中，走了半日，满天大雪，家家闭户，哪有人买，只得败兴而回。勤氏见这光景，虽然心焦，只好勉强用言安慰。卞俭呆了半晌道："刚才我想象中这两只鸡鸭，每日虽在庄田吃些野食，无须喂养，但能生多少蛋？不如把他拿去，倒可卖几文钱，换些米来，岂不是好？"勤氏摇头道："这却使不得！将来起家发业，全要在他身上。今日如果卖去，所值无多；日后再要买他，就要加上几倍价。你想，我们一日两餐尚且不周，何能有钱再去买他？况现在已生二三十蛋，不过早晚就要抱窝；等到出小鸡鸭来，慢慢养大，那是多大利息！今日若将这个再卖去，将来只好做一天、吃一天，穷苦到老；再想别的起家法子，可就没了。"卞俭无奈，只得咬著牙又饿一日。次日天晴，将针线卖了，这才饱餐一顿。此后仍是勉强度日。

不知不觉到了春天。鸡子抱窝时共积下鸡蛋二十个，鸭蛋二十个；将鸡蛋给鸡抱了，鸭蛋也用火炕了。过了二十余日，四十个全都抱出，夫妻两个甚是欢喜。好往乡间又有池塘，不上半年，鸡鸭俱已长大。将生蛋的留下几只，余者尽都卖去；

知识延伸

朱买臣：西汉大臣。字翁子。吴县（今属江苏）人。武帝时，经严助举荐，拜以为中大夫。东越叛乱，受命为会稽太守，制造楼船战具，平定叛乱，官至主爵中尉。后因揭张汤阴私，触怒武帝而被杀。

词苑撷英

琼瑶：1.美玉。2.比喻美好的诗文。3.比喻雪。4.犹玉颜。5.指仙宫。6.海南岛之美称。

所卖之钱，又买两口小母猪。不一年，鸡鸭又是两大群，连那两口猪也生许多小猪。再隔几年，不但猪羊成群，就是耕田大水牛也不知滋生多少。又起了两间草屋，置些田地。他将这地且不种五谷，都有培植肥肥的却做菜园，以此利息更厚。他夫妻本是从苦中过来人，素性又极勤俭，一切庄田动作，牛羊喂养，全是亲自动手，因此日盛一日。并且居心甚善，自己虽然衣食淡薄，乡间凡有穷困，莫不周济，却是人人感仰。故遇旱潦之时，他家庄田，众人齐心设法助他，往往别家颗粒无存，他家竟获丰收。因此不上三十年，家资巨富，米谷盈仓。到了卞滨之父卞继身上，也是诸事勤俭。谨守祖业，前后百余年，竟富有良田万顷。

情景描写

这真是一个小农经济条件下实现发家致富的理想的样板。作者在此宣扬勤俭、行善的思想。

卞滨出仕后，适值麟德初年，西北大荒，兼之刀兵不靖，国家帑项颇费经营，因将田地变卖五千顷，其价尽行报效，作为军需赈济之用。因此圣眷甚为优隆。这卞滨一生最重斯文：不但文墨之人爱之如宝；凡琴棋书画，医卜星相，如有一技之长者，前来进谒，莫不优礼以待。而且仗义疏财，有求必应，人又称为“赛孟尝”。现年五旬向外，因中年无子，四十岁上就广置姬妾，虽接连生育，无如总是女儿，如今膝下共有七女。

夫人成氏，十年前曾生一子，名叫卞璧，谁知刚到三岁，得了惊风之症，一病而亡。

彼时合家好不伤心。正在悲哭之际，适值门外有一道人化缘，听见哭声甚惨，问知缘故，要将公子送出一看。及至看过，他道：“此儿虽有一分可救，但在尘凡闹市之中恐不中用。你们如给我抱去，倘能救转，俟他灾难满时，年纪略大，我再送来奉还。”卞滨惟恐谣言惑众；兼之小儿已死，那里肯信，执意不从。无奈夫人再三苦劝，无论死活，定要把公子给道人领去。卞滨只得叹口气走开，随著夫人办去。过了几年，毫无影响，卞滨知是无用。

好在这七个女儿都是比花稳重，比月聪明。每日除公事应酬外，惟有教他们做诗写字，倒也解闷。去岁县考，原可声明原籍，在京赴试，回避嫌疑，故命七女都回本籍。

到了县考，恰好大女卞宝云取了第一，次女卞彩云取了第二，三女卞锦云取了第三，四女卞紫云取了第四，五女卞香云取了第五，六女卞素云取了第六，七女卞绿云取了第七；

后来郡试虽略有参差，都不出十名以外。试毕回来。今年部试偏偏父亲做了主考，都要回避，好不扫兴。卞滨虽爱女心胜，每与妹夫孟谟斟酌，又不敢冒昧入奏。因同夫人成氏商量："眼看就要部试，惟恐众女儿在家郁闷，莫若著人把孟家八个甥女接来一同散闷。"因而又向同考官考功员外郎蒋进、主客员外郎董端、祠部员外郎掌仲、膳部员外郎吕良说知，意欲将他几位小姐请来一同消遣。众人因女儿不能入试，终日在家无情无绪，今听此话，如何不喜；况且向来都常来往，如今又算同年，自然更觉亲热。当时个个应允。回来都对女儿说了，无不要来相聚。

卞滨有两个妹子，一个嫁与原任御史台大夫孟谋为妻，一个嫁的就是礼部侍郎孟谟。

那孟谋是孟谟的胞兄，早经亡故，存下四个女儿：长名孟兰芝、次孟华芝、三孟芳芝、四孟芸芝。孟谟也有四个女儿，就从孟芸芝排行：五叫孟琼芝，六孟瑶芝、七孟紫芝、八孟玉芝。个个都是饱读诗书，妖艳异常。这孟谋之妻卞氏夫人，自从丈夫去世，本要带著女儿回河南原籍，因小叔孟谟、哥哥卞滨再三留在京中，以为将来众女儿择婿之计，兼之八个姊妹自从一同赴考，郡县取中之后，真是如胶如漆，就像粘住一般，再也离不开，因此卞氏只好带著四个女儿就在孟谟府上住下。这日见众女儿因不能赴试，个个眉头不展，正在用言安慰，忽见哥哥那边来接他们，连忙教他姊妹略为穿戴，即时过去。

这八位小姐到了卞府，孟兰芝带著七个妹子见了舅舅、舅母，并与宝云、彩云、锦云、紫云、香云、素云、绿云，都见了礼，随便坐下。卞滨道："我怕你们不能入考，在家发闷，因此接你们过来，但这一向为何不来看看我呢？"孟兰芝同孟琼芝道："甥女这两日本要来请安，惟恐舅舅考试匆忙，所以不敢过来。"卞滨道："我虽有事，你舅母同宝云七个姐姐却闲在家；你们不过因回避发闷，不大兴头，那里是因我忙就不来哩。"孟紫芝道："我们好一向不来，今日过来，舅舅该说怎样想念甥女的话才是，怎么刚见面，就把人家心病说出哩。"

> **语言描写**
> 直爽的话语引起了读者的注意，预示着一个独特角色的出现。紫芝在百女聚宴的过程中流连于众才女的游戏之间，是故事发展的线索人物，也是故事发展的闪光点。

卞滨笑道："果然我的话是不错的。"因向宝云道："我已教人备了几桌饭，少刻蒋府、董府、掌府、吕府四家姊妹也都过来，你们就在花园聚聚，或做诗，或猜谜，如酒量好或行个酒令，随便顽顽。好在大家又是常会的，也没甚拘束。刚才部里来送信，说剑南倭寇已被文隐平定，一两日就有红旗报捷到京。连日朝中有事，少时我还要上朝伺候，今晚就在部中住下，大约过了十三日考试方能回来。你们只管多聚几日，等考事完毕，我还要同你们做诗聚聚哩。”

那孟玉芝年纪最小，向来卞滨最是疼他。他听了这话，便道：“舅舅刚才说教我们姐妹或做诗，或猜谜，如今我倒有个谜请舅舅先猜猜。”卞滨笑道：“猜谜却是你舅舅生平最喜的，而且从不让人；但如果猜著，你以何物为赠，倒要预先说明。”玉芝道：“我们去年郡考有刺史送的端砚，就以端砚一方为赠。”卞滨道：“狠好！你且说甚么题面？”玉芝道：“就是舅舅适才所说‘红旗报捷’四字，打《论》《孟》一句。”

知识延伸

端砚：用广东省高要县端溪地方出产的石头制成的砚台，是砚台中的上品。

卞滨闻言，不觉哈哈大笑道：“你速速教人把端砚取来预备送我，等我好猜。”香云道：

“倘我们猜著，不知有赠无赠？”锦云不等玉芝回答，就说道：“你问他怎么！我们只管猜，那有无赠之理！”成氏夫人也笑道：“你们只管猜，八甥女如不给赠，将来到他婆婆家闹去，看他给不给！”玉芝道：“舅母何苦哩，你老人家又要引著头儿来闹了。”

卞滨望著兰芝道：“他这谜你们都晓得么？”兰芝道：“都不知道。”华芝道：“我们姐妹终日虽在一处，却未听他说过。”卞滨道：“既如此，你们何不也猜猜，岂不有趣？”芳芝道：“不劳舅舅分付，甥女却著实想哩。”彩云道：“我猜著了，可是‘胜之’？”玉芝摇头道：“不是。”素云道：“可是‘战必胜矣’？”

紫芝代答道：“也不是。”素云道：“他这谜你也晓得么？”紫芝道：“这是玉芝妹妹做的，我不知道。”素云道：“你既不知，为何代他回答‘也不是’呢？”紫芝道：“我因姐姐猜的与彩云姐姐意思都相仿，彩云姐姐猜的既不是，自然你也不是了，所以随嘴就替他回答出来。”素云听了，把脸红了一红。刚要说话，只见卞滨向众人道：“他这谜，正面自然先打这个‘胜’字。如今猜了两个既不是，必须另想别的路数，莫要只在‘胜’字著想，倒被他混住了。”芸芝道：“舅舅这话很是。况且《论》《孟》战胜的话，除了这两句，别的也加不上，一定另有意思。”卞滨因问道：“可是‘克伐怨欲’的‘克’字么？”瑶芝拍手道：“只怕舅舅猜著了！”玉芝道："不是，还要猜猜。"

紫云道："不是'克'字，一定是'克有罪'了。"绿云道："怎么加上'有罪'二字？"紫芝代答道："他在那里造反，所以兵去征他。难道造反还不是有罪么？"宝云道："紫云妹妹猜的不是，只怕是'克告于君'罢？"卞滨点头道："不必猜了，被宝云这句打著了。"玉芝笑道："宝云姐姐猜的不错。"卞滨笑道："果然做的也好，猜的也好。我将来倒要做几个同你们顽顽。你们就到园中去罢，我也要走了。"因又望著玉芝道："好是好的，莫要只顾赞好，就把砚台忘了。"一路笑著去了。众姊妹也就别了夫人，齐向花园而来。

未知如何，下回分解。

名师点拨

在本回的前半部分，作者花了大段笔墨去描写卞氏祖先的荣枯史，讲卞家由四十个鸡、鸭蛋发展成现在的"家资巨富，米谷盈仓"的过程。对于这个故事的真实性你可能疑惑重重，但作者的重心明显在于他的寓言意味。卞华及其妻子奢氏，合为"奢华"，因奢侈而败家；卞俭及其妻子勤氏，合为"勤俭"，则是因勤劳而发家。所以，作者把这个在古代小说中常见的"一个鸡蛋的家当"式的发家故事拿来宣讲，是要达到劝诫、讽喻的目的，而不太关注它的真实性。

阅读积累

剑　南

剑南是唐方镇名。开元七年（719，一说开元五年）升剑南支度营田处置兵马经略使为节度使，为玄宗时边防十节度经略使之一。治益州（治今四川成都市），领昆明军及益、彭、蜀、汉、眉、绵、梓、遂、邛、剑、荣、陵、嘉、普、资、嶲、黎、戎、维、茂、简、龙、雅、泸、合凡二十五州，约当今四川中部一带。其后辖境扩大，先后增领文、扶、姚、奉、坝等州及保宁都护府；并一度兼山南西道采访使，号山剑西道。至德二载（757）分置剑南东川、剑南西川节度使。广德中又曾合为南一道，大历中复分。

第六十五回　盼佳音虔心问卜　顶盛典奉命抡才

名师导读

在本回中，三十三位因避嫌未能参加部试的女子在绝望之余想到了起课求签。于是，作者又趁机大肆卖弄其占卜学问。

话说众姊妹别过夫人，来到花园，走过几层凉亭水榭，到了文杏阁。只见满园桃杏盛开，嫣红照眼。紫芝望著宝云道："姐姐，我们今日莫到凝翠馆去，那边大觉辽阔冷清，此刻桂花又不开，虽说松阴可爱，须交四五月方好顽哩。我们就在这个阁子坐坐罢。"

知识延伸

水榭：建于水上或水边的楼台，供人们游憩、眺望用。《旧唐书·裴度传》："东都立第于集贤里，筑山穿池，竹木丛萃，有风亭水榭。"

宝云道："愚姐也是这个意思。"一齐进了文杏阁。坐不多时，只见使女来报："蒋府、董府、掌府、吕府四家小姐都到了。"众姊妹连忙迎出。

原来这蒋进乃河北道广平郡人氏，现任吏部考动员外郎。夫人赵氏，膝下一子四女，子名蒋绩，尚在年幼，长女名唤蒋春辉，次蒋秋辉，三蒋星辉，四蒋月辉。还有寡嫂跟前两个侄女，一名蒋素辉，一名蒋丽辉。姊妹六人，都生得丽品疑仙，颖思入慧，去年郡试，俱在十名以内，试毕来京，静候部试。谁知武后因当年举子部试本归吏部考功，今虽特点礼部，仍将蒋进派为同考，又派了礼部主客员外郎董端、祠部员外郎掌仲、膳部员外郎吕良，共四位同考，以示慎重之意。蒋春辉等闻父亲派入同考，都要回避，好不扫兴；因同赵氏夫人说知，在家无事，要到姨父董端府上会会姨表姊妹，消遣消遣。

夫人随即命人伴送到了董府。

这董端乃江南道馀杭郡人氏，现任礼部主客员外郎。夫人赵氏，膝下无子，生有五位小姐，长名董宝钿、次董珠钿、三董翠钿、四董花钿、五董青钿，个个都是妖同艳雪，慧比灵珠。这日正因回避在家闷坐，听得蒋家表姐过来，姊妹五个连忙迎到上房，大家行礼。赵氏夫人正在让坐问话，只见董端从衙中回来，蒋春辉忙同五个妹子上前见礼。

董端道："你们来的正好。我同你父亲才在卞府，那卞家伯伯恐你们不能赴试，在家烦闷，今日接你们过去同孟府、掌府、吕府几家姐妹大家聚聚。"言还未毕，蒋进也命人过来告知此话，就教六位小姐同这边五位小姐一同过去，众姊妹个个欢喜，登时乘车，行至中途，又遇见掌府、吕府小姐也是望卞府去的。

这掌仲乃河东道太原郡人氏，现任祠部员外郎。夫人朱氏，三胎生育二子四女：二子俱幼，大女名叫掌红珠、次掌乘珠、三掌骊珠、四掌浦珠，姊妹四个，都生得神凝镜水，光照琪花。这位掌老爷就是膳部员外郎吕良夫人掌氏之兄，同卞滨、孟谟、蒋进、董端，吕良都是同科进士。那吕良乃河东道平阳郡人氏。夫人掌氏，止生三女：长名吕尧蓂、次吕祥蓂、三吕瑞蓂，妹妹三个，也是生得暖玉含春，静香依影。这日因卞府来请，约了掌家四个表妹一同前来。走至中途，恰恰遇见蒋董两家小姐。

不多时，到了卞府。宝云等迎出，大家拜见，并与成氏夫人行礼，归坐。茶罢，成氏道："诸位侄女这两年都是在家用功，相聚日子甚少，即或偶尔一会，我看你们都是匆匆忙忙就别过了，总因有个书本子放在心上。好在你们姐妹都立了'淑女'匾额，也不托这几年苦功。去年冬天，我打听打听这家也中了，再问问那家也中了，你们姐妹三十三个，就没剩下一个！我那时得了这些喜音，足足欢喜好两月，只怕比你们自己喜的还加倍哩。如今就只可惜你们现现成成的'才女'匾额却被你们父亲、伯伯、叔叔们耽搁了。"蒋春辉道："这是侄女们'才女星'还没现，所以有此一折。将来能彀托赖伯母福气，再遇才女部试，诸位伯伯同侄女父亲都不派入考试，那就好了。"

紫芝道："春辉姐姐，你这话才叫'望梅止渴'哩。你想：自古至今，天下考过几回才女？还想将来再考，并且还要父兄叔伯不派考官，你想可难不难？太后诏内虽有下科殿试之说，也不知何年何月。况且即或他年再遇女试，只怕到了那时，你同宝钿、尧蓂、红珠几位姐姐都有姐夫了，就是这边宝云姐姐同我兰芝姐姐，到那时大约也有婆婆家了。"兰芝听了，脸上不觉红了一红，把紫芝瞅了一眼道："你又乱说了！"吕尧蓂道："紫芝妹妹如今念了几年书，怎样嘴里还是这样淘气？"掌红珠道："姐姐：你还不知哩。我们今年正月来贺节，伯母留我们看灯，住了两日，谁知紫芝妹妹那张嘴近来减去零碎字，又加了许多文墨字，比从前还更狠哩。"董花钿道："紫芝妹妹嘴虽利害，好在心口如一，直截了当，倒是一个极爽快的。"紫芝道："刚才尧蓂姐姐因我说他有姐夫，他就说我淘气。难道有姐夫这句话也错了？如果说错，并不是我错的，那孟夫子曾说'女子生而愿为之有家'，只好算他错的。谁知那乐正子听了不悦道：'紫芝不要混说，我先生何尝说错；你去问问那些女子，他们可肯对天发誓，一生一世不愿有家么？"

成氏笑道："你们听听，他忽然把个乐正子又请出来，说的话灵活现，倒也有个意思。"

蒋星辉道："伯母莫要赞他，他得了意，更要乱说了。"紫芝道："我也不想下次再考，我只盼明日部试，太后看了卷子说：‘去年郡考还有几家同姓的，怎么都不见了？快快教他都来殿试！’那就好了。”蒋春辉道：“妹妹，你这话虽不是望梅止渴，却有四字批语。”青钿道：“那四个字？”春辉道：“叫做‘画饼充饥’。”成氏笑道：“要这样说，一个是望梅止渴，一个是画饼充饥，那还好么？依我说，你们饭后无事，何不求个签儿决决疑？闻得六甥女起的课最灵，或者起个课也好。只顾说话，你们也该用饭了，都到晚芳园去罢。”紫芝道：“这里花园本名‘漱芳’，为何又改做‘晚芳’？”成氏道：“这是你舅舅因膝下无子，欲取晚年得子之兆，所以改做‘晚芳’了。”

众姊妹别过夫人，都到园中，进了文杏阁，照向日次序分宾主坐下。用了点心。蒋秋辉道：“可惜今年殿试都不能恭逢其盛。”愚姐妹向来并未用功，今年不去，倒是借此藏拙，诸位姐姐未免抱屈了。”宝云道：“当日伯伯大魁天下，谁人不知！所谓‘家学渊源’，六位姐姐如果与试，自然也是前列，怎么倒说藏拙的话。”董珠钿道：“若论藏拙，要算我们姐妹五个，莫讲别的，只这学问上，向来也不知叨宝云姐姐多少教，还算我们老师哩。”吕瑞蓂道：“若这样说，宝云姐姐要算我们太老师了。”紫云道：

“此话怎讲？”瑞蓂道：“向来我们常叨珠钿姐姐教，珠钿姐姐又叨宝云姐姐教，以此论起来，岂非太老师么。”掌红珠道：“宝云姐姐是珠钿姐姐的老师，又是瑞蓂姐姐的太老师，但我们素日又叨瑞蓂姐姐教，若论称呼，宝云姐姐该算我们甚的老师呢？”紫芝道：“据我看来：只好算个‘太太老师’了。”蒋丽辉道：“太太同老师本是两人，今忽变成一人，倒也别致。”

紫芝道：“我劝诸位姐姐暂把酸文收一收，我有句话说，今日之聚，原是舅舅惟恐大家不能应试，心中烦闷，接来一同玩耍消遣。我可不会说谎，我连日因回避在家，同我七个姐姐妹妹心里好不闷躁；今日听得舅舅来接，以为借此大家顽顽可以解解闷气。谁知你们见了面，只说这些口是心非道学话，岂不闷上加闷么！”董宝钿道：“你看紫芝妹妹如今中了淑女，还这样好顽；他的脾气，倒同我家青钿妹妹一样。”

芳芝道：“紫芝妹妹平素在家总是如此，我们起他一个外号，教做‘乐不够’。”紫芝道：“莫说我中了淑女还要顽，

词苑撷英

望梅止渴：原意是梅子酸，人想吃梅子就会流涎，因而止渴。后比喻愿望无法实现，用空想安慰自己。

词苑撷英

家学渊源：家中世代相传的学问；家世学问的传授有根源。

语言描写

紫芝拿大家打趣，无非是为了让大家不要自我束缚，开怀交流。

词苑撷英

一相情愿：一相也做一厢，指只是单方面的愿望，没有考虑对方是否同意，或客观条件是否具备。

知识延伸

顶礼：指跪下，两手伏地，以头顶着所尊敬的人的脚，是佛教徒最高的敬礼。

知识延伸

蓍草：即蓍。古代用以占卜的草。也借指占卜。语出汪东《正明夷“法国革命史论”》：“风潮撼荡之时，出之以云雨反覆之手，布奔氏之亡，不待朝日，不俟蓍草而后决也。”

就是太后准我们殿试，中了才女，也要顽哩。”

锦云冷笑道：“你们听听：好自在话儿，还想殿试哩！”蒋春辉道：“他这话也有四字批语。”香云道：“叫做甚么？”春辉道：“叫做‘一相情愿’。”掌浦珠道：“姐姐倒莫这样说。妹子听得家父说：‘此番女试，乃自古未有旷典，非往年科场可比，原可无须回避，无如大家惧怕冒昧，不敢请旨，以致耽搁。如果联衔请旨，太后正恐考的人少，那有不准之理。’如今只盼他怎样能问一声，或在别的话上提起，也就好奏了。”

蒋素辉道：“我们与其疑疑惑惑，何不遵著伯母之命，公求一签，看是怎样。”宝云道：“如此甚好。”因命丫环摆了香案，著人借了签筒，登时齐备，一个个虔诚顶礼，望空祷告，求了一签。把签本展开，大家一看，却是“中平”签。

后面有两句诗道：“欲识生前君大数，前三三与后三三。’众人看了都不解何意。紫芝道：“这末句明明写著前三三，是我们三十三人；那后三三，是三月二十三日教我们去殿试。难道这还错么？”掌乘珠道：“妹妹解的虽有点意思，但殿试在四月，怎说三月就殿试呢？”紫芝道：“不错，我倒忘了。只怕三月二十三日教我们去补部试罢。”吕祥蓂道：“刚才伯母说芸芝姐姐会起课，我们何不再起一课？签课合参，岂不更妙。”彩云道：“闹了半日，倒把这件决疑的忘了。”

众人都围著孟芸芝，教他起课。芸芝道：“这也不必都起，只须公起一课，详详课体，再看看类神，就可略知一二了。”掌骊珠道：“既如此，求姐姐起罢。还是用钱播，还是要用蓍草呢？”瑶芝道：“那是‘《周易》课’用的；他这‘六壬课’要报时的，就请那位姐姐报个罢。”董青钿道：“等我来。”刚要想报，因忖了一忖，指著外面向众人道：“口报时辰，惟恐三心二意；我如今将那东首紧靠桥边那颗杏树，有个翠雀落的朝东那枝杏花折来，看看连花带朵共有多少，如在十二朵之外，就以十三为子时。以此为时，不知可好？”绿云不等说完，即拉了玉芝一同走出，随后琼芝、青钿也跟来。

刚到桥边，玉芝道：“你看那个雀儿见有人来，他就飞了。”绿云道：“幸亏他才飞，要早早飞开，还记不清那一枝哩。好在还不甚高。”即用手轻轻折了下来。

琼芝道：“难得齐齐全全，一个花瓣也不落。”只见蒋月辉迎来道：“芸芝姐姐教你们留神拿著，莫把花朵遗失，就不灵了。”一齐来到阁内。芸芝接过杏花，数了一数，却是初放朵儿，连大带小共三十三朵。华芝道：“你看这个花儿也合今日人数，莫不有些道理么？”香云摇手道：“姐姐且慢议论，让他静静好算。”芸芝掐著指头，沉思半晌，忽然满面喜色道：“今日是初九日，大约二十三日壬申，大家都要礼部走走哩！”紫芝道：“何如？春辉姐姐还说‘一相情愿’哩！”

董翠钿道：“姐姐且把课中大略讲讲，是个甚么意思？”芸芝道：“凡占考试，以文书爻为主，次则再看朱雀。盖朱雀属火，主文明之像，是此课的类神。这两样是最要紧的。其次再将课体合参，即如今日是个戊午日。……”紫芝道：“他这课一定灵的，你们只听这个日子就晓得了。别人可记得今日是个戊午么？”宝云道：“芸芝妹妹刚讲的有点意思，你又从中添一段子。你看天已不早，等他说完，我们也好吃饭了。”紫芝道：“姐姐，你说加的这段不好？”蒋秋辉道：“好妹妹！你莫说，听他说。”芸芝道：“杏花三十三朵，除去二十四，仍余九数，按十二时论之，是为申时；妙在三传四课七个字，除去旬空、陷空，暗暗透出巳、戌、卯三个字，恰合了‘铸印乘轩’之格，占试最吉。况巳为文书，朱雀又入传，兼之巳又暗遁丁马，主文书发动之像；二十三日交了壬申，巳申合动文书，丁壬合起丁马，看来一定补考的。”众人听了，无不喜笑颜开。

紫芝道：“你这课，莫像《西厢》那句才好哩。”秋辉道：“像句甚么？”紫芝道：“莫是‘说来的话儿不应口’罢。”兰芝把紫芝瞅了一眼道：“据我看来：第一次部试是三月初三日，第二次复试又是三月十三日，那杏花又是三十三朵，我们又是三十三人；如果二十三日补考，恰又合了签上‘前三三后三三’的话，这课一定灵的！”素云道：“紫芝妹妹敢是看过《西厢》么？”兰芝道：“那里看过，不过听那唱戏说的，他就记在心里，随口乱说，妹妹何必同他讲究。”宝

知识延伸

朱雀：是神话传说中的南方之神，也就是二十八宿中的南方七宿——井、鬼、柳、星、张、翼、轸。道教常以朱雀与玄武、青龙、白虎为四方四个护卫之神。此外，还有前朱雀，后玄武，左青龙，右白虎的位置安排。

语言描写

在这段对话中，无论是孟紫芝还是秋辉、兰芝、素云，对《西厢》都非常熟悉，提到哪句他们都知道。

云道："饭已摆在对面敞厅，请诸位姐姐那边坐罢。"大家于是过去。自此之后，众位小姐都在花园日日团聚。

那卞滨进朝伺候红旗捷报到京，忙了几日。十三日试毕，于二十二日放榜：阴若花中了第一名部元，唐闺臣中了第二名亚元。卞滨同孟谟带领司官，捧了各卷，进朝面呈，武后把超等卷子看了数本，道："不意闺阁中竟有如此奇才，而且并有外邦才女，真可谓一时之盛了。"又将卷面名姓细细翻阅一遍，不觉叹道："谁知这几家竟无一人取在超等，真真可惜！"一面又将特等名次清单前后看了一遍，因向卞滨道："有件异事，卿可晓得？前者朕阅各处所进淑女试卷，内河南道有孟姓八女，淮南道有卞姓七女，其余同姓的亦复不少，朕亦不能记忆。但孟、卞几家，揆其命名，倒像姐妹一般，细看郡县所取名次，又都前列。朕意今年部试，倘这几家同姓之女俱能取中固妙；设或竟有一二不能中式，亦必加恩准其一同殿试，以成千古佳话，今将各卷看来看去，不但超等并无一人，就是特等也无其名，以此看来，竟是未曾来京赴试。其淮南一道，或者离京稍远，所以不来，至于河南距京既近，又是平坦陆路，何以亦不赴试，岂不是件异事？卿居淮南，其卞姓之女，可知其详么？"卞滨因叩首奏道："圣上所言卞姓七女，皆臣妻妾所出；那孟家八女，俱臣甥女，即臣部侍郎孟谟之女，并孟谟之侄女。臣与孟谟因蒙钦派阅卷，故循科场旧例，臣等令其回避，未敢入试。"武后忙问道："卿女并卿之甥女可在京么？"卞滨同孟谟一齐奏道："臣等之女，自去岁郡试后都已来京。"武后喜道："原来有这些缘故，我说郡考既都前列，安有部试名不中之理。若非问明，几乎埋没人才。其实此番考试，原无须回避，这是卿等过于谨慎之处。不知此外还有回避几人？"

卞滨奏道："还有同考官吏部考功员外郎蒋进六女、臣部主客员外郎董端五女、祠部员外郎掌仲四女、膳部员外郎吕良三女，连臣等之女，共回避三十三名。"

武后立命卞滨开单呈览，即刻发一谕旨道：

本日经朕查出回避之淑女孟兰芝等三十三人未赴部试，例

> **知识延伸**
>
> 中式：科举考试合格被录取。"式"原意为样式，规格。中式即指符合规格。后以中式称参加科举考试合格。语出《明史·选举志》："三年大比，以诸生试之直省，曰乡试，中式者为举人。"

> **知识延伸**
>
> 膳部：官署名。唐、宋皆置，属礼部。《新唐书·百官一·礼部·膳部郎中》："掌陵庙之牲豆酒膳。"《宋史·职官三·礼部·膳部郎中》："掌牲牢、酒醴、膳羞之事。"其官有郎中和员外郎。

应钦派试官另行考试。

检阅从前郡县所呈各卷，该淑女等或文理条畅，或字体端楷，均有可观；况每考俱经列，毋庸另行考试，即著一并钦赐才女，至期一体殿试。著先赴礼部，即照前次试题补诗赋一卷，仍发誊录。该部堂官会同同考各官公同取列名次呈览。

详细说明

可见，当时以“诗赋取士”为常态，士子日夜习赋，以致外邦都广泛效仿。

这旨刚才发下，礼部又奏进一本道：

前日臣部考场有淑女花再芳、毕全贞、闵兰荪三名，俱因污卷贴出。今该淑女等因孟兰芝等三十三名俱蒙钦赐殿试，求臣等转奏，欲乞皇恩一视同仁，准预殿试，等因。

臣等因其吁恳至再，不敢壅于上闻。再，该淑女即前次部试名列四等三名，合并声明，请旨定夺。

武后览奏，因将原呈并履历看了一遍道：“这都是少年要好的心胜。况迢迢数千里而来，别人都得才女匾额，独他三人白白辛苦一场，这也无怪其然。”因于本后批道：

据奏淑女花再芳等吁恳情切，姑念污卷素属无心之失，著加恩附入册末，准其一体殿试，以副朕拔取闺才之至意。将本发下，卞滨当即晓谕，并命人通知众位小姐明日五鼓齐至礼部补考。

这日宝云同兰芝众姊妹因已交了二十二日，部试业已放榜，仍无消息，正在花园，都说芸芝的课不灵，忽然得了这个信息，人人欢喜。次日赴部补过诗赋，大家商量仍要到红文馆原定房子居住，希图殿试近便。及至命人打听，原来那所大房已被部元阴若花并章、文两府小姐住了。内中虽有几处空房，院落甚小，不能容得多人。大家只好各自归家，静候殿试。

那红文馆闺臣众姊妹因若花中了部元，个个心欢；兼之同寓四十五人都得名列超等，真是无人不喜；闺臣因叔叔六个女学生也都得中，分外得意。这日正吃庆贺筵席，忽见多九公进来，众人连忙立起让坐。多九公道：“适才外面有一人要面见若花侄女，众苍头问他名姓，他又不说。老夫细细观看，倒像尊府国舅模样。他不远数万里忽然到此，不知何故。老夫特来告知。”若花听了，惊疑不止。

知识延伸

部元：唐朝时期武则天考选才女，先经礼部考试，录取后，再参与殿试。礼部考试录取的第一名为部元。

未知如何，下回分解。

名师点拨

其实，算命占卜是一门古老的学问，其中奥妙无穷，一般人难以把握。对于一事不知以为耻的李汝珍而言，他不会不关注相术占卜之类的学问。为了说明占卜之科学性与真实性，后文紧接着就写到这三十三位才女获准参加部试的消息，果然是此言不虚。其实，占卜也是时代风尚的一个剪影。

阅读积累

员外郎

员外郎是官名。本指正员以外之官。三国魏末朝置员外散骑常侍，晋武帝置员外散骑侍郎，简称员外郎。隋初尚书诸司有外员郎，炀帝废。唐代尚书省六部二十四司都置员外郎，从六品上，皆为尚书，侍郎之副职。自唐至清，各部都设员外郎。见《晋书·职官志》《隋书·百官下》《新唐书·百官一》《清史稿·职官一》《历代职官表》第三表至第十二。

第六十六回　借飞车国王访储子　放黄榜太后考闺才

名师导读

众才女翘首以盼的殿试终于在本回开始了对于众女子的才华，作者着墨最多的是唐闺臣和阴若花。从县考、郡考到部试，直至殿试，两人屡次名列榜首。尤其是最后的殿试，唐闺臣夺魁，阴若花居于第二，这个结果应该是众望所归。

话说阴若花闻多九公之言，不觉吃惊道："女儿国向无朝觐之例，今阿舅忽从数万里至此，必有缘故。但何以知我住处？令人不解。"多九公道："侄女如今中了第一名部元，现有黄榜张挂礼部门首，谁人不知。国舅大约找著长班，才寻到此处。"红蕖点头道："九公猜的不错。"闺臣道："国舅既已远来，无论所办何事，若花姐姐同他骨肉至亲，自应请进一会为是。"若花连连点头，即托九公命人把国舅请至旁边书房，进去看时，果是国舅。连忙拜见让坐，道："阿舅别来无恙！阿父身体可安？今阿舅忽来天朝，有何公干？"

国舅垂泪叹道："此话提起甚长，自从贤甥去后，国王因往轩辕祝寿，我也随了远去；不意西宫趁国中无人，与那些心腹狗党商议，惟恐日后贤甥回国，其子难据东宫，莫若趁此下手，或可久长，竟将其子扶助登了王位。及至老夫同国王回来，他们竟闭门不纳。国王只得仍到轩辕避难。谁知其子十分暴虐，信用奸党，杀害忠臣，荼毒良民，兼且好酒贪花，种种无道，不一而足。竟至家家闭户，民不聊生。不及一载，举国并力，竟将西宫母子害了，随即迎王还朝。那些臣民因吾甥贤声素著，再三吁恳，务要访求回国。国王一因现在无嗣，二因臣民再三吁请，不惜重费，于周饶国借得飞车一乘。此车可容

词苑撷英

民不聊生：指老百姓无以为生，活不下去。

词苑撷英

杳然：形容沉寂或不见踪影。

二人，每日能行二三千里，若遇顺风，亦可行得万里，国王得此甚喜，特命老夫驰赴天朝，访求贤甥回同。老夫到此业已多日，四处访问，踪迹杳然。幸而得见黄榜，才能寻访到此。现有国王亲笔家书，贤甥看了自知。”把书递过。

若花看罢，叹道：“原来两年之间，国中竟至如此！至西宫此种光景，甥久已料定，不然，我又何肯远奔他乡？若非当日见机，早早逃避，岂能活到今日？一经回想，尚觉心悸。现在本族中如西宫母子者亦复不少，阿父若不振作整顿，仍复耳软心括，自必祸不旋踵，阿舅久后自见分晓。此时阿父书中，虽命迅急还乡，以承祖业；但甥本无才，不能当此重命；二来自离本国，已如漏网之鱼，岂肯仍投火坑。固云‘子不言父之过’，然阿父不辨贤遇，不以祖业为重，甥亦久已寒心。况现在近派子侄，贤者甚多，何必注意于我！若我返国后，设或子侄中又有胜于我的，他日又将如何？总而言之，甥既到此，岂肯复回故乡。此时固虽不才，业蒙天朝大皇帝特中才女，并授显职。此等奇遇，已属非分，岂敢另有他想。惟求阿舅回去替我婉言，自当永感不忘。”

语言描写

国王后悔之意，是“他”跟世子“和好如初”的基础。国王跟世子的关系，跟武则天、中宗母子之间的关系很相似，预示他们会和解。

国舅道：“贤甥为何忽发此言？实出老夫意料之外！难道果真将祖业不顾？断无此理；国王固耳软心括，连年经此大难，自知当日之失，此时若非急于要见贤甥之面，岂肯花费多金借请飞车？其所以命我星驰而来者，固当日误听谗言，致将吾甥之贤尽行蒙蔽，今后悔既晚，要见又难；若令老夫航海前来，又恐多耽时日；踌躇至再，始有飞车之举，无非要早见贤甥一日，其心即早安一日。今贤甥忽然如此，毫无眷恋，不独令国王两眼望穿，深负爱子之心，亦且有失臣民之望。贤甥切莫因当年小忿，一时任性，致误大事，后悔无及；他日虽要近国，不可得了。”若花听这几句话，登时不悦道：“阿舅这是甚话！甥又不曾落魄，为何却要后悔！即使落魄，又何后悔之有。若要后悔，当日又何肯轻离故乡！总之，阿舅这番美意，无有不知，无有不感，至于‘仍返故国’这句话，甥立意已决，阿舅再也休提！”

语言描写

从阴若花的语言中可以看出，她不愧是果敢、有胆识的奇女子。

正在谈论，闺臣命人备出饭来。国舅又再再苦劝，无奈若花心如铁石，竟无一字可商。饭罢后，若花匆匆写了一封回书，给国舅看了。国舅料难挽回，只得落泪别去。若花送过，回到里面。闺臣道：“适才姐姐同国舅说话，我们窃听多时。

妹子屡要进去力劝姐姐还乡，究因男女不便，不好冒昧相见。及至此时，才想起他原是女扮男装。早知如此，我又何妨进去一会。”若花道：“就是阿妹进去劝我，我也不能应承。可去得，我又何必如此。这宗苦情，只有各人心内明白便了。”小春道：“国王如立意务要你去，他既不惜钱财去借飞车，安知他又不送金银与林伯伯？那时林伯伯得他银钱，务要你去，那就脱不掉了。”若花道：“就是寄父教我回去，我也不去。”小春道：“你若不去，林伯伯也不准你住在岭南，看你怎样？据妹子遇见，莫若早早寻个婆婆家，到了要紧关头，到底有个姐夫可以照应。”婉如道：“姐姐只顾不做国王，岂不把兰音姐姐宰相也耽搁么？将来你们如到女儿国得了好处，俺也不想别的，只求把那飞车送俺，俺就欢喜了。”小春道：“你要飞车何用？”婉如道：“俺如得了飞车，一时要到某处，又不打尖，又不住店，来往飞快。假如俺们今年来京，若有一二十辆飞车，路上又快又省盘费，岂不好么？”小春道：“如果都像这样，那店小二只好喝风了。”

只见缁瑶钗因部试得中，特来拜谢。彼此道喜，见礼让坐。瑶钗向秀英道：“若非姐姐成全，今日何能侥幸。时刻感念，又不敢屡次过来惊动。明日备有薄酌，意彼奉屈姐姐同舜英、闺臣、若花三位姐姐一聚，因此亲自过来奉请。望诸位姐姐赏光，明日早些过去。”闺臣、若花一齐说道：“我们早要奉拜，因连日应试，彼此都觉匆忙，所以未能晋谒。今既承宠召，明日自当同了秀英、舜英二位姐姐过去，一则奉拜，二来奉扰。”

秀英、舜英道：“既如此，我们明日一同过去。”瑶钗见四人都肯去，不胜之喜，随即拜辞。次日，四人扰过，当即备酒还东。

一连聚了几日，不知不觉到了四月初一殿试之期。闺臣于五鼓起来，带著众姊妹到了禁城，同众才女密密层层，齐集朝堂，山呼万岁，朝参已毕，分两旁侍立。那时天已发晓，武后闪目细细观看，只见个个花能蕴藉，玉有精神，于那娉婷妩媚之中，无不带著一团书卷秀气，虽非国色天香，却是斌斌儒雅。古人云：“秀色可餐。”观之真可忘饥。越看越爱，心中著实欢喜。因略略问了史幽探、哀萃芳所绎《璇玑图》诗句的话，又将唐闺臣、国瑞征、周庆覃三人宣来问道：“你三人名

知识延伸

打尖：旅途中休息饮食。语出陆陇其《三鱼堂日记》：“〔戊午四月〕十七，至杜家庙打尖。”

情景描写

作品在此描写了武则天的语言、动作、神态和心理，表现她不受传统束缚，不辞辛劳地为国家选拔人才。她怀着喜悦兴奋的心情殿试女科，态度和蔼可亲，毫无骄矜之色。

字都是近时取的么？”

闺臣道：“当日臣女生时，臣女之父，曾梦仙人指示，说臣女日后名标蕊榜，必须好好读书。所以臣女之父当时就替取了这个名字。”国瑞征同周庆覃道：“臣女之名，都是去岁新近取的。”武后点点头道：“你们两人名字都暗寓颂扬之意，自然是近时取的；至于唐闺臣名字，如果也是近时取的，那就错了。”又将孟、卞几家姊妹宣至面前看了一通道：“虽系姐妹，难得年纪都相仿。”又赞了几句，随即出了题。众才女俱各归位，武后也不回宫，就在偏殿进膳。到了申刻光景，众才女俱各交卷退出。原来当年唐朝举子赴过部试，向无殿试之说，自武后开了女试，才有此例。此是殿试之始。当时武后命上官婉儿帮同阅卷。所有前十名，仍命六部大臣酌定甲乙。诸臣取了唐闺巨第一名殿元，阴若花第二名亚元。择于初三日五鼓放榜。

心理描写

又欢喜又发愁，这种矛盾的心情，把秦小春同林婉如患得患失的状态摹写出来了。

秦小春同林婉如这日闻得明日就要放榜，心里又是欢喜，又是发愁。二人同由秀英，田舜英同房。到晚，秀英、舜英先自睡了。小春同婉如吃了几杯酒，和衣倒在床上，思来想去，那里睡得著，只得重复起来；坐在对面，又无话说。好容易从二更盼到三鼓，盼来盼去，再也不转四更，只好房里走来走去。彼此思思想想，不是这个长吁，就是那个短叹，一时想到得中乐处，忽又大笑起来；及至转而一想，猛然想到落第苦处，不觉又哽咽起来，登时无穷心事，都堆胸前，立也不好，坐也不好，不知怎样才好。

秀英被他二人吵的不时惊醒。那时已交四更，秀英只得坐起道：“二位姐姐也该睡了！妹子原因他们那边都喜夜里谈天，每每三四更不能睡觉，妹子身弱禁不起熬夜，又不能因我一人禁止众人说话，所以同舜英妹妹搬过这边。幸喜二位姐姐疼顾妹子，上床就睡，从未深夜谈天，因而妹子咳嗽也就好些，正在感激。那知二位姐姐平素虽不谈天，今日忽要一总发泄出来，刚才一连数次，睡梦中不是被这位姐姐哭醒，就是被那位姐姐笑醒，心里只觉乱跳；并且那种叹息之声，更令人闻之心焦。尤其令人不解的哭中带笑，笑中有哭，竟是忧欢莫辨、哭笑不分的光景，请问二位姐姐，有何心事，以至于此？”

舜英听了也坐起道：“他们哪有甚么心事？不过因明日就

要放榜，得失心未免过量，以致弄的忽哭忽笑，丑态百出。”秀英道：“既因放榜，为何又哭又笑呢？”舜英道：“他若昧了良心，自然要笑；设或天良发现，自然要哭了。”秀英道：“妹妹此话怎讲？”

舜英道：“他既得失心重，未有不前思后想，一时想起自己文字内中怎样练句之妙，如何扫藻之奇，不独种种超脱，并且处处精神，越思越好，愈想愈妙，这宗文字，莫讲秦、汉以后，就是孔门七十二贤也做我不过，世间那有这等好文字！明日放榜，不是第一，定是第二。如此一想，自然欢喜要笑了。姐姐，你说这宗想头岂非昧了良心么？及至转而一想，文字虽佳，但某处却有字句欠妥之处，又有某处用意错谬之处，再细推求，并且还有许多比屁还臭、不能对人之处，竟是坏处多，好处少，这样文字，如何能中？如此一想，自然闷恨要哭了。姐姐！你说这宗忖度岂非良心发现么？”

秀英道：“妹妹这话未免太过，二位姐姐断非如此。”小春道：“舜英姐姐安心要尖酸刻薄，我也不来分辩，随他说去。但秀英姐姐乃我们姐妹队中第一个贤慧人，将来却与这个刻薄鬼一同于归，那里是他对手！”婉如道：“说话过于尖酸，也非佳兆，第一先与寿数有碍。俺劝姐姐少说几句，积点寿，也是好的。”秀英道：“二位姐姐，你听！鸡已啼过几遍，只怕已转五更，再要不睡，天就亮了。”婉如道：“二位姐姐只管请睡。俺们已托九公去买题名录，他于二更去的，大约少刻就可回来。”

话言未毕，只听远远的一阵喧嚷，忽然响了一声大炮，振的窗棂乱动。外面仆妇丫环俱已起来，原来报喜人到了。婉如开了房门。小春即命丫环去找多九公，谁知二门锁还未开，不能出去。只听又是一声炮响，二人只急的满房乱转。小春刚命丫环去催钥匙，忽又大炮响了两声。婉如道：“共响四炮，这是‘四海升平’。外面如此热闹，你们二

词苑撷英

五谷丰登：年成好，粮食丰收。

知识延伸

骨牌：古代博具。相传最早的骨牌创制于宋宣和二年（1120），所以又称宣和牌。骨牌由骰子演变而来，玩法变化多端，还可以用来占卜或作为行酒令的用具。初期的骨牌由象牙制成，又称“牙牌”，后来变为骨制。

语言描写

这段祷告式的语言把秦小春担心自己落榜的焦灼心理刻画出来了。

位也该升帐了。”秀英笑道：“二位姐姐真好记性！昨日大家因议放炮，讲定二门不准开，必须报完天亮方开；怎么此时要讨钥匙？岂非反复不定么？你听，又是一炮，共成‘五谷丰登’。”小春道：“我只顾发急，把昨日的话也忘了，原来放炮也是昨日议的。其中怎样讲究，此时心里发慌，也想不出。姐姐可记得？”

婉如道：“昨日何尝议论放炮？这是你记错了。只顾说话，接连又是三炮，这叫做‘大椿以八百岁为春’。”舜英笑道：“又是两响，可谓‘十分财气’了。”秀英道：“妹子只当小春姐姐记性不好，谁知婉如姐姐记性更丑。昨日议论放炮，还是你极力赞成，怎么此时倒又忘了？你听！接连又是五炮，恰好凑成骨牌名，是‘观灯十五’。”婉如道：“究竟怎样议的？妹子实实想不出。”秀英道：“昨日公议，如中一人，外面即放一炮；倘中殿元，外加百子炮十挂。所有报单，统俟报完，二门开放，方准呈进。如今又是三炮，已有‘罗汉之数’了。”婉如道：“若是这样，俺们四十五人须放四十五炮了。早知这样气闷，昨日决不随同定议。若不如此，今日中一名报一名，岂不放心？如今也不知那位先中，也不知谁还未中，教人心里上不上、下不下，不知怎样才好。此时又响了六炮，共是‘二十四番花信’了。”舜英道：“你听！这四声来的快，恰恰凑成‘云合二十八将’。”

小春道：“怎么他们众姐妹都不出来，大约同我们一样，也在那里掐著指头数哩；只等四十五炮齐全，他才跳出哩。你听！又是两炮，共成‘两当十五之年’了。”秀英道：“此话怎讲？”小春道：“难为姐姐还是博学，连这出处也不知？这是当日有位才子做‘三十而立’破题有此一句，叫做‘两当十五之年，虽有板凳椅子而不敢坐焉’。”

婉如道：“接连又是三响，到了‘三十三天’了。还有十二炮，你的菩萨，你快快放罢！”

小春朝著外面万福道：“魁奶奶！魁太太！这十二炮你老人家务必做个整人情，把他扫数全完，一总放了罢！你若留下一个，我就没命了！好了，好了！你听！又是三炮，凑成‘三十六鸳鸯’。好！这声接的快，三十六炮了！你听，又是一……”正要说“炮”字，谁知外面静悄悄并无声响。小春嘴里还是“一……一……一……”，等之许久，那个“炮”字再也说不出。秀英道：“自一炮以至三十七炮，内中虽陆陆续续，并未十分间断；此时忽停多时，这是何意？”舜英道：“这又停了半晌，仍无影响，难道还有八炮竟不放么？”婉如道：“若果如此，可坑死俺了！”

只见天已发晓，各房姊妹都已起来。仔细再听，外面鸦雀无闻，不但并无炮声，连报喜的也不见了。众人这一吓非同小可，秀英、舜英也收拾下床，正在梳洗，众丫环纷纷进来请用点心，众才女都在厅房等候。二人穿戴完毕，来约小春、婉如一同前去。只见二人坐在椅上，面如金纸，浑身瘫软，那眼泪如断线珍珠一般直朝下滚。秀英、舜英看了，回想这八炮内不知可有自己在内，也不觉鼻酸；只得扶著二人来到厅房。众才女久已到齐，一同归坐。彼此面面相觑，个个脸如金纸，一言不发。点心拿到面前，并无一人上唇。那暗暗落泪的不计其数。

情景描写

淋漓尽致地揭示了科举制度对于人类心灵的毒害。这个地方与《儒林外史》里所写的“范进中举”有异曲同工之妙。

未知如何，下回分解。

名师点拨

俗话说，几家欢乐几家愁。很多才女在等待皇榜公布的日子里都如坐针毡，寝食难安，甚至有失态之举。众才女“彼此面面相觑，个个脸如金纸，一言不发。点心拿到面前，并无一人上唇。在那暗暗落泪的不计其数”。虽说今日之灵秀钟于女子，但女子的科场情结似乎并不亚于男子，也从侧面反映了时人的心态。

阅读积累

花 信

花信是开花的信息，又称作花期、花时、花候。晏几道《点绛唇·花信来时》：“花信来时，恨无人似花依旧。”惠洪《浣溪沙·南涧茶香》：“天迥游丝长百尺，日高飞絮满重城，一番花信近清明。”

第六十七回 小才女卞府谒师 老国舅黄门进表

名师导读

国舅寻若花。红文馆里众姐妹听说若花中了部元，都来祝贺，若花心中无限欢喜。其他姐妹都榜上有名，个个心花怒放。闺臣见叔叔的六个女学生也都考中，也很得意。

知识延伸

孙山之外：亦称名落孙山，指考试或选拔未被录取。

语言描写

结结巴巴的对话，表现出她们内心的惊惧。

话说众才女因初三日五鼓放榜，预先分付家人："如有报子到门，不心进来送信；每中一名，即放一炮，里面听得炮声若干，自然晓得中的名数，等报子报完，把二门开了，再将报单传进。"谁知自从五更放了三十七炮，等到日高三丈，并未再添一炮，眼见得竟有八位要在孙山之外。不觉个个发慌，人人胆落，究竟不知谁在八名之内；一时害怕起来，不独面目更色，那鼻涕眼泪也就落个不止。小春、婉如见众人这宗样子，再想想自己文字，由不得不怕，只觉身上一阵冰冷，那股寒气直从头顶心冒将出来；三十六个牙齿登时一对一对厮打，浑身抖战筛糠，连椅子也摇动起来。婉如一面抖著，一面说道："这……这……这样乱抖，俺……俺……可受不住了！"小春也抖著道："你……你……你受不住，我……我……我又可曾受得住！今……今……今日这命要送在……在此处了！"闺臣叹了几声道："今又等了多时，仍无响动，看来八位落第竟难免了。妹子屡要开门，大家务要且缓，难道此时还要等报么？"婉如一面抖著，一面哽咽道："起……起初俺原想早些开门，如……如今俺又不愿开门了。你不开门了，俺……俺还有点想头；倘……倘或开门，说……说俺不中，俺……俺就死了！实……实对你们说罢，除……除非把俺杀了，方难开哩。"

若花道："此时业已如此，也是莫可如何，若据闺臣阿妹追想碑记，我们在坐四十五人，似乎并无一人落第；那知今日竟有八人之多！可见天道不测，造化弄人，你又从何捉摸！但此门久久不开，也不成事，莫若叫人隔著二门问问九公，昨日婉如、小春二位阿妹所托题名录想已买来，如今求他细细查看，如题名录只得三十七人，此门就是不开也不中用。况听中之人，只怕还要进朝谢恩，何能过缓？"闺臣道："姐姐此言甚是。"

即分付丫环去问多九公，谁知九公还来回来。闺臣道："昨在部里打听，准于五鼓吉时放榜，无人不知，现在已交卯正，题名录还未买来，岂非怪事！"秀英道："今日如已放榜，何以九公此时还不回来？若说尚未放榜，现在却又报过三十七人。其中必有缘故。"

忽听外面隐隐的一片喧嚷，原来多九公回来要面见众小姐。闺臣忙把钥匙递给丫环，众人都迎到门前。不多时，只见多九公跑的满脸是汗，走到厅前，望著众人说了一声"恭……"，那个"喜"字不曾说完，只是吁吁气喘，说不出话来。小春一面抖著，同田凤翾把九公搀进厅房，坐在椅上，丫环送了两杯茶，喘的略觉好些。

小春滴著泪向九公道："甥……甥女可有分么？"多九公一面喘著，把头点了两点。婉如也滴泪道："九……九公！俺呢？"多九公也把头点了两点。闺臣道："请问九公，题名录可曾买来？"多九公连连摇头。停了片刻，望著众人把胸前指了一指，凤翾从怀中取出一个名单递给闺臣。闺臣展开同众人观看，只见上面写著：

"钦取一等才女五十名、二等才女四十名、三等才女十名……"若花恐众人看不见，未免著急，就便顺口高声朗诵，从头念了下去：

第一名史幽探	第二名哀萃芳	第三名纪沉鱼
第四名言锦心	第五名谢文锦	第六名师兰言
第七名陈淑媛	第八名白丽娟	第九名国瑞徵
第十名周庆覃	第十一名唐闺臣	第十二名阴若花
第十三名印巧文	第十四名卞宝云	第十五名由秀英
第十六名林书香	第十七名宋良箴	第十八名章兰英
第十九名阳墨香	第二十名郦锦春	第二十一名田舜英
第二十二名芦紫萱	第二十三名邺芳春	第二十四名邵红英
第二十五名祝题花	第二十六名孟紫芝	第二十七名秦小春
第二十八名董青钿	第二十九名褚月芳	第三十名司徒妩儿
第三十一名余丽蓉	第三十二名廉锦枫	第三十三名洛江蘋
第三十四名林婉如	第三十五名廖熙春	第三十六名黎红薇
第三十七名燕紫琼	第三十八名蒋春辉	第三十九名尹红萸
第四十名魏紫樱	第四十一名宰玉蟾	第四十二名孟兰芝
第四十三名薛蘅香	第四十四名颜紫绡	第四十五名枝兰音
第四十六名姚芷馨	第四十七名易紫菱	第四十八名田凤翾

第四十九名掌红珠　第五十名叶琼芳　第五十一名卞彩云
第五十二名吕尧蓂　第五十三名左融春　第五十四名孟芸芝
第五十五名卞绿云　第五十六名董宝钿　第五十七名施艳春
第五十八名窦耕烟　第五十九名蒋丽辉　第六十名蔡兰芳
第六十一名孟华芝　第六十二名卞锦云　第六十三名邹婉春
第六十四名钱玉英　第六十五名董花钿　第六十六名柳瑞春
第六十七名卞紫云　第六十八名孟玉芝　第六十九名蒋月辉
第七十名吕祥蓂　第七十一名陶秀春　第七十二名掌骊珠
第七十三名蒋星辉　第七十四名戴琼英　第七十五名董珠钿
第七十六名卞香云　第七十七名孟瑶芝　第七十八名拿乘珠
第七十九名蒋秋辉　第八十名缁瑶钗　第八十一名卞素云
第八十二名姜丽楼　第八十三名米兰芬　第八十四名宰银蟾
第八十五名潘丽春　第八十六名孟芳芝　第八十七名钟绣田
第八十八名谭蕙芳　第八十九名孟琼芝　第九十名蒋素辉
第九十一名吕瑞蓂　第九十二名董翠钿　第九十三名掌浦珠
第九十四名井尧春　第九十五名崔小莺　第九十六名苏亚兰
第九十七名张凤雏　第九十八名闵兰荪　第九十九名花再芳
第一百名毕全贞

若花把榜念完、众才女这才转悲为喜。

多九公喘息已定。众人都问："何以报子漏报八名？这个名次，从何处抄来？"九公道："老夫今日三鼓就在那里守榜。略略用点使费。所以里面信息也通。起初原是闺臣小姐第一名殿元，若花小姐是第二名亚元。谁知榜已填到八九，太后忽然想起闺臣小姐名姓不好，因史幽探、哀萃芳向日绎的诗句甚佳，登时把前十名移到后面，后十名移到前面，复又从新填榜；如此往返转折，耽搁许多工夫，以致天明还未放榜。老夫惟恐众小姐等的心焦；况且报子里面信息虽通，只能填一名，报一名，那知这些移换之事，若等他报，不知等到何时。老夫只得托人把榜上等第、名次，匆匆抄了，连籍贯也不及写，飞忙赶回，跑的连气也喘不过来。并且闻得这是自古未有旷典，一经放榜，就要上朝会齐谢恩，因此更要赶回告知此事。我们宁可走在人先。诸位小姐收拾收拾，用些饭食，急速去罢。……"话未说完，只听外面接连放了八声大炮，九公道："你听，这炮就是移到后面前十名。原来向日填榜，惟恐前几名太后仍要更换，故此先从未名填起；今日也是这样。所以前二十名倒报在众人之后了。老夫足足一夜未曾合眼，且去歇歇，明日慢慢再领喜酒。"说罢，外面去了。

众人连忙收拾。准知小春、婉加忽然不见，四处找寻，好容易才从茅厕找了出来。

原来二人却立在净桶旁边，你望著我，我望著你，倒像疯颠一般，只管大笑；见了众人，这才把笑止住。舜英道："二位姐姐即或乐的受不得，也该寻个好地方。你们只顾在此开心，设或沾了此中气味，将来做诗还恐有些屁臭哩。"说的众人不觉好笑。

都到厅房用过饭，匆匆来至朝房，会同众才女上殿谢恩。武后将一等的授为"女学士"之职，二等授"女博士"之职，三等授"女儒士"之职。授职已毕，各赐金花一对；随即传旨命膳部大排红文宴。筵宴之际，武后越看越喜，因又颁赐许多大缎异香。一连赐宴三日，接著公主又赐了两日宴。众才女天天聚会，唤姐呼妹，彼此叙谈，不但个个熟识，并且极其亲热，每到席散分子，甚觉恋恋不舍。众人都说："我们虽聚了五日，究竟拘束，不能尽兴；倘能检个幽僻去处，得能畅聚几日，那就天从人愿了！"至第六日，乃佛诞之期，大家约会谢了公主；这才得闲来拜老师，都向卞府而来。

这日，宝云带著七个妹妹同众才女谢了公主，听见众人要到他家，忙命仆人回府通知。卞滨听了，命人在凝翠馆调摆桌椅，预备酒饭。登时众人都到门前，先投门生名帖并贽见礼。卞滨迎至二门。众才女除卞、孟两家姊妹在后，其余都是按名鱼贯而入。进了二门，穿过厅房，丫环引至凝翠馆。卞滨先说道："众位才女且慢行礼，老夫有句话说，若论师生之谊，自然该受半礼才是。无如今日人多，若大家一齐行礼，这里也挤不开；若是一位一位行礼，今日只好尽行礼了。莫若通身行个常礼，我倒欢喜的。"史幽探道："老师话虽如此，但门生们蒙老师知遇提携，得能恭与盛典，若以宝云七位姐姐而论，又属年谊，亦是晚辈，今初次晋谒，那有不行全礼之理？"哀萃芳道："既是老师怕行礼过慢，我们就十人为一排，不过顷刻也就行完了。"史幽探即命众丫环把拜垫依次铺下。卞滨无法，只得受了两礼。

众人拜完，兰芝姊妹也上来行礼。卞滨笑道："怎么你们八个也是我门生么？"紫芝道："不但我们是舅舅门生，只怕宝云七位姐姐也是舅舅门生哩。难道我们前日补考卷子不是舅舅定的名次？"卞滨笑道："定却是我定的，你说那些批语可好？但有点好处，我就批出。我向来看文总是如此，从不昧人之善。你看你们这些卷子可有委屈去处？"紫芝把脸红一红道："舅舅还说不屈，单单把我考在红椅子上！我还要同舅舅不依哩。"卞滨不觉大笑道："原来第三十三名却是你的卷子。后来拆了弥封，我也不曾理会。当时我看卷时，本来要把你这本取在十名前的，后来不知怎样就弄到后头了。"

紫芝道："这是过后好看话，我不领情。"众人听了，都掘口而笑。

行过礼，丫环刚收拜垫，史幽探道："且慢。"因向卞滨道："门生们还要请师母出来叩见。"卞滨道："也罢，若是不见，你们也不依。刚才我已受过礼，师母出来只好行个常礼罢。"不多时，宝云姊妹把夫人请来。众人谦让多时，仍是照前把礼行过。

又同宝云姊妹行了礼。卞滨向宝云道："我已教人备了早饭，你们姐妹同兰芝八个甥女都替我款待款待。今日不过便饭，改日我还下帖请来你们大家聚聚。我也不陪了。"

到了外面，教家人卞彪把贽见礼都璧回道："你告诉送礼的，说我向来从不收礼，断不要再送。倘众才女心里不安，不妨日后得闲，或写把扇子，写个对联，如会画的就画点东西，我倒收的。至于古字古画我更不要。好在众才女墨卷我都见过，即或写的不佳，我也欢喜，不过算点情分罢了。”众家人又送两遍，见不肯收，只得各各带回。

那成氏夫人扶著宝云，把众才女挨次望望，心里好不欢喜。真是看看这个夸两句，瞧瞧那个又赞两句，不知从那一个问起才好。看了半晌，因说道：“今日诸位侄女初次见面，我也没备甚么见面礼，这却怎好！也罢，我向来最喜说吉利话，往往说去都有灵验，我就送你们几句吉利话儿，‘从此中后，诸事如意，福寿绵长。’这几个字就算我的见面礼罢。”众人齐道：“多谢师母吉言！师母是福寿双全之人，所赐的话，自然也是多福多寿的。”夫人道：“你们姐妹随便坐坐顽顽。少刻用饭，这里又是老师，又算年伯，比别处不同，都要依实才好。我也不陪了。”众丫环伺候去了。

这里宝云正在让坐，只见史幽探丫环道：“刚才家人来报，圣上有旨，宣众位才女进朝领御赐笔砚，并召若花小姐问话。”登时各家都有信来。大家连忙别过卞滨，齐到朝房。武后御便殿宣入，行礼，两旁侍立。若花跪在丹墀道：“臣阴若花见驾。”武后道：“适才朕览你家国王表章，并细问来使，才知你因避难到此；不期如今倒在我天朝中了才女，且又经朕授为女学士之职，可谓千秋未有佳话。你且把表看了，朕再加恩赐你封号，以便同著来使即乘飞车早回本国。”近臣把表递过，若花展开观看，只见上面写著：

> 女儿国国王臣阴奇，匐匍谨上书天朝天后大皇帝陛下。伏惟陛下：坤德无疆，离晖久照。功媲风娲之炼石，道符月驭以行天。臣早殷服事之心，徒怀蚁悃；僻处裨瀛之角，未仰龙颜。兹际文教之宏敷，微才幸进；叨沐仁恩之远被，荒甸成知。窃闻臣子若花，慕应制科，滥邀首荐。颂椒语拙，得聊玉笋之班；咏絮才疏，许待珠樱之宴。自宜终身感戴，没齿瞻依。只缘臣已四旬，惟生二子：若花立储虽定，自痛孤雏；次子恃母而骄，阴连党类。梦天忽压，逆子何幸遭怜；祭地而坟，长君无辜受屈。贤愚莫辨，巧悬衣上之蜂；嫡庶相争，妄掘宫中之蛊。忧铄金而出走，去国图生，喜择木以高飞，为亲讳过。及乎鹿马既辨，鸾凤已翔；寝门之问膳无闻，太室之承祧欲绝。臣悔深爱溺，病益愁煎。二竖难驱，藐孤安在？是以哀鸣伏枕，恭恳圣兹：俯念臣心自怨，臣眼将穿，将若花赏归故国，得接宗支。指白水而重耳归来，犹是山河无害；及黄泉而愿生复见，遂为母子如初。倘遂犊舐之私，终矢雀衔之报，诚惶诚恐，稽首顿首。

若花看罢，不觉一阵心酸，落下泪来。

未知如何，下回分解。

名师点拨

若花离开女儿国不久，国王便往轩辕祝寿。谁料西宫早有谋反之意，趁此机会，便与心腹商议夺权。她们怕以后若花回国，占据王位，便抢先下手，扶助孩子登了王位。国王祝寿回来，她们竟不肯开门。国王无可奈何，只好回到轩辕避难。那西宫母子信用奸臣，残害忠良，欺压百姓，搞得人民怨声载道。不到一年时间，全国上下齐心协力，杀死了西宫母子，迎国王回到朝中。国中大臣百姓早就知道若花有才有德，一再请求国王让若花回国。国王从周饶国借了一辆飞车，命国舅去寻找若花。

阅读积累

犊舔之私

犊舔之私亦可作舐犊之情。舔：舐。犊：小牛。母牛舔小牛表现对它爱护。比喻对子女的疼爱。亦作“舐犊之念”“舐犊之私”“舐犊情深”。

“舔犊之情，跪乳之恩”：小羊每次吃奶都是跪着。它知道是妈妈用奶水喂大它的，跪着吃奶是感激妈妈的哺乳之恩。这就是“羊羔跪乳”。典出《后汉书·杨彪传》“犹怀老牛舐犊之爱。”

第六十八回　受荣封三孤膺敕命　奉宠召众美赴华筵

名师导读

武后看了女儿国王的奏章，并详细询问了使者，知道阴若花避难离国。后来见若花不愿回国，因爱她的学问，心里也不愿让她回去。武后授给枝兰音东宫少师学士官职，授黎红薇为东宫少傅学士，授卢紫萱东宫少保学士。每人赐蟒衣一件，玉带一条。限她们十日内随使者护送若花回国。

词苑撷英

叠沐鸿施：指一再受到鸿恩。“鸿施”指鸿恩。

涓埃未报：没有微小的报答。“涓埃”指微尘，比喻微小。

话说若花看罢表章，不觉滴泪奏道：“臣蒙皇上高厚，特擢才女，叠沐鸿施，涓埃未报，岂忍竟回本国，况臣自到天朝，业经两载，私制金瓯之颂，幸依玉烛之光，食德饮和，感恩恋阙。此时家难未靖，荆棘丛生，一经还乡，存亡莫保，臣稍知利害，岂肯自投罗网。尚祈皇上俯念苦衷，始终成全，即敕来使归国，俾臣得保蚁命；此后有生之年，莫非主上所赐，惟求格外垂怜！”连连叩首，泪落不止。武后见若花不愿回国，又爱他学问，心中也不愿他回去。无如业已收了国王许多财宝，究竟这个有贝之“财”，胜于无贝之“才”，却不过“家兄”情面，只得说道：“你之所以出亡者，原惧西宫馋害之祸。今西宫已没，其子又殇，该国王除你之外，别无于嗣。况他情辞恳切，殊觉可怜，而且不惜重费，特于邻国借请飞车，可见望子甚殷。尔自应急急回去，善为侍奉，以尽为子之道，庶不失天伦之情。俟他百年之后，赞承藩服，翼戴天朝，这才是你一生一世的正事。且国王表内多是后悔之话，你纵百般委屈，看了这表，心中也该释然。朕意已决，不必再奏。今朕封尔为‘文艳王’爵，特赐蟒衣一袭，玉带一条。可速返本国，下慰臣民之望，上宽尔父之心，即随来使去罢。”

若花连连叩旨道：“臣蒙圣上天高地厚，破格荣封，虽粉身碎骨，不能仰报万一。第此时臣国西宫之患虽除，无如族人甚众，良莠不齐，每每心怀异志，祸起萧墙，若稍不留神，未有不遭其害；此国中历来风气如此，臣知之最悉，故不敢仍返故国。今蒙皇上谆谆劝谕，敢不凛遵。惟是臣离本邦业已二载，当日读书东朝，既未树援，此时回国，亦岂另有腹心；势甚孤而年又稚，安得不时切悚惶！倘蒙格外垂慈，许留宇下，策其犬马之劳，万死不悔！如圣意必欲命臣归国，尚恳别开大地之恩，特派能事宫娥三四人，伴臣数载，使族中无知之徒，知天朝大皇帝有钦差护卫之事，凭借天威，自可消其异志，俟臣稍能自立，即敬送钦差还朝。如蒙俞允，臣当生生世世，永戴尧天，感且不朽！”

武后道：“此事虽易，但朕跟前能事宫娥不过数人，皆朕随身伺候不可缺的；若使庸懦无能之辈跟随前去，不独教他们笑我天朝无人，反与尔事有碍。朕何惜此三四人，无如人才难得，这便怎处？”

若花道：“臣意中虽三人，惟恐冒渎天颜，不敢妄奏。”武后道：“这三人是何名姓？都是何等样人？你且奏来。”

若花道：“这三人皆新中才女，殿试俱蒙特取一等。一名枝兰音，歧舌国人；一名黎红薇，一名卢紫萱，俱黑齿国人；向在外洋遇难，赖臣奇父林之洋陆续相救，带至天朝，适值女试，均沐恩荣。此三人文理尚优，遇事谨慎，足可为臣膀臂。倘蒙圣上俯如所请，敕此三人同去，臣得保全。没齿难忘。”武后道：“他们既是海外之人，趁此伴你同国，彼此倒觉有益；久后在彼，如能相安固妙，即或不然，亦可就近各归本乡。”因命近臣宣枝兰音、黎红薇、卢紫萱谕话。登时三人都到丹墀跪下。武后道：“朕命阴若花回他本国，你们本系海外之人，原拟各遣归国；今因阴若花奏请，特派尔等伴他回去，皆授为东宫护卫大臣，职有专司，钦承宠命。今授尔枝兰音为东宫少师学士之职，尔黎红薇为东宫少傅学士之职，尔卢紫萱为东宫少保学士之职。各赐蟒衣一件，玉带一条。限十日内即随来使护送若花回国。倘能竭忠翊赞，俟若花奏到，再沛殊恩。”说罢，命太监把笔砚分赐众才女，随即回宫。诸臣退出，众才女来到朝房。宝云面邀众人过去用饭；众人因要谒见孟老师并同考四位老师，惟恐回来过晚，再三辞谢；即到各处谒见完毕，各自散了。

闺臣同众人回至红文馆，刚进总门，只见婉如眼泪汪汪从外面哭至厅房，同众人坐下，道：“俺们自从若花、兰音、红红、亭亭四位姐姐相聚以来，从无片刻相离，今被无道女儿国王把若花姐姐讨去，就如快刀把俺心割去！今太后又将兰音、红红、亭亭三位姐姐也教跟去，岂不把俺肝肺五脏全都割去！俺要这命何用！与其日后活活想死，倒不如一刀杀了，倒也干净！”说著，悲泣不已。众人无不落泪，若花更是哽咽难止，兰音、红红也都流涕。只有亭亭满面笑容，心中颇觉得意。婉如见他这样，不觉发话道：“俺把你这没良心的！你看他们这样落泪，你不伤心也罢了，为何反倒满面笑容？难道相聚这几年，你就这样狠心，毫无依恋么？大约你因太后封你做了‘少保’，你就乐了？幸而是少保，若封做‘老保’，还不知怎样得意哩！俺把你这没良心的混帐黄子！”

亭亭正色道：“少保何足为奇？愚姐志岂在此？我之所以欢喜者，有个缘故，我同他们三位，或居天朝，功回本国，无非庸庸碌碌，虚度一生，今日忽奉太后敕旨，伴送若花姐姐回国，正是千载难逢际遇。将来若花姐姐做了国王，我们同心协力，各矢忠诚；或定礼制乐，或兴利剔弊，或除暴安良，或举贤去佞，或敬慎刑名，或留心案牍。辅佐他做一国贤君，自己也落个‘女名臣’的美号，日后史册流芳，岂非千秋佳话。那知婉如妹妹不明此义，只图目前快聚。你要晓得，再聚几十年，也不过如此，与若花姐姐有何益处？若说愚姐毫无依恋，我们相聚既久，情投意合，岂不知远别为悲？况闺臣妹妹情深义重，尤令人片刻难忘，何忍一旦舍之而去？然天下未有不散的筵席，且喜尚有十日之限，仍可畅聚痛谈。若今日先已如此，以后十日，岂不都成苦境？据我愚见，我们此后既相聚无几，更直趁时分外欢聚为是，此时只算无此一事，暂把‘离别’二字置之度外，每日轮流作东，大家尽欢；俟到别时，再痛痛快快哭他一场，做个悬崖撒手，庶悲欢不致混杂。而且欢有九日之多，悲不过一时。若照婉如妹妹只管悲泣，纵哭到临期，也不过一哭而别，试问此十日内有何益处？古人云：‘人生行乐耳’。此时离行期尚远，正当及时行乐，反要伤悲，岂不将好好时光都变成苦海么？”几句话，把众人说的登时眼泪全无，个个称善。闺臣道：“我们自从殿试授职之后，连日进朝匆忙，尚来吃得庆贺筵席。今日妹子就遵亭亭姐姐之令，先做东道主人。”婉如道：“明日俺也做个主人。”

闺臣命人预备酒席。亭亭即将此事写了家书，托多九公寄去，以安缁氏之心。

只见门上来回：国舅过来。若花仍命请到书房，随即出去相见，道：“阿舅前者回去，走了几日到家？阿父身上可安？”国舅道：“我自那日别了贤甥，幸遇顺风，走了六日，即到本国。不意国王因想念贤甥，业已成疾，及至看见回书，更自悲恸不止；再三踌躇。只得备了许多财宝并表章一道，命我再来天朝，敬献大皇帝，恳其敕令贤甥还国。惟恐飞车装了财宝，行走不快，又到周饶借了二车。三车分装，甚觉轻便，兼遇顺风，所以走了五日，即到此地。适阅邸报，知有三位钦差同去。现在我们主仆两个，连贤甥共计六人，三车还不过重，即使路上多走见日，这也无妨。”因从怀中取出表章底稿递给若花道：“我恐贤甥今日在朝未将此表细看，特将底稿带

> **词苑撷英**
>
> 敕令：也写作“敕谕”“法旨”。指帝王所发布的命令、法令或立法。

来，贤甥细细一看，就知国王悔过想念贤甥的至情了。”说罢，辞去。若花托多九公分付长班打听住处，以便过去拜望。随即进来，把底稿给众人看了，莫不点头嗟叹。婉如道：“这个稿子，兰音、红红、亭亭三位姐姐都要记在心里，日后若花姐姐做了国王，这些笔墨都是不能免的。”

语言描写

他怕贤甥未看表稿，又带来底稿，递给若花，希望贤甥能看，表现出他的细心。

亭亭道：“此表不独典雅恳切，并且对的字字工稳，若教我们动手，何能有此巧思。岂但我要记熟，只怕你们做词臣的，更要揣摩哩！”小春道：“姐姐说他对的工稳，只怕‘孤雏’对‘党类’，似乎远些。”亭亭听了，不觉扑嗤笑了一声。正要开谈，只见多九公进来对若花道：“适才打听国舅住处，离此甚近，已分付他们套了车了，何不就去一拜？”若花匆匆去了。

闺臣向阳墨香道：“若花、兰音、红红、亭亭四位姐姐不日就要远别，闻得姐姐丹青甚佳，妹子要画个‘长安送别图’，大家或赠诗赠赋，不拘一格，姐姐可肯留点笔墨传到数万里外？也是自古画师未有的佳话。”大家都道：“如此极妙！”阳墨香道：“妹子虽画的不好，却要洒点墨雨替他去压风涛。少时先画个稿子，俟姐姐改正定了，我再慢慢去画。这比不得寻常画债可以歪著良心随意涂抹的。”小春道：“妹子明日也做两首送别诗，就只写的不好，只好求书香姐姐替我写写。”婉如道：“你求书香姐姐，俺只好托月芳姐姐了。”舜英道：“据我愚见：二位姐姐的诗也托人代做才好；若要自做，恐怕还有茅厕那股气味哩。”说笑间，若花业已回来。只见管门家人拿著许多帖子进来道：“卞老爷著人下帖，请几位才女明日午饭，并有早面，请早些过去。”众人都将帖子留下，回复来人，明日清晨过去。

原来宝云从朝中散后，同众人拜过各位老师，带著六个妹子回家，见了卞滨，把女儿国进表及赐笔砚各话告诉一遍。卞滨道：“我只当阴若花是女儿国民人，原来却是一位储君；那知你们才女榜上，却有一位国王、三位宫保在内，倒也是段佳话。散朝之后，为何不将他们过来？”宝云道：“大家因谒见孟家姑夫并同考四位伯伯，天已不早，都再三致谢，各自散了。”卞滨道：“也罢，索性明日备个戏酒，请他们过来。”

宝云道：“戏倒可以不用，只备两顿饭，我们倒可叙叙。他们都是外省居多，大约早晚也要请假回去。连日虽在一处，因过于拘束，不能畅谈；明日这一聚，大家说话还说不清，那里还能看戏。”卞滨点点头，即到外边分付家人卞彪预备请帖。卞彪道：“这个帖儿从没备过，请示怎样写法？”卞滨笑道：“正是，我倒忘了，还没告诉你。这个帖儿，只消一个封套，一个红签，一个单帖。那帖子上首只写‘初九日’，不必写‘候光’‘候叙’的话，下首赘过‘某人拜订’。那签子上就照殿试的名次，即如：第一名是史幽探，你把签子当中写‘史才女’三个大字，旁边添一行小字，写‘钦取第一等第一名’八个字。其余都照这样写去就是了。”卞彪答应，随即下帖，并命看园的各处多备桌椅。

次日清晨，卞滨分付家人备了二十五桌酒席，就在凝翠馆摆列。原来这凝翠馆对面是个戏台，两旁都是丹桂；桂树之外，周围山石堆成一道松岭，四面接连俱是青松翠柏，把这凝翠馆团团围在居中，极其清雅。卞滨每逢做戏筵宴，就在此地起坐，取其宽阔敞亮。若到桂花盛开之时，衬著四围青翠，那种幽香都从松阴中飞来，尤其别有风味，所以又名“松涛桂液之轩”。卞滨命人把这二十五席正面向南，由东至西，分做五行摆开，每行五席，每席四坐。正在分派，部中来请议事，因命宝云在家接待，即匆匆去了。不多时，家人来报众才女到了。

未知如何，下回分解。

名师点拨

在本回可以了解请帖的写法，在请帖的格式上，上款写对方姓名要顶上格，与正文最高格齐，下款写自己姓名要写在纸脚，不留空白，只写一个“拜”字，拜字最后一笔拖到底。被请人接到请帖后只要不写回条，就表明一定按时出席。若接到请帖后不能出席，则要用红纸写一回帖，回帖除写上下款外，中间正文写“辞谢”二字，夹在原请帖中一并退回。

阅读积累

桂 花

又名“木犀”“岩桂”“九里香”。木犀科木犀属常绿灌木或小乔木。是熏茶香花作物的一种。花金黄色的为金桂，黄白色的为银桂，淡黄色的为月桂，俗称四季桂，黄赤色的为丹桂。用桂花窨制的花茶称为“桂花茶”。对鲜花的要求：花粒成熟、丰实饱满、色泽鲜润。以含苞初放的花朵为好。雨水花、全开花、枯萎花均为次品。

第六十九回　百花大聚宗伯府　众美初临晚芳园

名师导读

本回又回到了“百花”的前缘，这些被贬下凡间的各位花仙子，通过科考又一起在人间重聚于宗伯府，真是人生乐事也。她们多才多艺，这回正是借联韵再次展示她们的才华。

话说卞滨去后，家人来报：“孟府、蒋府、董府、掌府、吕府诸位小姐到了。”宝云带著妹子彩云，锦云、紫云、香云、素云、绿云连忙迎出，只见素孟芝、孟华芝、孟芸芝、孟芳芝、孟琼芝、孟瑶芝、孟紫芝、孟玉艺、蒋春辉、蒋秋辉、蒋星辉、蒋月辉、蒋素辉、蒋丽辉、董宝钿，董翠钿，董珠钿、董花钿、董青钿、掌红珠、掌乘珠、掌骊珠、掌浦珠，吕尧蓂、吕祥蓂、吕瑞蓂一齐进来，大家见礼。因成氏夫人偶患头晕，懒于见客。于是都在厅房坐了。

紫芝道：“前在公主府内，也是我们姊妹三十三个先会面；今日不期而遇，又是如此。据我看来，只怕还是签上‘前三三后三三’的余波哩。”玉芝道：“前日在那里弹琴、下棋、马吊、投壶、花湖、十湖、状元筹、升官图，已足够顽了，偏偏公主又要联韵。及至轮到妹子，又是险韵，想了许多句子，再也压不稳，那时心里一急，把点饮食存在心里，亏得吃了许多普洱茶，这才好了，前日还亏尧蓂、尧春二位姐姐同公主弹琴，才免了许多诗。今日宝云姐姐务要想个好顽的，若再教我搜索枯肠，那真坑死人了。”

只见家人拿著许多名帖进来，原来是红文馆所住的唐闺臣、林婉如、洛红蕖、廉锦枫、黎红薇、卢紫蓂、枝兰音、阴若花、田凤翾、秦小春、颜紫绡、宋良箴、余丽蓉、司徒妩

知识延伸

升官图：旧时博戏具的一种。纸上画京外文武大小官位，以骰子掷之。以第一掷为进身之始，其后计点数彩色，以定升降。以四为德，以六为才，以二、三、五为功，以幺为赃，遇德则超迁，才次之，功亦升转，遇幺则降罚。此法古称彩选格，宋时又称选官图。

儿、林书香、阳墨香、崔小莺、蔡兰芳、谭蕙芳、叶琼芳、褚月芳、燕紫琼、张凤雏、姜丽楼、易紫菱、薛蘅香、姚芷馨、魏紫樱、尹红萸、章兰英、邵红英、戴琼英、由秀英、钱玉英、田舜英、井尧春、左融春、廖熙春、郦芳春、郦锦春、邹婉春、陶秀春、潘丽音、施艳春、柳瑞春、缁瑶钗四十六位才女到了。宝云方才迎接进内，接著史幽探、哀萃芳、纪沉鱼、言锦心、谢文锦、师兰言、陈淑媛、白丽娟、国瑞徵、周庆覃、米兰芬、窦耕烟、印巧文、祝题花、钟绣田、苏亚兰、花再芳、宰银蟾、宰玉蟾、闵兰荪、毕全贞二十一位才女也都到了。大家见礼，都命丫环到成氏夫人眼前请安道谢。

情景描写

三言两语，交代人物和环境。

宝云把众人让到花园，走了几层庭院，众人啧啧赞美。进了凝翠馆随便散坐。茶罢，略叙寒温，又上了两道杏酪冰燕汤之类。宝云道："家父今早本在家恭候，原想见见诸位姐姐，因部里两三次来请，立等议事，只好去了。"孟兰芝道："闻得妹子叔叔说，连日因剑南平定，会议善后事宜，并有遣使敕封外国等事，所以甚忙，大约都要在部里住几天才能回来。我们趁此到好畅聚。我家叔叔因凝翠馆宽阔，意欲明日在此奉请诸位姐姐聚聚，少刻备帖过去，备必要求赏光早降。"史幽探道："妹子们所送贽见，诸位老师都不肯收，已觉抱歉，反要叨扰，更令人不安。既承老师赐饭，我们自当过来，姐姐千万不可费事。"兰芝道："不过便烦，有何费事。"

词苑撷英

叨扰：麻烦（受到款待，表示感谢）。多用作客套话。

宝云命人调摆桌椅，因向众才女道："今日是便饭，不过奉请过来大家聚聚，我们就把早饭用了，也好园中各处走走，说说闲话。"说罢，带著六个妹子上来让史幽探首坐，幽探连连摇手道："诸位姐姐：今日在老师府上，非往日可比，可讲不得客情。况一同殿试，就是同年，比我年长的，就是我的姐姐，自然该他上坐；比我年幼的，就如我的妹妹，我也不谦，竟自僭他。若必要妹子上坐，那是断断不敢遵命。"

生字背囊

僭（jiàn）：超越本分。古代指地位在下的人冒用在上的人的名义或礼仪、器物。

毕全贞道："姐姐不要过谦，若论坐位，自应仍按名次，既不费事，又省彼比推让。至于序齿，虽有履历可查，但此中年岁相同的甚多，若再叙起月份日子的先后，那更费事了。"幽探道："今日难得大家相聚，天时甚早，何妨借此叙叙月份，岂不更妙？"紫芝道："姐姐要问月份生日，平时闲谈，可以问得，若因这个坐位序齿，你想谁肯说比谁大呢？即如我是十四岁，他也十四岁，他要问我月份，我就说是腊月的；再要问我日子，我就说是三十日亥时生的。你想这里同岁甚多，设或都说腊月三十日亥时生的，难道你还替他分别上四刻、下四刻么？”幽探笑道：“这紫芝妹妹倒说的有趣。”因又望著众人道：

“诸位姐姐，且莫讲别人，即如我们若论年纪，要算全贞、再芳两位姐姐长些，我们若是上坐，却教两位年长的坐在末席，这如何使得！不但妹子心里不安。只怕诸位姐姐也觉不安罢。”毕全贞道：“姐姐，这可论不得年纪！况今日这个坐儿已是久已定就，应该姐姐第一位，谁人敢僭？就是妹子的末席，也是久已定就的。姐姐如不信，问再芳姐姐就知道了。”花再芳道：“正是，我倒忘了，妹子正要告诉诸位姐姐这件奇事，前者部试，我同闺臣、全贞两位姐姐坐的甚近，一时说说闲话。我说：‘今日我们在此相聚，大约到了殿试，我就没分了。’闺臣姐姐听了，他暗暗说道：‘我要说出来，你们莫怪：将来殿试，你是倒数第二，全贞姐姐是倒数第一。’他说他是第十一名。‘那第一的名叫史幽探，第二哀萃芳。’当时我都写下记了。如今看起来，不但名姓相符，连次序也不错。这不是一件奇事么？”众人都诧异道：“这是怎讲？那时榜还未定，倒都晓得？难道闺臣姐姐未卜先知，是位活神仙么？”紫芝道：“这话真闷死人，不但是个甚么讲究，这比芸芝姐姐起的课还奇，他不过断个日子，不像这个连名姓、等第都有了。”宝云道：“却是前者殿试，听见闺臣姐姐奏对，说是因梦命名的，其中必有缘故。倒要请教姐姐谈谈。”闺臣道：“提起此话，真也奇怪！前日若非先对再芳、全贞二位姐姐说过，只怕今日平空说起，连大家也不信。此话甚长，诸位姐姐请坐，妹子才好细讲。”紫芝道：“好姐姐！你说罢！那里把脚就站大了！”

语言描写：有条有理的语言，颇能显出淑女气质。

闺臣道：“这件异事，却是妹子因到海外寻亲，亲目所睹的。今日既要细谈，必须起根发由说起，诸位姐姐才明白。当日家父因中后被议，未免灰心，想到海外领略山水之奇，借此消遣。适值家母舅要到外洋贩货，于是一同航海。所有经过崇

语言描写：作者借人物之口，交代故事原委。

山峻岭，以及海外各国，处处上去游玩。及至货物卖完，忽然起了风暴，那船随风逐浪，飘了数日，飘到一座小蓬莱山下。家父因山景甚佳，上去游玩，谁知竟是一去不归。”

紫芝道：“妹子记得古人书中所载海外各国都是奇奇怪怪，并且长人其长无比，小人其小无比；还有以土为食的，又有以鱼皮为衣的；以此看来，饮食衣服，都与我们不同了。既然不同，为何又买我们货物？不知当初所卖何物？”闺臣道：“货物甚多，妹子那里记得。适闻姐姐所说长人、小人之话，我却想起当日在长人国、小人国曾卖两件货物，却大获其利；长人国卖的是酒坛，小人国卖的是蚕茧。你道为何带这两样货物……”

语言描写

作者借唐闺臣的话，提醒读者要因地制宜，不能一成不变。

未知如何，下回分解。

名师点拨

唐闺臣前身为百花仙子，又记得泣红亭的百花科考的榜单，在这次重聚时道出这一回事，顿时引起了各位姐妹们的好奇，这样读者的兴趣也被吸引了，一定想知道她们听闻此事的不同反应，为后文情节的开展做铺垫。

阅读积累

马吊

马吊牌是一种纸制的牌，全副牌有40张，分为十万贯、万贯、索子、文钱4种花色，其中，万贯、索子两色是从一至九各一张，十万贯是从20万贯到90万贯，乃至百万贯、千万贯、万万贯各一张，文钱是从一至九，乃至半文（又叫枝花）、没文（又叫空汤）各一张。十万贯、万贯的牌面上画有《水浒》好汉的人像，万万贯自然派给了宋江，意即非大盗不能大富。索子，文钱的牌面上画索，钱图形。

第七十回　述奇形蚕茧当小帽　谈异域酒坛作烟壶

名师导读

这回作者又介绍了我国的鼻烟壶。鼻烟壶，作为精美的工艺品，采用瓷、铜、象牙、玉石、玛瑙、琥珀等材质，运用青花、五彩、雕瓷、套料、巧作、内画等技法，汲取了域内外多种工艺的优点，被雅好者视为珍贵文玩，在海内外皆享有盛誉。

话说闺臣道：“我母舅带那蚕茧，因素日常患目疾，迎风就要流泪，带些出去，既可熏洗目疾，又可碰巧发卖。他又最爱饮酒，酒量极大。每到海外，必带许多绍兴酒，即使数年不归，借此消遣，也就不觉寂寞。所有历年饮过空坛，随便撂在舱中，堆积无数。谁知财运亨通，飘到长人国，那酒坛竟大获其利；嗣后又到小人国，蚕茧也大获其利。”紫芝道：“那个长人国想来都喜吃酒，所以买些坛子好去盛酒。但那蚕茧除洗目疾，用处甚少，他却买他怎么？难道那些小人都有迎风流泪的毛病么？”

闺臣笑道：“他们那是为此。原来那些小人生性最拙，向来衣帽都制造不佳。他因蚕茧织得不薄不厚，甚是精致，所以都买了去，从中分为两段，或用绫罗镶边，或以针线锁口，都作为西瓜皮的小帽儿，因此才肯重价买去。”紫芝道：“这样小头小脸，倒有个意思。我不愁别的，我只愁若不钉上两根帽绊儿，只用小小一阵风，就吹到‘爪洼国’去了。请教那长人国把酒坛买去又有何用？”闺臣道：“说来更觉可笑：原来那长人国都喜闻鼻烟，他把酒坛买回，略为装潢装潢，结个络儿，盛在里面，竟是绝好的鼻烟壶儿；并且久而久之，还充作‘老胚儿’，若带些红色，就算‘窝瓜瓤儿’了。”

语言描写

语言中出现了长人国，读来有趣，神话的故事，就有充满神话色彩的语言。

知识延伸

爪洼国：古代东南亚古国，其境主要在今印度尼西亚爪哇岛一带。唐朝时，一度为佛教国家。因远在海外，迷迷茫茫，故多借指遥远虚无之处。

紫芝道："原来他们竟讲究鼻烟壶儿。可惜我的'水上飘'同那翡翠壶儿未曾给他看见；他若见了，多多卖他几两银子，也不枉辛辛苦苦盘了几十年。"小春道："姐姐这个'十'字如今还用不著，我替你删去罢。"紫芝道："我那壶儿当日在人家手里业已盘了多年，及至到我手里又盘好几年，前后凑起来，岂非几十年了么这个'十'字是最要紧的，如何倒喜删去？幸亏姐姐未在场里阅卷，若是这样粗心浮气，那里屈不死人！"

小春道："姐姐才说要把壶儿多卖几两银子，原来你顽鼻烟壶儿并非自己要顽，却是借此要图利的。"紫芝道："我也并非专心为此，如有爱上我的，少不得要赚几个手工钱。"

小春道："我见姐姐于这鼻烟时刻不离，大约每年单这费用也就不少？"紫芝吐舌道："这样老贵的，如何买得！不瞒姐姐说，妹子自从闻了这些年，还未买过鼻烟哩。"

小春道："向来闻的自然都是人送的了？"紫芝道："有人送我，我倒感他大情了。"因附耳道："都是'马扁儿'来的。"小春道："马扁儿这个地方却未到过，不知离此多远？"婉如道："'马扁'并非地名，姐姐会意错了。你把两字凑在一处，就明白了。"

小春想了一想，不觉笑道："原来鼻烟都是这等来的，倒也雅致，却也俭朴。但姐姐每日如此狠闯，单靠'马扁儿'，如何供应得上，也要买点儿协济罢？"紫芝道："因其如此，所以这鼻烟壶儿万不可不多，诸如玛瑙、玳瑁、琥珀之类，不独盘了可落手工钱，又可把他撒出去弄些鼻烟回来。设或一时'马扁儿'来的不接济，少不得也买些'乾铳儿'或'玫瑰露'勉强敷衍。就只乾铳儿好打嚏喷，玫瑰露好塞鼻子，又花钱，又不好，总不如'马扁儿'又省又好。"

小春道："他们诸位姐姐都要听闺臣姐姐外国话，我们只顾打岔，未免不近人情，妹子只问问鼻烟高下，就不问了。"紫芝道："若论鼻烟，第一要细腻为主；若味道虽好，并不细腻，不为佳品。其次要有酸味，带些椒香尤妙，总要一经嗅著，觉得一股清芬，直可透脑，只知其味之美，不见形迹，方是上品；若满鼻渣滓，纵味道甚佳，亦非好货。"小春道："姐姐近日'马扁儿'不知可有酸的？我要请教请教。"紫芝从怀中取出一个翡翠壶儿，双手递过去。小春慌忙抢进一步，双手接过来，倒出闻了一闻，只觉其酸无比，登时打了几个嚏喷，鼻涕眼泪流个不住。不觉皱眉道："姐姐，为何如此之酸？"紫芝又附耳道："这是妹子用'昔西儿'泡的。"小春道："昔西儿是何药料？卖几两银一个？我也买两个。"婉如笑道："他这'昔西儿'也同'马扁儿'一样，都是拆字格。"小春听了，这才明白。

紫芝道："请教闺臣姐姐，这个长人国闻鼻烟，还是偶尔一闻，还是时刻闻呢？"

闺臣道："据说那些贫穷人家，没钱购买，不过偶尔一闻，至富贵人家，却是时刻不能离的。"紫芝道："不知当日带去是甚等酒坛？"闺臣道："闻得是宗女儿酒其坛可盛八十余斤。"紫芝道："如此说，那长人国闻鼻烟也过于费事了。"闺臣道："何以见得？"紫芝道："他这鼻烟既是时刻不能离的，每日却教人抬著鼻烟坛子跟在后面，岂不费事？”闺臣笑道：“原来姐姐还不明白，他所以要烟壶络子者，原是挂在身边以图便易；岂有叫人扛抬之理。姐姐真小觑长人国了。”紫芝道：“姐姐，这不是长人国闻鼻烟，叫作老虎闻鼻烟，是没有的事。”小春道：“刚才姐姐还恨长人国未见你的壶儿，你想他把大酒坛子只算烟壶儿挂在身边，姐姐若把那个翡翠的送他，只怕他做钮子还嫌小哩！”紫芝道：“难道长人国只买此一物么？”闺臣道：“那时家父曾带了许多大花盆，谁知他们见了，也都重价买去，把盆底圆眼用玛瑙补整，都做了牛眼小烧酒杯儿。”

宝云道：“伯伯上山一去不归，府上可曾有人去寻访？”闺臣道：“后来妹子得知此信，即同母舅到了小蓬莱，蒙若花姐姐伴我登了此山，寻访将及半月，忽见迎面有一五色亭子，上书‘泣红亭’三个大字。亭中设一碧玉座，座上竖一白玉碑，两旁有副对联写的是‘红颜莫道人间少，薄命谁言座上无。’那白玉碑上镌著一百位才女名姓，原来就是我们今日百人。名姓之下，各注乡贯事迹。人名之后，有一总论。论后有一篆宁图章，镌著四句，是‘茫茫大荒，事涉荒唐；唐时遇唐，流布遐荒。’”紫芝道：“后面两句，岂非教姐姐流传海内么？”闺臣道：“妹子因此把碑记抄了。后来遇一樵夫，接得父东家信，催我作速回家，即赶考试，俟中过才女，父女方能会面，因此匆匆回来。”紫芝道：“姐姐且把碑记取来，人家行行。”闺臣道：“这个碑记带回岭南，不意却被一个得道白猿窃去。”宝云道：“此猿从何而来？”闺臣道：“此猿乃家父在小蓬莱捉获，养在船内；婉如妹妹带到家中。每逢妹子看那碑记，他也在旁观行。那时妹子曾对他取笑道：‘我看你每每宁神养性，不食烟火，虽然有些道理；但这上面画迹，你何能晓得，却要观看？如今我要将这碑记付给文人墨士，作为稗官野史，流传海内；你既观看，可能替我建此大功么？’谁知他听了把头点了两点，拿著碑记，将身一纵，就不见了；至今查无下落。”紫芝道：“偏偏被这猴子偷去，令人可恨。不知那段总论姐姐可还记得？”

闺臣道：“我在船上看过两遍。此时提起，虽略略记得，恐一时说不明白，必须写出才好。”

宝云随命丫环设下笔砚。闺臣道声“得罪”，坐下，写一句，想一句；幸而大略都还记得。不多时写完，随手又把几副匾对也写了。众人都围著观看。紫芝道：“与其大家慢慢传观，不如我念给诸位姐姐听。”于是高声朗诵，连匾带对，从头至尾念了一遍。

众人听了，个个称奇。紫芝道：“据我看来，我们大家倒要留神好好顽，将来这些事，只怕还要传哩。若在书上传哩，随他诌去，我还不怕，我只怕传到戏上，把我派作三花脸，变了小丑儿，那才讨人嫌哩。”兰芝点点头道：“你只是跟著吵，那个三花脸看来也差不多。”因向史幽探道：“姐姐，他这‘薄命谁言座上无’一句，是个甚么意思？难道内中薄命的多么？”幽探道：“若是多，他何不将‘谁’字改做‘须’字，‘无’字改做‘多’字呢？”宝云道：“话虽如此，但这对句同那‘泣红亭’三字究竟不佳。”

因向师兰言道：“那论上曾说‘师仿兰言’，明明道著姐姐，其中必有寓意。这几日我们赴宴，你在那里登答公主，以及一切言谈，莫不深明时务，洞达人情。他这匾对用意，大约姐姐也可参详大概。何不道其一二？倘竟详解不差，大家知所趋避，也是一件好事。”

师兰言道：“妹子那能解得仙机，若据对联两句细细猜详，却有个道理。”未知如何，下回分解。

名师点拨

本回中出现了两个字谜，“他这‘昔酉儿’也同‘马扁儿’一样，都是拆字格。”这里“拆字格”是指字谜的制作的格式。“昔酉儿”是“醋”，而“马扁儿”是“骗”，作者在这里用诙谐的笔调写出了这些十四五岁的青春少女的活泼，可爱。

阅读积累

拜 帖

在我国，早在战国时期，各诸侯王为了与朝廷当权者套近乎，就开始出现最早的拜帖———“谒”。

所谓“谒”，就是拜访者把名字和其他介绍文字写在竹片或木片上。

东汉末期，“谒”又被改称为“刺”。古人为了介绍自己而投送爵里的刺，以后其材质和制作精细程度也随着时代和科学技术的发达程度不同而变化。因造纸术的发明，刺也改用纸书，但仍保留着“投刺”一词。

拜帖写法：爵位（有的话）+职位+籍贯+姓名+字+敬语+拜

第七十一回　触旧事神在泣红亭　联新交情深凝翠馆

名师导读

本回中作者集中笔墨，描写百位仙子对对联。其中蕴含的文化底蕴可见一斑，她们谈古论今，对各种典故轶事、名人趣闻侃侃而谈，丝毫不输于任何名流雅士。而后作者其实是借几个小姐妹之口，虚拟了一场传统儒家和另类王充之间的辩论。借小姐妹辩论赛，把这个问题阐述得最透。

话说师兰言道："若据对朕两句看来，大约薄命是不能免的，似还不至甚多，幸亏'座上'两字；若把'座'字变成'世'字，那可不好了。据我参详，要说个个都是福寿双全，这句话只怕未必，大概总有几位不足去处。莫讲别的，只望望那个泣红亭的'泣'字，还不教人鼻酸么？妹子有句话奉劝诸位姐姐，倒不必因此怀疑。古人说的最好，他道：'但行好事，莫问前程。'又道：'善恶昭彰，如影随形。'无论大小事了，只凭了这个'理'字做去，对得天地君亲，就可俯仰无愧了。今日大家在此相聚，总是同年姐妹，非泛泛可比。诸位姐姐若不嫌絮烦，妹子还有几句话。即如为人在世，那做人的一切举止言谈，存心处事，其中讲究，真无穷尽。若要撮其大略，妹子看来看去，只有四句可以做得一生一世良规。你道那四句？就是圣人所说的：'非礼勿视，非礼勿听，非礼勿言，非礼勿动。'人能依了这个处世，我们闺阁也要算得第一等贤人。这是为人存心应该如此，不应妄为的话。至于每日应分当行的事，即如父母尊长跟前，自应和容悦色，侍奉承欢，诸务仰体，曲尽孝道。古来相传孝女甚多，如女婧、缇萦之类，一使景公废伤槐之刑，一使文帝除肉刑之令，皆能委曲用心，脱父于难。他如木兰戍边，以身代父；曹娥投江，终得父尸。他们行为如此，其平时家庭尽孝之处可想而知，所以至今名垂不朽。至于手足至亲跟前，总以和睦为第一。所谓"和气致祥，乖气致戾'苟起一争端，即是败机。如田家那颗紫荆，方才分家，树就死了。难道那树晓得人事，因他分家就要死么？这不过是那田家一股乖戾之气，适值发作，恰恰碰在树上，因此把个好好紫荆先就戾杀，他家其余房产各物，类如紫荆这样遭戾气的，想来也就不少；虽说紫荆会死，房产不会死，要知房产分析或转卖他姓，也就如死的一样了。"

紫芝道："妹子闻得田家那颗紫荆是他自己要死，以为警戒田家之意，姐姐怎么说是戾死的？"兰言道："这话错了！自古至今，分家的也不少，为何不闻别家有甚树儿警戒呢？难道那树死后，曾托梦田家，说他自己要死么？即使草木有灵，亦决不肯自戕其生，从井救人。我说那树当时倒想求活，无如他的地主已将颓败。古人云：'人杰地灵。'人不杰，地安得灵？地不灵，树又安得而生？总是戾气先由此树发作，可为定论？"

紫芝道："怎么别人分家没见戾死过树木？难道别家就无戾气么？"兰言道："戾死树木，也是适逢其会。别家虽无其事，但那戾气无影无形，先从那件发作颓败，惟有他家自己晓得，人又何得而知。后来田家因不分家，那颗紫荆又活转过来，岂不是'和气致祥'的明验么？诸位姐姐，刚才妹子所说侍奉承欢，至亲和睦，这都是人之根本，第一要紧的。其余如待奴仆宜从宽厚，饮食衣饰俱要节俭，见了人家穷困的尽力周济他，见了人家患难的设法拯救他，如果人能件件依著这样行去，所谓人事已尽；至于'薄命谁言座上无'那句话，只好听之天命。若任性妄为，致遭天谴，那是'自作孽不可活'，就怨不得人了。"众人听了，都道："姐姐这话真是金石之言。"

锦云道："以颜子而论，何至妄为，不知他获何愆而至于夭？"兰言道："他如果获愆，那是应分该夭的，夫子又哭他怎么，就同叹那'斯人也而有斯疾也'，一个意思，因其不应夭而夭，所以才'哭之恸'了。固云'命也'，然以人情而论，岂能自己。即如他这论上'泣'字，自然也显当泣才泣的，我们那里晓得。"

锦云望著众人笑道："兰言姐姐的话，总要驳驳他才有趣。刚才他说：'善恶昭彰，如影随形。'我要拿王充《论衡》'福虚祸虚'的话去驳他，看他怎么说？"兰言道："我讲的是正理，王充扯的是邪理，所谓邪不能侵正，就让王充觌面，我也讲得他过。况那《论衡》书上，甚至闹到问孔刺孟，无所忌惮，其余又何必谈他。还有一说，若谓《阴骘文》'善恶报应'是迂腐之论，那《左传》说的'吉凶由人'，又道'人弃常则妖兴'这几句，不是善恶昭彰前证么？即如《易经》说的'积善之家必有余庆，积不善之家必有余殃'；《书经》说的'作善降之百祥，作不善降之百殃'这些话，难道不是圣人说的么？近世所传圣经，那《坟》《典》诸书，久经澌灭无存，惟这《易经》《书经》最古，要说这个也是迂话，那就难了。"锦云笑道："设或王充竟是这样驳你，你却何以对答？"兰言道："他果如此，我就不同他谈了。"锦云道："敢是你辞穷么？"

兰言道："并非辞穷。我记得《家语》同那《大戴礼》都说：'倮虫三百六十，圣人为之长。'圣人既是众人之长，他的话定有识见，自然不错，众人自应从他为是。况师旷言：'凤翥鸾举，百鸟从之。'凤为禽之长，所以众鸟都去从他，你想，畜类尚且知有尊长，何况于人！妹子不去答他者，因他既以圣人为非，自然不是我们倮虫一类，他自另有介虫或毛虫另归一类，我又何必费唇费舌去理他。"这一番话，说得众人齐声称快。锦云道："若非拿王充去驳他，你们那里听这妙论。"

紫芝扶著茶几望史幽探、哀萃芳道："二位姐姐，你们可记得那论上说的'以史幽探、哀萃芳冠首者'那句话么？这个坐位已是注定的，不必谦了，请坐罢！我们腿都站酸了！早些吃了饭，还要痛痛顽哩。”幽探道：“既是久已注定，我们姐妹更该亲热序齿才是。况且即或我同萃芳姐姐坐了首席、二席，只怕沉鱼、锦心两位姐姐也不肯就坐三席、四席罢？”哀萃芳、纪沉鱼道：“我们谦认的话也不必再说，如果宝云……七位姐姐，同兰芝……八位姐姐，也照中式名次坐了，我们无不遵命。”兰芝道：“诸位姐姐要教宝云……七位姐姐也按名次坐，他是主人，安有此理。这是苦他所难了。至愚姐妹在舅舅家里，既不能僭客，又是奉命陪客的。如四位姐姐坐过，自然该是文锦、兰言诸位姐姐。何必再让。”谢文锦道：“这可使不得！妹子年纪甚轻，若这样坐了，岂不教别位姐姐见怪么！”

蒋春辉道：“诸位姐姐，看来这坐儿也难让。妹子有个愚见，莫若除了主人，既是兰芝……八位姐姐在母舅府上不肯僭客，索性也除了。共除一十五位。余者拈阄何如？

并且不论上下，就以东北第一坐拈起，到西南主席上一位为末席。阄儿虽按次序，坐位仍无上下；不然，要论席面，又要许多分派。诸位姐姐以为何如？”众人都道：“如此甚妙。”宝云明知难让，只好依著众人。拈过之后，却是阴若花第一，唐闺臣居末。婉如道：“你看连这阄儿也来凑趣：若花姐姐本是女儿国储君，自应该他首坐，恰恰就拈了第一。”紫芝道：“闺臣姐姐拈在末席，怎讲呢？”婉如道：“闺臣姐姐拈在末席，就如总结一句的意思，言在坐一百人，无非都是唐朝闺中之臣。”紫芝不等说完，连忙摇手道：“姐姐留神，莫教听见，把舌头割去，那才是个累呢！”说话间，大家挨次坐了。绿云道：“闺臣姐姐为何眼圈通红，只管滴泪？这是何意？莫非拈了末席，心中委屈么？”闺臣忙把眼泪揩了，道：“妹子何尝落泪！刚才被风吹了，所以如此。”原来闺臣因大家谈论泣红亭之事，触动思亲之心，不觉鼻酸滴泪，恨不能立时飞到小蓬莱见见父亲，才趁心愿；正在伤悲，忽被绿云看见，忙用言词遮饰，众人也就忽略过了。

若花道：“幽探阿姐，妹子有句话说，我们都是同门而兼同年，大家理应亲热，不该客气才是。况异姓姐妹相聚百人之多，是古今有一无二的佳话。刚才诸位阿姐都不肯上坐，也不过因姐妹相聚，那里论得客套；所以此刻按阄而坐，无分上下，真是亲热之中更加亲热。但既如此，还要阿姐向宝云诸位姐姐说声，送酒上菜一切繁文，也都免了，才更见亲热哩。”史幽探道：“姐姐所言极是。”于是大家都向宝云姊妹说过。

不多时，丫环送了酒，又上了几道菜。紫芝叫道：“若花姐姐！你说异姓姐姐相聚百人之多，是古今有一无二的，这话我就不信！天地之大，何所不有，难道自古至今，就只我们聚过？这话不要说满了！”掌红珠道：“若花姐姐这话亲非无槽之谈。妹妹不妨去查，无论古今正史、野史，以及说部之类，如能指出姐妹百人们聚的，愚姐情愿就在对面戏台罚戏三本。”紫芝道：“我不信。我要查不出也罚三本。”众人道：“好了！无论那位输赢，我们总有戏看了！”紫芝想了半日，因走至卞滨五车楼上把各种书籍翻了一阵，那里有个影儿，只得扫兴而回。蒋春辉道：“妹妹！我劝你不必查了，认个输罢。莫讲百十人，就是打个对折也少的。我倒有哩，不但百十人，就是二三百人我也找得出。你如请我三本戏，我就告诉你。”紫芝道：“与其请你三本戏，倒不如认输了。也罢，我就请你，你说出大家听听学个乖，也是好的。只怕未必有百十姐妹聚在一处，也未必有个凭据罢。”春辉向若花道：“妹子同紫芝妹妹说顽话，姐姐莫要多心。”因又向紫芝道：“如何没凭据！我们本朝那部《西游记》可是有的？《西游记》上女儿国可是有的？你到女儿国酒楼戏馆去看，只怕异姓姐妹聚在一处的，还成千论万哩。”紫芝道：“姐姐，我也不说，只教你自己想想这几句话可值得三本戏？”春辉道：“若说这个不值，你就展我一年限，等我也去诌出一部书来，那就有了。”说的众人都笑。

少刻，用过面。宝云道：“妹子恐诸位姐姐有不惯早酒，不敢多敬，只好晚饭多敬几杯罢。”说著，一齐茶罢出席。彩云道：“妹子在前引路，请诸位姐姐到园中游玩游玩。”大家都跟著散步闲行。

未知如何，下回分解。

名师点拨

唐闺臣给大家说了泣红亭的碑文，众女子对“薄命谁言座上无”和“泣红亭”有异义，就请师兰言解说。师兰言说，几个人的薄命是不能免的，“泣红亭”的“泣”字也着实让人心酸，但是古人说“但行好事，莫问前程”。由此可见她善良、坦荡之心。众姊妹也就此进行了议论，不仅提到了左传中所说的“吉凶由人”，还提到易经中所说的“其善之家必有余庆，积不善之家必有余殃”，等等。这里，展现出她们知书达理，博学善辩，让人禁不住赞叹起来！

阅读积累

田家紫荆

汉时京兆田真兄弟三人，商议分家，其他均已平分，唯有一株紫荆树，打算也破成三份，第二天准备伐树。树突然枯死，像烧焦了一样。田真看到大吃一惊，对两个弟弟说：“树枝本同根而生，听说将被砍下分开，所以枯焦，我们还不如树木啊。”他们异常悔恨，决定不再伐树，紫荆顿时繁茂如初。兄弟三人又将财产归在一起，遂为孝悌友爱之家。

第七十二回　古桐台五美抚瑶琴　白荼亭八女写春扇

名师导读

本回讲仙子中的井尧春、吕尧蓂、田舜英、孟瑶芝、卞素云在古桐台弹琴，《平沙》一套合弹，真是声清韵雅，山虚水沉；兼之五琴齐奏，彩云欲停，那些听琴的姊妹也都觉得惊鸿照影，长袖临风，个个有凌云欲仙之意。

话说众才女都到园中闲步，只见各处花光笑日，蝶意依人，四壁厢娇红姹紫，应接不暇。刚过了小桥曲水，又见些茂林修竹；步过几层庭院，到了古桐台。锦云道："诸位姐姐莫走乏了，请到台上歇歇吃杯茶罢。"众人道："如此甚好。"都进了古桐台。

这平台是五间敞檐，两旁数间凉阁，庭中青桐无数。壁上悬著几张古琴。紫芝道："我才看见这琴，忽然想起前在公主府，只顾外面看紫琼、紫菱二位姐姐下棋，后来才知尧蓂、尧春二位姐姐同公主弹琴，可惜妹子未得听见。我想当口伏羲削桐为琴，后来尧、舜都作过五弦琴，今二位姐姐香名皆取'尧'字，可见此道必精。妹子意欲求教，不知可肯赏脸？"井尧春道："妹子这个名字叫做有名无实，那里及得尧蓂姐姐弹的幽雅，他才名实相称哩。"吕尧蓂道："姐姐不必过谦。妹子前日原是勉强奉陪，今既高兴，自然还要现丑。但舜英姐姐前在公主府因天晚未及领教，闻得瑶芝姐姐背后极赞指法甚精，今日定要求教。"田舜英道："不瞒姐姐说：弹是会弹两调，就只连年弄这诗赋，把他就荒疏了，所谓'三日不弹，手生荆棘'。设或弹的不好，休要见笑。"

宝云道："瑶芝妹妹，前日业已让你躲懒，今日遇见知音，还不替我陪客么？"瑶芝道："妹子正要叨教，怎敢躲懒。但琴主人不来陪客，未免荒唐。"素云听了，忙把两手伸出道：

"好姐姐！我并非躲懒，你看这两手指甲，若剪去岂不可惜？况有四位尽够一弹，何必定要妹子？"瑶芝也把手伸出道："这两年因要应试，无暇及此，那个不是一手长指甲；你是主人既怕剪，我更乐得不剪了。"紫芝道："你们二位姐姐不弹，岂不把'瑶琴''素琴'两个好名色埋没了。瑶芝姐姐既肯陪客，素云姐姐，你是主人，何能推脱？"

素云无奈，只得的丫环把剪子取来。宝云命人摆了琴桌，又焚了几炉好香。紫芝道：

“五位姐姐，香都上了，快把脚修好，请登坛罢！”素云道：“我同舜英姐姐，你骂一句也罢了；难道你家瑶芝姐姐你也骂么？”紫芝道：“妹子何尝骂么？”紫芝道：“我们三人在此剪指甲，你说把脚修好，岂非骂么？”紫芝道：“原来姐姐听错了。我说把甲修好，并非把脚修好。甲者，指甲之谓也，姐姐奈何疑到我的屦中乎？”素云道：“好！这句骂的更好！我看你咬文嚼字的，太把科甲摆在脸上了！”

词苑撷英

咬文嚼字：过分地斟酌字句。多指死抠字眼而不注重精神实质和物质本质。现指认真推敲某一个字。

尧春道：“我们现在共有五人，若每人各弹一套，须半天工夫，岂不误了游玩。此处琴既现成，莫若大家竟将《平沙》一套合弹。四位姐姐以为何如？”四人都道：“甚好。”归了坐，慢慢把弦调了。丫环送上茶来。众人茶罢，也有站的，也有坐的，听他五人弹的真是声清韵雅，山虚水沉；兼之五琴齐奏，彩云欲停，那些听琴的姊妹也都觉得惊鸿照影，长袖临风，个个有凌云欲仙之意。都道：“从未听过五琴合弹，倒也有趣。”

词苑撷英

惊鸿照影：惊起的大雁留下的影子。形容事物的时间很短，只是留下一点痕迹。

师兰言道：“这可算得‘绝调’了。”言锦心道：“五位姐姐琴是抚的极妙，不必说了；我不喜别的，只喜兰言姐姐这‘绝调’二字，真可抵得嵇叔夜的一篇《琴赋》：任你怎样赞他抚的好，弹的妙，总不如这两字批的简洁。”

大家出了古桐台，又往别处游玩。紫芝道：“我不喜别的，难得五个人竟会一齐住。”

因向井尧春道：“刚才五位姐姐弹过琴，此刻该弄五管笛儿吹吹，才不缺典呢。”尧春道：“此话怎讲？”紫芝道：“姐姐岂不闻俗语说的‘牧童横骑牛背上，短笛无腔信口吹’？五位姐姐弹过琴，如今都变作牧童，难道不该弄个笛子顽顽么？”众人都笑道：“紫芝姐姐好骂。”

说话间，又游几处。行到一带柳阴之下，桃杏已残，四面田中尚存许多菜花；并有几个庄农老叟在那里，也有打水浇菜的，也有牵牛耕田的；又有好些猪羊鸡鸭点缀那芳草落花，倒像乡村光景。哀萃芳道：“此地怎么又有住户人家？”宝云道：“这非乡庄，是我家一个菜园，当日家父因家中人口众，每日菜蔬用的不少，就在此处买下这块地作为菜园，并养些牲畜。每年滋生甚多，除家里取用之外，所余瓜果以及牛马猪羊之类，都变了价，以二分赏给管园的，其余八分慢慢积攒起来，不上十年，就起造这座花园。”

只见丫环来请诸位才女到白茉亭吃点心。史幽探道：“方才用面，那里吃得了！”谢文锦道：“此亭既以‘白茉’为名，其中牡丹想来必盛，吃点心还在其次，何不前去看看牡丹？”宝云道：“牡丹虽不甚多，各色凑起来也有四五百株，还可看得。”不多时，过了海棠社，穿过桂花厅，由莲花塘过去，到了白茉亭。

只见姚黄魏紫，烂熳争妍。正是：

本来天上神仙侣，偶看人间富贵花。

紫芝道：“此处牡丹虽佳，未免有些犯讳。”纪沉鱼道：“何以见得？”紫芝道：“牡丹人都叫作‘花王’。若花姐姐候补女儿国王，这‘花王’二字，岂不犯讳么？”

一齐进了亭子。只见燕紫琼同易紫菱在里面著棋，卞香云同姚芷馨在旁观阵。史幽探道：“原来四位姐姐却在此手谈，怪不得半日不曾见面。”四人连忙立起让坐。众丫环把点心预备，大家随便坐下，一面吃点心，一面赏牡丹。把点心用过，锦云意欲邀请到芍药轩、海棠社各处去顽，众人因见亭内四壁悬著许多字画，收拾的十分精致，都不肯就走，分著这里一攒，那里一伙，围著观看。

宝云道：“素日华芝妹妹同彩云妹妹评论此处字画，每每争论。今日放著书香、文锦两位姐姐乃钦定的书家，为何倒不请教呢？”华芝道：“却是前日赴宴，太后极赞他二位书法，妹子久已预备今日要来求教。”说著，从袖中取出两把春扇，递给书香、文锦道：“拜烦二位姐姐替妹子写写。”林书香道：“不是妹子故做谦词，其实写的不好。前日不知怎样合了圣意。这不过偶尔侥幸，姐姐若以书家看待，那就错了。”谢文锦道：“妹子的字，那里及得巧文姐姐。去岁郡考，巧文姐姐是第一；他的书法，谁人不赞，那求写对联的也不知多少。谁知今年殿试，妹子倒在前列，真是惭愧！”

印巧文道：“去年郡考，那不过一时侥幸，岂能做得定准。至求写对联的，不过因我们闺中字外面甚少，叫作‘物以罕为贵’，其实算得甚么。前者殿试，字既不好，偏又坐的地方甚暗，兼之诗赋又不佳；能够侥幸，不致名列四……”因转口道：“不致落第，已算万幸，怎么还说抱屈哩！”花再芳道：“据我看来，就是取在一等，也不过是个才女，难道还比人多个鼻子眼睛么？”闵兰荪道：“就是四等，也不见得有甚么回不得家乡、见不得爷娘去处！”宝云望著芸芝、芳芝递个眼色；二人会意，连忙望著再芳、兰荪道：“那边芍药开的甚佳，我们同二位姐姐看芍药去。”拉著二人去了。

这里宝云命人取了两盒扇子，就在亭中设了笔砚，托书香、文锦、巧文三人替他写。

彩云也取三把扇子，一把递给褚月芳，一把递给钟绣田，一把递给颜紫绡。刚要说话，紫绡笑道：“怎么又要姐姐费心送咱扇子？”彩云道：“姐姐休得取笑。我是求教的，拜恳三位姐姐都替妹子写写。”月芳道：“妹子的字如何写得扇子！这是姐姐安心要遭遢扇子了。”钟绣田道：“此时坐中善书的甚多，何苦却要妹子出丑！”

颜紫绡道：“咱妹子向来又无善书的名儿，为何却要见委？倒要请教。”彩云道：

“三位姐姐都不要过谦。若论书法，大约本朝也无高过三位府上了：月芳姐姐府上《千字文》、绣田姐姐府上《灵飞经》、紫绡姐姐府上《多宝塔》，这是谁人不知。岂非家传？还要谦么！”

月芳同绣田道：“我家祖父虽都有点微名，我们何能及得万分之一。既是姐姐谆谆见委，须先说明可是姐姐教我们写的！”紫芝在旁道：“不妨，你们只管写，如写坏了，我来拜领。我还要请问彩云姐姐，方才所说褚府《千字文》，钟府《灵飞经》，那都是人所共知的，不必说了；至于颜府这《多宝塔》，不知是谁的大笔？妹子却未见过。”彩云笑道：“妹妹莫忙，再迟几十年，少不得就要出世。”颜紫绡道：“咱家《多宝塔》还未出世，姐姐却要咱写，岂非苦人所难么？莫若咱去托人替你画画，何如？”

彩云道：“如此更妙。”紫绡拿著扇子向阳墨香道：“姐姐替咱画画罢！”墨香道：“妹子何尝会画？”紫绡笑道：“姐姐好记性！昨日所说‘长安送别图’，你倒忘了！”墨香道：“呸！原来你是晓得的！我也要预先说明，如画坏了！可要姐姐赔他扇子。”

登时众丫环各处摆了许多笔砚。墨香把扇子接过道：“此时颜料不便，只好画个墨笔罢。”彩云道：“我家锦云妹妹向来最喜学画，颜料倒是现成，并且碟子碗儿多的狠哩。”锦云道：“我已教人取去了。”不多时，丫环把颜料碟子取来，摆了一桌，却是无一不备。墨香调了颜色，提起笔来画了许多竹子，众人在旁看著，个个道好。

墨香道：“诸位姐姐且慢赞好。去年妹子郡考，闻得本处有好几位姐姐都撇的好兰，画的好画，可惜名姓我都忘了；今日坐中同乡人却有，但不知那位会画？”彩云道：“难道姐姐这样善忘，连一个也想不出？”墨香停著笔，猛然想起道：“我还记得一位姓祝的，不知可是题花姐姐？”祝题花在旁笑道：“不是！”紫芝道：“众位姐姐莫信他，他一定会画；他若不会，为甚么带著笑说呢？这笑的必定有因。”说罢，同宝云要了一把扇子央他画。

题花接了扇子道：“素芝妹妹倒说的好！难道不教我笑著说，却教我装个鬼脸儿罢？

妹妹且莫忙，我问你可喜画个绝妙美人？”紫芝道：“除了别人，如不欢喜美人，你只管骂。”题花道：“既如此，为何放著我家丽绢表妹倒不请教呢？你只看他尊名，就知他美人画的如何。前日我在公主跟前要保举他，他再三恳我，所以未说；今日可脱不掉了。”白丽娟道：“妹子名字固与‘美人’二字相合，难道姐姐的花卉也不与尊名‘题花’二字相合么？岂但姐姐，就是银蟾姐姐草虫，凤雏姐姐禽鸟，蕙芳姐姐兰花，也未有不与本名相合。若论本乡闺秀，都可算得独步了。”谭蕙芳道：“妹子的兰花，那才混闹哩！从未经人指教，不过自己一点假聪明，岂能入得赏鉴！”张凤雏道：“妹子的翎毛，更是无师之传，随笔乱画，算得甚么！”宰银蟾道：“要拿妹子的草虫也算画，真是惭愧！姐姐何苦把我也拉出来！”只见锦云又命丫环取了许多画碟摆在各桌。紫芝把宝云盒内扇子取出四把道：“四位姐姐莫谦了，都替妹子画画罢。题花姐姐在那里倒要画完了。”大家只得各接一把分著画去。

这边林书香因闺臣提起当日曾见红红、亭亭写的《女诫》《璇玑图》甚好，同宝云要了两把扇子托他二人写，红红道："当日妹子写那扇子，因迫于先生之命。这宗笔墨，岂可入得姐姐法眼。"亭亭道："没奈何，我们只好'班门弄斧'。"绿云也拿一把扇子递给颜紫绡道："刚才彩云姐姐托你写扇子，你却转托别人替你画；如今妹子这把扇子可要赏脸了。"紫绡只得接了，同红红、亭亭一桌写去。

紫芝走到围棋那桌。只见燕紫琼同易紫菱对著，手拈冷玉，息气凝神；卞香云同姚芷馨静悄悄的在旁观阵。紫芝道："原来四位姐姐却在这里下棋！今日这琴棋书画倒也全了。就只紫琼、紫菱二位姐姐特把芷馨、香云两个姐姐拉来观阵，未免取巧。"紫琼一面下棋，一面问道："为何取巧？"紫芝道："芷馨姐姐是'馨'，香云姐姐是'香'，既有馨香在跟前，就如点了安息香一般，即或下个臭著儿，也就不致熏人。若不如此，此地还坐得住么？"易紫菱听了，不觉好笑。

未知如何，下回分解。

名师点拨

上半回五位仙子展示了琴艺，下半回展示林书香、谢文锦、印巧文、钟绣田、褚月芳、颜紫绡等姑娘的书法造诣，结束时又用棋艺为下回故事情节的开展做铺垫。

阅读积累

《灵飞经》

《灵飞经》是著名的小楷法帖之一，其字结体秀美，笔意潇洒，传为唐代钟绍京所书。钟绍京，字可大，虔州赣（今江西赣州）人，是唐代著名书法家。小楷《灵飞经》是他的代表作之一。就内容而言，《灵飞经》是道教经名，主要阐述存思之法。今道藏有《上清琼宫灵飞六甲左右上符》一卷。《汉武内传》谓此经用于请命延算、长生久视、驱策众灵、役使鬼神。

第七十三回　看围棋姚姝谈弈谱　观马吊孟女讲牌经

名师导读

李汝珍《受子谱》中强调“棋贵心思”，探讨让子棋的下法，而《镜花缘》则宏观研讨如何对弈。本回中作者强调下慢棋与打谱对提升围棋棋力的重要性，同时又指出不能迷信定式。作为一个围棋高手，李汝珍当阅读过百龄的著作。《镜花缘》如此细致的描述弈棋之道，堪称行家。

话说易紫菱笑道：“这紫芝妹妹真会取笑，怪不得公主说你淘气。”紫芝道：“芷馨姐姐既喜观阵，自然也是高棋了？”姚芷馨道：“不瞒姐姐说，妹子向在外洋，除养蚕纺机之外，惟有打谱，或同蘅香姐姐下下棋。虽说会下，就只驶些，每日至少也下百十盘。”香云道：“就是随手乱丢，叫了也不能这些盘。”芷馨道：“我们这棋叫做‘跑棋’。彼此飞忙乱赶，所以最快。”香云道：“依我说，姐姐既要下棋，到底还要慢些。谱上说的‘多算胜，少算不胜。’如果细细下去，自然有个好著儿；若一味图快，不但不能高，只怕越下越低。俗语说的好：‘快棋慢马吊，纵高也不妙。’围棋犯了这个‘快’字，最是大毛病。”紫琼道：“时常打打谱，再讲究讲究，略得几分意思，你教他快，他也不能。所以这谱是不可少的。”芷馨道：“妹子打的谱都是‘双飞燕’‘倒垂莲’‘镇神头’‘大压梁’之类，再找不著‘小铁网’在那谱上。”香云道：“倒像甚的‘武库’有这式子，你问他怎么？”芷馨道：“妹子下棋有个毛病，最喜投个‘小铁网’。谁知投进去，再也出不来；及至巴巴结结活一小块，那外势全都失了。去年回到家乡，时常下棋解闷，那些亲戚姐妹都知妹子这个脾气，每逢下棋，他们就支起‘小铁网’。妹子原知投不得，无如到了那时，不因不由就投进去。因此他们替妹子取个外号，叫作‘小铁网’。姐姐如有此谱，给妹子看看，将来回去，好去破他，”紫菱道：“妹子当日也时常打谱，后来因吃个大亏，如今也不打了。”

紫芝道：“怎么打谱倒会吃亏呢？”紫菱道：“说起来倒也好笑，我在家乡，一日也是同亲戚姐妹下棋，下未数著，竟碰到谱上一个套子，那时妹子因这式子变著儿全都已得，不觉暗暗欢喜，以为必能取胜。下来下去，不意到了要紧关头，他却沉思半晌，忽然把谱变了，所下的著儿，都是谱上未有的；我甚觉茫然，不知怎样应法才好。一时发了慌，随便应了几著，转眼间，连前带后共总半盘，被他吃的干干净净。”紫芝道：“姐姐那时心里发慌，所下之棋，自然是个乱的。那几个臭著儿被他吃去，倒也无关紧要；我不可惜别的，只可惜起初几个好谱著儿也被他吃去，真真委屈。所以妹子常说，为人在世，总是本来面目最好。即如姐姐这盘棋，起初下时，若不弄巧闹甚么套子，就照自己平素著儿下去，想来也不致吃个罄净。就如人家做文，往往窃取陈编，攘为己有，惟恐别人看出，不免又添些自己意思，杂七杂八，强为贯串，以为掩人耳目；那知他这文就如好好一人，浑身锦绣绞罗，头上却戴的是草帽，脚上却穿的是草鞋，所以反觉其丑。如把草帽草鞋放在粗衣淡服之人身上，又何尝有甚么丑处？可见装点造作总难遮人耳目。”

只见素云同井尧春走来望一望道：“我这紫芝妹妹话匣子要开了，有半天说哩，我们还是弹琴去罢。”尧春道：“如此甚好。但此地过于热闹，我们须找静些地方才好。”

于是约了吕尧蓂，田舜英，孟瑶芝仍到古桐台去。适值阴若花、由秀英从海棠社走来，尧春素闻二人弹得一手好琴，携了二人一同来到古桐台。

七个人，弹琴的弹琴，讲究指法的讲究指法，正在说笑，只见紫芝也走来。井尧春道：“妹妹那段草帽讲完么？”紫芝道：“话不过随嘴乱说，长也由得我，短也由得我；比不得诸位姐姐抚琴，定要整套弹完才歇哩。”吕尧蓂道：“妹妹将来何不学学？如学会了，到那风清月朗时候，遇见知音，大家弹弹，倒是最能养心、最可解闷的，在我们闺中，真可算得良朋益友；就是独自一人，只要有了他，也可消遣的。”紫芝道：“正是。刚才妹子听你们五琴合弹，到得末后正在热闹之际，猛然鸦雀无声，恰恰一齐住了，实在难得！我至今还是佩服。”瑶芝笑道：“诸位姐姐，你说紫芝妹妹这话可是外行不是外行？他且不讲人家抚的好，只说五个人难得一齐住，也不想想人家既会弹，难道连个弹完还不知道么？”

紫芝道：“妹子也曾学过。无奈学了两天，泛音总是哑的，因此不甚高兴。往常瑶芝姐姐同素云姐姐弹时，我去问问，他们总不肯细心教我，说我性子过急，难以学会；我实不服，请教这个泛音究竟怎样才响？”秀英道：“若论泛音，也无甚难处，妹妹如要学时，记定左手按弦，不可过重，亦不可太轻，要如蜻蜓点水一般，再无不妙。其所以声哑者，皆因按时过重；若失之过轻，又不成为泛音。‘蜻蜓点水’四字，却是泛音要诀。”紫芝道：“泛音既有如此妙论，为何谱上都无此说？他却秘而不宣，是个甚么意思？”瑶芝道：“他那谱上单论八法，尽够一讲，那还说到这个，况且他又怎能晓得有人把个泛音算做难事哩。”田舜英道：“妹妹要学泛音，也不用别法，每日调了弦，你且莫弹整套，只将蜻蜓点水四字记定，轻轻按弦，弹那‘仙翁’两字，弹过来也是‘仙翁仙翁’，弹过去也是‘仙翁仙翁’，如此弹去，不过一两日，再无不会的。”若花道：“阿妹把泛音会了，其余八法，如‘擘’‘托’‘勾’‘踢’‘抹’‘挑’‘摘’‘打’之类，初学时倒像头绪纷纭，及至略略习学，就可领略，更是不足道的。”紫芝道：“还有几句歌诀，这两年没去弄他，我倒忘了，不知共有几句？”

秀英道："歌决虽有八句，第一却是'弹欲断弦方入妙，按令入木始为奇'这两句是要紧的。此诀凡谱皆有，你细细揣摩，自能得其大意。"

紫芝道："姐姐：你说泛音要如蜻蜓点水一般，我要请姐姐弹个样儿，我也好弹。"

秀英随即按著弦，"仙翁仙翁"弹了一阵。紫芝也按著弦弹了几声，谁知按不得法，仍是哑音，不觉著急道："秀英姐姐！莫是这弦也有嘴眼罢？你们按的得法，按了他的眼，所以有声；我按的不得法，按了他的嘴，所以哑了。只好恳那位姐姐，要像先生教学生写字样子，用个'把笔'法儿把把我才好。"瑶芝道："不知六位姐姐当日学时可有这个把法？真是学个琴儿也是古怪的！"若花笑道："阿妹过来，我来把你。"于是把著紫芝两手又弹一阵"仙翁"。把了多时，紫芝道："我会了。"若花把手放开，随他自弹，果然弹的竟成泛音。紫芝道："你们且弹，我去去就来。"

说罢，来到白亭，向紫云道："他们写字的写字，画画的画画，下棋的下棋，弹琴的弹琴，我们也想甚么顽的才好，不然，这许多姐姐不要闷气么？"紫云道："今日人多，据我主意，须分几样顽法。莫若我们挨著问问，先派几桌双陆、马吊；再派几桌花湖、象棋，余者或投壶、秋千、抛球，甚至斗草、垂钓，无所不可，如不喜顽的，或做诗联句，悉听其便。你道如何？"绿云在旁点头道："姐姐所论极是。不如此，也分派不开，也不足尽兴。"随命丫环预备调摆。

紫云向蒋春辉、董青钿道："这件事必须二位姐姐同我们挨著问问，分派分派；不然，再也分派不开。"蒋春辉道："如今弄的满眼都是人，也不知除了他们琴棋书画，还剩几位姐姐？"紫芝道："这个妹子都记得，等我数给你听。那弹琴的是尧春、尧蓂、舜英、若花、秀英、瑶芝、素云七位姐姐；那下围棋的是紫琼、紫菱、芷馨、香云四位姐姐；那写扇子的是书香、文锦、巧文、月芳、绣田、紫绡、红红、亭亭八位姐姐；那画扇子的是墨香、题花、丽娟、银蟾、凤雏、蕙芳六位姐姐。共计二十五位。下存七十五位；再除大解、小解二十五位，实存五十位。"说的众人不觉好笑。宝云道："紫芝妹妹真好记性！至于那处那几位，我原都晓得，你要教我一位一位念他名姓，这个实实不能。今日全仗妹妹替我各处照应照应；此时也不知都在此处，也不知有到别处去的，弄的糊里糊涂，这才叫做慢客哩。"

当时蒋春辉同众人分了马吊一桌、双陆一桌、象棋一桌、花湖一桌、十湖一桌。余者或投壶、斗草、抛球、秋千之类，也分了几处。还有不喜顽的，或吟诗、猜谜、垂钓、清谈，各听其便。登时都在文杏阁、凝翠馆、芍药轩、海棠社、桂花厅、百药圃，分在几处坐了。宝云道："紫芝妹妹记性又好，走路又灵便。今日众姐妹或在这里，或在那里，惟恐照应不周，未免慢客，务必拜托妹妹替我挨著时常看看。若丫环嬷嬷躲懒，缺了茶水，千万告诉我。"因把脚扬一扬道："一连跑了五天，偏偏今日他又疼了。"紫芝道："我劝姐姐，就是四寸也将就看得过了；何必定要三寸，以致缠的走不动，这才罢了？"

董青钿道："他是我们老姐姐，你也要刻薄他？刚才宝云姐姐说你记性好，我今日同你赌个东道。少时你到各处挨著看看众姐妹共分几处，某处几人，共若干人，除了琴棋书画，其余如说的丝毫不错，那才算得好记性，我情愿将手上这副翡翠镯送你；你若说错，就把翡翠壶儿送我。不知你可敢赌？”紫芝道：“原来你倒看上我的鼻烟壶儿！既如此，宝云姐姐做个中人，我就赌这东道。”宝云道：“罢！罢！罢！我不做中人。省得临期反悔，同你们淘气。”题花笑道：“妹子最喜做中人，希图落点中资，为甚么不来托我？”二人道：“如此甚好，就托姐姐做中人。”题花道：“你们二位把赌的东西放在我处，我才放心哩。”青钿随即把镯子交代了。紫芝也把烟壶递给题花道：“姐姐切莫把烟偷吃完了，近来像这酸味的少的狠哩。”题花笑道：“不妨。如吃完了，我有‘昔西儿’。”紫芝道：“怎么姐姐还未出阁，预先倒喜吃‘昔西儿’了？”题花听了，把笔放下，举著扇子赶来要打。

紫芝飞忙跑开，来到文杏阁。只见师兰言、章兰英、蔡兰芳、枝兰音四人在那里要打马吊，旁边是宰玉蟾、钱玉英、孟玉芝观局。大家搬了坐。蔡兰芳道：“紫芝姐姐何不打两吊？”紫芝道：“妹子今日受了主人之托，要替他照应客，所以不能奉陪。我看你们斗两牌，还要到别处去哩。”章兰英道：“请教兰言姐姐：我们还是打古谱、打时谱呢？还是三花落尽，十字变为熟门；还是百子上桌，十子就算熟门呢？”

师兰言道：“要打，自然时谱简便。至于百子上桌，十子就算熟门，未免过野，这是谱上未有的。若照这样打法，那‘鲫鱼背’色样也可废了。”宰玉蟾道：“正是，妹子闻得‘鲫鱼背’有个谱儿，不知各家是怎样几张？”紫芝道：“我记得桩家是红万、九十、六万、六索，余皆十子、饼子；四八之家，百子、九饼、一万、一索、三万、三索、七万、七索；么五九家，九万、九索、五万、五索，余皆十字；二六之家，一张空堂、四张饼子、三张十字、二索当面、四肩在底。二六之家，关赏斗十，桩家立红，九十加捉；四八之家，以百子打桩，或发三万，或发三索；大家照常斗去，那就上了。”宰玉蟾道：“怪不得人说紫芝姐姐嘴头利害，你只听他讲这牌经，就如燕子一般，满口唧唧咋咋，叫个不住。看这光景，将来紫芝姐夫如不惧内，我再不信。”

众人听了，都道：“玉蟾姐姐这句道得好。”钱玉英道：“妹子向来只知打著顽，不知此中还有古谱、今谱之分。倒要请教是何分别？”章兰英道：“古谱哩，不过小色样多些；今谱小色样少些。诸如‘百后趣’‘趣后百’‘大参禅’‘小参禅’‘捉极献极’‘捉百献极’之类，今谱尽都删了。”玉芝道：“色样多些，岂不有趣，为何倒要删去？难道嫌他过于热闹么？”师兰言道：“他删去不为别的，因此等小色样，每牌皆有，如果斗上，其中恐有犯赔之家，必须检查灭张；若牌牌如此。未免过烦，因此删去，以归简便。况此中四门色样不一而足，其余如‘双叠’‘倒捲’‘香侣’‘桌吊’之类，何尝不妙。只要会打，千变万化之处甚多，又何必在几个小色样时刻较量哩。”蔡兰芳道：“不消再议，我们打时谱罢。”枝兰音道：“妹子才初学，色样越少越好，省得照应不来。”大家翻了谱子，都打起来。

宰玉蟾道：“请教诸位姐姐：如今还有把马吊抽去八张，三个人打著顽，叫作‘蟾吊’，那是甚么意思？”蔡兰芳道：“他因向来四人打马吊，马是四条腿；所以三人打就叫蟾吊，蟾是三条腿；还有两人顽的叫作‘梯子吊’，盖因梯子只得两条腿。”玉蟾道：

"若是这样，将来一人顽，势必叫作'商羊吊'了。"师兰言道："姐姐你道那打蟾吊的是个甚么主见？皆因粗明打吊，尚未得那马吊趣味；或者当日学时，本由蟾吊学成，一时令其骤改马吊，就如乡里人进城，满眼都是巷子，不知走哪一路才好；只好打个蟾吊，倒底头绪少些。"玉芝道："我听人说：'蟾吊热闹，马吊闷气'，因此都爱蟾吊。"兰言道："这话更错了。马吊本好好四十张，今抽去八张，改为蟾吊，以图热闹；试问若图热闹，如打天九，把三长四短全都去了，满手天九、地八，亦有何味？即如当日养由基百步穿杨，至今名传不朽者，因其能穿杨叶，并非说他射中杨树，就算善射，若射中杨树就算善射，纵箭箭皆中，亦有何趣？即如蟾吊抽去清张，纵牌牌成色样，亦不过味同嚼蜡。"宰玉蟾道："我还听见人说：'马吊费心，蟾吊不费心，所以人喜蟾吊。'请教姐姐此话可是？"兰言道："这做马吊的，当日做时，原不许粗心浮气人看的。若谓马吊费心，何不竟将蟾吊不打，岂不更省许多心血？"兰芳道："兰言姐姐把这蟾吊真驳的有趣；不然，久而久之，被这粗心浮气的把马吊好处都埋没了。"

紫芝道："诸位姐姐且慢打吊，我说个笑话。一人好打蟾吊。死后，冥官道：'好好马吊不打，你却矫揉造做去打蟾吊。也罢，如今就罚你变个蟾去！'此人转世虽变了蟾，那打吊心肠，仍是念念不忘。一日，同了素常相好的许多小蟾出去游玩，他前走，小蟾随后，他道：'我们这个走法，好像马吊一副色样。'众蟾道：'叫做甚么？'他道：'叫做"公领孙"。'众蟾鼓噪道：'把我们做他孙子，这还了得！'不由分说，一齐动手，把他按住，也有打的，也有骂的。有一小蟾，取了一个石子，狠狠朝他头上一丢道：'你说！这是甚么色样？说不出，再打！'他道：'求诸位莫打，容我说！这叫"佛顶珠"。'又一小蟾把他足上皮撕下一片道：'你说！这是甚么？'他道：'这是"佛赤脚"。'又一蟾拿著竹片，把他打的浑身是血道：'这是甚么？'他道：'这是"朱砂鼎"。'又一蟾取些黑泥，把他涂的浑身漆黑道：'这是甚么？'他道：'这是"铁香炉"。'众蟾道：'刚才他身上是红的，所以说是朱砂鼎；此刻身上涂黑了，因而说是铁香炉，难道把你身上涂绿了，就算"绿毛龟"么？究竟不像，还要打！'他道：'诸位若说不像，真真委屈，你们暂且松手，让我做个香炉样儿给你们看。'众蟾果然一齐闪开。他把三足立在地下，把腰朝上一拱道：'诸位请看，难道香炉不是三只脚么？'说罢，他就势想要逃走，连忙将身一纵，远远落在地下。谁知不巧，恰恰将嘴碰在一堆粪上，众蟾看见一齐笑道：'好了！如今蟾吊新添一副色样了！'他忍著臭气问道：'请教诸位，这副色样叫做甚么？告诉我，我好添在谱上。'众蟾道：'叫作狗吃屎。'"说的众人笑个不了。

玉蟾听了，望著紫芝只管冷笑。紫芝道："妹子实在一时疏忽，忘你大名；若要记得，怎敢犯讳？我尝听得银蟾姐姐说，小瀛洲四员猛将都敌你不过，妹子还敢放肆么？"

玉蟾把手伸出道："姐姐，你拿手来试试，妹子何尝有甚么力量。"紫芝吓的连忙跑开道："姐姐莫给我苦吃，我还到各处替宝云姐姐照应客哩。"说著，去了。

未知如何，下回分解。

名师点拨

百位仙子在文杏阁、凝翠馆、芍药轩、海棠社、桂花厅、百药圃，弹琴的是尧春、尧蓂、舜英、若花、秀英、瑶芝、素云七位，下围棋的是紫琼、紫菱、芷馨、香云四位，写扇子的是书香、文锦、巧文、月芳、绣田、紫绡、红红、亭亭八位，画扇子的是墨香、题花、丽娟、银蟾、凤雏、蕙芳六位，师兰言、章兰英、蔡兰芳、枝兰音四人打马吊，宰玉蟾、钱玉英、孟玉芝观局。师兰言、孟紫芝、宰玉蟾、钱玉英等谈论马吊的古谱与时谱。

阅读积累

马　吊

马吊是古代博戏。始于明代中叶。因合四十叶纸牌而成，故又称“叶子戏”。牌分十字、万字、索子、文钱四门，前两门画《水浒》人像，后两门画线索图形。四人同玩，每人八叶，馀置中央，出牌以大打小。

第七十四回　打双陆嘉言述前贤　下象棋谐语谈故事

名师导读

本回前半回写打双陆：戴琼英同孟琼芝对局，掌红珠、邵红英、洛红蕖、尹红萸，在一旁观局。通过掌红珠与孟琼芝、戴琼英、洛红蕖等的谈论，对双陆这一流行的博戏有了初步的了解。

话说紫芝惧怕玉蟾，连忙走开，来到双陆那桌。只见戴琼英同孟琼芝对局，掌红珠、邵红英、洛红蕖、尹红萸，在旁观局。掌红珠道："当日双陆不知为何要用三骰。与其掷出除去一个，何不就用两个，岂不简便？妹子屡次问人，都不知道。其中一定有个缘故。"

孟琼芝一面掷骰，一面笑道："据我看来：大约因为杜弊而设，即如两个骰子下盆，手略轻些，不过微微一滚，旋即不动；至于三个骰子一齐下盆，内中多了一个，彼此旋转乱碰，就让善能掐骰也不灵了。况双陆起手几掷虽不要大点，到了后来要冤时，全仗大点方能出得来。假如他在我盘，五梁已成，我不掷个六点，只好看他一人行了。以此看来，他除大算小，最有讲究的。"尹红萸点头道："姐姐议论极是。古人制作，定是这个意思。我还听见人说，双陆是为手足而设。不知是何寓意？"戴琼英道："他是劝人手足和睦之意，所以到了两个、三个连在一处，就算一梁，别人就不能动；设若放单不能成梁，别人行时，如不遇见则已，倘或遇见，就被打下。即如手足同心合意，别人焉能前来欺侮；若各存意见，不能和睦，是自己先孤了，别人安得不乘虚而入？总要几个连在一处成了梁，就不怕人打了。这个就是'外御其侮'一个意思。"洛红蕖道："可见古人一举一动，莫不令人归于正道，就是游戏之中，也都寓著劝世之意。无如世人只知贪图好玩，哪晓其中却有这个道理。"

紫芝道："琼英姐姐且莫掷骰，妹子说个灯谜你猜：'三九不是二十七，四八不是三十二，五七不是三十五，六六不是三十六：打一物。'"掌红珠道："我猜著了，可是'十二'？"紫芝道："'三九''四八''五七''六六'，凑起来都是十二，姐姐猜的真好。但妹子刚才有言在先，打的是个物件，请姐姐把‘十二’取来看看，如果是个物件，就算姐姐猜著。”红珠不觉笑道：“呸！我只当是个数目哩。”邵红英道：“可是‘双陆’？”紫芝笑道：“这个猜的却好。至于是不是，且等我看看花湖再来回复。”

于是走到海棠社。只见郦锦春、言锦心、廉锦枫、卞锦云四人在那里看花湖；哀萃芳、叶琼芳，在旁看“歪头湖”。廉锦枫见紫芝走来，连忙叫道：“姐姐来的正好。妹子输的受不得了！我这初学的花湖，如何上得场？刚才我求萃芳、琼芳二位姐姐替我看两牌，谁知他把‘么六’‘二三’‘四六’认作杂花，成了下去，倒被他们割了一个耳朵。姐姐替我看看罢，今日被这‘三公’‘三才’，头都闹昏了。”紫芝道：“怎么如今花湖忽又添出三公、三才，这是怎讲？”锦云道：“何尝添什么三公、三才。只因锦枫姐姐头一次起了一个双张，做了一回老相公；第二次补牌又多补一张，又做一回老相公；第三次下家还未起牌，他又多起一张，又做一回老相公：一连做了三回老相公，因此他叫做‘三公’。”紫芝道：“三才又是怎讲？”廉锦枫道：“紫芝姐姐未曾读过《三字经》么？”紫芝道：“《三字经》上有句：‘三才者，天地人。’怎么没有读过。”

锦枫道：“妹子每牌总是天、地、人三个单张在手，偏偏又是肚子，又不敢打，所以打了半日，还未成得一牌。刚才好容易叫六头，偏偏又被上家拦成。”哀萃芳道：“那牌原是姐姐自己打错。”紫芝道：“怎么打错？”叶琼芳道：“他手里只剩一对天牌，却把长三打出去，恰好锦心姐姐六张开招，一连补了三张么三，又是一个六张，这也罢了，末尾

还补二三一坎，恰恰凑成一封，及至锦心姐姐再打三六，锦云姐姐也是六张开招，喜相逢拦成：这比我的么六、二三、四六诈湖更臭。”郦锦春道：“这一牌不独锦枫姐姐吃亏，就是妹子也多输三个龙船。这牌方才打错，接著一牌湖四头，又把长二打去，被人六张开招双封，也是一对人牌成了。”

言锦心道：“锦枫姐姐打错也罢了，并且打的也过慢。刚才有一牌，左拆右拆，弄了半天，再也打不出。彼时适值我是梦家，因他踌躇，过去看看，谁知他手里除了天、地、人三个孤张，还有六张闲牌，打去一张，却是‘八尖嘴’。”紫芝道：“若是这样，他打的虽臭，倒有一件可取，却还细腻。但只工夫还未到家，能够练的打到‘眠张儿’，那就好了。”锦春道：“何为‘眠张儿’？”紫芝道：“眠者，睡也。即如他家应该发牌，左拆右拆，左打右打，再也打不出。及至闹到后来，把那三个看牌的都等的瞌睡起来，这才打出去，其名就叫‘眠张’。”锦枫道：“姐姐莫闹了，你再闹，更要错了。”

语言描写

这里借孟紫芝之口，把花湖的骨牌名点了出来，也写出了孟紫芝的机灵。

紫芝道：“今日这牌不但添了三公、三才，只怕还要添个骨牌名哩。”锦枫道：“此话怎讲？”紫芝道：“姐姐刚才湖六头，打长三；湖四头，又打长二；少刻湖二头，再把地牌打了，岂不凑成一副‘顺水鱼’么？”锦枫道：“我的紫姑太太！够了！够了！你老人家不要刻薄了！请罢！请罢！”紫芝道：“我要抽几个头儿才肯走哩。”锦枫道：“我还没赢，那有头儿。”紫芝用指在锦枫头上一弹道：“这不是头儿？”锦云用力把紫芝朝外一推道：“人家这里顽钱，你只管跟著瞎吵！”

动作描写

四人动作典雅，都很有修养。

紫芝趁势走出，来到猗兰堂。只见余丽蓉、姜丽楼、潘丽春、蒋丽辉在那里闲谈，旁边放著一桌十湖。四人见了紫芝，都欠身让坐。紫芝道：“你们为什么不看牌，却在这里清谈？”余丽蓉道：“因为丽辉姐姐不大高兴，所以歇歇再打。”紫芝道：“丽辉姐姐为甚不高兴？”

蒋丽辉道：“我们一连看了八轮，我一牌未成，这不是讨罪受么？并且每牌总是一张老千，从未起过空堂，牌牌总要打九索；至于破梆破群，更不必说了。尤其可恨的，那破梆破群再不教你成个二报三报，他总是一张八饼、一张二索，或是一张六饼、一张三万，教你八下不成副；及至巴到十成，不是人家湖了，就是上家拦成。你说这面糊鬼令人恨不恨？教人气不气？再顽半天，我还气成鼓胀病哩。可惜我今日来的匆忙，未将剪子带来，这是他的命长。我明日一定戒赌，妹妹莫劝我。”

紫芝道：“妹子何敢劝？但姐姐又何须劝？今日戒，明日开，那是向来的老规矩。并且这‘戒赌’二字，我从太后颁恩诏那年一直听到如今了，姐姐莫生气，妹子替你看两牌。”姜丽辉道：“如此甚好。”大家归坐。紫芝一连看了几牌，谁知牌牌皆成，不但不输，并且反做了赢家。把牌交给丽辉道：“你来看罢。如今反输为赢，大约可以个必戒赌了。”丽辉接过牌道：“人说你斗的好，果然不错。才看这几牌，都在我的意料之外，倒长许多见识。明日一定要送门生帖过去。”紫芝道：“拜门生你且暂缓，等我老师开了剪子店，替你多多预备几把剪子你再来。”说的众人不觉好笑。

紫芝走出，要去看看象棋，找了两处，并未找著。后来问一丫环，才知都在围棋那边。随即来到白茉亭。只见崔小莺同秦小春对局，旁边是掌乘珠、蒋月辉、董珠钿、吕祥蓂叫人观局，那对局的杀的难解难分，观局的也指手画脚。紫芝道：“教我各处找下著，原来却在围棋一处。看这光景，大约也是要借点馨香之意。”

只听蒋月辉道：“小春姐姐那匹马再连环起来，还了得？”董珠钿道：“不妨，小莺姐姐可以拿车拦他。”吕祥蓂道：“我的姐姐，你这话说的倒好，也不望马后看看！”

谁知秦小春上了马，崔小莺果然拿车去拦。这里吕祥蓂连忙叫道：“小莺姐姐拦不得，有个马后炮哩！”话未说完，崔小春随即用炮把车打了。崔小莺道：“人家还未走定，如何就吃去？拿来还我！”秦小春道：“你刚才明明走定，如何还要悔？”掌乘珠道：“小春姐姐把车还他罢。况且这棋小莺姐姐业已失势，你总是要赢的，也不在此一车。”

紫芝道：“二位姐姐且慢夺车，听我说个笑话。一人去找朋友，及至到了朋友家里，只见桌上摆著一盘象棋，对面两个坐儿，并不见人。这人不觉诧异；忽朝门后一望，谁知他那朋友同一位下棋的却在门后气喘吁吁夺车。恰好今日二位姐姐也是因车而起，好在有例在先。”紫芝一面说著，故意大声叫道：“丫环快将门后打扫打扫，少刻就有客来了。”

题花按著扇子，一面撇兰，一面笑道：“女孩儿家恁响喉咙，也不管吓得人来怕恐，准备精皮肤一顿打！”紫芝道：“有件奇事，一家养口小猪，忽然得个怪病，伏在地下将尾乱摆。有人传个方儿，教他磨些黑墨涂在尾上就好了，那知摆的更甚。这家没法，只得把兽医请来。偏偏这兽医又是近视眼，走来一望，见那猪尾上黑黑画的满地横一道，竖一道。看了一看，回头就走道：‘这样好猪，还说有病！’这家忙问道：‘怎说无病？’兽医道：‘我们虽是兽医，也要“望、闻、问、切”，你莫看别的，只看猪尾就知道了。他如果有病，怎么还撇的那样好兰呢？’”题花笑道：“好啊！替你画，你还骂我！”紫芝道：“这个只好算个笔资罢。”

忽闻远远箫音嘹亮，甚觉可耳。紫芝正要叫丫环去看，只见芳芝走来道：“请诸位姐姐听听这箫品的可好？”众人道：“不知哪位姐姐品的这样好萧。”忽听又有笛音，倒像萧笛合吹光景。芳芝道：“刚才我同再芳、兰荪两位姐姐看了芍药，到了莲花塘，兰荪姐姐被他们邀去投壶。再芳姐姐因见绿云妹妹铁笛铁萧甚好，所以约了亚兰姐姐、绿云妹妹就在水阁合吹，这箫笛借著水音，倍觉清亮，又是顺风吹来，远听更有意思。”

左融春道：“如此妙音，萧笛必另有不同，姐姐把我带去看看。”二人携手去了。

紫芝也随后跟来，走到桂花厅。只见林婉如、邹婉春、米兰芬、闵兰荪、吕瑞蓂、柳瑞春、魏紫樱、卞紫云，八个人在那里投壶。林婉如道：“俺们才投几个式子，都觉贫事，莫若还把前日在公主那边投的几个旧套于再投一回，岂不省事。”众人都道：“如此甚好，就从姐姐先起。”婉如道：“俺说个容易的，好活活准头，就是‘朝天一炷香’罢。”众人挨次投过：也有投上的，也有投不上的。邹婉春道：“我是‘苏秦背剑’。”

米兰芬道：“我是‘姜太公钓鱼’。”闵兰荪道：“我是‘张果老倒骑驴’。”吕瑞蓂道：“我是‘乌龙摆尾’。”柳瑞春道：“我是‘鹞子翻身’。”魏紫樱道：“我是‘流星赶月’。”卞紫云道：“我是‘富贵不断头’。”众人都照署式子投了。紫芝走来，两手撮了一捆箭，朝壶中一投道：“我是‘乱劈柴’。”逗的众人好笑。

紫芝说笑一阵，信步走到秋千那边。只见田凤翾、施艳春、薛蘅香、董翠钿、蒋素辉、卞彩云，六人在那里一起一落打著顽。紫芝道：“我看你们打来打去、不过总是两个俗套子。据我主意，何不各抒已见，出个式子，岂不新鲜些？”彩云道：“如此甚好，就请凤翾姐姐先出。”

田凤翾道：“妹子出个‘平步青云’，要双足平起。”薛蘅香道：“我是‘鲤鱼跳龙门’，要双足微纵。”施艳春道：“我是‘金鸡独立’，要一足微长。”董翠钿道：“我是‘指日高升’，要一指向日。”蒋素辉道：“我是‘凤凰单展翅’，要一手朝天。”卞彩云道：“我是‘童子拜观音’，要一手合掌。”都照式子打了一回。彩云道：“倒是素芝妹妹会顽，果真出个式子就觉有趣。”田凤翾道：“紫芝姐姐何不出个式子也顽顽呢？”紫芝道：“我怕头晕。”薛蘅香道：“姐姐向来斗的趣儿甚好，既不打秋千，何不说个笑话呢？”紫芝道：“这倒使得。”因想了一想，登时编了一个笑话。

未知如何，下回分解。

名师点拨

十湖牌与麻将及一些现代纸牌戏均有相当深的渊源。清代小说中，打十湖牌的情节并不多，《镜花缘》《绘与芳录》细节较多，但仍甚为简略。然而，从字里行间可知十湖牌是凑牌游戏，有“湖”数的概念。麻将所谓“胡牌”或“食糊”的“胡/糊”字，就是“湖”字之讹。

阅读积累

双 陆

双陆，是古代的一种博具，乾隆时期，民间用双陆棋来赌博，乾隆下令封杀双陆棋，如今已失传。

这种棋戏在古代又叫“握槊”“长行”，另外还有“波罗塞戏”的别名。关于双陆在中国的出现，有着多种说法。

宋人洪遵著有《谱双》一书，书中列出北双陆、大食双陆、广州双陆、真腊阇婆双陆、南皮双陆、日本双陆等多种。制度不尽相同，玩法、称谓、术语互有歧异。

第七十五回　弄新声水榭吹箫　隐俏体纱窗听课

名师导读

在莲花塘，展示了苏亚兰、左融春、董花钿、孟芳芝、卞绿云五人合奏箫笛的美妙。文中说“像云端里飘出一阵仙乐，好不令人神爽。”而孟紫芝的记忆力更是在这回中有更进一步的展示，四十八位姑娘分别在哪里，在干嘛说得头头是道。

话说紫芝因薛蘅香教他说笑话，当时想了一想，望著六人道：“老蛆在茅坑缺食甚饥。忽然瞌睡，因命小蛆道：‘如有送食来的，即来唤我。’不多时，有人登厕出恭；因肠火结燥，蹲之许久，粪虽出，下半段尚未坠落。小蛆远远看见，即将老蛆叫醒。老蛆仰头一望，果见空中悬著一块‘黄食’，无奈总不坠下。老蛆喉急，因命小蛆沿坑而上，看是何故。小蛆去不多时，回来告诉老蛆道：‘我看那食在那里顽哩。’老蛆道：‘做甚么顽？’小蛆道：‘他摇摇摆摆，悬在空中，想是打秋千哩。’”

董翠钿道：“臭轰轰的，把人比他，姐姐也过于尖酸了。”蒋素辉道：“那‘黄食’二字，倒也新奇。”薛蘅香、施艳春道：“幸而没有痔疮，若有血痔，那可变成‘紫食’了。”紫芝道：“你去尝尝，只怕还‘香艳’的狠哩。”蘅香，艳春道：“姐姐真真利害，一句也不饶人。”田凤翾遥遥指著道：“姐姐，你听，他们这个笛音，远远听著，实在有趣。姐姐何不领我们望望去？”紫芝道：“我正要去哩。”

七人一同到了莲花塘，进了凉阁。苏亚兰、左融春、董花钿、孟芳芝、卞绿云，五人连忙站起让坐。田凤翾道：“我们原是特来领教的，怎么倒不吹了？”

绿云道：“吃了这杯茶，少不得都要吹一套奉敬。”董花钿道：“你们六位却在何处游玩，半日总未见面？”蒋素辉道：“紫芝姐姐才从白茉亭来的；我们六人在桃花岭旁打了一会秋千。”苏亚兰道：“敢是六位姐姐在秋千架上听见我们这里箫笛声音才过来的？”施艳春道：“刚才我们打著秋千，在半空中忽闻这个箫笛之音，倒像云端里飘出一阵仙乐，好不令人神爽。”绿云道：“那里姐姐离的远，又在高处，所以隐隐约约倒觉可耳；今若近听，可差远了。”芳芝道：“姐姐何不再吹一套呢？”左融春道：“还是绿云，亚兰二位姐姐合吹有趣。”亚兰道：“如此甚好。”同绿云各拿箫笛合吹起来。

紫芝一心记挂东道，无暇细听，趁空走到外面，只见宝云也向莲花塘走来，道：“妹妹可晓得众位姐姐共分几处？我恐我们表姐妹陪不过来，又托了蒋、董两家姐姐替我陪陪客。不知每处可有我们四姓之人？倘竟并无一个，教客人自己照应自己，那真是慢客了。”紫芝道：“姐姐，你等妹子先把这几处念给你听，就明白了。马吊那边是兰言、兰英、兰芳、兰音、玉蟾、玉英、玉芝七位姐姐、双陆那边是琼英、琼芝、红蕖、红萸、红英、红珠六位姐姐，花湖那边是锦枫、锦春、锦心、锦云、萃芳、琼芳六位姐姐，十湖那边是丽蓉、丽楼、丽春，丽辉四位姐姐，象棋那边是小春、小莺、乘珠、祥蓂、月辉、珠钿六位姐姐，投壶那边是婉如、婉春、瑞春、瑞蓂、兰芬、兰荪、紫樱、紫云八位姐姐，秋千那边是凤翾、蘅香、艳春、翠钿、素辉、彩云六位姐姐，品箫那边是亚兰、融春、花钿、芳芝、绿云五位姐姐，共四十八位。还有几处，等妹子看过，再来告诉你，大约青钿妹妹那副镯子是我的了。姐姐可见芸芝姐姐么？”

宝云道：“他同再芳姐姐才从莲花塘出去，因再芳姐姐要学‘大六壬课’，大约都在芍药轩讲究课哩。”紫芝道：“芸芝姐姐果然如此，未免可恶！”宝云道：“这却为何？”紫芝道：“妹子一心要学大六壬课，往常求他，再也不肯教我；今日倒教外人，岂不可恶么！”宝云轻轻说道：“刚才巧文姐姐在白茉亭无心说了一个四等，谁知再芳姐姐当日部试就是四等，因此语言颇有芒角，所以我托芸芝妹妹伴伴他。这位姐姐气性不好，到处同人斗嘴。芸芝妹妹同他谈论，因受我之托，那里情愿教他？妹妹要学，恰好他们方才过去，你跟去听听就是了。”

紫芝走到芍药轩。房内并无一人，窗外倒像有人说话，轻轻走到纱窗跟前，朝外一望，原来再芳同芸芝紧靠窗子，坐在那里说话。只听芸芝道：“这有甚么要紧，怎说拜起老师来了？”再芳道：“此话倒出我的本心，妹子这个念头，并非一朝一夕，已存心中几年了。向日闻得古人有‘袖占一课’之说，真是神乎其神，我只当总是神仙所为，凡人不能会的，后来才知袖占一课，就是如今世上所传大六壬课。妹子听了，四处购求课书，日日习学，再也不能入门。要访一位精于此道的求他指引，访来访去，比访神仙还难。今幸遇姐姐，岂不是我心上老师么？妹子并非求精，只要姐姐指点，能够入门，起得‘三传四课’，心愿也就足了。”芸芝道：“若能会起‘三传四课’，底下功夫，自然容易。可惜妹子所著《大六壬指南》尚未脱稿，姐姐如将此书一看，登时就能了然。至于古人之书，

词苑撷英

半途而废：半路上终止。比喻做事情有始无终。

知识延伸

子、丑、寅、卯、辰、巳、午、未、申、酉、戌、亥：总称地支，又称十二支。中国古代用十二地支纪时、纪月。地支纪时就是将一日均分为12个时段，分别以十二地支表示。

精微奥妙则有之，若讲入门，倒是罕见的。”

再芳道：“请问姐姐，何谓‘地盘’？妹子再也弄不明白。”芸芝道：“世人学课，往往半途而废者，皆因‘天地盘’分不明白之故。其所以然者，总由前人于入门一条，未能分析指明，学者又不能细心体察，所以易于忽略。妹子今将地盘写一样式，再细细注解，自然易于领略。”随命丫环设个小几，摆下笔砚，登时写毕。再芳接过，只见上面写著：

巳	午	未	申
辰			酉
卯			戌
寅	丑	子	亥

芸芝道：“此地盘式，有从左手起的，有以右手起的。以左手而论：于无名指第四节起子时，中指第四节丑，食指第四节寅，第三节卯，第二节辰，第一节巳，中指第一节午，无名指第一节未，禁指第一节申，第二节酉，第三节戌，第四节亥。以右手而论：于中指第四节起子时，无名指第四节丑，禁指第四节寅，第三节卯，……照前顺排，至食指第四节为亥时，此式必须细心模拟，须将地盘十二时所列方位个个记得烂熟，然后再讲天盘。若地盘未熟，即讲天盘，势必上下不分，徒乱人意。盖地盘千载不移，天盘随时流转，今以随时流转之盘，加于千载不移盘上，若不记清，何能上下分得明白？即如你以右手五指，合于我之右手五指之上，你右问我大指之上，是汝何指，我必说是禁指，食指之上，是你无名指。盖上下十指，是胸中滚熟的，所以不看亦能了然。姐姐要明天地盘，只须记熟就能领会了。”

紫芝在窗内看的明白，不觉喜道：“原来地盘却是如此。”

再芳道：“妹子适观此式，地盘业已明白。请教天盘式子呢？”芸芝道：“天盘随十二时流转，每日式子十二。要明天盘，先记月将。月将者，太阳也。正月雨水后在亥，就是历书所谓‘日躔登明之次’。每三十日一换，二月春分后在戌，三月谷雨后在酉，四月小满后在申，五月夏至后在未，六月大暑后在午，七月处暑后在巳，八月秋分后在辰，九月霜降后在卯，十月小雪后在寅，十一月冬至后在丑，十二月大寒后在子。逆行十二时。假如正月雨水后起课，应用亥将，来人口报寅时，即以亥将加在地盘寅时之上，依次排去，就是天盘。今写个样儿请看。”

正月雨水后

亥将寅时天盘式

寅	卯	辰	巳
丑			午
子			未
亥	戌	酉	申

二月春分后

戌将寅时天盘式

巳	寅	卯	辰
子			巳
亥			午
戌	酉	申	未

紫芝看了，只管暗暗点头，记在心里。

细节描写：紫芝好学，记忆力强。

再芳道：“这天盘式子，妹子也明白了。请教‘四课’呢？”芸芝道：“凡起四课，有六句歌诀须要读熟，‘甲课在寅乙课辰，丙戊在巳不须论，丁已在未庚申上，辛戌壬亥是其真，癸课由来丑上坐，分明不用四正辰。’此决皆指地盘而言，切须牢记。今以甲课在寅而论，即如甲日占数，须在地盘寅上起第一课。寅上者，即天盘所加之时。假令三月谷雨后占课，应用酉将，来人口报丑时，本日系甲子日，今将先排日干，后起四课样子写来你看。”

子			甲
丑	寅	卯	辰
亥			午
戌	酉	申	未

紫芝看了忖道：“原来未起四课，先将本日干支排在两处，倒要看他怎样起法。”

未知如何，下回分解。

名师点拨

后半回写在芍药轩，孟芸芝教花再芳学“大六壬课”，从“地盘”讲到“天盘”，读者也了解了什么是“地盘式子”“天盘式子”。而四课，有六句歌诀“甲课在寅乙课辰，丙戊在巳不须论，丁巳在未庚申上，辛戌壬亥是其真，癸课由来丑上坐，分明不用四正辰。”

阅读积累

大六壬课

“大六壬’是从《周易》派生出来的一种术数，是周易预测体系的一个重要分支，与“奇门遁甲”“太乙神数”并列为三式，属于高层次的古典术数预测学。

相传远古时代，轩辕黄帝伐耳蚩尤，连战失利，九天玄女将六壬预测术授给风后，协助黄帝战败了蚩尤。这些传说当然不可考，只能说明大六壬预测术有着悠久的历史。

第七十六回　讲六壬花前阐妙旨　观四课牖下窃真传

名师导读

通过孟芸芝对花再芳讲述天盘，到再起四课。并且给一课、二课、三课、四课都写出了详细的讲解，我们对古代人的智慧一定会有新的理解。

话说紫芝正在思忖，只听芸芝对再芳道：“天盘排定，先将本日干支从中空一格写在两处，再起四课。今把一课、二课、三课、四课写来你看。此是起课入门，最为切要，向来各书从未指出，以致初学无从入手。这是妹子因姐姐学课心切，所以独出心裁，特将门户指出，姐姐从此追寻，可以得其梗概了。”

戌甲	戌甲	戌甲	戌甲	戌巳午未
午戌	午戌	午戌	戌	卯　申
申子	申子	子	子	寅　酉
辰申	申			丑子亥戌

紫芝忖道：“向来课书只讲三传，从未讲到四课，令人无从下手，非口授不能明白。今既晓得天盘、四课，再将课书三传合参，自能知其来路，何必又要口授。他向来不肯教我，那知我倒会了。”

芸芝道：“我把这个式子一层一层分开讲给你听。即如甲子日起课歌诀是‘甲课在寅’，即看地盘寅上所加之时，如所加是戌，即于日干甲上写一戌字，支干中间所空之处亦写一戌，凡课皆如此。此是第一课。一课起后，再看地盘戌上所加之时，如所加是午，即于戌上与一午字，此是第二课，盖寅上得戌，戌上得午也。二课起后，再行地盘子上所加之时，如所如是申，即于日支子上字一申字，子字之旁也写一申，亦如第一课戌字一样，凡占皆如此。此是第三课。三课起后，再看地盘申上所加之时，如所加是辰，即于申上写一辰字，此是第四课。你把这话同那式子对看，无不了然。古人起课歌诀都是‘甲课在寅乙课辰’，必须改为‘甲课寅上乙课辰’，初学始无舛错之虞。四课起毕，然后照著古法再起三传，如‘元首’‘重审’之类，课经所载甚祥。三传明后，再将《毕法赋》以及《指掌占验》不时细玩，自能领会。”

语言描写

天干地支、十二生肖，这些古老的中国元素传达的是中国气质。

再芳道："即如起贵人'甲戌庚牛羊，乙己鼠猴乡，丙丁猪鸡位，壬癸兔蛇藏，六辛逢马虎，此是贵人方'。这六句歌诀虽然记得，至如何起法，尚不明白。"芸芝道："所谓甲戌庚牛羊者，谓甲日或戊日或庚日占课，贵人总在天盘丑未之上，盖丑属牛，未属羊也。"再芳道："妹子闻得贵人有昼贵、夜贵、阳贵，阴贵之分，上一字为昼为阳，下一字为夜为阴。即以首句而论，丑为甲戌庚昼贵，未为甲戌庚夜贵。但每日既有两贵，为何往往占课却写一个贵人呢？"芸芝道："贵人虽二，要看来人所报之时。如所报之时是子、丑、寅、卯、辰、巳，用昼贵，夜贵不论；是午、未、申、酉、戌、亥则用夜贵，昼贵不论。或以卯酉分昼夜者，或以日出日没分阴阳者，议论不一。据妹子愚见，似以子至巳为昼为阳，用昼贵为是；午至亥为夜为阴，用夜贵为是。如此用去，恰与古人所谓'天干相合处，便是贵人方'其义甚合。姐姐久后自知。"

再芳道："课传一切，蒙姐姐指教，略知一二。至于怎样断法，还求姐姐讲讲。"

芸芝道："课体不一，事务纷纭，虽云课止七百有二，但时有不同，命有不同，断法岂能一定。若撮其大略，总不外乎'生、克、衰、旺、喜、忌'六字，苟能透彻此理，无论所占何事，莫不一望而知。姐姐细心体察，慢慢自能领会。"再芳道："姐姐何不将这六字大略谈谈呢？"芸芝道："妹子新著一部《大六壬类纂》，上面无一不备，将来拿去，姐姐一看就明白了。"

紫芝在窗内喊道："我明白了！"把二人吓了一跳。芸芝回过头来，见是紫芝，不觉变色道："这里空空的，我们坐在此处，就是没人惊吓，心里也觉胆怯，那里禁得冒冒失失这一声！此时心里跳个不住。要像这样顽法，不顾人死活，这可了不得了！"紫芝道："姐姐，你不怪自己，反来怪人！"芸芝道："为何倒怪我自己？"

紫芝道："你的课既灵，刚才在此坐时，为何预先不起一课？若课中知我躲在窗内，岂不省此一惊么？"芸芝道："要像这样处处起课，将来喝碗茶、吃袋烟，还要问问吉凶哩。"紫芝道："姐姐莫气，我说个笑话你听。"芸芝把手按住两耳道："罢！罢！罢！我不听！"

紫芝道："你不听，我改日再说。"

说罢，走到金鱼池边。只见唐闺臣、陶秀春、纪沉鱼、蒋星辉、掌骊珠，五人都在池边垂钓。紫芝道："池内菱藕甚多，你们莫非借垂钓为名，偷吃蟠桃么？"掌骊珠道："你要赖人做贼，也把谎儿撒的完全些！如今才交四月，不但藕是老的没人吃，就是菱角也未出世哩。"蒋星辉道："菱藕虽未见，我倒看见有枝血紫的灵芝，可惜被狗衔了去。"陶秀春道："这句骂的有点意思。"

紫芝想要编个笑话回他，偏又想不出，因向闺臣道："姐姐可曾钓几个？"纪沉鱼道："闺臣姐姐未曾垂钓，先把钩儿去了，所以尚未钓著。"紫芝道："既要钓鱼，为何倒把钩儿去了？"闺臣道："我虽垂钓。却志不在鱼，若暗藏毒饵，诱他上钩，于心何忍？此时面对清泉，颇觉适意，虽不得鱼，亦有何妨。"沉鱼道："闺臣姐姐是无钩之钓，所以不曾得鱼；妹子不知为句也未钓著一个。"紫芝道："姐姐尊名明明说是鱼都沉了，如何还想钓著！倒是婉如姐姐所说海外'云中雁'，你去弄个'鸟枪打'，那雁只怕倒可落下，若要想鱼，却是难的。"一面说著，忽然把腰弯下道："我这脚缝疼的狠，不知甚么塞在里面？"故意在绣鞋边摸了一摸，把手退出里一望，道："呸！我只当甚么东西，原来是个'灰星子'塞在脚缝里！"星辉听了，放下钓竿，赶来要打。

紫芝慌忙跑开，来到百药圃。只见史幽探、周庆覃、国瑞徵、孟兰芝，远远走来。兰芝道："妹妹到那里去？"紫芝道："我同青钿妹妹赌东，要到各处查查人数。"周庆覃道："姐姐为何赌东？"紫芝把上项话说了。国瑞徵道："这个东道，你如何同他赌？莫讲分在几处不能记，就是这一百人教我一个一个念出来，我也不能。看来姐姐竟有八分要输了。"

> **简要叙述** 先写人物动作，再增加一个地名，这个地名很有诗意，给人诗情画意的感觉。

紫芝道："这也论不定。你们四位适从何来？"史幽探道："我们才在菊花岩抢了一回状元筹，此时要到莲花塘，听听亚兰姐姐笛子去。"

紫芝道："状元筹又不费心，倒也好顽，为何半途而废？"兰芝道："只因幽探姐姐五红得了状元，正自欢喜，谁知不巧，我又掷了六红，夺了过来，因此幽探姐姐不高兴，把状元筹歇了。”紫芝道：“六红盖五红，就如他的文章比你高，这个状元应该他得。要像这样就不高兴，设或把后十名弄到前面，又将如何呢？”兰芝道：“你去罢，不要乱说了。”四人携手去了。

紫芝自言自语道：“今日方替闺臣姐姐出了这口闷气。”一面思忖，已进了百药圃。只见陈淑媛、窦耕烟、郦芳春、毕全贞、孟华芝、蒋春辉、掌浦珠、董宝钿，八人都在那里采花折草，倒像斗草光景。连忙上前止住道：“诸位姐姐且慢折草，都请台上坐了，有话奉告。”众人都停了手，齐到平台归坐。陈淑媛道：“妹子刚才斗草，屡次大负，正要另出奇兵，不想姐姐走来忽然止住，有何见教？”

紫芝道：“这斗草之戏，虽是我们闺阁一件韵事，但今日姐妹如许之多，必须脱了旧套，另出新奇斗法，才觉有趣。”窦耕烟道：“能脱旧套，那更妙了。何不就请姐姐发个号令？”

紫芝道：“若依妹子斗法，不在草之多寡，并且也不折草。况此地药苗都是数千里外移来的，甚至还有外国之种，若一齐乱折，亦甚可惜。莫若大家随便说一花草名或果木名，依著字面对去，倒觉生动。”毕全贞道：“不知怎样对法？请姐姐说个样子。”紫芝道：“古人有一对句对的最好‘风吹不响铃儿草，雨打无声鼓子花。’假如耕烟姐姐说了‘铃儿草’，有人对了‘鼓子花’，字面合式，并无牵强，接著再说一个，或写出亦可。如此对去，比旧日斗草岂不好顽？”郦芳春道：“虽觉好顽，但眼前俗名字面易对的甚少。即如当归一名‘文无’，芍药一名‘将离’，诸以此类，可难借用么？”紫芝正要回答，忽然想起青钿东道之事，连忙说道：“妹子有件事，少刻再来。”

说罢，走到外面去寻青钿。找来找去，找到梅花坞，只见董青钿同宋良箴、司徒妩儿、廖熙春、缁瑶钗、蒋秋辉在那里摆著算盘，谈论算法。蒋秋辉道：“刚才所说这些归除之类，无甚趣味。据我愚见，莫若大家随便说一难算之事请教众人。如有人答得出固妙；倘无人知，自再破解。诸位姐姐以为何如？”缁瑶钗道：“如此甚好，就请那位先说一个。”

廖熙春道：“因谈算法，忽然想起前在家乡起身时，亲戚姐妹都来送行。适值有人送了一盘鲜果，妹子按人分散，每人七个多一个，每人八个少十六个，诸位姐姐能算几人分几果么？”司徒妩儿道：“此是盈朒算法，极其容易。以七个八个相减，余一个为法；多一个、少十六个相加，共十七个为实。法除实，为人数。这帐‘一’为法，一归不须归，十七便是人数。以十七乘七个，得一百一十九个；加多一个，是一百二十个。乃十七人分一百二十果儿。”熙春道：“向来算法有筹算、笔算、珠算，今姐姐一概不用，却用嘴算，又简便，又不错。”宋良箴命丫环取出百文钱道：“妹子不喜算法，却有两个顽意：一名‘韩信点兵’，一名‘二十八宿闹昆阳’……”

紫芝等的发躁，只得上前拱手道：“诸位请了！我要兑换几两银子。”

青钿道："此话怎讲？"紫芝道："这里钱也有，算盘也有，不是要开钱店么？"青钿道："开钱店倒还有点油水，就只看银水眼力还平常，惟恐换也不好，不换也不好，心里疑疑惑惑，所以不敢就开。姐姐何不出个新奇算法顽顽呢？"紫芝道："别的顽意都可奉陪，就只此道弄不明白。不瞒妹妹说，一个'小九九'儿学了半年，我还只当九九是八十三哩。你跟我来，宝云姐姐找你哩。"于是一同来至白茉亭。

未知如何，下回分解。

名师点拨

前半回领略了四课三传的高深莫测，马上我们又看到了司徒妩儿聪慧，她凭着盈朒算法，仅凭口算就解决了廖熙春出的难题，通过廖熙春知道她们还会筹算、笔算、珠算。这些姑娘真是不简单呀。

阅读积累

三 传

三传分为初传、中传和末传。一般情况下，初传代表事物的开始阶段，中传代表事物中间发展的变化过程，末传表示事物的结局。传，又有传递的意思。

取三传的方法主要根据的天盘神和地盘神的相克关系来确定。取三传的次序是先取初传，次取中传，最后取末传。

第七十七回　斗百草全除旧套　对群花别出新裁

名师导读

本回重点的斗草就是文斗，一百位姑娘斗草的场面，让读者大开眼界。不仅了解许许多多的植物花草的名称，也了解它们的别称，用对对子的方式一一呈现出了。

话说青钿跟了紫芝一同来到白茉亭，宝云道：“今日紫芝妹妹替我各处照应，令人实在不安。但除两次所说七十三位之外，其余众姐妹共分几处，你都见么？”

紫芝道：“适才妹子都已去过。那讲六壬课的是再芳、芸芝二位姐姐，垂钓的是闺臣、秀春、沉鱼、星辉、骊珠五位姐姐，状元筹是幽探、庆覃、瑞徵、兰芝四位姐姐，斗草是淑媛、芳春、耕烟、全贞、华芝、春辉、浦珠、宝钿八位姐姐，谈算法是良箴、熙春、瑶钗、秋辉、妩儿、青钿六位姐姐，共二十五位姐姐。”

语言描写　很简单的对话，表现了人物的可爱。

青钿道：“宝云姐姐唤我有何话说？”紫芝道：“宝云姐姐请你非为别事，要告诉妹妹这个东道你可输了。题花姐姐把烟壶、镯子都给我罢！”题花把笔放下对著众人道：“刚才被紫姑奶奶一把扇子闹出无数扇子，今日我们八个写的，六个画的，连老嬷丫环扇子凑起来，足足可开一个扇子店。”紫芝道：“姐姐！烟壶、镯子呢？”题花道：

“幸而还是绝精扇面，易于著色；若是丑的，画上颜色，再也搨不开，那才坑死人哩。”

情景描写　题花显得很可爱，风趣迷人。

紫芝道：“我问你烟壶、镯子怎么不理我？”题花道：“人说‘洛阳纸贵’，准知今日闹到‘长安扇贵’。此时画的手也酸了，眼也花了，我要……”话未说完，被紫芝伸进手去，在肋肢上一阵乱摸。题花笑的气也喘不过来道："快放手！我怕痒！我给你！"

紫芝把手退出道："你快给我！不然我还乱摸，看你可受得！"

青钿道："姐姐且慢给他。我听他说过前后五十人，至当中五十人还未听见哩。"

题花从扇子底下拿出一张单子道："刚才妹子已将各处众姐妹向丫环陆续查明，开了一个清单。姐姐拿去教紫芝妹妹从头再说一遍，如与单子一样，只怕姐姐就要输了。"青钿接过单子，紫芝又把某处某人从头至尾说了一遍。青钿道："姐姐说的固然不错。但我们是一百人，今只九十八位，这是何意？"紫芝道："我同宝云姐姐凑上，难道不是一百么？题花姐姐不必替他耽搁，这半日我的心血也用尽了。"题花把壶儿镯子放在桌上。

紫芝连道"多谢"，拿著来到百花圃。众人都埋怨道："你骗我们坐在这里，却去了这半日，必定有个缘故。"紫芝把赌东话说了。蒋春辉道："原来为这小事。刚才芳春姐姐同你'当归一名文无，可准借用'的话，你还未回他哩。"紫芝道："即如铃儿草原名沙参，鼓子花本名旋花，何尝不是借用。又如古诗所载'鸦舅影、鼠姑心'，鸦舅即药中乌臼，鼠姑即花中牡丹。余如合欢蠲忿、萱草忘忧之类，不能枚举。只要见之于书，就可用得，何必定要俗名。"陈淑媛道："据姐姐所言，自然近世书籍也可用了？"

动作描写

百花圃前面出现过，这里再次出现，呼应前面。这有诗意的地方，又让读者感受到它的魅力。

紫芝道："只要有趣，那里管他前朝后代，若把唐朝以后故典用出来，也算他未卜先知。"

登时摆了笔砚。紫芝道："其实可以无须笔砚。"董宝钿道："设或遇著新奇的，记下也好。就请妹妹先出罢。"紫芝四处一望，只见墙角长春盛开，因指著道："头一个要取吉利，我出'长春'。"窦耕烟道："这个名字竟生在一母，天然是个双声，倒也有趣。"掌浦珠道："这两字看著虽易，其实难对。"众人都低头细想。陈淑媛道："我对'半夏'，可用得？"春辉道："'长春'对'半夏'，字字工稳，竟是绝对。妹子就用长春别名，出个'金盏草'。"邺芳春遥指北面墙角道："我对'玉簪花'。"

窦耕烟指著外面道："那边高高一株，满树红花，叶似碧萝，想是‘观音柳’”邺芳春指著一株盆景道：“我对‘罗汉松。’”春辉道：“以‘罗汉’对‘观音’，以‘松’对‘柳’，又是一个好对。”

只见弹琴的由秀英七人，下围棋的燕紫琼四人，写扇子的林书香八人，画扇子的祝题花六人，打马吊的师兰言七人，打双陆的洛红蕖六人，讲六壬的花再芳二人，打花湖的廉锦枫六人，都因坐久，宝云陪著闲步。见他们议论纷纷，都进来坐了。秀英问其所以，华芝把斗草翻新之意说了。林书香道：“这倒有趣。不知对了几个？”掌浦珠把长春、观音柳说了，众人无不称妙。

宝钿道：“紫芝妹妹才说‘鼓子花’原名‘旋花’。”素云即接著道：“去岁家父从雅州移来一种异草，见人歌则舞，名唤‘舞草’。”钟绣田道：“这个对的好，我出‘续断’。”瑶芝道：“这二字只怕难对。”谭蕙芳道：“我对‘连翘’。”

宰银蟾道：“这又是绝对。妹子就出续断的别名‘接骨’。”紫芝把毕全贞脊背一拍，道：“我对‘扶筋’。”红珠道：“狗脊一名‘扶筋’，全贞姐姐被他骂了。”张凤雏道：“凤仙一名‘菊婢’。”谢文锦道：“桃枭一名‘桃奴’。”褚月芳道：“我出‘蝴蝶花’。”

姚芷馨道：“我对‘蜜蜂草’。”紫芝道：“这个只怕杜撰了。”耕烟道：“姐姐刚才说过：‘只要见之于书就可用得’。‘铃信草’既是沙参别名，他这‘蜜蜂草’就不是香薷的别名么。”邵红英道：“我才想了‘木贼草’三字，因其别致，意欲请教，但紫芝姐姐莫要说我贼头贼脑才好哩。”紫芝道：“果真姐姐这个‘贼’想的有趣！”红英道：“不是又骂么！”廉锦枫道：“我对‘水仙花’。”祝题花道：“以‘仙’对‘贼’，以五行对五行，又是好对，妹子把‘草’字去了，就出‘木贼’。”若花道：“牡丹一名‘花王’。”春辉道：“这可列入超等了。”易紫菱道：“妹子出玫瑰别名‘离娘草’。”

秀英道：“我对个兰花别名‘待女花’。”尹红英道：“我出‘猴姜’。”蔡兰芳道：“我对‘马韭’。”玉芝道：“骨碎补一名‘猴姜’，那是人所共知的；这‘马韭’二字有何出处？”兰芳道：“陶宏景《名医别录》，麦门冬一名‘马韭’，因其叶如韭，故以为名。”琼芝道：“姐姐既看过此书，大约李勣所修《本草》自然也看过了，我出‘灯笼草’。”白丽娟道：“这是国朝《本草》酸浆别名，又叫‘红姑娘’。”亭亭道：“我对钩吻的别名‘火把花’。”众人齐声喝彩。宰玉蟾道：“我出‘慈姑花’。”戴琼英道：“我对黄芩别名‘妒妇草’。”田舜英道：“我出‘钩藤’。”印巧文道：“茜草一名‘剪草’。”素云道：“以‘翦’对‘钩’，又是巧对。”章兰英道：“我出‘金雀花’。”阳墨香道：“我对淡竹叶的别名‘竹鸡草’。”洛红蕖道：“我出‘千岁蘽’。”钱玉英道：“我对‘万年藤’。”芸芝道：“这个对的字字雪亮，与‘灯笼草’都是一样体格。”

只见投壶的林婉如……八人，打秋千的薛蘅香……六人，下象棋的秦小春……六人，打十湖的余丽蓉……四人，掷围筹的史幽探……四人，都走过来，众人让坐。问了详细，都道有趣。紫芝道："幸亏昨日舅舅又添了几百张椅子，若不早为预备，今日被诸位姐姐这边聚聚，那里坐坐，只好抬了椅子跟著跑了。"

婉如道："俺先发发利市，出个'金星草'。"姜丽楼道："梨花一名'玉雨花'。"

锦云道："以'玉'对'金'，以'雨'对'星'，无一不稳。"秦小春把崔小莺袖子一拉，道："我出'牵牛'。"崔小莺两手向小春一扬，道："我对丹参的别名'逐马'。"

紫芝道："你对'逐马'，我对'夺车'。"引的众人好笑。花再芳道："妹子因小春姐姐'牵牛'二字，忽然想起他的别名。我出'黑丑'。"紫芝道："好端端为何要出丑？"素云道："这个'丑'字暗藏地支之名，却不易对。"燕紫琼道："茶有'红丁'之名。"众人一齐叫绝。田凤翾道："茶是紫琼姐姐府上出产，自然有此好对。"邹婉春道："桂州向产一草，名唤'倚待草'。"枝兰音道："玫瑰一名'徘徊花'。"兰芝道："'倚待'对'徘徊'，这是天生绝对。"施艳春道："我出'苍耳子'。"吕瑞蓂道："我对'白头翁'。"米兰芬道："敝处蔷薇向有别种，其花与月应圆缺，名叫'月桂'，此花不独我们智佳最多，闻得天朝也有此种。"闵兰荪道："温台山出有催生草，名唤'凤兰'，以此为对。"紫芝道："请教'催生'二字怎讲？"兰荪满面通红道："你说甚么！"蒋丽辉道："兰荪姐姐莫说闲话，请教兔丝是何别名？"兰荪想一想道："记得兔丝又名'火焰草'。"薛蘅香道："我对'金灯花'。"众人一齐叫好。柳瑞春道："三春柳一名'人柳'。"董翠钿道："我……我……我对'佛桑'。"

紫芝道："他又结巴了。"郦锦春道："苜蓿一名'莲枝草'。"魏紫樱道："我对袁宝儿所持的。"众人听了，一齐称妙。掌乘珠道："袁宝儿所持的虽叫'合蒂花'，但原名却叫'迎辇花'。"周庆草道："我对连翘的别名'摇车草'。"紫芝摇头道："这个对的无趣。"吕祥蓂道："我出地榆别名'玉豉'。"余丽蓉道："五加一名'金盐'，以此为对。"蒋素辉道："小莺姐姐言丹参一名'逐马'，但除'逐马'之外，可另有别名？"潘丽春道："还有'奔马草'。"董珠钿道："隔虎刺一名'伏牛花'。"哀萃芳道："三奈一名'山辣'。"蒋月辉道："泽兰又叫'水香'。"

只听外面有人赞道："这个可以算得绝对。原来你们瞒著我们却在此地做这韵事。那个骗我镯子的可在这里？"众人看时，原来是讲算法的董青钿……六人，品萧的苏亚兰……五人，垂钓的唐闺臣……五人，都进来，让了坐。青钿向紫芝道："我那镯子通身尽翠，百十副还挑不出一副，最是难得的，姐姐如留自戴就罢了，设或赏给女档子，我可不依的。"紫芝道："妹妹何不早说！"玉芝道："刚才我见紫芝姐姐将镯子交给丫环，命人送给宝儿、贝儿，果然被你猜著。"青钿道："把这好东西赏给他们怪可惜的，我明日给他二百银子务要赎回来。”宝云道：“紫芝妹姐替我照应，既得了彩头，还该有始有终，这里挤的满满的，不知还有几位在别处，何不替我邀来都在一处顽顽哩？”

紫芝道：“此时除了你我，恰恰九十八位都在这里，教我何处再去邀人？”

闺臣道：“今日把这斗草改做偶花，一对一对替他配起来，却也有趣。刚才我们只听山辣对水香，可谓工稳新奇之至。不知还有甚么佳对？”春辉道：“这里有个单子，姐姐一看便知。”闺臣接过，众人围著观看，莫不称赞。董花钿道：“‘慈姑花’对‘妒妇草’，虽是绝对，但‘慈姑’二字，往往人都写作草头‘茈菰’，今用这个慈姑，自然也有出处？”宰玉蟾道：“按各家《本草》言，慈姑一根，岁生十二子，闰月则生十三，如慈姑之乳诸子，故以为名。大约有草头、无草头皆可用得。”

国瑞徵道：“我出莕菜别名‘水镜草’。”廖熙春道：“我对‘金钱花’。”叶琼芳道：“我出‘金丝草’。”掌骊珠道：“我对‘锦带花’。”绿云道：“请教姐姐，金丝草原名叫做甚么？”琼芳正要回答：“紫芝把闵兰荪左耳一指，又把花再芳右耳一指，道：“他就叫做这个。”引的众人好笑。兰荪、再芳暗暗请教吕尧蓂，才知叫做“狗耳草”二人听了，气的正要发挥，只听绿云道：“我对‘鸡冠花’。”陶秀春道：“我出‘龙须柏’。”蒋秋辉道：“我对‘凤尾松’。”芳芝道：“秋辉姐姐如此敏捷，可知知母又名甚么？”言锦心道：“知母又名‘儿草’。姐姐可知菊花别名么？”司徒妩儿道：“菊花又名‘女花’。”纪沉鱼道：“‘儿草’‘女花’，真是天生绝对。”

左融春道：“水仙一名‘雅蒜’。”红红即接著道：“蔟葰一名‘廉姜’。”紫云拍手道：“这个真可上得‘无双谱’了！”掌浦珠道：“景天一名‘据火’。”缁瑶钗道：“白英又号‘排风’。”枝兰音道：“芍药有‘花相’之名。”阴若花笑道：“梓树有‘木王’之号。”邺芳春道：“常山原名‘互草’。”香云笑道：“首乌又唤‘交藤’。”

玉芝道：“我看这个光景倒像要做赋了。”只见丫环捧上茶来。玉芝道：“我就出‘茶花’。”陈淑媛道：“椰名酒树，我对‘酒树’。”众人道：“这又是绝对。”花再芳道：“紫芝姐姐！我出一个你对，甘遂一名‘鬼丑’。我因姐姐比鬼还丑，所以出给你对。”紫芝道：“姐姐才出黑丑，此时又出鬼丑，原来姐姐却喜出丑。我倒想个对你一对。”因忖一忖道：“妹子记得蔬麻一名神麻，我对‘神麻’。”花再芳道：“你见那位神的面上有麻子？”紫芝道：“你见那个鬼的脸上生得丑？”田舜英道：“马齿苋一名‘五行草’。”宋良箴道：“柳穿鱼一名‘二至花’。”闵兰荪道：“我出‘独活’。”

紫芝道：“一人活著有甚趣味？”颜紫绡道：“玉兰一名‘丛生’。”柳瑞春道：“我出‘三春柳’。”春辉道：“‘三春’二字却不易对。”师兰言道：“我对‘九节兰’。”

锦云道：“‘九节’对‘三春’，可谓巧极。”闺臣道：“我出‘仙人掌’。”紫芝用手朝花再芳头上一指，道：“我对‘夜叉头’。”再芳道：“紫芝姐姐杜撰，这是要罚的。”紫芝道：“此对或者平仄不调；若说杜撰，姐姐问牛蒡子就明白了。”春辉道：“若不论平仄，诸如青葙一名‘昆仑草’，瑞香一名‘蓬莱花’；地黄前唤作‘婆婆奶’，赤雹儿叫作‘公公须’；都可为对子。这个对子，若论等第，要算倒数第一。”

紫芝道：“你把妹子取在后头，我会移到前面去。”蒋丽辉道：“地锦一名‘马蚿草’，请教一对。”瑶芝道：“这个名字，又是兽，又是虫，倒也别致。”紫芝用手向毕全贞身上一扑，道：“我对蜡梅的别名。”吕瑞蓂笑道：“藕一名雨草，我出‘雨草’。”毕全贞道：“蜡梅是何别名，妹子还未问明，姐姐就出雨草么。”题花笑道：“蜡梅一名‘狗蝇花’。”苏亚兰道：“我对络石草别名‘云花’。”吕尧蓂道：“梨一名‘蜜父’。”

语言描写

在闲暇的时光里，她们猜谜打趣，获得了许多快乐。

闵兰荪道：“我对枇杷别名‘蜡儿’。”紫芝道：“共总两个字，再将上一字平仄不调，有何趣味。这个同我‘夜叉头’一样，都是四等货。并且观音柳、罗汉松，五行草、二至花，都是上一字平仄不调，也不能列之高等。”

史幽探道：“日已向西，再对几个，主人好赐饭了。”宝云随即分付丫环预备。

井尧春把案上所摆‘木瓜’拿了一个，道：“我就出这个。”蒋星辉道：“这个易对的，何必出他。”青钿道：“姐姐看著容易，只怕难哩。”众人想了，都对不出。星辉道：“我对‘银杏’。”青钿道：“瓜是总名，杏字如何对得。”潘丽春道：“我对无漏子别名‘金果’。”玉芝道：“你才对丹参别名，此刻又是无漏子别名，《本草》都是透熟，无怪医道高明了。”锦云道：“这个只是绝对。”印巧文道：“菠菜一名‘鹦鹉菜’。”彩云道：“忍冬一名‘鹭鸶藤’。”林书香道：“医书误以牡蒙认作紫参，其实牡蒙乃‘王孙草’。”若花道：“我对菊花别名何如？”春辉鼓掌道：“‘帝女花’对‘王孙草’，又是天生绝唱。”

语言描写

通过这些草本的别名把印巧文、卞彩云、林书香、阴若花、蒋春辉等姑娘的博学点出来。

史幽探立起道：“我们外面走走罢。”大家于是一齐起身。

未知如何，下回分解。

名师点拨

常见斗草比赛，双方先各自采摘具有一定韧性的草，然后相互交叉成“十”字状并各自用劲拉扯，以不断者为胜。这种以人的拉力和草的受拉力的强弱来决定输赢的斗草，被称为“武斗”。斗草除有“武斗”外，还有“文斗”。所谓“文斗”，就是对花草名，女孩们采来百草，以对仗的形式互报草名，谁采的草种多，对仗的水平高，坚持到最后，谁便赢。因此玩这种游戏没点植物知识和文学修养是不行的。

阅读积累

《名医别录》

《名医别录》，药学著作。简称《别录》，3卷。约成书于汉末。是秦汉医家在《神农本草经》一书药物的药性功用主治等内容有所补充之外，又补记365种新药物。

由于本书系历代医家陆续汇集，故称为《名医别录》。原书早佚。梁·陶弘景撰注《本草经集注》时，在收载《神农本草经》365种药物的同时，又辑入本书的365种药物，使本书的基本内容保存下来。其佚文主要见《证类本草》《本草纲目》等书。

第七十八回 运巧思对酒纵谐谈 飞旧句当筵行妙令

名师导读

上回刚写这一百位姑娘把“斗草”变成“偶花”，见识了她们渊博的知识，妙语连珠的语言让读者叹服。在本回行酒令中，我们更是满怀期待她们出色的表现。

话说众人离了百花圃，只见丫环禀道；“酒已齐备，夫人也不过来惊动，请诸位才女不要客气，就如自己家里一样才好。”众人道：“拜烦先替我们在夫人跟前道谢一声，少刻扰过，再去一总叩谢。”说罢，一齐散步。丫环预备净水都净了手。香云引至凝翠馆。若花道：“这个坐儿早间妹子胡乱坐了，此刻必须从新拈过才好坐哩。”

语言描写

从这些描写中，可以看出众才女知书达理，虽然都是十六岁以下的小姑娘，但是都非常懂事。

闺臣道：“早间业已说过，今日这个坐位原无上下，何必又拈？”春辉道：“坐位自然照旧，不必说了。但妹子还有一个愚见，少刻坐了，断无哑酒之理，少不得行个酒令方觉有趣。若照早间二十五桌分五排坐了，不知这令如何行法。据我主意，必须减去十三桌，只消十二桌，由东至西，分两行团团坐了，方好行令。”兰芝道：“若摆十二桌，每桌八人，只坐九十六人，还有四位怎样坐呢？”春辉道：“由东至西虽分两行，每行只须五桌；东西两横头再摆两个圆桌；圆桌上面可坐十人，岂非十二桌就够坐么？”众人听了，齐声赞好，都道：“如此团团坐了，既好说话，又好行令。”宝云惟恐过挤，执意不肯。

众人那里由他，各命自己丫环动手，又嘱宝云把送酒上菜繁文也都免了。一齐归坐。丫环送了酒，上了几道菜。

动作描写

很简练的动作描写，把人物的动作表达得很精到。

大家谈起园中景致之妙，花卉之多。掌红珠道：“适才想了一谜，请教诸位姐姐：‘无人不道看花回’，打《论语》一句。”众人想了多时，都猜不出。玉芝道：“妹子向来参详题义，往往都有几分意思，无如所读之书都是生的，所以打他不出。可惜今日只顾对花，无暇及此，明日诸位姐姐切莫另出花样，务必猜谜顽顽。若把明日再蹉跎过去，不知何日方能再聚。偏偏今日过的又快，转眼已是下午。刚才红珠姐姐说‘无人不道看花回’，此等句子，妹子最怕入耳，如把‘看花回’改做‘看花来’，我就乐了，这个‘回’字，好像一本戏业已唱完，吹打送客，人影散乱，有何余味？替换个‘来’字，就如大家才去游玩。兴致方豪，正不知何等陶情，我就欢喜了。”青钿道：“且莫闲谈，究竟他这‘无人不道看花回’是个甚么用意？”玉芝道：“据我看来：内中这个‘道’字，却是要紧的。大约所打之句，必定有个‘曰’字或有个‘言’字在内。至于此句口气，刚才我已说过，就如一本戏已经唱完，无非游玩毕之意。”小春道：“若果这样，只怕是‘言游过矣’。”红珠道：“正是。”题花道：“此谜以人名借为虚字用，不独灵活，并可算得今日游园一句总结，可谓对景挂画。”

紫芝道：“游玩一事既已结过，此刻是‘对酒当歌’，我们也该行个酒令多饮两杯了。春辉姐姐可记得前月我们在文杏阁饮酒，我说有个酒令，那时姐姐曾教我吃杯令酒宣令的？后来大家只顾说笑斗趣，也就忘了。今日难得人多，必须行令才觉热闹，莫若妹子就遵姐姐前月之命，吃个令杯宣宣罢。”众人道：“如此甚妙，我们洗耳恭听。”

兰芝道：“此时如要行令，自应若花姐姐或幽探姐姐先出一令，焉有我们倒僭客呢？”

若花道：“阿姐此话过于客气。行令只要斗趣好顽，那里拘得谁先谁后。”史幽探道：“今日紫芝妹妹在母舅府上也有半主之分。俗语说的‘主不吃，客不饮’。就请先出一令。行过之后，如天时尚早，或者众人再出一令，也未为不可。就请饮杯令酒宣宣罢，不必谦了。”

紫芝把酒饮过道：“请教兰言姐姐，妹子宣令之后，如有不遵的，可有罚约？”兰言道：“不遵的，罚三巨觥。”紫芝道：“既如此，妹子宣了。诸位姐姐在上，妹子今日这令并非酒令之令，是求题花姐姐先出一令之令。如有不遵的，兰言姐姐有言在先。题花姐姐请看，妹子又饮一杯了。”

题花道：“莫讲一杯，就饮十杯，我也不管。这三巨觥我也情愿认罚。但为何单要派我呢？”紫芝道：“妹子初意原要自出一令，因人数过多，意难全能行到；意欲拜恳公议一令，又恐推三阻四，徒然耽搁；因姐姐天姿明敏，一切爽快，所以才奉求的。”众人道：“此话却也不错。就请题花姐姐先出一令，如普席全能行到，那更有趣了。”题花仍是推辞，无奈众人执意不肯。题花道：“大众既听紫芝妹妹之话，都派我出令，我一人又焉能拗得？令虽要出，但妹子放肆也要派一派了，先请诸位姐姐吃个双杯。”众人都饮了。题花道：“再请紫芝妹妹格外饮两杯。”紫芝无法，只得饮了。题花道：“格外这两杯，可知敬你却是为何？”紫芝道：“妹子不知。”

题花道："是替你润喉咙的。把喉咙润过，好说笑话，笑话说过，我好行令。"

紫芝道："你左一个双杯，右一个双杯，都教人吃了，此刻又教人说笑话，竟是'得陇望蜀'，贪得无厌了。也罢，我就把'贪得无厌'做个话头，当日有个人甚是穷苦。一日，遇见吕洞宾，求其资助。洞宾念他贫寒，因用'点石成金'之术，把石头变成黄金，付给此人。以后但遇洞宾，必求资助，不几年，竟居然大富。一日，又遇洞宾，仍求资助，洞宾随又点石成金，比前资助更厚。此人因拜谢道：'蒙大仙时常资助，心甚感激；但屡次劳动，未免过烦，此后我也不敢再望资助，只求大仙赏赐一物，我就心满意足了。'洞宾道：'你要何物？无不遵命。'此人上前把洞宾手上砍了一刀道：'我要你点石成金这个指头！'"兰言笑道："这虽是笑话，但世间人心不足，往往如此。"春辉道："怪不得点石成金这个法术如今失传，原来吕洞宾指头被人割去了。"

紫芝道："笑话说了，请出令罢。"题花道："所谓笑话者，原要发笑；刚才这个笑话并不发笑，如何算得？也罢，我同你豁拳赌个胜负，输家出令，何如？"紫芝道："你要豁拳，我倒想起一个笑话。一个骑驴趱路，无奈驴行甚慢，这人心中发急，只是加鞭催他快走。那驴被打负痛，索性立住不走，并将双蹄飞起，只管乱踢。这人笑道：'你这狗头也过于可恶！你不趱路也罢了，怎么还同我豁拳！'"众人笑道："这个笑话可发笑了，请出令罢。"题花道："既派我出令，焉敢不出。但必须紫芝妹妹再饮两杯，我才出哩。"

紫芝道："诸位姐姐！刚才我同众人饮过之后，他又教我格外饮两杯；及至饮过，他又教我说笑话，此时笑话说了，他又教我再饮两杯；这明明要同我歪缠了。他的意思，总因我派他出令，所以如此。妹子因他只管歪缠，忽又想了一个笑话。有一富翁带一小厮拜客，行至中途，腹中甚饥，因同小厮下馆吃饭。饭毕，店主算帐，谁知富翁吃的只得白饭两碗，那小厮吃的除饭之外倒有一菜。富翁因他业已吃了，无可奈何，只得忍痛还了菜帐。出了饭馆，走未数步，富翁思及菜钱，越想越气。回头望见小厮跟在后面，因发话道：'我是你的主人，并非你的顶马，为何你在我后？'小厮听了，随即趱行几步，越过主人，在前引路。走未数步，富翁又发话道：'我非你的跟班，为何你在我前？'小厮听罢，慌忙退后，与主人并局而

语言描写

这欢快的场面，让人想到《红楼梦》中的情节——说笑话，欢笑，行令。她们过得很快乐。

语言描写

爽朗的人物语言，表现了人物爽朗的性格。

行。走未数步，富翁又发话道：'你非我的等辈，为何同我并行？'小厮因动辄得咎，只得说道：'请问主人：前引也不好，后随也不好，并行也不好，究竟怎样才好呢？'富翁满面怒色道：'我实对你说罢，你把菜钱还我就好了。'"题花笑道："若非派他吃酒，诸位姐姐何能听这许多笑话。适才我倒想了一令，往常人少，狠无意味；今日喜得人多，倒可行得，也可算得雅俗共赏。但过于简便，不甚热闹，恐不合众人之意，必须大家公同斟酌才好。"史幽探道："只要雅俗共赏，我就放心。若是难题目教人苦思恶想，那不是陶情取乐，倒是讨苦吃了。并且今日有百人之多，若全要行到，也须许多工夫；能够令完，大家回去不至夜深，那才好哩。请姐姐宣宣罢。"题花道："此令也无可宣。就从妹子说一句书，无论经史子集，大家都顶针绪麻依次接下去。假如我说'万国咸宁'，第一字从我数起，顺数至第四位饮一杯接令。"

兰言道："既如此，就请姐姐起令。但量有大小，必须定了分数，使量大者不致屈量，量小者不致勉强，方无偏枯。据我愚见，大量一杯，小量半杯；内中还有半杯也不能的，亦惟随量酌减，这才好哩。"题花道："此话极是。"因饮一杯道："妹子有僭了。但我们蒙老师盛意宠召，又蒙宝云七位姐姐破格优待，今日之聚，可谓极欢了。我就下个注语：'举欣欣然有喜色。'……"

只见众丫环来报："长班才从部里回来，说现奉太后御旨，命诸位才女做诗，所有题目卷子。已分送寓所去了。"众人听了，茫然不解。

未知如何，下回分解。

名师点拨

一百位才女分十二桌，分两行，每行5桌，两头各用一圆桌，团团坐。大家谈起园中景致之妙，花卉之多。掌红珠出了一谜："'无人不道看花回'，打《论语》一句。"大家猜猜是哪一句呢？

阅读积累

酒　令

酒令是中国民间风俗之一。是酒席上的一种助兴游戏，一般是指席间推举一人为令官，余者听令轮流说诗词、联语或其他类似游戏，违令者或负者罚饮，所以又称"行令饮酒"。酒令是一种有中国特色的酒文化。饮酒行令，是中国人在饮酒时助兴的一种特有方式。酒令由来已久，最早诞生于西周，完备于隋唐。

第七十九回　指迷团灵心讲射　擅巧技妙算谈天

名师导读

武则天因为文隐平定倭寇，甚是欢喜，适值上官昭仪以此为题，做了四十韵五言排律，极为称颂。太后因诗句甚佳，所以特命众才女俱照原韵也做一首，明晨交卷。简单交代缘由后直接写出结果，大家连夜做好了。寥寥数语就把众才女的才华展示出来了，接下来又写了哪些有趣的事情呢？

话说众才女听了丫环之话，正在不解，恰好卞滨也差家人把题目送来，告知此事。

原来太后因文隐平定倭寇，甚是欢喜，适值上官昭仪以此为题，做了四十韵五言排律，极为称颂。太后因诗句甚佳，所以特命众才女俱照原韵也做一首，明晨交卷。众人把原唱看了。幽探道："既如此，就请主人早些赐饭，大家赶回去，连夜做了，明早好交卷。"

宝云道："众位姐姐何不就在此处一齐做了，岂不甚便？"颜紫绡道："这比不得应酬诗，可以随便诌几句，咱要回去静静细想才做得出哩。"哀萃芳道："妹子也有这个毛病。求姐姐快赐饭罢，设或回去迟了，还不能交卷哩。好在明日承兰芝姐姐见召，今日早些去，明日也好早些来。"众人齐道："甚是。"宝云只得命人拿菜拿饭，道："这总是妹子心不虔，所以如此。即如昨日教人扎了几百灯球，以备今日顽的，那知至今还未做成，岂非种种不巧么！"小春道："即或做成，现在都要回去，也不能顽；都留著明日再来请教罢。"大家饭毕出席，命人到夫人跟前道谢。宝云道："家母所要药方，丽春姐姐不可忘了。"潘丽春道："妹子记得。"闺臣道："我托宝云姐姐请问师母之话，也不可忘了。"宝云连连点头。当时匆匆别去。

次日把卷交了，陆续都到卞府，彼此把诗稿看了，互相评论一番。用过早面，仍在园中各处散步。游了多时，一齐步过柳阴，转过鱼池，又望前走了几步。紫芝手指旁边道："这里有个箭道，却与玉蟾姐姐对路。诸位姐姐可进去看看？"张凤雏道："此地想是

词苑撷英

消遣：消磨，排遣。寻找感兴趣的事来打发空闲；消闲解闷。

老师射鹄消遣去处，我们进去望望。”一齐走进。里面五间敞厅，架上悬著许多弓箭，面前长长一条箭道，迎面高高一个敞篷，篷内悬一五色皮鹄。苏亚兰道：“这敞篷从这敞厅一直接过去，大约为雨而设？”香云道：“正是。家父往往遇著天阴下雨，衙门无事，就在这里射鹄消遣。恐湿了翎花，所以搭这敞篷。”

张凤雏见这许多弓箭，不觉技痒，因在架上取了一张小弓，开了一开。

玉蟾道：“姐姐敢是行家么？”凤雏道：“不满姐姐说：我家外祖虽是文职，最喜此道，我时常跟著顽，略略晓得。”紫芝道：“妹子也是时常跟著舅舅顽。我们何不同玉蟾姐姐射两条舒舒筋呢？”琼芝道：“苏家伯伯曾任兵马元帅，亚兰姐姐自然也是善射了？”亚兰道：“妹子幼时虽然学过，因身体过弱，没甚力量，所以不敢常射，胆此中讲究倒知一二。如诸位姐姐高兴，妹子在旁看看，倒可指驳指驳。”紫芝道：“如此甚好。”当时就同玉蟾、凤雏各射了三箭，紫芝三箭全中，玉蟾、凤雏各中了两箭。紫芝满面笑容，望著亚兰道：“中可中了，但内中毛病还求老师说说哩，并且妹子从未请人指教。人说这是舒筋的，我射过之后，反觉胳膊疼；人说这是养心的，我射过之后，只觉心里发跳，一定力用左了，所以如此，姐姐自然知道的。”亚兰道：“玉蟾、凤雏二位姐姐开放势子，一望而知是用过功的，不必说了。至妹妹毛病甚多，若不厌烦，倒可谈谈。”绿云道：“如此甚妙，就请姐姐细细讲讲，将来我们也好学著顽，倒是与人有益的。”

语言描写

小说的写作，总少不了这些日常的对话——家长里短、你恩我爱，这些话可以不断地说下去。

亚兰道：“妹子当日学射，曾撮大略做了一首《西江月》。后来家父看见，道：‘人能依了这个，才算会射；不然，那只算个外行。’今念来大家听听：

射贵形端志正，宽裆下气舒胸。

五平三靠是其宗，立足千斤之重。

开要安详大雅，放频停顿从容。

后拳凤眼最宜丰，稳满方能得中。

刚才紫芝妹妹射的架势，以这《西江月》论起来，却样样都要斟酌。既要我说，谅未必见怪的。即如头一句‘射贵形端志正’，谁知他身子却是歪的，头也不正，第一件先就错了。

至第二句‘宽裆下气舒胸’，他却直身开弓，并未下腰。腰既不下，胸又何得而舒？胸既不舒，气又安得而下？所以三箭射完，只觉嘘嘘气喘，无怪心要发跳了。第三句‘五平三靠是其宗’，两肩、两肘、天庭，俱要平正，此之谓五平，翎花靠嘴、弓弦靠身、右耳听弦，此之谓三靠。这是万不可忽略的。以五平而论，他的左肩先已高起一块，有肘却又下垂，头是左高右低，五平是不全的，以三靠而论，翎花并不靠嘴，弓是直开直放，弓梢并未近身，所以弓弦离怀甚远，右耳歪在一边，如何还能听弦？三靠也是少的。第四句‘立足千斤之重’，他站的不牢，却是我们闺阁学射通病，这也不必讲。第五句‘开要安详大雁’，这句紫芝妹妹更不是了。刚才他开弓时，先用左手将弓推出，却用右手朝后硬拉，这不是开弓，竟是扯弓了。所谓开者，要如双手开门之状，两手平分，方能四平，方不吃力，若将右手用扯的气力，自然肘要下垂，弄成茶壶柄样，最是丑态，不好看了。第六句‘放须停顿从容’，我看他刚才放时并不大撒，却将食指一动，轻轻就放出去；虽说小撒不算大病，究竟箭去无力，样子也不好看。射箭最要洒脱，一经拘板，就不是了。况大撒毫不费事，只要平时拿一软弓，时时撒放，或者手不执弓，单做撒放样子，撒来撒去，也就会了。若讲停顿二字，他弓将开满，并不略略停留，旋即放了出去，何能还讲从容？第七句‘后拳凤眼最宜丰’，他将大指并未挑起，那里还有凤眼？纵有些须凤眼，并不朝怀，弦也不拧，因此后肘更不平了。第八句‘稳满方能得中’，就只这句，紫芝妹妹却有的，因他开的满，前手也稳，所以才中了两箭。但这样射去，纵箭箭皆中，也不可为训。”

紫芝道：“姐姐此言，妹子真真佩服！当日我因人说射鹄子只要准头，不论样子，所以我只记了‘左手如托泰山，右手如抱婴孩’这两句，随便射去，那里晓得有这些讲究。”亚兰道：“妹妹：你要提起‘左手如托泰山’这句，真是害人不浅！当日不知那个始作俑者，忽然用个‘托’字，初学不知，往往弄成大病，实实可恨！”

琼芝道：“若这样说，姐姐何不将这‘托’字另换一字呢？”亚兰道：“据我愚见：‘左手如托泰山’六字，必须废而不用才好。若按此名，托字另换一字，惟有改做‘擈’字。虽说泰山不能下个擈字，但以左手而论，却非擈字不可。若误用托字，必须手掌托出；手掌既托，手背定然弯曲；手背既弯，时也因之而翻，肩也因之而努。托来托去，时也歪了，肩也高了，射到后来，不但箭去不准，并且也不能执弓，倒做了射中废人。这托字贻害一至于此！你若用了擈字，手背先是平正，由腕一路平直到肩，毫不勉强，弓也易合，弦也靠怀，不但终身无病，更是日渐精熟，这与托字迥隔霄壤了。”玉蟾道：“妹子也疑这个托字不妥，今听姐姐之言，真是指破迷团，后人受益不浅。”绿云道：“据妹子意思，只要好准头，何必讲究势子，倒要费事？”亚兰道：“姐姐这话错了。往往人家射箭消遣，原图舒畅筋骨，流动血脉，可以除痼疾，可以增饮食，与人有益的。若不讲究势子，即如刚才紫芝妹妹并不开弓，却用扯弓，虽然一时无妨，若一连扯上几天，肩肘再无不痛。倘不下腰，不下气，一股力气全堆胸前，久而久之，不但气喘心跳，并且胸前还要发痛，甚至弄成劳伤之症。再加一个托字，弄的肘歪肩努，百病丛生，并不是学他消遣，倘是讨罪受了。”张凤雏道：“姐姐这番议论，真可算得‘学射金针’。”

众人离了箭道，丫环请到百药圃吃点心。大家都走进坐了。春辉道：“昨日若个是紫芝妹妹耽搁半日，还可多对许多好花。”紫芝道：“我一心只想翡翠镯子，那知青钿妹妹同他们谈论算法，滔滔不断，再也说不完。”闺臣道：“适因算法偶然想起家父当日曾在智佳访问筹算，据说有一位姓米的精于筹算，又善笔算，久已带著女儿来到天朝，自然就是兰芬姐姐。可惜这一向匆忙，也未细细请教。”米兰芬道：“家父向在家乡，筹算、笔算，俱推独步；妹子自幼也曾习学，却不甚精。将来无事，大家谈谈，倒可解闷。”青钿道：“昨日那里知道却埋没这一位名公，真是瞎闹！”因指面前圆桌道：“请教姐姐，这桌周围几尺？”兰芬同宝云要了一管尺，将对过一量，三尺二寸。取笔画了一个“铺地锦”：

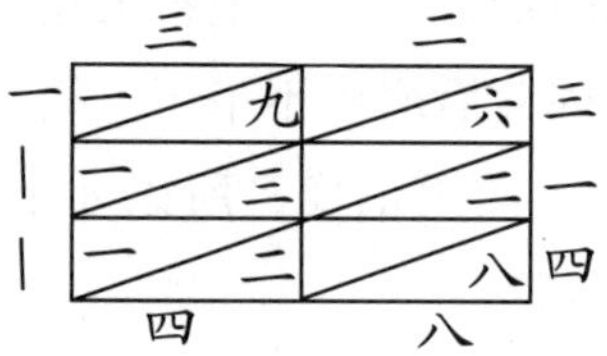

画毕道：“此桌周围一丈〇〇四分八。”春辉看了道：“闻得古法‘径一周三’是么？”兰芬道：“古法不准。今定‘径一周三一四一五九二六五’，甚精。只用‘三一四’三个大数算的。”春辉道：“若将此桌改做方桌，可得多长、多宽？”

兰芬道：“此用圆内容方算，每边二尺二寸六分。”

语言描写

人物的语言，能反映人物的情态。

宝云指桌上一套金杯道：“此杯大小九个，我用金一百二十六两打的，姐姐能算大小各重多少么？”兰芬道：“此是‘差分法’。法当用九个加一个是十个，九与十相乘，共是九十个，折半四十五个，作四十五分算；用‘四归五除’除一百二十六两，得二两八钱，此第九小杯，其重如此。”因从丫环带的小算袋内取出二、八两筹摆下，用笔开出，大杯重二十五两二钱、次重二十二两四钱、三重十九两六钱、四重十六两八钱、五重十四两、六重十一两二钱、七重八两四钱、八重五两六钱。

宝云看那两筹，只见写著：

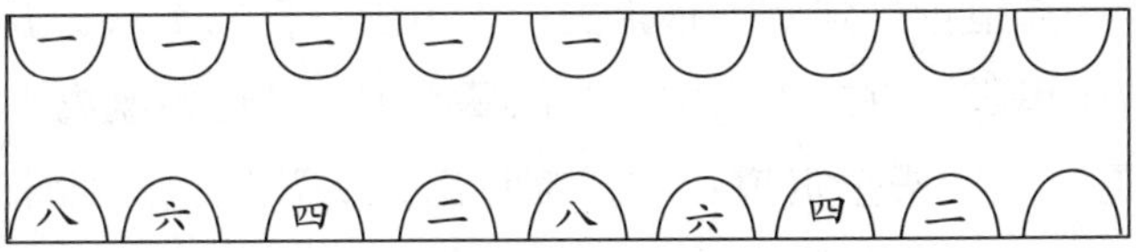

二筹

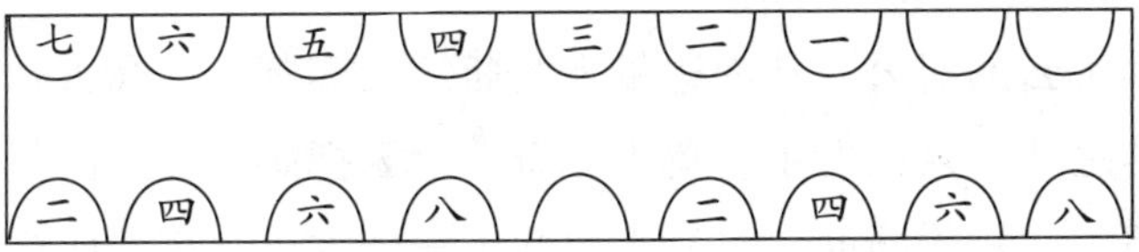

八筹

宝云道：“据这二筹，自然是一二如二，至二九一十八；那八筹是一八如八，至八九七十二了。但姐姐何以一望就知各杯轻重呢？”兰芬道：“刚才我用四归五除，得了小杯二两八钱数目，所以将二、八两筹一看就知了。你看第一行‘二八’两字，岂非末尾小杯斤重么？第九行‘二五二’就是头一个大杯。其余七杯计重若干，都明明白白写在上面。”宝云道：“第九行是‘一八七二’，怎么说是‘二五二’呢？”

兰芬道：“凡两半圈上下相合，仍算一圈，即如第九行中间‘八七’二字，凑起来是‘一五’之数，把‘一’归在上面一圈，岂非‘二五二’么。”宝云点头道：“我见算书中差分法，有递减，倍减、三七、四六等名，纷纷不一，何能及得这个明白了当。筹算之精，即此可见。”

宋良箴指花盆所摆红白玛瑙两块道：“此可算么？”兰芬道：“如知长短，就可算出斤重。”取尺一量，对方三寸，算一算道：“红的五十九两四钱，白的六十二两二钱。”

宝云命人拿比子一秤，果然不错。廖熙春道：“一样玛瑙，为何两样斤重？”兰芬道：“白的方一寸重二两三钱，红的方一寸重二两二钱，今对方三寸，照立方积二十七寸算的。凡物之轻重，各有不同，如白银方一寸重九两，红铜方一寸重七两五钱，白铜一寸重六两九钱八分，黄铜一寸只重六两八钱。”熙春点头道：“原来如此。”

说话间，阴云满天，雷声四起。兰芝道：“莫要落雨把今晚的灯闹掉，就白费宝云姐姐一片心了。”兰芬道：“如落几点，雨后看灯，似更清妙。”说著，雨已大至，一闪亮过，又是一个响雷。缁瑶钗道：“算家往往说大话，偷天换日，只怕未必。”兰芬道：“此是诳话。但这雷声倒可算知里数。”月辉道：“怎样算法？”兰芬指桌上自鸣钟道：“只看秒针，就好算了。”登时打了一闪，少刻又是一雷。玉芝道：“闪后

知识延伸

差分法：在数学中，差分法是一种微分方程数值方法，是通过有限差分来近似导数，从而寻求微分方程的近似解。“差分法”是在比较两个分数大小时，用“直除法”或者“化同法”等其他速算方式难以解决时可以采取的一种速算方式。是基于高中数学并应用于公考的资料分析速算高级技巧。差分法是微分方程的一种近似数值解法。

十五秒闻雷，姐姐算罢。”兰芬算一算道：“定例一秒工夫，雷声走一百二十八丈五尺七寸。照此计算，刚才这霄应离此地十里零一百二十八丈。”阳墨香道：“此雷既离十里之外，还如此大声，只怕是个‘霹雷’。”毕全贞道：“雷都算出几丈几里，这话未免欺人了。”

少时，天已大晴。成氏夫人因宝云的奶公才从南边带来两瓶“云雾茶”，命人送来给诸位才女各烹一盏。盏内俱现云雾之状。众人看了，莫不称奇。宝云把奶公叫来问问家乡光景，并问南边有何新闻。奶公道：“别无新闻，只有去岁起了一阵大风，把我院内一口井忽然吹到墙外去。”绿云道：“如此大风，却也少见。”奶公道：“不瞒小姐说，我家是个篱笆墙。这日把篱笆吹过井来，所以倒像把井吹到墙外去。今日为何我说这话？只因府里众人都说我家乳了宝小姐十分发财，那知我还是照旧的篱笆墙。倒是人不可不行善，那恶事断做不得；若做恶行凶，人虽欺了，那知那雷惯会报不平。刚才我在十里墩遇雨，忽然起一响雷，打死一人，彼处人人念佛。原来是个无恶不作的坏人。”

素云道：“十里墩离此多远？”奶公道：“离此只得十里。那打人的地方离墩还有半里多路。我在那里吃了一吓，也不敢停留，一直赶到十里墩才把衣服烘干。”众人听了，这才佩服兰芬神算。

用过点心，来到白茉亭。大家意欲联句。又因婉如、兰音韵学甚精，都在那里谈论“双声、叠韵”。兰芬又教众人“空谷传声”。谈了多时。玉芝因昨日红珠说的“言游过矣”甚好，只劝众人猜谜。

未知如何，下回分解。

名师点拨

本回中介绍了卞香云府里设有专门射鹄场所：五间敞厅，架上悬著许多弓箭，面前长长一条箭道，迎面高高一个敞篷，篷内悬一五色皮鹄。当玉蟾、凤雏、紫芝、琼芝、苏亚兰看见后，不觉技痒，她们一起射箭。玉蟾、凤雏各射了三箭，紫芝三箭全中，玉蟾、凤雏各中了两箭。这一细节展示了这些姑娘箭术不俗。真是文武全才呀！

阅读积累

射　鹄

鹄，箭靶的中心，中鹄，就是射中靶心的意思。这里射鹄就是指在进行射箭比赛。唐张莹"一箭不中鹄，五湖归钓鱼"，即为此意。

《清史稿·兵志》记载："清雍正十一年，以亲军未满十年者挑选前锋。满、汉八旗左右翼各设前锋统领一人，各警跸宿卫。侍卫班内有上驷院侍卫、司辔、司鞍。其兼尚虞、鹰鷂房、鹘房、十五善射、射鹄、善扑等侍卫，统在三旗额内，俱无定员。"因而可以确定，"射鹄"为清代禁卫军中的一个兵种，兵源多来源于镶黄旗、正黄旗、正白旗。

第八十回　打灯虎亭中赌画扇　抛气球园内舞花鞋

名师导读

见识了玉芝的精算后，是不是对这些各有才艺的姑娘有了更多的期待？本回一开始是猜谜，画扇，接着是抛气球，种种游乐活动都展示了姑娘们的慧心巧思。

话说玉芝一心只想猜谜，史幽探道："你的意思倒与我相投，我也不喜做诗。昨日一首排律，足足闹了半夜，我已够了。好在这里人多，做诗的只管做诗，猜谜的只管猜谜。妹妹既高兴，何不出个给我们猜猜呢？"玉芝见幽探也要猜谜，不胜之喜。正想出一个，只听周庆覃道："我先出个吉利的请教诸位姐姐，'天下太平'，打个州名。"

国瑞徵道："我猜著了，可是'普安'？"庆覃道："正是。"若花道："我出'天上碧桃和露种，日边红杏倚云载'，打个花名。"谢文锦道："好干净堂皇题面！这题里一定好的！"董宝钿道："我猜著了，是'凌霄花'。"若花道："不错。"

春辉道："真是好谜！往往人做花名，只讲前几字，都将花字不论，即如牡丹花，只做牡丹两字，并未将花字做出。谁知此谜全重花字。这就如兰言姐姐评论他们弹琴，也可算得花卉谜中绝调了。"言锦心道："我出'直把官场作戏场'，打《论语》一句。"

师兰言道："这题面又是儒雅风流的，不必谈，题里一定好的。"紫芝道："既是好的，且慢赞，你把好先都赞了，少刻有人猜出，倒没得说了。"春辉道："妹妹，你何以知他没得说呢？"紫芝道："卿非我，又何以知我不知他没得说呢？"林书香笑道："要像这样套法，将来还变成咒语哩，连没得说都来了。"紫芝道："姐姐，你又何以知其变成咒语呢？"书香道："罢！罢！罢！好妹妹！我是钝口拙腮，可不能一句一句同你套！"忽听一人在桌上一拍道："真好！"众人都吃一吓，连忙看时，却是纪沉鱼在那里出神。

紫芝道："姐姐！是甚的好，这样拍桌子打板凳的？难道我们《庄子》套的好么？"纪沉鱼道："'直把官场作戏场'，我打著了，可是'仕而优'？"锦心道："是的。"

紫芝道："原来也打著了，怪不得那么惊天动地的。"春辉鼓掌道："像这样灯谜猜著，无怪他先出神叫好，果然做也会做，打也会打。这个比‘凌霄花’又高一筹了。他借用姑置不论，只这‘而’字跳跃虚神，真是描写殆尽。”

花再芳道：“据我看来，都是一样，有何区别？若说尚有高下，我却不服。”春辉道：“姐姐若讲各有好处倒还使得，若说并无区别这就错了。一是正面，一是借用，迥然不同。前者妹子在此闲聚，闻得玉芝妹妹出个‘红旗报捷’，被宝云姐姐打个‘克告于君’，这谜却与‘仕而优’是一类的。一是挈著人借做虚字用，一是挈著虚字又借做人用，都是极尽文心之巧。凡谜当以借用为第一，正面次之。但借亦有两等借法，即如‘国士无双’，有打‘何谓信’的；‘秦王除逐客令’，打‘信斯言也’的。此等虽亦借用，但重题旨，与重题面迥隔霄壤，是又次之。近日还有一种数典的，终日拿著类书查出许多，谁知贴出面糊未干，早已风卷残云，顷刻罄净，这就是三等货了。”

余丽蓉道：“我出‘日’旁加个‘火’字，打《易经》两句。”绿云道：“此字莫非杜撰么？”哀萃芳道：“这个‘炚’字，音光，见字书，如何是杜撰？”芳芝道：“就是不成字，也可算得‘破损格’。”张凤雏道：“可是‘离为火、为日’？”丽蓉道：“正是。”薛蘅香道：“这个‘离’字用的极妙，往往人用‘拆字格’，都浑沦写出，不像这个拆的这样生动，这是拆字格的另开生面。”宋良箴道：“我仿丽蓉姐姐意思出个‘他’字，打《孟子》两句。”玉芝道：“这明明是个‘人也’。难道先是一句‘分之’，后是一句‘人也’？那《孟子》又无这两句。”春辉道：“这两句大约战国时还有，到了秦始皇焚书后，妹妹不怕你恼，想是焚了。”戴琼英道：“可是‘人也，合而言之’？”良箴道：“正是。”

窦耕烟道：“我也效颦出个‘昱’字，打《诗经》一句。”华芝道：“这个昱字，若将‘日’字移在下面，‘立’字移在上面，岂非‘音’字么，”郦锦人道：“必是‘下上其音’。”耕烟道：“正是。”余丽蓉道：“刚才蘅香姐姐赞我‘炚’字拆得生动，谁知这个‘昱’字却用‘下上’二字一拆，不但灵动可爱，并且天然生出一个‘其’字，把那‘昱’字挑的周身跳跃，若将‘炚’字比较，可谓天上地下了。”缁瑶钗道：“春辉姐姐说‘国士无双’有打‘何谓信’的，我就出‘何谓信’，打《论语》一句。”香云道：“瑶钗姐姐意思，我猜著了。他这‘何谓’二字必是问我们猜谜的口气，诸位姐姐只在‘信’字著想就有了。”董花钿道：“可是‘不失人，亦不失言’？”瑶钗道：“正是。”琼芝道：“这个又是拆字格的别调。”

易紫菱道：“我出个‘四’字，打个药名。妹子不过出著顽，要问甚么格，我可不知。”

众人想了多时，都猜不出。潘丽春道：“可是‘三七’？”紫菱道：“妹子以为此谜做的过晦，即使姐姐精于歧黄，也恐难猜，谁知还是姐姐打著。”柳瑞春道：“我仿紫菱姐姐花样出个‘三’字，打《孟子》二句。”众人也猜不著。尹红英道：“可是‘二之中，四之下也’？”瑞春道：“妹子这谜也恐过晦，不意却被姐姐猜著。”叶琼芳道：

“这两个灯谜，我竟会意不来。”春辉道：“此格在广陵十二格之外。却是独出心裁，日后姐姐会意过来，才知其妙哩。”

只见芸芝同著闵兰荪，每人身上穿著一件背心，远远走来。众人道：“二位姐姐在何处顽的？为何穿了这件棉衣，不怕暖么？”兰荪道：“妹子刚才请教芸芝姐姐起课，就在芍药花旁，拣个绝静地方，两人席地而坐，谈了许久，觉得冷些。”褚月芳道：“妹子从来不知做谜，今日也学个顽顽，不知可用得？‘布帛长短同，衣前后，左右手，空空如也’，打一物。”蒋丽辉道：“我猜著了，就是兰荪姐姐所穿的背心。”月芳笑道：“我说不好，果然方才说出，就打著了。”司徒妩儿道：“月芳姐姐所出之谜，是‘对景挂画’，妹子也学一个，‘席地谈天’，打《孟子》一句。”芸芝道：“我倒来的凑巧，可是‘位卑而言高’？”妩儿道：“我这个也是面糊未干的。”

谭蕙芳道：“你看兰荪姐姐刚才席地而坐，把鞋子都沾上灰尘，芸芝姐姐鞋子却是干净的；我也学个即景罢，就是‘步尘无迹’，打《孟子》一句。”吕瑞蓂道：“可是‘行之而不著焉’？”

蕙芳道：“这个打的更快。我们即景都不好，怎么才说出就打去呢？”

兰言道：“姐姐！不是这样讲。大凡做谜，自应贴切为主，因其贴切，所以易打。就如清潭月影，遥遥相映，谁人不见？若说易猜不为好谜，难道那‘凌霄花’还不是绝妙的，又何尝见其难打？古来如‘黄绢幼妇，外孙齑臼’，至今传为美谈，也不过取其显豁。”

春辉道：“那难猜的，不是失之浮泛，就是过于晦暗。即如此刻有人脚指暗动，此惟自己明白，别人何得而知。所以灯谜不显豁、不贴切的，谓之‘脚指动’最妙。”玉芝道：“很好！更闹的别致！放著灯谜不打，又讲到脚指头了！姐姐！你索性把鞋脱去，给我看看，到底是怎样动法？”春辉道：“妹妹真个要看？这有何难，我已做个样子你看。”一面说著，把玉芝拉住，将他手指拿著朝上一伸，又朝下一曲道：“你看：就是这个动法！”玉芝哀告道：“好姐姐！松下罢，不敢乱说！”春辉把手放开。玉芝抽了回来，望著手道：“好好一个无名指，被他弄的‘屈而不伸’了。”

紫芝道：“你们再打这个灯谜，我才做的，如有人打著，就以丽娟姐姐画的这把扇子为赠。叫做‘嫁个丈夫是乌龟’。”兰芝道：“大家好好猜谜，何苦你又瞎吵？”紫芝道：“我原是出谜，怎么说我瞎吵？少刻有人打了，你才知做的好哩。”

题花道：“妹妹这谜，果然有趣，实在妙极！”紫芝望著兰芝道：“姐姐！如何？这难道是我自己赞的？”因向题花道：“姐姐既猜著，何不说出呢？”题花道：“正是，闹了半日，我还未曾请教，毕竟打的是甚么？”紫芝道：“呸！我倒忘了！真闹糊涂了！打《论语》一句，姐姐请猜罢。”题花道：“好啊！有个《论语》，倒底好捉摸些；不然，虽说打的总在天地以内，究竟散漫些。”紫芝道：“你还是谈天，还是打谜？”题花道：

"我天也要谈，谜也要打。你不信，且把你这透新鲜的先打了，可是'适蔡'？"

紫芝道："你真是我亲姐姐，对我心路！"题花把扇子夺过道："我出个北方谜儿你们猜，'使女择焉'，打《孟子》一句。"紫芝道："春辉姐姐，你看妹子这谜做的怎样？你们也没说好的，也没说坏的，我倒白送了一把扇子。"春辉道："我倒有评论哩，你看可能插进嘴去？题花妹妹刚打著了，又是一句《左传》；他刚说完，你又接上。"春辉说著，不觉掩口笑道："这题花妹妹真要疯了，你这'使女择焉'，可是'决汝……'"话未说完，又笑个不了，"……可是'汉'哪？"一面笑著，只说："该打！该打！疯了！疯了！"

兰芝笑道："才唱了两出三花脸的戏，我们也好煞中台用些点心，歇歇再打罢。"

兰言道："如何又吃点心？莫非姐姐没备晚饭么！"宝云道："我就借歇歇意思，出个'斯已而已矣'，打《孟子》一句。"春辉道："闻得前日有个'红旗报捷'是宝云姐姐打的；但既会打那样好谜，为何今日却出这样灯谜？只怕善打不善做罢？"吕尧蓂道："何以见得？"春辉道："你只看这五字，可有一个实字？通身虚的，这也罢了，并且当中又加'而'字一转，却仍转到前头意思。你想：这部《孟子》可能找出一句来配他？"

田舜英道："我打'可以止则止'。"宝云道："正是。"春辉不觉鼓掌道："我只说这五个虚字，再没不犯题的句子去打他，谜知天然生出'可以止则止'五字来紧紧扣住，再移不到别处去。况区那个'则'字最是难以挑动，'可以'两字更难形容，他只用一个'斯'字，一个'而'字，就把'可以''则'的行乐图画出，岂非传神之笔么！"

左融春道："'天地一洪炉'，打个县名。但这县名是古名，并非近时县名。"章兰英道："可是'大冶'？"融春道："正是。"师兰言道："这个做的好，不是这个'大'字，也不能包括'天地'两字，真是又显豁，又贴切，又落落大方。"亭亭道："我出'橘逾淮北为枳'，'橘至江北为橙'，打个州名。"玉芝这："这两句：一是《周礼》，一是《淮南子》。今日题面齐整，以此为第一。"吕祥蓂道："妹妹道此两句，以为还出他的娘家，殊不知《淮南子》这句还从《晏子春秋》而来。"蔡兰芳道："据妹子看来：那部《晏子》也未必就是周朝之书。"魏紫樱道："可是'果化'？"亭亭道："正是。"掌乘珠道："这个'化'字真做的神化。"紫云道："既有那个渊博题面，自然该有这个绝精题里；不然，何以见其文心之巧。"玉英道："我出个斗趣的，'酒鬼'，打《孟子》一句。"玉蟾道："这个倒也有趣。"邵红英道："我打'下饮黄泉'。"

玉英道："正是。"兰言听了，把玉英、红英望了一望，叹息不止。

颜紫绡正要问他为何叹气，只见彩云同著林婉如、掌浦珠、董青钿远远走来。吕尧蓂道："四位姐姐却到何处顽去，脸上都是红红的？"掌浦珠道："我们先在海棠社看花，后来四个人就在花下抛球，所以把脸都使红了。"彩云道："告诉诸位姐姐，我们不但抛球，内中还带著飞个鞋儿顽顽哩。"琼芝道："这是甚么讲究？"彩云只是笑。

婉如指著青钿道：“你问青钿姐姐就知道了。”青钡满面绯红道：“诸位姐姐可莫笑。

刚才彩云姐姐抛了一个‘丹凤朝阳’式子，教妹子去接，偏偏离的远，够不著，一时急了，只得用脚去接，虽然踢起，谁知力太猛了，连球带鞋都一齐飞了。”众人无不掩口而笑。紫芝道：“这鞋飞在空中，倒可打个曲牌名。”青钿道：“好姐姐！亲姐姐！你莫骂我，快些告诉我打个甚么？”紫芝道：“你猜。”青钿道：“我猜不著。”紫芝道：“即猜不著，告诉你罢，这叫做……”

未知如何，下回分解。

名师点拨

这一回读来，读者对如何出“谜面”怕是有了一定的心得，文中用“折字格”，都要折生动，折得另开生面。并借蒋春辉之口将谜语的谜面分出了三个等级。

阅读积累

《论语》

《论语》是孔子及其弟子的语录结集，由孔子弟子及再传弟子编写而成，至战国前期成书。全书以语录体为主，叙事体为辅，主要记录孔子及其弟子的言行，较为集中地体现了孔子的政治主张、伦理思想及教育原则等。此书是儒家学派的经典著作之一，与《大学》《中庸》《孟子》并称“四书”，再加上《诗经》《尚书》《礼记》《周易》《春秋》，总称“四书五经”。现在通行的《论语》是由《鲁论》和《古论》整理形成的版本。

第八十一回　白茉亭董女谈诗　凝翠馆兰姑设宴

名师导读

前一回看了热热闹闹的猜谜活动，你出谜语的能力是不是也提高了不少呢？这一回还是从猜谜说起，一个个文心巧思的谜面，一个个语出圣贤之书的答案，可见这些才女对《论语》《孟子》《庄子》等先贤之说，可以信手拈来，脱口成章。在每一个谜面后面还加上不同才女的评论，那么我们从她们的评论中，又能有哪些收获呢？一起来读一读吧。

话说青钿道："我这'飞鞋'打个甚么？姐姐告诉我。"紫芝道："只打四个字。"

青钿道："那四个字？"紫芝道："叫做'银汉浮槎'。"题花笑道："若这样说，青钿妹妹尊足倒是两位舵工了。"众人听著，忍不住笑。

> 语言描写：有问有答，有说有笑，把对话的热闹场面表达得有声有色。

青钿呆了一呆，因向众人道："妹子说件奇事：一人饮食过于讲究，死后冥官罚他去变野狗嘴，教他不能吃好的。这人转世，在这狗嘴上真真熬的可怜。诸位姐姐，你想变了狗嘴，已是难想好东西吃了，况且又是野狗嘴，每日在那野地吃的东西可想而知。好容易那狗才死了。这嘴来求冥官，不论罚变甚么都情愿，只求免了狗嘴。冥官道：'也罢！这世罚你变个猴儿屁股去！'小鬼道：'禀爷爷，但凡变过狗嘴的再变别的，那臭味最是难改，除非用些仙草搽上，方能改哩。'冥官道：'且变了再讲。'不多时，小鬼带去，果然变了一个白猴儿屁股。冥官随命小鬼觅了一枝灵芝，在猴儿屁股上一阵乱揉，霎时就如胭脂一般。冥官道：'他这屁股是用何物揉的？为何都变紫了？'小鬼道：'禀老爷：是用紫芝揉的。'"紫芝道："他要搽点青还更好哩。"题花道："只怕还甜哩。"

青钿道："诸位姐姐且住住笑，妹子还有一首诗念给诸位姐姐听。一人好做诗，做的又不佳。一日，因见群花齐放，偶题诗一首道：'到处嫣红娇又丽，那枝开了这枝闭。'写了两句，底下再做不出。忽一朋友走来，道：'我替你续上罢。'因提起笔来写了两句道：'此诗岂可算题花，只当区区放个屁！'"掌红珠笑道："这两个笑话倒是极新鲜的，难为妹妹想的这样敏捷。"颜紫绡道："这都从'银汉浮槎'两位舵工惹出来的。"

紫芝道："青钿妹妹大约把花鞋弄脏，所以换了小缎靴了。我就出个'穿缎靴'，打《孟子》一句。"素辉道："这个题画虽别致，但《孟子》何能有这凑巧句子来配他。"

姜丽楼道："可是'足以衣帛矣'？"紫芝道："然也。"陶秀春道："这可谓异想天开了。"题花把青钿袖子抓两抓道："你是穿缎靴，我是'隔靴搔痒'，也打《孟子》一句。"掌红珠道："这个题面更奇。"姚芷馨道："此谜难道又有好句子来配他？我真不信了。"郦芳春道："可是'不肤挠'？"题花道："如何不是？"

洛红蕖道："这两个灯谜，并那'适蔡''决汝汉'之类，真可令人解颐。"紫芝道："题花姐姐把扇子还我罢。"题花道："我再出个'照妖镜'，打《老子》一句，如打著，还你扇子。"紫芝道："诸位姐姐莫猜，等我来。"因想一想道："姐姐，我把你打著了，可是'其中有精'？"彩云道："是甚么精？"紫芝接过扇子道："大约不是芙蓉精，就是海棠怪，无非花儿朵儿作耗。"廉锦枫道："我因玉英姐姐'酒鬼'二字也想了一谜，却是吃酒器具，叫过'过山龙'，打《尔雅》一句。"阳墨香笑道："可是'逆流而上'？"锦枫道："正是。"

紫芝道："今日为何并无一个《西厢》灯谜？莫非都未看过此书么？"题花道："正是。前者我从家乡来，偶于客店壁上看见几条《西厢》灯谜，还略略记得，待我写出请教。"丫鬟送过笔砚，登时写了几个。众人围著观看，只见写著："'厢'，打《西厢》七字；'亥'，打《西厢》四字；'花斗'，打《西厢》十五字；'甥馆'，打《西厢》四字；'连元'，打《西厢》八字；'秋江'，打《西厢》五字；'叹比干'，打《西厢》八字；'东西二京'，打《西厢》三字；'一鞭残照里'，打《西厢》四字；'偷香'，打《孟子》三字；'易子而教之'打《孟子》四字。"题花道："其余甚多，等我慢慢想起再写。"吕祥蓂道："他以厢字打《西厢》倒也别致。"红珠道："据我看来，这个'厢'字，若论拆字格，必是以目视床之意。"

钟绣田道："请教题花姐姐，那'花斗'二字，只怕妹子打著了。我记得《赖柬》有两句，'金莲蹴损牡丹芽，玉簪儿抓住荼蘼架。'不知可是？"春辉道："这十五字个个跳跃而出，竟是'花斗'一副行乐图，如何不是？"苏亚兰道："那'一鞭残照里'，可是'马儿向西'？"众人齐声叫好。春辉道："这'残照'二字，把'向西'直托出来，意思又贴切，语句又天然，真是绝精好谜。我们倒要细细打他几条。"燕紫琼道："我记得'长亭关别'有句'眼看著衾儿枕儿'，只怕那个'厢'字就打这句罢？"春辉道："床上所设无非衾枕之类，又目视床，如何不是此句！姐姐真好心思！"陈淑媛道："他那'亥'字，不知可是'一时半刻'？"春辉道："姐姐是慧心人，真猜的不错。若以此谜格局而论，却是‘会意’带‘破损’。不但独出心裁，脱了旧套；并且斩钉截铁，字字雪亮，此等灯谜，可谓掷地有声了。”施艳春道：“那‘东西二京’，打的必是‘古都’。”

题花道：“这个灯谜我猜了多时，总未猜著，不想却被姐姐打著，真打的有趣！”紫芝道：“春辉姐姐，他这‘叹比干’是何用意？”春辉道：“按《史记》：‘微子去，比干强谏；纣怒，剖比干，观其心。’以此而论，他这谜中必定有个‘心’字在内，但必须得他‘叹’字意思才切。”廖熙春道：“我才想了一句：‘你有心争似无心好。’不知可是？”

春辉道：“此句很得‘叹’字虚神，并且‘争似无心好’这五个字，真是无限慷慨，可以抵得比干一篇祭文。”兰荪道：“好好一个人，怎么把心剖去倒好呢？”

春辉笑道：“他若有心，只怕你我此时谈起还未必知他名字。即或意中有个比干，也不过泛常一个古人。今日之下，其所以家喻户晓，知他为忠臣烈士，名垂千古者，皆由无心而传。所以才说他‘有心争似无心好’。此等灯谜，虽是游戏，但细细揣度，却含著‘君子疾没世而名不称’之意，真是警励后人不少。”青钿道：“他这‘偷香’二字出的别致，必定是个好的。我想这个‘偷’字，无非盗窃之意，倒还易猜；第‘香’为无影无形之物，却令人难想，莫非内中含著‘嗅’字意思么？”素云道：“只怕是‘窃闻之’。”春辉道：“这个‘闻’字却从闺臣姐姐所说长人国闻鼻烟套出来的，倒也有趣。”

香云道：“他这‘易子而教之’，大约内中含著互相为师之意。”吕尧蓂道：“今人称师为西席，又渭之西宾，只怕还含著‘宾’字在内哩。”张凤雏道：“必是‘迭为宾主’。”春辉道：“不意这个单子盒有如此好谜，虽不如‘仕而优’，‘克告于君’借用之妙，也算正面出色之笔了。”紫芝道：“他这‘秋江’二字，我打一句‘清霜净碧波’；‘甥馆’二字，打‘女孩儿家’；‘连元’二字，打‘又是一个文章魁首’。请教可有一二用得？”

语言描写

这里用人物对话的方式表达文字的趣味。

春辉道：“这三句个个出色！即如‘清霜净碧波’，不独工稳明亮，并将‘秋江’神情都描写出来；至于‘甥馆’打‘女孩儿家’，都字字借的切当，毫不浮泛；最妙的‘又是一个文章魁首’，那个‘连’字直把题里的‘又’字擒的飞舞而出。这几个灯谜，可与‘迭为宾主’并美了。”

掌红珠道："他这单子我们猜的究竟不知可是。倘或不是也说是的，将来倒弄的以讹传讹，这又何必。好在所有几个都已猜过，题花姐姐也不必再写了，还是请教那位姐姐再出几个，岂不比这个爽快。"易紫菱道："刚才红珠姐姐所说'将错就错，以讹传讹'，妹子就用这八字，打《孟子》一句。"哀萃芳道："可是'相率而为伪者也'？"

紫菱道："正是。"题花道："题里题面，个个字义无一不到，真好心思。"姜丽楼道："我出'蟾宫曲'，打个曲牌名。"董珠钿道："以曲牌打曲牌，倒也别致。"崔小莺道："可是'月儿弯'？"丽楼道："正是。"题花道："这个'曲'字借的巧极，意思亦甚活泼。"纪沉鱼道："我出'走马灯'，打《礼记》一句。"玉芝道："这有何难，无非燃灯即动之意。"蒋星辉道："妹妹何不就打'燃灯即动'呢？"郦锦春道："可是'无烛则止'？"沉鱼道："正是。"薛蘅香道："我出'农之子恒为农'，打《孟子》一句。"宝钿道："这个'恒'字，倒像世代以耕为业，永不改行的意思。"

语言描写

这种语言风格在现在是见不到的，可清代人这样说话，从人物的语言中可以感受到。

姜丽楼道："必是'耕者不变'。"众人齐声赞好。邹婉春道："这'耕者不变'四字，最难挑动，不意天然生出'农之子恒为农'六字，把个'不变'扣的紧紧的，此谜可谓天生地造，再无他句可以移易了。"印巧文道："我出'核'字，先打《孟子》一句，后打《论语》一句。"玉芝道："这个'核'字有何精微奥妙，要打两部书，若按字义细细推求，'核'之外有果，'核'之内有仁。"董翠钿道："我猜著了：可是'果在外'、'仁在其中矣'？"巧文道："正是。"锦云道："他虽结巴，倒会打好谜，并且说的也清爽。"廉锦枫道："我出'鸦'字，打《孟子》二句。"

小春道："这个大约又是拆字格。"田凤翾道："若要拆开，必有'爵一齿一'。"红珠道："此谜做的简净。"宰银蟾道："我出'重庆'，打《孟子》一句。"婉如道："《孟子》上面'祖'字甚少，至于'父父子子'，又是《论语》。"掌骊珠道："必是'父子有亲'。"题花道："这个'亲'字借的有趣。"

兰言道："今日主人须早些摆席才好，我们早早吃了饭，把宝云姐姐灯看了，彼此回去也好歇息歇息。昨日足足忙了一夜，今日若再过迟，妹子先支不住了。"

兰芝道："既如此，妹子也不再拿点心，就教他们早些预备。但此时未免过早，诸位姐姐再打几个，少刻就来奉请。"谭蕙芳道："我出'其涸也可立而待也'，打个药名。"叶琼芳道："可是'无根水'？"蕙芳道："妹妹打著了。"燕紫琼道："非'无根'二字不能'立持其涸'，真是又切当，又自如。"林书香道："我出'辙环天下，卒老于行'。"

秀英道："必是'尽其道而死者'。"书香点点头。颜紫绡暗暗问兰言道："姐姐为何听了这几个灯谜只管摇头？闻得姐姐精于风鉴，莫非有甚讲究么？"兰言道："我看玉英、红英、蕙芳、琼芳、书香、秀英六位姐姐面上，都是带著不得善终之像。那玉英姐姐即使逃得过，也不免一生独守空房。不意这些'黄泉'、'无根'、'生死'字面，恰恰都出在他们妯娌、妹妹、姑嫂六人之口，岂不可怪！"颜紫绡道："你看咱妹子怎样？"兰言道："姐姐骨格清奇，将来自然名登宝箓，位列仙班；到了那时，只要把妹子度脱苦海，也不枉同门一场。"颜紫绡道："咱能成仙，真是梦话了。"兰言道："少不得日后明白。"

红红道："你们二位谈论甚么？妹子出个灯谜你猜：'疏影横斜水清浅'，打曲牌名。"掌骊珠道："姐姐好嫣润题面！"枝兰音道："可是'梅花塘'？"

红红道："正是。"素云道："这七个字又是'梅花塘'一个小照，真是如题发挥，一字不多，一字不少。"宰玉蟾道："我出'不重伤，不禽二毛'，打古人名。"蒋月辉道："可是'斗廉'？"玉蟾道："正是。"紫芝道："你当日在小瀛洲同那四员小将打仗，心里就存这个爱惜么？将来银蟾姐姐同史公子成了亲，有人感你当日'不重伤'之情，一定托他们来作伐哩。"玉蟾道："少刻捉住你，再同你算帐。"阳墨香道："我出'事父母几谏'，打个鸟名。"瑶芝道："世上那有这样孝顺鸟儿。"田凤翾道："可是'子规'？"墨香道："正是。"锦云道："'事父母'三字把个'子'字扣定，'几谏'二字把个'规'字扣定，真是又贴切，又自然，可以算得鸟名谜中独步。"米兰芬道："我出曲牌名'刮地风'，打个物名。"井尧春道："可是'拂尘'？"

兰芬道："正是。"花再芳道："据我看来，只用'刮风'二字就可拂起尘来，何必多加'地'字，这是赘笔。"春辉道："此谜之妙，全亏'地'字把个'尘'字扣的紧紧的。若无'地'字，凡物皆可'拂'，岂能独指'拂尘'。并且还有……"玉芝道："够了！今日若无春辉姐姐评论，不知还听多少好谜。评论哩，也罢了，偏要添岔枝儿，甚至还牵到脚指头上去，你说教人心里可受得？刚把脚指头闹过，紫姑太太'适蔡'也来了，题姑太太'汉子'也来了，弄这刁钻古怪的，教我一个也猜不著，你还只管说闲话。"紫芝道："妹妹莫急，我出个容易的，包你猜著。题面是曲牌名'称人心'，打个物名，'如意'。你猜。"题花道："这谜又打物名，又打如意，倒难猜哩！"

紫芝道："呸！我又露风了！"秦小春道："我出'张别古寄信'，打两个曲牌名。"玉芝道："我于曲牌原生，再打两个，那更难了。"崔小莺道："可是'货郎儿''一封书'？"小春道："正是。"紫芝道："你们二位如要下棋，可先招呼我一声。"小莺道："告诉你做甚么？"紫芝道："我好打扫去。"闺臣道："我出'老莱子戏彩'，打两个曲牌名。"秀英道："可是'孝顺儿''舞霓裳'？"

只见丫环禀道："酒已齐备。"毕全贞道："今日也算鏖战了。此时既要上席，我出

‘鸣金’，打《孟子》三字。”言锦心道：“可是姐姐贵本家？”全贞点点头。众人不解。周庆覃笑道：“我晓得了，必是‘使毕战’。”全贞笑道：“正是。”春辉道：“此谜不但毕字借的切当，就是使字也有神情。”兰芳道：“今日之聚，可谓极盛了，我出‘高朋满座，胜友如云’，打曲牌名。”众人听了，都不做声。绿云道：“他们诸位姐姐过谦，都不肯猜，我却打著了，是‘集贤宾’。这才叫做对景挂画哩。”

众人起身，都到外面散步净手。兰芝让至凝翠馆，仍旧撤了十三席，摆了十二席，照昨日次序团团坐定。兰芝只得遵照旧例，把敬酒上菜一切繁文也都蠲了。酒过数巡，大家把昨日诗稿拿出，彼此传观，七言八语，议论纷纷。

未知如何，下回分解。

名师点拨

明清时期，闺阁女子人人爱读《西厢记》，在这一回通过猜谜语的形式展现出来。“‘厢’，打《西厢》七字；‘亥’，打《西厢》四字；‘花斗’，打《西厢》十五字；‘甥馆’，打《西厢》四字；‘连元’，打《西厢》八字；‘秋江’，打《西厢》五字；‘叹比干’，打《西厢》八字；‘东西二京’，打《西厢》三字；‘一鞭残照里’，打《西厢》四字等这些谜面的谜底都是《西厢记》的唱词。

阅读积累

字谜、人名谜和地名谜的创作方法

1. 会意法：按照字本身所表明的意义，用提供线索的办法制成谜语。如字谜“下是在上边，上是在下边，不是在上边，生就在下边”——谜底是“一”。又如“风平浪静”—宁波等。

2. 拆字法：把某个字的形状笔划，或者一部分结构分开，然后又巧妙地组合起来。如“你一半，我一半”谜底“伐”。

3. 误会法：利用汉字一字多义，或者特殊的形状，故意在词意上设置障碍，使人产生误会。如“指东说西”谜底“诣”。

4. 象形法：按照某字的字形，制成谜面。如锅子炒黄豆，两颗掉到锅外头（打字一）——心。

第八十二回　行酒令书句飞双声　辩古文字音讹叠韵

名师导读

本回由行酒令开篇，谈到了文人墨士最尚双声叠韵之戏，也点明何谓“双声”，以两字同归一母，谓之双声，如‘烟云’‘游云’之类；何谓“叠韵”，两字同归一韵，谓之叠韵，如‘东风’‘融风’之类。这酒令一出，百位才女又有哪些精彩表现呢？

话说众才女归席饮酒，谈起所和上官昭仪之诗，某首做的精，某句做的妙，议论纷纭。兰芝道：“诸位姐姐且莫谈诗，妹子有一言奉陈。今日奉屈过来，虽是便饭，必须尽欢畅饮，才觉有趣。拜恳诸位姐姐行一酒令，或将昨日未完之令接著顽顽，借此既可多饮几杯，彼此也不致冷淡。”史幽探道：“昨日之令，又公又普，又不费心，是最妙的。无如方才起令，就生出和韵岔头。今日宁可闲谈，断不可又接前令，设或再有岔头，岂不更觉扫兴？”哀萃芳道：“酒令虽多，但要百人全能行到，又不太促，又不过繁，何能如此凑巧？据妹子愚见，与其勉强行那俗令，倒不如就借评论诗句，说说闲话，未尝不能下酒。”

紫芝道：“妹子今日叨在主人之列，意欲抛砖引玉，出个酒令。如大家务要清谈，也不敢勉强。”师兰言道：“主人既有现成之令，无有不遵的。是何酒令？请道其详。”

紫芝分付丫环把签筒送交兰言道：“此筒之内，共牙签一百枝，就从姐姐掣起，随便挨次掣去，待所剩末尾一签给我，以免猜疑。掣过，妹子自有道理。”兰言点头。大家掣毕，看了并无一字。只见若花拿著牙签，只管细看。紫芝隔席叫道：“若花姐姐可看明白了？请宣令罢。”众人听了，都不解何意。春辉道：“若花姐姐何不念给我们听听呢？”

若花道：“他这签上写的是‘奉求姐姐出一酒令，普席无论宾主，各饮两杯。’旁边又赘几个小字，写著：‘此签倘我自己掣了，即求自己出令，所谓求人不如求己，普席也饮双杯。’若照此签看来，这令自然要我出了，岂非是个难题么。”闺臣道：“今日这签所投得人，一定该有好令，以补昨日来尽之兴。姐姐只管慢慢细想，我们且饮两杯，再候出令。”

大家饮毕，若花道："我虽想出'双声叠韵'一令，但恐过于冷淡，必须大家公同斟酌，可行则行，如不可行，容妹子另想别令。"春辉道："闻得时下文人墨士最尚双声叠韵之戏，以两字同归一母，谓之双声，如'烟云''游云'之类；两字同归一韵，谓之叠韵，如'东风''融风'之类。姐姐可是此意？但怎样行法？还要宣明才好。"若花道："此令并无深微奥妙，只消牙签四五十枝，每枝写上天文、地理、鸟兽、虫鱼、果木、花卉之类，旁边俱注两个小字，或双声，或叠韵。假如掣得天文双声，就在天文内说一双声；如系天文叠韵，就在天文内说一叠韵。说过之后，也照昨日再说一句经史子集之类，即用本字飞觞。或飞上一字，或飞下一字，悉听其便。以字之落处，饮酒接令，挨次轮转，通席都可行到。不知可合诸位之意？"众人道："此令前人从未行过，不但新奇，并且又公又普，毫无偏枯，就是此令甚好。"若花道："既如此，就将刚才所用牙签写一令签，每人各掣一枝，掣著令签之家，饮杯令酒，就从本人起令。"

紫芝把令签写了，挨次掣去，却被国瑞徵掣著。若花写了名目，放入筒内，道："此签共二十余门，每门两枝。这是妹子创始，其中设有不妥，或增或减，临时再为斟酌。"

兰芝说："此令固妙，但内中怎样可以多销几杯，还求姐姐设法，代为生发生发，才觉热闹。"若花道："即如此，我就添个销酒之法，此后凡流觞所飞之句，也要一个双声或一个叠韵，错者罚一杯另说。如有两个双声或两个叠韵，仰或双声而兼叠韵，接令之家，或说一笑话。或行一酒令，或唱一小曲，均无不可，普席各饮一杯。如再多者，普席双杯。至于所飞之书以及古人名，俱用隋朝以前；误用本朝者，罚一杯。其书名一切仍是本人自报，省得临时又费扳谈。掣签之后，宣过题目，即将原签交给下家归筒，以杜取巧之弊，丫环接了，送交接令之家。如将原题记错，罚一杯另说。不准旁人露意，违者罚十巨觥。凡接令之家，俱架一筹，以便轮转，易于区别。所有酒之分数，昨日已有旧例，无须再判。但昨日并无监令，今日妹子意欲添两位监令。人数既多，并又离的穹远，必须再添两位监酒，庶不致错误。"众人道："如此更妙，就请姐姐预先派定，方无推诿。"若花道："即承大家见委，妹子斗胆，就烦春辉、题花二位姐姐监令，宝云、兰芝二位姐姐监

语言描写

古人对话时有他们的礼仪，举行活动时有他们的讲究，由此可以感受他们的情愫。

酒，都请各饮令酒一杯，妹子也奉陪一杯。”

国瑞徵把酒饮了，接过签筒，摇了两摇。道：“妹子有僭了。”掣了一签，高声念道：“花卉双声。”玉芝道：“昨日题花姐姐起令，是‘举欣欣然有喜色’，暗寓众人欢悦之意。今日姐姐足何用意呢？”瑞徵道：“我想五福寿为先，任凭怎样吉利，总莫若多寿最妙，先把这个做了开场，自然无往不利了。适才想了‘长春’二字，意欲飞一句《列子》，不知可好。说来请教：长春。‘《列子》荆之南有蓂灵者，以五百岁为春’。‘蓂灵’叠韵，敬瑞春姐姐一杯。”

动作描写

这里涉及到当时的游戏的知识，掣签以及签上的字，都有学问，都有讲究。

柳瑞春掣了一签，是古人名叠韵。紫芝道：“这是今日令中第一个古人、必须出类拔萃，与众不同，才觉有趣。”瑞春道：“姐姐要出类拔萃的，我想自古帝王名讳，那是不敢乱用；至于大圣大贤名讳，也不敢行之酒令。除此之外，那个出类拔萃呢？”春辉道：“我也吃个令杯。今日我们所说一百个，必须前后接连不断，就如一线穿成，方觉紧凑。即如瑞徵姐姐才说了‘长春’二字，瑞春姐姐所说古人名要与上文‘长春’二字或成双声，或成叠韵，方准令归下手，下面接令之家，也照前例紧承上文，错者罚一杯。”众人都道“甚好”。瑞徵道：“我看你们出这许多花样，只怕把令行完，还要多多吃些天王补心丹哩。好在我已想了一个古人，是最能孝母的，俗语说的‘百行孝为先’，大约也可做得令中第一位领袖。待妹子说来求教：王祥。《张河间集》‘备致嘉祥’。‘备致’叠韵，敬祥蓂姐姐一杯。”

师兰言听了点头道：“人生在世，最要紧的莫过‘忠孝节义’四字，今瑞春姐姐于游戏之中，却请出一位孝子，为令中第一位领袖，令人肃然起敬。况他当日为徐州别驾时，民间歌颂，都称他‘温如玉，冷如冰’，后来得列名宦。如此之人，我们都该恭恭敬敬立饮一杯，才不失为钦仰之意。”众人道：“此话极是。”于是都立饮一杯。

吕祥蓂掣了一签，仍是古人名叠韵，紫芝道：“姐姐这个古人必须与第一位相配才好哩。”祥蓂道：“当日韦彪言‘求忠臣必于孝子之门。’上首既有孝子，此时必须请出一位忠臣，方觉连贯。但要‘七阳’之韵，始与上文相连，何能如此之巧。”饮毕令杯道：“有了。

张良。屈原《九哥》‘吉日兮辰良’。‘吉日’叠韵，敬良箴姐姐一杯。”

兰芝道：“按《史记》：张良五世相韩，及韩亡，他欲为韩报仇，曾以铁椎击始皇于博浪沙中，误中副车。其仇虽未能报，但如此孤忠，也可与王样苦孝相匹。诸位姐姐似乎也该饮一杯了。”兰言道：“张良于韩国已亡之看，犹且丹心耿耿，志在报仇，彼时虽未遇害，但他一片不忘君恩之心，也就是奋不顾身。如此忠良，自应也照前例为是。”于是都立饮一杯。

宋良箴掣了一签，是列女名双声。小春道：“这是点到我们众人本题了，或好或丑，全仗姐姐飞的这句，不可弄出一群夜叉才好哩。”良箴道：“妹妹如吃一杯，我就飞个绝好句子。”小春把酒饮了。良箴道：“姬姜。《鲍参军集》‘东都妙姬，南国丽人’。‘东都’双声，敬丽辉姐姐一杯。”小春道：“请教令官，诸如‘东都妙姬，南国丽人’之类，还是飞一句好呢，两句好呢？”若花道：“若按正理，自应飞一句为是。但眼前常见之书则可，若非常见之书，必须多赘一句，才能明白。与其令人时刻请教上下文，何不随咀多带几字，岂不省了许多唇舌。”

兰芝道：“请教姐姐，即如上手用过之书，下手可准再用？”若花道：“主人之意若何？”兰芝道：“据妹子愚见，凡上家用过之书，一概不准再用，误用的罚两杯另飞。况花木、鸟兽、虫鱼等类，惟《诗经》《尔雅》《方言》《释名》最多，若都用此书，不但毫无趣味，并且这几部书句子最短，大约至多不过四五字，何能有两个双声叠韵。姐姐替我所定销酒之法，岂非有名无实么？”花再芳道：“若据主人所言，我们百人自然要百部书了。不瞒姐姐说，妹子腹中除了十几部经书并《史记》《汉书》及几部眼面前子书，还有几部文集，共总凑起来，不满三十种。你要一百部，岂非苦人所难么？”闵兰荪道：“妹子腹中连二十种还不足。”毕全贞道：“妹子不但并未读过百部，若认真看过百部，我也赌个誓。但书多寡不等，如《左传》《礼记》每部有一二十万言之多。如今连多带少，每部只算类如《毛诗》一部，一年如能读得五部《毛诗》，也算极等聪明。若细细核算，这一百部书也须二十年方能读完。妹子今年十六岁，即使过了三朝就去读书，还得再读四年，大约过了二十岁就好奉陪行此酒令了。”

兰芝道：“妹子恐大家都飞一样书未免无趣，妄发此论，取其多飞几种书，既可多销几杯酒，又觉好看。今三位姐姐既不情愿，何敢勉强。”

紫芝道：“你们三位可晓得这个才女的‘才’字怎讲？若一百人连百部书也凑不起来，那还称得甚么才女！此时若不定了规例，设或所飞都在十数种书上，日后传扬出去，岂不是个笑话么！况且各人所读之书不同，别人又焉能把你所读之书恰恰都飞去呢？”

再芳道：“姐姐不知，此中有五件难处。”紫芝道：“为何有五件难处？”再芳道：“即如所报花鸟等名，要他生成双声叠韵，这是第一难，不必说了。并且所飞之句，又要从那花鸟等名之内飞出一字，岂非第二难么？而所报花鸟等名，又要紧承上文，或归一母，或在一韵，岂非第三难么？这些虽难，还可勉强敷衍，就只最难招架的，所飞句内要有双声叠韵。你想，古人书上那里能像《诗经》巧巧都有‘窈窕、辗转、参差、优游’之类？句内著无此等字面，随你想出一万句也不中用。再要加上百部书，岂不难而又难么？”兰言道：“妹子有个调停之法。此令主人既已定了，以后如有误用前书的，外罚两杯，即算交卷，不必另飞，何如？”众人道：“如此甚妙。”

小春道：“既如此，必须一一登记才能了然。这个差使教谁办呢？”紫芝道：“宝云姐姐的丫环玉儿，写的也好，记性也好，教他写罢。”兰芝把前面几句写了，交给玉儿，就在席旁茶几设了笔砚。小春道：“你姓甚么？今年十几岁？”玉儿道：“我姓王，十三岁了。”小春道：“宝云姐姐替丫环起名字也这样俭省。”宝云道：“为何俭省？”

小春道：“你把他的姓上只添了小小一点就算名字，还不省么？”

丽辉道：“我才掣了鸟名双声，交卷了：鸳鸯。师旷《禽经》‘鸳鸯元鸟爱其类’。本题双声，敬芳芝姐姐一杯。”

孟芳芝掣了天文叠韵。若花道：“这个题目甚宽。据我愚见，不但‘天田、常陈’这些星名不可用，就是‘东风、夜月’那些浮泛的也都避了，才不过泛。”紫芝道：“姐姐此话甚是。若用浮泛的，莫讲别的，单风月两门，就要写一大篇了。”芳芝饮了令杯道：“月窟《淮南子》是以月虚而鱼脑减。‘是以’叠韵，‘似月’双声，敬玉英姐姐一杯，普席各饮一杯。”若花道：“此令轮到主人，普席自然要发利市了。”

董青钿道：“此句如果说的不错，不但我们都有酒，并且玉英姐姐还要说笑话。但细细推求：‘是’系去声，‘以’系上声。只怕芳芝姐姐说错，要罚一杯哩。”春辉笑道：“多时未见妹妹说话，此刻才开口就有酒吃，倒也有趣。你说‘是以’二字上去不分，固然讲的不差；无如沈约韵书‘是’字归在‘四纸’，恰恰是个叠韵。若以今时语言而论，似乎上去不分；若照前人韵书，芳芝姐姐倒像说的不错。只好奉屈妹妹饮了罚酒，再看韵书。”青钿道：“妹子如果错罚，自然该吃罚酒。但这‘是’字要读成‘使’字，将来都不叫‘是非’，只好叫作‘使非’了。安有此理！”紫芝道：“我劝大家行令罢，莫说濛话了。”青钿道：“这个‘濛’字又是何意？”紫芝道：“古人读梦为濛，我劝你们莫说濛话，就是莫说梦话。”小春道：“凡说话全要直截了当，霜霜快快，诸位姐姐所说之话，只图讲究古音，总是转弯磨禄，令人茫然费解，何妨霜霜快快的说哩。”锦云笑道：“小春姐姐把‘爽爽快快’读做‘霜霜快快’，把‘转弯磨角’读成‘转弯磨禄’，满口都是古音，他还说人讲究古音。据我愚见，大家说的使古音也罢，不使古音也罢，且把‘使’字查明再讲。”婉如道：“这是西方老先生到了。”青钿道：“即知锦云姐姐所说‘使古音也罢，不使古音也罢’，他把‘是’字忽然改做‘使’字，请教诸位姐姐，若非预先讲论‘是’字，谁又懂他这话呢？”春辉道：“此时说也无用，少刻把书看过，自然明白。”说话间，宝云已向丫环把沈约《四声类谱》取来。

青钿展开细细看过，只得勉强饮了罚酒道："只顾替玉英姐姐争论，那知倒罚一杯。只说笑话罢，不要带累我了！"小春道："这是今日令中第一个笑话，就如戏中的'加官'一样。玉英姐姐先把加官跳了，我们好一出一出慢慢的唱。"钱玉英道："适因'加官'二字，我倒想起一个笑话。"

未知如何，下回分解。

名师点拨

文人墨士喜欢双声叠韵之戏，百位才女把它玩出了新花样，牙签四五十枝，每枝写上天文、地理、鸟兽、虫鱼、果木、花卉之类，旁边俱注两个小字，或双声，或叠韵。假如掣得天文双声，就在天文内说一双声；如系天文叠韵，就在天文内说一叠韵。说过之后，再说一句经史子集之类，即用本字飞觞。或飞上一字，或飞下一字，悉听其便。以字之落处，饮酒接令；挨次轮转，通席都可行到。从孝子到忠臣，从列女到丽人。出处来自经史子集，还要求不能雷同。

阅读积累

双声叠韵

双声，指的是两个字的声母相同；叠韵，指的是两个字的韵相同。

例如：在现代汉语里，"珍珠"是双声，因为"珍"zhēn和"珠"zhū的声母都是zh。"光芒"是叠韵，因为"光"guāng和"芒"máng的韵都是ang（韵头不同也算叠韵）。

第八十三回 说大书佐酒为欢 唱小曲飞觞作乐

名师导读

本回继续行酒令，从经史子集，百家之书中找到代表的人物，还得从中找出那双声、叠韵的词语，全凭记忆。难度确实不小。

话说玉英道："适因小春姐姐谈论跳加官，倒想起一个笑话。并且'加官'二字也甚吉利，把他做个话头，即或不甚发笑，就算老师加官进爵之兆，也未尝不妙。一人最喜奉承，凡事总要人赞好方才欢喜。这日请客做戏，偏偏戏甚平常，并无一人赞好。到晚戏散，与客闲谈道：'今日之戏如何？'客人只得勉强答道：'做的甚好。'此人又问道：'究竟哪几出做的好？'客人见问，思忖多时道：'加官跳的好。'"众人不觉好笑。兰言道："这就如请教人看文，那人不赞文好，只说书法好，都是一个意思。"

玉英掣了鸟名叠韵道："商羊。刘向《说苑》'百羊之皮，不如一狐之腋'。'之皮'叠韵，敬融春姐姐一杯。"

左融春掣了官名双声道："请教若花姐姐，这个官名还是要用古名，要用时名呢？"

若花道："据我愚见，不论古名时名，总以明白显豁、雅俗共赏，那才有趣。即如花鸟之类，按著古书，别名甚多，若说出来，与其令人不懂，又要讲说破解，何妨说个明白的，岂不省了许多唇舌。"融春连连点头道："士师。桓宽《盐铁论》'有司思师望之计'。'司思'双声而兼叠韵，'思师'叠韵，敬紫琼姐姐双杯，笑话一个，普席双杯。"

燕紫琼道："紫芝妹妹替我说个笑话，我格外多饮两杯，何如？"紫芝道："妹子自然代劳。"绿云道："紫芝妹妹向来说的大书最好，并且还有宝儿教的小曲儿，紫琼姐姐既饮两杯，何不点他这个？"紫芝道："如果普席肯饮双杯，我就说段大书。"众人道："如此极妙，我们就饮两杯。"丫环把酒斟了。

紫芝取出一块醒木道："妹子大书甚多，如今先将'子路从而后'至'见其二子焉'这段书说给人家听听。"于是把醒木朝桌上一拍，道："列位压静，听在下且把此书的两句题纲念来，遇穷时师生错路，情殷处父子留宾。"又把醒木一拍，道："只为从师济世，谁知反宿田家。半生碌碌走天涯，到此一齐放下。鸡黍殷勤款洽，主宾情意堪嘉。山中此夕莫嗟讶，师弟睽违永夜。”又把醒木一拍，道：“话说那子路在楚、蔡地方，被长沮、桀溺抢白了一番，心中闷闷不乐。迤逦行来，见那道旁也有耕田的，锄草的，老的老，少的少，触动他一片济世的心肠，脚步儿便走得迟了，抬起头来，不见了夫子的车辆。正在慌张之际，只见那道旁来了一位老者。头戴范阳毡帽，身穿蓝布道袍，手中拿著拄杖，杖上挂著锄草的家伙。子路便问道：‘老丈，你可见我的夫子么？’那老者定睛把子路上下一看道：‘客官，我看你，肩不能挑，手不能提，识不得芝麻，辨不得菉豆。谁是你的夫子！’老者说了几句，把杖来插在一边，取了家伙，自去耘田去了。”

又把醒木一拍，道：“列位！大凡遇见年高有德之人，须当钦敬。所以信陵君为侯生执辔，张子房为圯上老人纳履，后来兴王定霸，做出许多事业。那子路毕竟是圣门高弟，有些识见的人，听了老丈言语，他就叉手躬身站在一旁。那老者耘田起来，对著子路说：‘客官，你看天色晚下来了，舍间离此不远，何不草榻一宵？’子路说：‘怎好打搅？’于是老者在前，子路随后，径至门首。逊至中堂，宰起鸡来，煮起饭来；唤出他两个儿子，兄先弟后，彬彬有礼，见了子路。唉！可怜子路半世在江湖上行走，受了人家许多怠慢，今日肴馔虽然不丰，却也殷勤款待，十分尽礼，不免饱餐一顿，蒙被而卧。正是：‘山林惟识天伦乐，廓庙空怀济世忧。’毕竟那老者姓甚名谁？夫子见与不见？下文交代。”众人听了一齐赞“好”，把酒饮了。

紫琼掣了虫名叠韵道：“请教令官，即如上文‘士师’二字所飞之句，可准本题‘士师’接连在内？”若花道：“二字连用，未尝不可；但飞觞之时，只能算得本题双声交令，不能格外普席敬酒。”兰芝道：“若飞本题都无普席之酒，那还好么？”若花道：“即如句内有了本题双声，再加别的双声，虽系两个双声，原当普席敬酒；但究有本题在内，若不区别，谁肯另想新奇句子，酒反少了。总而言之，虽如此定例，至接令之家，如有情愿替主人敬酒，或说笑话，或行小令，普席仍饮一杯，并不拘定，也可随便销酒了。”

紫琼把酒饮毕道：“蟢子。刘勰《新论》‘野人昼见蟢子者’。本题叠韵，敬凤翾姐姐一杯。”玉芝道：“请教姐姐，野人见了蟢子怎样呢？”紫琼正要回答，田凤翾道：“下句是‘以为有喜乐之瑞’。”玉芝道：“怪不得今人见了蟢子也有此论，大约当日命名就是此意。此虫按《诗经》《尔雅》，叫做甚么？”凤翾道，《毛恃》‘蠨蛸有户’，就是此虫。相传当年有母子离别日久，其母正在想子，忽见蠨蛸垂丝落在身上，不觉喜道：“‘莫非我子要回来么。’后竟果然。所以叫做喜子。”玉芝道：“既有喜子，可有喜母？”凤翾道：“闻得此虫又名喜母，就如喜子一个意思。”玉芝道：“这还罢了，若只有喜子，并无喜母，未免对不住父母了。”

凤翾掣了药名双声道：“豨莶。王符《潜夫论》‘西方之众有逐豨者’。‘之众’双声，敬熙春姐姐一杯。”

廖熙春掣了一签，高声念道：“水族叠韵。”春辉道：“水族之内，如鳙鱼、鳐鱼、鲦鱼、银鱼之类，都是双声，若照这样，未免过宽。据妹子愚见，凡说鱼名，必须避了鱼字，才不重复。”熙春道：“既不准鱼字露面，只好借重驼碑的交卷了，赑屃。左思《吴都赋》‘巨鳌赑屃，首冠灵山’。本题叠韵，敬琼芝姐姐一杯。”紫芝道：“好好的行令，怎么忽然把祝大姐夫请出来？”题花道：“你去问问他，他的夫人还会说大书哩。”

语言描写

人物对话风趣幽默，令人愉悦。人物对话是小说的重要组成部分。

兰芝趁便让了一阵菜，又命丫环上了一道点心。兰言道：“主人让酒让菜这些旧套，必须蠲了才好。况且昨日叨扰宝云姐姐，既无一人做假，无不尽欢，无不尽量，我们日亲日近，安有今日倒来做假之理？妹子饮个令杯，此后席中如有做假的，罚两杯；主人如再过于让菜，也罚两杯。行令的只管行令，用酒用菜的只管用酒用菜，各随其便，彼此才觉适意。并且今日所行之令，一经令到跟前，全要细心，并非粗心浮气所能行的；若再彼此逊让，不独分心耽搁好令，就是过于拘束，亦甚无趣。”众人道：“所论极是。以后如伤误犯的，无论主客均照此例。”琼芝掣了兽名叠韵道：“獬豸。范蔚宗《后汉书》‘獬豸，神羊也’。本题叠韵，‘羊也’双声，敬浦珠姐姐一杯。”玉芝道：“妹子闻得东方朔把獬豸叫做‘任法兽’，这是何意？”兰言道：“因他能辨曲直，所以皋陶治狱，凡罪疑者，俱令獬豸触之。古有‘獬豸冠’，取义于此。我们只顾闲谈，岂不耽搁浦珠姐姐笑话么。”

掌浦珠道：“紫芝妹妹，你替我唱个小曲，我也多饮两杯。”紫芝道：“小曲虽有，但众姐妹今日聚后，闻得都有告假回府之意。我想我们百人自从赴宴相聚以来，内中结拜的不一而足；即以妹子而论，除了我家七个姐妹，其余八九十位，倒有多半同我结为异姓姐妹。将来别后，不知今生可能再见。那昭明太子说的‘叹分飞之有处，嗟会面以无期。’细想起来，能不令人心酸？”说著，不觉滴下泪来。众人听了，也都触动离怀，个个伤感。青钿道：“别后究竟怎样呢？”紫芝道：“惟有想他们再来。”青钿道：“你想他，他不来呢？”紫芝道：“他不来，我自然要恨了。我这小曲就是这个意思。”因唱道：

“又是想来又是恨，想你恨你都是一样的心。我想你，想你不来反成恨；我恨你，恨你不来越想的恨。想你是当初，恨你是如今。我想你，你不想我，我可恨不恨？若是你想我，我不想你，你可恨不恨？”

小春道："婉如姐姐是个有名的'恨人'，这个小曲许多'恨'字，倒与他对路。小曲唱过，我们都饮一杯，请接令罢。"

浦珠掣了昆虫双声。兰芝道："姐姐也要替我敬一杯哩。"春辉道："这个题目最窄，浦珠妹妹虽受主人之托，只怕所飞之句还难得凑巧哩。不知妹妹要用何名？"掌浦珠道："要承上文，惟'蜘蛛'二字最好。"春辉道："若用蜘蛛，其飞觞之句，莫若《两京杂记》'蜘蛛结而百事喜'最妙了。"浦珠道："妹子适才也曾想到。在受主之托，意欲想个双声叠韵俱全的才觉有趣。"把酒饮毕，想一想道："有了！蜘蛛。《关尹子》'圣人师蜘蛛，立网罟'。'师蜘'叠韵，'蜘蛛'双声，敬玉芝妹妹一杯，普席一杯。"

玉芝一心只想早早接令，惟恐过迟容易题目被人说了，难以交卷。正在盼望，恰好这个蛛字巧巧轮到，不觉满心欢喜。要过答筒，摇了两摇，口中祝道："签神！签神！弟子素与韵学生疏，务必赐个容易题目，免的教我劳神！"掣了一枝列女名叠韵，念过题目，把签交给下家归筒。

青钿道："有令在先，凡接令之家，遇见双声而兼叠韵，俱要说个笑话，且请妹妹把笑话说了再讲下文。"玉芝道："这更难住我了。我自从掣了题目，见上面注著双声叠韵，是头一件心事；所报各名，又要记著上文，是第二件心事；飞觞之句，要将所报各名飞出一字，是第三件心事；所飞句内，又要凑成双声叠韵，是第四件心事，所用之书，又不准重复，是第五件心事。此刻记了这个，忘了那个；及至想起那个，又忘了这个；真是心绪如麻，何能再说笑话？诸位姐姐让我吃一杯，算我说过，免了罢！"春辉道："若花姐姐有令在先，凡说本题双声叠韵，只算交卷，不在普席敬酒之例。今浦珠姐姐所说之句，内有蜘蛛本题双声，如何接令之家又说笑话，普席又要敬酒？刚才姐姐自己接令，业已误饮两杯，托人唱曲，此刻我们何能被你错呢？"浦珠想了一想，不觉笑道："只顾要替主人敬酒，自己倒受罚了。"青钿道："玉芝妹妹为何只管发呆？还个接令么？"玉芝道："左思右想，总无一个好笑话。好姐姐！我吃一杯，你替我说罢！"

青钿笑道："怪不得发呆，原来还想笑话哩。我看你只怕有些痴了！难道大家的话你没听见么？"玉芝道："妹子一心想笑话，你们七言八语，那里还敢理会，实实不曾听得。"

青钿道："这才是'心不在焉，听而不闻'哩。大家免了你的笑话，快接令罢。"玉芝道："姐姐莫非骗我么？"青钿笑道："你只管接令。如有人叫你说笑话，罚我十巨觥。难道还不放心么？"

玉芝听了，不觉满心欢喜。正要朝下接令，因耽搁多时，只顾注意笑话，倒把题目忘了，偏偏牙签业已归筒，不由暗暗发急。猛然想道："我记得刚才所掣，倒像是古人名。不知可是，且去碰他一碰。我用'伊尹'。"春辉道："错了，罚一杯。如有露意的，有令在先，要罚十巨觥哩。"玉芝道："难道'伊尹'不是双声么？"

春辉道："若不是双声，岂止罚一杯！"玉芝道："共工，逢蒙呢？"春辉道："不是。共三杯了。”玉芝道：“既非古人，我把天文地理再搜寻几个。如说的对了，你就回我是的；设或不是，你莫答应，我就明白，不必只管不是、不是，令人听著讨厌。我用天文：穹窿、河汉、玉烛、霹雳、列缺、招摇、鹑首、娵訾、星像，时令：清明、处暑，地理：原野、长川，地名：幽州、空桐，可有想头？”春辉道：“无想头！共十八杯了。”玉芝道：“天文、地理既不是，我到百官找找去。”

未知如何，下回分解。

名师点拨

读者看到这些双声叠韵的词语，从天文：穹窿、河汉、玉烛、霹雳、列缺、招摇、鹑首、娵訾、星像，到时令：清明、处暑，地理：原野、长川，地名：幽州、空桐。也了解诸子百家，历史典籍中的名人事迹与言论。外加书中的才女对他们的点评和议论，理解就有了新的内容。而这些恰恰就是作者通过这些看似游戏的活动，传播作者认为的伦理道德，人生准则与价值观念。

阅读积累

范蔚宗

范蔚宗（398—445），即范晔，出身士族家庭，元熙二年（420年），刘裕代晋称帝，范晔应招出仕，任彭城王刘义康门下冠军将军、秘书丞；元嘉九年(432年),因得罪刘义康,被贬为宣城太守,于任内著写《后汉书》。

范晔才华横溢，史学成就突出，其《后汉书》博采众书，结构严谨，与《史记》《汉书》《三国志》并称“前四史”。

第八十四回　逞豪兴朗吟妙句　发婆心敬诵真经

名师导读

官名、音乐、戏具、财宝、器物、服饰、舟车、百谷、蔬菜、饮食、药名、兽名、虫名、列女等，双声叠韵共二十几门通过孟玉芝之口展现在读者面前。

话说玉芝道："我用官名：少师、正詹、治中、检校、知州，身体：眉目、股肱、膀胱、指掌、暗哑、胡须、毫毛，可有意思？"春辉道："无意思。共三十杯了。"玉芝道："好在不过二十几门，我就吃一坛，也不怕飞上天去！我用音乐：鼙鼓、箫韶，文具：金简、玉砚，戏具：高竿、呼卢，财宝：玉印、金玦，器物：便面、茶船，服饰：钗钏、香囊，舟车：桴筏、玉舆，百谷：蜀黍、黄粱，蔬菜：金针、蕨风，饮食：馄饨、糟糕。可好？"春辉道："不好。共五十杯了。"玉芝道："真要糟糕了！我用花果：菡萏、苜蓿、黄杨、扶苏、花红、林檎、橄榄、毛桃、诸蔗、圆眼，药名：芎䓖、漏卢、阿魏、姜黄、血竭、槐花、良姜、黄陈、五味、豆蔻，可用得？"

知识延伸

鼙鼓：大鼓。古代用于奏乐，及众人服役时打起鼓来催动工作。

春辉道："对曰：'否'，共七十杯了。"玉芝道："怎么今日忽然钻进'迷魂阵'了？"青钿道："据我看来：左一环，右一杯，只怕还是'西水阵'哩。"玉芝道："我用禽名：青雀、金鸡、灰鹤、鱼鹰、野鸭、雉、流离、荆鸠、鸺鹠、鹧鸪，兽名：橐驼、夷由、於菟，水族：虾蟆、蟾蜍、鲮鲤、玉蛁，虫名：螳螂、蛱蝶、青蜓、蟋蟀、果蠃、蜉蝣、蜣螂、蛣、螟蛉、耀夜，何如？"春辉道："得罪！共九十七杯了！"

紫芝道："各门你都想到，单这一门想不到，却也奇怪。"春辉道："你口中露意，也想酒吃了。"

芸芝趁春辉同紫芝讲话，忙向五芝轻轻说了一句。玉芝道："春辉姐姐听了，我用列女：瑶英、骊姬、文君、扶都、庄姜……"正念的顺口，只听春辉叫道："有了，不必念了。"玉芝道："那个是的？"春辉道："扶都、庄姜都对本题。"玉芝道："既是列女，为何单这两个切题，别的又不对呢？"若花道："上文是蜘蛛二字，你把承上这个规例怎么忽然忘了？"玉芝听了，这才明白。

细节描写

人物之间的关系，有时候很复杂，作者用笔勾勒人物情境，实质是表现人际之间的微妙关系。

春辉道："如今玉芝妹妹恰恰共罚一百杯，不但他自己不能全饮，就是他府上七位姐姐也不能代如许之多，必须大家公议，替他设法销去若干，自饮若干，然后好接前令。"

玉芝道："既承姐姐美意，我倒有个善处之法。今日难得连主带客共计一百人，这一百杯酒好在不多不少，每位只消代我一杯就完了。"青钿道："你们听，好自在话儿！若不认真罚几杯，少刻都要乱令了！并且所有几个双声叠韵都被你随嘴说的干干净净，少刻别人掣签，又不能抄你旧卷，要费人许多神思，更觉可恨，如何轻轻放了你！"因向众人道："他这罚酒，妹子出个主意，此刻且将罚酒暂停，先把'庄姜'流觞句子教他飞出；所飞之句，只准四字。其四字之内，如有三个双声或三个叠韵一气接连不断，即将此酒请宝云姐姐出个飞觞之令，都替他飞出去。倘不如式，自饮十杯，其余九十杯，就以'庄姜'二字要在一部书上，教他飞出。诸位姐姐以为何如？"

语言描写

这里呈现的是人物的情感，通过人物语言，读者可以完好地感受到人物的情感。

兰言道："若以正理而论，凡双声叠韵，必须两字方能凑成一个；今四个字内要他三个双声叠韵，这是打马吊推般出色算法，未免苦他所难了。古来只有'溪西鸡齐啼'五个字内含著四个叠韵，这是自古少有的；今又限他要在'庄姜'二字之内飞觞，较之'溪西鸡齐啼'，岂非更是难中之难么？"琼芝道："既如此，何不就请青钿妹妹说个样子呢？"青钿道："'溪西鸡齐啼'就是样子，何必再说。"

史幽探道："据我遇见，只要四字之内，恰恰凑成两个，也就罢了，何苦定要三个。况句中又要或'庄'或'姜'在内，就是两个也就尽彀一想了。"青钿道："一百杯罚酒，若不给他一难题目，就是大家心里也不服，少刻别人倘或受罚，都要以此为例了。"秦小春道："我用一百'秦'字在一部书上替他飞出，何如？"青钿道："'秦'字不算。"兰言道：

“据我调停，不必定限四字，就是六七字也未为不可。”

玉芝道：“姐姐莫要劝他，你越劝，他越得意了。天下既有‘溪西鸡齐啼’五个字内含著四个叠韵，难道就无四个字内含著三个双声么。”一面说著，举起杯来连饮两杯，道：“必须多饮几杯，活活灵机，才想的出哩。”又命丫环斟两杯饮了，不觉笑道：“我今日要学李太白斗酒百篇了。”掌红珠道：“这位李太白不知何时人，向来却未听见过。”

玉芝道：“难道‘自称臣是酒中仙’这句也未听过么？”吕尧蓂道：“这玉芝妹妹只怕要疯了，他的话越说越教人不解。”

玉芝忽叫道：“诸位姐姐暂止喧哗，酒仙交卷了：庄姜。《中庸》‘齐庄中正’。‘齐庄’双声，‘庄中’双声，‘中正’双声，敬凤雏姐姐一杯，请教笑话一个，普席各饮双杯。”众人齐声赞道：“这句果然飞的有趣！难得四个字巧巧生在一母。今日大家飞觞之句，以此为最了。”

张凤雏道：“妹子因昨日绿云姐姐央求众人写扇子，偶然想起一个笑话，一人夏日去看朋友，走到朋友家里，只见朋友手中拿著一把扇子，面前却跪著一人在那里央求，朋友拿著扇子只管摇头，似有不肯之状。此人看见这个样子，只当朋友素日书法甚佳，不肯轻易落笔，所以那人再三跪求，仍不肯写。此人看不过意。出上前劝道：‘他既如此跪求，你就替他写写，这有何妨’。只见地下跪著那人连连喊道：‘你会意错了！我并非求他写，我是求他莫写。’”说的众人不觉好笑。兰言道：“世人往往自以为是，自夸其能，别人看著，口里虽然称赞，心里却是厌烦，他自己那里晓得。这个笑话虽是斗趣，若教愚而好自用的听了，却是当头一棒，真可猛然唤醒。人能把这笑话存在胸中，凡事虚心，所行之事，自然不致贻笑于人了。”

青钿道：“笑话业已说过，请宝云姐姐销这百杯酒了。”宝云道：“恰好妹子素日有个心愿，此时借此把酒销去，却也有趣。但恐过于迂腐，不合大家之意。”

众人道：“姐姐有何心愿，只管分付，无不遵命。”宝云道：“妹子幼年因父母常念膝下无子，时常忧闷，每每患病，所以暗暗许个心愿，亲自敬录一万张《觉世真经》，各处施送，此刻意欲奉送诸位姐姐一张。当日发愿之时，曾祷告神祇，有人见了此经，如能敬诵一遍的，愿他诸事如意，遇难成祥。今日奉送之后，但愿时时敬诵，自然消凶聚庆，福寿绵长。喜得大家分居各道，每位另有十张，拜恳带去替我施送。并且《真经》之后还有几行小字，是劝人敬避圣讳的。妹子因乡愚无知，往往直称圣讳，并不称‘某’；而于文字亦不敬避。即使有不能不用者，则‘霒’字按前人韵书原可通用，似应书此，方为尊敬。尤可骇者，乡愚无知，往往以‘天’字取为名号。殊不知天为至尊，人间帝王尚且称为天子，若世人为名为号，其悖谬何可胜言！又有以‘君’字为名号的。要知人生世上，除天地之外，惟君父最大，今于名号既知父字宜避，而君在父上，偏又不避，不知何意。诸如此类，总要明哲君子于乡党中恺切晓喻，俾知尊敬天地君亲之道，自然同归于善了。”众人道：“如此好事，姐姐又是写就现成之物，并非教我们代写施送，怎么还说拜恳的话，未免客套了。”

兰言道：“他为父母的事，况且又是圣经，这拜恳二字却是不可少的，不如此也不显他慎重之意。众人因他慎重，也就不肯草草施送了。请教怎么又能借此可以行令呢？”

宝云道：“如今妹子意欲借此把这《真经》对众敬诵一遍，普席都以句之落处饮酒。假如‘敬天地’，顺数第三位即架一筹，周而复始。念完之后，以面前酒筹多寡，照数饮酒。虽是奉敬两杯之意，其实要借此宣扬宣扬，这就如兰言姐姐所说，无非劝人众善奉行之意。诸位姐姐以为何如？”众人道：“我们无不遵令。”兰言道：“如此好令，真是酒席筵前所未有的，妹子恭逢其盛，能不浮一大白？至于姐姐所嘱《真经》，妹子不但代为施送，并且亲自薰沐，也录千张施送，以为老师、师母求福一点孝心。”宝云再三称谢。

那边闵兰荪同毕全贞、花再芳三人所坐之处虽都隔席，但相离甚近，不时交耳接谈，今听宝云、兰言之话，都不觉暗暗发笑。毕全贞暗向二人道：“宝云姐姐要行此令，已是迂腐讨厌，偏偏这位兰言夫子不但并不拦阻，还要从中赞扬，你说令人恨不恨？真是轻举妄动，乱闹一阵了。”花再芳道：“兰言夫子听了宝云夫子之话，正中心怀，乐不可支，如何肯去拦阻？你只听他昨日那一片‘但行好事，莫问前程’的话，也不怕人厌，刺刺不休，就知他素日行为之谬。他口口声声只是劝人做好事，要知世间好事甚多，谁有那些闲情逸志去做？不独没工夫会做，并且也做不了许多。与其有始无终，不能时行方便，倒不如我一善不行的爽快。遇著钱上的方便，我给他一毛不拔，借此也省许多花消；遇著口上的方便，我给他如聋似哑，借此也省许多唇舌。我主意拿的老老的，你纵有通天本领，也无奈我何。行为一定如此，这是牢不可破的。”闵兰荪道：“姐姐主见之老，才情之高，妹子虽不能及，但果蒙不弃，收录门墙之下，不消耳提面命，不过略为跟著历练历练，只怕还要‘青出于蓝’哩。这些行为妙算，一时也说不完，好在大家言谈都归一路，将来慢慢倒要叨教。妹子平日但凡遇见吃酒行令，最是高兴，从不畏首畏尾；刚才听了这些不入耳之言，不但兴致索然，连头都要疼了。昨日听了兰言夫子那番话，足足头疼一日，今日刚觉轻松，偏遇宝云夫子又是这番话，这个头疼倒又接上了。”

宝云见众人个个遵令，满心欢喜。因命丫环焚了几炉好香，远远摆在香几上，随即饮了令杯，以净水漱了口，命丫环取了一副酒筹，一面念著，一面散筹。不多时，把《真经》念完，众丫环七手八脚，都在各席查看众人面前酒筹，照数斟酒。内中如闵兰荪、花再芳、毕全贞，并还有几位才女都厌烦怕听《真经》，谁知不巧，偏偏句子落在这几位座上，较多几筹。无如他们又要逞强，也不等《真经》念完，每架一筹，赶忙饮了，就去销筹。总是架一筹，干一杯。俗语说的‘酒入欢肠’，他们听了此令，已是满心烦闷，勉强应酬，偏又加上几杯急酒，等到宝云念完，这几位已是东倒西歪，就要呕吐，勉强忍住。谁知花再芳因吃些肴馔荤腥之类，何能禁得一连几杯急酒。那酒吃了下去，登时就在腹中同菜争斗起来，里面地方甚小，争之许久，酒既不能容菜，菜又安肯容酒，一齐都朝外奔。再芳再三拦挡，那里拦得住。说时迟，那时快，只听哇的一声，连酒带菜吐了一地。紫芝走到那边在地下看一看道：“罪过！罪过！”一面说著，取了一双牙箸，在地下夹起一物，放在再芳口边道："姐姐快把这个吃了，不但立时止吐，还免罪过哩。"再芳果真把嘴张开，吞了下去。紫芝顿足道："我的姐姐！怎么并不嚼烂，还是整吞进去？少刻倘或呕出，仍是整的了。"众人道："是个甚么，你就给他吃了！"紫芝道："刚才我夹起的，是整整的一个小虾仁儿。再芳姐姐当时大约吃的匆忙，未曾嚼烂，刚才呕出，还是一个整的；此刻他又整吞进去。"众人听罢，不觉掩鼻大笑。

紫芝放下牙箸，正要回席，只见闵兰荪拿著牙杖在那里剔牙。

紫芝走进身边道："姐姐，是快么把牙塞了，这样狠剔还剔不出？我替你剔。"把牙杖接过。闵兰荪张口仰首，紫芝朝里望一望道："姐姐：你的牙缝甚宽，塞的东西甚大，你拿这根小小牙签去剔，岂非大海捞针么？"说罢，放下牙签，取了一双牙箸，放入口内，朝著牙缝向外狠狠一夹。

未知如何，下回分解。

名师点拨

闵兰荪同毕全贞、花再芳三人听了宝云、兰言之话，都不觉暗暗发笑。百位才女各自不同的兴趣和价值观，在这个细节中不露痕迹的显示出来。

阅读积累

《觉世真经》

《觉世真经》全称《关圣帝君觉世真经》是一部道教经典，又称《觉世篇》《觉世宝训》，简而称之《觉世真经》，相传是关帝降笔的训示之语，通篇以劝善为要旨，警醒世人思过迁善，积德修福。全文约640字，区区六百余字能有多么大的效果？经文曰"有能持诵，消凶聚庆，求子得子，求寿得寿，富贵功名，皆能有成，凡有所祈，如意而获，万祸雪消，千祥云集。诸如此福，惟善可致。"可见，念诵此经，随心应口，这是帝君大慈悲，大神力。

第八十五回　论韵谱冷言讥沈约　引毛诗佳句美庄姜

名师导读

从百花下凡到百花相聚，琴棋书画，医卜音算，灯谜酒令，无不展示出中国传统文化的精髓，让我们叹服中国传统文化的博大精深。一支神幻曲，奏响百花盛放；一幅百花图，尽显古典文化的魅力。

话说紫芝拿著牙箸在兰荪牙缝狠狠一夹才夹了出来，望了一望，朝地下一丢道："我只当肉丝子塞在里面，原来却是整整的一个肉圆子！宝云姐姐这个厨子，明日一定要重重赏他，难为他做的这样结实！"说的众人笑个不了。

凤雏掣了列女叠韵。玉芝道："《诗经》极言庄姜容貌甚美，姐姐既承上文，岂可将他美貌置之不问？倘能引出《毛诗》赞他一句，妹子格外再饮一杯。"凤雏道："《诗经》之句原多，要与所报之名相合的，一时何能凑巧？也罢，我借别书略为点染一句，也就算不辱命了。延娟。《陈思王集》'云髻峨峨，修眉联娟'。'峨峨'，双声，'联娟'叠韵，敬华芝姐姐一杯，普席一杯。"小春道："本题即无普席之酒，这个重字也不应普席有酒。若像这样，少刻都飞重字了。"若花道："嗣后凡飞本题以及重字者，只算交卷，普席一概无酒。倘接令之家，情愿照常说一笑话，普席仍饮一杯。"众人道："如此极妙。"

华芝掣了戏具双声，饮了令杯道："秋千。《陆平原集》'采千载之遗韵''之遗'叠韵，'遗韵'双声，敬星辉姐姐一杯，普席一杯。"兰言道："大家飞了若干句子，惟华芝姐

知识延伸

毛诗：辑和注的古文《诗》，也就是现在流行于世的《诗经》。《诗经》作为中国文学史的第一部诗歌总集，共305篇，毛诗每一篇下都有小序，以介绍本篇内容、意旨等。而全书第一篇《关雎》下，除有小序外，另有一篇总序。

语言描写

阴若花的建议总能得到众人的肯定与叹服，可见她能力非凡。

姐这句才归到今日酒令本题。借此点明，却是不可少的，但普席又要吃酒，未免令人接应不暇了。”兰芝趁著大家饮酒，又在那里让菜，被众人罚了一杯。

知识延伸

禅机：1.佛教禅宗和尚谈禅说法时，用含有机要秘诀的言辞、动作或事物来暗示教义，使人得以触机领悟，故名。2.用以称能发人深省富有意味的妙语。

蒋星辉道：“妹子说个禅机笑话，有个和尚，道行极深，讲的禅机，远近驰名。这日有个狂士，因慕和尚之名，特来拜访。来至庵中，走到和尚面前，不意和尚稳坐禅床，并不让坐。狂士不觉怒道：‘和尚既有道行，就该明礼，为何见我仍旧端坐，并不立起，是何缘故？’和尚道：‘我不立起，内中有个禅机。’狂士道：‘是何禅机？’和尚道：‘我不立起，就是立起。’狂士听罢，即在和尚秃头上狠狠打了一掌。和尚道：‘相公为何打我？’狂士道：‘我也有个禅机。’和尚道：‘是何禅机？’狂士道：‘我打你，就是不打你。’”说的众人好笑。

星辉掣了财宝双声道：“青钱。鲁褒《钱神论》‘钱多者处前，钱少者居后’。‘前钱’双声而兼叠韵，敬全贞姐姐一杯，普席一杯。”春辉道：“这句当中很可点断，普席之酒似乎可免。”毕全贞道：“既如此，我的笑话自然也免了。”兰音道：“这句‘钱多处前，钱少居后’，令人听了，想起世态炎凉，能无慨叹！”

青钿道：“姐姐因‘钱’字而叹，我因‘青’字忽又想起‘是以’二字真罚的委屈。试问这个‘青’字同水旁‘清’字有何分别？‘龙’与玲珑之‘珑’其音又有何异？他却分在两韵。最令人不懂的，方旁之‘於’归在‘六鱼’，干钩之‘于’归在‘七虞’，诸如此类，不知是何肺腑？”春辉道：“他以一身而事宋、齐、梁三朝之君，于忠之一事，已可想见，其余又何必谈他。”

全贞道：“二位姐姐暂停高论，妹子交卷了。”随手掣了人伦双声道：“妻妾。蔡邕《月令问答》‘今曰御妾，何也？’”

语言描写

表现出人物的率性可爱。

紫芝道：“他要置妾，你便怎样？我看姐姐倒有些醋意了。”兰芝道：“人家话还未完，你停停再说罢。”全贞接著道：“‘曰御’双声，敬亚兰姐姐一杯。”

苏亚兰掣了虫名双声道：“玉芝姐姐才托凤雏姐姐所飞《毛诗》之句不能凑巧，如今妹子倒可引用赞美庄姜原句了：

蛸蛴。《诗经》‘领如蝤蛴。’本题双声，敬舜英姐姐一杯。”兰言道：“这句不但补足庄姜之美，并且所敬亦得其人。若是容貌稍差的，也就不配了。”舜英道：“姐姐言谈最是纯正，何苦却拿妹子开心？”兰言道：“我是言道其实，你只问问众人就知道了。”

舜英掣了戏具双声道：“青钿姐姐！又是飞鞋那个顽意到了：气球。马融《忠经》‘导之以礼乐以和其气’。‘乐以’、‘其气’俱双声，敬巧文姐姐一杯，普席一杯。”

印巧文道：“这都是青钿姐姐抛球带累的，不但要吃酒，还要说笑话。奉告诸位姐姐，往日妹子原喜说笑话，今日只好告罪了。”青钿道：“今日为何不说？”

巧文道：“妹子并非不说，其中有个缘故。”青钿道：“是何缘故，倒要请教。”巧文道：“既是姐姐谆谆下问，我也不得不说了。实告诉你罢。我不说，就是说。”众人听了，猛然想起禅机笑话，不觉大笑。青钿道：“诸位姐姐莫笑，且听巧文姐姐说笑话。”

巧文道：“凡说笑话，原不过取其发笑，今大家既已笑了，妹子才说之话，就可算得笑话，何必再说？”兰言道：“此言并不勉强，自应接令为是。”

玉芝道：“请教令官，即如刚才妹子误说各名约有一百之多，以后别人可准再用？”

春辉道：“再用的罚三杯。”玉芝道：“这还罢了。”

巧文掣了古人名双声道：“刘伶。《国语》‘闻之伶州鸠’。‘州鸠’叠韵，敬彩

云姐姐一杯。”玉芝道：“此时酒仙既出来，必须奠他一奠，少刻大家才有兴哩。”于是面对戏台，恭恭敬敬福了一福，奠了三杯。小春也奠了一杯道：“刘老先生，我也不求‘五斗解酲’。只求你老人家保佑我莫吐，就感大情了！”

贵芝道：“此令既有二十余门之多，何必要这古人名？妹子适才约计由唐虞至前隋，按经史可考的共有二百余人，都是双声叠韵，未免过宽。必须除去这一门，方不浮泛。”

闺臣道：“不但此筹可去，并且此令甚长，若慢慢行去，恐令未完，天就晚了。据妹子愚见，莫若大家依次先掣二三十签，再一总结算。应说笑话者说笑话，愿行小令者行小令。如此分个段落，不过两三次就可令完，既不耽误饮酒，又可不致夜深。不知可好？”

彩云掣了服饰双声道：“妹子就遵姐姐之命，早早交卷：轻裘《墨子》‘臢羊之裘，练帛之冠’。‘臢羊’叠韵，敬红英姐姐一杯。”

红英掣了戏良双声道：“琴棋。《颜氏家训》‘围棋有手谈，坐隐之名。’‘有手’叠韵，敬瑶芝姐姐一杯。”井尧春道：“这样宽题，不替主人转敬，未免可惜。”燕紫琼道：“此题若轮到妹子，大约也可转敬一杯。”邵红英道：“你们二位一善琴，一善棋，腹中自然该有琴棋故典，即是如此，你们就各认一字，也飞一句书，加双声叠韵俱全，抑或两个双声，两个叠韵，我说一个笑话，设或飞句不能如式，每人各饮三杯。”尧春道：“既如此，我就有僭，先飞‘琴’字。李延寿《北史》，‘垂帘鼓琴，风韵雅远。’两个双声。”紫琼道：“邯郸淳《艺经》，‘夫围棋之品有九，一曰入神。’双声叠韵俱全。请教笑话了。”

红英道：“轮我掣签飞句，只有我听人的笑话，此时反弄到自己身上，倒也别致。适才我因李延寿‘李’字却想起一个笑话。有个宰相去世多年，他族中有个侄儿，每与亲朋交谈，就把‘家伯’卖弄出来，意欲使人知他为宰相族侄。一日偶到杭州游玩，出见石壁题著前朝许多名士，他也写了几字道：‘大丞相再从侄某尝游于此。’题毕而去。后来有个士人李某，最好诙谐，看见此字，因题其旁道：‘元元皇帝二十五代

知识延伸

《颜氏家训》：是汉民族历史上第一部内容丰富，体系宏大的家训，也是一部学术著作。作者颜之推，是南北朝时期著名的文学家、教育家。该书成书于隋文帝灭陈国以后，隋炀帝即位之前（约公元6世纪末）。是颜之推记述个人经历、思想、学识以告诫子孙的著作。

词苑撷英

诙谐：说话有风趣，引人发笑。

孙李某继游于此。’”兰若笑道：“此话虽是游戏，但乡愚往往犯了此病，转将这话给他听了，受益不浅。”

瑶芝掣了兽名双声道：“穷奇。王弼《周易略例》‘一阴一阳而无穷。’‘一阴’、‘阴一’、‘一阳’俱双声，敬月芳姐姐一杯，普席两杯。”

褚月芳掣了药名双声道：“红花。《谢康乐集》‘含红敷之缤翻。’‘含红’双声，敬萃芳姐姐一杯。”

哀萃芳掣了地名双声。春辉道：“按现在十道所辖县名，双声叠韵，约有一百，若用县名，未免过于省事，误用者罚。”萃芳道：“幸而妹子想了一个，却与这些名目不同：中州。《离骚经》‘夕揽中州之宿莽。’本题、‘州之’俱双声，敬小莺姐姐一杯。”

题花道：“我饮一个令杯。以后旁令说过之书，也不准再用。至于诗句，惟闺阁之书准用，余皆不准，才不宽泛。违者罚。”

崔小莺掣了药名双声道：“妨风。崔宦《农家谚》‘日没胭脂红，无雨也有风。’‘雨也’双声，‘也有’双声，敬锦春姐姐一杯，普席一杯。”

郦锦春掣了身体双声道：“肺腑。司马迁《史记》‘诸侯子弟若肺腑。’本题双声，敬婉春姐姐一杯。”

邹婉春掣了人伦双声道：“祖宗。刘向《列女传》‘学穷道奥，文为辞宗。’‘文为’双声，敬月辉姐姐一杯。”

蒋月辉掣了药名双声道：“药名虽有，就只承上甚难，这却怎好？”只听耳旁有人说道：“……如此如此，岂不好么？”

月辉听了，满心欢喜道：“蜂房。《春秋佐助期》‘虞舜之时，景星出房。’‘之时’叠韵，敬……”一面说著，又细细数一数道：“敬二姐姐一杯。”蒋秋辉笑道：“这个顽的好，怎么敬到自己家里了？”青钿道：“这才显得你们姐妹亲热哩。”

月辉回头把题花望了一眼道：“好个短命鬼！”题花把月辉一指道：“好个冒失鬼！”

秋辉掣了服饰双声道：“黼黻。《金楼子》‘观人以言，美于黼黻文章。’‘以言’、本题俱双声，敬蕙芳姐姐一杯。”

谭蕙芳掣了舟车双声道：“风帆。沈约《宋书》‘愿乘长风破万里浪。’‘乘长’双声，敬兰言姐姐一杯。”玉芝道：“怎么兰言姐姐落下泪来？”

兰言道：“我因蕙芳姐姐所飞这个‘风’字，忽然想起《韩诗外传》‘树欲静而风不止，子欲养而亲不待’这两句活，触动思亲之心，所以伤感。假如双亲在堂，此时蒙太后半支俸禄，再能内廷供奉，即使家寒，亦可敷衍养亲。无如‘子欲养而亲不待’，虽高官极品，不能一日养亲，亦有何味！这总是自己早不树立，以致亲不能待，后悔何及。”

兰芝道：“姐姐只顾如此，岂不打断酒兴么？”

未知如何，下回分解。

名师点拨

在游戏之余，总能从中借文中才女之口，宣传自己的伦理道德，兰言说过的，读者看过后是不是也心有感触呢？

阅读积累

黼黻

黼黻泛指礼服上所绣的华美花纹。古代衣服边上有规律的“黑白”“黑青”相间的花纹，多指官服；外观类似商朝青铜器上的边框纹路。最早语出周制（天子服十二章纹样）。又象征文章好，才华横溢。《淮南子·说林训》：“黼黻之美，在于杼轴。”高诱注：“白与黑为黼，青与赤为黻，皆文衣也。”多指帝王和高官所穿之服。

第八十六回　念亲情孝女挥泪眼　谈本姓侍儿解人颐

名师导读

为百花仙子托生的唐小山是书中形象最丰满的，通文墨，学问好，在人群里，我们也能时常发现她的稳重、识大体等的优点。本回接“子欲养而亲不待”引出唐小山这位主角孝女形象。

话说兰芝道：“众人闻了此话，莫不落泪，岂不打断酒兴么？”闺臣道：“此事虽由那个‘风’字惹出来的，但兰言姐姐这几句话，令人听了，却勉励我们不少。据我看来，无论贫富，得能孝养一日且孝养一日，得能承欢一日且承欢一日。若说等你富贵之时再会尽孝，就只怕的来不及了！”兰芝道：“好姐姐！莫伤心，接令罢。”兰言掣了人伦双声，就在桌上用酒写了一个“厶”字道：“玉儿，你可认得？”玉儿走来望一望道：“这是某处的‘某’字，又读公私的‘私’字。”兰言道：“你何以晓得？”玉儿道：“当日晋朝范宁注《谷梁》，曾有‘某’字之说。周时韩非论仓颉，却有‘私’字之义。”兰言道：“我正要把这‘私’字告诉他，好写在底本上，谁知他更明白。”题花道：“这叫作‘强将手下无弱兵’。请罢，玉老先生，我们认得你了！”紫芝道：“他岂但在冷字上用功，还有一肚子好笑话哩。”月芳道：“少时我饮两杯，务必代我一个。”青钿道：“我记得‘子欲养而亲不待’这两句倒像出在刘向《说苑》。怎么说是韩婴《诗外传》呢？”春辉道：“你把这两部书仔细对去，只怕有几十处都是雷同哩。”

兰言道：“多谢明断。公姑。《韩非子》‘自营为厶，背厶为公。’‘为厶’‘厶为’俱叠韵，敬红萸姐姐一杯。”

知识延伸

《说苑》：又名《新苑》，古代杂史小说集，刘向编纂，成书于鸿嘉四年（前17年）。原二十卷，后仅存五卷，大部分已经散佚，后经宋曾巩搜辑，复为二十卷，每卷各有标目。

红英道："我情愿吃两杯，这个笑话只好拜托玉姑娘了。"宝云道："姐姐怎么称他姑娘，岂不折他寿么？"红英道："这叫做'敬其主以及其使'。况他如此颖悟，下科怕不中个才女？"紫芝道："他的笑话虽好，不知可能飞个双声叠韵？"兰芝道："如飞的合式，诸位才女自然都要赏鉴一杯。"玉儿道："我就照师才女'公姑'二字飞《焦氏易林》'一巢九子，同公共母'。双声叠韵俱全，敬诸位才女一杯。"紫芝道："都已赏脸饮了，说笑话罢。设或是个老的，罚你一杯。"

玉儿道："就以我的姓上说罢。有一家姓王，弟兄八个，求人替起名字，并求替起绰号。所起名字，还要形象不离本姓。一日，有人替他起道：第一个，王字头上加一点，名唤王主，绰号叫做'硬出头的王大'；第二个，王字身旁加一点，名唤王玉，绰号叫做'偷酒壶的王二'；第三个，就叫王三，绰号叫做'没良心的王三'；第四个，名唤王丰，绰号叫做'扛铁枪的王四'；第五个，就叫王五，绰号叫做'硬拐弯的王五'；第六个，名唤王壬，绰号叫做'歪脑袋的王六'；第七个，名唤王毛，绰号叫做'拖尾巴的王七'；第八个，名唤王全……"玉儿说到此处，忽向众人道："这个'全'字本归入部，并非人字，所以王全的绰号叫做'不成人的王八'。"

月芳笑道："这个笑话虽好，未免与你尊姓吃亏。我吃两杯，你也替说一个，我好销帐。倘能把他们昨日射鹄子说一笑话，我格外再饮一杯。"玉儿道："既如此，我就勉强敷衍一个。有一武士射鹄，适有一人立在鹄旁闲望，惟恐箭有歪斜，所以离鹄数步之远，自谓可以无虞。不意武士之箭射的甚歪，忽将此人鼻子射破，慌忙上前陪罪，连说失错。此人用手一面掩鼻，一面说道：'此事并非你错，乃我自己之错。'武士诧异道：'我将尊鼻射破，为何倒是你错？'此人道：'我早知箭是这样射的，原该站在鹄子面前。'"郦锦春笑道："玉姑娘！我也只好奉烦了。"红珠道："姐姐诗学甚精，如做一首打油诗也就算了。何必定说笑话？"

玉儿道："才女把酒干了，我就说个做诗笑话。有一士人在旅店住宿，夜间忽听隔房有一老翁自言自语道：'又是一首。'士子忖道：'原来隔房竟是诗翁，可惜夜深不便前去请教。据他所说又是一首，可见业已做过几首了。'正在思忖，只听老翁道：'又是一首。'士子道：'转眼间就是两首，如此诗才，可谓水到渠成，手无难题了。'到了次日，急忙整衣前去相会，略道数语，即问老翁道：'闻得老丈诗学有七步之才，想来素日篇什必多，特来求教。'老翁诧异道：'老汉从不知诗，不知此话从何而起？'士子笑道：'老丈何必吝教？昨晚隔房，明明听见老丈顷刻就是两首，何必编我？'老翁道：'原来尊驾会意错了。昨晚老汉偶尔破腹，睡梦中忽然遗下粪来，因未备得草纸，只得以手揩之。所谓一手一手者，并非一首诗，乃是一手屎。'"众人听了，不觉大笑。题花道："凡做诗如果词句典雅，自然当得起个'诗'字；若信口乱言，就是老翁所说那句话了。"

红英掣了地名双声道："东都。《东醴陵集》'帐饮东郊，送客金谷。'本题双声，敬亭亭姐姐一杯。"春辉道："姐姐怎么忽然闹出江文通《别赋》？恰恰又飞到亭亭姐姐面前，岂不令人触动离别之感‘黯然销魂’么？若要想起诸位姐姐行期，连日之聚，真是江文通说的‘惟樽酒兮叙悲’了。少刻必须紫芝妹妹把将来别后大家怎样音信常通喝个小曲，略将离愁解解才好哩。”

亭亭掣了列女双声道：“嫫母。《老子》‘有名万物之母。’‘万物’双声，敬艳春姐姐一杯。”玉芝道：“我记得‘嫫母’二字见之《史记》《汉书》，别的书上也还有么？”亭亭道：“即如‘嫫母姣而自好’，见屈原《九章》；‘嫫母有所美’，见《淮南子》；‘嫫母勃屑而自侍’，见东方朔《七谏》；‘嫫母倭傀，善誉者不能掩其丑’，见《工谏议集》；‘饰嫫母之笃陋’，见《晋书·葛洪传》；‘瞽者遇室，则西施与嫫母同情’，见嵇康《养生论》；‘使西施出帷，嫫母侍侧’，见吴质书。他如古诗‘若教嫫母临明镜’之类，历来引用者其多，妹子一时何能记得。”

玉芝道：“常听人说亭亭姐姐腹中渊博，我故意弄这冷题目问他一声，果然滔滔不断，竟说出一大篇来。”

施艳春掣了官名双声道：“祭酒。《周礼》‘酒正掌酒之政令。’‘之政’双声，‘政令’叠韵，敬绿云姐姐一杯。”

绿云掣了药名双声道：“细辛。刘熙《释名》‘少车，细辛也。’本题双声，敬珠钿姐姐一杯。”

珠钿掣了时令双声道：“小雪。《春秋元命包》‘阴所凝而为雪。’‘而为’叠韵，敬红蕖姐姐一杯。”红蕖掣了百谷双声道：“麰麦。《尚书大传》‘过殷之墟，见麦秀之’。重字双声，敬幽探姐姐一杯。”

幽探掣了服饰双声道：“布帛。《诸葛丞相集》‘臣本布衣，躬耕南阳。’‘本布’‘躬耕’俱双声，敬书香姐姐一杯。”

林书香掣了财宝双声道：“宝贝。钟蛛《诗品》‘陆文如披沙简金，往往见宝。’‘简金’，重字俱以声，敬瑶钗姐姐一杯。”

缁瑶钗掣了地理双声道：“瀑布。《孙廷尉集》‘瀑布飞流以界道。’本题双声，敬丽娟姐姐一杯。”

丽娟掣了药名双声道：“百部。《大戴礼》‘有之虫，三百六十。’‘有霱’双声，敬尧春姐姐一杯。”

语言描写

作者主张男女平等，在恰当的时候，以恰当方式，表现女子的才能。

知识延伸

东方朔：（前154—前93），本姓张，字曼倩，西汉平原郡厌次县（今山东省德州市陵城区）人。西汉时期著名的文学家。

尧春掣了饮食双声道："玉液。史游《急就章》'有液容调。''有液'双声，'液容'双声，敬秀春姐姐一杯，普席一杯。"陶秀春道："这个'容'字，我们读做'戎'字，今姐姐说液容双声，只怕错了。"春辉道："按前人韵书，容液本归一母。若读做'戎'字，那是贵处土音，岂是尧春姐姐错哩。"

秀春道："既如此，这个笑话少时只好奉托玉姑娘了。"紫芝道："与其记在帐上，莫若你饮两杯，我替你说。"秀春把酒饮了。紫芝道："有个公冶短去见长官。长官道：'吾闻公冶长能通鸟语，你以'短'为名，有何所长？'公冶短道：'我能通兽语。'正在说话，适有犬吠之声，长官道：'你既能通兽语，可知此犬说甚么？'公冶短听之良久，不觉皱眉道：'这狗满嘴土音，教我怎懂？'"众人一齐大笑。

秀春道："怪不得教我预先吃酒，那知这短命鬼却来骂我！"随即掣了音律双声道："音乐。《孝经》'移风易俗，莫善于乐'。'于乐'双声。敬紫云姐姐一杯。"闺臣道："据这两句圣经看来，可见人家演戏，那坏人心术之戏也不可唱。若是官长在庙宇敬神，以及父兄在家庭点戏，尤应点些忠孝节义的使人效法才是。虽系游戏陶情，其实风化攸关，岂可忽略。但人以图悦目，那里计及于此。"

紫云掣了列女双声道："云英。陶潜《圣贤群辅录》'天下忠贞魏少英'。'忠贞'双声，敬淑媛姐姐一杯。"

淑媛掣了药名双声道："荆芥。《曹大家集》'生用棘之榛榛。''荆棘'、'之榛'俱双声，'生荆'叠的，敬文锦姐姐一杯，普席两杯。"青钿道："且慢斟酒。我记得扬雄《反离骚》有此一句，为何说是《曹大家集》？只怕要罚一杯。"春辉道："那《反离骚》是'枳棘之榛榛兮'与《东征赋》'生荆棘之榛榛'却微有不同，只怕妹妹错了。"青钿道："呸！是我记错，罚一杯。"

谢文锦道："我不会说笑话，这个交易可有人做？"紫芝道："你果真不会，把酒干了，我替你说。"文锦道："莫非骗我吃酒，又是'公冶短'么？"紫芝道："你说话又无土音，就是'公冶短'也与你无干。"文锦把酒饮了。紫芝道："有个公冶矮去见长官。长官问其所长，原来此人乃公冶短之

知识延伸

《反离骚》：是西汉哲学家、文学家扬雄（一作杨雄）为凭吊屈原而作。这篇作品，既对屈原的不幸深表同情，又对屈原勇于斗争、坚贞不屈、身赴湘流的行为发出责难，表达了不同于屈原的人生态度，思想上、艺术上都不被人们看重。名虽为反，实际上却是在哀吊屈原。他希望屈原能留住有用之身，而不是投江自殉。因其明哲保身的思想，而未能正确地评价屈原。

弟，也通兽语。正在谈论，适值驴鸣。长官道：‘他说甚么？’公冶矮道：‘他说他不会说笑话。’”文锦忍不住发笑道：“我也不知他怎么编的这样快。”随手掣了舟车双声道：“锦车。《易经》‘大车以载，有攸往，无咎。’‘有攸’、‘往无’俱双声，敬题花姐姐一杯。多飞‘无咎’二字，以为日后若花姐姐飞车回乡吉祥之兆，并非敢敬普席之酒。”兰言道：“闻得飞车出在奇肱，若花姐姐这个飞车可是此处借的？”若花道：“飞车原是奇肱土产，近来周饶得了其术，制造更精，所以家父从周饶借来的。”玉芝道：“将来我们过去送行，倒要长长见识哩。”

题花掣了服饰双声道：“我用刚才‘银汉浮槎’那个故典，春辉姐姐以为何如？”

春辉拍手笑道：“若果如此，妹子就有文章做了，姐姐快些交卷。”

未知如何，下回分解。

名师点拨

从前几回开始到本回双声叠韵的游戏还没结束，作者通过百位才女之口，展示了对经史子集的各种展示，无一不是彰显作者自己的学问，读者都有点烦了。难怪后代文人认为作者是在卖弄学识。

阅读积累

《别赋》

《别赋》是江淹创作的一篇抒情小赋。此赋以浓郁的抒情笔调，以环境烘托、情绪渲染、心理刻画等艺术方法，通过对戍人、富豪、侠客、游宦、道士、情人别离的描写，生动具体地反映出齐梁时代社会动乱的侧影。赋的开头，用“黯然销魂者，唯别而已矣”一句总写，以精警之句，发人深省，接着写各种类型的离别，表现出“别虽一绪，事乃万族”，既写出分离之苦的共性，也写出了不同类型分别的个性特点，最后总结出“别方不定，别理千名，有别必怨，有怨必盈”。指出分别的痛苦“使人意夺神骇，心折骨惊”。指出任何大手笔也难写离别之深情，言尽而亦不尽。全赋用骈偶的句式，绘声绘色，语言清丽，声情婉谐，千百年来，脍炙人口。

第八十七回　因旧事游戏仿楚词　即美景诙谐编月令

名师导读

本回中宋玉《九辩》，宋玉《对楚王问》，《庄子》《春秋》《易经》《禹贡》《毛诗》《月令》这些闪耀在中华民族文学殿堂的一颗颗耀眼的恒星，通过这些才女被一一仿写，得其形更是赋其神。这真是作者的大手笔。

知识延伸

《九辩》：是中国古代浪漫主义诗集《楚辞》中的一首长篇抒情诗，共有250多句。东汉王逸定为战国时期楚国的宋玉所作。从诗的内容来看，其基本思想是表达“贫士失职而志不平”的感慨。

话说春辉笑道：“姐姐快些交卷，妹子有文章做了。”题花道：“巨屦。《孟子》‘有业屦于牖上，馆人求之弗得。’”

紫芝道：“求之弗得，那里去了！”题花道：“飞了。‘有业’、‘于牖’俱双声，敬宝钿姐姐一杯，普席一杯。”

春辉道：“我因今日飞鞋这件韵事，久已要想替他描写描写，难得有这‘巨屦’二字，意欲借此摹仿几部书，把他表白一番。姐姐可有此雅兴？”题花道：“如此极妙。就请姐姐先说一个。”春辉道：“我仿宋玉《九辩》：独不见巨屦之高翔兮，乃隋下氏之圃。”题花道：“我仿《反离骚》：巨屦翔于蓬渚兮，岂凡屦之能捷？”

玉芝道：“我仿贾谊赋，巨屦翔于千仞兮，历青霄而下之。”小春道：“我仿宋玉《对楚王问》，巨屦上击九千里，绝之霓，入青霄，飞腾乎杳冥之上，夫凡庸之屦，岂能与之料天地之高哉！”春辉道：“这几句仿的雄壮。”紫芝道：“若要雄壮，这有何难！我仿《庄子》，其名为屦，屦之大不知其几千里也。怒而飞，其翼若垂天之云。足屦也，海运则将徒于南冥。南冥者，天池也。《谐》之言曰：‘屦之徒于南冥也，水击三千里，传扶摇而上者九万里，去以六月堕者也。’”春辉道：“这个不但雄壮，并且极言其大，很得题神。”

题花道：“若像这样，仿到何时是了？莫若把五经仿了好接前令。我仿《春秋》：庚子，夏四月，一屦高飞过下圃。”春辉道：“记其年，记其月，而并记其所飞之地，这是史笔不可少的。”

玉芝道：“我仿《易经》：初九，屦，履之则吉，飞之则否。像曰：履之则吉，行其正也；飞之则否，举趾高也。”

春辉道：“此言事应休咎，也是不可缺的。”小春道：“我仿《禹贡》，阙屦维大大，厥足维臭。”春辉道：“这是言其形，辨其味，也是要紧的。”青钿道：“原来姐姐还能辨其味，倒也难得。”紫芝道：“我仿《毛诗》，巨屦扬矣，于彼高冈；大足光交，于彼馨香。”春辉道：“‘馨香’二字是褒中带贬，反面文章，含蓄无穷，颇有风人之旨。我仿《月令》，是月也，牡丹芳，芍药艳，游下圃，抛气球，鞋乃飞腾。”

玉芝道：“还有一句呢？”紫芝道：“足赤。”说的众人好笑，青钿道：“你们变著样儿骂我，只好随你嚼蛆，但有侮圣言，将来难免都有报应。”众人道：“有何报应？”青钿把舌一伸，又把五个手指朝下一弯道：“只怕都要‘适蔡’哩。”众人听了，一齐发笑。

董宝钿掣了鸟名双声道：“锦鸡。谯周《法训》‘羊有跪乳之礼，鸡有识时之候。’‘羊有’‘识时’俱双声，‘时之’叠韵，敬素云姐姐一杯。此句当中可以点断，不敢转敬。”

素云掣了花卉双声道：“蒹葭。申培《诗说》‘蒹葭君子，隐于河上。’本题，‘隐于’俱双声，敬墨香姐姐一杯。”

阳墨香掣了地理双声道：“疆界。《陶彭泽集》‘纡远辔于促界。’‘纡远’双声，敬丽蓉姐姐一杯。”兰言听墨香飞的这句，把他细细望了一望，不觉叹息不已。

余丽蓉掣了列女叠韵道：“王嫱。‘刘劭《人物志》诗咏文王，小心翼翼。’‘文王’‘小心’俱双声，敬耕烟姐姐一杯。”

窦耕烟道：“此句幸亏当中可以点断，省了一个笑话。”于是掣了花卉双声道：“黄花。《邱司空集》‘佩紫怀黄，赞帷幄之谋。’‘怀黄’、‘帷幄’俱双声，敬翠钿姐姐一杯。”花再芳说：“黄花无所指，未免过于浮泛，只怕要饮

知识延伸

《春秋》：自前770年至前476年，这段历史时期，史称“春秋时期”。鲁国史官把当时各国报道的重大事件，按年、季、月、日记录下来，一年分春、夏、秋、冬四季记录，简括起来就把这部编年史命名为《春秋》。

词苑撷英

馨香：散布很远的芳香、香气；指用作祭品的黍稷；比喻可流传后代的好名声。

一杯。”耕烟道：“汲冡《周书》：‘又五月，菊有黄华。’《礼记·月令》：‘季秋之月，鞠有黄华。’这两部书都说的是菊，为何妹子无指呢？古无‘花’字，俱以‘华’字通用，如光华之华，读为阳平；华卉之华，读做阴平。况《尔雅·释草》明明写著：‘荷，芙蕖，其华菡萏。’他如‘唐棣之华’、‘桃始华’之类，莫不以‘华’为‘花’。”再芳道：“若据此说，我这贱姓竟是杜撰了。但花字始于何时，姐姐可知么？”耕烟道：“妹子记得北魏太武帝始光二年造新字千余，颁之远近，以为楷式。如花字之类，虽不知可在其内，但晋以后每每见之于书，大约就是当时所颁新字了。”

董翠钿掣了饮食双声，想了多时，虽有几个，无奈总不能承上。紫芝见他为难，因暗向题花道：“他有结巴毛病，我教他奏个音乐你听。”忙把汤匙拿起，向翠钿照了一照，又将两手比做一个圆形，故意说道：“飞了许多句子，可惜总未将班婕妤、苏若兰诗句飞出来，姐姐何不飞一句呢？”翠钿猛然被他提醒，连忙说道：“汤……汤……汤团。《班婕妤诗》‘裁成合欢扇，团团如明月。’

‘合欢’、‘团团’俱双声，敬呸！敬四妹妹一杯。”董花钿道：“怎么敬到家里来了？”题花道：“刚才是蒋四姑娘敬蒋二姑娘，此刻又是董二姑娘敬董四姑娘，怪不得我们都摸不著酒吃。”紫芝道：“他岂但敬酒，并且汤、汤、汤敲起大锣，还奏乐哩。”

幽探道：“我闻翠钿姐姐口吃毛病醉后更甚，大约今日又多饮两杯了。”

紫芝道：“我说个笑话，一人素有口吃毛病，说话结结巴巴，极其费事。那日偶与众友聚会，内中有一少年道：‘某兄虽然口吃，如能随我问答，不假思索，即可教他学做鸡鸣。’众友道：‘凡口吃的，说话全不能自己做主，不因不由就要结结巴巴，何能教他学做鸡鸣？果然如此，我们都以东道奉请。’少年道：‘既如此，必须随问随答，不许停顿。’因取出一把谷来放在口吃面前道：‘这是何物？’口吃者看了，随即答道：‘谷……谷。’”说的众人好笑。紫芝用汤勺掬了一勺汤道：“翠钿姐姐：你看这是何物？”翠钿看了笑道：“这……这……刻薄鬼，又教我奏乐了。”

董花钿掣了列女双声道：“敬姜。《班兰台集》‘列肆侈于姬美。’本题双声，敬兰荪姐姐一杯。”

闵兰荪正吃的烂醉，听见令到眼前，急忙抽了一签，高声念道：“身体双声。”想了多时，信步走到玉儿那边道：“我看看他们用的都是甚么书，莫用重复了，又要罚酒。”

紫芝趁空写了一个纸条，等兰荪走过，暗暗递了过去。兰荪正在著急，看了一看，如获至宝，慌忙说道：“脚筋。《洛阳伽蓝记》‘牛筋狗骨之木，鸡头鸭脚之草。’‘狗骨’双声，敬婉如姐姐一杯。”众人听了，满心要笑，都因兰荪性情不好，又不敢笑，只得你望著我，我望著你，勉强忍住。

紫芝道：“婉如姐姐这杯吃的有趣，还有狗骨可以下酒哩。”婉如皱著眉头，自言自语道：“偏偏轮到俺，又是脚筋，又是狗骨都来了。”众人听了，那个敢笑，只得再三忍住。花再芳道：“所报名类，原要显豁明白，雅俗共赏；若说出来，与其慢慢替他破解，何不就像兰荪姐姐这个明明白白，岂不爽快？我倒要赏鉴一杯。”紫芝道：“你因有好菜，自然想酒吃了。”

婉如掣了果木双声道：“金橘。陈寿《三国志》‘陆郎作宾客而怀橘乎？’‘陆郎’双声，敬芳春姐姐一杯。”

芳春掣了时令双声道：“人日。宗懔《岁时记》‘正月七日为人日。’本题双声，敬丽楼姐姐一杯。”青钿道：“初七为人日，请教初一、初二呢？此说可见经史么？”郗芳春道：“此说见董勋《问答》，后来《魏书序》亦有一鸡、二狗、三猪、四羊、五牛、六马、七人、八谷之说，大约自元旦至初八日总宜睛和为佳；即如初五为午，转是日有狂风暴雨，当主牛有灾病，余可类推。”

姜丽楼掣了音律双声道：“律吕。刘向《别录》‘吹律而温至黍生’‘黍生’双声，按时音‘而温’也是双声，敬绣田姐姐一杯。”邹婉春道：“这个‘黍’字，我们读做‘褚’字，与‘生’字件非一母，为何是双声？”春辉道：“按‘黍、鼠、暑’三字，韵书都是赏吕切，乃‘舒’字上声，正与‘生’字同母；若读‘褚’字，那是南方土音，就如北方土音把‘容’字读做‘戎’字。好在有书可凭，莫若都遵韵书为是。”

钟绣田掣了兽名双声道：“‘鼠’字既是赏吕切，我就易于交卷了：‘鼯鼠。姚恩廉《梁书》意怀首鼠，及其犹豫。’‘首鼠’、‘犹豫’俱双声，敬芸芝姐姐一杯。”

芸芝掣了饮食双声道：“菽水蔡邕《独断》‘地下之众者莫过于水。’‘之众’、‘众者’俱双声，敬青钿姐姐并普席一杯。”青钿道：“我记得这句出在《风俗通》，怎么说是《独断》？难道姐姐说错也教我吃酒么？”春辉道：“你又记错了。那《风俗通》是‘土中之众者莫若水’，与‘地下之众者莫过于水’却稍有分别，原来这酒还是要你吃的。”青钿教玉儿把书取来看了，这才把酒告干，掣了官名双声道：“尚书。魏征《隋书》‘圣人在上，史为书，瞽为诗。’‘为诗’叠韵，敬骊珠姐姐一杯。”

骊珠掣了地理双声道：“山水。《龙鱼河图》‘昆仑山有五色水。’‘昆仑’叠韵，敬兰芝姐姐一杯，”兰芝掣了文具双声。题花道：“可惜今日已晚，只能行得双声叠韵之令，小能联韵。有一百人每人一韵做一首百韵诗，岂非大观么。”春辉道：“每人只得一韵，若叠起精神，细细做去，只怕竟是曹

知识延伸

《风俗通》：东汉泰山太守应劭著。汉代民俗著作。原书三十卷、附录一卷，今仅存十卷。该书考论典礼类《白虎通》，纠正流俗类《论衡》，记录了大量的神话异闻，但作者加上了自己的评议，从而成为研究汉代风俗和鬼神崇拜的重要文献。

引用典故

女子的语言中有典故，只有知道这个典故，才明白人物说的话。

娥碑‘黄绢幼妇’那个批语哩。”兰芝道：“就只怕的内中有几位姐姐不喜做诗；若果高兴，岂但黄绢幼妇，并且传出去还有一个批语：镇纸。房乔《晋书》‘洛阳为之纸贵。’‘为之’叠韵，‘之纸’双声，敬瑞蓂姐姐并普席一杯。”

吕瑞蓂掣了器物双声道：“竹枕。令狐德棻《周书》‘所居之宅，枕带林泉。’‘之宅’‘宅枕’俱双声，敬兰英姐姐一杯。”

章兰英掣了药名叠韵道：“可惜有许多好书都不准再用，只好借著酒字敷衍完卷子：茱萸。束皙《发蒙记》猫以薄荷为酒，蛇以茱萸为酒。”玉芝道：“虎以犬为酒，鸠以桑椹为酒。”兰英道：“妹妹莫闹。本题叠韵，敬乘珠姐姐一杯。”

掌乘珠掣了天文双声道：“阴阳。荀悦《申鉴》‘想伯夷于首阳，省四皓于商山。’‘夷于’、‘商山’俱双声，敬兰音姐姐一杯，可惜《易经》有人用过，若飞‘曰阴与阳’，岂不与‘齐庄中正’并美么？”紫芝道：“若飞。京房《易传》‘《易》曰阴遇阳’，还是四个双声哩。”

枝兰音掣了昆虫双声道：“衣鱼。《玄中记》‘一日逢鱼头，七日途鱼尾。’”

玉芝道：“此鱼如此之长，若吃东两，岂不要三四天才到腹么？‘一日’‘七日’俱叠韵，敬红红姐姐一杯，我替兰音姐姐说了。”红红道：“适因‘衣鱼’二字，偶然想起书集往往被他蛀坏，实为可恨。丽春姐姐最精药性，可有驱除妙方？”

潘丽春道：“古人言，司书之仙名‘长恩’，到了除夕，呼名祭之，蠹鱼不生，鼠亦不啮。妹子每每用之有效。但遇梅雨时也要勤晒，著听其朽烂，大约这位书仙也不管了。”

红红连连点头，掣了百谷双声道：“薏苡。王充《论衡》‘薏苡之茎，不过数尺。’本题双声，敬锦云姐姐一杯。”

锦云掣了一签，正在高声念道‘天文双声’，忽觉松林微微透出一阵凉风，个个吹的毛骨悚然。闺臣道：“怎么刚掣天文就刮起风来？这签竟有些作怪！为何风中还带一股清香？”舜英道：“此香顺风飘来，宛如丹桂，若非四季桂，安能如此。原来此处却有如此佳品。”宝云道：“家父四季桂久已进上，此时那得有此。适才这阵幽香，芬芳异常，岂下界所有；且阵阵俱从霄汉吹来，看这光景，果真竟是‘天香云外飘’

了。莫非这位桂花仙姑知道今日座有佳宾，特放此香，以助妹子敬客之意么？”银蟾道：“据我看来。此是师母连得贵子之兆，或主玉儿下科蟾宫折桂也未可知。”

只见丫环向宝云道：“刚才卞兴来禀，外面有两个女子自称殿试四等才女，虽系四等，却是博学。他因众才女在此聚会，执意要来谈谈，如果都是学问非凡，得见一面，死也甘心。若非真才，不敢相见，他也不敢勉强，只等众才女回他一句，他就去了。卞兴因他说之至再，不敢不禀。如何回他，请小姐示下。”宝云听了，默默无言。

闺臣道：“丫环，你教管家去回他，就说我们殿试都是侥幸名列上等，并非真才实学，何敢自不量力，妄自谈文。况在酒后，尤其不敢冒昧请见。”若花道：“闺臣阿妹是谦谦君子，如此回复，却也省了许多唇舌。”只见亭亭、题花、春辉、青钿一齐连说“不可！……”

未知如何，下回分解。

名师点拨

“馨香二字是褒中带贬，反面文章，含蓄无穷，颇有风人之旨。”“我仿《月令》，是月也，牡丹芳，芍药艳，游下圃，抛气球，鞋乃飞腾。”从这些话不难看出作者的才华。

阅读积累

《月令》

《月令》是儒家经典《礼记》中的一篇，全名为《礼记·月令第六》。分为“孟春之月”“仲春之月”“季春之月”“孟夏之月”“仲夏之月”“季夏之月”“年中祭祀”“孟秋之月”“仲秋之月”“季秋之月”“孟冬之月”“仲冬之月”“季冬之月”共13篇。月令是上古一种文章体裁，按照一年12个月的时令，记述政府的祭祀礼仪、职务、法令、禁令，并把它们归纳在五行相生的系统中，现存《礼记》中有一篇《月令》之外，还有《逸周书》中的一篇《月令》，惟后者已佚失。

第八十八回　借月旦月姊释前嫌　逞风狂风姨泄旧忿

名师导读

在本回中，嫦娥与月姊前来，唐闺臣在考场写的文章《天女散花赋》（以题为韵）也完整地呈现在读者面前。全文紧扣天女为何散花，把风月都讥讽了个遍，难怪嫦娥要火冒三丈了。

话说亭亭、青钿、春辉、题花闻听若花之言，一齐连说：“不可！……姐姐为何如此示弱，先灭自己威风？与其不战而负，何不请他一会？大家凭著胸中本领同他谈谈，倘能羞辱他一场，也教那些狂妄的晓得我们利害；如风头不佳，不能取胜，那时再‘拜倒辕门’也不为迟。丫环快去相请！”不多时，两女子携手而来。一个年长的穿著青衫，年幼的穿著白衫。都是娇艳无比，绰约异常。众人见他器宇不凡，都不敢轻视，见礼让坐。问了姓氏：青衣女子姓封，白衣女子姓越。宝云命人当中另设一席。

动作描写

虽然是简短的语言，但却勾勒了当时的礼仪，这种礼仪，不是大张旗鼓的呈现，而是通过人物的动作透露出来的。

二人归坐，一一请问名姓。及至问到唐闺臣，白衣女子道：“闻得前者殿试，才女有一篇《天女散花赋》可冠通场，可惜仍存大内，传抄不广，来睹全豹，甚觉耿耿。昨虽看见几联警句，却自平平，恐系传写之误，抑或假托冒名，均未可知。今日难得幸遇，意欲以本题五字为韵，请教再做一赋，可肯赐教？”闺臣道：“当日只想求取功名，不顾颜厚，只管乱写，今日岂可又来现丑？断断不敢从命！”青衣女子道：“他既谆谆求教，才女若不赏光，不独负他一片美意，岂不把众才女素日莫名全付流水么？”

亭亭道：

“闺臣姐姐此番应试，原是迫于严命，无可余何，勉强而来。此时一心注意伯伯远隔外洋，时刻牵挂，急欲寻亲，现在团聚业已勉强，那有闲情乂做诗赋。既承二位执意见委，我虽不才，尚可涂鸦勉强应命。就烦主人预备笔砚，我好现丑。”白衣女子道：“才女高才，久已拜服，何必再劳大笔。至唐才女乃众朝臣曾推第一之选，与众不同，因此才敢冒昧求教，意谓借此可以开开茅塞，那知竟是如此吝教！但既兴致不佳，何敢过劳费心，只求略略见赐一二短句，也就如获球璧了。”闺臣仍要推辞，无奈众人已将笔砚另设一座，推他坐了。闺臣只得告坐，濡毫构思。白衣女子道：“素闻才女有七步之才，果能文不起草，走笔立就，那才算得名下无虚哩。”闺臣听了，把神凝了一凝，只得打起精神，举起笔来，刷、刷、刷如龙蛇飞舞一般，一连写了几句。众才女在旁看著，莫不暗暗称赞，都道：“如此佳作，少时给白衣女子看了，不怕他不肝脑涂地！”闺臣一面写著，众人只管点头称“妙”。登时写完，玉儿送给两女子观看：

《天女散花赋》（以题为韵）

昔者：魏夫人像朱蜜而遐御，炼紫芝而上仙，宫于丹林之侧，楼于绛树之边。长河煜炝，玄都绮鲜，石蕖弥浦，琼草为田。丸茯零而霞迈，服胡麻而云骞。惟恨风多作恶，月不常圆。青蘋屡动而相扰，丹桂被锢而可怜。往往攀条泫若，执叶凄然。真女弟子黄令徵乃离席而前曰：“臣忝群芳之总，窃九命之权，叨荣于二十七位，布华于三十六天。愿盟蔼国，共驾花軿，近披香雨，远匝醲烟。烦草檄以木笔，更买醉以金钱。靡弗缤纷拱震，紇缦辉乾。又岂虑乎十八之性虐，与夫三五之期愆。”夫人曰：“善，吾将观焉。”

令徵于是开芳庖，设华俎，裹术粮，命椒醑，左笙蕤，右钟吕，悬风铃，笑月杵。

始命御史进于釦墀，再命太医列于阶序。斟酌囊携，校量窖贮。招玉蕊院之真妃，约紫兰宫之神女，邀金茎洲之上灵，迓芙蓉城之仙举。追逐茵蕴，纡迟容与。气杂蕙馨，餐惟鞠茹，或矜顷刻之巧，而莛顿呈芳；或擅生枯之能，而谷咸吹黍；或爱丝絛之系，而自喜剪刀；或贪罗绮之工，而别裁机杼。珊瑚之屑重重，悲翠之抛处处。信足以诡惑群情，回皇众绪。虽习闻乎踬通报德之迢遥，而何碍于分景灵飞之来去。

至其花之为状也。如串珠之相衔，如连环之不断，如扇帚之奇，如璎珞之散；如四面镜之难分，如万卷书之罕判；如七宝八宝之低旋，如重合三台之高贵；如冠子、缬子、毬子之靡穷，如纽丝、铰丝、垂丝之还绊。若夫花之为色也。红则宾州、岳州、延州、陈州之美以地而分，苏家、贺家、林家、袁家之妍以人而冠，紫则朝天、乾道、军容、状元之异以贵而称，梦良、师博、潘何、惠知之丛以幽而唤，黄则叠金、叠雪偕叠罗而并娇，白则玉带、玉盆与玉版而争灿，丹则有卷丹、番丹、月丹之各殊，墨则有拨墨、染墨、晕墨之微漫，绿则比凤毛之垂，青则夺鸭卵之爨。莫不综异形于三灵，罄殊变于一榦。将使善状者谱而且疑，悟色者拈而竟叹。

其散之中爰有蒂也。华容之抽特秘，诸阳之并无加，画省之二分蜡缀，昌州之一寸绡斜。其散之中更有靥也。三寸刚有金鹤之径，八寸则有青鸳之夸；双头则有合芳之讶，三头则有会英之嘉。其散之中又零而为瓣也。迎春则有九瓣之秀，拒霜则有千瓣之奢；兔耳则有二瓣之细，鹿葱则有七瓣之遮。其散之中又聚而为蕊也。鹤顶之葱正满，麝香之蕊偏赊；合蝉之蕊自瑞，卷狮之蕊如拏。而且殊名竞纪，閟号争夸。第觉香温晓雾，艳失晨霞。并是太平之萼，俱为称意之花。

于斯之时：天帝来观，神君惊顾，太一徬徨，群灵奔赴，三十有二司朝，二万四千宰折。天上枝枝，人间树树。曾何春而何秋，亦忘朝而忘暮。不夜之彩，何假乎纤阿之辉；回飙之能，何虞乎蜚廉之怒。魏夫人乃俯碧寓而暂翔，凌紫虚而徽步。始焉迷离，既而凝注。亟召令徽而宠以诰曰：“夫落英幡洒，则沈墨之非固也；嘉卉灌丛，则苴橐之所赋也。惟汝之贤，符吾之素。吾其锡汝押忽之珍，方圆之璐；更飧汝凝津之浆，流甘之露；终畀汝以下弦一规，琱弓福库。俾汝如居士之息，贮皓魄于素壁之间；希神尧之臣，缴大风于青邱之渡。汝其敬扬新命，保乃休遇，以无坠吾剧阳之垂裕。”令徽则感激弗胜，愧谢靡喻，再拜而请于夫人曰：“今日之会，靡苞弗吐；既旋阴而斡阳，复酿和而吹煦。愿为短歌，敬写长慕。”

其歌曰：“夫人之福兮广慈霔，花姑之灵兮耀天路。庶几揽此景于无究兮，延荣晖于亿祚。”

夫人又从而和之。其歌曰：“眇孤蓬之振根兮，每刁调而难住。抑阎扶之过影兮，又凄怆而易误。得女夷于今日兮，岂二青之足妒。”

令徽更起而答以乱曰：“景彼元化，纷以寓兮。嗟彼埃壒，驰且骛兮。翳余弱抱，劳冶铸兮。获从夫人，陪从妪兮。自今以游，焉容污兮。”

白衣女子见这赋上处处嘲著风月，登时怒形于色。原来此女正是月姊。他因当年受了百花仙子讥讽，以为谪下凡尘，可消此恨；谁知他倒联捷直上，名重一时，太后公主均极隆重，因此颇为不平，特邀风姨，假扮白衣、青衣两个女子来此搅闹一场，正要借著此赋，吹毛求疵，羞辱几句。那知倒被闺臣先替群芳占了身分。不觉大怒道：“此是‘天女散花赋’，并非‘散风故月赋’。你只言花，何必节外生枝？况花根柢极微，只知献媚求荣，何能竟要轻视风月？如此措词失当，当日殿试诗赋之谬，可想而知。太后移置十名后，可见妍媸难逃圣鉴，得能不致名落孙山，乃太后格外姑容。今自不知愧，仍复随笔混写，竟是信口乱言了！”风姨道：“他句句总不畏风，要知这些花卉又非铜枝铁蕊，何能不怕风吹？莫讲粗风暴雨，不能招架，就是小小一阵凉飔，只怕也难支持了！”言还未毕，只听四面呼呼乱响，陡然起了一阵大风，把众才女吹的个个清寒透体，冷气钻心，战兢兢只管发抖。

正在惊慌，忽见半空中现出万道红光，照的凝翠馆霞彩四射，一片通红。红光之内，猛然蹿下了一个美女。那风已被红光冲散。众才女只觉眼花撩乱。更觉胆怯。紫绡、紫琼、紫菱、紫樱、丽蓉、玉蟾六位才女早已掣出宝剑，立在一旁。那个美女两手执著头笔，指著风姨、嫦娥道："尔等职掌风月，各有专司，为何无故越俎，搅乱文教？且妍媸莫辨，品论乖张，逞风狂以肆其威，借月旦以泄其忿，岂是堂堂上界星君所为？我职司闺秀，执掌女试大典，岂容殴辱斯文。特兴问罪之师，如果知罪，亟宜各归，以免饶舌；设仍不悟，弹章一上，后悔无及！"嫦娥道："我泄私忿，与尔何干？"风姨道："我正怪你点额失当，意存偏袒，你反出言责备，岂不自羞？"那美女听了，气的暴跳如雷。正在厉声分辩，只见丫环来报："又有一位道姑要来求见。"言还未毕，道姑业已走来，同美女执手相见。众才女上前见礼。

道姑向嫦娥、风姨道："星君请了，此时群芳尘缘将及期满，吾辈欢聚谅亦不远。当日彼此语言虽小有芒角，但事隔多年，何必介意？若再参商，哓哓不休，岂非前因未了，又启后世萌芽？且仙凡路隔，尤不应以违心之言，释当日之恨。况彼既俯首无词，毫无较量，亦可略消气恼。从此倘能欢好如初。不惟从前是非一概瓦解，亦足见大度汪洋，有容人之量。如其不然，何妨俟其返本还原，再明斥其非。今忽急急冒然而来，第恐举止孟浪，物议沸腾，于二位大有不利，窃为星君不取。拙见如此，尚望尊裁。"风姨连连点首道："高论极足，敢不凛遵。况我向无芥蒂，无非为他相招而来。既承见教，自应即退，以副尊命。"嫦娥道："当日无故受他讥讽，以为被谪历受劫磨，可消此忿。谁知他倒名重一时，优游乐土。心中颇为不平，因此特来一会。仙姑既正言规劝，所有前事，自当谨领尊命，一概尽释，决不挂怀。倘有后言，皇天可证，永堕尘凡！"说著，同了青衣女子出了凝翠馆，飘然而去。那个执笔女子，仍化一道红光，不知去向。

道姑正要告别。众人听他刚才那一片话，知他道行非常，必是一位仙姑，再三挽留，另设素席坐了。把赋看了一遍，连连点头道："前因不昧，足见宿慧非凡。"宝云道："请教仙姑法号？"道姑伸出两手道："贫道以此为名。"宝云道："仙姑指爪如此之长，莫作'长指仙姑'么？"道姑道："贫道乃长指山人。"若花道："那个执笔美女，当日我在海外同闺臣阿妹见过一面，后来曾在尼庵仿照塑了一像，看其光景，自然是女魁星了。请教那白衣、青衣两个女子是何星君？"道姑道："诸位才女日后在他两个姓上细细著想，少不得自能领会。"闺臣上前恭恭敬敬斟了一杯素酒，又奉了几样果品。

紫芝趁空同众人商议："这位仙姑来历不凡，必知过去未来之事，我们大家何不问问休咎，将来到底是何结局，岂不放心？"众人都道"甚好"，于是七言八语，都要请教道姑讲讲休咎。道姑道："贫道素于卜筮命相虽略知一二，但众才女有百人之多，一生穷通寿夭，一时何能说得完结。且今日之聚，也非偶然，此中因果，更非顷刻所能言的。"闺臣道："仙姑何不略将大概说说呢？"道姑道："当日我在海外曾见一首长句，细揣大略，内中因果，颇有几分仿佛诸位才女光景，如不嫌絮烦，倒可口诵一遍。"闺臣道："如此极妙。设有个明之处，尚望明白指示。"道姑道："此诗义甚精微，词多秘奥。或以数语历指一事，或以一言包括数人。其中离合悲欢，吉凶休咎，或隐或现。或露或藏，虚虚实实，渺渺茫茫，贫道见识短浅，何能知其端倪。必须诸位才女互相参详，或可得其梗概。"

闺臣道："据仙姑之言，此诗定非数句所能完的，若一总念去，我们何能得其详细？

必须分个段落，才仔细细请教。”道姑点头道：“此诗随处皆可点断。待贫道先念几句，大家不防各就所知，互相评论。设有错误，贫道不知则已，若有所知，无不尽言。”因向题花道：“才父尊名莫非‘题花’二字？闻得当日此诗因题群花而作，难得尊名恰恰相合，何不就请大笔一挥？”众人听了，莫不吐舌称异。

紫芝道：“仙姑可知我的名字么？”道姑道：“才女大名何能知道。但荷池犬儿最歹，昨日已被伤了一口，此后仍要留神才好。”星辉听了，不觉拍掌大笑。道姑道：“才女休要笑人，那绣鞋里面也非藏身之所。”话未说完，紫芝早已笑的连声称快。众人不懂，个个发愣。

纪沉鱼把昨日钓鱼各话说了，大家这才明白，不觉大笑。

题花举笔道：“请教仙姑，此诗是何起句？”道姑道：“他这起句，倒像从大周金轮而起，待贫道念来。”

未知如何，下回分解。

名师点拨

故事进行到这里，总算接上了百花仙子前世和嫦娥的恩怨，同时也预示着下文将要出现一首诗，可以暗示这百位才女命运。读者是不是也很期待呢？

阅读积累

休咎

休咎指吉凶、善恶。《汉书·刘向传》：“向见《尚书·洪范》，箕子为武王陈五行阴阳休咎之应。”唐刘知几《史通·书志》：“然而古之国史闻异则书，未必皆审其休咎，详其美恶也。”清潘荣陛《帝京岁时纪胜·岁暮杂务》：“出门听人言之吉凶，卜来年之休咎，名曰听谶语。”

第八十九回　阐元机历述新诗　溯旧迹质明往事

名师导读

本回中为读者解释了“为什么武则天可以成为皇帝”。这个问题在中国男权社会，千百年来一直让无数人探讨，而作者为这个问题赋予了天道伦理的神秘色彩。这种神话后的因果，大家是不是有不同的理解呢？

话说道姑道：“这诗起句虽系唐朝，但内中事迹倒像从大周金轮女帝而起。待贫道先念几句，自然明白：

皇唐灵秀气，不仅畀须眉。帝座威推后，……

这三句其义甚明，诸位才女自必洞悉了。”唐闺臣道：“上二句与诏上‘灵秀不钟于男子’之句相似，第三句大约说的就是太后？”

道姑道：“才女所见不错。

奎垣乃现雌。

此句对的何如？可知其义么？”小春道：“‘帝座’、‘奎垣’对的极工，而‘推后’、‘现雌’四字尤其别致。据我揣夺：闺臣姐姐海外所见女魁星，大约就是此句。”

道姑点头道：

“科新逢圣历，典旷立坤仪。”

春辉道：“这是总起女试颂诏之始，而并记其年，虽是诗句，却是史公文法。”

闺臣道：“据我管见，这四句定是紧扣全题，必须如此，后面文章才有头绪，才有针线。仙姑以为何如？”

道姑道：“才女高论极是。

女孝年才稚，亲游岁岂衰。潜搜嗟未遇，结伴感忘疲。

著屐循山麓，浮槎泛海涯。攀萝防径滑，扪葛讶梯危。

桥渡虬松偃，衣眠怪石攲。雾腥粘蜃沫，霞紫接蛟漦。

纵比蓬莱小，宁同培塿卑。”

花再芳道：“这几句说的必是闺臣姐姐。昨日听他寻亲那段话，以为不过随口乱说，哪有十四五岁的孤身弱女，就敢拚了性命，深入荒山之理；莫讲若花姐姐一人结伴，就再添几个，无非是个弱女，有何能为。今听这几句诗，才知他跋涉劳碌，竟是如此辛苦！末一联对句虽佳，但何以比蓬莱却小而又不卑呢？”若花道：“那座人山生在海岛，虽名小蓬莱，其实甚高，故有此二句。”

道姑道：“这是才女身历其境，所以明白。

泣红亭寂寂，流翠浦澌澌。秘篆偏全识，真诠许暗窥。

拂苔名已改，拾果路仍歧。”

彩云道：“前几句大约是泣红亭碑记。但‘拂苔名已改’二句却是何意？”

若花道：“闺臣阿妹原名小山，后未因在小蓬莱遇见樵夫，接著家信，才遵严命改名闺臣。起初上山时，惟恐道路弯曲，日后归时难寻旧路，凡遇岔道，于山石树木上俱写‘小山’二字，以便他日易于区别，那知及至回来，却都变为‘闺臣’二字。”芸芝道：“以此看来，原来唐伯伯竟是已成仙家了。”

道姑道：

“辙涸鳞愁渴，仓空雀忍饥。清肠茹异粒，涤髓饱祥芝。他日投簪去，凭谁仗剑随？”

婉如道：“前四句是海外绝粮，以及闺臣姐姐餐芝之事，这都明白。至‘凭谁仗剑随’，请教仙姑，却是何人？”道姑道：“上面明明写著‘剑’字，其义甚明，才女何必细问。”玉芝道：“诗上所叙闺臣姐姐事迹，长篇大论，倒像替他题了一个小照。我们一百人，若都像这样，倒也有趣。”青钿道：“都像这样，却也不难，大约删繁就简，只消八百韵也就够了。就只可惜《韵书》无此宽韵。”道姑道：“若将‘四纸’所收‘是’

字之突归在‘四真’，再把别的凑凑，大约也就够了。”

青钿道：“他们打趣我已难招架，怎么仙姑也来同我做对？”道姑笑道：“原来此中却碍著才女？贫道如何得知？偶尔失言，罚一大杯。”兰芝亲自斟一巨觥送去。

道姑饮毕道：

“林幽森黯淡，峰乱矗崎岖。

星弹奔歼寇，雷枪震殪狮。”

兰英道：“上二句大约描写山景。下二句请教怎讲？”司徒妩儿道：“妹子记得丽蓉姐姐前在两面国，曾以铁弹退寇，第三句倒像说的就是此事。”婉如道：“若论第四句，看来坐中除了紫樱姐姐，惟有俺最了然。当日唐家姑夫同俺父亲在麟凤山被一群猛兽困住，几遭大害，亏得紫樱姐姐一阵连珠枪把猛兽伤了，才解此围。那兽名狻猊，也是狮之种类。”闺臣道：“‘星弹’、‘雷枪’，可谓天生绝对。

听了这种雄壮句子，遥想二位姐姐当日那股神威，能不凛凛可畏？”

道姑道：

“雅驯调驳马，叱咤骇蟠螭。

潮缴鲲扬鬣，涛掀鳄奋鳍。”

闺臣道：“不料驳马、人鱼今日忽于诗中出现，令人意想不到。”瑶芝道：“原来姐姐知道。请教怎讲？”闺臣道：“上两句说的是若花姐姐同妹子，亏得驳马才不致为虎所伤，下两句说的是家父同我母舅，亏得人鱼才不致力火所害：一兽一鳞之微，此诗亦必叙及，可见有善必书。以此看来，鱼马之善，尚且不肯埋没，何况於人？真是勉励不小！”

道姑点头道：“诚哉是言！

踏波生剖蚌，跨浪直剸骊。罾挂逃鱼腹，……

此三句坐中只有两位少女晓得。”婉如道：“这是锦枫姐姐之事。”众人正要细问，只听道姑道：

“裙遮倏虎皮。”

婉如道：“此事也只得两人明白。前年俺父亲同姑夫在东口山游玩，忽见一只大虫，正在害怕，谁知那虎把皮去了，却是红蕖姐姐。”众人不明，洛红蕖把前事说了，众人都吐舌道：“这个岂非女中杨香么！”

道姑道：

“萑苻遭困厄，荆棘脱羁縻。”

词苑撷英

凛凛可畏：严肃，可敬畏的样子。形容声势或气派使人敬畏。

引用典故

所谓“女中杨香”是一个典故，这里众人都知道这个典故，可见大家都有才学。

若花道：“若据‘萑苻’二字，大约说的是红红阿姐遇盗被掳，后亏女盗释放，我们才得逃下山来。”

道姑道：

“符获逾墙逸，枚衔掣电追。”

婉如道：“这是妩儿姐姐盗旗，驸马遣将追赶两出热闹戏。怪不得丽蓉姐姐说他善能飞檐走壁，只这‘逾墙’二字就可想见了。”

道姑道：

“夆身腾美侠，妙手吓纤儿。秉烛从容劫，怀笺瞬息驰。”

红蕖道：“这几句不但描写紫绡姐姐黑夜行劫以及寄信之事，并且边赤足乱钻丑态几乎也露了出来。”宝云众人都向红蕖盘问，不觉大笑。玉芝道：“他劫甚么？”

宋良箴见问，惟恐洛红蕖失言，心十分著急。

道姑道：“才女慢慢自然明白。

智囊曾起瘠，仙药顿扶赢。纺绩供朝夕，机枢藉浙炊。

蒸蒸刚煮茧，轧轧又缫丝。压线消寒早，穿针乞巧迟。”

兰芝道：“上两句大约是兰音姐姐向日所言虫积之患。下四句婉如姐姐都知么？”

易紫菱道：“此事前在绿香园久已闻得蘅香、芷馨二位姐姐都善养蚕织机，若据末句，只怕还是好针黹哩。”

道姑道：

“剧怜编网罟，始克奉盘匜。”

玉芝道：“据这两句，莫非我们队里还有渔婆么？”婉如道：“岂但渔婆，并且堂堂御史还做渔翁哩！”于是把尹元取鱼为业，红英织网养亲各话说了。众人无不叹息，都道：“若非仙姑今日念这诗句，我们何能晓得海外众姐妹知有这些奇异之事。最难得婉如姐姐都能句句破解出来，真比古迹还好听。求仙姑莫要遗漏才好。”

道姑道：

“弃国甘尝荠，来王愿托葵。沥诚遥献表，抒悃密缄辞。”

萃芳道：“这段话若非若花姐姐前在朝中说过，少不得又要劳动婉如姐姐破解了。”

道姑道：

“韵切留青目，谈雄窘素髭。

秾妍钟丽质，媿嫿产边陲。”

锦枫道：“怪不得都说亭亭姐姐谈文不肯让人，据这‘窘’字，当日九公受累光景可想而知。那知如今路上倒亏他老人家起早睡晚，种种照应，真是‘人生何处不相逢’。但谈论反切，为何又留青目呢？”婉如道：“那时若不亏他另眼垂青，岂止‘问道于盲’，只怕骂的还不止哩，原来这诗用的字眼却如此尖酸。”闺臣道：“若以末句而论，倒像总结海外之意。不知下面是何起句，难道我们考试这样旷典，只轻轻点了一句就不谈了？”道姑道：“如何不谈！下面紧接就是此事，并且还将来源指出哩。”春辉道：“若说末句系结海外而言，那紫绡姐姐并非海外人，为何也列其内？”道姑道：“前路茫茫，难得而知。但此诗既将颜才女也列外洋，安知他日后不是海外人呢？”

米兰芬道：“请教女试来源究竟从何而起？就请详细指示，我们外乡人也好知其梗概。”道姑道：“你问来源么？

缘绎回文字，旋图织锦诗。抡才萦睿虑，制序费宸思。

昔阃能臻是，今闺或过之。金轮爰独创，玉尺竟无私。

鹗荐鸣鸾阙，鹏翔集凤墀。堆盐夸咏絮，腻粉说吟栀。

巨笔洵稀匹，宏章文可师。璠玙尤重品，蘋藻更添姿。”

闺臣道：“我说安有如此大典竟置之不问，原来却有如许议论，并将幽探、萃芳两位姐姐绎诗，太后制序，也都一字不遗。”舜英道：“就只缺了婉如、小春二位姐姐榜前望信一段佳话。”

道姑笑道：“才女莫忙，只怕就在下面：

盼捷心徵梦，迁乔信复疑。榜开言咄咄，筵撤语期期。”

阳墨香道：“这几句岂但描写榜前望信情景，边翠钿姐姐赴宴，满口结结巴巴，也都活画出来。”舜英道：“若把末联改作‘厕中言咄咄，筵上语期期’还更好哩。”芳芝道：“这却为何？”舜英把婉如、小春闻报，入厕狂笑光景说了，众人无不发笑。

道姑道：

“盛事传三辅，欢呼动九夷。”

闺臣道：“‘九夷’二字用的得当，连海外诸位姐姐赴试也一字不遗。据我看来：这首长句只怕就是仙姑做的。”道姑道：“何以见得？”闺臣道：“适才我刚说怎么不讲考试，你就滔滔不断，说出一大篇来，岂非是你大笔么？”道姑道：“贫道向来只知贸易，那会做诗，若会做诗，久已也来观光了。”婉如道：“仙姑所说‘只知贸易，哪会做诗’这话，倒像俺姑夫在白民国同那先生讲的至‘观光’二字，是海外道姑对俺闺臣姐姐说的，原来仙姑话中却处处带著钩儿。”

道姑道：“我又不会垂钓，哪得有钩？即使垂钓，也是无钩之钓。”紫芝道：“我看这话只怕从那钩中又套出一个钩儿。”

道姑道：

“千秋难儗俪，百卉有专司。”

闺臣道：“女试自然是千秋罕有之事。但‘百卉有专司’是何寓意？”道姑道：“其中奥妙，岂能深知。若据字面而论，那‘百卉’二字，倒像暗寓百位才女娇艳如花之意；至‘专司’二字，大约百诸位才女或授女学士之职，或授女博士之职，或授女儒士之职，岂非各有专司么？”闺臣听了，不觉笑道：“仙姑讲的却也在理，我敬一杯。”

道姑也微笑饮毕，道：“才女莫非说我讲的不是，要罚我么？我是随口乱道，何足为凭。随后又念道：

“慕仿承弓冶，绵延衍派支。”

闺臣道：“昨日绣田、月芳二位姐姐只推不会写字。若据这诗，岂非都是家传么？”

道姑道：

“隶从丹籀化，额向绿香麾。”

余丽蓉道：“紫琼姐姐府上‘绿香园’三字是凤雏姐姐大笔，这却知道；至于善隶书的却不晓得。”田凤翾指著婉如道：“这位就是行家。”

道姑道：

“御宴蒙恩眷，钦褒值政熙。”

闺臣道：“书香、文锦二位姐姐前在‘红文宴’蒙太后称赞，业已名重一时，今又见之于诗，这才是真正名下无虚哩。”

道姑道：

“吐绒闲泼墨，翦绢爱和脂。邃谷馨弥洁，层崖影自垂。

蜻蜓芦绕爵，络纬苴缠篱。团扇矜挥翰，齐纨美折枝。”

紫芝道：“这是昨日画扇一段韵事，连花卉草虫也都一一标明，就只‘层崖影自垂’说的虽是撇兰，几乎把猪尾也露出来。”题花道：“我在这里手不停毫，仅够一写，你还闹我；设或写错，我可不管。”

道姑道：

“凝神夸绝技，审脉辨良医。”

闺臣道：“若以‘良医’二字参详，可见丽春姐姐歧黄原非寻常可比。但上句不知所指何人？”紫芝道：“你问他么？就是那个拍桌子、打板凳、出神叫好的。”

道姑道：

“詹尹拈尧荚，君平掷孔蓍。”

花再芳道：“这两句大约说的芸芝姐姐同妹子了。”紫芝不觉鼻中哼了一声。

未知如何，下回分解。

名师点拨

到本回为止，作者通过长指道人，用诗句的方式总结了百位才女的事迹，又通过评论把这些事迹一一解读出来，作者的才华在这些诗句中也得到了很好的展示。

阅读积累

隶书

隶书即隶字，或称“八分”。始于秦代，原为小篆的简便写法。笔法坚厚，圆健舒展，挺拔雄伟，错落自然。它把圆转的笔迹，改成方折，有意态端穆、瘦劲雄秀的；有结构工整、流丽，以奇古见长的；也有宽闲畅劲、舒展秀丽的。东汉蔡邕参篆、籀而兼开正楷之法，谓之英体，是八分书的代表。晋隶比汉隶灵活。唐隶多为正方形，要求圆润而有顿挫，遵用汉碑笔法。后世好古者，往往轻视唐隶。

第九十回　乘酒意醉诵凄凉句 警芳心惊闻惨淡词

名师导读

本回通过诗句，展示了百位才女已经发生的各种趣事、要事，接下来的诗句却是暗示百位才女将要经历不同的人生命运。“戍鼓连宵振，军笳彻晓吹”暗示了即将到来的战事，一旦发生了战争，人生的各种厄运都有可能发生。生离死别，白发人送黑发人，妻离子散，流离失所。读者的心也紧张起来了。

话说紫芝听了再芳之言，不觉冷笑道：“这诗倒像只讲善卜之人，至于姐姐初学起课，似乎不在其内。”

道姑道：

“只因胸磊落，屡晰貌嵚巇。”

闺臣道：“这两句不独赞兰言姐姐风鉴之精，连磊落性情也描写出来，真是传神之笔。”

道姑道：

“盘走珠勤拨，筹量算慎持。来除归揣测，默运计盈亏。”

紫芝道：“此言素精算法几位姐姐。但我昨日曾要学算，不知可在其内？”再芳道：“够了！莫刻薄了！”

道姑道：

“爨致焦桐惜，弦兴改缦悲。”

紫芝道：“这个大家都知，就只再芳姐姐一心只想学课，只怕是听而不闻。”再芳道：“对牛弹琴，中不入耳，骂的狠好，咱们一总再算帐！”

道姑道：

“繁音闻李峤，翕响媲桓伊。”

闺臣道：“此是品萧吹笛诸位姐姐考语。”

道姑道：

“庭院深沉处，秋千荡漾时。

彩绳微雨湿，绛袖薄晖移。”

紫芝道：“这四句只好去问‘老蛆’、‘小蛆’，他们昨日都瞻仰过的。”众人不懂。施艳春把“黄食”笑话说了，无不发笑。

道姑道：

“斗草蜂声闹。”

春辉道：“昨日我们在百药圃摘花折草，引的那些蜂蝶满园飞舞，真是蝶乱蜂狂。今观此句，古人所谓‘诗中有画’，果真不借。”

道姑道：

“评花猿意知。”

闺臣道：“此句对的既甚工稳，而且这个仙猿非比泛常，此时点出，断不可少。”

道姑道：

“经纶收把握，竿笠弄涟漪。博弈连排遣，樗蒲属戏嬉。含羞撕片叶，……”

青钿道：“这几句所讲生钓、博弈都切题，就只丽辉姐姐‘撕牌’二字未免不切。”

紫芝道：“妹妹，你那里晓得，那时他虽满嘴只说未将剪子带来，其实只想以手代剪。这个‘撕’字乃诛心之论，如何不切！”丽辉道：“此时我一心在诗，无暇细辩，随你们说去。”

道姑道：

“角胜夺枯萁。”

闺臣笑道：“连他们夺状元筹也在上面，可谓无一不备了。”紫芝道：“岂但夺筹，只怕还有夺车哩。”小春道：“断无此事。”

道姑笑道：“何能断其必无？

门后争车觅，樽前赌砚贻。”

小春道：“真是‘怕鬼有鬼’！你这仙姑不是好人，我敬一杯。”青钿道：“下句是玉芝妹妹同老师赌东以砚为赠的话，且不必管他。此诗我不喜别的，只喜这个‘觅’字用的得神。”小莺道：“何以见得？”青钿道：“桌上只见棋盘，并不见人，及至找到门背后，才知他们夺车，岂不得神么？”小春道：“你且慢些笑人，安知诗中就无飞鞋那出戏呢？”青钿道：“这样好诗，如何有这腌臜句子！”

道姑笑道：

“他只知做诗，那里还管腌臜；就是有些屁臭，亦有何妨。

鞋飞罗袜冷，……”

小春道：“这个‘冷’字用的虽佳，但当时所飞之鞋只得一只，必须改为‘鞋飞一足冷’才妙。”

道姑道：

“枰散斧柯糜。校射肩舒臂，烹茶乳沁脾。”

宰玉蟾道："这三句含著三个典故，一是馨、香二位姐姐观棋，一是凤雏姐姐射鹄，一是紫琼姐姐品茶。妹子素口虽有好茶之癖，可惜前者未得躬逢其盛，至今犹觉耿耿。"紫芝道："你既如此羡慕，将来燕府少不得要送茶与你，何必著急！"

玉蟾登时羞得满面通红。

道姑听了，不觉暗暗点头道：

"藏钩猜哑谜，隔席叠芳词。抵掌群倾倒，濡唇众悦怡。"

紫芝道："这是猜谜、行令以及笑话之类。但为何缺了剔牙一件韵事？"再芳道："你拿镜子照照，满鼻子都是鼻烟，若编在诗里还更好哩。"紫芝道："若把鼻烟也编成诗句，我真服他是个神仙。"

道姑道："我虽非神仙，曾记诗中却有一句：

指禅参郢鼻，……"

众人听了，莫不发笑。闵兰荪道："这句自然是闻鼻烟了。请教'郢鼻'二字是何出处？"闺臣道："妹子记得《庄子》曾有'郢人漫垩鼻端'之说，大略言，郢人以石灰如蝇翼之大，抹在鼻尖上，使匠人轮起斧斤，运斤成风，照著鼻尖用力砍去，把灰削的干干净净，鼻子还是好好，毫无损伤。今紫芝妹妹鼻上许多鼻烟，倒像郢人漫垩光景，所以他用'郢鼻'二字。"紫芝道："仙姑只顾用这故典，我看你下句怎么对？果真对的有趣，我才服哩。"

语言描写

这样的语言风格，跟《红楼梦》很相似，且提到《庄子》，也是《红楼梦》中提过的，可以看出，在某些地方，两书的精神是相通的。

道姑道："那得好对，无非也是本地风光：牙慧剔丰颐。"

紫芝拍手笑道："这句真对的神化！我敬一杯。"再芳道："郢是地名，丰是丰满之意，以郢对丰，似乎欠稳。"春辉道："难道姐姐连《书经》'王来自商至于丰'也不记得么？况如今沛郡就有丰县，此是借对极妙句子，姐姐说他欠稳，未免孟浪。"

语言描写

似乎她们每天过的都是这种对对子、饮酒的生活，过得欢乐有趣。

道姑道：

"嘲说工蟾吊，诙谐任蝶欺。"

闺臣道："此句大约又是紫芝妹妹公案。他是座中趣人与众不同，所以'郢鼻'之外，又有这个考语。"

道姑道：

“聪明颦黠婢，绰约艳诸姬。”

毕全贞正在打盹，忽听此句，不觉睡眼朦胧道：“为何又闹出丫环，这是何意？”

丽蓉同妩儿只管望著小莺，小莺只急的满面通红。林书香道：“据我看来：这句或者说的是玉儿也未可知。”

道姑道：

“倦每嗤休矣，……”

紫芝道：“此句描写座中瞌睡光景，却是对景挂画；但这‘矣’字是个虚字，颇不易对，仙姑，你可晓得，他们不但爱睡，还爱吐哩。”

道姑点头道：

“哇恒鄙出而。

众人听了，忍不住一齐发笑。紫芝道：“这个‘而’字对的虽密密可圈，就只他们哇的还有一个虾仁儿，可惜不曾表出，未免缺典。”

道姑道：

“白圭原乏玷，碧璞忽呈疵。”

紫芝道：“这两句我最明白，大约上句说的是诸位姐姐美玉无瑕，下句是我丑态百出了。”花再芳道：“座中就只你爱骂人。”闵兰荪道：“而且你又满嘴乱说。”

毕全贞道：“这句说的不是你是谁！真有自知之明！”

道姑道：

“戍鼓连宵振，……”

青钿道：“为何忽要擂鼓？莫非要行‘击鼓催花’之令么？若果如此，这个‘戍’字只怕错了，还请另改一字。”

道姑点头道：“贫道只顾多饮几杯，那知却已醉了。

军笳彻晓吹。”

宝云道：“这句更古怪，莫非要打仗么？可谓奇谈了！其中是何寓意，尚望仙姑指示。”

道姑道：“此诗语句莫不明明白白，何须指示。况暗寓仙机，谁敢泄漏！

将骁单守隘，卒劲尽登陴。纛竖妖氛黑，……”

闺臣道：“仙姑既言仙机不敢泄漏，我们也不必苦人所难。况这诗句明明说著军前之事，何必细问。据我拙见，大约将来总有几位姐姐要到军营走走。就只末句‘妖氛’二字，只怕其中还有妖术邪法之类，这倒不可不防，请教仙姑：这话可是？”

道姑道：“刚才有言在先，此诗虚虚实实，渺渺茫茫，贫道何能深知。好在所剩无几，待我念完，诸位才女再去慢慢参详，或者得其梗概，也未可知。

旗招幻境奇。短帘飘野店，古像塑丛祠。炙热陶朱宅，搓酥燕赵帷。冲冠徒尔尔，横槊亦蚩蚩。”

花再芳道："据这几句细细参详，却含著'酒色财气'四字，莫非军前还有这些花样么？"

道姑道："若无这些花样，下句从何而来：

裂帛凄环颈，……"

众才女听到此句，个个毛骨悚然，登时都变色道："据这五字，难道还有投环自缢之惨么？"

道姑叹道："岂但如此！

雕鞍惨抱尸。寿阳梅碎骨，……"

众人都惊慌战栗道："这竟是伤筋动骨，军前被害，不得全尸了！何至如此之惨！"一面说著，都滴下泪来。

道姑道："你道这就惨么？还有甚于此的！此时连贫道也不忍朝下念了：

姑射镞攒肌。染碛模糊血，埋尘断缺胔。"

小春、婉如、青钿诸人听了，都垂泪道："这个竟是死于乱箭之下，体无完肤了！莫讲日后自己不知可遭此厄，就是别位姐姐如此横死，令人何以为情，能不肝肠痛碎！"说著，都哽咽起来。

道姑道：

"甫为携帚妇，遽作易茵嫠。"

毕全贞道："这是合欢未已，离愁相继。若由上文看来，大约必是其大军前被害，以致拆散鸳鸯，作为嫠妇了。"

道姑道：

"泪滴天潢胄，魂销梵宇尼。"

锦云道："我们这里那有皇家支派？这个尼姑又是何人？真令人不解。洛红蕖惟有暗暗嗟叹不已。"

道姑道：

"井几将入井，……"

玉芝道："若以'入井'二字而论，岂不又是一位孀妇？以此看来：那碑记所说'薄命谁言座上无'，这话果真不错。"井尧春道："请教仙姑，此句莫非是我休咎么？"道姑道："此诗虚虚实实，何能逆料就是才女。总而言之，此皆未来之事，是是非非，少不得日后自然明白。"青钿道："这两个'井'字不知下句怎对，请仙姑念来，我们也长长见识。"

道姑道：

"缁却免披缁。"

闺臣叹道："据这'缁'字，除了瑶钗姐姐再无第二人。但彼时他虽侥幸入场，何以竟至'免披缁'？难道那时竟要身入空门么？"缁瑶钗乳母在旁叹道："那时若非老身再三解劝，他久已躲入尼庵了。这位仙姑果真猜的不错。"众人听了，这才明白，都道：

"这两句竟是天生绝对，若非仙笔，何能如此。"

道姑道：

"瑟瑟葩俱发，萋萋蕊易萎。"

小春道："刚才仙姑说'百卉'二字系指我们而言；若果如此，你们听这下句，岂不令人鼻酸么！请教仙姑：据这诗句看来，我们众姊妹将来死于非命的不一而足，难道都是生平造了大孽而遭此报么？"道姑摇头道："如果造了大孽，又安能名垂千古。"小春道："既如此，为何又遭那样惨死呢？"道姑道："惨莫惨于剖腹剜心，难道当日比干也造甚么孽？这总是秉著天地间一股忠贞之气，不因不由就把生死置之度外。"

小春道："世上每有许多好人倒不得善终，那些坏人倒好好结果，这是何意？"

道姑道："'君子疾没世而名不称'，岂在于此。若只图保全首领，往往遗臭万年。即以比干而论，当日他若逢迎君上，纣必甚喜，比干亦必保其天年；今日之下众人一经说起，莫不唾骂。因其不肯逢迎，遇事强谏，以致不得其死；今日之下，众人一经说起，莫不起敬。岂非不得善终反强于善终么？所以世间孽子、孤臣、义夫、节妇，其贤不肖往往只在一念之差。只要主意拿得稳，生死看得明，那遗臭万年，流芳百世，登时就有分别了。总之：人活百岁，终有一死。当其时与其忍耻贪生，遗臭万年，何如含笑就死，流芳百世。贫道为何忽发此言？只因内中颇有几位要应'含笑就死'这句话哩。但世事变迁莫定，总须临时方见分晓。

> **词苑撷英**
>
> 分晓：1. 以逻辑或推理为根据所达到的东西。2. 解答;一个问题的答案、结果。3.知道,明白。4. 道理（多用于否定式）。

下面还有两段结句，待我念来：

卞家分主客，孟氏列埚篪。

凡此根牵蒂，奚殊铁引磁。"

兰言道："据这几句，可见大家连日聚会，果非偶然。"玉芝道："若据'根蒂'二字，岂非把我们认真当作花卉么？"

道姑道：

"武功宣近域，儒教骋康逵。

巾帼绅联笏，钗钿弁系緌。"

史幽探道："幸而还有这几句，毕竟闺中添了若干荣耀，可以稍快人意。"

> **语言描写**
>
> 这样顺畅的语言，为文章增光添彩。

道姑道：

"四关犹待阵，万里径寻碑。琐屑由先定，穷通悉合宜。"

小春道："也不知四关所摆何阵；若请教仙姑，大约又是不肯说的。自从'戍鼓连宵振'一连几十句，闹的糊里糊涂，只怕还是'迷魂阵'哩。"融春道："上文明明说著妖氛幻境，如何不是迷魂阵。若据第二句，只怕还有人到泣红亭走走哩。"

道姑道："诸位才女，你看后两句，岂非凡事都不可勉强么？下面贫道也有几句妄语。"因伸出长指道："总要挠著他的痛痒，才能惊醒这一场春梦哩。

爪长挠背痒，口苦破情痴。积毁翻增誉，交攻转益訾。

朦胧嫌月姊，跋扈逞风姨。镜外埃轻拭，……

贫道今日幸而把些尘垢全都拭净，此后是皓月当空，一无渣滓，诸位才女定是无往不利。但此中误事之由，谁得而知。待我再续一句，以足百韵之戮，以明此梦总旨：

纷纷误局棋。"

闺臣听了，猛然想起碑记一局之误，连忙问道："请教仙姑，何以误在棋上？"

道姑道："其中奥妙，固不可知；但以管窥之见，人生在世，千谋万虑，赌胜争强，奇奇幻幻，死死生生，无非一局围棋。只因参不透这座迷魂阵，所以为他所误。此时贫道也不便多言，我们后会有期。"当即作别而去。

众人送过，各自归席，重整杯盘。玉芝道："被这道姑疯疯颠颠，隐隐跃跃，说得心里七上八下。起初听见那几个惨死的，心中好不害怕，惟恐将来轮到自己身上；及至听到名垂千古、流芳百世几句话，登时令人精神抖抖，生死全置度外，却又惟恐日后轮不到自己身上。只要流芳百世，就是二十四分惨死，又有何妨！不知区区日后可有这股福气。"

花再芳道："妹子情愿无福，宁可多活几时，那怕遗臭万年都使得，若教我自己朝死路走，就是流芳百世，我也不愿。"闵兰荪、毕全贞听了，莫不点头称善道："现成的真快活倒不日，倒去顾那死后虚名，非痴而何！"

题花听见这些不入耳之言，心中著实不快，只得用言把他们话头打断道："他这百韵诗虽不能字字工稳，其中佳句却也不少。刚才我一面写著，细细看去，共总一千字，并无一个重字，倒是绝调。"兰荪鼻中哼了一声道："就只'遽作易茵蓌''萋萋蕊易萎'，重了两个'易'字。"春辉扑嗤笑道："姐姐既不明白，不该乱说。'萋萋蕊易萎'之易列在四寘，'遽作易茵蓌'之易列在十一陌。一是去声，一是入声，迥然不同，如何却是重字？若是这样，难道那两个'从'字也算重字么？"紫芝道："姐姐说他无重字，我同你赌个东道。"题花道："如有，我吃三杯；若无，你吃三杯。何如？"紫芝道："既如此，你先吃六杯，若无重字，照样罚我。"题花著实诧异，只得饮了六杯道："快说，快说！"紫芝道："'泣红亭寂寂，流翠浦澌澌'，这是两个重字。还有……"题花不等说完，忙走过道："原来是这重字，若不好好吃六杯，大家莫想行令！"紫芝只得照数饮了道："姐姐请人接令罢。"兰芝道："还有两个笑话未曾交卷哩。"

众人道："才听道姑'寿阳梅碎骨'那些话，虽说无妨，毕竟心里还跳个不住，莫若此时再掣一二十签，略把心神定定，一总再说。如不能说的，照例饮三杯。”

锦云道：“如此甚好。刚才掣的是天文，妹子交卷了：云芽魏伯阳《参同契》阴阳之始，元合黄芽。‘阴阳’、‘合黄’俱双声，敬兰芬姐姐并普席一杯。”

米兰芬掣了禽名叠韵道：‘杜宇《尸子》‘天地四方曰宇。’‘曰宇’双声，敬沉鱼姐姐一杯。”

沉鱼掣了百谷双声道：“大豆。崔豹《古今注》‘宣帝元康四年，南阳雨豆。’”

紫芝道：“上天雨豆，虽是祥瑞之像，不知那时可曾雨过虾仁儿？”

未知如何，下回分解。

名师点拨

百位才女的结局就如下面的诗句所言，作者通过诗句预先告诉读者，却没有点明是哪一位，我们就很好奇到底是谁？那就让我们一起看看这些诗句，一起推测下她们的结局吧。

阅读积累

《参同契》

《参同契》又称《周易参同契》。专家考证：《周易参同契》“大约写于东汉顺帝与桓帝（126 年～ 147 年）之间”，认为：该著“是世界上现存最古老、最完整的炼丹著作”。《参同契》的作者，是东汉时期会稽上虞（今浙江上虞）人魏翱，其号伯阳、云牙子。史料称其：是“性好道术”的“高门之子”；且恬淡守素，“不肯仕宦，闲居养性，”称曾得到仙人阴长生师授予他古《龙虎经》，并且尽获其中要旨。

第九十一回 拆妙字换柱抽梁 掣牙签指鹿为马

名师导读

武则天开科考试才女，录取了一百人，名次和泣红亭天书上载得分毫不差。这些才女及第后，拜见宗师，连日饮宴，赋诗游戏，表演了书、画、棋、医、卜、星相、音韵、算术等，以及灯谜、酒令、斗草、投壶等，尽欢而散。在上回中面对暗示不同命运的诗句，有了不同的态度，各位才女也走上了不同的人生结局。

话说紫芝道："上天雨豆，虽是祥瑞之像，不知那时可曾雨过虾仁儿？"纪沉鱼道："姐姐又要闹了。'阳雨'双声，敬锦枫姐姐一杯。"

廉锦枫掣了百官双声道："今日行这酒令，已是独出心裁，另开生面，最难得又有仙姑这首百韵诗，将来传扬出去，却有一句批语：都督。《张景阳集》'价兼三乡，声贵三都。''价兼'双声，敬尧蓂姐姐一杯。"

吕尧蓂掣了身体双声道："锦枫姐姐大约喜爱此诗，所以赞他。妹子就承上文再替你足一句。发肤。刘勰《文心雕龙》'辞采为肌肤。''辞采'双声，'为肌'叠韵，敬小春姐姐一杯。"

秦小春道："妹子不会说笑话，倒可以贱姓行个酒令。"玉芝道："'秦'字之多，莫过《战国策》，不知怎样行法？"小春道："此时就从妹子说起，把《战国策》'秦'字，或句或读，从一个字起，要如宝塔式，至十个字为止，句句不离'秦'字。说出者免酒，说不出饮一杯接令。"玉芝道："若是这样，即如'事秦'、'入秦'、'于秦'之类，不计其数，我们一百人，说到何时是了？"

小春道："这都不用，只用国名'齐秦''楚秦'之类。

知识延伸

《张景阳集》：别集名。西晋张协（协字景阳）著。《隋书·经籍志》著录《张协集》三卷，注云"梁四卷，录一卷"。《旧唐书·经籍志》《新唐书·艺文志》著录二卷。宋时已佚。明张溥将其辑录的张协和其兄张载的文集合刻为《张孟阳景阳集》，各一卷，收入《汉魏六朝百三名家集》。

妹子先说一个，错者罚：秦，韩秦，韩与秦，韩不听秦，韩谒急于秦，韩必入臣于秦，韩出锐师以佐秦，韩令冷向借救于秦，朝相公仲使韩侈之秦，韩为中军以与天下争秦。”

小春方才念完，众人纷纷都要交卷，这个说“我有‘楚秦’”，那个说“我有‘齐秦’”……小春笑道：“此事若非妹子预先埋伏，大家若都说出，还没一人吃酒哩。我这‘韩秦’，句句都是‘韩’字起头，‘秦’字落尾，一直到底，皆有次序，并非句中有了国名就算了。”玉芝道：“教我白想了两个‘齐秦’，那知这刻薄鬼用这坏心思！”小春道：“我替你主人敬酒，还说坏么？”

闺臣道：“幸而我还凑了一个，不至被他考倒：

秦，魏秦，魏攻秦，魏不胜秦，魏插盟于秦，魏折而入于秦，魏王且入朝于秦，魏因富丁且合于秦，魏令公孙衍请和于秦，魏请无与楚遇而合于秦。”

众人道：“国名虽有，要像‘魏’字句句起首，却想不出，只好各饮一杯。怪不得那道姑说‘隔席叠芳词’，原来又有这些花样。”

小春掣了天文双声道：“月牙。《春秋保乾图》‘月以圆照，月以亏全。’‘以圆’‘月以’俱双声，敬素辉姐姐一杯。”玉芝道：“如今又掣出天文，莫非那位仙姑又要来了？但他指爪俱有数寸之长，闻得麻姑指爪最长，莫非他是麻姑仙来点化么？”闺臣点头道：“妹妹这话，只怕竟有几分意思。”

蒋素辉掣了虫名双声道：“他脸上光光的并无一个麻子，如何说是麻姑？我去请教扬子，到《方言》找找去：蛐蜒。扬雄《方言》‘蛐蜒自关而东，谓之螾蜇。’本题、‘螾蜇’俱双声，敬紫绡姐姐一杯。”

颜紫绡掣了宫室双声道：“谁知因谈麻姑，咱倒想起《金刚经》来：园囿。《金刚经》‘祇树给孤独园与大比邱众。’‘园与’双声，敬丽春姐姐一杯。”兰英道：“我们座中只有闺臣、紫绡二位姐姐最喜静养功夫，那知行令飞起书来也是不离本意。”

潘丽春掣了药名双声。玉芝道：“这牙签有些作怪，倒像晓得丽春姐姐知医，他就钻出来。请教姐姐，假如今日多饮几杯，明日吃甚么可以解酒？”

丽春道：“葛根最解酒毒，葛粉尤妙。此物汶山山谷及澧鼎之间最多。据妹子所见，惟有海州云台山所产最佳，冬月土人采根做粉货卖，但往往杂以豆粉；惟向彼处僧道买之，方得其真。”

宝云道：“昨日家母所要方子，姐姐可曾带来？”丽春道：“此方乃人家必需，万不可少的，妹子意欲济世，所以都记在心里。此时就教玉儿写，待我念来：

全当归捌钱，川芎叁钱，益母草叁钱，炙甘草壹钱，炮姜炭伍分，桃仁（研）拾粒。水对黄酒各壹碗。煎壹碗温服。”幽探道：“此方治何病症？”丽春道：“昨日师母因家父做过御医，命宝云姐姐告诉我，当日老师有位姨娘，因产后瘀血未净，以致日久成痞去世，惟恐别位姨娘再患此症，所以问我可有秘方。恰好我家祖传有这‘生化汤’古方，凡产后瘀血未净，或觉腹痛，即服叁伍剂，最能去瘀生新，每日再能饮一杯童便，可保永无存瘀之患。此方若能刊刻，家家施送，真是阴骘不小。至师母所问肿毒之药，惟

‘五黄散’最妙。其方用黄连、黄柏、黄芩、雄黄、大黄，每样伍钱，共研极细末，磁瓶收贮，凡肿毒初起，用好烧酒调搽数次即消。这也是我家秘方。大家记了，即或自己不用，传人济世，也是好的。”

兰芝道：“这算丽春姐姐行了一个小令，我们也饮一杯。”

丽春道：“妹子就借‘葛根’交卷了：葛根。《管子》‘地者，万物之本原，诸生之根菀。’‘万物’双声，敬紫樱姐姐一杯。”唐闺臣道：“妹子闻得葛根人都叫作葛梗，这是何意？”丽春道：“前人医书并无‘梗’字之说，大约这是近日医家写错了。”

魏紫樱掣了宫室双声道：“若非‘根’字，何能承上。我只好也用元韵：门楣。《晏子》‘楚人为小门于大门之侧而延晏子。’”紫芝向再芳道：“姐姐如发倦，何不进这小门打个盹去？”再芳不解此书之义，因答道：“他们既延晏子，我就进去何妨。”众人忍不住发笑。紫樱道：“‘延晏’双声，敬紫菱姐姐一杯。”

易紫菱掣了列女双声道：“婉儿。皇甫谧《高士传》老莱子为婴儿戏以娱亲。’‘老莱’、‘以娱’俱双声，敬蘅香姐姐并普席一杯。妄用时音，自行检举，罚一杯。”春辉道：“‘儿’字读作时音，与‘婉’字同母，倒可不罚；但误用时人，却是要罚的。”紫菱道：“我用《灵飞经》所载爱儿，何如？”青钿道：“‘爱儿’二字，见陶宏景《真灵位业图》，不始于钟绍京，误用时书，也罚一杯。”

玉芝道：“令中不准用时人，为何姐姐要用婉儿？况且当日阅卷也有他在内，还算我们不及门的老师哩。”

紫菱道：“我因他有个评论，心中甚为不平，因此特将他的小名叫出，解解闷气。”青钿道：“是何评论？”紫菱道：“妹子闻他向日曾以牡丹等类三十六花分为师、友、婢，上、中、下三等，别的失当之处也不管他，我只不服为何好好把个凤仙列之于婢？他说芙蓉朝开暮落，其性不常，不能列之于友。至于凤仙，非芙蓉可比，若浇灌得宜，不使结子，能开三月之久。俗语说的‘花无百日红’，以凤仙而论，实有百日之红。向来有千层的，有并蒂的，又有一株而开五色的，各种颜色，无一不备。即如桃红一种，就有深浅三四等之分，其余可想而知。又有一种千层并蒂，能叶上开花，名叫‘飞来凤’；近日又有‘千层顶头凤’，其花大如酒杯，宛如月季。各样异

知识延伸

《管子》：是托名管仲的一部论文集。不是一人一时之笔，也不是一家一派之言。内容比较庞杂，涉及政治、经济、法律、军事、哲学、伦理道德等各个方面。写作年代大抵始于战国中期直至秦、汉。

种，不能枚举。载种即易，又最长久。花之娇妍，无过于此。妹子每年总以绝好美种载植数百盆，以木几由高至下，层层罗列，觉秋光明艳，赛过春花，如此佳品，求其列之于友而不可得，能不替他叫屈？”青钿道：“此花虽好，就只无香，列之于婢，或者因此。”紫菱道：“凡花有色者往往无香，即如有翼者皆两其足。天下之事，哪能万全？若因有色无香，就列之于婢，试问牡丹、芍药、海棠之类，又何尝有香？大约色香俱全的惟有梅花，其次玫瑰，皆花中妙品。除此之外，岂可多得？”那边若花听了，暗向闺臣道：“当日你说碑记我们都有‘司花’字佯，紫菱姐姐这样替凤仙抱屈，莫非他是凤仙主人么？”闺臣点头道：“看这光景，只怕是的。”

兰芝道：“诸位姐姐或说笑话，或行小令，也该结结帐替我生发了。”薛蘅香道：“我不会说笑话，只好行个抽梁换柱小令。”青钿道：“一切酒规照前，不必再宣，姐姐说罢。”蘅香道：“我说一个‘军’字，把当中一竖取出，搓成团儿，放在顶上，变成‘宣’字。”兰言道：“这令虽有趣，只怕一时要凑几个倒费事哩。”秀英道：“我说一个‘平’字，把当中一竖取出，搓团放在顶上，变成‘立’字。”众人齐声叫好。玉芝道：“我说一个‘车’字，把当中一竖取出，搓团放在顶上，是个……”春辉道：“说了半载了，怎么不说了？”玉芝道：“才想的明明白白，怎么倒又忘了？”青钿道：“据我看来：你这抽梁换柱，大约也同‘分之，人也’，又是自创的时样儿。”紫芝道：“蘅香姐姐是搓成团子，我要拉做长条儿，可使得？”蘅香道：“只要有趣，何所不可。”紫芝道：“我把玉芝妹妹搓坏的那个团子，拉做长条儿，放在破车当中，仍是一个整车，这叫做‘反本还原’。”众人笑著，都饮一杯。

米兰芬道：“我饮两杯，托玉姑娘替我说个笑活。我的表兄是个秀才，你若教我一个骂秀才的，格外再饮一杯。”玉儿道：“有一老翁，最喜说笑话。这日元宵佳节，出去看灯，遇见几个秀才把他拦住，求他说笑话。老翁道：‘笑话倒也不难。就只今日饮食不消，身子甚觉发懒。’众秀才道：‘为何饮食不消？’老翁道：‘前日偶尔吃了几个未煮熟的汤圆，肚腹一连疼了两日，刚才大解，细细一看，谁知还是几个生圆。’”青钿笑道：“颜色可曾发绿？”绿芸道：“未发绿，倒变青了，所以都穿著青衫。”

吕瑞蓂道：“我还欠著一个笑话，我饮两杯，只好也烦玉儿了。”

玉儿道：“有个解子，解一和尚发配。行至中途，偶然饮醉，不知人事。和尚趁其睡熟，即将解子头发剃去，并将自己僧衣脱了，给解子穿了；又把枷锁除下，也与解子戴了。登时逃去。解子酒醒，不见和尚，甚为焦躁。徘徊许久，忽见自己身穿僧衣，因将头上一摩，宛然光头和尚，及至细看枷锁，也都戴在颈上。不觉诧异道：‘和尚明明在此，我往何方去了？’”兰言笑道：“这个解子忘了本来面目，究竟醉后，还情有可原。近来世上竟有明明白白的，忽然胡言乱道，忘了本来面目，不知又是何意？”紫芝道：“大约还是宿酒未醒。”

青钿道：“玉儿快接下去，我饮两杯。”玉儿道：“有一道学先生，教人只体贴得孔子一两句言语，便终身受用不尽。忽遇一个少年道：‘在下生平也只体贴孔子两句，极亲切，自觉心宽体胖。’道学先生听了，不觉起敬道：‘不意先生如此青年竟有这等颖悟！

不知是那两句？’少年道：‘脍不厌精，脸不厌细。’”说的众人个个发笑。”

红珠道：“笑话完了，请蘅香姐姐接令罢。”兰芝道：“此后酒令所剩无几，所有酒规，自应仍照前例，似可不必一总结算了。”蘅香掣了桥梁双声道：“城池。严遵《道德指旧论》‘通千达万而志在乎陂池。’‘陂池’叠韵，敬紫芝姐姐一杯。”

语言描写

作者写了很多人物，需要处理各种对话。把握人物的心理，是写好对话的关键。

紫芝道：“这两日我手气不好，看牌就输，何能掣著好签。玉儿替掣一枝。只要掣著天文、地理宽宽题目，就有文章做了。”玉儿答应，掣了一签。正要看时，青钿夺过望望，是个天文，忙朝桶内一丢，道：“虫名双声。”紫芝道：“完了！我因上手漏报‘万而’双声，正在得意，那知又弄出这个难题目！原来他的手气比我还丑。我最恶的是虫名，他偏要钻出来，真是‘怕鬼有鬼’。莫非不是虫名，你乱说罢？”青钿道：“姐姐既嫌此题太窄，就另掣一签何妨？”

紫芝道：“呸！混说！我岂肯乱令！这总怪玉儿手气不好。你想这个虫名，即如他们所飞蜘蛛、蛐蜒之类，所有双声叠韵，都在本题身上，岂能教人吃酒？你若掣个天文、地理，有的是风云、雷雨、江河、湖海，处处都可生发。如今弄了这个，还不知可能敷衍交卷。我被你闹的真是‘江郎才尽’了。”

春辉道：“别人掣签，不过略想一想，即刻就接令；他是先要谈论一番，然后慢慢再构思。玉儿！你写了多时，只怕乏了，且到花园顽顽歇歇去，这里接令还早哩。”紫芝道：“姐姐倒不必激我。我虽想了一个虫名，但报过之后，有人把这名字，不论颠倒，或在经史子集，或在注疏之中，道此两字的，我另外说一笑话；说不出，各饮一杯，何如？”兰芳道：“这倒有点意思。假如座中有两人道此二字呢？”紫芝道：“那怕十位道此二字，我就说十个笑话。倘你们说过之后，我也说出一个，怎样说？”众人道：“我们自应也饮一杯。”幽探道：“忽又套出许多令来，还不知是个甚么惊天动地的虫名哩。妹妹请罢。”紫芝道：“诸位姐姐躲远些，我说出来，被他咬了我可不管：臭虫。《山海经》‘其状加人而二首，名曰骄虫。’‘加人’双声，‘人而’双声，‘而二’双声，敬琼英姐姐一杯，笑话一个，普席两杯。”

语言描写

这里通过人物的语言表现了生活中的某种趣味，这种趣味温暖人心。

吕祥蓂道：“你弄出许多双声，倒不如每人吃一壶罢。”宝钿道：“这个顽的好，忽又闹出臭虫来了。”兰言道：“我的菩萨！这两个字却从那部书上找去？我先认输吃一杯。”戴琼英道：“兰芝姐姐不准一总结帐，我这笑话谁肯替我说，我好吃酒？”紫芝道：“你吃两杯，我替你说个‘翻筋斗’的令。”星辉道：“怎么叫做翻筋斗？”紫芝道：“假如说一个字，一个筋斗翻过来，笔画虽然照旧，却把声音变了。说不出，仍照前例饮一杯。我说一个‘士’字，翻了一个筋斗，变成‘干’字。”月芳道：“这倒有趣，可怜一时想不出。”秀英道：“我用贱姓‘由’字，翻个筋斗，变成‘甲’字。”春辉道：“紫芝妹妹故意弄这酒令惑乱人心，谁去想他！我们且将这杯饮了，再把普席两杯干了，好去替他捉臭虫。”

紫芝道：“去年我因臭虫多的狠，买了一包毒臭虫的药，甚为欢喜。及至打开一看，里面写著：‘如捉住臭虫，把药塞他嘴里，登时就可毒死；设或不死，再塞一二次，总以毒死为度。’今年又买一个秘方，展开一看，却是‘勤捉’二字。”

亭亭道：“姐姐且慢谈论，妹子有话请教：这‘臭虫’二字，刚才姐姐宣令时，曾有不论颠倒之话，我却想起一句。”紫芝道：“姐姐这话，好不令人毛骨悚然，莫非此节是两个‘王’字做的么？”亭亭连连点头。

未知如何，下回分解。

名师点拨

本回又重新回到了酒令，其中有了絮絮叨叨的议论，还有灵丹妙药，治疗产后瘀血未净秘方，有祖传的‘生化汤’古方，治疗肿毒之药，有‘五黄散’等，才女们还讲了很多笑话。当这些酒令结束之后，这些才女们各自的命运轨迹开始了。

阅读积累

芍药

花白、黄、粉红、紫红，单瓣或重瓣。花期5～6月。甘肃各地广泛栽培，而以兰州、临洮、临夏、榆中等地品种最多，作切花生产亦有前景。芍药性极耐寒，我国北方均可露地越冬。宜壤土及沙质壤土，排水良好，阳光充足之地。甘肃野生分布多种，除芍药外，以川赤芍分布最广，此外还有草芍药、毛叶草芍药、美丽芍药、毛赤芍、单花赤芍等。

第九十二回　论果赢佳人施慧性　辩壶卢婢子具灵心

名师导读

即使是满腹经纶的才女，可年龄都不过是花季少女，聪明伶俐又带有些淘气、爱闹腾，在本回中通过“臭虫”这个词语的辩论，得到了很好的体现，读者看到这是不是也会有不一样的情感呢？

话说亭亭点头道：“还是‘五行’哩。”紫芝道：“不必说，我吃一杯。”

春辉道：“我也晓得了，上面还有‘卯金刀’哩。”众人不懂。春辉道：“《汉书·五行志》曾有‘为虫臭恶’之句，却是班固引刘向的话，所以他说‘五行’篇，我说‘卯金刀’了。”

众人道：“请教臭虫主人可能也说一个？”紫芝道：“你们可晓得本朝有个喜吃臭虫的？”众人道：“又说本朝了，罚一杯。”紫芝道：“我说晋朝郭璞，可使得？他注《尔雅》，曾言‘负盘臭虫’，难道你们还不该吃……”略停一停，又接著道：“一杯么？”春辉道：“你把一句话分做两截说，这个意思，也教我们吃臭虫了。”紫芝道：“话虽如此，但喜臭虫之人，乃吃的是负盘，其形似蜂；若认做咬人的臭虫，那就错了。”春辉道：“吃到这些臭东西，还要替他考正，你也忒爱引经据典了。”紫芝道：“若不替他辩明，将来都要乱吃，姐姐还当得住么？”春辉道：“他吃臭虫，为何我当不住？看这光景，我又变做臭虫了。你可晓得我这臭虫是爱咬人的？”说著，走了过来。紫芝道：“好姐姐！莫咬！算我说错，罚一杯。”兰言道：“二位姐姐莫闹臭虫了，天已不早，快接令罢。”

知识延伸

《汉书·五行志》：班固所作，是中国历史上第一部全面论述春秋、西汉时期五行灾异理论的志书，该志所记内容有其深厚的经学根源。从孔子编订“六经”创立儒家学说开始，阴阳五行说便与儒家经典相联系。文章从先秦经学中的《易经》《尚书》《春秋》入手，探讨《汉书·五行志》与儒家经学思想的理论渊源，进而探究阴阳五行思想下的中国古代思想系统。

琼英掣了宫室双声道："承尘。干宝《搜神记》'飞上承尘。'本题双声，敬芷馨姐姐一杯。"兰言听了，望了一望，不住摇头。窦耕烟暗暗问道："姐姐为何摇头？"兰言道："此书原是'鸠来为我祸也飞上承尘'一连十个字，才是一句。今琼英姐姐因上半句话语不好，只飞下半句。我细细把他一看，那知此句竟是他的谶语，也是一位不得其死的。"耕烟道："待我问他一声。"

因叫道："姐姐要飞'尘'字，书中甚多，即如刘峻《辨命论》、班彪《北征赋》，以及《晋纪·总论》、屈原《渔父》之类，都可用得，必定要用《搜神记》，这是何意？"琼英道："妹子原想用《何水部集》'寻玉尘于万里，守金龟于千年'。谁知不因不由，忽把此句飞了出来。"

姚芷馨掣了财宝双声道："真珠。陆贾《新语》'禹捐珠玉于五湖之渊。''玉于'双声，敬秀英姐姐一杯。"

闺臣道："适因此珠，偶然想起昨托宝云姐姐请问师母之话，可曾问过？"

宝云道："昨日姐姐去后，妹子细问家母，据说姐姐之珠，乃无价之宝，务须好好收藏。家父真珠虽多，类如此等的，也只得两颗。但各珠名号不同，其类有龙、蛟、蛇、鱼、鳖、蚌之分，龙珠在额，蛟珠在皮，蛇珠在口，鱼珠在目，鳖珠在足，蚌珠在腹。姐姐之珠，乃大蚌所产，名'合浦珠'。"廉锦枫道："师母这双慧眼，真是神乎其神。此珠果是大蚌腹中之物。"宝云道："姐姐何以晓得？"

闺臣就把锦枫取参杀蚌各话说了，众人听了，莫不赞叹锦枫之孝。春辉道："刚才我们说王休徵卧冰求鱼，已是奇孝，谁知锦枫姐姐入海取参，竟将性命置之度外，如此奇孝，普席也该立饮一杯，大家也好略略学个样子。"众人饮毕。

秀英掣了列女双声，想了多时，忽然垂下泪来道："此时我们只顾在此饮酒。只怕家中都是：朝姝。《战国策》'汝朝去而晚来，则吾倚门而望。'"

玉芝道："'汝暮去而不还，则吾倚闾而望。'"闺臣同锦枫、亭亭听了，都泪落如雨。座中凡有老亲而在异乡的，听了此句，又见秀英、闺臣这个样子，登时无不堕泪。兰芝道："姐姐：这是何苦？甚么飞不得，单要飞这两句？究竟那位接令？真闹糊涂了。"司徒妩儿道："他在那里伤心，我替盟姐说罢：'而晚'、'而望'俱双声，敬妩儿妹妹一杯。此系时音，不敢替主人转敬。"题花道："时音还是其次，至《战国策》正令虽未飞过，宝塔词却用的不少，只怕要罚一杯。"

秀英道："我用枚乘《七发》'麦秀蔪兮雉朝飞'。"紫芝道："姐姐何不用《齐书》'虱有谚言，朝生暮孙'？或用徐干《中论》'小人朝为而夕求其成'？普席岂不都有酒么？"兰言道："秀英姐姐不必另飞，省得接令换人又要争论，好在《战国策》与正令还不重复，也可用得。"

司徒妩儿掣了虫名叠韵道："蒲卢。《尔雅》'果蠃蒲卢。''果蠃'，本题俱叠韵，敬玉蟾姐姐一杯。"

春辉道："《诗经》是'螟蛉有子，蜾蠃负之'，《尔雅》又是'果蠃蒲卢'。一物而兼三名，原不为奇，最难得都是叠韵。古人命名之巧，无出其右，这可算得千古绝唱了。”题花道：“此中还有几个奇的。若把‘蠃’之当中‘虫’字换个‘鸟’字，《博雅》谓之‘果蠃桑飞’，却又变成鸟名；再把‘鸟’字换做‘果’字，《诗经》谓之‘果蠃之实’，忽又变成瓜名。三个都是同音。这个不但命名甚巧，并且造字也巧。”

玉儿道：“祝才女把‘虫’字读做‘虫’音，不知有何出处？只怕错了。”题花道：“我愿知‘虫’是古‘虺’字，应当读‘毁’，只因一时匆忙说错，罚一杯。你这玉老先生，我实在怕了！”

兰言道：“玉儿，你既这样聪明，我再考你一考，请教店铺之‘铺’，应做何写？”玉儿道：“应写金旁之‘铺’。”兰言道：“帐目之‘帐’呢？”玉儿道：“此字才女只好考那乡村未曾读书之人。我记得古人字书于帐字之下都注‘计簿’二字，谁知后人妄作聪明，忽然改作贝旁，其实并无出处。这是乡村俗子所写之字，今才女忽然考我，未免把我玉儿看的过于不知文了。”兰言道：“玉老先生莫动气，是我唐突，罚一杯！”

玉蟾掣了花卉叠韵道：“我们连日在老师府上，妹子有个比语，说来求教：芄兰。《家语》‘人善人之室，加入芝兰之室。’‘加入’双声，敬香云姐姐一环。”兰言道：“此句飞的乃‘言道其实’，万不可少，恰恰飞到香云姐姐，尤其凑巧。明日老师看见这个单子，见了此句，必说我们这些门生虽然年轻，还是识得好歹的。”小春道：“独赞宝云姐姐，岂不把今日的主人落空么？”春辉道：“何尝落空？你把飞的‘芝兰’二字翻个筋斗，岂不是今日的主人么？”众人听了，不觉大笑，都道：“这句飞的原巧，也难得春辉姐姐这副锦心，这张绣口。”

香云掣了虫名叠韵道：“螳螂。《吴越春秋》‘夫黄雀但知伺螳螂之有味。’本题叠韵，敬再芳姐姐一杯。”兰言道：“每见世人惟利是趋，至于害在眼前，那里还去管他。所以俗语说的：‘人见利而不见害，鱼见食而不见钩。’就如黄雀一心要捕螳螂，那知还未到口，而自己却命丧王孙公子之手，岂非为螳螂所害？古人因贪利之辈不顾祸患，故设此语以为警戒。无如世人虽知其语之妙，及至利到跟前，就把‘害’字忘了。所谓‘利令志昏’，能不浩叹？”

青钿道：“再芳姐姐接令了。”花再芳因紫芝臭虫之令又多饮几杯，正在打盹，忽听此言，连忙接过签筒，掣了一枝，高声念道：“身体双声。”众人听了，想起兰荪的脚筋，由不得又要发笑；因再芳性情不好，大家也不敢多言。紫芝却暗暗写了一个纸条拿在手里。只见再芳在那里一面摇著身子寻思，一面拿著牙杖剔牙。紫芝趁势过去道：“姐姐只怕也是肉圆子塞在牙缝里，我替你剔出来。”

再芳仰首张口。紫芝朝里望一望道：“这个好剔，只有豆大，是个红的。”接过牙签，放入口内，朝外一剔，看了一看，撂在地下道：“我说为何通红，原来是个臭虫。”再芳道：“左边也塞的狠，你也替我剔出来。”紫芝又剔出，朝地下一丢道：“我只当是些脂麻，原来是几张虱子皮。”就势把纸条递过，随即归位。

再芳看了，乐不可支，慌忙说道：“秃头。《谷梁传》‘季孙行父聘于齐，齐使秃者御秃者。’重字双声，敬琼芳姐姐一杯。”引的众人由不得好笑。春辉道：“这都是紫芝妹妹造的孽。我同你赌个东道，除前书之外，如再飞个秃字，或双声，或叠韵，我吃一杯。并且所飞之句仍要归到形体，至于苏武秃节效贞，孔融秃巾微行之类，那都不算。”紫芝想一想道：“有了，《东观汉记》，‘窦后少小头秃，不为家人所齿。’这是本题双声。又《许氏说文》，‘仓颉出，见秃人伏禾中，因以制字。’这是‘因以’双声。还有《风俗通》，‘五月忌翻盖屋瓦，令人发秃。’这是‘屋瓦’双声。别的虽有，大家用过之书我都忘了，必须查查单子去。”春辉道：“查出不算。”紫芝道：“既如此，就吃三杯饶你罢！”春辉道：“我记得他们议论‘菽水’，《风俗通》倒像有人用过。”紫芝道：“呸！我也吃一杯。”

青钿道：“刚才玉儿替紫芝姐姐掣的实系天文，我因题目过宽，所以改个虫名，那知还是教他灌了好几杯。”紫芝道：“并且亭亭姐姐说的那句《汉书》，还多谢你们把笑话也免了。”春辉道：“这个亏吃的不小。怎么九十多人都被他闹臭虫搅糊涂了？少刻这笑话一定要补的。”

叶琼芳掣了兽名双声道：“騊駼。《司马文园集》‘轶野马，韢騊駼。’‘野马’叠韵，本题双声，敬银蟾姐姐一杯。”题花道：“这两句竟是套车要走了。”众丫环道：“车都套齐，久已伺候了。”玉芝道：“祝才女说的是书，何尝问你们套车。看这光景，你们倒想家了。”史幽探道：“正是。天已不早，此令不知还有几人。”玉儿道：“还有八位才女。”众人齐催拿饭。兰芝只说：“天时尚早，尽可从容。”

宰银蟾掣了蔬菜叠韵道：“壶卢。刘义庆《世说》‘东吴有长柄葫芦，卿得种来否？’本题双声，敬兰芳姐姐一杯。”兰言道：“玉儿，我考你一考，此句怎讲？”玉儿道：“这是当日陆士衡弟兄初见刘道真，以为道真不知问些甚么大学问的话，谁知他只问壶卢种可曾带来。”紫芝道：“我也学刘道真了，请问婉春姐姐，你们会稽山的老虎最多，你来时可曾把虎须带来？”婉春道：“姐姐要他何用？”

紫芝道：“我要两根送兰荪，再芳二位姐姐做剔牙杖。”兰言道：“玉儿，你把单子拿来我看。”玉儿送过，兰言看了道：“这‘壶卢’二字，为何写作两样？究竟用哪个为是？”玉儿道：“历来写草头虽多，但据我的意思：壶是饮器，卢是饭器，北边此物极大，大都作为器用，古人命名，必是因此。《诗》有‘八月断壶’之句，并非草头。至于草头二字，葫是大蒜，芦是蒲苇，会义指事，迥然不同，不如无草头最切。当日崔豹虽未言其所以，却已用过。”兰言道：“玉老先生请罢！将来我们再写这两个字，断不‘依样葫芦’一定要改‘新样壶卢’的。”

蔡兰芳掣了地理双声，忖一忖道：“妹子虽想了两句，但一有普席之酒，一无普席之酒，若取吉利，却无普席之酒。”兰言道：“且把吉利的交了卷再讲。”

兰芳道：“黄河。王嘉《拾遗记》‘黄河千年一清，圣人之大瑞也。’本题双声，‘千年’叠韵，敬锦心姐姐一杯。”兰言道：“普席之酒却是何句？”

青钿道：“我猜著了：莫非。虞荔《鼎録》‘寇盗平，黄河清’么？”兰芳道：“并非《鼎録》。是《吕氏春秋》‘吕梁未发，河出孟门’。”兰言道：“这句却有‘吕梁’‘孟门’两个双声，既如此，我们普席各位半杯。”

言锦心掣了花卉双声道：“妹子并无好句，不过搪塞完卷。至于以上所飞之句，处处入妙，却有一比：荷花。李延寿《南史》‘此步步生莲花也。’重字双声，敬闺臣姐姐一杯。”青钿道：“且慢斟酒！这部《南史》，正令虽未用过，我记得刚才红英、尧春二位姐姐以琴棋二字打赌，曾用李延寿《南史》；并且红英姐姐曾借‘李’字说过玄元皇帝一个笑话。姐姐误用重书，只怕要罚一杯。”井尧春道：“春钿姐姐记错了！我用的是李延寿的《北史》，并非《南史》。”

青钿只得饮了一杯道：“我今日闹的糊里糊涂多吃了许多酒，总是‘湖州老儿’把我气的。”

闺臣掣了时令双声道：“兰芝姐姐，天已黄昏，所谓‘臣卜其昼，未卜其夜’。请赐饭罢。妹子就用‘黄昏’二字交卷，以记是日欢聚几至以日继夜之意。”青钿道：“‘黄昏’二字，虽是对景挂画，就只可惜是个俗语。”闺臣道：“‘日至虞渊，是谓黄昏。’见《淮南鸿烈》，岂是俗语。”春辉道：“他才把酒干了，倒又想吃，真是好量。”

忽闻远远的一片音乐之声，只见丫环向宝云道：“各灯都在小鳌山楼上楼下分两层挂了，请小姐先去看看，如有不妥，趁此好改。夫人恐众才女过去看灯，未备花炮，觉得冷淡，现命府中女清音在彼伺候。”众人道：“即已挂齐，我们就同去走走，少刻再来接令。”一齐出席，离了凝翠馆。

宝云道：“兰芬姐姐如把这些灯球算的不错，我才服哩。”兰芬听了，甚觉不懂，只得含糊应道：“妹子只能算算天文、地理、勾股之类，何能会算灯球。”

董花钿道：“我们今年正月在小鳌山看灯，哪知转眼又交夏令了。”只闻音乐之声渐渐相近，不多时，来到小鳌山，原来三面串连大楼二十七间，只南面一带是低廊，楼上楼下俱挂灯球，各种花样，五色鲜明，高低疏密，位置甚佳。兰芬道：“怪不得姐姐说这灯球难算哩。”

未知如何，下回分解。

词苑撷英

搪塞：敷衍塞责，随便应付。塘堤有万孔，只塞其一。引申为敷衍，不负责。

动作描写

凝翠馆这个名字，很有诗意，很有内涵，耐人寻味。人物总在这样的空间中活动，像生活在画里。

名师点拨

行酒令到本回终于告一段落，众人离开了凝翠馆，来到了小鳌山，看见了“三面串连大楼二十七间，只南面一带是低廊，楼上楼下俱挂灯球，各种花样，五色鲜明，高低疏密，位置甚佳”。这么多的灯该怎么数出来呢，我们看看古代的算术是怎样得出结果的。

阅读积累

《战国策》

《战国策》是一部国别体史学著作，又称《国策》。记载了西周、东周及秦、齐、楚、赵、魏、韩、燕、宋、卫、中山各国之事，记事年代起于战国初年，止于秦灭六国，约有240年的历史。分为12策，33卷，共497篇，主要记述了战国时期的游说之士的政治主张和言行策略，也可说是游说之士的实战演习手册。

第九十三回 百花仙即景露禅机 众才女尽欢结酒令

名师导读

楼上灯有两种：一种上做三大球，下缀六小球，计大小球九个为一灯；一种上做三大球，下缀十八小球，计大小球二十一个为一灯。至楼下灯也是两种：一种一大球，下缀二小球；一个大球，下缀四小球。这里告诉我们四种不同的灯球，读者看到这，是不是脑海中浮现了它们的样子呢？

话说兰芬道："怪不得姐姐说这灯球难算，里面只有多的，又有少的，又有长的，又有短的，令人看去，只觉满眼都是灯，究竟是几个样子？"宝云道："妹子先把楼上两种告诉姐姐，再把楼下一讲，就明白了。楼上灯有两种：一种上做三大球，下缀六小球，计大小球九个为一灯；一种上做三大球，下缀十八小球，计大小球二十一个为一灯。至楼下灯也是两种：一种一大球，下缀二小球；一个大球，下缀四小球。"众人走到南边廊下，所挂各色连珠灯也都工致，一齐坐下，由南向北望去，只见东西井对面各楼上下大小灯球无数，真是光华灿烂，宛如列星，接接连连，令人应接不暇，高下错落，竟难辨其多少。

宝云道："姐姐能算这四种灯各若干么？"兰芬道："算家却无此法。"因想一想道："只要将楼上大小灯球若干，楼下灯球大小若干，查明数目，似乎也可一算。"宝云命人查了：楼上大灯球共三百九十六，小灯球共一千四百四十；楼下大灯球共三百六个，小灯球共一千二百。兰芬道："以楼下而论，将小灯球一千二百折半为六百，以大球三百六十减之，馀二百四十，是四小球灯二百四十盏；于三百六十内除二百四十，馀一百二十，是二小球灯一百二十盏。此用'雉兔同笼'算法，似无舛错。至楼上之灯，先将一千四百四十折半为七百二十，以大球三百九加六减之，馀三百二十四，用六归，六三添作五，六二三十二，逢六进一十，得五十四，是缀十八小球灯五十四盏；以三乘五四，得一百六十二，减大球三百九十六，馀二百三十四，以三归之，得六十八，是缀六小球灯数目。"

宝云命玉儿把做灯单子念来，丝毫不错。大家莫不称为神算。又听女清音打了一套十番，惟恐过晚，都回到凝翠馆。

青钿道："闺臣姐姐要用即景'黄昏'二字，可曾有了飞句？"闺臣道："我因刚才禅机笑话们有所感，却想起葛仙翁一句话来：黄昏。《抱朴子》'谓黄老为妄言，不亦惜哉！''为妄'双声，'亦惜'叠韵，敬红珠姐姐一杯，普席一杯。"兰言道："闺臣妹妹这两句，因世人不信人可成仙，特引此书为之提醒，虽是一片婆心，但看破红尘，能有几人？莫讲成仙了道，略把争名夺利各事看的淡些也就好了。我看贤妹仙风道骨，大约上了小蓬莱已行了元妙，日后飞升时倘将愚姐度脱尘凡，也不枉今日结拜一场。"闺臣道："姐姐说我日后飞升，谈何容易！这才叫作'望梅止渴'哩。"闵兰荪道："你们只顾说这不中听的话，岂不把笑话耽搁么？"

掌红珠道："姐姐莫忙。适因'成仙了道'之话，倒想起一个笑话。一人最喜饮酒，并且非肉不饱，每日惟以赌钱消遣。一日，遇见仙人，叩求长生之术。仙人道：'看你骨格，乃有根基之人。我有仙丹一粒，你拿去服过之后，即可长生不老。但有几件禁戒之事必须牢记，设或误犯，虽服仙丹，也是无用。'此人接过仙丹道：'请教所戒何事？'仙人道：'只得七个字：戒酒除荤莫赌钱。'此人思忖良久，把仙丹退还道：'这有何趣？'"兰言笑道："以此而论，放著现成仙丹还要退回，你若教他苦修，岂不难么？"

红珠掣了饮食双声道："今日蒙兰芝姐姐赐饭，明日还不能出门哩。"兰芝道："这却为何？"红珠道："当日北齐皇甫亮曾对文宣有句话，妹子说来，姐姐就明白了。酒浆。李百药《北齐书》'日醉，一日病酒。''一日'、'一日'俱叠韵，敬春辉姐姐一杯，普席一杯。"兰言道："今日的酒，真是络绎不绝。又有两位令官监酒，丝毫不能容情，大约座中未有不是尽欢尽量。明日病酒这话真真不错。"小春道："只要有了云台山的葛粉，怕他怎么！"

春辉道："妹子因古人造字有象形之说，意欲借此行个酒令，但大家都是急欲回去，如不高兴，我就说个笑话，好接前令。"兰芝道："天时尚早，好姐姐，你把像形酒令宣宣罢。"春辉道："我说一个'甘'字，好像木匠用的刨子。"

兰言道："果然神像。此令倒还有趣。"玉芝道："玉儿，这个字怎么写？"玉儿道："金旁加个包字。"玉芝道："只怕有些杜撰。"玉儿道："此字见顾野王《玉篇》，如何是杜撰？"题花道："你刚才说那八个弟兄都有绰号，我也送你一个绰号，叫做'知古今'。"施艳春道："我说一个'且'字，像个神主牌。"

褚月芳道："我说'非'字，好像篦子。"紫芝道："倒是一张好篦子，可惜齿儿太稀了。"妩儿道："我说'母'字，好像书吏帽子。"书香道："我说'山'字，像个笔架。"秀英道："我说'西'字，像个风箱。"小春道："我说'伞'字，就像一把伞。"红蕖道："我说'册'字，像一座栅栏。"紫芝道："我说一个'出'字，像两个笔架。"春辉道："这是抄人旧卷。"尹红英道："我说'皿'字，像一顶纱帽。"印巧文道："我说'乙'字，像一条蛇。"柳瑞春道："我也说个'一'字，像一条扁担。"众人道："这两个乙字都好。"春辉道："诸位姐姐如不赐教，请用一杯，好接令了。"紫芝道："姐姐如吃三杯，我再说个顶好像形的。"春辉道："我酒已十分，再吃三杯，岂不醉死么？”紫芝道：“或者题花姐姐说个笑话也使得。”题花道：“笑话倒不难。但说过之后，你的字设或无趣，并不贴切，却怎样呢？”紫芝道：“如不贴切，我也还你一个笑话。”

题花道：“我因春辉姐姐才说醉死之话，却想起一个笑话，一人最好贪杯。这日正吃的烂醉，那知大限已到，就在醉中被小鬼捉去。来至冥官殿上，冥官正要问话，适值他酒性发作，忽然大吐，酒气难闻。冥官掩鼻埋怨小鬼道：‘此人如此大醉，为何捉来？急速放他回去。’此人还阳，只见妻妾儿女都围著恸哭，连忙坐起道：‘我已还魂，不必哭了。快拿酒来！’妻妾见他死而复生，不胜之喜，一齐劝道：‘你原因贪杯太过，今才活转，岂可又要饮酒！’此人发急道：‘你们不知，只管快些多多拿来，那怕吃的人事不知，越醉越好。’妻妾道：‘这却为何？’此人道：‘你不晓得，我如果醒了，就要死了。’”兰言笑道：“过于明白，原非好事，倒是带些糊涂最好。北方有句俗语，叫做‘憨头郎儿增福延寿’，又道‘不痴不聋，不作阿家翁’。这个笑话，细细想去，却很有意味。”

题花道：“笑话已说，你的字呢？”紫芝道：“我说一个‘艸’字，神像祝大姐夫用的两把钢叉。”引的众人好笑。题花拿著酒杯过来道：“你不好好说个笑话，我一定灌三杯！”紫芝道：“我说，我说！你过去。那公冶矮的兄弟名叫公冶矬，也能通兽语。这日正向长官卖弄此技，忽听猪叫。长官道：‘他说甚么？’公冶矬道：‘他在那里教人说笑话哩。’”青钿道：“题花姐姐，今日且由他去，明日我们慢慢编几个再骂他。”紫芝道：“这猪昨日用尾撇兰，今日又要听笑话，倒是极风韵的雅猪。”春辉笑道：“‘雅猪’二字从来听过。至于猪能风韵，尤其新奇。猪又何幸而得此？”随手掣了一签，高声念道：“水族双声。”

紫芝道：“忽然现出水族，莫非祝大姐夫果真要来耍叉么？”春辉道：“妹妹莫闹！我才想了一个‘石首’，意欲飞《竹书纪年》‘帝游于首山’之句，虽可替敬一杯，但今日我们所行之令，并非我要自负，实系前无古人，后无来者，竟可算得千古独步。此时只剩三人就要收令，必须趁此将这酒令略略表白一句，庶不负大家一片巧思。”玉芝道：“你说这是独步，将来设或有人照这题目也凑一百双声叠韵，比我们还强，岂不教人耻笑么？”春辉道：“若照我们题目，也把古人名、地名除去，再凑一百个，何得能够。况且你又误猜将及百条，也要除去，尤其费事。即使勉强凑出，不是《博雅》《方言》的别名，就是《山海经》《拾遗记》的冷名，先要注解，岂能雅俗共赏。我们这个好在一望而知，无须注解，所以妙了。总而言之，别的酒令，无论前人后人，高过我们的不计其数；若讲双声叠韵之令，妹子斗胆，却有一句比语：石首。《任中丞集》‘千载美谈，斯为称首。’‘斯为’叠韵，敬宝云姐姐一杯。”兰芝道：“这个虽是鱼名；若据《左传》，却是人名；按地理又是县名。虽与‘果羸’之义不同，难得一名却是三用。如此之巧，大家也该赏鉴一杯才是。”兰言道：“这怀一定乾的。但下手只剩两位就要收令，姐姐分付快些拿饭，行令的行令，用饭的用饭，才不耽搁。”众人道：“姐姐既不拿饭，少到令完一齐都散，看你拦住哪个？”兰芝见天色不早，又因酒已不少，只得分付拿饭。

宝云掣了人伦双声道：“刚才起令，良箴姐姐曾有‘东都妙姬，南国丽人’之句；此时将要收令，必须仍要归到我们身上，才有归结。并且妙姬丽人，只言其美，至于品行，尚未言及，妹子意彼点他一句，心里才觉释然。无奈难得凑巧之句。虽有几句好的，偏偏书又被人用过。”兰言道：“品行一层，乃万万不可少的，姐姐若不略点一句，将来后人见这酒令，还把我们当做一群酒鬼哩。”

宝云忖一忖道：“曹大家乃自古才女，莫若用他著作点染，尤其对景：夫妇。班昭《女诫》‘女有四行，一曰妇德。’‘一曰’双声，敬周庆覃姐姐一杯。”玉芝道：“周者，普遍之意，只怕令要全了。”青钿道：“好容易我才捉住一位！请教宝云姐姐：‘夫妇’同‘石首’既不同韵，又不同母，失了承上之令，岂不要罚么？”紫芝道：“我同妹妹格外赌个东道，如宝云姐姐被罚，我也吃一杯；倘你说错，也照此例。你可敢赌？”青钿道：“我就同你赌！”宝云道：“妇首同韵，青钿妹妹输了。”青钿道：“我不信！妇首声音悬殊，岂能归在一韵？而且一上一去，断无此理。”玉儿把沈约《韵谱》送过，青钿翻开看了，气的闭口无言。一面饮酒，只将‘湖州老儿’骂个不了。兰芝道：“你虽恨他，我却感谢他，不想这位老先生倒会替我敬酒。”

说的青钿扑嗤一笑，把酒都喷出道：“我活到如今，才晓得‘夫妇’却教做‘夫否’。”

周庆覃掣了地理双声道：“今日诸位姐姐所飞这些双声叠韵，经史子集无般不有，妹子在旁看著，何敢赞一词。只有《庄子》一句恰对我的光景：湖河。《庄子》‘吾惊怖其言，犹河汉而无极也。’‘河汉’古音双声，‘而无’今音双声，敬若花姐姐一杯，普席同庆一杯。”若花道：“偏偏轮我收令，又教我说笑话，这却怎好？”题花道：“容妹子略想一想，替你说罢。”

玉芝道：“刚才春辉姐姐说我们今日之令乃千古绝唱，既如此，妹子明日就将此令按著次序写一小本，买些梨枣好板，雇几个刻工把他刻了，流传于世，岂不好么？”题花道：“有一教书先生最好放屁，……”玉芝道：“我正说刻书，题花姐姐忽说放屁，这是怎讲？”兰言笑道：“他替若花姐姐说笑话哩。”玉芝道：“原来如此。你快说，先生好放屁便怎么？”题花道：“……惟恐学生听见不雅，就在坐位之后板壁上刻一小洞，以便放屁时放在洞外，可掩其声。一日，先生外出，东家偶进书房，看见此洞，细问学生。学生告知其故。东家皱眉道：‘好好板壁，为何如此遭塌！即或忍不住放几个屁，也是人之常情，何必定要如此。少刻先生回来，你务必告诉先生，以后屁只管教他放，板是乱刻不得的。’”众人听了，笑的个个喷饭。玉芝道：“我刚要刻酒令，他就编出这个笑话，真是刻薄鬼。”

若花把签筒摇一摇道：“起首是‘五百岁为春’以及‘吉日辰良’等句，莫不暗寓祥瑞之意。此刻轮到妹子收令，必须也用一个佳句才有始有终。但一句要把他收足，业已费事，且又有承上及双声叠韵之难，不知题目可能凑巧。”随即掣了一枝花卉双声，青钿道："此题还不甚窄，姐姐拟用何名？"若花道："我才想'合欢'二字，既承上文，又与现在光景相行，必须用此才妙。"

青钿道："既如此，所飞之句，何不用嵇康《养生论》呢？"若花摇头，忖一忖道："有了：合欢。《礼记》'酒食者，所以合欢也。''合欢'双声，合席欢饮一杯。"众人赞道："此句收的不独'酒食'二字点明本旨，且'合欢'字又寓合席欢饮之意。虽只数字，结束之妙，无过于此，若非锦心绣口，何能道出。能不佩服！"玉芝道："结的固好，但《礼记》有人用过，要罚一环。"

未知如何，下回分解。

名师点拨

到本回，一百句酒令全部行完了，故事情节到此进入高潮，尤其是最后的酒令。合欢字又寓合席欢饮之意。虽只数字，结束之妙，无过于此，若非锦心绣口，何能道出。能不佩服！读者看完也要鼓掌。

阅读积累

《养生论》

《养生论》，三国嵇康撰，是我国古代养生论著中较早的名篇。本文论述了养生的必要性与重要性，主张形神共养，尤重养神；提出养生应见微知著，防微杜渐，以防患于未然；要求养生须持之以恒，通达明理，并提出了一些具体养生途径。文章论述透彻，富有文采。现存《昭明文选》《嵇中散集》等书中。

第九十四回　文艳王奉命回故里　女学士思亲入仙山

名师导读

全本一开始就交代了武则天夺了儿子的帝位，自己称帝。可是全文到了本回开头描写“长安送别图”诗词竟有数千首，恰恰抄成四本，极尽一时之盛。登时四处哄传，连太后、公主也都赋诗颁赐。还一直用“太后”来称呼武则天，而不是武周时期，当时的朝廷和民间都称呼武则天为“皇帝”“神皇”“圣皇”“陛下”。这是作者自己的价值观的反映。

话说玉芝道：“《礼记》有人用过，要罚一杯。”若花道：“这又奇了！刚才我看单子，无论正令旁令，并无‘礼记’二字。为何有人用过？只怕玉儿写错了。”玉芝把单子取来一看，只见“齐庄中正”之上写著“中庸”二字，这才明白，道：“原来是我未报《礼记》，报了《中庸》，无怪姐姐忽略过了。”题花道：“如今看著虽算重了一部，安知后世不将《中庸》另分一部哩。好在旁令所飞之书甚多，也补得过了。”兰言道：“我只喜起初是若花姐姐出令，谁知闹来闹去，还是若花姐姐收令，如此凑巧，这才算得有始有终哩。”众人因天色不早，当即出席，再三致谢而散。

次日，蒋、董、掌、吕四家小姐彼此知会，都禀知父亲，就借卞府邀请众才女聚了一日。闺臣、若花同史幽探诸人也借凝翠馆还席。接著大家又替若花、兰音、红红、亭亭分著饯行。一连聚了几天。那“长安送别图”诗词竟有数千首，恰恰抄成四本，极尽一时之盛。登时四处轰传，连太后、公主也都赋诗颁赐。

这日钦限已到，若花同兰音、红红、亭亭前去叩别老师。方才回寓，礼部早有官员把敕命赍来，并催急速起身，以便覆旨。四人忙备香案接了御旨，上朝叩谢。适值国舅也因接了敕命上朝谢恩，一同回到红文馆。那九十六位才女也都会齐等候送行。众人因国舅虽系男装，并非男子，都来相见。闺臣预备酒饭。大家都是恋恋不舍，略略坐了一坐，当即出席。国舅家人已将三辆飞车陆续搭放院中，都向西方按次摆了。众人看时，那车只有半人之高，长不满四尺，宽约二尺有余；系用柳木如窗棂式做成，极其轻巧。周围俱用鲛绡为幔，车内四面安著指南针。车后拖一小木，如船舵一般。车下尽是铜轮，大小不等，有大如面盆的，有小如酒杯的，横竖排列，约有数百之多，虽都如同纸薄，却极坚刚。当时议定：国舅、若花坐前车，红红、亭亭坐中车，兰音与仆人坐后车。国舅把钥匙付给仆人，又取三把钥匙递给红红道："一是起匙，一是行匙，一是落匙，上面都有名目，用时不可错误。如要车头向左，将舵朝右推去；向右，朝左推去，紧随我车。自无舛错。车之正面有一鲛绡小帆，如遇顺风，将小帆扯起，尤其迅速。"并引红红、亭亭将车内如何运动钥匙之处交代明白，道声"慢起"，轻轻上了前面飞车。仆人上了后车。国舅道："就请贤甥同二位学士及早登车，以便赶路。"

若花、兰音，红红、亭亭望著众才女，不觉一阵心酸，那眼泪哪里忍得住，如雨点一般直朝下滚，个个哽咽不止。众人无不滴泪，亭亭向闺臣泣道："前寄家书，不知何时方到。贤妹回到岭南，千万叮嘱我母不可焦心。俟到彼国，自必即托若花妹妹遣人伴我前来迎接；设或此去不能安身，亦必星夜仍回岭南。我无著己之亲，只得寡母一人，今忽远隔外洋，不能侍奉，惟望妹妹俯念当日结拜之情，替我早晚照应，善为排解，使无倚闾之望，永感不忘。妹妹！你今受我一拜！"

细节描写

这里写了众花仙人间重聚后的首次"生离"，与后文出现的"死别"形成对照。

不觉放声大哭，跪了下去，只管磕头道："妹妹！你同我不啻嫡亲手足，这个千斤担子要放在你身上了！"霎时哭倒在地。闺臣正因姊妹离别伤感，适听亭亭嘱托堂上甘旨，猛然想起父亲流落天涯之苦，跪在地下，也是大放悲声，同亭亭抱头恸哭。众人看著，无不心酸。国舅在车内催了数遍。婉如、小春一面哭著，把亭亭、闺臣搀起。亭亭哭的如醉如痴，晕过几次。礼部官员又差人前来相催。亭亭哪里舍得上车，只管望著闺臣恸哭。多九公惟恐误了钦限，暗暗分付众丫环，硬把亭亭搀著，同红红上了当中飞车。若花、兰音也只得含悲上车。国舅同红红、仆人都将钥匙上了，运动机关，只见那些铜轮，横

情景描写

用人物的动作及富有感情的语言、神态来表现人物的性格。

的竖的，莫不一齐乱动：有如磨盘的，有如辘轳的，好像风车一般，个个旋转起来。转眼间离地数尺，直朝上升，约有十余丈高，直向西方去了。大家望眼连天，凄然各散。

隔了几日，红文馆众才女纷纷请假回籍，闺臣仍同林婉如、秦小春、田凤翾、洛红蕖、廉锦枫、宋良箴、颜紫绡，姊妹八人同回岭南；余丽蓉、司徒妩儿同林书香、阳墨香、崔小莺，也回淮南；尹红萸、魏紫樱、薛蘅香、姚芷馨，各自回家；其余众才女也就四散。

阴若花乘了飞车，自从长安起身，沿途因遇逆风，走了十余日才到本国。那知女儿国王因次子之变，受了惊恐，又因思想若花，竟至一病不起，及至若花赶到，业已去世。诸臣扶立若花做了国王。将兰音、红红、亭亭都封为护卫大臣，即差使臣到天朝进表谢恩。亭亭因思亲心切，随即请了飞车，带了熟悉路境之人到了岭南，接了缁氏回女儿国去了。及至闺臣到家，亭亭早已起身。

林氏见众人回来，欢喜非常。闺臣把赴试光景及若花各事，都向母亲、叔、婶略略告诉一遍，林氏命人大排筵宴，并命外面也摆筵席。原来小峰、廉亮近日都把书籍丢了，求唐敏请了两位教师，日日跟著习武。当时唐敏请多九公就在外面听房同教师坐了。饭罢，林婉如、秦小春、田凤翾都拜辞，同多九公回去。颜紫绡因闻祖母去世，急急回家，同哥哥颜崖扶柩回籍去了。宋良箴仍把祁氏留下做伴。廉锦枫同良氏，廉亮在新房居住。红蕖、良箴、闺臣住在楼上。

次日，闺臣向林氏商议，因父亲至今不归，要到小蓬莱再会寻访。林氏道："此虽要紧之事，我因红蕖媳妇业已长成，意欲秋天替小峰成亲，你何不再耽搁几月，把这喜事办了再去呢？"闺臣道："母亲既有此意，女儿自应在家照应，分分母亲之劳。"忙了几时，到了重阳吉期，小峰同红蕖成了百年之好。刚过满月，接著尹元差人来接廉亮、锦枫完姻，并接良氏同去。大家饯行，忙了几日，良氏带著儿女去了。闺臣心内虽急如星火，偏偏婉如同田凤翾的哥哥田廷结了婚姻，因田廷父亲向任山南总兵，现在告老，必须等他来年三月回来方能迎娶，林之洋何能离开。闺臣只好呆呆等候。转眼到了新春。那时虽有许多媒人来替闺臣作伐，林氏同女儿商议，闺臣是要等父亲回来随父亲做主，林氏只得把媒人回了。

到了四月，婉如姻事才毕。洛承志也遣人来接宋良箴到小瀛洲合卺；林氏替他备办妆奁，即托祁氏送去。匆匆忙忙，一直到了七月，才把上小蓬莱的行期定了。

闺臣因明日就要起身，这晚正在楼上收拾，忽听嗖的一声，蹿进一片红光，仔细一看，原来是颜紫绡。连忙见礼让坐道："妹子闻得姐姐扶柩回籍安葬，屡次遣人到府问信，总无消息，那知姐姐却已回来。为何黉夜至此？"

颜紫绡道："咱自京师归家，适值咱哥哥颜崖也中武举回来。因父母灵柩久在异乡，心甚不安，同哥哥商量，把灵柩扶归故土，葬在祖茔，才同哥哥回来。到了家中，闻得贤妹就要远行，因此黉夜赶来，一者送行，二者还有一事相商，咱家中现在一无牵挂，贤妹此时迢迢数万里前去寻亲，婉如妹妹闻已婚配，此次谅不能同去，贤妹一人未免过于寂寞，咱情愿伴你同去。你意下如何？"闺臣听了，虽觉欢喜，奈自己别有心事，又不好宣言。踌躇半晌，只得说道："虽承姐姐美意，但妹子此去，倘寻得父亲回来，那就不必说了，设或父亲看破红尘竟自不归，抑或寻不著父亲，妹子自然在彼另寻一个修炼之计，归期甚觉渺茫。尚望姐姐详察。"紫绡道："若以人情事务而论，贤妹自应把伯伯寻来，夫妻父子团圆，天伦乐聚，方了人生一件正事。但据咱想来，团圆之后，又将如何？乐聚之后，又将如何？再过几十年，无非终归于尽，临期谁又逃过那座荒丘？咱此番同你前去另有痴想，惟愿伯伯不肯回来，不独贤妹可脱红尘，连咱也可逃出苦海了。"

闺臣忖道："怪不得碑记说他'幼谙剑侠之术，长通元妙之机'，果然竟有道理。"连忙说道："姐姐即如此立意，与妹子心事相合，就请明日过来，以便同行。"紫绡点点头，将身一纵去了。次日，把行李搬来。林氏正愁女儿无伴，今见颜紫绡同去，甚是欢喜。

当时闺臣拜辞祖先，并向母亲、叔、婶洒泪拜别。因对小峰道："你年纪今已不小，一切也不消再嘱。总之，在家须要孝亲，为官必须忠君，凡有各事，只要俯仰无愧，时常把天地君亲放在心上，这就是你一生之事了。"又向红蕖拜了下去。红蕖急忙跪下道："姐姐为何行此大礼？"闺臣滴泪道："你当年替母报仇，忿不顾身；又能不惮劳悴，侍奉祖父余年，如此大孝，将来母亲甘旨，妹妹自能侍奉承欢，无须谆嘱。但愚姐此番远去，缺了孝道，全仗妹妹一人偏劳，你当受我一拜。"二人拭泪起来。林氏又嘱咐一番，合家洒泪而别。

闺臣、紫绡带著乳母到了林之洋家，婉如同田凤翾都从婆家过来送行。多九公因京中回来，一路过于辛苦，不能回去；小春有病，也未过来。林之洋又带了几样货物，托丈母江氏在家照应，带著儿子、吕氏、闺臣、紫绡，辞别众人，上了海船，一直望小蓬莱进发。沿途虽卖些货物，也不敢过于耽搁，只向抄近水面走去。

不知不觉过了新春，于四月下旬到了小蓬莱，闺臣同紫绡别了众人，上山去了。林之洋等到两月之后，不见回来，十分著急。每日上山探听，哪有踪影。看看又是一月，海上秋凉，山林萧瑟。这日正在山上探望，忽遇一个采药的女道童。

未知如何，下回分解。

名师点拨

阴若花、兰音、红红、亭亭等四人和唐闺臣飞泪而别，到了女儿国阴若花做了国王，兰音、红红、亭亭都封了护卫大臣。唐闺臣同颜紫绡一起去小蓬莱，这些下凡的百位花仙，她们命运的轨迹开始朝着既定的方向启动。

阅读积累

合卺礼

“合卺礼”始于周代，是古代婚礼中的一个重要仪式，演变现在的“交杯酒”。卺是一种匏瓜，俗称苦葫芦，其味苦不可食。合卺是将一只卺破为两半，各盛酒于其间，新娘新郎各饮一卺。匏瓜剖分为二，象征夫妻原为二体，而又以线连柄，则象征由婚礼把俩人连成一体，故先分而为二，后合二为一。

第九十五回 因旧恙筵上谈医 结新交庭中舞剑

名师导读

本回中林之洋去找唐闺臣，碰到送信的女童，作者在交代了女童交付了信件后就不见了，立马出现了夜叉样的怪物，不怕枪。读者一定很好奇，这是什么怪物，下文还有没有出现呢，带着这样的疑问，我们一起来读这一回吧。

话说那个女道童手中拿著两封信递给林之洋道："是唐、颜二位仙姑家书，拜烦顺便替他寄去。"林之洋把信接过，正要细细盘问，那个女童忽然不见，迎面却站著一个青面獠牙，宛如夜叉一般，吼了一声，奔了上来。林之洋连说："不好"，直向山下飞跑，那夜叉也随后跟来。林之洋跑到船上，忙叫放枪。众水手放了几枪，虽打在他的身上，那夜叉只当不知，仍是吼叫连声，要向船上蹿来。吓的众人慌忙开船。林之洋连日上山辛苦，又吃这一吓，竟至浑身发烧，卧床不起，足足病到次年三月回到岭南，还未大好。吕氏把两封信送交林氏，林氏看了，知道闺臣看破红尘，不肯回家，只哭的死去少来。颜崖接了妹子之信，也是诉说看破红尘之话，并嘱哥哥即到小瀛州投奔洛承志，日后勤王，立点功业，好谋个出头之日。颜崖得了此信，约了婉如丈夫田廷一同前去，并托小峰向洛红蕖要了一封家信。

原来小峰自闺臣起身后，日日跟著颜崖、田廷习武，甚属投机。去年同多九公说了，把秦小春配了颜崖。今见颜崖、田廷要到小瀛洲，即向母亲说知，也要跟去碰碰机会。颜崖把家眷托多九公照应了，同了小峰、田廷向小瀛洲进发。路上恰好遇见廉亮、尹玉、魏武、薛选，都因武试落第回来，一路同行，颇不寂寞。

大家谈起行藏，小峰把实情说了，廉亮等四人都有愿去投奔之意。颜崖道："咱正愁人少，不能壮观，若得四位兄长同去，添了许多威风，那更妙了。"

七人晓行夜住，这日来到小瀛洲山下，颜崖把信交小卒投了，史述同洛承志、宋素迎下山来。大家见礼，彼此问了名姓。颜崖把众人来意及大家姐妹都是同年的话说了。史述见七个人相貌堂堂，威风凛凛，如同七只猛虎一般，十分欢喜，即请上山。小卒在前引路，进了山寨，只见里面有两个少年大汉迎了出来，一个面如重枣，一个脸似黄金，都是虎背熊腰，相貌非凡。彼此也见了礼。洛承志指著红面少年道：“这位是我们各家姐妹的世兄，乃礼部尚书之子，姓卞名璧，那黄面的乃新科才女燕紫琼之兄，名叫燕勇，我们虽然初会，但各家姐妹却久已相聚多时了。”史述把七人名姓来意也向二人说了。大家聚谈，甚是相投。颜崖问起后寨有无家眷在内。

洛承志道：“史家哥哥嫂夫人就是新中才女，姓宰名银蟾，燕勇哥哥娶的是史家嫂嫂令妹名宰玉蟾，宋素哥哥娶的是燕勇哥哥令妹燕紫琼，卞璧哥哥尚未定婚，小弟贱内是宋家哥哥令妹，都是前岁在此完姻，家眷都在后寨。后面房屋甚多，略为消停，七位哥哥自应也将家眷接来在此同居，才觉放心。”众人点头。

史述命人摆了酒席，十二位公子各按年齿坐了。酒过数巡，颜崖道：“卞家哥哥为何不随任京华？到此几年了？”卞璧叹道：“提起此话甚长，小弟于三岁时染了惊风之症，一病垂危。彼时合家正在悲泣，适值有一道人化缘，问知此事，把我看了，说‘尚有一分可救，如肯给他抱去，等他医好，再抱来送还。’那时我家父母因我业已无救，只好随他抱去。谁知他竟把我治好！”廉亮道：“这个道人也就非凡，莫非是位仙家么？”卞璧道：“此人并非真是道人，乃陇右寒士，当年上京不第，流落京师。家父念他斯文一脉，延请管理书启，时常周济；后来他父母殡葬各事，也是家父帮他办理。此人更为感念，只恨无以报答。那年小弟染了惊风，他原有奇方可以疗治，无如当年先兄也于三岁时染患惊风，此人献方，我家父母听了医家之语，竟不肯用，以致耽搁无救；所以到了小弟染患此症之时，不敢再去献方，只好托了一个道家，暗用此计，把小弟骗出。他即替我推拿眼药，竟自医好。他辞了家父，把小弟带到陇右，就在他家住了多年。”薛选道：“此人是何名姓？那时既将哥哥治好，为何不送还伯伯，却带回他乡，是何道理？”

卞璧道：“这人乃史家哥哥族兄，名叫史胜，素精岐黄。他因母病不能治好，立誓不再谈医。他将小弟疗治，实因要报家父之情。乃至治好，不将小弟送还，更有深意。至今谈起，犹令人感激涕零。”田廷道：“不知有何深意？”卞璧道：“他因惊风一症固因受热、受寒、受风，以及伤食、痰火，皆可染患。但富贵人家惟恐小儿受凉，过于爱护，莫不由于受热而起。他恐把我送回，日后再染此症，即难医治，因此特将小弟带到他家，相待如同手足。好在他自从做了这件好事，凡百事务，莫不如心，连那从不生草的不毛之地也都丰收起来，家运大转。起初延请西席教我念书，过了几年，又请教师教我骑射，习学武艺。他本要将我送到史伯伯麾下谋一出身，因我年纪尚小，后来因闻史、洛二位哥哥在此，才把我送到山上。到此已三个年头了。”

魏武道：“那时哥哥所服是何妙药，可能百发百中么？”卞璧道：“我那史家哥哥说，小儿惊风乃第一险症，医家最为棘手，历来小儿因此丧命的固多，那疗治讹错的也就不少。即如今人凡遇小儿惊风，不论寒热，不问虚实，总以一派金石寒凉之药投之，如牛黄丸、抱龙丸之类，最害人不浅。即使百中治好一个，那知受了金石之毒，就如痴呆一般，已成废人。他说你要晓得小儿惊风，其症不一，并非一概而论，岂可冒昧乱投治惊之药。必须细细查他是因何而起。如因热起，则清其热；因寒起，则去其寒；因风起，则疏其风；因痰起，则化其痰；因食起，则消其食。如此用药，不须治惊，其惊自愈，这叫做‘釜底抽薪’。再以活蝎一个，足尾俱全的，用苏薄荷叶四片裹定，火上炙焦，同研为末，白汤调下，最治惊民抽掣等症。盖蝎产于东方，色青属木，乃足厥阴经要药。凡小儿抽掣，莫不因染他疾，引起风木所致，故用活蝎以治其风，风息刚惊止。此史家哥哥因伤了儿女无数，临症极多，方能得此不传之秘。如无活蝎，或以腌蝎泡去咸味也可，但不如活蝎有力。小弟只吃了数十个活蝎，又服了几剂清热的药，并未吃过牛黄、抱龙之类，病倒好了。当日在家，那些小儿科用的总是一派惊风的药，那知越吃越离鬼门关近。这样治病，无怪又生出斗殴的事来。”

小峰道：“这却为何？”卞璧道：“那大方脉对小儿科道：‘我把年纪大的都医的变成小孩子给你医了，你为何总不教他长大给我医呢？’因此把小儿科痛打。岂非又生出斗殴的事么？”大家不觉大笑。颜崖道：“小弟向有便血之症，不知这位史家哥哥可有妙方，拜烦便中替我问问。”卞璧道：“凡便血以柏叶炒成炭，研末、每日米汤调服贰钱；或以柿饼烧存性，亦用陈米饮调服贰钱；连进十服，无不神效。这也是目睹的秘方。”

饭罢散坐。洛承志道：“燕家哥哥向来饭后总要舞一回剑，今日为何把这工课蠲了？”燕勇道：“刚才俺见他们七位哥哥所带器械莫不雄壮精致，想来技艺必是高强，所以不敢班门弄斧。”尹玉道：“小弟向在海外只知读书，因前岁廉家哥哥到了舍下，忽要习武，家父请了教师，小弟这才随著学了两年。虽然勉强进了武学，其实并无一技之长。向日在家屡要学剑，奈教师此道不精，不过敷衍教了两个势子，却是一毫无用。哥哥既精此技，倘蒙指点，情愿拜从为弟子。”

燕勇道：“大家弟兄相聚，原该彼此切磋，兄长为何说这客套话？若是这样，小弟倒不敢乱谈了。”众人道：“燕家哥哥说的不错，以后都不准客气，才见我们弟兄亲热。”

燕勇道：“尹家哥哥向日既学过两个势子，何不给俺们看看呢？”

尹玉道：“小弟正要求哥哥指教。”即将衣服结束，掣出宝剑，就在庭中使了几路，燕勇道：“哥哥身段倒是四平八稳，并且转动盘旋极其轻捷，手脚亦极灵便，真是绝好质地。可惜被这庸师欺骗，诸法全未讲究。如果要学，小弟倒可指点。但必须把旧日这些步法、势子尽都弃了，从头另讲究一番，慢慢学去，才能日见其妙。”

尹玉道：“当日那教师原说过他不谙剑法，不过胡乱学两路欺那外行，若进战斗，必须另求明师才能有济。今听哥哥之言，果然不错。可见教师并非有心欺人，竟是苦于不谙。应如何习学之处，尚求指示。”

燕勇道：“古之剑可施于战，自古帝王各有剑士，至剑士之多，莫过我朝太宗。太宗有剑士千人，都有万夫不挡之勇，惜其法不传。断简残编中虽有一二歌诀，亦不详其说。近有好事者得之朝鲜，其势法俱备，小弟略知其详。即如初学先要晓得眼法、击法、刺法、格法、洗法，这些势子，俺都有图，哥哥且看了，小弟再慢慢指点，自然就能领会。还有两首剑诀，可惜后面一首遗失二句，现在只存得十四句，待俺念来：

电掣昆吾晃太阳，一升一降把身藏。摇头进步风雷响，滚手连环上下防。左进青龙双探爪，右行单凤独朝阳。撒花盖顶遮前后，马足之中用此方。

第二首是：

蝴蝶双飞射太阳，梨花舞袖把身藏。凤凰展翅乾坤少，×××××××。×××××××，（以上迷失二句）掠膝连肩劈两旁。进步满发飞白雪，回身野马去思乡。"

把诗念完，手中执剑，即照上面势子舞了一回。尹玉惟有佩服。小峰、廉亮在旁看著甚觉眼热，也都跟著习学。一连学了几日，莫不心领神会。

众人看见魏武、薛选放的连珠枪竟是百发百中，个个称奇。大家住在山上，不是操练人马，就是各人习学武艺。众人因闻燕勇、颜崖都会剑侠，意欲跟著习学，谁知二人胸襟都不能至公无私，遇事每存偏袒，所以此术久不灵了。

过了几时，七位公子暗暗回去，都把家眷陆续接来。不知不觉，过了一年。

这日洛承志因文府久无消息，不知何时才起义兵，要到淮南探听一番。未知如何，且看下回分解。

名师点拨

本回中写了十二位公子：颜崖、田廷、唐小峰、廉亮、尹玉、魏武、薛选、史述、洛承志、宋素、卞璧、燕勇，大家住在山上，不是操练人马，就是各人习学武艺。作者在本回为后文起兵反武，重新还朝李唐做好了铺垫。

阅读积累

惊风

惊风是小儿时期常见的一种急重病证，以临床出现抽搐、昏迷为主要特征。又称“惊厥”，俗名“抽风”。任何季节均可发生，一般以1—5岁的小儿为多见，年龄越小，发病率越高。小儿神气怯弱，元气未充，不耐意外刺激，若目触异物，耳闻巨声，或不慎跌仆，暴受惊恐，使神明受扰，肝风内动，出现惊叫惊跳，抽搐神昏。

第九十六回 秉忠诚部下起雄兵 施邪术关前摆毒阵

名师导读

结果三十四位公子，八位夫人，三十五位才女，恰好三月初三日，三路约有二十万人马陆续到齐，离关五里，放了三声大炮，安营扎寨。他们起兵反对武则天，打头阵就是要破武家军的“酒”这一座大阵，在本回作者把当时有名的酒全部写出来了，我们一起去看看吧。

话说洛承志要到淮南探听信息，史述道：“小弟记得女试那年，卞家哥哥初到山寨，我们去到淮南，文家哥哥曾再三嘱咐，嗣后万万不可亲自下山，惟恐被人看出，彼此性命交关。如有起兵之举，自然先令徐家哥哥前来送信。为何此时又要前去？况且那时回到半路，果被巡兵看出破绽，若不亏燕家哥哥拔刀相助，我们何能敌得许多官兵？”燕勇道：“小弟只因一时路见不平，此刻四处缉捕，教俺有家难奔；怎么哥哥又要前去？”

忽见小卒来报：“余公子到了。”众人甚喜，迎进山寨。同史述、洛承志道了阔别，问了众人名姓，序齿归坐。史述问起文府之事，余承志叹道：“文伯伯自从平了倭寇，就在剑南镇守。后因各才女俱请假回籍，即命弟兄五个一同完姻。谁知刚过吉期，文伯伯竟在剑南一病不起。及至他们弟兄赶到，延医诊治，奈积劳成疾，诸药不效，竟至去世。幸亏武后因念文芸哥哥向日代理节度印务尚属出力，仍命承袭父职。去岁孝服已满。今因心月狐光芒已退，特嘱小弟前来暗暗通知。明年三月初三桃会之期，一同起兵，先把武氏弟兄四座大关破了，诸事就易如反掌。”

廉亮道：“四关都叫何名？”余承志把“北名西水，西名巴刀，东名才贝，南名无火”，以及命名之意也说了。尹玉道：“他因‘木’字犯讳，缺一笔也罢了；就只‘炁’字暗中缺一笔未免矫强。”薛选道：“这四关哪一处易破，哪一处难破？”余承志道：“闻得西水、无火二关易破，巴刀最凶，才贝尤其利害。文家哥哥命小弟到此，一来通信，二来就命与诸位兄长商量破关之策。并命小弟到河东同章家十位哥哥酌议。”洛承志道：“为何不请章伯伯示下，倒同十位哥哥商酌？”余承志道：“章伯伯也于三年前去世，如今章荭哥哥接袭其职。”宋素道：“据文家哥哥意欲先破某关？”余承志：“有人议论宜先破难的，若把易的破了，恐他兵马并在一处，那难的更难了。若据文芸哥哥之意，先破易的为佳，盖四关破他两关，先挫动他的锐所，那两关就势如破竹了。”众人道：“此说甚善。将来自应先攻西水，无火二关为是。”

余承志连连点头，即欲别去。众人再三挽留。余承志道：“我还要到河东把事议定，好回文府送信，岂可在此耽搁。”卞璧道：“哥哥既有正事，弟等也不敢过于扳留；但临期在何处会齐，还要通个信息才好。”余承友志：“如先攻南北二关，自然在西水关会齐。到了临时，少不得自有关照。前日文家哥哥说，成败在此一举，彼时所有各家眷属，都要带在军营，惟恐事有不测，与其去受武氏弟兄荼毒，莫若合家就在军前殉难，完名全节，以报主上，倒可免了许多后累。”众人连连点头。

余承志别了众公子，到了河东，见了章府十位公子，即回淮南，将各话回了文家弟兄。

那时承志已同司徒妩儿婚配，林书香、阳墨香也都招赘在家。只有余丽蓉因隐姓埋名住在文府，尚未许字。恰好洛承志差人下书替卞璧作伐，余承志当即应允，把余丽蓉送到小瀛洲，草草完婚。

过了新正，文芸、章荭，史述彼此知会，约定桃会之日，在西水关会齐。至期一齐起兵前进，都说奉了太后密旨，调赴西水关，有紧急军情会议。沿途尽是淮南、河东官军旗号，史述一枝人马也充做官军。恰好三月初三日，三路约有二十万人马陆续到齐，离关五里，放了三声大炮，安营下寨。各家眷属在大营后面也立了一个营盘。大营里面是文芸、文蒒、文萁、文菘、文苏、章荭、章芝、章蘅、章蓉、章芗、章莒、章茗、章芹、章芬、章艾、史述、卞璧、燕勇、宋素、颜崖、田廷、魏武、薛选、尹玉、廉亮、唐小峰、余承志、洛承志，还有文府小姐林书香丈夫林烈、阳墨香丈夫阳衍、章府小姐蔡兰芳丈夫蔡崇、谭蕙芳丈夫谭太、叶琼芳丈夫叶洋、褚月芳丈夫锗潮，共三十四位公子。女营是文府章氏夫人、章府水氏夫人、柳氏夫人、燕勇之母叶氏夫人、小峰之母林氏夫人、廉亮之母良氏夫人、魏武之母万氏夫人、薛选之母宣氏夫人，共八位夫人。那众公子之妻是章兰英、邵红英、戴琼英、田秀英、田舜英、钱玉英、井尧春、左融春、廖熙春、邺芳春、郦锦春、邹婉春、施艳春、柳瑞春、潘丽春、陶秀春、林书香、阳墨香、蔡兰芳、谭蕙芳、叶琼芳、褚月芳、宰银蟾、宋良箴、余丽蓉、宰玉蟾、燕紫琼、秦小春、林婉如、薛蘅香、魏紫樱、廉锦枫、尹红萸、洛红蕖、司徒妩儿，共三十五位才女。

众人初意，原想起兵之时把中宗迎至大营才好起事，不意是时太后已命中宗仍回东宫。好在宋素原是中宗堂弟，当时众公子即推宋素权在大营执掌兵权。彼时朝中是张易之、张昌宗、张昌期用事，日日杀害忠良，荼毒生灵，无恶不为。

文芸、章荭、史述商议：此时朝中惟张柬之、桓彦范、李多祚、袁恕已、薛思行、崔玄暐最为忠直可靠，必须此六人做了内应，先除内患，里外夹攻，方易藏事。

于是替宋素写了六封书信，暗把此意通知，并嘱六人即到东宫预先通信，以免临时仓卒。发过书信，大小营盘四面扯起义旗。

早有探事的报进关去，武四思忖道："连日各处关津来报，都说文芸、章荭带领人马前来，我正疑惑，哪知他要追步徐敬业、骆宾王的后尘，竟来'太岁头上动土'，若不给他一个下马威，他也不知利害！"即分付大将毛猛在关前把酉水阵摆了。次日，文芸、章荭、史述带领人马，同众弟兄杀奔关前，武四思领了一枝人马出来迎敌。文苏早已提枪跃马，直奔武四思杀来。毛猛轮动大斧，与文苏杀在一处。斗未数合，文苏用了一个拨草寻蛇势，一杆银枪，直向下身刺来。毛猛说声"不好"，只听嗤的一声，肚腹著了一枪，跌下马去。文芸、章荭，史述催动人马，一拥齐上，掩杀一阵。

武四思来到酉水阵前，大声叫道："文芸、章荭休得无礼！我这里有座小小酉水阵，你如破了此阵，我将此关情愿奉献；若要胆怯不敢进阵，我刀下开恩，饶你们去罢！"文苏道："老狗休得夸强！你看老爷破这狗阵！"

正要跃马进阵，文芸连忙叫道："五弟不可造次！今日已晚，明日再同老狗计较。"

即令鸣金收兵，一同回营。文苏道："今日武四思伤了许多人马，也就挫他锐气，小弟正要趁胜破他酉水阵，为何却要收兵？"文芸道："他这阵不知是何邪术，贤弟如何轻入重地？况头一次就得胜仗，何必急急定要破他此阵？"

文苏道："他把这阵恰恰拦在关前，你不把此阵破了，如何进得关去？我明日一定要到阵里看看。"薛选道："既如此，小弟也奉陪走走。"宋素道："据我愚见，总以慢慢智取，最为上策。"

次日，武四思又在军前喊叫："哪个敢去破阵！"众公子齐到疆场。文芸一马当先道："武四思！你连日只管教我们去破阵，我也有个'盘蛇阵'你敢破么？你如敢进我阵，我们也进你阵。"武四思道："我进你阵，安知你不用暗剑伤人？"

文芸道："既如此，为何你又教我进你阵呢？"武四思道："孤家这阵，不但不用暗剑伤人，若伤损你们一根毫毛，久后我定死刀箭之下。"文苏道："老狗既对天赌誓，我就前去看看。"将马一纵，跟著武四思闯进阵去。

武四思早已不见，但见柳暗花明，山青水碧，遍地芊眠芳草，骏马骄嘶。文苏从容下了马，几忘身在战场，手牵著丝缰，顺步行去。路旁有一竹林，林中有七个人，都是晋代衣冠，在那里小酌，那股酒香阵阵，直向鼻中扑来。只听林中有个白衣少年道："此刻为何只觉俗气逼人，莫非有甚么俗子来此窥探么？"文苏听了，知他明明讥刺，意欲发挥几句，看了看，这七个人都是放荡不羁，目空一切。只得忍耐走过道："这些狂士，满脸酸气，总是书在肚内不能熔化，日积月累酿出来的。凡读书人沾了酸气，未有不迂，若同他较量，他一味歪缠起来，如何摆脱？只好由他说去。"

正朝前进，忽觉酒气熏人，忙掩鼻道："那里来的这股酒臭？"只见迎面来了一群醉猫，把去路拦住。都是酒气醺醺，身子乱幌，摇著头，伸著手道："来，来，来！豁三拳，放你去！"文苏笑道："你这群醉猫，吃了几杯酒就这样烂醉！这宗酒量也出来去丑，还敢拦我去路！"即挺手中枪，左五右六，撒花盖顶，四面八方一阵乱挑，把一群醉猫杀的尿屎遍地，四散奔逃。不觉掩鼻皱眉道："蠢材，蠢材！该死，该死！只顾乱杀，那知这群醉猫酒吃多了，却从下面还席，被他这股臭气把马也熏跑了。”

望前走了数步，路旁一家门首飘出一个酒帘，那股酒香真是芬芳透脑。文芣嗅了这味，只觉喉咙发痒。信步走进酒肆，只见上面有一副对联，写著：

尽是青州从事，那有平原督邮。

下面落的款是“欢伯偶书”。当中有红友题的额，是“糟丘”两个大字。旁边还有麴秀才写的一副对联，是：

三杯饮饱后，一枕黑甜余。

里面坐著许多人，也有独酌的，也有聚饮的，个个面上都带三分春色，齐赞酒味之美。只得也检一张桌几坐了。

有个酒保上来陪笑道：“客官要饮那几种名酒？”文芣道：“酒家，你姓甚么？”酒保道：“小人姓杜。”文道：“这姓姓的不好，杜者，乃杜绝之意，岂非不教我饮么？以后必须另换好姓，不许姓杜了。”

酒保道：“客官分付，小人怎敢再姓杜。但据小人愚见，若做卖酒生意，这个杜姓却不可少。”文芣道：“何以见得？”酒保因指肚腹道：“客官若非‘肚兄’想吃一杯，岂肯进我小店，小人若不亏‘肚兄’会装酒，何能消得多货，小人之所以谆谆要姓‘杜’者，却是为此。”文芣道：“你是木旁之‘杜’，怎么赖做肉旁之‘肚’岂不闹出白字么？”酒保道：“当日我们木旁之杜与肉旁之肚联过宗的，算是本家，偶尔借用，也还不妨。”

文芣道：“这话可谓杜撰了，我且问你，我要饮天下美酒。可有么？”酒保道：“有，有，有。”忙到柜上捡了一块粉牌，双手捧来，弯著腰道：“客官请看，这就是各处所产名酒。如要那几种，我家无不现成，比别家分外醇美，客官吃了，还要同我做主顾哩。”文芣道：“你家可肯赊么？”

酒保道：“只要客官肯照顾，那怕立折子三节结帐都使得。我们是老实生意，断不开你老人家的虚帐。”

文芣接过粉牌，只见上面写著：

山西汾酒。江南沛酒。真定煮酒。潮州濒酒。湖南衡酒。饶州米酒。徽州甲酒。陕西灌酒。湖州浔酒。巴县咋酒。贵州苗酒。广西瑶酒。甘肃乾酒。浙江绍兴酒。镇江百花酒。扬州木瓜酒。无锡惠泉酒。苏州福贞酒。杭州三白酒。直隶东路酒。卫辉明流酒。和州苦露酒。大名滴溜酒。济宁金波酒。云南包裹酒。四川路江酒。湖南砂仁酒。冀州衡水酒。海宁香雪酒。淮安延寿酒。乍浦郁金酒。海州辣黄酒。栾城羊羔酒。河南柿子酒。泰州枯陈酒。福建院香酒。茂州锅疤酒。山西潞安酒。芜湖五毒酒。成都薛涛酒。山阳陈坛酒。清河双辣酒。高邮豨莶酒。绍兴女儿酒。琉球白�酒。楚雄府滴酒。贵筑县夹酒。南通州雪酒。嘉兴十月白酒。盐城草艳浆酒。山东谷辘子酒。广东瓮头春酒。琉球蜜林酎酒。长沙洞庭春色酒。太平府延寿益酒。

文芣看了名酒，再加这股酒香直朝鼻内钻去，只觉口涎直流道：“这酒我都要尝尝，你先把水牌前面十种各取一壶来。”酒保答应，登时取了十壶放在面前；又取几样下酒之物；

桌上放了十个酒碗，把酒斟了。文芣忖道：“莫非这酒下了毒药么？”嗅了一嗅，香不可当。拿起一碗酒刚放嘴边，忽然摇头道：“不可，不可！使不得，使不得！”一面说著“不可”已将十碗都尝了半碗，道：“酒味虽美，那知我生平最喜吃陈酒，他这酒都是新酿，如何吃得？趁酒保在那里张罗卖酒，且到前面看看可有陈酒，此时只觉发渴，须用醇酒解解口渴才好。”

暗暗提著枪出了酒肆，走不多时，远远有个酒望子飘在那里。连忙赶行，来到酒肆门首。只见路旁有个文士，一手提著酒壶，一手拿著衣服，同一老者讲价，把衣服卖了，沽一壶酒去了。看那衣服，只觉金碧辉煌，华彩夺目。因上前请问老者。老者道：“此是鹔鹴裘。刚才那个文士复姓司马，是当今才子。因他生性好饮，一时无钱沽酒，所以把他卖了。”文芣别了老者，走进酒肆，检副座儿坐了。有个酒家，却是女子，正要上来问话，又有一人拿着一顶金貂前来换酒。酒家把那人打发去了，这才走到文芣面前。

未知如何，下回分解。

名师点拨

一面说着“不可”，一面将十碗都尝了半碗。这座“酒”大阵，让多少好男儿沦陷。那么怎么破这大阵呢？我们读者也在找答案，作者会给我们一个怎样的答案呢？

阅读积累

崔玄暐

崔玄暐（639-706年），名毕（一作晔）以字行，博陵安平（今河北安平县）人，唐朝宰相。706年（神龙二年），武三思以五王诬陷韦后为由，通过唐中宗颁布诏令，将崔玄暐流放古州，在途中病逝。唐睿宗继位，赐谥文献，配享中宗庙庭，唐德宗朝，追赠太师。

第九十七回　仙姑山上指迷团　节度营中解妙旨

名师导读

在本回起兵的众将士还在破“酒”阵，武四思把沦陷在阵中的公子送回来，再去破阵，结果还是进了“酒”阵，不少公子就相继败下阵来。这是作者对众生百态的讽刺的描写。

话说酒家走到文芣面前道：“客官可喜陈酒？若要吃新酒，小店却无此物，只好请向别家照顾。”文芣道：“我不喜陈酒，何必又到你家！请教娘子尊姓？在此开张几年了？”酒家道：“小婢姓仪。此店自夏朝开设至今，将近三千年了。”文芣　忖道：“原来是个老酒店，怪不得那人以貂冠换酒，可见其酒自然不同。”因问道：“你家共有几种名酒？”

酒家道：“我家名酒甚多。请问客人：还是要饮自古名人所造的陈酒呢？还是要饮古来名人所造的陈酒呢？”文芣道：“古人名酒固佳，但恐真人前后或居一乡，酒味难免雷同；我要各处所产名酒。”

酒家即从柜上捡了一块粉牌，文芣接过，只见上面写的尽是古来各处所产名酒，约有一百余种。前后看了一遍道：“这酒每样我都尝一碗，如果可口，将来自然照顾。但今日可肯赊我几碗？”酒家摇头道：“近来饮酒的每每吃了都怕还钱，所以小店历来概不赊欠，客官只看刚才那位姓阮的拿著貂冠还来换酒就明白了。”文芣从身上把宝剑取下道：“就把此剑权押你处。你就照著粉牌所开酒名，每样一碗，先斟三十碗解解口渴；随后只管慢慢照样斟来。如果醇美，把这粉牌吃成，我自重重赏你。”酒家答应，拿著宝剑去了。

文芣看那正面也有一副对联，写的是：

万事不如杯在手，一生几见月当头。

下面落的款是“醴泉侯偶题”。正面有闺秀黄娇写的匾，是“般若汤”三个大字。

各座上人人畅饮，个个欢呼。

酒家刚把三十碗酒摆在面前，那股酒香直从碗内阵阵冒将出来。文芣只觉喉内倒像伸出一只小手要来抢吃光景，那里忍得住。只得发个狠道："武四思！你就下了毒药，我也顾不得了！"转眼间三十碗早已告干，把嘴咂一咂道："不意世间竟有如此美酒，无怪那位司马先生连鹔鹴裘也不要了！我也明知酒是害人的，无奈这张嘴不能由我做主，只怕将来竟要把命结识他哩！话虽如此，究竟不可多饮。要紧要紧！切记切记！"自己正在嘱咐，酒家道："客官可要再饮几碗？"文芣思忖多时道："索性放量饮几碗，明日再戒罢。"因向酒家道："刚才我已说过，你只照著粉牌名色斟来，何必又要来问？"酒家又摆了二十碗，文芣仍旧一气饮干；一连几次，登时把粉牌所开百十种酒都已饮完，只觉天旋地转。立起身来，拖著银枪，出了酒肆，走未数步，跌在地下，竟自昏迷不醒。

文芸同众人在外面候了多时，总不见文芣出阵，甚不放心。薛选道："昨日我同文哥哥有约，待小弟前去探探。"文蒒道："我也同去。"文芸道："你们此去务要小心。"二人点头，将马一纵，闯进阵内，只觉四处酒气熏人。薛选不会饮酒，被这酒气一熏，早已醉倒在地；文蒒饮了几杯，也就醉倒，文芸等之许久，见无消息，只得暂且收兵。

次日，武四思命兵丁将文芣送到文芸营里，教他看看文芣身上可有伤痕，可曾服毒，这是他自己贪饮过度，以致送命。若知此阵利害，及早收兵；如再执迷不醒，少不得都同文芣一样。那兵丁交代回去。

文家弟兄并众公子团团围著观看，只见文芣面色如生，口中宿酒仍向外流，酒气熏人。文芸因他胸前尚温，即请医家设法解救。挨了半日，只听他说了一句"后悔无及"，早已气断身亡。文家弟兄个个顿足恸哭，口口声声誓要杀了武四思方消此恨。随即草草殡殓，寄在邻近庙内。此信传到钱玉英耳内，闻知丈夫被害，只哭的死去活来。章氏夫人也是恸哭不已。

次日，武四思又在战场叫人去破阵。文芸、章荭正要率领众人出去，只见宋素、燕勇、唐小峰、洛承志道："我四人愿到阵中探探二哥并薛家哥哥消息，看他究竟是何妖术。"文芸道："千万小心！"四人来到阵前，也不同武四思答话，一直冲进阵中。到了里面，被酒气一熏，那不会饮酒的早已晕到在地，那会吃酒的先有三分醉意，及至闹到后来，弄的糊里糊涂，不因不由就想吃一杯了，因此凡入阵的莫不被他醉倒。

众公子候了一日，杳无音信。次日都在营中计议。文芸道："才到第一关就如此失利，这却怎好？"章荭道："按这'酉水'二字而论，无非是个'酒'字，何至如此利害？"史述道："偏偏我们弟兄所去之人并无一人回来，如能略晓其中光景，也好设法破他。"

只见家将来报："宰、燕二位才女要来求见。"文芸分付请进。宰玉蟾、燕紫琼进来，向众人垂泪道："我们丈夫被武四思困在阵中，存亡未卜。特来面请诸位将军将令，愿到阵中探听虚实，再来缴令。"文芸道："二位嫂嫂千万仔细！"

二人答应，出了营盘，玉蟾骑了银鬃马，紫琼骑了赤兔马，一直冲进阵中去了。

文芸同众弟兄等候多时，忽见从空落下一个人来，众人一看，原来是燕紫琼。只见他满面通红，坐在地下，嘘嘘气喘。史述忙取一杯茶放在面前；紫琼把茶喝了两口，精神略觉清爽。众人问起阵中光景，紫琼立起道："刚才我二人闯进阵去，里面水秀山青，无穷美景。才走几步，一股酒香直向鼻孔钻来。玉蟾姐姐不善饮酒，受了这股酒气，早已醉倒。我到各处探了一遍，幸喜我们去的七人虽都醉倒，尚属无妨。原想把玉蟾姐姐驼了回来，那知他阵中四面安设天罗地网，我费尽气力才能逃出。小峰将军乃闺臣姐姐胞弟，今既困在阵中，妹子且到小蓬莱求求闺臣姐姐。他如今业已成仙，不知可能见面，只好且去碰碰。"说著，将身一纵，忽然无踪。众公子看了，略觉放心。紫琼来到小蓬莱，走到石碑跟前，看见唐敖所题诗句，正在嗟叹，只见有个道姑在那里采药。紫琼上前合掌道："仙姑请了！"道姑也还礼道："女菩萨从何至此？来此有何贵干？"紫琼把要访唐闺臣、颜紫绡之意说了。道姑道："我在此多年，并未见此二人。女菩萨访他有何话说？"紫琼把起兵被困之话说了。

道姑道："他这四阵，虽有酉水、巴刀各名，其实总名'自诛阵'。此时虽有几人困在其内，他断不敢伤害；他若伤了一人，其阵登时自破。"紫琼道："昨日文府五公子业已被害，为何仙姑还说这话？"道姑道："凡在阵中被害的，那都是自己操持不定，以致如此，何能怨人？所谓'自诛阵'者，就是这个取义。"

紫琼道："请教仙姑可有破他之法？"道姑笑道："我们出家人只知修行养性，那知破阵之术。据我愚见，女菩萨何不'即以其人之道还治其人之身'呢？"紫琼听了，正要朝下追问，那个道姑忽然不见，知是仙家前来点化，只得望空拜谢。

回到大营，对众人说了，都摸不著是何寓意。

文芸道："他那座阵团团把城围往，他们出入毫无挂碍，何以我们一经进阵就被醉倒？必定另有趋避之法。那仙姑所说'即以其人之道还治其人之身'，定是这个缘故。必须把他兵丁捉住一个，看他身上带著何物就明白了。"随即派了卞璧，史述去办此事。"紫琼同后营去了。不多时，卞璧、史述捉住一个大汉，身上搜出一张黄纸，上写"神禹之位"四个朱字。细拷那人，才知武四思军中凡有从阵内出入的，胸前都放这张黄纸，才不为酒所困。文芸听了，如获至宝。即将大汉打入囚笼。随即写了数千纸条，每人胸前各放一张，点了三千精兵，每人也是一张。文芸道："我们这三千兵须分三队前进。第一队，卞璧、颜崖二位哥哥领一千步兵，从正面正中进阵；第二队，林烈哥哥同章芗兄弟领一千步兵，从正面左首进阵；第三队，蔡崇哥哥同四弟文菘领一千步兵，从正面右首进阵。过了此阵，凡到关者俱先放号炮。小弟同史述哥哥带领五千马兵随后接应。进关后毋许伤害良民。章茳兄弟同诸位紧守大营。"众人齐声答应。分派已毕，约有初更时候，各带人马，一齐冲入阵内。谁知六位公子同三千雄兵倒像下了一个酒馆，个个醉倒在内。

文芸同史述等了多时，毫无响动，甚觉惊慌。连忙回营把大汉提出细细拷问，才知武四思每逢摆设此阵，手下兵将俱不准饮酒；至进阵之日，内中倘有一人在本日预先犯了酒戒，连随去之兵无论多寡，也都困在阵内，身上虽带灵符也不中用，并且书符、带符之人，不独本日不准饮酒，还要焚香叩祝，说个"戒"字，才能保得入阵不为所困。文芸命人把大汉仍旧打入囚笼，即同众弟兄沐浴焚香，一齐叩拜，虔诚书写，并命各营一概不准饮酒。次日书写完毕，复又设了香案叩头祷告，分给众兵，众兵也都磕头领受，各说“戒”字。当时分派廉亮、章蘅领了一支人马，阳衍、章蓉领了一支人马，惟恐阵中正面有自己被困兵将在内，都从两旁进阵。四位公子领命，带了众兵从两旁冲进阵去。文芸、史述在后面接应，忽听连声号炮，慌忙领兵奔到关前，望了望，城上尽是自己旗号。

原来武四思因昨日才陷了文家三千人马，正自得意，做梦也不知今日来破阵，一切并未准备。众兵攻进城去，武四思被乱箭射死，家眷打入囚笼。城上供著一个女像，一个男像，却是仪狄、杜康，还有几十碗灯，被余承志击的粉碎，这里刚把牌位击了，那酉水阵还有未尽的妖气，化一阵狂风也都散了。接著大队人马进城，阵中所困兵将俱已苏醒归队。宰玉蟾也回女营。惟文薛醉在地下，被众兵把胸前误踹几脚，业已无救；文氏弟兄恸哭一场，当即盛殓。关上派了章莒、章茗、章芬、章艾带领四千兵把守。

歇兵一日，即向无火关进发。那日离关五里下寨，探子来报关前已摆无火阵，外面看不见兵马，惟见许多云雾围护。次日，林烈一马当先，前去挑战。

未知如何，下回分解。

名师点拨

在得到小蓬莱道姑的指点，“酒”阵总算是破了，作者通过道姑讲“虽有酉水、巴刀各名，其实总名‘自诛阵’”。凡在阵中被害的，那都是自己操持不定，以致如此，何能怨人？所谓自诛阵者，就是这个取义。破解法却是以其人之道还治其人之身。

阅读积累

神　禹

神禹即大禹，姒姓、夏后氏，名文命，字高密，号禹，后世尊称大禹，夏后氏首领，传说为鲧之子，颛顼之孙，轩辕黄帝玄孙。

神禹是夏朝的第一位天子，因此后人也称他为夏禹。他是我国传说时代与伏羲和轩辕黄帝齐名的万世圣王，他最卓著的功绩，就是历来被传颂的治理滔天洪水，又划定天下为九州。后人称他为大禹，也就是伟大的禹。他的母亲为有莘氏女修己。相传禹治平滔天洪水，受舜禅让继帝位。

第九十八回　逞雄心挑战无火关　启欲念被围巴刀阵

名师导读

本回中出现的“无火关”，“无火”就是“气”，人生在世，哪有不受气的？这回中破这气关的是林烈，他遇见了“不周山境”四个大字，穿过牌楼，路旁远远一座高岭，十分嵯峨。山下有一大汉，把头朝山上撞去。直把那山撞的缺了半边。引用了共工怒触不周山的神话。

话说林烈前去挑战，同武七思斗了几合，武七思回马便走。林烈道：“你不过引我进阵，我倒要进去看看！”来到阵前，武七思朝里一闪，早已不见。林烈冲进阵内，只见里面轻云冉冉，簿雾漫漫，远峰忽隐忽现，疏林旋露旋藏。把神宁了一宁，下马缓步前进。云雾渐淡，日色微明，四面也有人烟来往，各处花香鸟语，颇可盘桓。迎面有座冲天白石牌楼，上写“不周山境”四个大字，穿过牌楼，路旁远远一座高岭，十分嵯峨。遥见山下立著一条大汉，不知为甚暴跳如雷，喊了一声，把头直朝山上触去。只听呱刺刺一声响亮，倒像起了霹雳一般，把林烈振的只觉满耳钟儿磬儿乱响；再看那山已被他触的缺陷了半边，那缺陷处尘土飞空，烟雾迷漫，霎时天昏地暗，好不怕人。慌忙跑开道：“吓杀我了，从未见过这铁头！我想此人之头即使纯钢铸的，也不能把山触通，大约总是这股怒气所使。可见孟子‘至大至刚’之话，并非无出而发。”

> **巧设铺垫**　这段关于无火阵的描写，实现表面上一幅世外桃源的仙境，实际上危险重重，为下文情节开展做好铺垫。

> **引用典故**　据《史记·魏公子传》载，朱亥是魏国大梁的屠夫，曾受魏公子礼遇。宋·李昉《太平御览》卷四十八引《列士传》载：“秦召魏公子无忌，无忌不行，使朱亥奉璧一双。秦王大怒，将朱亥著虎圈中，亥嗔目视虎，眦皆裂，血出溅虎，虎不敢动。”

前面又有一条大汉立在那里，也是怒气冲冲。忽见一只猛虎，比水牛还大，直向那汉奔去。林烈道：“此人手无寸铁，这却怎好！”只见那虎离此人不远，正要迎头扑去，忽听那人大喊一声，圆睁二目，忽把眼角裂开，冒出几点热血，直朝虎面溅去。那虎著了此血，身子幌了一幌，几乎跌翻，只听吼了一声，逃窜而去。林烈道：“刚才那人之头把山触通，业已奇极，那知此人眼角之血竟会打虎，可谓奇而又奇。莫非他眼中会放弹么？即使放弹，也不过替虎挠痒，虎又安能畏弹？可见此人眼角之血竟胜于弹，将来竟可叫做‘铁血’了。以此类推，原来气之为用，竟是无所不可。”

忽见那面有个妇人在那里燃火炼石。林烈上前问道：“请教大娘：炼这石块有何用处？”妇人道：“只因有个大汉把不周山触坏，天维被他振的也有微缺，我炼这石要去补天。”林烈忖道：“原来石可补天，无怪杞人要发愁了。”

又朝前进，道旁现出一座战场，有个黑面大将在那里杀的烟雾冲天。忽听他喊了几声，就如霹雳一般，振的耳根嗡嗡乱响，内中只听得一句“力拔山兮气盖世”。林烈点头道：“气能盖世，怪不得孟子有‘塞于天地之间’这句话哩。”

游了多时，甚觉腹饥。路旁有许多店面，进前看时，那卖饮馔的只得酒肆、茶坊，蒸饼馒头之类。信步走到一个蒸饼铺。正要进去，只见里面坐著一人，却是周朝打扮，不知为甚同人吵闹，气的头发根根直竖，把头上戴的冠都冲起来。看罢吐舌道：“这人如此硬发，若被他打上几发，如何受得住！离开他罢。”走到间壁馒头铺。又有一个周朝人坐在那里，倚著桌案，不知为甚气的胡须根根直竖，把桌案都戳翻了。吓的连忙走开道：“这人更惹不得！设或性子发作起来，把胡子朝你身上乱戳，还戳几个洞哩！”

又走到一个肉包铺。里面蒸的肉包，热气腾腾。两旁坐著无数罪犯，都是披枷带锁，鸠形垢面，个个叹气唉声。上前拱手道：“诸位为何犯此重罪？我看你们人人嗟叹，莫非有甚冤枉，误犯此罪么？”众人都叹口气道：“这是自作自受，有何冤枉！”因手指蒸笼道：“我们的罪都是为他而起，以致弄出人命事来，此时身不由己，后悔无及。但愿将军奉劝世人把个‘忍’字时时放在心头，即使命运坎坷，只要有了忍字，无论何事总可逢凶化吉，不遭此祸了。”林烈听了，正要答话，忽觉一股枣香扑鼻，那厢有个枣糕店。行至跟前，把马拴在外面，走进去捡张桌儿坐了。再看那些吃糕之人，个个面黄肌瘦，都带病容，刚把糕吃了，忽又蹙额皱眉呕了出来，及至勉强重复吃进，少时仍旧呕出。又有许多肚腹膨胀之人，也是骨瘦如柴，饮食费力，个个愁眉苦脸，极其可怜。因拱手道：“诸位为何染此重恙？莫非命运不济，患这孽病么？”众人都叹口气道：“这病何关命运，总是自作孽！”因指蒸笼道：“无非因他而起，以至日积月累，弄的食不下咽，无药可医，如今后悔已晚。但愿将军奉劝世人把个‘耐’字时时放在心头，即使命运不济，只要有了耐字，无论何事总可转祸为福，不染此患了。”

林烈把蒸笼望一望道：“怎么此处蒸笼竟如此害人？那边被他害的都身犯重罪，这里又被他害的都不能饮食。如此可恶，等我吃了枣糕再同他算帐！”一片声喊叫：“快拿糕来！”走堂虽然答应，却把糕拿到别桌去。林烈喊道：“你这囚徒！大约因我后到，不肯把糕拿在人前，难道我连露肘破肩的乞丐也不如么！再不拿来，你且吃我几拳！”走堂见他猴急，只得招别桌剩的冷糕凑了一盘送来。

林烈一见，不由心头火起，拿起盘子，照著走堂脸上连糕一齐掼去，那盘子恰恰插在走堂面上，喊了一声："打死我了！"浑身是血，早已跌翻。只见四处蒸笼热气直朝外冒。林烈道："我正要同你算帐，你还朝我冒气！索性给他一不做，二不休！"双手举起大刀，照著那些蒸笼左五右六一阵乱砍。登时自己无名火引起阵内邪火，四面热气都向口鼻扑来，一交跌倒，昏迷过去。次日，谭太、叶洋进阵，也无消息。

文芸十分著急，暗暗命人把武七思兵丁捉了一个，细细搜检，胸前有一张黄纸，写著"皇唐娄师德之位"。大家甚喜，立时沐浴焚香，写了许多分给众兵，照前说个"戒"字，带在胸前。到晚，派魏武、尹玉、卞璧各带兵马一千进阵，余承志、洛承志带领接应众兵，只等号炮一响，就冲杀过去。那知等之许久，竟似石沉大海。文芸又将那兵丁提出再三拷问，受刑不过，才说出实情。原来身上虽带了黄纸，仍须写个"忍"字焚化，跪吞腹内，方能进阵出入自如；但不许动怒生气，一经误犯，更有性命之忧。文芸命人把他打入囚笼。即如法炮制，果然把阵破了。攻进城内，武七思久已逃窜。城上供著共工、霸王、蔺相如、朱亥诸人牌位，当即焚毁。阵内所困谭太、叶洋、林烈三人均已无救，随即盛殓。大兵陆续进关，宋素安抚百姓，秋毫无犯。文芸把西水关章氏弟兄分了两个来此镇守。

歇宿一宵，正要起兵，只见女营来报：文菿之妻邵红英、林烈之妻林书香、谭太之妻谭蕙芳、叶洋之妻叶琼芳，俱投环殉节。章、文两府弟兄听了，好不伤悲，只得装殓题和，同众人之柩寄在一处，并派兵丁看守。

这日来到巴刀关安营下寨。次日阳衍出去挑战，同武五思斗了两合，即引进阵去。阳衍进了巴刀阵，但觉香风习习，花气溶溶，林间鸣鸟宛转，池内游鱼盘旋，各处尽是画栋雕梁，珠帘绮户，那派艳丽光景，竟是别有洞天。于是下马缓步前进，微闻环佩之声，只见有二女子远远而来，生得娇妍绝世，美丽无双。那路旁的鸟儿见了这两个美人，早已高高飞了；池内游鱼，也都惊窜深入。又有一个美人不知为甚忽然用手捧心，那种张目蹙额媚态，令人看著更觉生怜。转到前面，顺步看去，接接连连尽是绝美妇女：也有手执柳絮的，也有手执椒花的，也有手执锦字的，也有手执团扇的，也有手执红拂的，也有手执鲜花的。个个彬彬大雅，绰约绝伦。意欲上前同他谈谈，无奈这些妇女都是正颜厉色，那敢冒昧唐突，惟有空怀羡慕，徒自垂涎。看了多时，只得叹气另向别处走去。

行未数步，两旁俱是柳巷花街，其中美女无数，莫不俊俏风流。正要上前谈谈，忽闻一阵花香，原来路旁一片芍药，开的甚觉烂漫。花间走出一个美女，怀抱琵琶，手执一枝芍药，笑道："郎君到此，即是奇缘，果蒙垂青，愿谐永好。"

阳衍正在心荡神迷，一闻此语，慌忙接过芍药道："承女郎见爱，何福能消！但未识芳闺何处？"女子道："侬家离此甚近，穿过这条花街，过了那条柳巷，前面一带桑林便是。婢子先去烹茶恭候，望郎君玉趾早临。"即向桑林去了。阳衍乐不可支，刚要举步，复又忖道："莫非他要害我么？"思忖多时，忽又笑道："痴子，痴子！天下岂有美人而能害人之理？况如此绝色，即使不测，亦有何妨！"

于是急急赶去，欢欢喜喜，成其好事。……

次日，章芹、文萁、文菘也冲进阵去。……

隔了一日，武五思命人把阳衍、章芹、文萁、文菘四个尸首送到文营，并劝文芸、章荭"早早收兵，若再执迷不醒，这四人就是前车之鉴"。文芸、章荭见兄弟被害，十分悲恸。登时传到女营，阳墨香、戴琼英闻知此信，即到大营，抚著阳衍、文萁尸首恸哭一场，姑嫂两个，旋即自刎。

由秀英、田舜英得了丈夫凶信，把文菘宝剑每人各拿一把，暗暗骑了两匹马，来到阵前，口口声声只要武五思出来答话。兵丁报进，武五思乘马出来，远远望见秀英、舜英，不觉喜道："孤家正在鳏居寂寞，那知天送两个绝色女子与我！"

一面思想，已到阵前。正要细细盘问，秀英、舜英早已右手执著宝剑，左手抖著丝缰，望前奔来。武五思看见二人执剑放马，全不在部位上，纯是一团温柔袅娜样子。看了又是好笑，又是可怜。意欲把两个活捉过来，又万万不能。只得狠一狠道："如今只好留个绝色，把那姿色略次的结果了罢。"即举大斧，向著舜英迎头砍去，舜英马望旁边一蹿，一斧砍空；随又一斧，才把舜英砍下马来。秀英一见，那敢怠慢，双手举剑，用尽平生之力，趁势一剑刺去，恰中肋上。武五思喊了一声，坐不住雕鞍，跌倒在地。秀英慌忙也跳下马去，一连又是两剑，早已结果。众兵见秀英如猛虎一般，谁敢上前，一齐放箭。秀英跨上马去，身上业已中箭，仍催马上前，又伤了几人，登时死于乱箭之下。及至文芸得信，带兵前来接应，秀英、舜英已经被害，幸喜把尸首抢回。来到营盘，谁知文菘因在阵内未受大伤，竟自苏醒过来，文芸喜出望外。把众人殡殓，寄在庙内。

次日，宋素同卞璧也困在阵内。这里四处派人捉拿武氏兵丁，偏偏一个也捉不著。众公子正在发愁，恰好燕紫琼从小蓬莱回来。

未知如何，下回分解。

名师点拨

众公子破武七思“无火关”也就是“气”阵，里面的布置的有典故人物与场景，共工怒触不周山，女娲炼石补天，意在提醒凡事需要把“忍”“耐”记在心中。破阵关键就是“忍”。

阅读积累

琵琶

琵琶原名“枇杷”，拨弦乐器。据刘熙《释名·释乐器》载：“枇杷本出于胡中，马上所鼓也。推手前曰枇，引手却曰杷，像其鼓时，因以为名也。”汉应劭《风俗通》已有记载。南北朝时期自西域传入曲项琵琶，四弦四柱，音箱呈半梨形，横置胸前用拨或手弹。隋唐之间十分流行，形制多样，统称为“胡琴”。唐宋以后，在两种琵琶基础上加以改进，逐渐形成今日的形制。

第九十九回　迷本性将军游幻境 发慈心仙子下凡尘

名师导读

武氏兄弟"武家军"的酒、色、财、气四座大阵，到本回已经破了"酒""气"两阵，"巴刀阵"中的"巴刀"就是"色"，自古就是英雄难过美人关，这些血气方刚的公子又如何能破此阵呢？

话说燕紫琼来到营中道："我因丈夫被困，即至小蓬莱，一步一拜，叩求神仙垂救。适蒙仙人赐了灵符一道，灵药一包。此符乃请柳下惠临坛，临期焚了，自有妙用。"文芸道："这药有何用处？"紫琼道："据说此药是用狠兽之心配成。凡去破阵之人，必须腹内先吃了狠心药，外面再以'柳下惠'三字放在胸前。到了阵内，随他百般蛊惑，断不为其所害，再有灵符之力，其阵自然瓦解。"把符药交代，回女营去了。到了二更，文芸派了兵将，焚了灵符，把阵破了，攻进城去。里面虽有张易之差来几员将官，那里禁得众公子一齐并力，早已抱头鼠窜而去。宋素、卞璧向日都不在色欲上图意，所以都好好回来。武五思家中一无所有，惟供著许多女像，当即一一焚毁。文芸也领大兵进城。宋素安抚百姓，歇宿一宵。次日派了蔡崇、褚潮率领二千兵在此镇守，大队人马又朝前进。

这日来到才贝关。武六思早已把阵摆了，来到疆场喝道："谁敢破我此阵！"

章荭纵马出来，同武六思略斗两合，即冲进阵去。到了里面，只见四处青气冲霄，铜香透脑。章荭不觉叹道："世上腐儒只知妄说铜臭，那晓其香之妙，可惜未被这些臭夫闻此妙味。"远远望去，各处银桥玉路，朱户金门，光华灿烂，颇有富贵景象。慢慢提著丝缰，来到一座冲天牌楼，上面写著"家兄"两个金字。穿过牌楼，人来人往，莫不喜笑颜开，手内持

知识延伸

家兄：又称孔方，即为孔方兄，是对钱的一种戏称，亦即钱的另一种隐名。语出鲁褒的《钱神论》："洛中朱衣，当途之士，爱我家兄，皆无已已，执我之手，抱我始终。""谚曰：'官无中人，不如归田'。虽有中人，而无家兄，何异无足而欲行，无翼而欲翔！"

钱。钱有大小，其字亦多不同：有写“天下太平”的，有写“长命富贵”的，只见有个晋代衣冠之人，生得面黄肌瘦，肚腹鼓胀，倒像患了积痞一般，坐在那里，四面许多钱把他团团围住，他却满面欢容，一个一个拿著赏玩。

正朝前进，忽见一个大钱阻住去路，那钱竖在那里，金光闪闪，其大无对。下面密密层层，有亿万人来来往往，都想争夺此物。细细看去，士农工商，三教九流，无一不有。也有绯袍像简，在那里伸手的；也有胥吏隶役，在那里勒索的；也有捏造词讼，在那里讹诈的；也有设备赌具，在那里引诱的；也有怒目横眉，在那里恐吓的；也有花言巧语，在那里欺哄的；也有暗设牢笼，在那里图谋的；也有描写假字，在那里撞骗的；也有钻穴逾垣，在那里偷窃的；也有杀人放火，在那里抢劫的；种种恶态，不一而足。大钱之下悬著无数长梯，梯旁尸骸遍地，白骨如山，都因妄求此物，死于非命。章荭看了，暗暗点头，嗟叹不已。远远见那钱孔之内，铜馨四射，金碧辉煌，宛如天堂一般。把马拴在一旁，沿梯而上，走到钱眼跟前，轻轻钻进，四处一望，里面尽是琼台玉洞，金殿瑶池；地下碧玉为路，两旁翡翠为墙，气像之富，景致之精，迥非人世所有。游玩多时，越看越爱。忖道：“如此洞天福地，倘得几间幽室，在此暂住几时，也不枉人生一世。”

正在痴想，迎面忽现一所高堂大厦。走进看时，前后尽是琼楼瑶室，画栋朱栏，各种动用器皿，件件俱全。看罢显然欢喜，复又摇头道：“这样精室，若无锦衣美食，两平空空，也是空自好看。”再到各房张望，谁知那些锦绣绫罗，山珍海错，金银珠宝，但凡吃的、穿的、用的，无一不备。不觉恨道：“早知如此，为何不将仆婢带来！”只见有个老苍头手拿名单，带著许多长随、小厮上来磕头，又有一个老嬷，带著几个丫环也来叩见。章荭道：“那个苍头名叫甚么？你们共来几人？”苍头道：“小人姓王，因我年老，人都称我王老。连老奴共有十六人来此伺候。现有众家人执事名单，请恩主过目。”

章荭接过，只见上面写著：“管总帐家人二名：四柱，二柱。”看罢，点头道：“管理总帐全要旧管、新收、开除、实在，算的明白。今派四柱，倒也凑巧，为何又把二柱派在内呢？”二柱道：“只因小人算盘不精，往往算错，只能省得两柱，故此王老把小人派了帮著四柱做个副手。”章荭道：“他也是个人，你也是个人，为何你只管得一半？以后必须好好学算盘，倘把算盘学精，就是替人管管钱谷征比也是好的。”二柱连道两个“是”，闪在一旁。

章荭又朝下看：“管厨家人一名，对文。”把头点点道：“厨子最爱开谎帐，全要替他核对明白，今派对文管理，倒也罢了。但你不可因他开谎帐，就便也加上些，我主人就架不住了。”对文道：“小人不敢。但只每日茶酒洗澡几个零碎钱，还求主人见谅。”章荭道：“只是不要过于离奇，这都使得。天下那有分文不苟的，况且你又不图廉洁牌坊。”对文道：“这是恩主明见。”

章荭又朝下看：“管银家人一名，五分。管钱家人一名，四文。”章荭道：“管银钱家人却派五分、四文，这是何意？”五分道：“小人向日做人最老实，凡有银子出入，每两只落五分，从不多取，所以王老特派小人管这执事。”四文道：“小人向日也最老实，每钱一千只扣四个底儿，不像那些下作人，每钱一千，不但偷偷摸摸，倒串短数，还搀许多小钱，小人断不肯的。”章荭点头道：“每两五分，每千四文，也还不多，都算要好的。就只你们名字被外人听了未免不雅，必须另改才好。”王老道：“不消改得，他们都有乳名，就叫乳名也好。”五分道：“小人乳名榆荚。”四文道：“小人乳名比轮。”章茳道：“将来再派比轮替我照应照应车辆。怪不得五分生得又瘦又小，原来乳名却叫榆荚。外面刮动风须要留神，设或被风吹去，我的银帐少不得又要另换新手，那时再想你‘五分’，只怕不止了。”

又把单子看去：“管金珠家人一名，宝货。管绸缎家人一名，丰货。管果品点心家人一名，藕心。管鱼虾海菜家人一名，鲛文。管酒家人一名，半两。管厕家人一名，赤仄。管门家人一名，厌胜。厨子二名，契刀、错刀。水夫一名，货泉。”章茳道：“那宝货、丰货以及藕心几人，派的执事都还相称，但管酒家人为何却派半两？”王老道：“老奴因他素日替主人管酒，不敢过于弄诡，每日只偷得半两，不过略略杀杀馋虫，所以小人派他管这执事。”章茳道：“每日只偷半两，并不为多，此人派他管酒，也还不差。但派定之后，莫要认真放出量来，那可使不得。”半两道：“恩主只管放心，小人量窄，即或放量，也不过几杯儿。”

章茳道：“莫讲每日只得半两，就是再添几两，这个东道我老爷也做得起，就只怕的久而久之，把两丢了上了斤，或者才开一坛，你倒先去了半坛，我可供应不上了。这都慢慢再定章程。我还要问苍头，你把茅厕派了赤仄，这是何意？”王老道：“老奴因他名内仄字，原是厕的本字，难得这样巧合。又因他姓赤，惟恐厕内倘有赤痢血痔之类，也好教他触目惊心，时常打扫，因此把他派了。”章茳点头道：“这个也还人地相宜。为何你把管门家人却派厌胜呢？”王老道：“老奴派他，却有深意。出他素日替人管门，最厌客人来拜，他这脾气，恰恰与姓相合。并且胜字也可读做平声，所谓‘厌胜’者，就如厌之不胜其厌之意，因其如此之厌，所以凡有客来，总是一概回他不在家，且又能言善辩，凭著三寸不烂之舌，能令客人不得进门。门上有了这样能事家人，恩主于五伦之中，虽于‘朋友’这伦有些欠缺，毕竟少了许多应酬之烦。人生在世，只要自己畅心适意，那里管他五伦，四伦？就缺几伦也还是个人，难道人家就不把你当人么？”章茳道：“你这蠢材，莫非疯了？怎么同我‘你’呀‘我’的混闹起来？”王老道：“老奴只顾乱说，那知说的倒忘形了。”章茳道：“厌胜善于回客，可有甚么凭据么？”

王老道：“虽无凭据，却有一个笑话。当日他替人管门，一日，适值主人的表叔走来，正要进内。厌胜未曾留神，只当客人来拜，连忙上前拦住道：‘我家主人不在家，请老爷改日再来罢。’这位表叔太爷听了，上前狠狠踢了一脚道：‘你这囚徒，也不仔细看看！我是你主人的表叔，怎么也回我不在家！’”一面说笑，又将小厮名单呈上，上面写著四人名姓，是沈郎、鹅眼、荇叶、菜子。章茳把四人望了一望，只见个个腰如弱柳，体态轻盈，真是风儿略大就可吹得倒的，却是绝美的俊仆。

那老嬷也把仆妇、丫环带来侍立一旁。章茳道：“你姓甚么？他们都叫甚么名字？”老嬷道：“老婢姓子，那些姐儿哥儿因我年老，都叫我子母，叫来叫去，无人不知，倒像变成名字了。这个名字内中有个母字，虽不吃亏，但仔细想来，到底古板。今日老爷何不替我起个风骚名字呢？倘能又娇又嫩，不像这么老腔老班，那就好了。”章茳忖道：“这个老狐狸头上并无一根黑发，还闹这些花样，倒是一个‘老来俏’。我且骗他一骗。”因说道：“你要改名字，惟有‘青蚨’二字可以用得：虽系虫名，乃人人所爱之物，你若改了，将来必是人人喜爱。况这‘青’字就有无穷好处，诸如‘青春’、‘青年’之类，都是返老还少之意。并且内中还有‘青丝’，你目下发虽如霜，叫来叫去，安知不变满头青丝呢？”

子母道：“多谢老爷厚意。如今改了青蚨，日后设或有点好处，我一定绣个眼镜套儿送你老人家。”

章荭道：“再过几十年，我眼睛花了，少不得要托你做的。这六个仆妇都叫甚么名字？管甚么执事？”子母道：“一个是替奶奶管香粉的，名叫白选；一个是替奶奶管胭脂的，名叫紫绀；这个专管奶奶裹脚布，名叫货布；那个专管奶奶挑鸡眼，名叫鸡目。还有两个，一名綖环，专管奶奶钗环；一名传形，专替奶奶画小照。”章荭道：“奶奶缠足要用多少布，却要派人专管？倒是这个画小照的却不可少，并且连挑鸡眼也都派人，难为你想的到，将来告诉奶奶，一定要赏的。但那綖环为何生的那样瘦小？莫非有病么？”子母道：“綖环虽瘦，还算好的，刚才还有几个仆妇，诸如水浮、风飘、裁皮、糊纸之类，都生的过于瘦弱，老婢惟恐不能做事，都回他们去了。”

章荭道：“那八个丫环都叫甚么名字？”子母手指四个年纪大的道：“那穿白的名叫二铢，专管奶奶银帐；穿青的名叫三铢，专管奶奶钱帐；穿红的名叫四铢，专管奶奶赌帐；穿黄的名叫五铢，专管奶奶吃帐。他们都以铢字为名，就如‘五分’、‘四文’之意，每日所落不过几铢，断不敢多取的。”又指四个年纪小的道：“一名币儿，专管奶奶币帛；二名泉儿，专管奶奶茶水；三名布儿，专管奶奶洗脚布；四名刀儿，专管奶奶修脚刀。”章荭道：“奶奶洗脚布、修脚刀也都派人，你这办事可得上等考语，叫做‘明白谙练，办事精详’。”

众人领了执事退出。丫环烹茶，安设床帐。章荭手执茶杯，复又忖道：“今日却教哪个丫环暂伴一宿呢？”正在凝思，忽有四个绝色美人前来陪伴。问其姓名，一名孔方，一名周郭，一名肉好，一名元宝。四人陪著用过宴，到晚就寝。

次日起来，有这些美人陪伴，天天珠围翠绕，美食锦夜，享尽人间之福。过了几时，四个美人都已有孕，忙向三官跟前焚香叩祷，各佩“男钱”一枚，以为得子佳兆。那知四美竟生五男。章荭因儿子过多，要想生个女儿，于是又找几个“女钱”，给他们佩著，果然又生二女。这五男二女年纪略大，请了一位西席教他们念书。那位西席年纪虽老，却甚好学，每逢出入，总有文字随身，就只为人过于古板，人都称他“老官板”。又过几年，陆陆续续把儿女都已婚配。真是日月如梭，刚把儿女大事办毕，转眼间孙儿孙女俱已长成，少不得也要操心陆续办这嫁娶。不知不觉，曾孙绕膝，年已八旬。

这日，拿镜子照了一照，只见面色苍老，鬓已如霜，猛然想起当年登梯钻钱之事，瞬息六十年如在目前。当日来时是何等样精力强壮，那知如今老迈龙钟，如同一场春梦。早知百岁光阴不过如此，向来所做的事颇有许多大可看破。今说也无用，且寻旧路看看当年登梯之处。即至钱眼跟前，把头钻出，朝外一探，不意那个钱眼渐渐收束起来，把颈项套住，竟自进退不能。

文营众将见章荭进阵，到晚无信。次日，宋素、燕勇又要进阵。文芸道：“宋家哥哥现在大营执掌兵权，岂可屡入重地？况前在酉水阵业已受困多日，营中人心颇为惶惶，何必又要前去？”宋素道：“众弟兄在此舍死忘生，不辞劳苦，原是为著我家之事。今我反在营中养尊处优，置身局外，不独难以对人，心中又何能安？况‘死生有命’，兄长断断不要阻我。”即同燕勇进阵，也是一去不返。

词苑撷英

养尊处优：指生活在有人伺候、条件优裕的环境中。

次日，燕紫琼、宰玉蟾闻得丈夫又困在阵内，吓的惊慌失色，坐立不宁。二人商议，惟有且到阵中看看光景，再为解救；如无指望，就同丈夫完名全节，死在阵内，倒也罢了。当即命人通知大营，各跨征驹，闯进阵去。武六思忽见两个妇女进阵，惟恐逃遁，忙又作法焚符，密密布了几层天罗地网。文芸只当紫琼必定回来，那知也是毫无影响。因向众人道：“此时连宋家嫂嫂也不回来，其中邪术自必更甚。据小弟愚见，我们只管同他对敌，切莫轻入阵内，俟宋家嫂嫂回来，再作计较。”

颜崖听了，正因连日未耍大斧，心中气闷，当即请令带领精兵一千前去挑战。

情景描写

这里呈现了颜崖气闷的状态，当即请令领兵。这种状态，表现了人物有些气急败坏的心境。

恰好张易之、张昌宗因折了三关，甚觉害怕，又差李孝逸统领大兵前来接应，早被颜崖把他偏将伤了两个。次日，魏武也去讨战，一阵银枪，也伤他一员大将。

李孝逸因连伤三将，十分气恼，即亲自出马。文营众公子也到阵前。余承志、洛承志一见，想起当年父亲被害之事，恨不能生食其肉，各催坐下马，枪鞭并举，与李孝逸战在一处。斗了多时，李孝逸被余承志一枪刺在腿上，大败而逃。众公子带领人马一拥齐上，把各兵杀的五零四散，各自逃生。及至再去讨战，并无人应，只好暂且回营。恰好把李孝逸兵丁捉了几个，身上搜检，一无所有，细细拷问，都说到关之日，武六思给了一碗符水喝在腹内。一连几个，隔别讯问，都是如此。

次日，又去挑战。武六思只在阵前立著，叫人去破阵，并不出马。及至众人赶到跟前，他即跑进阵去；等你刚要收兵，他又百般叫骂。文芸气的暴跳如雷，正要催马进阵，只见余承志、洛承志、唐小峰、章蓉、章芗、史述、颜崖、尹玉、一齐拦住道：“连日章莛、宋素二位哥哥俱困阵内，此时营中惟仗哥哥调遣，今再进阵，设被围困，岂不令诸将无主么？我们八人情愿领精兵八百进阵，看看虚实，再来缴令。”文芸只得应允回营。八位公子带著八百精兵，冲进阵去，里面登时也变出八百八个幻境，都是各走一路，彼此不能见面。那有主意的，把钱不放在心上，任他扇惑，总不动心，还不至有害，最怕是见钱眼红，起了贪心，自然生出无穷事端，性命也就莫保了。文芸见他八人一去不归，更觉发慌，次日又去讨战。武六思立在阵前，任你辱骂，总不出马。文芸看看手下虽有强兵猛将，无奈这阵困在关前，不能攻打城池，徒自发急。

那女营之内司徒妩儿、宋良箴、洛红蕖、郦芳春、郦锦春、宰银蟾、秦小春、廉锦枫八位才女，闻得丈夫困在阵内，吓的泪落不止，一连数次遣人到大营打听，总无影响。看看又是一日，这八个才女走出走进，叹气唉声，不知怎样才好。那眼前有子的，还有三分壮胆，那无子身上有孕的，也有一分指望，就只那跟前一无所有的，到此地位，毫无想头，只等凶信一到，相从于地下，这就是他收缘结果。一时想起碑记中薄命之话，再看看书香、秀英诸人前车之鉴，不由不毛骨悚然，肝肠寸断。洛红蕖惟有焚香求闺臣来救小峰之命。众人见他如此，也都沐浴焚香，叩求过往神灵垂救，八人一连脆求三日，水米不曾沾牙，眼泪也不知流了多少。真是至诚可以感格，那青女儿、玉女儿早已约了红孩儿、金童儿，各驾风火轮来到女营。文芸闻知，即亲自迎到大营。

未知如何，下回分解。

名师点拨

《镜花缘》中所描写的这四关，可以说是李汝珍才学最后的爆发释放。这四关的故事几乎是用典故堆砌组织而成的，少数是人物的典故，更多的是以物喻人，将事物赋予人的特性，在叙述中揭露人性中的四大弱点。多数典故都见于唐代以前，这除了彰显《镜花缘》所描写的时代为唐代以外，更重要的是还反映了李汝珍的才学和智慧，好古玄奇，以取得读者对小说陌生化的效果，虽为游戏文字，但读起来却颇有意味。在本回中作者前后运用了四十多个典故，写尽了世人对孔方兄的态度。

阅读积累

男 钱

男钱古钱币术语。旧时传说妇女佩之可以生男的钱。如十六国后赵石勒所铸“丰货”，因钱文壮实丰满，又含富裕吉祥之意，遂被称为“男钱”。南朝梁民间私铸钱币“布泉”的俗称。布泉径一寸，重四铢半，世人谓之“男钱”，传言妇人佩之即生男，故称。

第一百回　建奇勋节度还朝 传大宝中宗复位

名师导读

在最后一回中，我们通过章回标题，就已经了解到了全文的结尾，那么作者会不会在本回里，带给你更多精彩的故事呢？我们一起来阅读吧。

话说文芸同众公子把红孩儿等四仙邀进大营，问了备细。复又施礼道："蒙四位大仙法驾光降，现在武六思抗拒义兵，肆其邪术，困我多人，以致我主久禁东宫，不能下慰臣民之望，惟求早赐手援！"红孩儿道："我们当日原与群芳有约，今因苦苦相招，不能不破杀戒，亦是天命，莫可如何。事不宜迟，将军就于今夜三更，带领人马前去破阵，我们自当助你一臂之力。"文芸再三称谢道："请教大仙，他这阵内是何邪术？"金童儿道："此阵名唤'青钱阵'。钱为世人养命之源，乃人人所爱之物；故凡进此阵内，为其蛊惑，若稍操持不定，利欲熏心，无不心荡神迷，因而失据。"

语言描写

作者借金童儿之口，告诉世人在金钱面前，只有操持坚定，才能立于不败之地。

文芸道："请示大仙，晚间须由几路进兵？"红孩儿道："只消三支人马。到了夜间，将军命人预备香案，我等将王衍、崔钧二公灵魂请来，借其廉威，庶免'阿堵'、'铜臭'之患。少时百果仙姑就到。临期金童大仙同了百果仙姑即先进阵，以核桃先救被困各兵。那时将军领一支人马随同小仙破他阵之正面，再发两支人马，一随青女仙姑破他左面，一随玉女仙姑破他右面。好在武氏弟兄除摆'自诛阵'之外，一无所能，此阵一破，其关不消费力，唾手可得了。"文芸道："请教核桃有何用处？"青女儿道："今夜凡去破阵之人，临期每人必须或食核桃或荸荠十数枚，方能避得那股铜毒。"文芸道："何以此二物就能解得铜毒？"玉女儿道："凡小儿误吞铜器，即多吃核桃，其铜即化为水，如无核桃，或荸荠也可。

词苑撷英

少时：不大一会儿；不多时。

将军如不信，即取铜钱同核桃或荸荠慢慢嚼之，其钱立时粉碎。”

文芸随即命人多备核桃、荸荠，以为破阵之用，谁知城外并无此物。

忽报有位仙姑手提花篮来至大营，原来是百果仙子到了。文芸慌忙迎接进内。

青女儿道：“仙姑为何来迟？”百果仙子指著花篮道：“我恐此物不够将军之用，又去找了几个，因此略为耽搁。”将花篮付给文芸道：“将军可将篮内核桃，凡进阵之兵，每人分结数枚；分散完毕，仍将此篮交还小仙，另有妙用。”文芸接过一看，只得浅浅半篮，不觉暗笑。玉女儿道：“将军今晚要带多少兵丁进阵？”

文芸道：“共分三处，必须三千人马。”玉女儿笑道：“莫讲三千，就是再添几倍，他这核桃也够用的。”

文芸即托魏武、薛选挑选精兵三千，每人十枝，按名分散。薛选把花篮接了，走出营外，同魏武商议道：“刚才那位玉女仙姑说：‘再加几倍这核桃也够用的。’即如此，每人何不给他二十个，看他可够。况且多吃几个，走进阵去，更觉放心。”

于是按著营头分散。及至把三千兵丁散完，再看篮内，仍是浅浅半篮。魏武道：“据我愚见，这样不花钱的核桃，我们索性把那不进阵的众兵也犒劳犒劳罢。”

薛选道：“设或用完，怎么回去交令？”魏武道：“倘或不够，我们给他剩几个也好交令了。”二人随又按营分派，每名也是二十个。那些兵丁一个个也有抬筐的，也有担箩的，乱乱纷纷，费了许多工夫。才把二十万兵丁散完；再把篮内一看，不过面上去了薄薄一层。薛选只管望著篮内发呆。魏武道：“你思忖甚么？”

薛选道：“我想这位仙姑若把这篮核桃送我，我去开个核桃店，岂不比别的生意好么？”魏武笑道：“你若开了核桃店，我还弄些大扁杏仁来托销哩。”说著，一同来到人营交令，百果仙子把花篮看了，向文芸笑道：“今日营中有了小仙核桃，将军可省众兵一餐之费。”文芸道：“这却为何？”百果仙子道：“二十万兵丁每人都有二十个核桃，还算不得一顿饭么。”魏武、薛选一面笑著，把分散众兵之话说了，文芸这才明白。众公子听了，莫不吐舌称奇，赞叹不已。

少时，摆了素斋，大家略为吃些。到了二更，营中设了香案，文芸虔诚礼拜。红孩儿焚了两道符，百果仙子提著花篮，同金童儿先进阵中去了。魏武、章芝领了一千人马随在青女儿之后，薛选、章衡领了一千人马随在玉女儿之后，文芸带著一千人马跟著红孩儿，三路人马，一齐冲进阵去。霎时邪气四散，纸人纸马，纷纷坠地。魏武、薛选早已攻进关去，四处号炮冲天。文芸方才进城，后面接应人马也都到了。武六思早已逃窜。他向无妻室，所有仆人也都四散。家内供著和峤牌位，早被众公子击碎。再查所困阵内之人，章茳、燕勇、宰玉蟾、燕紫琼在阵多日，均已无救，余皆无恙。至宋素虽亦在阵多日，因他素于钱上甚为冷淡，所以未曾被害。即将众人殡殓。大队人马进关，众百姓都是焚香迎接，欢声载道。

文芸把武六思家内查过，正要前去拜谢众仙，忽有军校飞报：“那五位大仙未曾进关，忽然不见，连宋素、文菘二位公子也不知何处去了。”文芸火速命人四处追寻，并无踪影。

这日略为安歇。次日，又报四处勤王之兵刻日可到。文芸又写了书信，暗暗通知张柬之等，于某日都在东宫会齐。

文芸查点人马，并未损伤一兵。男营之中被害的是章莛、章芹、文萹、文萁、文苾、林烈、阳衍、燕勇、谭太、叶洋，女营之中被害的是田秀英、田舜英、宰玉蟾、燕紫琼，自尽的是邵红英、戴琼英、林书香、阳墨香、谭蕙芳、叶琼芳。文芸想想当日起兵时原是好好弟兄五个，今二、三、五弟都没于王事，已觉伤痛；及至大功垂成，四弟又复不见，只剩独自一人，手足连心，真是恸不欲生。又恐章氏夫人悲伤成疾，只得勉强承欢。每听半夜哀鸿，五更残角，军中警枕，泪痕何尝得干？

简明扼要：大的场面、大的事件，是可以用平静的叙述方式来描述的，此处，作者交代了军队间的征战，却是用简短的一两句话。

正要统领大兵前进，张易之闻知各关攻破消息，因太后抱病在宫，即假传敕旨，差了四员上将，带领十万大兵前来迎敌，被众公子带著精兵杀的四散逃生。

诸军齐集长安城下。张柬之、桓彦范，李多祚、袁恕己，薛思行、崔元暐、李湛、敬晖得了此信，立即帅领羽林兵，同文芸、余承志、洛承志等把中宗迎至朝堂，斩张易之、张昌宗于庑下，进军太后所寝长生殿。太后病中惊起，问谁作乱。李多祚道：“易之、昌宗谋反，臣等奉太子令，已除二患，惟恐漏泄，故未奏闻。但臣等称兵宫禁，罪当万死！”太后见光景不好，只得说道：“叛臣既除，可命太子仍回东宫。”桓彦范道：“昔日天皇以爱子托陛下，今年齿已长，愿陛下传位太子，以顺天人之望。”当即收张昌期等立斩于市。次日，太后归政。中宗复位，上太后尊号为则天大圣皇帝，大赦天下，诸臣序功进爵。中宗因此事虽赖张柬之等剪除内息，但外面全是文芸一干众将血战之功，故将起兵三十四人尽封公爵，妻封一品夫人，追赠三代，赐第京师。其有被害以及尽节者，男人贤良祠，女人节孝祠，所有应得公爵，令其子孙承袭。并又派官换回镇守四关各将。众公子谢恩退朝，暂归私邸。地方官带领夫役起造府第，卞滨见了卞璧，喜出望外。各家欢庆，自不必说。

巧设铺垫：这一句话很有意思，似乎可以根据这句话写出很多续书。作者叙述故事的能力，可以从这里看出来。

过了几时，太后病愈，又下一道懿旨，通行天下：来岁仍开女试，并命前科众才女重赴红文宴，预宴者另赐殊恩。此旨一下，早又轰动多少才女，这且按下慢慢交代。

却说那个白猿本是百花仙子洞中多年得道的仙猿。他因百花仙子谪入红尘，也跟著来到凡间，原想等候尘缘期满，一同回山。那知百花仙子忽然命他把那泣红亭的碑记付给文人墨士，去做稗官野史。他捧了这碑记日日寻访，何能凑巧？转眼唐朝三百年过去，到了五代晋朝，那时有一位姓刘的可以承当此事，仙猿把碑记交付他，并将来意说了。他道："你这猴子好不晓事，也不看看外面光景！此时四处兵荒马乱，朝秦暮楚，我勉强做了一部《旧唐书》，哪里还有闲情逸志弄这笔墨？"仙猿只得唯唯而退。及至到了宋朝，访著一位复姓欧阳的，还有一位姓宋的，都是当时才子，也把碑记送给他们看了，二人道："我们被这一部《新唐书》闹了十七年，累的心血殆尽，手腕发酸，哪里还有精神弄这野史？"

这仙猿访来访去，一直访到圣朝太平之世，有个老子的后裔，略略有点文名。那仙猿因访的不耐烦了，没奈何，将碑记付给此人，径自回山。此人见上面事迹纷纭，补叙不易。恰喜欣逢圣世，喜戴尧天，官无催科之扰，家无徭役之劳，玉烛长调，金瓯永奠，读了些四库奇书，享了些半生清福。心有余闲，涉笔成趣，每于长夏余冬，灯前月夕，以文为戏，年复一年，编出这《镜花缘》一百回，而仅得其事之半。其友方抱幽忧之疾，读之而解颐，而喷饭，宿疾顿愈。因说道："子之性既懒而笔又迟，欲脱全稿，不卜何时。何不以此一百回先付梨枣，再撰续编，使四海知音以先睹其半为快耶？"

嗟乎！小说家言，何关轻重！消磨了三十多年层层心血，算不得大千世界小小文章。自家做来做去，原觉得口吻生花；他人看了又看，也必定拈花微笑：是亦缘也。正是：

镜光能照真才子，花样全翻旧稗官。

若要晓得这镜中全影，且待后缘。

名师点拨

作者之友有忧思之疾，读此书时而解颐，时而喷饭，不久即愈。《镜花缘》里一百位女子，也只是交待了一小部分的结局，一大半却还没有交代。这是因为《镜花缘》是李汝珍晚年的作品，原拟写200回，结果只完成100回。

阅读积累

《旧唐书》与《新唐书》

《旧唐书》是五代十国后晋刘昫、张昭远等撰写。记载中国唐代历史的纪传体史书。记载了唐代自高祖武德元年（618）至哀帝天佑四年（907）共290年的历史。《新唐书》是北宋的宋祁和欧阳修等人撰写，宋仁宗嘉佑五年全书完成，由曾公亮进呈。记载中国唐代历史的纪传体史书。新书诸志大多比旧志详细。且增写兵志、选举志和仪卫志，在正史中是第一次，为《宋史》以后诸史所沿袭。